DANIELA OHMS

Wie Treibholz im Sturm

ROMAN

Besuchen Sie uns im Internet:
www.knaur.de

Originalausgabe April 2018
© 2018 Knaur Verlag
Ein Imprint der Verlagsgruppe
Droemer Knaur GmbH & Co. KG, München
Alle Rechte vorbehalten. Das Werk darf – auch teilweise – nur mit
Genehmigung des Verlags wiedergegeben werden.
Dieses Werk wurde vermittelt durch die
Literaturagentur Scriptzz, www.scriptzz.de
Redaktion: Franziska Fischer
Covergestaltung: ZERO Werbeagentur, München
Coverabbildung: Trevillion Images / Ildiko Neer; © FinePic / shutterstock
Satz: Marion Gebauer
Druck und Bindung: CPI books GmbH, Leck
Printed in Germany
ISBN 978-3-426-65431-6

2 4 5 3 1

Für alle, die in ihrem Herzen noch immer Piratinnen sind.
Insbesondere für Jenny – danke,
dass ich mir dein Brot leihen durfte.

Und für Katharina und Tanja –
wisst ihr noch, das Räuberspiel?

PROLOG

24 Da ließ der Herr auf Sodom und Gomorra Schwefel und Feuer vom Himmel herabregnen

25 und vernichtete von Grund auf jene Städte, die ganze Umgebung, alle Einwohner der Städte und was auf dem Erdboden wuchs.

Bibel, 1. Buch Mose, Kapitel 19

✳ ✳ ✳

Hamburg, 24. Juli 1943

Drückend und schwer lag die Hitze über Hamburg, wie eine zähe Schicht aus frisch gekochtem Gelee, die noch nicht erhärtet war, in der aber jede Bewegung zum Erliegen kam, weil es zu anstrengend wäre, dagegen anzukämpfen. Einzig am Elbufer war die Hitze erträglich, denn hier wehte ein lauer Wind über den Fluss heran, der alle Samstagsausflügler bei Laune hielt. Familien und Freunde saßen auf Decken im Sand, um ihr Picknick zu verzehren, andere wagten ein Bad am Flussufer, und überall rannten Kinder umher, die sich am wenigsten von der Hitze stören ließen.

In all dem Trubel saß Hannah still auf ihrer Decke und hatte nur Augen für das kleine blond gelockte Mädchen mit seinem Vater, die am Flussufer standen und die Schwäne fütterten. Während Robert das halb trockene Brot mit seiner gesunden Hand festhielt, riss Kathrinchen kleine Bröckchen davon ab und warf sie zu den Schwänen ins Wasser. Obwohl sie schwungvoll ausholte, flogen die Brotstückchen häufig nicht weit genug. Aber jedes Misslingen quittierte sie mit einem so niedlichen »Ohwei, ohwei«, dass Robert immer wieder ein leises Lachen entfuhr. Schon lange hatte Hannah sein Lachen nicht mehr gehört, und auch heute versiegte der Klang fast ebenso abrupt, wie er begonnen hatte. Dennoch war Roberts Rückkehr ihr ganz persönliches Wunder. Kathrinchen hatte wieder einen Vater. Vor gut zwei Jahren, noch vor ihrer Geburt, hatte der Krieg ihn einverleibt und ihn erst jetzt wieder ausgespuckt – zwar mit einer zertrümmerten Schulter, die niemals ganz heilen würde, dafür jedoch lebendig und nicht mehr kriegsverwendungsfähig. Die zerstörte Schulter mochte schmerzlich sein. Hannah hingegen war froh darüber, ihren Mann zurückzuhaben und ihn nicht mehr an der Ostfront zu wissen. Dass der Krieg ihren großen Bruder das Leben gekostet hatte, war Trauer genug.

9

»Ohwei, ohwei.« Wieder warf Kathrinchen das Brot nur knapp vor sich in den Sand. Dieses Mal schien der Schwan die Geduld zu verlieren. Mit langem Hals wuchtete er sich aus dem Wasser und watschelte auf das Mädchen zu, das kaum so groß war wie der mächtige Vogel.

»Wei, ohwei!« Kathrinchens Tonfall nahm eine panische Note an. Hastig versteckte sie sich hinter den Beinen ihres Vaters, der ebenfalls drei Schritte vor dem Schwan zurücktrat und das Mädchen mit sich schob.

Das Tier hingegen wollte nichts weiter als das Brot. Sobald es die Beute im Schnabel hatte, watschelte es zurück zum Wasser und ließ sich behäbig hineingleiten.

Hannah holte ein Taschentuch aus ihrer Handtasche und wischte sich damit den Schweiß ab, der sich langsam, aber sicher auf ihrer Stirn und im Nacken sammelte. Der Sommer 1943 war ein Jahrhundertsommer, der seit seinem Beginn mit Hitze und Trockenheit über Hamburg herrschte. Ein Sonnentag reihte sich an den vorherigen, und selbst die Nächte waren lau. Es war ein Sommer, der von friedlichen Zeiten flüsterte und ihnen vorgaukelte, der Krieg fände nur in weiter Ferne statt. Aber Hannah war auf der Hut. Die Floskeln vom Sieg erfüllten sie ebenso mit Misstrauen wie die Heldentaten, die der Volksempfänger verkündete, und immer, wenn sie gezwungen war, den deutschen Gruß anzuwenden, wurde sie von tiefer Abscheu ergriffen. Ihre Zweifel am Nationalsozialismus waren größer denn je, und ihre Gedanken wurden immer einsamer. Sie sprach immer weniger und wenn, dann nur noch leise und mit Bedacht. Was in ihrem Kopf vorging, durfte um keinen Preis nach außen dringen. Immerhin hatte sie ein Kind zu versorgen.

Der vertraute Geruch von Pfeifenrauch schlich sich in ihre Nase. Ohne den Blick von seiner Apothekerzeitschrift zu heben, paffte ihr Vater an dem Pfeifchen, das er sich gerade angezündet hatte. Einzig die Sorgenfalten auf seiner Stirn verrie-

10

ten, dass ihm nicht alles gefiel, was er in der Zeitung las. Zu viel Rassenforschung und Nazimedizin, vermutete Hannah. Wie sehr ihr Vater das alles verachtete, wusste sie schon lange. Jedoch wurden auch seine Worte von Jahr zu Jahr verhaltener. Immerzu schien er darauf zu achten, nicht das Falsche zu sagen, während sein Lächeln immer trauriger wurde. Daheim in seiner Apotheke sprach er einzig über Medizin und Krankheiten und allenfalls über das Wetter. Währenddessen wirbelte ihre Mutter durch die fünf Zimmer ihrer Wohnung, wies das Mädchen an, auch ja kein Staubkörnchen zu übersehen, und konzentrierte sich mit größtem Eifer auf die Küche und ihre Enkeltochter. Nur, um nicht über ihren gefallenen Sohn nachzudenken. Pauls ehemaliges Zimmer ähnelte bis heute einer Gedenkstätte, das niemand anderer nutzen durfte, ganz gleich, ob es im Rest der Wohnung allmählich zu eng wurde.

Hannah selbst pendelte zwischen alldem hin und her, half in der Apotheke aus, ging mit Kathrinchen spazieren und las auf der Bank neben dem Spielplatz in den pharmazeutischen Lehrschriften – den Nazis zum Trotz, die nicht nur dafür verantwortlich waren, dass der Studienbereich schon vor Beginn des Krieges wieder geschlossen worden war, sondern die auch dafür gesorgt hatten, dass ihr Vater keine Zulassung für die Ausbildung von Lehrlingen bekam. Wilhelm Mertens mochte zwar von lückenloser, ach so arischer Abstammung sein und befand sich damit in der offiziellen Position, eine Apotheke führen zu dürfen. Doch sie wohnten auf dem Grindelberg, mitten im jüdischen Geschäftsviertel von Hamburg, und in den Augen der Nazis pflegten sie die falschen Kontakte. Zehn Jahre lang hatten sie miterleben müssen, wie ihre jüdischen Nachbarn und zugleich besten Freunde schikaniert, enteignet, in Judenhäusern eingepfercht und am Ende in den Osten *evakuiert* worden waren. In den letzten Jahren hatte es viele Momente gegeben, in denen es schwer gewesen war, nicht laut zu schreien und Protest zu üben.

Doch die ersten beiden Kontrollbesuche der Gestapo waren bedrohlich genug gewesen, um das Schweigen zu lernen, um nach außen den Schein zu wahren und sich nicht mehr als *Judenfreunde* zu zeigen. Dennoch blieb im Nazireich kaum etwas unbemerkt, und die Spatzen pfiffen von den Dächern, dass Wilhelm Mertens und seine Familie in den entscheidenden Momenten nicht applaudierten, sondern beschämt zu Boden sahen. Hannah wusste schon lange, dass das der wahre Grund dafür war, warum sie auch in einer anderen Apotheke keine Lehrstelle für ihr Vorexamen fand.

Nein, Hannah Riedel, geborene Mertens, Mutter der zweijährigen Katharina Riedel und Ehefrau des Obergefreiten Robert Riedel war vielleicht erst 21 Jahre alt, aber sie ließ sich nicht so leicht in die Irre führen. Der Krieg war eine menschengemachte Katastrophe von ungeheurem Ausmaß, und jeder, der behauptete, er würde eines Tages ein »erfolgreiches Ende« nehmen, log nicht nur sich und anderen etwas vor, er verleugnete auch, dass unzählige unschuldige Menschen im Krieg starben. Ganz gleich, wie sehr die wohlhabenden Bürger im schönen Hamburger Harvestehude ihren oberflächlichen Frieden pflegten, nichts konnte Hannah darüber hinwegtäuschen, dass sie sich im Krieg befanden. Und nichts konnte sie darüber hinwegtrösten, dass viele der neuen Geschäftsleute nur deshalb wohlhabend waren, weil sie sich am Besitz der enteigneten Juden bereichert hatten.

Selbst der Jahrhundertsommer mit seinen sonnigen Tagen und milden Nächten machte ihr nichts vor. Wenigstens hier, am Elbufer, zusammen mit Kathrinchen, Robert und ihren Eltern hätte sie gern von einer schöneren Zukunft geträumt. Doch nicht einmal das schien ihr zu gelingen.

»Kommt ihr Kuchen essen?«, rief ihre Mutter über den Strand. Etwas entfernt unter einem Sonnenschirm hatte sie eine Picknickdecke ausgebreitet und den Kuchen darauf angerichtet.

Hannah erhob sich und ging zu ihr, zeitgleich mit Kathrinchen, die kichernd durch den Sand tappte und »Kuchen essen« zurückrief. Robert kam langsam hinter ihr her, und erst aus der Nähe erkannte Hannah, dass die Hitze ihm sichtbar zu schaffen machte.

Seit einem Monat war er zurück in Hamburg, aber erst vor einer Woche war er aus dem Lazarett entlassen worden. Seitdem wohnte er mit Hannah und Kathrinchen in dem alten Kinderzimmer bei ihren Eltern. Schon vor ihrer Hochzeit war Robert in den Krieg eingezogen worden. Ihre Trauung hatte in seinem ersten Heimaturlaub stattgefunden, sehr spontan und vollkommen überhastet, nachdem sich herausgestellt hatte, dass Hannah schwanger war. Zwei Tage später musste er wieder an die Front, und seither hatten sie sich kaum noch gesehen. Einmal kurz nach Kathrinchens Geburt und danach erst wieder vor einem halben Jahr, als er schon einmal verletzt nach Hause gekommen war. Daher hatten sie noch nicht die Möglichkeit gehabt, sich eine eigene Wohnung zu suchen. Aber jetzt durfte er endgültig bleiben. Niemand konnte mit einer zertrümmerten Schulter schießen. Und da es der rechte Arm war, kam auch eine Schreibtischtätigkeit für ihn nicht in Betracht.

Als Hannah ihn zum ersten Mal im Lazarett besucht hatte, war eine unbeschreibliche Erleichterung über sie hergefallen. Ein Teil davon war noch immer da, während sie nun auf der Decke saßen und Kuchen aßen. Warme Dankbarkeit erfüllte sie, als Robert Kathrinchen auf seinen Schoß zog und begann, ihr ein Märchenbuch vorzulesen. Die Kleine kicherte und gackerte, wenn er seine Stimme verstellte, um wie ein Zwerg zu sprechen, und sie riss die Augen weit auf, als er die böse Stiefmutter imitierte. »No'mal«, verlangte sie, sobald er fertig war, und Hannah brauchte die ganze zweite Märchenlesung, um dem warmen Gefühl nachzuspüren, das durch sie hindurchsickerte, wenn sie den beiden zusah.

Endlich hatte sie eine richtige Familie. Von nun an könnte sie glücklich sein.

Den ganzen restlichen Nachmittag bemühte Robert sich darum, seiner Tochter das Wort »Papa« beizubringen. Immer wieder sprach sie es nach, ohne zu begreifen, was es bedeutete. Erst am späten Nachmittag, während sie ihre Sachen zusammenpackten, um zu gehen, zupfte sie Robert am Ärmel und sagte »Papa« zu ihm. In jenem Moment hob er den Kopf und schaute Hannah so glücklich an, wie sie ihn seit seinem Kriegseinsatz nicht mehr gesehen hatte.

Am Abend brachten sie Kathrinchen gemeinsam ins Bett. Zusammen saßen sie auf ihrer Bettkante, und Hannah überließ es Robert, Schneewittchen noch einmal vorzulesen. Ganz gleich jedoch, wie oft Kathrinchen es hörte, immer wieder rief sie »No'mal«, so lange, bis ihre Augen zufielen und ihr kleines Kindergesicht mit einem friedlichen Lächeln im Schlaf versank.

Robert streichelte mit der linken Hand über ihre blonden Löckchen, weiter über ihre Stirn bis zu ihrer Stupsnase. »Sie ist ein Wunder«, flüsterte er. Für eine ganze Weile vertiefte er sich in Kathrinchens Anblick, bis er sich zu Hannah umdrehte und sie traurig anlächelte. »Sie sieht aus wie du.« Damit hob er die Hand an Hannahs Gesicht, strich über ihre Wange und streifte durch ihre Locken.

Die Berührung kribbelte auf ihrer Haut. Viel zu selten hatten sie sich berührt, seitdem er zurück war. Nicht mehr als eine vorsichtige Umarmung am Anfang, hin und wieder eine Hand, die sich fragend zum anderen wagte. Doch meistens lag eine stille Fremde zwischen ihnen. Nur damals, im Spätsommer und Herbst vor Hannahs Abitur, in jener Zeit, in der Kathrinchen entstanden war, waren sie sich wirklich nah gewesen. Seitdem hatte der Krieg sie immer weiter auseinandergetrieben.

Als hätte sich der Gedanke auf Robert übertragen, zog er

die Hand zurück auf seinen Schoß. Mit einem Ruck stand er auf, ließ den Blick über den großen Kleiderschrank, über die Eichenkommode und den Sekretär streichen, auf dem Hannahs Lehrbücher lagen. An dem Ehebett, das seine Eltern ihnen zur Hochzeit geschenkt hatten, blieb er hängen – kurz bevor er sich wieder zu Hannah drehte. Seine Hand griff zur Brusttasche seines Hemdes, nestelte an der Zigarettenpackung und ließ sie dann stecken. »Lass uns ausgehen. Spazieren gehen. Nach draußen, an die Alster.«

Da war er wieder: der Krieg. Zusammen mit der sengenden Ostsonne hatte er sich in Roberts Gesicht gebrannt. Seine Haut schimmerte grau unter der dunklen Bräune, feine Schweißperlen glänzten auf seiner Stirn.

Sie hatten noch nicht darüber gesprochen, aber Hannah ahnte, was in ihm vorging. Das Stillsitzen am Abend fiel ihm schwer, das Ruhen und Nachdenken, die kreisenden Gedanken und Bilder. Er musste in Russland furchtbare Dinge gesehen haben.

Furchtbare Dinge getan haben …

Hannah konnte ihn nicht danach fragen. »Natürlich«, antwortete sie. »Lass uns ausgehen!«

Sie verließen das Zimmer, lehnten die Tür an und sagten Hannahs Eltern Bescheid, die wie jeden Abend im roten Salon saßen. Ihre Mutter mit einer Stickarbeit auf dem Schoß und ihr Vater mit seiner Tageszeitung und der Pfeife, deren Rauch in Ringen über ihm aufstieg. »Geht ihr nur«, murmelte er über die Schlagzeilen hinweg. »Wir hüten euren Schatz wie unser eigenes Leben.« Damit hob er den Kopf und schenkte Hannah ein Lächeln. Müde Wärme schimmerte in seinen Augen.

Auch ihre Mutter lächelte, doch in ihrem Gesicht lag Sorge. Seit Pauls Tod war es ihr wichtig, ihre Liebsten in ihrer Nähe zu versammeln. »Aber bleibt nicht zu lange«, mahnte sie. »Bis die Luftwarnungen beginnen, seid ihr wieder zurück, ja?«

Luftwarnungen, Fliegeralarm … fast jede Nacht heulten die

15

Sirenen. Sobald die Dunkelheit hereinbrach, kamen die englischen Militärflugzeuge vom Meer. Doch zumeist glitten die Bomberströme einfach nur über Hamburg hinweg. Überhaupt war es in diesem Sommer vergleichsweise ruhig geworden. Die meisten Ziele der Briten lagen im Ruhrgebiet: militärische Anlagen, Rüstungsindustrie, Munitionslager – hauptsächlich darauf hatten sie es abgesehen. In Hamburg hatte es bislang zwar nicht viele Angriffe gegeben, und diese hatten sich jedes Mal auf das Hafengebiet konzentriert, das weit genug vom Grindelviertel entfernt lag. Dennoch jagte jedes Flugzeuggeräusch und jedes Motorenbrummen Hannah Angst ein. Immerhin war es schon vorgekommen, dass sich einzelne Bomber in die Wohnviertel verirrten. Heute hingegen wollte sie keine Angst spüren. Wenigstens jetzt, einen Abend lang, wollte sie mit ihrem Mann den milden Sommerabend genießen, wollte durch die Straßen schlendern wie damals, als sie sich kennengelernt hatten. Die Sicht war klar, keine Gefahr also, dass Flieger versehentlich die Innenstadt bombardieren würden. Sie würden sich einfach vom Hafen fernhalten und nicht mehr sein als das: ein Paar, das endlich wieder zusammen war.

»Im Ruhrgebiet wurden vor Kurzem ganze Städte bombardiert«, fügte ihre Mutter hinzu. »Seid bitte vorsichtig und haltet euch in der Nähe von Luftschutzbunkern.«

Hannah nickte schnell. In solchen Situationen war es am besten, ihre Mutter zu beschwichtigen. »Natürlich, Mama. Wir passen auf.«

Ihre Mutter öffnete den Mund, um noch etwas zu sagen, doch ihr Vater brummte dazwischen: »Annemarie! Nun lass die beiden mal. Sie haben sich doch gerade erst wiederbekommen.«

»Nach meinem Dafürhalten ist Eimsbüttel sicher«, erklärte Robert. Für einen Moment war er wieder ganz der Alte, während er Hannah den gesunden Arm um die Schultern schob.

»Wir haben hier keine Industrie, und der Hafen ist weit genug entfernt. Außerdem besitzt Hamburg eine der besten Flaksicherungen in Deutschland. Achtzig Flak- und zweiundzwanzig Scheinwerferstellungen. Die Bomber hätten kaum eine Chance, bis hierher zu finden. Also machen Sie sich keine Sorgen, Frau Mer…«, er unterbrach sich selbst, setzte noch einmal an, weil er seine Schwiegermutter versehentlich gesiezt hatte,»… Annemarie.«

Das Lächeln ihrer Mutter wurde milder, fast schien es Hannah, als huschte ein roter Schimmer über ihre Wangen.»Ja, dann …«, stammelte sie,»dann wünsche ich euch einen schönen Abend.«

Robert zog Hannah in den Flur. Während sie in ihre Sommersandalen schlüpfte, nahm er seinen Hut von der Garderobe und stülpte ihn über das mit Gel glatt gestrichene blonde Haar. Mit der Anzughose, dem weißen Hemd und seinem Hut sah er aus wie ein feiner Herr. Nur der verletzte Arm in der Schlinge ließ erahnen, dass er bis vor Kurzem ein Soldat in zerrissener Uniform gewesen war.

»Hast du deine Papiere dabei?« Hannah musste sichergehen.

Robert legte die Hand auf seine Hosentasche und nickte grimmig. Seine Entlassungspapiere und den Wehrpass mit seinem Wehruntauglichkeitsvermerk musste er immer bei sich tragen. Zu groß war die Gefahr, während einer Kontrolle als Deserteur verdächtigt zu werden.

Gemeinsam traten sie vor die Wohnungstür, aber Robert stieg nur langsam die drei Stockwerke des Mietshauses nach unten. Derweil sah er sich im Treppenhaus um, als hätte er noch nie stuckverzierte Decken und marmorvertäfelte Wände gesehen. Draußen vor der Tür blieb er stehen, zog ein Taschentuch hervor und tupfte sich über die Stirn.

Im sommerlichen Abendlicht konnte Hannah erkennen, dass sich die Schweißperlen auf sein ganzes Gesicht verteilten.

»Du hast Schmerzen«, stellte sie fest. »Soll ich dir was aus der Apotheke holen?«

Robert sah an ihr vorbei auf die grün gestrichene Apothekentür mit den geschnitzten Ornamenten und den bunten Butzenscheiben und auf die Stuckverzierung rund um das Ladenfenster. Erst im letzten Sommer hatten sie die gesamte Fassade streichen lassen, mitsamt den Erkern, den Loggias und den verspielten Türmchen neben dem Spitzgiebel. Ihr Vater hatte ein vornehmes Rot ausgesucht und die Fensterrahmen, Reliefs und Stuckverzierungen weiß absetzen lassen. Seitdem war sein Mietshaus eines der schönsten am Grindelberg. Vielleicht, um den Nazis zu zeigen, dass Wilhelm Mertens wirtschaftlich keinen Schaden genommen hatte. Oder um endgültig die Spuren zu vernichten, die der Kleber der *Judenfreunde*-Plakate auf ihren Wänden hinterlassen hatte. Oder um zwischen den anderen Läden Mimikry zu betreiben, nachdem die neuen Ladenbesitzer alles dafür getan hatten, die ehemals jüdischen Geschäfte in etwas Urdeutsches zu verwandeln.

Die größtmögliche Tarnung, zu der sich ihr Vater durchgerungen hatte, war der Werbespruch, der seit letztem Jahr in geschwungenen Lettern unter ihrem Apothekennamen prangte: *Mertens-Apotheke, Deutsche Medizin für deutsche Volksgenossen.*

Damit und mit dem Hitlerrot an seiner Hausfassade hatte ihr Vater wohl alles Menschenmögliche getan, um die Nazibedrohung von seiner Familie abzuwenden.

Hastig und ohne auf Roberts Schweigen zu achten, schloss Hannah die Apothekentür auf, lief in den Ladenraum und knipste hinter dem Tresen die Arbeitslampe an. Nur aus den Augenwinkeln konnte sie sehen, dass Robert ihr folgte. »Wie stark sind deine Schmerzen?«

Er räusperte sich verlegen. »Abends sind sie am stärksten.«

Sie hob den Kopf, gerade rechtzeitig, um zu bemerken, wie sein Blick den verschlossenen Schrank mit dem Morphium streifte.»Komm bloß nicht auf die Idee, dass ich dir davon etwas geben dürfte.«

Robert schaute sofort nach unten.»Nein, natürlich nicht.«

Hannah ließ ihren Finger über das Pyramidon-Döschen, die hellblaue Novalgin-Packung und das Aspirin-Gläschen gleiten.»Novalgin ist das Stärkste, was ich dir verabreichen darf, ohne in Teufelsküche zu geraten.« Sie wählte eine angebrochene Ampulle, stellte ein kleines Glas Wasser bereit und zählte 35 Tropfen von dem Schmerzmittel hinein, etwas weniger als die Höchstdosis.»Wenn das nicht ausreicht, könntest du vor dem Schlafengehen noch eine Tablette Luminal nehmen«, erklärte sie, während Robert die Medizin trank.»Das ist ein Schlafmittel, aber es verstärkt auch die schmerzsenkende Wirkung. Allerdings müssten wir dazu meinen Vater fragen. Ich bin hier nur die unausgebildete Aushilfskraft.« Hannah schenkte ihm ein vorsichtiges Lächeln.

»Danke.« Er stellte das Glas zurück auf den Tresen.»Es wird schon gehen.«

Hannah räumte die Ampulle wieder in die Schublade, spülte das benutzte Glas und stellte es zurück in den Schrank. Gemeinsam gingen sie nach draußen. Sobald sie die Tür abgeschlossen hatte, fing sie an zu erzählen, was sie gerade erst in einem Artikel gelesen hatte:»Metamizol, also der Wirkstoff von Novalgin, ist ein Pyrazolon-Derivat, genauso wie Aminophenazon, der Wirkstoff von Pyramidon. Aber es wurde erst 1922 auf dem Markt eingeführt und ist im Vergleich zu Pyramidon ein echter Fortschritt, weil es wasserlöslich ist.« Sie redete sich in Begeisterung, drehte sich wieder zu Robert um und ging neben ihm den Bürgersteig entlang.»Deshalb kann man es auch intravenös verabreichen, und manche behaupten, dass es dem Morphin in seiner Wirkung schon sehr nah kommt, nur ohne das Suchtpotenzial.« Hannah verstummte. Erst jetzt fiel ihr auf, dass Robert abwesend vor sich hin starrte.»Entschuldige, das interessiert dich gar nicht, oder?«

»Wie bitte?« Mit leichter Verzögerung schaute er zu ihr.

Sie verzog das Gesicht. »Die Vorzüge von Novalgin gegenüber Pyramidon, mein Pharmazeuten-Chinesisch.«

»Nein«, gestand er. »Ich verstehe nicht viel davon. Sei mir nicht böse.« Ein schiefes Schmunzeln legte sich um seinen Mund, nur noch eine schwache Spur von dem lustigen Robert, den sie vor drei Jahren kennengelernt hatte. Früher hatte er immer einen Scherz gewusst, hatte zu allem eine schlagfertige Bemerkung gefunden und so lustige Anekdoten erzählt, dass ihm die Mädchen lachend zu Füßen gelegen hatten. Jetzt tat er nichts mehr davon, und Hannah konnte nur vermuten, dass seine Fronterfahrung keine lustigen Anekdoten hergab. Dinge, die nicht lustig waren, schien er lieber gar nicht zu erzählen. Seitdem er zurück war, musste sie jedes einzelne Wort mühsam aus ihm hervorlocken. Bis jetzt wusste sie noch nicht einmal, auf welche Weise er verletzt worden war. Seit Tagen wand sie sich darum herum, ihn einfach zu fragen.

Eine bessere Gelegenheit als jetzt würde sie nicht finden. »Wie ist das mit deiner Schulter passiert?«

Roberts Blick irrte in ihre Richtung, sprang gleich darauf zu Boden. Mit einer fahrigen Bewegung fingerte er die Zigarettenpackung aus seiner Brusttasche. »Granatsplitter.« Mit dem Mund zog er eine Zigarette aus der Öffnung. Für einen endlosen Moment klemmte der Glimmstängel zwischen seinen Lippen, während er mit einer Hand ein Streichholz hervorkramte, an einer Hauswand stehen blieb und den Zündkopf daran entlangstrich. Es war ein mühsames Unterfangen, und plötzlich kam Hannah sich herzlos vor, weil sie ihrem einarmigen Ehemann die Zigarette nicht einfach anzündete. Aber sie wollte es nicht. Sie hasste den kratzigen Rauch in ihrem Hals und das Husten, das sich nicht unterdrücken ließ. Robert konnte froh sein, dass sie ihm den Vortrag ersparte, der mit jeder Zigarette durch ihre Gedanken huschte. Sie könnte ihm von den älteren Patienten erzählen, die mit chronischem Husten in ihrer Apotheke standen und um mildernde Medikamente baten, oder ihm von den Rauchern berichten, die weit vor ihrer Zeit starben, wenn auch meistens erst nach langer Quälerei und grausigen Lungen- und Tumorleiden.

Tatsächlich hatten erste Studien einen Zusammenhang zwischen Rauchen und Krebserkrankungen festgestellt, und selbst wenn diese These noch nicht abschließend bewiesen werden konnte, war Hannah überzeugt davon, dass die Qualmerei der Grund sein musste, warum Frauen älter wurden als ihre rauchenden Männer.

Aber wie könnte sie ihrem verletzten Mann einen solchen Vortrag halten, nachdem er gerade erst den Ostfeldzug überlebt hatte? Vor dem Krieg hatte er noch nicht geraucht. Vermutlich war es die einzige Möglichkeit, um sich im Angesicht des Todes wenigstens ein bisschen zu beruhigen.

Allzu gern wollte Hannah ihm helfen, wollte ihm einen Teil der Last von den Schultern nehmen. Dafür müsste er jedoch erzählen, was er erlebt hatte. Sie versuchte es noch einmal: »Wie ist es an der Front? Ich habe keine Vorstellung davon.«

Robert nahm einen langen Zug von der Zigarette. Das Geräusch, mit dem er den Qualm in die Luft blies, klang nervös. »Es ist schlimm. Sehr schlimm.« Er pflückte einen Tabakfussel von seiner Zunge und schnipste ihn auf den Bürgersteig. »Wenn du keine Vorstellung davon hast, sei froh.«

Hannah unterdrückte ein Seufzen. Vielleicht sollte sie sich an den Gedanken gewöhnen, dass er seine Erfahrungen nicht mit ihr teilen würde. Ihr Blick schweifte die Straße entlang über die vierstöckigen Wohn- und Geschäftshäuser, die sich mit ihren verspielten Gründerzeitfassaden aneinanderschmiegten. Schmale Türmchen und aufwendige Stuckverzierungen buhlten um Aufmerksamkeit und verrieten die romantische Ader früherer Architekten. Auf den ersten Blick sah das Grindelviertel noch immer so aus wie in ihrer Kindheit. Neben ihnen rumpelte eine Kutsche über das Kopfsteinpflaster, und das Trappeln der Pferde vermischte sich mit dem Bimmeln der Straßenbahn. Autos fuhren heute fast genauso selten wie damals, da das Benzin aufgrund des Krieges rationiert wurde.

In diesem Moment rasten drei Hitlerjungen auf ihren Fahrrädern an ihnen vorbei und schnitten die Kutschpferde so knapp, dass die Tiere scheuten. Kurz darauf verschwanden die Knaben nach links in die Hansastraße, in der die Schule lag, auf die Hannah bis vor gut zwei Jahren gegangen war. Während ihrer Kindheit hatte die Straße noch Helene-Lange-Straße geheißen, ebenso wie die Mädchenschule, an der sie ihr Abitur gemacht hatte. Aber Frauenrechtlerinnen waren den Nazis nicht das richtige Vorbild für die Jugend, also hatten sie Straße und Schule umbenannt.

Hannah konnte nichts gegen das Seufzen tun, das aus ihrem Mund entwich. Früher hatte sie dieses Viertel geliebt: das bunte Leben zwischen den jüdischen und deutschen Geschäften, die Spiele mit den anderen Kindern. Wie eine große Geschwisterschar waren sie gewesen, wenn sie zwischen den Geschäften ihrer Eltern umhertobten oder hinten in den Höfen Verstecken spielten. Abstecher in die Läden und Restaurants hatten sich gelohnt, weil sich immer jemand fand, der ihnen Äpfel oder Bonbons zusteckte, manchmal sogar ein Stück Torte weiter unten im *Schloß-Kaffee*.

Inzwischen war kaum noch etwas von damals übrig. Nur die *reinblütig deutschen* Familiengeschäfte hatten die letzten Jahre unbeschadet überstanden. In allen anderen Läden hatten die Besitzer gewechselt. Direkt nach der Enteignung der jüdischen Inhaber waren die Naziemporkömmlinge herangeströmt, hatten die Häuser mitsamt ihrem Inventar und den Läden günstig ersteigert und sich auf dem Grindelberg ausgebreitet wie stechende Blutsauger. Mit Rückendeckung der Obrigkeit hatten sich die neuen Bewohner ins gemachte Nest gesetzt und dafür gesorgt, dass die alten jedes Wort genau abwägen mussten, um nicht als Judenfreund denunziert zu werden. Der familiäre und tolerante Tonfall früherer Nachbarschaftsgespräche war in beißendes Misstrauen umgeschlagen. Selbst das Spiel der Kinder und die Gedanken der Jugendlichen wurden in der Hitlerjugend darauf abgerichtet, etwaige *Volksfeinde* sofort zu erkennen. Manchmal kam es Hannah so vor, als wäre sie die Einzige, an der die neuere Entwicklung der Jugend vorbeigegangen war. All ihre Freunde schienen sich angepasst zu haben. Vielleicht täuschte sie sich auch, vielleicht lag es nur daran, dass es zu gefährlich war, mit Freunden und Bekannten über solche Themen zu reden. Nicht einmal mit Robert konnte sie ein offenes Gespräch führen. Nicht einmal bei ihm konnte sie sicher sein, auf welcher Seite er stand. Er wäre nicht der erste Ehemann, der seine Frau verriet.

Während sie vom Grindelberg nach rechts in die Werderstraße einbogen, spürte sie wieder die Fremde, die zwischen ihnen schwebte, als würden sie zu dritt spazieren gehen. Robert lief auf ihrer rechten Seite, mit der gesunden Hand in ihrer Mitte. Sie könnten sich aneinander festhalten, wenn sie wollten. Aber sie taten es nicht, auch nicht, nachdem er den verglühten Zigarettenstummel weggeworfen und ihn mit der Schuhsohle ausgetreten hatte.

Das warme Glück dieses Sommertages bekam einen Sprung, wie eine zarte Verästelung aus Rissen, die sich durch die schöne Oberfläche ihrer jungen Familie zog. Oder war dieser Sprung schon immer da gewesen? Hatte ihre Erleichterung über Roberts Rückkehr nur für kurze Zeit über das hinweggetäuscht, was zwischen ihnen nicht stimmte? Denn wenn sie ehrlich war, war der Gedanke nicht neu: Womöglich war es ein Fehler gewesen, Robert zu heiraten. Viel zu schnell war das mit Kathrinchen passiert. Und wenn sie jetzt darüber nachdachte, wurde ihr klar, wie wenig sie sich gekannt hatten. Der lachende, strahlende Robert hatte sie mit seiner Leichtig keit beeindruckt. Genauso wie sich jedes junge Mädchen von einem charmanten Witzemacher beeindrucken ließ. Sie war stolz gewesen, weil er von allen, die er hätte haben können, ausgerechnet sie umgarnt hatte.

Inzwischen war ihr klar geworden, dass er sie nur deshalb ausgesucht hatte, weil sie hübsch war und blonde Engelslöckchen besaß. In ihrem Inneren passten sie nicht zueinander – und wenn es Kathrinchen nicht gäbe, würden sie sich wohl höchstens noch auf der Straße grüßen.

»Wenn ich im Unternehmen meines Vaters angefangen habe, sollten wir uns eine eigene Wohnung nehmen.« Robert ging langsamer und wies auf die Häuser, die neben ihnen aufragten. Abseits der Einkaufsstraße befanden sich ausschließlich Wohnungen darin, wenn sie auch noch immer genauso groß und in der gleichen Weise mit Zierleisten, Ornamenten und Rundbogen geschmückt waren wie die Geschäftshäuser auf dem Grindelberg. Nur vereinzelt standen neuere Jugendstilgebäude dazwischen, deren Pracht nicht mehr ganz so verspielt wirkte.

Hannahs Blick fiel auf die Schlinge, in der Roberts verletzter Arm versteckt lag. Wieder wurde ihr klar, welch unfassbares Glück er hatte. Nicht nur, dass er aus dem Krieg zurückgekehrt war – jedem anderen böte sich mit einer solchen Verletzung kaum noch eine Berufsperspektive. Vermutlich würde er seinen rechten Arm nie wieder benutzen können, wenn er Pech hatte, noch nicht einmal zum Schreiben. Aber sein Vater handelte mit Kaffee, Tee und Kakao und besaß ein riesiges Lagerhaus in der Speicherstadt. In seiner Jugend hatte er klein angefangen, aber die Jahre unter den Nazis hatten es ihm ermöglicht, sein Unternehmen um ein Vielfaches zu vergrößern. Hannah wusste nicht, wie viele jüdische Konkurrenzunternehmen von ihm aufgekauft worden waren – in jedem Fall waren es genug, um von der kleinen Villa an der Parkallee in eine große Villa an der Alster zu ziehen.

Auch Letztere hatte vermutlich einem Juden gehört.
Nein, Robert Riedel musste auch mit einem invaliden rechten Arm nicht um seinen Lebensunterhalt fürchten. Um in dem Unternehmen seines Vaters eine gute Figur zu machen, musste er nur gut reden können, gern reisen und als i-Tüpfelchen seinen verlorenen Charme wiederfinden.

»Mein Vater hat schon angedeutet, dass er uns eine Reihenvilla spendieren möchte.« Plötzlich war sein Lächeln wieder da, ein kurzes Strahlen, das sein Gesicht zum Leuchten brachte. Wenn Robert sie früher so angesehen hatte, war ihr Puls zuverlässig in Aufruhr geraten. Doch heute wartete Hannah vergeblich auf diese Reaktion. Tatsächlich war da nichts, nur die Erkenntnis, dass sein Lächeln nicht mehr bis in seine Augen vordrang. In seinen Pupillen lag noch der gleiche einsame Schmerz wie vorher.

»Was ist?« Sein Lächeln zerfiel. »Eine richtige, kleine Villa, nur für uns. Mit einem Garten nach hinten, für unser Kathrinchen und ihre kleinen Geschwister. Freust du dich nicht?«

Wenn sie in dieser Zeit eine Villa fanden, die leer stand, dann war es sicher ebenfalls eine, die sie einem jüdischen Vorbesitzer stehlen würden.

»Wir können uns auch ein Dienstmädchen leisten, wenn es das ist.« Ein bettelnder Unterton setzte sich in seine Stimme. »Komm mit. Ich zeig dir was.« Jetzt nahm er sie doch an die Hand, zog sie nach links in die Hochallee. Vor einer kleinen Reihenvilla mit barock geschweiftem Giebel, Rundbogenfenstern und winzigen Butzenscheiben in den Oberlichtern blieb er stehen. »Dieses hier.« Wieder huschte ein Lächeln über sein Gesicht.

Das Haus war schön. Dennoch zog sich Hannahs Magen zusammen. »Ich bin mir nicht sicher«, flüsterte sie. »Das kommt so plötzlich.«

Roberts Lächeln verschwand. »Du willst doch nicht ernsthaft bei deinen Eltern im Kinderzimmer bleiben?« Mit einem

Mal klang er ärgerlich.»Und dann noch zusammen mit mir. Wir drei, eingepfercht auf wenigen Quadratmetern. Deine Mutter lässt ja nicht einmal zu, dass wir das Zimmer deines Bruders nutzen dürfen, während hier«, er streckte den Arm in Richtung des Hauses,»eine Villa auf uns wartet.«

Hannah biss sich auf die Wangen. Ihre Eltern würden todtraurig sein, wenn sie zusammen mit Kathrinchen auszog.»Was genau habe ich falsch gemacht? Warum zeigst du mir die kalte Schulter?« Die Falten auf Roberts Stirn drückten zugleich Wut und Hilflosigkeit aus.»Ist es, weil du dir dein Leben anders vorgestellt hast? Weil du eine unabhängige Frau werden wolltest, die studiert und sich bildet, als wäre sie ein Mann? Und weil du jetzt doch nur mit unserem Kind zu Hause hockst und Mutter bist?« Er redete sich in Rage, die Muskeln an seinen Wangen zuckten.»Für das Problem wüsste ich eine Lösung: Wenn du unbedingt arbeiten willst, kannst du meine Sekretärin werden. Ich brauche eine Schreibkraft, um meine Geschäfte zu führen.«

Eine Schreibkraft? Hannah konnte nichts gegen das Schnauben tun, das durch ihre Nase entwich. Die Wut kochte so plötzlich in ihr hoch, als hätte sie schon lange auf der Lauer gelegen.»Deine Sekretärin?«, blaffte sie.»Du hast rein gar nichts begriffen, wenn du das ernst meinst! Ich wollte Apothekerin werden! Ich kann dir sämtliche Wirkstoffgruppen und ihre Geschichte rauf und runter beten. Ich kenne die meisten Nebenwirkungen auswendig und könnte den Patienten so manche Diagnose selbst stellen. Du glaubst doch nicht im Ernst, dass ich deine Schreibkraft werden will?!«

Robert wich vor ihr zurück. Enttäuschung erschien in seinem Gesicht. Seine Stimme klang schwach, als er den nächsten Vorschlag machte:»Wir könnten den Handel auf Pharmazeutika erweitern. In den letzten Jahren sind manche Handelszweige dünn besetzt. Vielleicht finden wir eine Marktlücke.«

Hannah begriff sofort, was er nur andeutete: »Du willst also von den Lücken im Handelsnetz profitieren, die durch die Evakuierung der Juden entstanden sind? Noch mehr profitieren, als du es eh schon tust? Ausgerechnet mir zuliebe?« Die sogenannte Evakuierung hatte ihre beste Freundin fortgerissen, und er müsste das wissen. Auch wenn sie niemals offen über ihre Einstellung zu den Juden geredet hatten – dass ihre Nachbarin Klara, Kindheitsgefährtin und beste Freundin, eine Jüdin war, war ihm bekannt.

Robert hob seine unverletzte Hand, gerade so, als wolle er sie abwehren. »Lass uns nicht streiten, Hannah.« Er klang müde. »Es geht mir nicht gut. Ich dachte, es wäre eine schöne Idee, nach alldem unsere Zukunft zu planen.«

Hannah hielt den Atem an. Sie schaute noch einmal zu der kleinen Reihenvilla. Von innen waren Vorhänge vor die Fenster gezogen. Plötzlich tat Robert ihr leid, wie er den Kopf senkte und mit hängenden Schultern dastand. Sie wusste, dass er sie nie ganz verstehen würde. Tatsächlich würde sie auf keinen Fall in ein Haus ziehen, das den Juden gestohlen worden war. Doch für heute hatten sie genug gestritten. Er hatte den Vorschlag fürsorglich gemeint, und sie konnte wenigstens so tun, als dächte sie darüber nach. »Also gut«, flüsterte sie. »Ich überlege es mir.«

Robert setzte sich wieder in Bewegung, ließ die Villa hinter sich und schaute weiter zu Boden. »Das mit Klara«, murmelte er. »Das tut mir leid. Ich weiß, dass sie deine beste Freundin war.«

Klaras Erwähnung stach in Hannahs Herz. Ihre beste Freundin war immer so optimistisch gewesen. Ihre ganze Familie hatte immer an das Gute im Menschen geglaubt.

»So schlimm wird es schon nicht werden«, hatte ihr Vater gesagt, als Hitler 1933 die Macht übernommen hatte.

»Von jetzt an wird alles besser«, hatte Klara behauptet, als ihr Vater sie von der Hansa-Oberrealschule genommen hatte, auf die sie zusammen mit Hannah gegangen war. Immerhin hatte sie einen Platz auf der israelitischen Töchterschule bekommen, und auch Hannah war erleichtert gewesen, weil ihre Lehrer nun endlich nicht mehr ihre beste Freundin nach vorn riefen, um die »äußeren Merkmale der Juden« besser erklären zu können. Seitdem der neue Direktor ihre Schule übernommen hatte, war es unerträglich geworden, ihre Freundin so leiden zu sehen. »Es sieht schlimmer aus, als es ist.« Mit diesen Worten hatte Klara 1938 in den Trümmern ihres Ladens gestanden, kurz bevor ihr Vater sein Geschäft gänzlich verloren hatte. Danach hatte sie ihren Lieblingssatz nur noch auf Hannah angewendet: »So schlimm wird es schon nicht werden«, war ihre Meinung zu Hannahs ungeplanter Schwangerschaft, ausgerechnet ein gutes halbes Jahr vor ihrem Abitur. »Ich werde dir helfen, dann bekommen wir das schon hin.« Damit hatte Klara sie in den Arm genommen und ihr die Tränen abgewischt.

So weit war es jedoch nicht mehr gekommen. Nur vier Monate nach Kathrinchens Geburt, Ende Oktober 1941, hatte Klara den Deportationsbefehl erhalten. Seitdem hatte Hannah nichts mehr von ihr gehört.

So lange schon brannte diese eine Frage in ihrem Magen. Auch jetzt, inmitten der Hochallee zwischen den prächtigen Reihenvillen, drängte sie sich in den Vordergrund – und zum ersten Mal konnte Hannah sie nicht länger zurückhalten. »Als du im Osten warst, bist du ihnen dort begegnet? Weißt du, was mit den Juden passiert ist?«

Robert fuhr zu ihr herum. Nackter Schrecken lag in seinem Blick, nur ganz kurz, ehe er fahrig den Kopf schüttelte und ein weiteres Mal die Zigarettenpackung hervorholte. »Der Osten ist sehr weitläufig, weißt du.« Wieder zog er eine Zigarette mit dem Mund aus der Packung, nahm sie zwischen die Finger, um besser sprechen zu können. »Vielleicht sollten wir ins Kino gehen. Ich glaube, einen längeren Spaziergang halte ich nicht durch.«

Hannah bemerkte den frischen Schweiß in seinem Gesicht. Selbst die Haut in seinem Nacken glänzte vor Nässe. Aber waren es die Schmerzen, die er nicht mehr aushielt? Oder ihre Fragen? Oder beides zusammen? In jedem Fall kam es ihr falsch vor, ihn noch weiter zu quälen. »In Ordnung«, murmelte sie und schlug an seiner Seite den Weg zur Grindelallee ein. Wenn sie nicht zu spät kommen wollten, mussten sie sich sputen. So schnell, wie Robert gehen konnte, eilten sie die Hochallee hinunter, überquerten die Ostmarkstraße und liefen weiter den Grindelhof entlang. Auf dem Bornplatz fiel Hannahs Blick auf den neu errichteten Hochbunker, genau dorthin, wo bis zu ihrer Zerstörung 1938 die Synagoge gestanden hatte. Aber Hannah wollte nicht länger darüber nachdenken, nicht jetzt, nicht heute.

Sie erreichten die Thalia-Lichtspiele gerade noch rechtzeitig, um zwei Karten für die Abendvorstellung von *Münchhausen* zu ergattern. Die *Wochenschau* hatte längst begonnen, als sie sich durch den dunklen Kinosaal auf ihre Plätze schoben. Ganz gleich jedoch, was sie in der *Wochenschau* erzählten, und ganz gleich, wie lustig und märchenhaft der Film auch war, Hannah fiel es schwer, sich darauf zu konzentrieren. Immer wieder schweiften ihre Gedanken zurück zu ihrem Spaziergang und dem Streit mit Robert. Um keinen Preis konnte sie in der enteigneten Reihenvilla wohnen. Dennoch hatte er nicht unrecht. In dem Zimmer bei ihren Eltern war es zu klein für sie drei. Sie sollten sich tatsächlich etwas Eigenes suchen. Nur diese eine Bedingung musste sie stellen: kein Haus, das einem Juden gehört hatte.

Als die Vorstellung dem Ende entgegenging, war sie fest entschlossen, sich mit Robert zu versöhnen und ihm den Kompromiss vorzuschlagen. »Wie geht es deiner Schulter?«, fragte sie, als der Vorhang vor die Leinwand fiel und die Zuschauer sich erhoben.

»Es ist schon besser.« Ein mattes Lächeln schimmerte auf

seinem Gesicht.»Dein Schmerzmittel hat geholfen.« Etwas schwerfällig stand er auf und setzte sich den Hut zurück auf den Kopf.

»Was ich dir noch sagen wollte ...«, begann Hannah,»du hast recht. Wir können nicht alle zusammen bei meinen Eltern wohnen.«

Sein Lächeln veränderte sich, changierte zwischen Überraschung und Erleichterung. Er öffnete den Mund, um etwas zu entgegnen, aber Hannah war noch nicht fertig.»Allerdings fühle ich mich unwohl, wenn wir ...«

Genau in dem Moment drang das Heulen der Sirenen von draußen herein, das jaulende Auf und Ab des Fliegeralarms. Hannah spürte, wie das Blut aus ihren Adern wich.»Kathrinchen! Wir müssen nach Hause.«

Auch in Roberts Gesicht zeichnete sich bleicher Schrecken, doch sofort fasste er sich wieder.»Die Flak wird das richten. Die kommen gar nicht bis hierher.«

»Bitte bleiben Sie ruhig«, rief der Vorführer in das Publikum.»Wir kennen das doch schon. Verlassen Sie geordnet den Saal und begeben Sie sich in einen Bunker oder Luftschutzraum.«

Trotz aller Ermahnungen drängelten sich die Kinobesucher zum Ausgang. Manche riefen die Namen ihrer Freunde durch den Saal, andere raunten Anweisungen und Ratschläge.

»In den Keller!«, kommandierte ein Mann knapp vor ihnen.»Das geht am schnellsten.«

»Nein, zum Bunker am Bornplatz!«, entgegnete die Frau neben ihm.»Da sind wir sicherer.«

»Ach was. Das ist doch ohnehin wieder nur Fehlalarm«, vermutete eine andere Frau.»Die fliegen an uns vorbei.«

Hannah versuchte, sich ebenfalls zu beruhigen. Fast jeden Abend gab es Luftwarnungen und Fliegeralarm, aber in diesem Jahr hatte es überhaupt erst einen Angriff gegeben, der nennenswert war. Und der war schon Monate her. Warum sollte es ausgerechnet heute anders sein? Nur weil sie nicht zu Hause war, fühlte es sich bedrohlicher an. Sie bemühte sich, in Roberts Nähe zu bleiben, während die Menschenmenge sie Richtung Eingang drückte. Doch immer wieder drängten sich andere zwischen sie. Robert fiel hinter ihr zurück, und Hannah wurde zu sehr geschoben, um sich umzudrehen. Jetzt musste sie ebenfalls rufen, um ihn zu erreichen. »Wohin?«, schrie sie. »Robert? Wohin?«

Falls er antwortete, hörte sie ihn nicht. Sie wollte sich noch einmal umdrehen, aber die Menschen schoben sie durch die Tür in den winzigen Vorraum. Hier gab es nur das Kassenhäuschen und die Tür zum zweiten Kinosaal. Auch von dort kam ein Strom fremder Menschen. Manche machten Anstalten zu rennen, andere hielten sie fest, damit keine Panik ausbrach.

»Robert?« Hannah schrie, die Menschen drängelten. Es war unmöglich, sich umzudrehen. Wenn sie es täte, würde sie rückwärts weitergedrückt, würde hinfallen und von den fliehenden Zuschauern überrannt werden. Sie musste zuerst nach draußen. Dort würde sie auf Robert warten.

Im nächsten Augenblick stand sie im Freien. Die Sirenen heulten, die Scheinwerfer der Flak rasten über den Himmel, suchten nach Flugzeugen und reflektierten an Millionen von flirrenden Punkten, die von oben herabrieselten. Was war das? Das waren keine Flugzeuge. Das war etwas anderes, Kleineres. Spätestens bei diesem Anblick ahnte Hannah, dass es heute Abend ernst wurde. »Robert!?« Wieder schrie sie, trat an der Hauswand zu Seite und konnte sich zum ersten Mal umdrehen. Doch so viele Menschen strömten aus dem Kino, dass sie nicht erkennen konnte, ob Robert dabei war. Genauso gut könnte er längst an ihr vorbeigerannt sein – oder noch hinten im Saal warten, bis die Drängler draußen waren. Ja, so musste es sein. Mit seiner verletzten Schulter wollte er sich bestimmt nicht in der Menschenmasse umherschubsen lassen.

Hannahs Herz raste, während sie sich dichter an die Hauswand presste. Unzählige Menschen rannten über die Straße, verließen panisch Hauseingänge, trugen Koffer in den Händen oder kleine Kinder auf den Armen. Überhaupt war die Straße voller Kinder, größere, die vorausliefen, und kleinere, die von ihren Müttern mitgezogen wurden. Die meisten eilten zum Hochbunker am Bornplatz.

Kathrinchen! Wenn sie jetzt losliefe, könnte sie es vielleicht noch bis zu ihrem Haus am Grindelberg schaffen und dort mit ihrer Familie in den provisorischen Luftschutzkeller fliehen. Doch was war mit Robert? Sie durfte ihn nicht allein lassen. Sonst würde er sie hier draußen suchen und sich selbst nicht rechtzeitig in Sicherheit bringen.

Der Menschenstrom aus dem Kino riss ab. Nur vereinzelt kamen noch Leute heraus. Hannah hetzte zurück zur Tür, durch den Vorraum in den Kinosaal. Dort wurde sie von dem Vorführer abgefangen. »Wohin willst du, Mädchen?«

»Zu meinem Mann!« Sie schrie lauter als beabsichtigt, hörte die Hysterie in ihrer Stimme.

»Da ist niemand mehr. Er wird längst draußen sein, dein Mann.« Der Vorführer hielt sie an der Schulter. »Komm mit, Mädchen. Wir müssen in den Bunker.«

Im Vorraum trat die dicke Kassiererin von einem Bein aufs andere. »Los! Schnell!« Sie schob sich vor zum Eingang.

Hannah wollte an ihr vorbeilaufen, nach rechts, die Grindelallee hinauf, bis sie in den Grindelberg überging. Wenn Robert nicht mehr hier war, musste er längst auf dem Weg dorthin sein, zu Kathrinchen.

Warum war sie nicht sofort losgerannt? Warum hatte sie nur gewartet?

Sie musste sich an der Kassiererin vorbeidrängen, um nach draußen zu gelangen. Im gleichen Moment hörte sie die ersten

Detonationen. Von links aus rückten sie näher. Hannah zögerte, blieb stehen und schaute den Berg hinauf. Sie würde es nicht mehr schaffen. Zu schnell kamen die Flugzeuge näher. »Mädchen, komm!« Die Kassiererin fasste ihre Hand, zog sie mit sich nach links und wuchtete ihren massigen Körper erstaunlich schnell voran.

Hannah gab den Widerstand auf, ließ sich zum Bunker am Bornplatz führen, während die Bomber auf sie zudröhnten. Eine Detonation folgte auf die nächste, die Luft war erfüllt von knisternden Metallstreifen, die auf die Straße niederflatterten. In der Tür zum Bunker stand jemand und winkte sie heran. »Schnell! Wir müssen schließen.«

Dann waren sie in der schützenden Dunkelheit, die Kassiererin, der Vorführer und Hannah. Vor ihnen im Bunker wisperte das Murmeln unzähliger Menschen. Die schwere Stahltür rastete hinter ihnen ein, gerade rechtzeitig, ehe die Bomber über Rotherbaum hinwegdonnerten, kurz bevor die erste Detonation den Bunker erschütterte.

Kinder heulten auf, Erwachsene stießen gedämpfte Schreie aus. Erst jetzt bemerkte Hannah, wie voll es war. Dicht an dicht saßen die Menschen beieinander. Nicht die Hausgemeinschaft eines einzelnen Mietshauses, sondern unzählige Fremde, die auf wenigen Habseligkeiten hockten und ihre Kinder im Arm hielten. Das Licht der schummerigen Notbeleuchtung ließ ihre Gesichter matt und fahl erscheinen.

Nur Hannah blieb mitten zwischen ihnen stehen. Ihr Kind war nicht hier. Ihr Mann war nicht hier. Ihre Eltern waren nicht hier. Sie alle saßen oben auf dem Berg in ihrem Luftschutzkeller unter dem Haus und machten sich Sorgen, weil Hannah nicht gekommen war.

Oder war Robert auch hierhergelaufen? In den Hochbunker? Er lag näher als der Grindelberg. Warum also nicht?

Hannah sah sich um, suchte zwischen den Fremden nach seinem Gesicht. Immer wieder fuhr ihr Blick die Reihen der

Menschen ab. Doch in diesem Raum war er nicht. Vielleicht in einem anderen? Der Hochbunker besaß verschiedene Schutzräume.

Sie wollte umdrehen und woanders suchen, hob das Bein, um über einen Koffer zu steigen. Ein mächtiges Donnern erschütterte den Boden. Augenblicklich strauchelte sie und fiel, stürzte halb über den Koffer und halb über den Schoß eines Fremden. Dann stand der Bunker wieder still. Nur der Putz rieselte noch von der Decke. Die Frau neben dem Fremden rückte zur Seite und zog Hannah auf den frei gewordenen Platz.

Weitere Detonationen folgten, ganz dicht um sie herum, dann die Grindelallee hinauf. Hannah konnte die Richtung hören. Jetzt mussten sie am Grindelberg sein. Sie wollte aufspringen und zum Ausgang laufen, wollte nach draußen und durch die Straßen zu ihrer Tochter rennen. Aber der Fremde hielt sie fest und drückte sie an der Schulter nach unten. »Bleib sitzen, Mädchen.« Plötzlich war sein Gesicht dicht vor ihr, sie roch den Schweiß auf seiner Haut und sah die Angst in seinen Augen. »Du hilfst ihnen nicht, indem du dich umbringst«, murmelte er, als hätte er ihre Sorgen erraten.

Er hatte recht. Ihre Eltern waren mit Kathrinchen in den Luftschutzkeller gegangen. Ihnen würde nichts passieren. Hannah musste nur ruhig bleiben und abwarten, bis der Angriff vorbei war. Dann konnte sie ihre Familie wieder in die Arme schließen.

Nie wieder würde sie abends nach draußen gehen! Nie wieder! *So schlimm wird es schon nicht werden.* Klaras Mantra kam ihr in den Sinn. Sie wollte es nicht denken, wollte nicht den Fluch heraufbeschwören, der an diesem Satz haftete. Doch sie konnte das Kreisen ihrer Gedanken nicht verhindern.

So schlimm wird es schon nicht werden. Weitere Flugzeuge dröhnten über sie hinweg, weitere Bomben erschütterten den Bunker.

Hannah duckte sich nach vorn, klammerte die Arme um ihre Knie und versteckte den Kopf. *So schlimm wird es schon nicht werden.* Wieder sah sie das Bild ihrer Eltern vor sich, wie sie in ihrem Keller saßen und mit der Angst rangen. »So schlimm wird es schon nicht werden«, flüsterte sie, während ihr Körper anfing, sich vor und zurück zu wiegen. Immer wieder musste sie die verfluchten Worte von sich geben, konnte sich nicht daran hindern und an nichts anderes denken. »So schlimm wird es schon nicht werden.«

Dann waren die Flugzeuge fort, die Detonationen fanden ein Ende. Dennoch blieben die Menschen sitzen. Noch war das lang gezogene Entwarnungssignal der Sirenen nicht zu hören. Träge wie flüssiges Blei floss die Zeit dahin. Immer wieder fielen Hannah die Augen zu. Erst das Heulen der Sirenen schreckte sie auf.

Entwarnung! Eine Minute lang heulte das Signal, ehe das Jaulen für ein paar Sekunden abschwoll, nur, um gleich wieder von vorn zu beginnen. Die Menschen im Bunker hoben ihre Köpfe. Manche sahen verschlafen aus, eine Frau neben ihr hatte scheinbar geweint, wieder andere machten einen verwirrten Eindruck. Hannah bemerkte gar nicht, dass sie aufgestanden und zum Ausgang geschlurft war. Sie war eine der Ersten, die nach draußen trat. Die Sirene schrillte in ihre Ohren, begleitete den Rauch und den Staub und die Ascheflocken, die vom Himmel herabsanken.

Der Angriff war vorbei, und dennoch tobte um sie herum das brennende Inferno. Der Bornplatz war kaum wiederzuerkennen. Zahlreiche Häuser waren von Sprengbomben zerrissen worden, einige standen lichterloh in Flammen, und die Straßen waren zum Teil verschüttet. In welcher Richtung ging es nach Hause? Die ersten Schritte, die Hannah in den Schutt und die Asche hinaus setzte, waren nur langsam. Dann aber fand sie ihren Weg und lief los, rannte über den Platz und den

Grindelhof entlang bis in die Grindelallee. Je weiter sie kam, desto dichter wurde die Wolke aus Rauch, Staub und Asche, hing so dunkel in der Luft, dass sie kaum etwas erkennen konnte. Unablässig heulte die Sirene weiter, drang immer tiefer in Hannahs Gedanken, bis sie kaum noch etwas dachte und nichts mehr fühlte. Sie wich den Schuttbergen aus, die den Bürgersteig bedeckten, rannte auf der Mitte der Straße weiter. Hier war die Oberleitung der Straßenbahn herabgerissen worden. Hannah musste aufpassen, sich nicht darin zu verfangen, sprang über Draht und aufgeworfene Schienen hinweg, umrundete den Krater, den eine Sprengbombe in die Straße gerissen hatte, und sah das Pferd mitsamt der Kutsche, das tot und verzerrt darin lag, als wäre es in der Dunkelheit hineingestürzt. Mit aller Macht bemühte sie sich, nicht dorthin zu sehen, wo Menschen am Boden lagen, und doch glitten ihre Blicke in ihre Richtung. Nur ganz leise flüsterte ein Name durch ihre Gedanken: *Robert*. Auch er war diesen Weg entlanggelaufen, vor dem Angriff. *Robert*. Die nackten Männerbeine, die unter dem Schutt hervorragten; die zusammengekrümmte Gestalt im Anzug, die sich noch im Tod darum bemühte, ihren Kopf zu verbergen; die verkohlte Leiche, die zu einer Miniatur zusammengeschrumpft war – jeder davon könnte Robert gewesen sein.

Doch Hannah wagte es nicht, in ihre Gesichter zu sehen.

Dann erreichte sie die Biegung, die den Blick in ihre Heimatstraße freigab, und plötzlich sah sie es vor sich: Der Grindelberg war ein Meer aus Flammen und Rauch. Wo vorhin noch ihr Haus gestanden hatte, ihre Straße, das ganze Viertel nördlich der Ostmarkstraße – alles brannte, glühte orangefarben zum Himmel und war so dicht von schwarzem Rauch umhangen, dass es unmöglich wäre, hineinzulaufen, ohne sich umzubringen.

Hannah begriff nicht sofort, was dieser Anblick bedeutete. Die Hitze flirrte in ihrem Gesicht, schmerzte in ihren Augen, bis sie sich abwandte und die Hände davorschlug. In jenem

Moment wich die Kraft aus ihren Muskeln, sackte ihr Körper in sich zusammen, und sie stürzte zu Boden.

Als sie wieder zu sich kam, waren die Sirenen verstummt, die Feuer in der Grindelallee waren gelöscht, doch der Grindelberg brannte weiter. Eine schwarze Wolke hing so tief am Himmel, dass sich nicht erkennen ließ, ob es noch Nacht war oder schon Tag. Erst auf den zweiten Blick konnte sie sehen, dass die Feuer kleiner geworden waren, dass einige Zeit vergangen sein musste.

So schlimm wird es schon nicht werden. Hannah wusste nicht, woher der Satz stammte, der durch ihre Gedanken geisterte. Sie wusste nicht einmal, was ihre Gedanken damit meinten. Sie stand wieder auf und ging weiter, um die Feuer herum, die sie nicht näher heranließen. Ziellos irrte sie durch die Gegend, umrundete den brennenden Grindelberg, stolperte durch die Ostmarkstraße, ganz nah an der rechten Seite entlang, die das Feuer weitgehend verschont hatte. In der Brahmsallee war die Glut noch zu heiß, also lief sie weiter zur Parkallee, in der nur noch einzelne Häuser schwelten.

Während sie lief, verlor sie jedes Zeitgefühl. Sie zählte nicht mit, wie oft sie ihr altes Viertel umrundete, wie viele Male sie zusammenbrach und liegen blieb und sich dann wieder aufrappelte und weiterging. Bis die Feuer heruntergebrannt und die Luft, das Straßenpflaster und die Ziegelsteine wieder kühl genug waren, um einen Fuß in die zerstörten Straßenzüge zu setzen. Das, was nun vor ihr lag, war eine Wüste aus Asche und Staub. Nur vereinzelt ragten die Fassaden von Häusern daraus hervor.

Hannah konnte nur raten, wo das Haus ihres Vaters gestanden hatte. Vielleicht erkannte sie es an der Entfernung zur letzten Straßenkreuzung oder an der roten Farbe, die an einem winzigen Steinbrocken noch zu sehen war. Es war nur ein müder Gedanke, mit dem sie realisierte, dass der Ort, an dem sich nun ein Bombenkrater befand, bis gestern Abend noch der Keller ihres Hauses gewesen war. Der sogenannte Luftschutzkeller.

Kathrinchen! Ihre Mutter, ihr Vater … Robert … Hannah musste ihre Leichen nicht sehen, musste sie nicht so sehen wie die anderen, die unter den Trümmern hervorlugten oder zu einer winzigen Gestalt zusammengeschmolzen waren. Sie kannte die Wahrheit auch so.

* * *

Falls sie in den nächsten Tagen überhaupt noch einen Gedanken fassen konnte, ging er unter in Asche und Rauch. Ihr Leben existierte nicht mehr. Nur ihr Körper machte weiter, bewegte sich irgendwohin, legte sich irgendwo nieder, nahm das Essen, das andere ihr reichten. Sie hörte nicht die Sirenen, die auch in den nächsten Nächten heulten, sah nicht die Menschen, die sie in einen der Bunker zerrten und dafür sorgten, dass sie überlebte. Erst als sie sich mit vielen anderen im Park an der Moorweide sammelte, streifte ein flüchtiger Gedanke durch ihr Bewusstsein: Genau hier hatten sie die Juden zusammengetrieben, vor weniger als zwei Jahren.

Nur kurze Zeit später saß Hannah auf einem Lastwagen der Wehrmacht, der sie aus Hamburg fortbrachte.

1. KAPITEL

W ie ein vorsichtiges Tier spielten die Wellen mit ihren Füßen, krochen zögernd darüber und wichen zurück, als hätten sie sich vor dem unerwarteten Hindernis erschrocken. Kurz darauf kamen sie wieder und tasteten sich vor, als wollten sie ihre Angst vor der Fremden besiegen, die sich einfach so in ihren Weg gestellt hatte.

Minutenlang harrte Hannah im eiskalten Wasser der Ostsee aus, um in der Brandung nach Muscheln zu suchen. Dann jedoch hob sie den Blick, schaute auf das Meer hinaus und lauschte dem Rauschen, bis sich ihr Pulsschlag mit dem der Wellen vereinte und eine Geschichte von Leere, Einsamkeit und Tod erzählte. Ihre eigene Seele schien dort hinten in der Ferne zu treiben, verloren gegangen in diesem Krieg, wie so viele andere.

Auch die Flüchtlinge waren in Wellen über Schleswig-Holstein geschwemmt worden. Schon mit der ersten Welle war Hannah hierhergekommen, zusammen mit Hunderttausenden, deren Häuser in Hamburg, Lübeck und Kiel ausgebombt worden waren. Damals hatte es noch beheizbare Dachkammern und freie Zimmer gegeben, die einem mit ein bisschen Glück zugewiesen worden waren.

Doch dann war das Land von der zweiten Welle getroffen worden. Wie eine gewaltige Sturmflut hatte das Kriegsende sie mit sich gebracht: Abertausende, wenn nicht sogar Millionen von Flüchtlingen aus den Ostgebieten. Vor allem aus Ostpreußen waren sie mit Schiffen gekommen, die in den großen Häfen anlegten. Bis zum Ende des Krieges flohen weitere Menschen hierher, die sich vor dem Einrücken der Alliierten in den nördlichsten Winkel Deutschlands zurückzogen. Und selbst als der Krieg vorbei war, riss der Strom nicht ab. Ganze Zugladungen von Flüchtlingen folgten, die aus Schlesien und Pommern vertrieben worden waren. Sie alle waren jetzt hier, rangen um Platz und Nahrung und versuchten zu überleben.

Hannah löste sich von der Weite der Ostsee, heftete ihren Blick auf den nassen Sand und wanderte entlang der Brandung weiter. Mit jeder Welle spülte das Wasser die verborgenen Muscheln frei, nur um sie beim Rückfluss erneut im Schlick zu vergraben. Einzig an den blubbernden Luftblasen ließ sich erkennen, dass etwas Lebendiges unter dem Sand begraben lag. Hannah musste schnell sein und die Muscheln rechtzeitig ausbuddeln, bevor die nächste Welle sie wieder unsichtbar machte.

Muscheln waren nicht gerade die effektivste Nahrungsquelle, aber mit Zwiebeln und ein wenig Butter gebraten, ergaben sie eine geschmackvolle Ergänzung zu den zwei oder drei Brotscheiben, die ihr jeden Tag zustanden. Umso wichtiger war es jedoch, niemandem zu verraten, wie man die Muscheln fand. Auch heute hörte sie auf zu suchen, als ihr eine Gruppe von fünf Wehrmachtsoldaten am Strand entgegenkam, die Eimer und Kescher, eine selbst gebaute Angel und ein engmaschiges Netz mit sich trugen.

Die deutschen Soldaten waren die dritte Welle gewesen, die nach Kriegsende über Schleswig-Holstein hereingebrochen war, all jene Männer, die bis zuletzt in der Wehrmacht und der SS gekämpft hatten. Die Alliierten hielten sie hier und in anderen Kriegsgefangenenzonen fest, um zu untersuchen, wer sich an den Verbrechen beteiligt hatte, die zum Ende des Krieges ans Tageslicht gekommen waren: Millionen von Juden hatte die SS ermordet, hatte sie in menschenunwürdigen Lagern eingepfercht und grausam zu Tode gequält. Wer das getan hatte, musste zur Rechenschaft gezogen werden, ehe er inmitten der Zivilgesellschaft unterschlüpfen konnte. Die

Schuldigen mussten herausgesiebt werden, bevor die Unschuldigen ein neues Leben beginnen durften. Doch es waren zu viele Soldaten. Kriegsgefangenenlager, die groß genug für alle wären, ließen sich nicht bauen, und auch für die Alliierten wäre es kaum möglich, ausreichend Nahrung heranzuschaffen. Zudem sahen die Genfer Konventionen vor, dass Kriegsgefangene direkt nach Kriegsende zu entlassen waren. Also galten die deutschen Soldaten nicht als Kriegsgefangene, sondern als entwaffnetes Kriegspersonal. Als solches bekamen sie weder eine feste Unterkunft noch ein Anrecht auf ausreichend Nahrung. Um sie unterzubringen, wurden große Teile von Schleswig-Holstein als Sperrgebiete abgeriegelt, in denen die Soldaten in Wäldern und Scheunen kampierten und weiterhin unter dem Kommando ihrer Offiziere blieben.

Auch Lütjenau, das Dorf, in dem Hannah lebte, gehörte zum Sperrgebiet F, das einen Großteil Ostholsteins umfasste. Seit der Krieg zu Ende war, lagerten Hunderte von Wehrmachtsoldaten in dem Waldstück, das sich jenseits von Gut Morkamp in die holsteinische Hügellandschaft schmiegte. Hannah ging ihnen aus dem Weg, so gut sie konnte.

Noch bevor die Soldaten sie erreichten, wog sie den Jutebeutel mit den Meeresfrüchten in ihrer Hand und beschloss, dass sie für heute ohnehin schon genug davon gesammelt hatte. Sie ging den Strandabschnitt zurück, den sie gekommen war, hob ihren zweiten Jutebeutel auf, in dem sie Treibholz zum Heizen gesammelt hatte, und begab sich auf den Weg durch die Dünen.

Einer der Soldaten pfiff ihr hinterher, aber Hannah war nicht so dumm, sich umzudrehen. Kaum waren die Männer aus dem Krieg zurück, suchten sie überall nach Gelegenheiten. Dass viele von ihnen zu Hause eine Verlobte hatten, schien sie nicht daran zu hindern, sich hier die Zeit mit einem anderen Mädchen zu vertreiben.

Hannah straffte die Schultern, stapfte durch den tiefen Zuckersand der Dünen und bemühte sich darum, sich ihre Eile nicht ansehen zu lassen. Sobald sie oben ankam, öffnete sich die Aussicht über die Hügellandschaft. Bis zu ihrer Evakuierung hatte sie geglaubt, Schleswig-Holstein wäre ein flaches Land. Doch inzwischen wusste sie, dass diese Beschreibung nur auf den westlichen Teil zutraf. Hier hingegen, entlang der Ostseeküste, wurde die Landschaft von unzähligen Hügelchen zerteilt. Parallel zu den Hügeln schlängelten sich lange Reihen von halbwilden Wallhecken entlang, welche die einzelnen Äcker und Wiesen des Gutes voneinander trennten. Diese Knicks, wie die Einheimischen sie nannten, wurden jedoch niemals in Form geschnitten und bestanden aus den unterschiedlichsten Sträuchern und Bäumen, auf denen diverse Früchte reiften. Doch die Gutsherrin zeigte kaum Interesse daran, die eingewachsenen Sträucher abernten zu lassen, zumal sie nicht veredelt waren und der Ertrag entsprechend mickrig ausfiel. Vielmehr wurde es toleriert, wenn die Flüchtlinge die wilden Äpfel, Nüsse und Beeren pflückten.

Seit Ende des Krieges war die Nahrung immer knapper geworden. Inzwischen reichten die Zuteilungen auf den Lebensmittelmarken noch gerade so zum Überleben. Die vorgesehenen Rationen bekam man jedoch nur, wenn man sich stundenlang in die Warteschlangen vor den Läden stellte und dabei nicht zu spät kam. Die Letzten wurden fast immer abgewiesen, und oftmals langte es nur für die erste Hälfte der Wartenden. Um halbwegs satt zu werden, musste man sich selbst etwas dazu organisieren.

Manchmal, wenn die Erinnerungen an den Bombenangriff über sie herfielen, spielte Hannah mit dem Gedanken, einfach mit der Nahrungssuche aufzuhören und auf ihr Ende zu warten. Einzig die Familie, mit der sie die Kammer teilte, hinderte sie daran. Vor den Augen der Kinder wollte sie nun wirklich nicht verhungern, und deren Mutter Elisabeth hätte es ohnehin nicht zugelassen. Also schleppte Hannah sich Woche für

Woche weiter. Schon frühmorgens trieb der knurrende Magen sie hinaus, und die niedrige Decke ihrer Kammer hinderte sie daran, allzu bald zurückzukehren. Um sich von den Erinnerungen abzulenken, plante sie die Ernte von Früchten, zeichnete die Wallhecken und Bäume in das Notizbuch, das sie bei der letzten *Sonderzuteilung Papier* ergattert hatte, und kontrollierte täglich die Knicks, um sich die reifen Früchte vor den anderen zu holen. Nichts mochten Elisabeths Kinder lieber als eingemachtes Kompott.

Heute war der Zwetschgenbaum im Knick neben dem Kartoffelfeld an der Reihe. Schon seit einer Woche schlich sie um ihn herum, um auch ja nicht den Tag zu verpassen, an dem die Pflaumen reif waren, aber noch nicht von anderen Flüchtlingen abgeerntet wurden. Dass der Pflaumenbaum ausgerechnet neben dem Kartoffelfeld stand, war ein Nachteil: Hier war sie bestimmt nicht die Einzige, die regelmäßig Patrouille lief. Tatsächlich war fast immer jemand in der Nähe des Feldes, denn keiner wollte die Kartoffelernte versäumen. Wer sich schon jetzt ein paar Knollen ausbuddelte, riskierte eine schlimme Strafe – aber wenn die Mägde des Gutshofes das Feld erst abgeerntet hatten, durften sie sich auf die Reste stürzen und alles einsammeln, was sich noch zwischen den Dreckkluten verbarg.

Allein beim Gedanken an frische Kartoffeln lief Hannah das Wasser im Mund zusammen. Doch zuerst war der Zwetschgenbaum an der Reihe. Hannah sah die Wiese vor sich, hinter der die besagte Wallhecke begann. Sie lief die Dünen hinab und scheuchte versehentlich ein paar Schafe auf, die blökend davontrabten. Kurz darauf erreichte sie die ersten Büsche des Knicks und wanderte daran entlang. Die Sträucher und Bäumchen waren zum Landesinneren geneigt, tief gebeugt unter dem Ansturm des Ostseewindes.

Neben dem Zwetschgenbaum blieb sie stehen, pflückte eine der unteren Pflaumen und biss sie vorsichtig auf, um nach

Maden zu schauen. Tatsächlich waren die Früchte reif, fruchtig süß, aber noch nicht matschig. Alle Pflaumen allein zu ernten wäre maßlos gewesen, aber einen kleinen Sack davon wollte sie mitnehmen, um sie einzumachen und für den Winter Pflaumenmus daraus zu kochen. Hannah nahm einen der leeren Jutebeutel, hängte ihn an den tiefsten Zweig und fing an, die reifen Zwetschgen abzupflücken.

Sie war gerade auf den dicksten Hauptast geklettert, als ihr jemand von hinten zurief:»He! Mädchen! Das ist unser Baum!«

Erschrocken fuhr sie herum. Fast erwartete sie, einen der Gutsknechte unter dem Pflaumenbaum zu entdecken. Vielleicht hatte es die Gutsherrin neuerdings verboten, die reifen Früchte aus den Knicks zu ernten. Erst dann erkannte sie, dass drei Wehrmachtsoldaten auf den Zwetschgenbaum zuschlenderten.

Einer von ihnen hob herausfordernd das Kinn:»Geh runter da!«, rief er.»Den Baum haben wir uns ausgesucht.«

Hannah hielt den Atem an. Für einen Moment wollte sie nachgeben und auf den Boden springen. Wenn die Männer ihr etwas antun wollten, gab es kaum eine Chance, ihnen zu entkommen. Andererseits war der Krieg vorbei. Als ehemalige Soldaten waren sie Gefangene, und keiner von ihnen wollte vor einem britischen Gericht landen. Abgesehen davon, wollte sie sich ganz sicher nicht einschüchtern lassen.

»Ich habe mir den Baum zuerst ausgesucht«, rief sie zurück. »Sieht man das nicht?«

Der Soldat kniff die Augen zusammen.»Ach ja?« Er kam näher, stellte sich breitbeinig unter den Ast, auf dem sie saß, und nahm ihn in die Hand, als wollte er daran rütteln.»Wie auch immer …« Er grinste schief.»Wir brauchen Lebensmittel für zweihundert Mann. Wie viele Leute hast du zu versorgen?«

Die Frage stach so unvermittelt in Hannahs Eingeweide,

dass sie ins Schwanken geriet. *Niemanden.* Sie hatte niemanden zu versorgen, abgesehen von sich selbst. Auch die Kinder in ihrer Kammer wurden eigentlich von ihrer Mutter versorgt, und während Hannah über Vorräte nachdachte, lebten die Soldaten hinten im Wald von der Hand in den Mund. Im Gegensatz zu ihr hatten sie nicht einmal ein festes Dach über dem Kopf, obwohl bald der Winter kam.

Hannah war drauf und dran, ihnen den Pflaumenbaum zu überlassen, als ihr der überhebliche Gesichtsausdruck des Anführers auffiel. Der Soldat neben ihm grinste ebenfalls breit, während er an einem Strohhalm kaute. Nur der dritte stand etwas abseits und sah in die Ferne, als hörte er gar nicht zu.

Vielleicht hatten sie sich im Krieg angewöhnt, auf diese Weise mit Frauen zu reden und sich alles zu nehmen, was sie haben wollten. Schon die Tatsache, dass sie Hannah duzten, zeugte von Respektlosigkeit. Aber die Zeiten hatten sich geändert. Wer sie respektlos behandelte, dem schuldete sie ebenso wenig Respekt, und wenn er noch so eine schicke Uniform trug. In diesem Falle waren es allerdings zerschlissene, ausgeblichene Uniformen.

Entschlossen schaute sie dem Anführer in die Augen. »Wir machen einen Kompromiss.« Sie ließ ihre Stimme möglichst fest klingen. »Wir ernten zusammen. Ihr zu dritt – und ich allein. Ich nehme mir so viel, wie ich für die fünf Leute in meiner Kammer einkochen kann, und ihr nehmt euch den Rest.« Sie verkniff sich das »Einverstanden?«, das sich über ihre Lippen schleichen wollte. Diese Männer würden sie nur ernst nehmen, wenn sie ganz selbstverständlich die Regeln definierte.

Der Anführer hob erstaunt die Augenbrauen. »Du hast vielleicht Courage, Mädel. Aber gut.« Er wandte sich an die anderen. »Fuchs! Du kletterst nach oben und wirfst die Zwetschgen runter. Ich angle von unten die tieferen Äste, und

Freddie, du sammelst auf.« Damit grinste er Hannah noch einmal zu, ließ sie ahnen, dass er um jede Pflaume mit ihr kämpfen würde.

Der Soldat, der eben noch vor sich hin gestarrt hatte, setzte sich in Bewegung. Er musste derjenige sein, den der Anführer Fuchs genannt hatte: Seine Haare leuchteten in einem dunklen Rot. Etwas überlang fielen sie in sein Gesicht, während er in den Baum kletterte und sich wie ein Wiesel an Hannah vorbeihangelte. Als er direkt vor ihr war, erkannte sie, wie jung er noch sein musste, Anfang zwanzig vielleicht. Niedliche Sommersprossen zierten seine Nase, und in seinen Augen lag etwas … Hannah konnte es nicht definieren. Der Moment war zu kurz, ehe er sich in die Astgabelung über ihr stemmte. Nur das grün gesprenkelte Braun seiner Iris brannte sich in ihre Erinnerung. Etwas war mit seinen Augen, etwas, das sie schaudern ließ.

Gleich darauf begann der Kampf um die Früchte. Der Anführer zog den Ast zu sich herunter, auf dessen Gabelung Hannah sich niedergelassen hatte. Genau vor ihrer Nase fing er mit seiner Ernte an, bis sich keine Zwetschge mehr in ihrer Reichweite befand. In der Hocke drehte Hannah sich um, kletterte auf die andere Seite des Baumes und angelte dort nach einem Ast, der etwas höher hing. Wieder kam der Soldat ihr nach, schnappte den Ast an seinem tiefer hängenden Ende und bog ihn zu sich nach unten.

Hannah hatte genug. Sie zog sich eine Etage höher, kauerte sich neben dem Fuchs in eine benachbarte Gabelung und beugte sich vorsichtig zu den Pflaumen. Zuerst fürchtete sie, der Rothaarige könnte seinen Anführer nachahmen. Er beachtete sie jedoch gar nicht. Schweigend hockten sie nebeneinander, ernteten die Pflaumen und kamen sich nicht ins Gehege. Erst als alle Früchte in dieser Etage abgeerntet waren, wurde es schwieriger. Ohne zu zögern, kletterte der Fuchs höher, während Hannah ihm prüfend nachsah. Der Baum wurde immer schmaler, manche Äste erschienen ihr alt und gebrechlich. Der junge Soldat mochte ein schmales Hemd sein, das kaum etwas auf die Waage brachte. Auch Hannah hatte in den letzten zwei Jahren einige Pfunde eingebüßt – aber wenn sie beide dort oben hockten, könnte es dem Bäumchen zu viel werden.

Weiter unten leistete der Anführer ganze Arbeit. Fast alles war abgeerntet. Nur noch wenige, schwer zugängliche Stellen fehlten. Hannah beschloss, dass sie genug Pflaumen hatte. Sie musste das alles verarbeiten, bevor die Früchte schimmelten oder gärten. Ganz zu schweigen davon, dass Lebensmittel selten in wiederverwertbaren Einmachgläsern zu kaufen waren und Hannah nur noch wenige leere besaß. Sie musste erst Nachschub organisieren, sich von Einheimischen ein paar Gläser ertauschen oder auf eine entsprechende Sonderzuteilung warten, wenn sie größere Mengen von Obst einkochen wollte. Also kletterte sie nach unten, sprang vom Baum und trug ihren Pflaumensack zu den Muscheln und dem Treibholz.

Der Anführer pfiff durch die Zähne. »Hast ja ganz schön Beute gemacht, Mädel!« Er schlenderte auf sie zu, blickte zu ihren Säcken und blieb stehen. »Was hast du denn alles da drin?«

Schnell wich sie zurück, zog die Säcke mit sich und schwang sie mit einem Ruck über ihre Schulter. Die Muscheln und Pflaumen wogen nicht mehr als zehn oder zwölf Pfund, aber das Treibholz war noch nass und zwang sie fast in die Knie.

Der Soldat lachte auf. »Eben noch rotzfrech und jetzt ein scheues Rehchen. Was denn? Glaubst du, ich will dir was wegnehmen? Oder dich anfassen?« Er streckte die Hand nach ihrem Gesicht aus.

»Egon!« Der Soldat, der die Pflaumen aufsammelte, schüttelte den Kopf. »Handle uns bloß keinen Ärger ein.«

Egon zog die Hand zurück und lachte ein weiteres Mal.

»I wo! Ich mach doch keinen Ärger.« Damit zog er seine

Feldkappe und verbeugte sich vor Hannah. »Meine Dame, ich bitte um Verzeihung. Was hat der Krieg nur mit meinen Manieren angestellt?« Etwas blitzte in seinen Augen, eine kurze Irritation, bevor er sich abwandte und zu seinem Kameraden ging, um mit ihm zusammen die Pflaumen einzusammeln.

Erschöpft stieß Hannah die Luft aus. Erst jetzt bemerkte sie, wie lange sie den Atem angehalten hatte. Dann fiel ihr Blick auf den schmalen Jungen, der noch oben im Baum herumkletterte. Immer weiter wagte er sich auf die krummen Äste hinaus, legte sich bäuchlings darauf, riss die Pflaumen ab und warf sie zu Boden. Jederzeit konnte der Ast unter ihm brechen, konnte der Junge zwischen Blättern und Zweigen hinabstürzen und sich beim Aufprall Arme und Beine brechen, schlimmstenfalls das Genick.

Hannah konnte sich nur schwer von seinem Anblick lösen. Fast kam es ihr vor, als müsste sie hier bleiben, als könnte sie ihn beschützen, allein durch ihre Gegenwart. Es war ein absurder Gedanke. Wenn er stürzte, konnte sie ihm nicht helfen. Sie war keine Ärztin, nicht einmal eine echte Apothekerin. Und selbst wenn: Eine Apothekerin ohne Medizin war so wertlos wie ein Heizofen ohne Kohle und Holz.

So schlimm wird es schon nicht werden. Die verfluchten Worte ihrer Freundin Klara krochen durch ihre Gehirnwindungen, zogen Bilder von brennenden Häusern und die Detonation einer Sprengbombe hinter sich her. Sie zuckte zusammen, stieß ein leises Keuchen aus und bemerkte, dass Egon sie ansah. Er hockte auf dem Boden bei den Pflaumen und schaute zu ihr auf. Doch dieses Mal lachte er nicht.

Hannah ruckelte die Säcke in eine bequemere Position, drehte sich um und eilte davon. Immer lauter rauschte das Blut in ihren Ohren, während sie den Knick entlanghetzte. Allzu oft hörte sie noch die Bomben, sah die Bilder der Leichen vor sich. Auch jetzt brannte sich der Gestank von Asche in ihre Lungen, silbrige Glitzerstreifen schimmerten am Boden zwischen den Gräsern. Sie fing an zu rennen. Mit jedem Schritt schlug der Treibholzsack an ihre Wirbelsäule, doch sie musste weg von hier, musste … Wohin eigentlich?

Der Weg zum Gutshof, zwischen Knicks und Wiesen entlang, zog sich endlos. Selbst dort würde es keine Sicherheit geben. Vor dem, was in ihr war, gab es kein Entrinnen. Dann schimmerte der See durch die Wallhecken. Hannah lief durch eine kleine Pforte, die auf den Weg führte, der den See bis zum Gutshof umrundete. Das weiße Herrenhaus thronte am gegenüberliegenden Ufer auf einem Hügel. Wie ein eitler König spiegelte es sich dort hinten in der Wasseroberfläche. Um sich abzulenken, heftete Hannah den Blick an das Türmchen und die Zierleisten. Hier draußen, in der Weite Schleswig-Holsteins, stand diese Schönheit so unversehrt, als hätte es niemals einen Krieg gegeben. Allzu gern wollte sie sich daran festhalten, wollte glauben, dass die hohen Mauern des Gutshofes Sicherheit boten, eine neue Heimat. Doch sie war ein Flüchtling. Dieser Gutshof war nicht mehr für sie als eine Unterkunft, ein Provisorium, aus dem sie früher oder später wieder fortziehen musste. Es gab kein Ankommen für Flüchtlinge. Nur einen Weg, der von Station zu Station führte.

Wenig später erreichte sie die Hofeichen und die Rückseite der Stallungen. Schweine wühlten im Pferch unter den Bäumen und gruben ihre Nasen in das Laub auf der Suche nach Eicheln. Hannah musste um den geschlossenen Vierseithof herumlaufen, ehe sie das Torhaus erreichte, das nach vorn zur Straße wies. Alle vier Seiten des Wirtschaftshofes bestanden aus lang gestreckten Ziegelsteinbauten, und selbst das Torhaus wurde als Stall für das Kleinvieh genutzt. Aus dem Gehege davor tönte vielstimmiges Hühnergurren.

Keuchend lief Hannah durch den Torbogen. Seitenstiche brannten in ihrer Leiste. Sie musste ihre Hand hineinstützen, als sie inmitten des Wirtschaftshofes stehen blieb. An zwei

Seiten befanden sich die Pferde-, Kuh- und Schweineställe. An der dritten Seite lag das Kavaliershaus, das diesen Hof vom Ehrenhof trennte und zugleich durch einen weiteren Torbogen mit dem herrschaftlichen Teil des Gutes verbunden war. Früher hatten reitende Gäste, Knechte und die Kutscher der Gutsleute in diesem Haus gewohnt, während die adeligen Gäste auf der anderen Seite des Ehrenhofes in einem anderen Kavaliershaus übernachten durften. Jetzt war alles vollgestopft mit Geflüchteten. Sämtliche Gästezimmer der Kavaliershäuser, bis hin zu den hintersten Dachkammern, waren mit so vielen Menschen belegt wie irgendwie hineinpassten. Selbst auf manchen Dachböden und in der Scheune hauste das Volk, das in großen Scharen aus dem Osten geflohen war.

Entsprechend chaotisch war das Treiben, das auf dem Gutshof herrschte. Eifrige Helfer liefen auf dem Wirtschaftshof zwischen den Ställen umher, schoben Mistkarren und verteilten Viehfutter. Dazwischen tobten Kinder, die jede Ecke durchforsteten, wie immer in einer Mischung aus Spiel, Nahrungssuche und dem Auffinden nützlicher Dinge, mit denen sich etwas improvisieren ließ. Vor dem Brunnen in der Mitte des Wirtschaftshofes sammelte sich die obligatorische Schlange aus Flüchtlingen, die frisches Wasser holen wollten. Die Menschen schnatterten wild durcheinander, gründeten oberflächliche Freundschaften und tauschten die neuesten Informationen aus. Schlangen wie diese bildeten die wichtigsten Nachrichtenbörsen. Nur leider war es manchmal nicht ganz leicht, Wahrheit und Gerüchte voneinander zu unterscheiden.

»Beim Schlachter in Lütjenau soll es morgen Schweinefleisch geben«, hörte Hannah im Vorbeigehen. »Aber dafür musst du früh anstehen. Die Menge ist sicher begrenzt. Um fünf Uhr werde ich losgehen.«

Sie warf nur einen flüchtigen Blick auf die beiden Frauen, die sich darüber unterhielten. Die eine war schon etwas älter, und Hannah wusste, dass mindestens vier halbwüchsige Kinder zu ihr gehörten, die irgendwo herumtobten, und die andere Frau musste in etwa so alt sein wie sie selbst. Neben ihr stand ein kleines blond gelocktes Mädchen, das Hannah an ein anderes blond gelocktes Mädchen erinnerte, an eines, das sie verloren hatte. Wie immer, wenn sie dieses Mutter-Tochter-Pärchen sah, bildete sich ein schmerzhafter Knoten in ihrer Brust. Die beiden mussten fast ebenso lange hier sein wie sie, und vielleicht hatte Hannah schon einmal ihre Namen gehört. Aber sie wollte sich weder merken, wie sie hießen, noch mit ihnen reden.

Auch das Gesinde-Waschhaus, das an der Ecke des Kavaliershauses angrenzte, war gut besucht. Frauen und Mütter standen davor an, um ihre Wäsche zu waschen oder die kleineren Kinder im Waschzuber abzuschrubben. Größere Kinder und Erwachsene badeten um diese Jahreszeit noch im See.

Hannah ging an dem Treiben vorbei, ohne auch nur einmal stehen zu bleiben. Andere mochten schon längst neue Freundschaften und Kontakte gefunden haben, aber sie wollte sich möglichst wenig an andere binden. Einzig zu der Familie in ihrer Kammer besaß sie ein gutes Verhältnis. Doch trotz aller Sympathie blieb immer ein unbehagliches Gefühl. Die anderen gehörten zusammen, sie selbst war eine Einzelne. Was sich zwischen ihnen entwickelt hatte, mochte sich vielleicht wie Freundschaft anfühlen, blieb aber trügerisch. Auf der Flucht gab es keine Freundschaften. Nur Zweckgemeinschaften auf Zeit. Und je häufiger sie auf das trügerische Freundschaftsgefühl hereinfiel, desto häufiger würde sie enttäuscht werden.

Vor ihr öffnete sich der Tordurchgang, der durch das Kavaliershaus in den Ehrenhof hinüberführte und durch den in früheren Zeiten die Kutschen zu den Stallungen gefahren waren. Hannah ging auf eine schmale Tür zu, die inmitten der Durchfahrt seitlich eingelassen war. Trübe Dunkelheit empfing sie, als sie hindurchtrat, und begleitete sie die Treppe hinauf, die hoch unter das Dach führte. In dem langen Flur zwischen den Kutscherkammern rannten ihr zwei Kinder entgegen, Theo und Christina, die polternd zur Treppe stürmten. Hannah kannte das Temperament der beiden nur zu gut. Zusammen mit ihrer Mutter Elisabeth und ihrer Oma Erna teilten sie sich die Kammer mit ihr.

Elisabeth und ihre Familie stammten ebenfalls aus Hamburg und waren, wie Hannah, im Juli 1943 ausgebombt worden. In der Anfangszeit, nachdem sie hierhergekommen waren, hatte Elisabeth sich rührend um Hannah gekümmert und dafür gesorgt, dass sie sich nichts antat. Dennoch war Hannah sich bis heute nicht ganz sicher, ob es Segen oder Fluch war, sich mit einer intakten Familie die Kammer zu teilen, mit einer beinahe intakten Familie. Einzig Elisabeths Mann befand sich noch in Kriegsgefangenschaft in Frankreich. Aber sie schrieben sich Briefe, und es schien ihm den Umständen entsprechend gut zu gehen.

Ihr Zimmer war das letzte auf dem Flur, ganz hinten, wo das Kavaliershaus schon fast an das Herrenhaus angrenzte – wenn es denn eine Verbindung zwischen beiden Häusern gäbe.

Das Erste, was Hannah bemerkte, war der fremde Koffer, der draußen auf dem Flur vor ihrer Tür stand. Kurz überlegte sie, ob sie anklopfen sollte. Doch es war ihre eigene Kammer, also öffnete sie einfach die Tür. Und hielt gleich darauf inne. Direkt vor ihr stand ein Paar, das sich küsste. Der Mann in der braun eingefärbten Wehrmachtsuniform kehrte Hannah den Rücken zu. Die Frau war dahinter verborgen, einzig die dunkelblonden langen Haare waren neben dem Kopf des Fremden zu erkennen. Bis sie sich zur Seite lehnte und Hannah über seine Schulter zulächelte. »Oh, Hannah. Verzeihung.« Elisabeth löste sich von dem Fremden und drehte ihn zu Hannah herum: »Günther, das ist Hannah, unsere Mitbewohnerin. Hannah, das ist Günther, mein Mann. Er ist entlassen worden, stell dir das vor!« Sie strahlte über das ganze Gesicht.

Hannah musste schlucken, um das Drücken in ihrer Kehle zu besiegen. Da war sie wieder, die Tücke der Nachkriegsfreundschaft. Konnte eine Freundschaft halten, wenn tief im Inneren dieser Neid schlummerte? Wenn die andere alles besaß, was man selbst so schmerzlich vermisste? Und was würde ihre Freundschaft noch zählen, wenn Günther hier einzog? Mit ihm war nicht mehr genug Platz in der winzigen Kammer. Früher oder später würde Elisabeth sie darum bitten auszuziehen. Dann würde Hannah nichts anderes übrig bleiben, als eine Ecke in den großen Gemeinschaftsunterkünften zu belegen: in der Strohmiete neben dem Pferdestall oder drüben in der großen Scheune, die etwas abseits am Rand der Felder stand.

Elisabeths Blick wurde ernst. Sie löste sich von ihrem Mann und kam auf Hannah zu. Dann war es also jetzt schon so weit? Hannah bemühte sich, gerade zu stehen.

»Wir gehen bald zurück.« Die Worte ihrer Freundin klangen fremd, trafen Hannah so unerwartet, dass sie nicht verstand, was sie meinte. »Nach Hamburg«, ergänzte Elisabeth. »Günther hat bei Freunden eine Wohngelegenheit für uns gefunden. Und wie es aussieht, wird unser Haus wiederaufgebaut. Wir müssen alle mit anpacken.«

Hannah wurde schwindelig. Das Haus ihres Vaters in Hamburg, der zerstörte Grindelberg … Sie konnte sich nicht vorstellen, dass ihre Stadt jemals wieder so sein würde wie vorher. Nicht einmal annähernd.

In Elisabeths Augen hingegen blitzte Hoffnung. »Willst du nicht mitkommen? Der Krieg ist vorbei! Wir müssen von vorn anfangen. Du wolltest doch Apothekerin werden. Vielleicht kannst du jetzt studieren. Ein neues Leben beginnen.«

»Nein!« Viel zu laut sprang das Wort aus Hannahs Mund. »Keine zehn Pferde bringen mich zurück nach Hamburg. In dieser Stadt ist nichts mehr. Niemand.« Nur noch Asche, Trümmer, Leichen … Sie keuchte, klammerte sich an den Türrahmen.

»Schon gut.« Elisabeth legte die Hände auf ihre Schultern. »Hannah, beruhig dich. Es war nur eine Idee. Nur deshalb, weil ich dich nicht einfach allein lassen will.« Entschlossen schüttelte Hannah den Kopf. »Nein. Geht ihr nur. Aber lasst mich hier.« Sie drängte sich an Elisabeth vorbei, ließ sich auf ihren Strohsack vor dem Fenster fallen und schloss erschöpft die Augen.

* * *

Wald bei Lütjenau, Kriegsgefangenenzone F, Lagerplatz

Der Krieg war vorbei. Schon lange. Doch das waren nur Worte. Tatsächlich war der Krieg bei ihnen geblieben und hatte sich tief in ihre Seelen gefressen. Es gab nicht viel, was dagegen half, nicht viel, worunter sich die Erinnerungen begraben ließen. Nur wenn er die Bäume ansah, wurde es besser. Wenn er im Laub des Waldes lag und hinauf in die Wipfel schaute, gelang es ihm manchmal, das Geschehene zu vergessen. Um ihn herum brummten die Stimmen der Soldaten. Ihre Schritte stapften über den Waldboden, ihr Rufen und Lachen hallte von Zelt zu Zelt.

Doch das alles war weit entfernt. In der Buche über seinem Liegeplatz saß ein Eichhörnchen. Es trug eine Nuss in den Pfoten, knabberte daran und hielt inne, sah sich um und zuckte mit dem buschigen Schwanz, nur um gleich darauf weiterzufressen. In diesem Waldstück lebten fünf Eichhörnchen, zwei Elterntiere und drei Junge. Er hatte sie oft genug beobachtet, um sie zu unterscheiden. Dieses hier war eines der Kleinen, das zahmste von ihnen, und etwas an seiner koketten Art ließ ihn vermuten, dass es ein Weibchen war. Auch wenn er sich genauso gut täuschen konnte, weil es äußerlich nicht zu erkennen war.

Sein Blick wanderte zu der dunkelblauen Pflaume, die er in eine Astgabel gelegt hatte. Das Eichhörnchen war nicht mehr weit davon entfernt. Er musste nur warten, dann würde das Kleine sein Geschenk finden. Allzu gern teilte er sein Essen mit ihm, teilte fast alles, was für die Mahlzeit eines Eichhörnchens infrage kam. Schließlich mussten die Tierchen genug Nahrung finden, mussten sich Speck anfressen, bevor der Sommer zu Ende ging.

Bevor der Winter über den Wald hereinbrach.

2. KAPITEL

Gut Morkamp, Kreis Plön, Ostseeküste Schleswig-Holstein, Kriegsgefangenenzone F, September 1945

Elisabeth und ihre Familie blieben noch eine knappe Woche, sechs Tage, in denen Hannah versuchte, nicht darüber nachzudenken, was danach sein würde. Erst als der siebte Morgen anbrach, als die Kinder viel früher als sonst von ihren Strohsäcken aufsprangen und die Eltern ihre letzten Habseligkeiten in einem großen Jutesack verstauten, wurde Hannah klar, dass sie die Wahrheit nicht länger verdrängen konnte.

Für andere Menschen ging das Leben weiter. Sie wollten aufbrechen, neu anfangen in dem Bemühen, all das zu flicken, was zerrissen war. Doch Hannah konnte nicht daran teilhaben. Früher oder später würde sie die Letzte sein, deren Leben zwischen gestern und morgen festgefroren war.

Schon nach wenigen Stunden hatten Elisabeth und Günther die kleine Dachkammer geräumt, hatten alles eingepackt, was die Bezugsscheine ihnen in den letzten Jahren zugesprochen hatten und was sich mit ihren Mitteln transportieren ließ. Selbst die Decken hatten sie zusammengerollt und die Hälfte von dem Obst genommen, das Hannah zusammen mit Elisabeth eingekocht hatte. In Hamburg war die Nahrung angeblich noch knapper als hier.

Als Elisabeth ein letztes Mal in der Tür stehen blieb und sich umsah, lagen nur noch die Strohsäcke auf dem Boden, auf denen sie geschlafen hatten – und die Matratze der Oma, die zu groß und zu schwer war, um sie mit nach Hamburg zu nehmen. Dabei war sie am wertvollsten. »Ich könnte heulen, wenn ich sie ansehe. Aber zusammen mit uns und den Kindern kriegen wir sie nicht in das Automobil.« Mit diesen Worten wandte sich Elisabeth an Hannah und lächelte ihr zu.

»Nimm du sie. Bevor jemand anderes kommt und sie sich unter den Nagel reißt.«

»Jemand anderes?« Hannah schüttelte verständnislos den Kopf. Erst dann wurde ihr klar, dass Elisabeth recht hatte. Sie würde die Kammer nicht lange für sich behalten. In den großen Gemeinschaftsunterkünften lebten genug Leute, die gern ein wenig Privatsphäre hätten.

»Warte, wir kümmern uns sofort darum.« Elisabeth ging zurück in die Kammer, blieb neben der Matratze stehen und stemmte die Hände in die Hüften. »Wo willst du schlafen? Such dir den schönsten Platz aus!«

Aufmerksam sah Hannah sich um. Das Zimmer war klein, kaum mehr als zwölf Quadratmeter groß. Bis jetzt hatte sie unter dem kleinen Sprossenfenster an der Schmalseite geschlafen. Doch im Grunde war es der schlechteste Platz. Im Winter war es zugig und kalt. Viel wohnlicher war es seitlich unter der Dachschräge, wo der Reihe nach die Strohsäcke der Kinder lagen, oder ganz am Rand, in der dunkelsten Nische, die bislang der Oma gehört hatte. In der Nacht musste es der bequemste Platz sein, zumal die Brennhexe nur zwei Meter entfernt neben der Tür stand. Ihre Brennhexe war Heizofen und Herd in einem, ein Allesfresser, den sie mit Holz, Torf oder Abfällen füttern konnten. Direkt daneben zu schlafen, wo fast immer jemand stand, der sich etwas kochen oder Wasser erhitzen wollte, war bestimmt keine gute Idee. Die Ecke der Oma lag allerdings in sicherem Abstand. Zudem war sie bis vor Kurzem mit einem Vorhang aus dünnen Bettlaken abgetrennt gewesen. Elisabeth hatte die Vorhänge zwar eingepackt, aber falls Hannah neue Mitbewohner bekam, ließe sich vielleicht ein Ersatz auftreiben.

»Du kannst die Matratze dort lassen. Ich nehme Großmutters Ecke.« Hannah ging zu ihrem bisherigen Schlafplatz, griff nach ihrer Decke und zog das Laken von dem Strohsack.

Zusammen trugen sie den Karton mit ihren wenigen Sachen in die neue Schlafecke und stapelten die eingemachten Obstgläser unter die Dachschräge. Nur das Treibholz, das Hannah in den Sommermonaten gesammelt hatte, blieb zum Trocknen neben dem Ofen und an der Außenmauer neben dem Fenster liegen. Im Winter würde es den gröbsten Frost fernhalten. Anfang des Jahres hatten sie furchtbar gefroren, nachdem ihnen das Heizmaterial ausgegangen war. Dieses Mal, so hatte Hannah sich vorgenommen, würde sie besser vorsorgen. Dennoch würde das Treibholz nicht ausreichen.

»Siehst du?« Elisabeth zog das Laken über der Matratze glatt und richtete sich auf. »Jetzt bringt es dir sogar einen Vorteil, dass wir wegziehen.«

Hannah schaute über die verwaisten Strohsäcke. »Ich hätte lieber euch hier behalten.«

Elisabeth zog sie an sich und drückte sie an ihren rundlichen Körper. »Meine Süße. Wir sind doch nicht aus der Welt. Ich werde dir schreiben. Und dann kommst du uns in Hamburg besuchen.«

Ein eisiger Schauer lief über Hannahs Rücken. Sie würde nicht nach Hamburg fahren. Auch nicht, um jemanden zu besuchen. Aber das hatte sie schon oft genug gesagt. Statt einer Antwort folgte sie Elisabeth durch den Flur, die Treppe hinab in den Wirtschaftshof.

Das Automobil von Günthers Hamburger Freund parkte neben dem Torhaus. Alle Sachen waren längst darin verstaut. Decken, Kissen und Koffer stapelten sich an den Fensterscheiben. Wo dazwischen die Menschen Platz finden sollten, war Hannah ein Rätsel. Einzig die Oma saß bereits auf dem Beifahrersitz und hielt einen Deckenstapel auf dem Schoß, während die Kinder noch über den Hof sprangen und sich von ihren Freunden verabschiedeten.

»Theo, Christina!«, rief Günther ihnen zu. »Wir müssen los!«

Gehorsam winkten die Kinder ihren Spielgefährten und kamen mit hängenden Köpfen zum Auto.

Während die beiden zwischen dem Gepäck auf die Rückbank kletterten, zog Elisabeth Hannah noch einmal in ihre Arme. »Versprich mir, dass du zurechtkommst.«

Hannah nickte. »Ich gebe mir Mühe.«

Dann krabbelte auch Elisabeth in das Auto, schichtete einen Teil des Gepäcks auf Christinas Knie und zog Theo schließlich auf ihren Schoß. In diesem Auto würde sich in den nächsten Stunden nichts mehr bewegen.

»Oh. Da kommen wir ja gerade richtig.« Eine bekannte Stimme riss Hannahs Aufmerksamkeit an sich. Im Durchgang des Torhauses stand Herr Friedrichsen, der Gutsinspektor. Er hielt eine Liste in der Hand und winkte drei Männer hinter sich her.

Hannah erstarrte. Sie kannte die Männer: Egon, den Pflaumeneroberer, und den jungen, schmalen Mann, den sie Fuchs genannt hatten. Auch der dritte Pflaumensucher war dabei, doch heute wirkte er anders als zuvor. Merkwürdig schwankend wankte er voran.

»Frau Riedel.« Der Gutsinspektor kam direkt auf sie zu. »Ich habe eine neue Zuweisung für Ihre Kammer. Leider müssen Sie gleich wieder eng zusammenrücken.« Er hob seinen Hut von den gräulichen Haaren und wischte sich den Schweiß von der Stirn. »Ich weiß, dass es nicht optimal ist, wenn Sie sich das Zimmer mit fremden Männern teilen.« Unbehaglich räusperte er sich. »Aber da sind gut vierzig Soldaten, die ich noch unterbringen muss. Im Wald können sie den Winter über nicht bleiben.«

Hannahs Kehle wurde mit einem Mal ganz trocken. Egon, der Eroberer, und der Säufer an seiner Seite sollten in ihrem Zimmer wohnen?

»Sieh an, sieh an!« Egon kam auf sie zu. »Das Pflaumenmädchen. So trifft man sich wieder.«

Sie öffnete den Mund, wollte protestieren. Doch wenn es passende Argumente gab, lagen sie verschüttet unter dem Schrecken.

Nur der Gutsinspektor fuhr mit seiner Rechtfertigung fort: »Die meisten Soldaten sind vorige Woche zur Entlassungsstelle gewandert. Die Briten wollen sie wohl noch vor dem Winter loswerden. Aber die übrigen muss ich unter festem Dach einquartieren. Ich bin sehr froh, dass in Ihrer Kammer ein paar Plätze frei geworden sind.«

Hannahs Blick fiel auf die Wehrmachtuniformen. Sie hatte gehört, dass vor allem Offiziere, SS-Angehörige und mutmaßliche Kriegsverbrecher noch nicht entlassen worden waren.

»Guck nicht so«, fuhr Egon sie an. »Wir haben nichts Schlimmes im Krieg verbrochen. Wir waren noch nicht mal bei der SS. Wir sind nur noch hier, weil es Unklarheiten gibt.«

»Na, na, na!«, rief der Gutsinspektor dazwischen. »Wer wird denn hier gleich einen Streit vom Zaun brechen? Das Mädchen hat Sie nur angesehen.«

Egon verzog das Gesicht zu einer missglückten Grimasse.

»Folgen Sie mir!« Der Gutsinspektor winkte die Männer mit sich. »Ich zeige Ihnen Ihre neue Kammer.«

Hannah blieb stehen, schaute abwechselnd auf die Männer, die hinter dem Gutsinspektor auf das Kavaliershaus zuliefen, und auf Elisabeth, die sich zu dem heruntergelassenen Fenster des Beifahrersitzes vorbeugte.

»Geh hinterher!« Elisabeth scheuchte sie mit den Händen. »Überlass ihnen nicht kampflos dein Revier. Wir fahren jetzt sowieso.« Ein letztes Mal lächelte sie Hannah zu. Gleich darauf startete Günther den Motor und ließ den Wagen auf das Tor zurollen.

Vielleicht wäre ihnen Hannah durch das Tor gefolgt. Vielleicht wäre sie eine Weile auf der Zufahrt stehen geblieben, um dem Auto nachzusehen, bis es hinter dem nächsten Hügel verschwand. Doch so wartete sie nur, bis der Wagen das Torhaus durchquert hatte. Dann drehte sie sich um und eilte über den Hof zum Kavaliershaus. Sie hetzte die Treppe hinauf und erreichte die Kammer kurz hinter den Männern.

Egon kniete vor ihrem ehemaligen Schlafplatz am Fenster und testete den Strohsack, indem er sich darauf stützte. Der Säufer warf seinen Koffer auf den Schlafplatz daneben, während der Rothaarige mitten im Zimmer stehen geblieben war. Drei Strohsäcke waren noch übrig, aber die beiden der Kinder waren definitiv zu klein für einen Erwachsenen.

»Ein paar Regeln noch, bevor ich gehe.« Der Gutsinspektor beobachtete die Männer, wartete aber nicht darauf, dass sie ihm zuhörten: »Keine Schnapsbrennerei, keine Besäufnisse und keine Zigaretten auf dem Zimmer, Brandgefahr. Außerdem keine Besucher von außerhalb des Gutshofes und strenge Beachtung der Ausgangssperre. Illegale Aktivitäten aller Art werden mit sofortigem Rausschmiss bestraft. Streit und Handgreiflichkeiten mit anderen Bewohnern werden ebenfalls geahndet. Ich bin allerdings nicht dazu da, hier den Kindergarteninspektor zu spielen, also reißen Sie sich zusammen.«

»Niedliches Zimmer«, brummte der Säufer dazwischen und ließ sich rücklings auf seinen Strohsack fallen. Gleich darauf bemerkte er Hannah und grinste sie an. »Inklusive Dienstmädchen. Wie aufmerksam.«

Der Gutsinspektor sah zwischen ihm und Hannah hin und her. »Belästigung von Frauen wird ebenfalls mit sofortigem Rausschmiss bestraft. Nur, dass Ihnen das bewusst ist. Wenn Sie Ärger machen, können Sie zu den Engländern in ein richtiges Kriegsgefangenenlager gehen.«

Ohne den Blick von Hannah abzuwenden, riss der Säufer beide Hände in die Höhe. »Kein Ärger«, nuschelte er. »Ich hab nur Spaß gemacht.«

Der Gutsinspektor bedachte ihn mit strenger Miene, was

jedoch nur wenig gefährlich aussah. Friedrichsen war ein dicklicher älterer Mann, dem die Gutmütigkeit ins Gesicht geschrieben stand.

Der Säufer kicherte kindisch. Auch Egon schien sich das Grinsen nur schlecht verkneifen zu können. Einzig der Fuchs starrte regungslos auf die Strohsäcke.

»Ungezieferbefall oder ansteckende Krankheiten müssen sofort gemeldet und vom örtlichen Doktor behandelt werden«, fuhr der Gutsinspektor fort. »Ich will hier keine Läuse-, Typhus- oder Choleraepidemie.«

»Was passiert, wenn wir Läuse haben?« Noch immer grinste der Säufer. »Fliegen wir dann auch raus?«

»Ja!« Die Antwort des Inspektors kam knapp.

Das Grinsen des Säufers zerfiel. Egon pfiff durch die Zähne. »Also pass mal lieber auf, in welchen Schoß du deinen Wuschelkopf steckst, Freddie. Nicht, dass du dir was einfängst.« Er stieß ein Lachen aus, das wie ein schrilles Wiehern klang.

Hannah betrachtete die hellbraunen Locken des Säufers. Freddie, so hieß er. Im Grunde sah er recht hübsch aus. Vor dem Krieg war er vermutlich ein richtiger Schönling gewesen, doch der vernebelte Blick und die rötliche Nase zerstörten diesen Eindruck.

»›Kein Besuch‹ schließt ›kein Besuch von professionellen Damen‹ mit ein«, fügte der Gutsinspektor hinzu.

Egon hob die Hand wie in einer Schulstunde, sprach aber sofort drauflos: »Auch dann nicht, wenn die Damen hier auf dem Hof wohnen? Eben haben Sie noch gesagt, dass nur der Besuch von außerhalb nicht erlaubt ist.«

Der Gutsinspektor gab ein hilfloses Seufzen von sich. »Wie auch immer, meine Herren. Machen Sie einfach keinen Ärger.« Er deutete mit einer vagen Geste durch den Raum. »Die überzähligen Strohsäcke bringen Sie nachher zu meinem Haus. Und seien Sie höflich zu der jungen Dame. Sie ist schon länger hier. Im Zweifelsfall ist sie der Chef.« Er nickte Hannah zu und verschwand ohne Abschiedsgruß auf den Flur.

Das konnte er nicht machen! Hannah lief ihm nach. »Herr Friedrichsen.«

»Sie ist der Chef. Habt ihr das gehört?« Egons Lachen wieherte hinter ihr her.

Sie versuchte, es zu ignorieren. »Herr Friedrichsen, bitte.«

Der Inspektor drehte sich noch einmal zu ihr um. Sein Gesicht wirkte müde. »Es tut mir wirklich ausgesprochen leid, Fräulein. Aber ich kann nicht die Bewohner von einunddreißig Dachkammern, Gästezimmern und Ställen umsortieren, weil diese Männer nicht die richtige Gesellschaft für ein junges Mädchen sind. Was glauben Sie, was dann hier los ist, wenn ich alle auseinanderpflücke?« Seine Miene bekam etwas Väterliches. »Wahrscheinlich sind es nur bellende Hunde. Aber wenn sie wirklich Ärger machen, dann kommen Sie bitte zu mir. Für ein einzelnes Mädchen finde ich vielleicht noch einen Platz in einem anderen Zimmer oder den Gemeinschaftsunterkünften.«

Hannah stieß die Luft aus. So war das also. Wenn sie mit den Männern nicht zurechtkam, durften die ihre Kammer behalten, und sie musste gehen. In den anderen Zimmern würde sie die Rolle des ungebetenen Eindringlings spielen. Und in die zugige Scheune wollte sie auf keinen Fall.

Ihr blieb also nichts anderes übrig, als sich mit den Soldaten zu arrangieren. »Dann nur noch eine Bitte. Hätten Sie vielleicht noch ein bisschen Sackleinen oder Tücher, damit ich meine Ecke abtrennen kann? Die Laken, mit denen wir die Nische der Oma verhängt haben, gehörten allesamt Elisabeth … also der Familie Hartling.«

Der Gutsinspektor nickte. »Natürlich.« Er lächelte mitleidig. »Ich werde sehen, was ich finden kann.«

Hannah sah ihm nach, wie er durch den Flur davonwatschelte und sich an der Treppe auf dem Geländer abstützte.

Wie die meisten älteren Männer war er zum Ende des Krieges in den Volkssturm einberufen und kurz nach der Kapitulation wieder nach Hause entlassen worden. Doch irgendetwas machte ihm körperlich zu schaffen.

Als sie in die Kammer zurückkehrte, packte Egon gerade seinen Rucksack aus und breitete die Sachen auf der Fensterbank aus. Hannah verbiss sich ein spöttisches Grinsen. Vier atmende Menschen hinterließen viel Feuchtigkeit in der Luft. Schon sehr bald würden sein Rasierzeug, das Handtuch und die Wechselwäsche von dem herablaufenden Kondenswasser durchweichen.

»Kommst du zu mir, Süße?« Freddie streckte die Hände nach ihr aus. »Ich könnte ein bisschen Trost gebrauchen.« Seine Stimme klang merkwürdig, beinahe weinerlich.

»Davon träumst du.« Eigentlich wollte Hannah ihn anraunzen, aber das Verlorene in seinem Gesicht ließ sie ihren Tonfall abmildern.

»Fuchs!« Egons Kommando fuhr dazwischen. »Du machst mich nervös, wenn du so da rumstehst. Nimm dir einen Strohsack und leg dich hin.«

Tatsächlich fixierte der Rothaarige noch immer die Strohsäcke. Erst auf Egons Geheiß löste er sich aus seiner Pose, stellte den Rucksack auf den Boden und wählte den größten Strohsack, der Hannahs Schlafplatz am nächsten lag. Dort setzte er sich hin, lehnte sich an die Wand und stierte ins Leere.

Etwas stimmte nicht mit ihm.

Hannah zuckte zusammen, als Egon neben sie trat und auf ihren Schlafplatz zeigte. »Gemütlich. Und so schöne Einmachgläser. Für die Leute in deiner Kammer, hast du gesagt.« Er grinste sie an. »Das sind ja dann wohl wir. Willst du uns nicht was warm machen? Wir hatten noch kein Frühstück.«

Sie kniff die Augen zusammen. Wenn sie sich von ihm ärgern ließ, hatte sie verloren. »Essen gibt es, wenn du dir was

gesammelt hast. Das kennst du doch noch. Aus dem Wald.«
Damit wandte sie sich ab, holte einen der leeren Jutebeutel aus
ihrer Ecke und ging auf den Flur.

»Halt! Nicht so schnell!« Egon folgte ihr, lief neben ihr her.
»Wohin willst du?«

»Die Kartoffelernte hat angefangen. Was glaubst du, wo ich
hingehe?« Augenblicklich bereute Hannah, ihm geantwortet
zu haben.

»Oh. Kartoffelernte. Richtig! Wir waren so mit der Um-
quartierung beschäftigt. Beinahe hätte ich das vergessen. Also
gut, dass du es sagst, dann kommen wir doch gleich mal mit.«
In gespielter Freundschaft klopfte Egon ihr auf die Schulter.
»Wo wir doch jetzt eine Versorgungsgemeinschaft sind.«

Hannah wollte protestieren. Aber Egon war längst zurück
in die Kammer gelaufen. »Auf, auf, Männer!« Er rief laut genug, dass es im ganzen Flur zu hören war. »Heute ist Kartoffelernte. Wer essen will, muss sich was sammeln. Ihr habt die
Chefin doch gehört!«

Chefin … Hannah spürte, wie ein überraschtes Lachen in
ihr aufstieg. Vielleicht war dieser Egon doch nicht so übel.
Aber noch bevor das Lachen hervorkam, kehrte das dunkle
Gefühl zurück und versperrte ihre Kehle.

Es war ihr unmöglich zu lachen.

✳ ✳ ✳

Als sie das Kartoffelfeld erreichten, war die Ernte längst im
vollen Gang. Auf Knien krochen die Erntehelfer die Reihen
entlang und gruben die Kartoffeln aus der Erde. Hannah
wäre gern bei ihnen gewesen, immerhin wurde ihnen als
Lohn ein ganzer Sack der wertvollen Knollen mitgegeben.
Doch an diesem Tag kamen sie hoffnungslos zu spät, um sich
als Erntehelfer zu bewerben. In der Regel nahm Friedrichsen
nur die ersten fünf bis zehn Leute, die morgens vor seiner

Tür in der Schlange standen, und schickte den Rest wieder fort.

Also gesellten sie sich zu den anderen Flüchtlingen, die mit Hacken, Schaufeln und Eimern am Rand des Feldes standen und auf die Ansage des ersten Knechtes warteten, der schließlich den Acker zum Stoppeln freigeben würde. Wer auch nur eine Minute zu früh einen Fuß auf die aufgelockerte Erde setzte, wurde vom Feld verwiesen und durfte für den Rest der Saison nicht mehr nachsuchen. Daher mussten sie sich gedulden, Stunde um Stunde.

Egon und Freddie feixten ununterbrochen und versuchten, mit den anderen Flüchtlingen ins Gespräch zu kommen. Hannah hingegen beobachtete die Erntehelfer, um herauszufinden, wer von ihnen am nachlässigsten arbeitete. Denn genau das würde die Reihe sein, in der sie nachsuchen wollte. Die ganze Zeit stand der Fuchs neben ihr und schaute stumm auf das Feld hinaus.

Als der Acker endlich freigegeben wurde, hatte Hannah die beste Reihe ausgemacht. Der Fuchs folgte ihr, während Egon und Freddie neben zwei hübschen Flüchtlingsfrauen arbeiteten. Hannah war froh darüber, den Fuchs an ihrer Seite zu haben und nicht die beiden Sprücheklopfer. Auch ohne darüber zu reden, fanden sie ihre Arbeitsteilung. Er hob die Erde aus und ließ sie durch seine Forke rieseln, und Hannah sammelte alle Kartoffeln auf, die zwischen den Zinken hindurchfielen. An jeder Stelle wiederholten sie die Prozedur drei oder vier Mal, um ja keine Knollen zu übersehen.

Etwas an dem jungen Mann neben ihr war jedoch merkwürdig. In Gegenwart der anderen war ihr sein Schweigen kaum aufgefallen. Aber jetzt setzte es sich tonnenschwer auf Hannahs Schultern.

»Ist Fuchs eigentlich dein Nachname?« Zum ersten Mal sprach sie ihn an. »Oder ist das nur ein Spitzname?« Sie deutete auf seine dunkelroten Haare.

Er antwortete nicht. Nur sein Kopf zuckte, als wäre ihre Stimme eine Fliege, die an seinem Ohr vorbeisurrte. Während er vor ihr in die Hocke ging und ebenfalls in der Erde wühlte, betrachtete sie sein Gesicht von Nahem, seine gerade Nase und die Sommersprossen auf seinen Wangen. Dicht an dicht besprenkelten sie seine Haut, ließen sein Gesicht dunkler wirken, als es eigentlich war. Wieder fiel ihr auf, wie jung er sein musste, vermutlich jünger als sie. Dabei war sie selbst kurz vor Kriegsbeginn erst siebzehn Jahre alt geworden. Er hingegen musste zu der Zeit noch fast ein Kind gewesen sein. Wie lange hatte er als Soldat gedient? Und wie alt war er gewesen, als sie ihn eingezogen hatten?

»Du siehst jung aus, höchstens zwanzig oder einundzwanzig. Stimmt das?« Vielleicht konnte sie ihn mit Fragen aus der Reserve locken.

Noch immer reagierte er nicht.

Hörte er sie überhaupt? Wenn er taubstumm wäre, wäre er niemals Soldat geworden. Aber was war mit dem Lärm von Bomben und Explosionen? Vielleicht hatte der Krieg ihn taub werden lassen?

Hannah beugte sich zu ihm, tippte mit der Hand gegen seine Brust, bis er den Kopf hob und sie irritiert ansah. »Kannst du mich hören?« Sie zeigte auf ihre Ohren, dann auf seine.

Schweigend stand er auf, nahm seinen Korb mit den Kartoffeln und kippte sie in ihren Sack, der etwas entfernt stand.

Seufzend gab Hannah es auf.

Bis zum Sonnenuntergang gruben sie in der Erde des abgeernteten Feldes und gingen erst zurück in ihre Kammer, nachdem sie ihre Hände in der Dunkelheit nicht mehr von Erde und Kartoffeln unterscheiden konnten. Tatsächlich hatten sie zwei halbe Säcke voller Kartoffeln erbeutet, und Hannah musste sich zusammenreißen, um Egon nicht darauf hinzuweisen, dass ihr Sack voller war als der von Freddie und ihm.

Sobald sie in ihrer Kammer waren, heizte Egon die Brennhexe ein. Den ganzen Tag lang hatten sie gearbeitet, ohne etwas zu essen. Selbst am Morgen hatte Hannah nur eine Scheibe Brot mit wenig Butter und Zucker gefrühstückt, ihre letzte Mahlzeit zusammen mit Elisabeth und ihrer Familie. Jetzt knurrte ihr Magen, und ihre Hände zitterten vor Schwäche.

Den Männern schien es noch schlimmer zu ergehen. Der Fuchs war blass und ließ sich auf seinen Strohsack fallen, sobald sie das Zimmer betreten hatten, Egon fluchte und führte ungeduldige Selbstgespräche, weil das Feuer nicht so schnell anging, wie er es sich wünschte, und Freddie rieb die Erde von einer der rohen Kartoffeln und biss hinein, nur um den Bissen sofort wieder auszuspucken. »Bah! Das ist widerlich.«

Egon stieß sein wieherndes Lachen aus. »Hätte ich dir gleich sagen können.«

Freddie warf die Kartoffel zurück in den Sack. »Wir sollten Schnaps daraus brennen!« Er stapfte zu seinem Strohsack, ließ sich darauf plumpsen und zog die Stiefel aus.

»Pellkartoffeln!« Mit einem genießerischen Summen richtete Egon sich auf und rieb sich über den Bauch. »Warte ab, bis der ganze Raum nach Pellkartoffeln riecht!«

Hannahs Magen grollte, als hätte er das Stichwort gehört. Es war Freitag. Von ihrer Wochenzuteilung hatte sie nur noch sehr wenig übrig, und die Männer hatten vermutlich schon längst alles aufgegessen.

So schnell sie konnte, holte sie ein paar Handvoll Kartoffeln aus den Säcken und trug sie zu ihrem Panscheimer. Es war der einzige Eimer, den sie besaßen, und er musste für alles herhalten, was mit sauberem oder dreckigem Wasser zu tun hatte. Umso wichtiger war es, sich genau die Reihenfolge zu überlegen, in der sie das Wasser am besten nutzen konnten, und auch jetzt füllte Hannah erst Kochwasser in den Topf und wusch dann die saubersten Kartoffeln vor den dreckigeren. Währenddessen musste sie wieder an den schweigsamen Nachmittag mit dem Fuchs denken. »Was ist mit ihm?« Mit einem Flüstern wandte sie sich an Egon, der noch immer neben ihr stand.

»Mit wem?«

Hannah deutete auf den Fuchs. »Er hat den ganzen Tag lang nicht gesprochen.«

Nachlässig zuckte Egon die Schultern. »Er spricht nie. Ich nehme an, er hat seinen Verstand im Krieg gelassen.« Sein Tonfall sollte scherzhaft klingen, doch Hannah hörte den Ernst darin. Egon schaute zu Boden und scharrte mit den Füßen auf den Holzdielen. Gleich darauf lachte er und grinste sie an. »Dafür ist er sehr gehorsam. Das ist ausgesprochen praktisch.« Er holte die letzten sauberen Kartoffeln aus dem Waschwasser, wandte sich an den Jungen und schlug seinen Befehlston an. »Fuchs! Lauf zum Brunnen und hol sauberes Wasser! Die Chefin hat mit den Kartoffeln gerade alles dreckig gemacht.«

Der Fuchs stand auf, nahm sich den Blecheimer mit dem schmutzigen Wasser und ging nach draußen.

Er konnte also doch hören. Zumindest auf diese Frage hatte sie nun eine Antwort. »Heißt er wirklich so? Fuchs, meine ich. Ist das sein Nachname?«

Egon lehnte sich an den warmen Schornstein neben der Brennhexe, während Hannah die Kartoffeln aufsetzte. »Nein. Ich weiß nicht, wie er heißt. Als er uns zugelaufen ist, hatte er nichts bei sich. Keine Papiere, keinen Hinweis auf seine Herkunft. Nur die Wehrmachtsuniform. Und da er seitdem nicht ein Wort geredet hat ...« Wieder zuckte er die Schultern.

Hannah schaute auf die geschlossene Zimmertür. »Er ist euch zugelaufen? Was meinst du damit?«

Egon folgte ihrem Blick, senkte die Stimme, als könnte hinter der Tür jemand lauschen. »Wir waren in Ostpreußen, kurz hinter Fischhausen auf dem Weg nach Pillau. Es war ganz zum Schluss, Mitte April. Die Samland-Front im Norden von Ostpreußen war zusammengebrochen. Alles andere hat schon längst den Russen gehört. Es gab nur noch eine Riegelstellung bei Fischhausen, die den Flüchtlingen einen letzten Ausweg offen halten sollte. Da sind wir durch. Von überall hieß es, Königsberg hätte kapituliert. Die Wehrmachtführung ließ uns mit einem Flugblatt ausrichten, wir sollten aufgeben und uns gegen Hitler stellen, damit nicht noch mehr Unschuldige sterben. Aber auf den Straßen war ein einziges Chaos. Die letzten Flüchtlingstrecks aus dem Samland, Soldaten, alles durcheinander. Viele sind von ihren Einheiten getrennt worden, andere sind desertiert, ganz wenige Glückspilze waren bei ihren Familien. Die Schiffe ab Pillau waren der letzte Ausweg, um aus Ostpreußen wegzukommen. Aber Pillau war schon längst unter Beschuss, es war fast unmöglich, in die Stadt und bis zum Hafen zu kommen.«

Er zeichnete mit den Händen eine Landkarte in die Luft, deutete mit zwei Fingern einen lang gezogenen Strich an. »Du musst dir vorstellen, das Land rund um Pillau ist eine schmale Halbinsel. Und hier ist die Stadt.« Er zeigte auf die Mitte des Striches, rutschte dann nach rechts und verbreiterte den schmalen Streifen ein wenig. »Schon hier hinter Fischhausen, im Wald um Lochhausen, hat sich alles gestaut. Niemand kam weiter, über uns kreisten die Flieger der Russen und bombardierten die Waldwege. Der Wald selbst war durchsetzt von Munitionslagern. Überall detonierten Bomben und Munition, Bäume standen in Flammen. Und irgendwo am Wegesrand saß unser Fuchs, allein und verstört. Er wäre dort krepiert, wenn wir ihn nicht mitgeschleift hätten.« Egon wechselte einen vielsagenden Blick mit Freddie. »Aber woher er kommt? Keine Ahnung. Wir vermuten, dass er desertiert ist. So kurz vor Kriegsende – was wären wir für Menschen gewesen, wenn wir ihn verraten hätten? Irgendein Fanatiker hätte sich noch gefunden, der ihn dafür hinrichtet, ganz egal wie verloren der Krieg schon war. Also haben wir ihn für den Rest der Flucht mitgenommen und ihn vor unseren Vorgesetzten versteckt. In diesem Riesenchaos fiel das niemandem auf.« Er stieß ein schweres Seufzen aus. »Auf diese Weise haben wir uns bis ins brennende Pillau durchgeschlagen. Mit einem der letzten Schiffe konnten wir entkommen.«

Er verstummte, und für einen Moment sah er aus, als müsste er sich von seinen Erinnerungen erholen. Dann jedoch sprach er weiter: »Nach der Kapitulation war es egal, woher der Fuchs stammt. Unsere Einheiten waren ohnehin so auseinandergerissen und durcheinandergewürfelt, dass nichts mehr zusammenpasste. Wir wurden entwaffnet und auf die Sperrgebiete aufgeteilt. Erst nach und nach wurde doch wieder gefragt, wer von wo kommt. Und von da an haben wir die Wahrheit gesagt. Dass wir ihn gefunden haben und nicht wissen, wer er ist. Vermutlich ist das jetzt der Grund, warum sie uns als Allerletztes entlassen. Falls sie es tun. Weil nicht klar ist, wen wir da bei uns haben.«

Die Kartoffeln kochten. Hannah hob den Deckel ab und ließ den Topf offen, damit das Wasser nicht überschäumte.

Ohne dass sie ihn auffordern musste, erzählte Egon weiter: »Wenn er Papiere hätte und klar wäre, dass er wirklich unschuldig ist, hätten die Briten ihn vermutlich schon ganz am Anfang entlassen. Zusammen mit den Kranken und Alten. Aber da er nicht einmal redet … Bei der Entlassung sollen wir alles offenlegen. Was wir im Krieg getan haben, ob wir an Verbrechen beteiligt waren, welche politische Einstellung wir haben. Wir müssen Fragebogen ausfüllen und Verhöre durchstehen. Ich kann mir nicht vorstellen, dass der Fuchs dazu in der Lage ist. Und selbst wenn. Ohne Papiere könnten sie ihn genauso gut für einen SS-Bastard halten, der sich eine Wehrmachtsuniform besorgt und ein Schweigegelübde auferlegt hat.«

Hannah schauderte.

»Er hat keine Tätowierung«, mischte Freddie sich ein.

Egon sah ihn überrascht an. »Woher weißt du das? Er hat sich noch nie vor unseren Augen ausgezogen.«

Freddie grinste. »Es war im Sommer am See. Zufällig habe ich gesehen, wie er an einer abgelegenen Stelle baden gegangen ist. Ich wollte endlich sicher sein, dass wir keinen von der SS mit uns rumschleppen. Also habe ich mich hinter den Bäumen versteckt und bin so nah wie möglich an ihn ran. Aber da war nichts.« Er deutete auf die Innenseite seines linken Oberarms. »Keine Tätowierung.«

Noch immer wirkte Egon skeptisch. »Wie gut konntest du das sehen? Das sind nur ein oder zwei Buchstaben für die Blutgruppe. Manche haben sich die Tätowierung auch weggeschnitten, dann bleibt nur noch eine Narbe.«

Freddie wiegte den Kopf hin und her. »Ich glaube nicht. Wenn die Narbe klein wäre, hätte ich sie vielleicht übersehen, aber er hatte eine alte Schussverletzung unterhalb der Schulter.«

»Links?«

Hannah zuckte zusammen, so hart bellte Egon das Wort.

Freddie schluckte sichtbar. »Ja. Links.«

»Herrgott!« Egon knurrte, drehte sich halb um sich selbst und funkelte Freddie dann wieder an. »Schussverletzung im linken Oberarm, und du sagst mir das erst jetzt? Wo genau war die Narbe? Näher an der Schulter oder näher am Ellenbogen?«

»Ich … ich weiß nicht.«

»Wie blöd bist du eigentlich?«, fuhr Egon ihn an. »Hast du noch nie davon gehört, was die SS-Kerle alles tun, um sich zu verstecken? Sich ein Loch in den Arm schießen. Genau hier.« Er deutete mit der rechten Hand eine Pistole an, mit der er oberhalb des Ellenbogens auf seinen Arm zielte. »Um sich die Tätowierung herauszuschießen.«

Übelkeit flatterte durch Hannahs Magen. Sie wollte Egon zurufen, dass er aufhören sollte, aber er fluchte weiter: »Himmel! Weißt du, was die Briten mit uns anstellen, wenn er wirklich von der SS ist? Wir haben ihn die ganze Zeit versteckt und durchgefüttert. Die glauben uns doch kein Wort, wenn wir sagen, wir hätten das nicht gewusst. Die grillen uns, Freddie. Die stellen uns gleich mit auf die Anklagebank.« Egon verstummte, fiel mit dem Rücken zurück an den Schornstein, als könnte er sich nicht mehr aufrecht halten. Auch sein Gesicht war blass geworden.

Hannah starrte ihn an. Konnte es sein, dass der Fuchs tatsächlich bei der SS gewesen war? Dass sein Schweigen nur eine Tarnung war? Konnte er so etwas getan haben, obwohl er noch so jung war? Oder war genau das sein Kalkül? Dass er sie in der Rolle des jungen Verrückten täuschen konnte?

Doch etwas stimmte nicht mit Egons Verdacht. Wie ein schwacher Nebengeschmack lag Hannah die Lösung auf der Zunge. Ehe ihr einfiel, was es war, ging die Tür auf, und der Fuchs kehrte zurück. Während er den Wassereimer neben den Herd stellte, sah er wieder aus wie ein Kind. Zu den Sommersprossen hatten sich einzelne Wassertropfen gesellt, und die roten Haare fielen ihm in die Stirn wie bei einem kleinen Jungen – weit entfernt von den akkuraten Frisuren der Nazis.

Weiter kam sie mit ihren Überlegungen nicht. »Du!« Egon stürmte an ihr vorbei, stieß dem Fuchs die Hand gegen die Brust und drängte ihn gegen die Wand. »Wer bist du? Bei welcher Einheit warst du? Zeig uns sofort deinen Arm!«

Die Augen des Fuchses waren weit aufgerissen, als wäre er ein Tier, das jeden Moment fliehen wollte. Er machte keine Anstalten, seinen Arm zu zeigen.

»Wird's bald?«, brüllte ihm Egon direkt ins Gesicht. »Deinen linken Arm! Zeig mir deinen linken Arm, sonst zerreiß ich dir dein Hemd.«

Der Junge war unschuldig, Hannah sah es in seinen Augen, sah es in der Angst und der Ahnungslosigkeit, mit der er Egon anstarrte. Dennoch reagierte er, zog seine Feldbluse aus und knüpfte mit zitternden Händen das Hemd darunter auf. So lange, bis er mit nacktem Oberkörper vor Egon stand. Die

Narbe befand sich kurz unterhalb seiner Schulter. Ein Streifschuss an seinem äußeren Oberarm.

Es war nicht die Stelle, an der die SS ihren Männern die Blutgruppe eintätowiert hatte. Hannah erinnerte sich dunkel an den Pharmazieartikel, den sie mitten im Krieg darüber gelesen hatte, über die geniale Idee, den wichtigsten deutschen Männern ihre Blutgruppe zu tätowieren, damit bei Notfallbehandlungen keine wertvolle Zeit verstrich. Doch die Stelle, an der die Markierung zu finden war, lag zehn Zentimeter oberhalb des Ellenbogens an der inneren Armseite.

Plötzlich wusste Hannah, was eben nur flüchtig durch ihren Kopf gestreift war. Die weiße Narbe, die zeitlichen Abläufe … Er *musste* unschuldig sein.

»Lass ihn los!«, rief sie. »Er war nicht bei der SS. Die Verletzung ist uralt.« Sie ging auf Egon und den Fuchs zu, stellte sich neben sie und schaute zu Egon. »Als ihr ihn gefunden habt – hatte er da eine frische Schussverletzung?«

Egon schüttelte den Kopf. »N…nein«, stotterte er. »Ich glaube nicht. Also … ganz sicher nicht. Das hätten wir bemerkt.«

Genau das hatte Hannah erwartet. »Und danach war er immer bei euch. Wenn er sich in der Zeit eine Schussverletzung zugefügt hätte, hättet ihr das mitbekommen, richtig?« Sie sah den Fuchs an, begegnete seiner Traurigkeit. Für eine Sekunde verlor sie den Faden, fand nur mühsam wieder, was sie sagen wollte. »Aber vorher, bevor ihr ihn gefunden habt, war der Krieg noch gar nicht zu Ende. Vielleicht hat sich manch ein schlauer SS-Mann damals schon gedacht, dass es an der Zeit wäre, unterzutauchen. Dann hätte seine Schussverletzung allerdings frisch sein müssen, als ihr ihn gefunden habt.«

Egon stieß mit einem gequälten Laut die Luft aus, ließ den Fuchs los und wich vor ihm zurück.

Hannah beachtete ihn nicht länger. Stattdessen fiel ihr Blick in die Augen des Fuchses. Zum ersten Mal erkannte sie etwas anderes darin als dumpfe Leere. War es Erleichterung? Dankbarkeit? Sympathie? Etwas in ihrem Inneren reagierte darauf, stieß ein heftiges Kribbeln durch ihren Körper.

Sofort darauf war der Moment vorbei. Der Fuchs bückte sich, hob seine Kleidung auf und drängte sich zwischen Hannah und Egon hindurch. Ganz kurz glaubte sie, dass er nach draußen fliehen würde. Aber er lief nur zu seinem Schlafplatz, zog sich mit fahrigen Bewegungen an und rollte sich auf dem Strohsack zusammen.

Sein Anblick stach Hannah ins Herz. Plötzlich kam er ihr vor wie ein Spiegel. Sie selbst hatte so dagelegen. Monatelang, nachdem sie hierhergekommen war, hoffnungslos verloren in der Schleife ihrer Erinnerungen: der letzte Tag mit Robert, Fliegeralarm, Bomben … Kathrinchen! Ihre Tochter! … Und dann die Trümmer, Asche, Rauch … und Leichen. Immer wieder die Bilder der Leichen. Auch heute träumte sie noch oft von der verbrannten Stadt.

Es hatte eine Ewigkeit gedauert, bis es Elisabeth gelungen war, zu ihr durchzudringen und sie ins Leben zurückzuführen. Falls man dieses Dasein überhaupt als Leben bezeichnen konnte. Überleben. Das traf es schon eher.

Der warme, erdige Duft von gekochten Pellkartoffeln stieg in ihre Nase. Sie drehte sich zu der Brennhexe um, nahm eine Gabel und stach in die dickste Kartoffel. Sie war weich. Hannah nahm den Topf von der Platte und wusste nicht so recht, wohin mit dem kochenden Wasser. Etwas anderes als den Panscheimer gab es nicht dafür. »Wir haben das frische Wasser zu früh geholt«, stellte sie fest. »Jetzt muss ich das Kartoffelwasser da reingießen.«

»Ach was!« Egon holte etwas aus seiner Ecke, bückte sich dann zu Freddies Geschirr und kam mit zwei Blechtassen von sich und seinem Kameraden zurück. »Wir verschwenden doch nicht das gute Kartoffelwasser. Kipp das hier rein, wir trinken das als Suppe.«

Hannah tat, wie ihr geheißen, und Egon reichte ihr wortlos die Blechteller, damit sie die heißen Kartoffeln darauf verteilen konnte. Gern hätte sie Butter auf ihren Kartoffeln geschmolzen. Aber sie besaß nur noch so wenig von ihrer Wochenration, dass sie den anderen nichts abgeben konnte – und vor den neidischen, gierigen Augen der Soldaten würde sie ihre letzte Butter wohl kaum genießen. Besser war es, morgen früh den trockenen Brotkanten damit zu veredeln.

Während Egon zwei Teller zur Fensterbank balancierte, brachte sie den Teller des Fuchses an sein Lager. »Für dich«, murmelte sie und stellte das Essen so auf den Boden, dass die Kartoffeln direkt vor seiner Nase dampften. Für einen Augenblick starrte er darauf. Dann richtete er sich auf, nahm den Teller auf seinen Schoß und begann zu essen.

Erst jetzt holte Hannah ihre eigene Portion und setzte sich auf ihre Matratze. Die Pelle der Kartoffeln war aufgeplatzt, gelbes Fleisch quoll aus den Ritzen und duftete herrlich. Sie stach ein Stück von der kleinsten Kartoffel ab, pustete und steckte es in ihren Mund. Es kam ihr vor, als hätte sie nie etwas Schmackhafteres gegessen. Diese Kartoffeln waren besser als der Sonntagsbraten ihrer Mutter, besser als das Forellenfilet zu Heiligabend oder die Gänsekeulen am ersten Feiertag.

Auch die Männer aßen mit schweigender Begeisterung. Nur Egon gab dann und wann ein zufriedenes Brummen von sich.

»Wir brauchen mehr Kartoffeln«, erklärte er, als sie aufgegessen hatte und sich gegen die Wand lehnte. »Wird morgen geerntet?«

Hannah konnte nur Vermutungen anstellen. »Morgen ist Samstag. Ich weiß es nicht. Aber ich würde darauf tippen, dass der Drachen darauf besteht, die Felder möglichst bald abzuernten – bevor die Flüchtlinge in der Nacht die Hälfte ausgraben.«

»Der Drachen?« Belustigt sah Egon sie an. »Meinst du Friedrichsen?«

Sie rollte mit den Augen. »Sieht Friedrichsen aus wie ein Drachen? Der Drachen ist die alte Gutsherrin. Eine schreckliche, herrische Frau. Mit ihr möchtest du nicht aneinandergeraten. Friedrichsen ist nur ihr duckmäuserischer Lakai.«

Egon lachte auf. »Deshalb also. Deshalb glaubt er, eine Frau könnte die Chefin sein!«

Seufzend hob Hannah ihren Teller auf, trug ihn zum Eimer und betrachtete das saubere Wasser. Mit Elisabeth hatte es feste Abläufe für die Nutzung des einzigen Eimers gegeben. Jetzt musste sich offenbar alles neu einspielen. Es sei denn, sie machte ein paar Vorgaben. »Wir haben nur den einen Wassereimer«, erklärte sie. »Wenn ihr frisches Trinkwasser haben wollt, nehmt es jetzt. Beim Spülen wird es dreckig. Danach muss erst wieder jemand zum Brunnen gehen.«

Egon erhob sich mit einem leisen Stöhnen. Doch der Spott in seiner Miene blieb. »Hört, hört, Leute, die Chefin hat gesprochen. Füllt eure Feldflaschen.« Tatsächlich sammelte er selbst die Flaschen der anderen ein, füllte sie im Eimer mit Wasser und deutete danach eine Verbeugung vor Hannah an.

Vermutlich konnte sie tun, was sie wollte, er würde sie nie ernst nehmen. Aber wenigstens in die Schranken weisen musste sie ihn. Mit wenigen Handgriffen spülte sie ihren Teller, trocknete ihn ab und stellte ihn in das provisorischen Regal, das aus einem einzelnen Holzbrett hinter dem Ofen bestand. Dabei ignorierte sie Egon, der ihr die drei restlichen Teller brachte und sie neben das Spülwasser stellte. Stattdessen ging sie zurück zu ihrem Platz, suchte das löchrige Sockenpaar heraus und begann damit, die Löcher zu stopfen.

Verdattert sah Egon in ihre Richtung, schien immer wieder anzusetzen, um etwas zu sagen, und machte sich dann knurrend daran, die Teller selbst zu spülen. Auch den dreckigen Kochtopf zog er nach kurzem Zögern ins Spülwasser.

Vielleicht würde er doch noch lernen, dass sie nicht sein Dienstmädchen war. Hannah unterdrückte ein Schmunzeln. Aus den Augenwinkeln bemerkte sie, dass Freddie aufstand und nach draußen verschwand. Sie wandte sich wieder an Egon. »Wo will er hin? Die Ausgangssperre hat längst angefangen.«

»Er hat Übung darin, unsichtbar zu sein.« Gelassen zuckte Egon die Schultern.

Hannah konnte sich das kaum vorstellen, jedenfalls nicht, wenn er wieder etwas getrunken hatte. Andererseits hatte sie ihn den ganzen Tag lang nichts trinken sehen – und tatsächlich war er ihr zunehmend nüchterner erschienen. Ob das der Grund war, warum er nach draußen lief?

»Um noch mal auf die Kartoffelernte zurückzukommen«, begann Egon. »Was muss man tun, um als Erntehelfer dabei zu sein?«

Sie ließ die Handarbeit sinken und sah ihn an. »Sich um fünf Uhr morgens vor Friedrichsens Haus anstellen, besser schon um vier. Er nimmt die Ersten in der Schlange.«

Egon nickte. »Das ist gut. Dann schlage ich vor, wir wechseln uns ab. Wenn du die erste Schicht um vier Uhr übernimmst, löse ich dich um halb sechs ab, und du kannst wieder schlafen gehen, während ich arbeite. Oder wir machen es umgekehrt. Wie du willst.«

Hannah blinzelte ihn an. Für einen Moment fragte sie sich, wo der Haken war. »Und die Kartoffeln, die du dann bekommst? Sind die nur für dich oder für uns alle?«

Er lachte. »Ich hab doch schon gesagt, wir sind hier eine Versorgungsgemeinschaft. Wenn wir uns in Zweiergruppen aufteilen, anstatt jeder für sich allein zu kämpfen, können wir die größten Vorräte sammeln.«

Damit hatte er recht. Schon den Sommer über reichten die Zuteilungen kaum aus, um satt zu werden – was würde erst im Winter passieren? Blieb nur noch die Frage, ob sie Egon vertrauen konnte. Einen Versuch war es zumindest wert.»Na gut. Dann machen wir das. Ich übernehme die erste Schicht.«

Zufrieden stellte Egon die Teller zurück auf ihren Platz ins Regal und ging wieder zu seinem Schlafplatz. Hannah widmete sich erneut ihrer Handarbeit und hörte mit halbem Ohr, wie er in seinen Sachen herumkramte. Als er anfing, sich umzuziehen, drehte sie sich so zur Seite, dass sie ihn auch dann nicht sehen konnte, wenn sie den Kopf hob. Erst das Rascheln seines Strohsackes verriet ihr, dass er sich hinlegte. In jedem Fall blieb er stumm, und nach einer Weile fragte sie sich, ob er schon eingeschlafen war. Schließlich wurde auch sie über ihrer Handarbeit müde.

Plötzlich flog die Tür auf. Freddie torkelte herein, in einer Hand eine offene Flasche Schnaps.»Uuuu«, machte er und zog den Kopf ein.»Fast hätte mich der Gutsinspektor draußen gesehen. Is ja Sperrstunde.« Er kicherte, schwenkte die Schnapsflasche, die schon zu einem Drittel geleert war.»Kann ja nich ahnen, der Gute, dass ich ohne meinen Nachtisch nich …« Sein Kichern steigerte sich.»Nachtisch«, rief er nuschelnd.»Komisches Wort. Heißt das Nach-tisch? Oder Nacht-tisch?«

Hannah hielt den Atem an. Er sollte bloß nicht auf die Idee kommen, in ihr Zimmer zu kotzen.

Auch Egon war wieder hochgeschreckt und sah nicht gerade erfreut aus.»Reiß dich zusammen, Freddie! Trink, was du willst, aber bring uns mit deinem Geschrei nicht in Schwierigkeiten.«

»Pscht!« Freddie legte sich selbst den Zeigefinger auf den Mund.»Is ja schon gut. Bin ganz leise.« Er wankte zu seinem Strohsack, ließ sich darauf fallen und nahm einen großen Schluck aus der Flasche.»Wollt ihr auch?« Mit ausgestrecktem Arm ließ er die Flasche in die Runde kreisen, bot sie abwechselnd Egon und dem Fuchs an. Egon nahm tatsächlich etwas. Nur der Fuchs reagierte nicht.

»Und du?« Freddie streckte sie in Hannahs Richtung. »Damit du ein bisschen lockerer wirst.«

Abwehrend hob sie die Hand. »Nein, danke!«

Der Säufer lachte.

»Ein bisschen lockerer könnte sie schon sein«, murmelte Egon.

Hannah sah zurück auf ihre Handarbeit. Beinahe fiebrig suchte sie nach etwas, das sie entgegnen könnte. Doch dieses Mal fiel ihr nichts ein. Stattdessen wurden sie still. Egon hatte sich wieder aufgerichtet und an die Wand gelehnt, Freddie leerte Schluck um Schluck seine Flasche, und der Fuchs rollte sich auf dem Strohsack zusammen und schloss die Augen.

»Wusstet ihr schon«, nuschelte Freddie, »dasch'ich ... alssso früher ... Früher war'ich mal ne gute Partie. Die grössste Tischlerei in gansss Pommern. Das war un-sssere. Und unssere Möbel ... keiner gonnte sooo schöööne Beine dreggseln wie ich.« Er kicherte. Es war ein seltsamer Laut, irgendwo zwischen Lachen und Weinen. »Jetzt is nichs mehr davon übrich. Geine Tischlerei. Gein Pommern. Nich mal schöne Beine.« Er presste die Hand auf sein Gesicht, mit solcher Gewalt, als wollte er den schluchzenden Laut aufhalten, der sich dennoch in seine Handfläche drängte. Dann nahm er die Hand wieder herunter und hob die Flasche mit der anderen. In einem gluckernden Zug trank er den Rest des Schnapses aus.

Noch länger konnte Hannah ihn nicht ansehen. Zu viel Trauer sprang aus seinem Anblick, zu viel Verzweiflung und Hoffnungslosigkeit. Besser war es, sie konzentrierte sich auf Nadel und Faden in ihren Händen. Sie hatte gerade die Löcher in dem zweiten Socken gestopft, da fing Freddie unvermittelt an zu singen:

»Maikäfer flieg,
der Vater ist im Krieg,
die Mutter ist in Pommerland,
Pommerland ist abgebrannt,
Maikäfer flieg.«

Hannah fröstelte. Sie war froh, als das Lied endete. Aber Freddie begann noch einmal von vorn, sang die Wiegenmelodie mit den grausamen Worten ein zweites Mal, und dann ein drittes. Immer wieder. Fast erwartete Hannah, dass Egon dazwischenging, dass er seinen Kameraden in die Schranken wies und dem schrecklichen Lied ein Ende bereitete. Doch Egon sagte nichts. Er saß nur mit geschlossenen Augen auf seinem Lager, als verstünde er zum ersten Mal die Einsamkeit in dem Lied. Auch der Fuchs rührte sich nicht von der Stelle. Nur seine Hände krampften sich um die Decke, bis seine Fingerknöchel weiß hervortraten.

»Maikäfer flieg, dein Vater ist im Krieg …«

Als Freddie zum siebten Mal begann, wollte Hannah am liebsten schreien, wollte sich auf ihn stürzen, ihn am Kragen packen und mitsamt seiner Schnapsflasche aus der Dachkammer werfen. Bis sie es plötzlich begriff: Dieses Lied war ihr Lied, das Lied der Verlorenen, das Lied der Überlebenden. Das Lied all jener, die ihren Verstand im Krieg gelassen hatten.

3. KAPITEL

Gut Morkamp, Kreis Plön, Ostseeküste Schleswig-Holstein, Kriegsgefangenenzone F, Oktober 1945

Es war noch dunkel, als sie am nächsten Morgen nach draußen trat. Um 3 Uhr 45 hatte ihr Wecker geklingelt. Doch jetzt, während sie den Ehrenhof überquerte und sich gegenüber vom Herrenhaus vor die Kate des Gutsinspektors stellte, regnete es in Strömen. Sie war die Erste vor Friedrichsens Tür, der Rest der Schlange würde sich vermutlich erst im Laufe der nächsten Stunde bilden. So gut sie konnte, suchte sie Unterschlupf unter dem Abdach des reetgedeckten Ziegelhäuschens. Die Müdigkeit steckte noch so tief in ihren Knochen, dass sie in der Kälte zitterte. Allein die Vorstellung, in diesem mörderischen Regen den ganzen Tag Kartoffeln zu ernten, war ihr ein Graus. Aber Egon würde kommen und sie zum Beginn der Arbeitsschicht ablösen. Hoffentlich. Und vielleicht hatten sie Glück, und es hörte wieder auf zu regnen.

Um der Traufe unter der überlaufenden Dachrinne auszuweichen, lehnte sie sich gegen die Hauswand. Immer wieder fielen ihre Augen zu, ihr Körper geriet ins Schwanken, doch jedes Mal schreckte sie sofort wieder auf.

Ihre Armbanduhr zeigte kurz vor halb sechs, als sich endlich eine weitere Frau zu ihr gesellte. Es war die junge Frau, deren Tochter die gleichen blonden Locken besaß wie Kathrinchen. Heute Morgen war die Kleine allerdings nicht dabei.

Wenn es nicht so früh und so kalt gewesen wäre, hätten sie vielleicht miteinander gesprochen. Aber so lehnte sich die Frau auf der anderen Seite der Tür an die Hauswand und versuchte auf diese Weise, unter dem Abdach Schutz zu finden. Nur hin und wieder lächelte sie verhalten zu Hannah herüber.

Abgesehen von ihnen beiden, kam niemand. Je weiter die

Zeit voranschritt, desto misstrauischer wurde Hannah. Konnte es sein, dass am Samstag doch keine Ernte stattfand? Oder ließen sich die Leute vom Regen abhalten?

Schließlich war es an der Zeit, dass Egon kommen müsste, um sie abzulösen. Aber auch er tauchte nicht auf.

Erst kurz vor sechs sah sie einen Mann, der in dem Torbogen des Kavaliershauses erschien, sich dort eine Zigarette anzündete und durch den Regen auf sie zukam. Egon.

Direkt vor ihr blieb er stehen und grinste sie an. »Was machst du denn hier?« Er klang spöttisch. »Bei strömendem Regen und in aller Herrgottsfrühe?«

Spätestens jetzt hatte sie genug. Dass er nicht gekommen war, war das eine, aber dass er sich auch noch über sie lustig machte … »Das musst du gerade fragen. Wir hatten eine Abmachung!«

Ihr neuer Mitbewohner stellte sich mitten vor die Tür und zog an der Zigarette. »Es regnet«, erklärte er.

Hannah funkelte ihn an. Das konnte sie selbst sehen.

Seine Zigarette glühte ein weiteres Mal. Im Licht der Hoflaterne konnte sie nur vage erkennen, dass er sie nachdenklich ansah. Dann lachte er auf, als wäre ihm etwas Lustiges eingefallen: »Du bist wohl nicht vom Land, was?«

Wütend funkelte sie ihn an. »Nein. Bin ich nicht!« Sie musste ihre Stimme dämpfen, um ihn nicht anzuschreien.

Egon rollte mit den Augen. »Deswegen.« Er stieß ein theatralisches Seufzen aus. »Es regnet«, erklärte er noch einmal in einem Tonfall, als wäre sie ein begriffsstutziges Kind. »Kein Bauer, vom Atlantik bis an die Wolga, würde jemals auf die Idee kommen, Kartoffeln im Regen zu ernten. Sie müssen trocken sein, wenn man sie einsammelt, sonst gammeln sie innerhalb weniger Tage.«

Hannah öffnete den Mund, wollte etwas entgegnen und tat es dann doch nicht. Mit einem Schlag kam sie sich dumm vor. Wieso war sie nicht selbst darauf gekommen? »Vielleicht hört es ja noch auf. Dann wären wir immerhin die Ersten und …«, sie sah sich demonstrativ um, »… beinahe Einzigen.« Es war ein jämmerlicher Versuch, ihre Ehre zu retten.

In diesem Moment öffnete sich die Tür des Verwalterhäuschens. Egon sprang zurück, und Friedrichsen streckte mit verwunderter Miene den Kopf hinaus. »Was ist das für ein Lärm am frühen Morgen? Was wollt ihr hier?«

Unmöglich konnte Hannah die Kartoffelernte erwähnen. Verlegen biss sie sich auf die Unterlippe. Auch die andere Frau sah verschämt aus.

»Bitte verzeihen Sie«, erklärte Egon so höflich, dass er kaum wiederzuerkennen war. »Es war nur ein Irrtum.« Damit drückte er die Hand zwischen Hannahs Schulterblätter und schob sie vor sich her in den Regen.

»Halt!«, rief ihnen der Inspektor nach. »Falls ihr Arbeit wollt …« Er nickte Richtung Wirtschaftshof. »Im Schweinestall stehen fünf Verschläge leer, die müssen ausgemistet werden. Bezahlt wird in Zuckerrüben.«

Mitten im Regen blieben sie stehen, drehten sich noch einmal um. »Wie viele Zuckerrüben?«, wollte Egon wissen.

Der Gutsinspektor überlegte kurz: »Fünf für jeden sauberen Verschlag. Egal mit wie vielen Leuten ihr kommt.«

Egons Gesicht verfinsterte sich. »Fünf ist zu wenig«, rief er. »Zehn für jeden Verschlag.«

Friedrichsen kratzte sich am Kopf, als müsste er erst nachzählen, wie viel er sich leisten konnte. »Sieben.«

Finster schaute Egon in den Himmel und dann wieder zu Friedrichsen.

»Acht, mein letztes Wort!« Der Verwalter klang verschnupft.

Auch ohne ihn anzusehen, ahnte Hannah, dass Egon noch nicht zufrieden war. Dennoch stimmte er zu: »In Ordnung.«

* * *

Die nächsten Stunden verbrachten sie im Schweinestall. Zusammen mit dem Fuchs und Freddie misteten sie vier Verschläge aus, während die andere Frau den fünften Verschlag übernahm. Doch selbst mit so vielen Leuten blieb es harte Arbeit. Der Mist stand mehr als einen halben Meter hoch in den Verschlägen und war so festgetreten, dass Hannah die Forke zwar hineinstechen, aber den Mist nur in kleinen und trotzdem schweren Plaggen herausheben konnte. Wenn sie an einer Stelle des Verschlages anfing, dauerte es ewig und mehrere Schubkarrenladungen lang, ehe sie überhaupt ein Loch in der Mistdecke sehen konnte – ganz zu schweigen davon, wie lange sie brauchte, um bis zum Boden vorzustoßen. Anfangs stiegen ihr die Schwefel- und Faulgase der frischen Exkremente in die Nase, doch je tiefer sie kam, desto heftiger ätzte der Ammoniakgestank in ihrer Kehle. Zudem begannen ihre Schulter- und Armmuskeln zu brennen, ihr Rücken fing an zu schmerzen und selbst die Waden und Oberschenkel taten nach einer Weile weh.

Den Männern schien die Arbeit deutlich leichter zu fallen. Jeder übernahm einen Verschlag, während sie sich darin abwechselten, für alle die Schubkarren hinauszufahren.

Hannah war heilfroh darüber. Allein der Versuch, eine volle Karre anzuheben, scheiterte an ihrer fehlenden Kraft.

Auch Gitte, die andere Flüchtlingsfrau, mühte sich sichtbar mit der Arbeit ab. Anfangs lächelte sie noch freundlich zu Hannah herüber, und sie wechselten ein paar Worte. So erzählte Gitte, dass sie mit ihrer Tochter in der Strohmiete neben dem Pferdestall untergebracht war und immerzu nach einer Gelegenheit suchte, um in eine kleinere Unterkunft umzuziehen. Nach einer Weile wurde die Arbeit jedoch zu anstrengend, um zu reden, und auch Gittes Lächeln wirkte zunehmend gequält, wenn Hannah ihrem Blick begegnete. Zwischendurch kam eine etwas ältere Frau mit dem blond gelockten Mädchen vorbei, um Gitte zu besuchen. Aber Hilfe bei ihrer Arbeit hatte die junge Frau keine, und Hannah bekam zunehmend Mitleid mit ihr. Auch die Männer schienen ein Einsehen zu haben und fuhren Gittes Mist kommentarlos mit nach draußen. Dennoch waren die acht Zuckerrüben für den einen Verschlag ein sehr mühsam verdienter Lohn.

»Du musst den Mist schichtweise ausheben«, erklärte Freddie irgendwann, als er die Karre in Hannahs Verschlag abstellte und ihr Werk zum ersten Mal ausführlich begutachtete. »Dann sieht man zwar kaum, ob man vorankommt, aber es geht leichter und schneller, als Löcher zu graben.«

»Sag bloß, sie gräbt Löcher?«, rief Egon herüber, der im übernächsten Verschlag stand und sich vermutlich nur aus diesem Grund noch nicht über Hannah lustig gemacht hatte. »Sie ist nicht vom Land«, erklärte er dann, und Freddie stimmte in sein Lachen ein, als wäre damit alles gesagt.

»Ja, ja, sehr lustig«, murmelte sie. »Ihr seid dann wohl alle vom Land, was?«

Freddie grinste. »Klar. Was anderes gibt es da hinten im Osten ja nicht. Unser Egon da drüben, der wäre sogar ein strammer Hoferbe geworden. Wie viele Hektar hattet ihr?«

Egon hatte sich wieder vorgebeugt und stach gewaltsam in den Mist. »Dreiundachtzig Hektar Land. Einundfünfzig Hektar Wald«, rief er missmutig. »Ein ziemlich kleines Gut für ostpreußische Verhältnisse. Aber hättet ihr vielleicht ein anderes Thema? Über die Vergangenheit zu lamentieren hat doch jetzt eh keinen Wert mehr.«

Egon hatte also ein ganzes Gut verloren. Wenn es auch angeblich nur ein kleines Gut war oder ein großer Bauernhof. Und dennoch tat er so, als wäre nichts. War das der Weg, auf dem Menschen nicht nur körperlich, sondern auch geistig überlebten?

Als der Glockenturm zur Mittagsstunde schlug, waren die Männer mit ihren Verschlägen schon beinahe fertig, während Hannah höchstens die Hälfte geschafft hatte.

Der Fuchs war der Erste, der die letzten Reste auf seine Karre lud. Danach stellte er sich schweigend an ihre Seite und arbeitete mit ihr zusammen. Sie fing an, sein Schweigen zu mögen.

»Du kannst gehen, Hannah«, erklärte Egon, als er fertig war und ebenfalls zu ihr herüberkam. »Mittagessen kochen, wie es sich für eine Frau gehört.« Er grinste sie herausfordernd an. »Die Männerarbeit überlässt du dann einfach uns.« Mit diesen Worten wollte er ihr die Forke abnehmen. Wie zufällig steifte er ihre Hand.

Hannah jammerte auf. Nur mit Mühe konnte sie die Hände von dem Holzgriff lösen. Ihre Handinnenflächen klebten daran fest, und die Finger waren wie festgefroren in der gekrümmten Haltung.

»Zeig mal.« Egon nahm ihre rechte Hand und bog sie vorsichtig auseinander. Ihre Finger waren rot gefleckt, und über die Ballen darunter zog sich eine große, aufgeplatzte Blase. Doch am schwersten hatte es die Stelle getroffen, an der sich ihr Ehering in ihren Handballen drückte. Ehering und Forkenstiel hatten eine dicke Hautfalte zusammengequetscht, die sich nun in eine tiefe, fleischrote Wunde verwandelt hatte.

»Uhhh.« Egon klang ernsthaft mitleidig. »Das sieht böse aus. Du solltest das verbinden lassen.«

Verhalten zuckte Hannah mit den Schultern. Sie wusste schon, dass es schwer sein würde, Verbandsmaterial aufzutreiben. Ausgekochtes Leinen war das Beste, was sie vielleicht von einem ihrer Nachbarn erbetteln konnte. Trotzdem hatte er recht. Eine Wunde wie diese sollte sich nicht entzünden. »Ja. Ich schaue, was ich finde.«

Sein Blick verharrte weiter auf ihrer Hand. Nur ganz vorsichtig streifte er ihren Ehering. »Verheiratet?« Er murmelte das Wort so leise, dass Hannah sich nicht sicher war, ob es eine Feststellung oder eine Frage war.

»Ja. Oder auch nein. Er …« Sie sprach nicht weiter.

Egon ließ ihre Hand los. »Das tut mir leid.« Räuspernd trat er von ihr zurück und zog etwas aus seiner Gesäßtasche. Es war eine hellbraune Lederbrieftasche, zerknautscht und von verschiedensten Flecken überzogen, ganz so, als hätte sie die halbe Kriegsgeschichte miterlebt. Er klappte sie auf, blätterte in seinen Papieren und zog ein kleines Schwarz-Weiß-Foto heraus. Ein dunkelhaariges Mädchen mit langen Zöpfen war darauf zu sehen. Mit einem charmanten Lächeln und leuchtenden Augen strahlte sie in die Kamera. »Meine Verlobte. Maria. Sie stammt aus Ostpreußen, aus dem gleichen Dorf wie meine Familie. Kurz vor Ende des Krieges ist unser Kontakt abgebrochen. Ich weiß nicht, ob sie noch fliehen konnte, bevor die Russen …« Hastig wandte er sich ab, strich sich mit der Hand über den Nacken.

Hannah wusste nicht, was sie sagen sollte. Es gab keine Worte für solche Momente, nur abgedroschene Floskeln, die ihr im Hals stecken blieben.

Auch Freddie warf einen scheuen Blick zu seinem Kameraden. Einzig der Fuchs starrte auf den Mist vor seiner Forke, wie er es die ganze Zeit getan hatte. Allein sein kurzes Innehalten verriet, dass Egons Geschichte ihn ebenfalls berührte.

»Ich …« Sie sprach leise, streckte ihre Hand in Egons Richtung und ließ sie sinken, bevor sie ihn erreichte. »Ich mache uns was zu essen.«

* * *

In ihrer Kammer roch es nach reifen Äpfeln, nach Rasierwasser und dem erdigen Duft frischer Kartoffeln. Ein merkwürdiges Gefühl überfiel Hannah, als sie zum ersten Mal seit der Ankunft der Männer in ihrem Zimmer allein war. Endlich keine frechen Kommentare von Egon, keine anzüglichen Blicke von Freddie und nicht das schwerwiegende Schweigen, hinter dem sich der Fuchs versteckte. Ein Teil von ihr wollte erleichtert aufatmen. Zugleich spürte sie jedoch etwas anderes, eine seltsame Wärme, wenn sie an die drei dachte, und tatsächlich so etwas wie Vorfreude. Weil sie bald wieder hier sein würden.

Obwohl sie ihre Stiefel vor der Tür hatte stehen lassen, hing der Stallgestank im Zimmer. Wenn sie ihn wieder loswerden wollte, musste sie sowohl ihre Kleidung als auch sich selbst waschen. Hannah fachte eilig das Feuer in der Brennhexe an, setzte einen Topf mit Wasser auf, zog sich Rock und Bluse aus und stopfte beides in ihren Waschsack. Dann nahm sie das lauwarme Wasser und wusch ihren Körper mit einer schnellen Katzenwäsche. Auf keinen Fall durfte sie halb nackt im Zimmer stehen, wenn die Männer wiederkamen. Rasch zog sie ihren zweiten Rock und eine Wechselbluse an.

Erst danach machte sie sich daran, die Kartoffeln zu waschen. Wasser und Sand brannten wie Feuer in ihren Wunden, und es war eine Tortur, ehe die Kartoffeln endlich mitsamt ihrer Schale im Kochwasser lagen.

Als die Männer zurückkamen, zog der Duft von weichen Pellkartoffeln durch das Zimmer. Die Fensterscheiben waren beschlagen, und ein milder Dampf hing in der Luft. Aufgebracht ließ Egon einen kleinen Sack mit Zuckerrüben auf den Boden fallen. »Friedrichsen, dieser Geizhals!«, rief er in einer Lautstärke, die Hannah zusammenzucken ließ. »Er hat die mickrigsten Rüben als Lohn herausgesucht. Acht Stück, dass ich nicht lache.« Egon zog eine Zuckerrübe aus dem Sack, die kaum größer war als eine Mädchenfaust. »Beim nächsten Mal verhandele ich um Pfund, nicht um Stückzahlen.« Missmutig ließ er die Rübe wieder in den Sack fallen, versetzte ihm einen Tritt mit seinem Strumpffuß und stapfte zu seinem Schlafplatz.

Betreten schaute Hannah zu Freddie und dem Fuchs, die sich mit erschöpften Gesichtern auf ihren Strohsäcken ausgestreckt hatten.

Doch wenigstens die Kartoffeln waren inzwischen gar. Hannah verteilte sie auf Teller, gab diese den Männern und setzte sich auf ihren Platz. Während sie aßen, redete niemand.

Gerade waren sie fertig und wollten damit anfangen, das Geschirr abzuwaschen, als vom Flur eine laute Kinderstimme durch die Tür drang. »Drachenappell!«, krakeelte eines der Flüchtlingskinder. Eine Zimmertür nach der anderen wurde mit lautem Poltern geöffnet und wieder zugeknallt, bis ein kleiner Junge ihre Tür aufriss. »Die Drachenkönigin kommt!«, sagte er. »Sie kontrolliert alle Zimmer. Gerade jetzt ist sie unten im Kavaliershaus, aber gleich kommt sie hoch.«

Hannah sah sich um. Die Betten waren unordentlich vom Daraufsitzen, ihre Säcke mit den gesammelten Vorräten standen in jede freie Ecke gequetscht, und der Geruch von Schweinemist hing noch in der Luft. »Wir müssen aufräumen. Sauber machen. Schnell!« In Windeseile glätteten sie die Betten, säuberten den Herd und stapelten die Vorratssäcke möglichst ordentlich an die Wand am Fußende von Hannahs Matratze. Hastig riss sie das Fenster auf, um den Wasserdampf und den Mistgeruch hinauszulüften. Doch gleich darauf polterten die Schritte der Gutsherrin vor der Tür, und Egon zog das Fenster wieder zu.

Das Klopfen klang fordernd. Noch bevor jemand Ja sagen konnte, trat Frau von Morkamp ein. Friedrichsen trottete mit eingezogenen Schultern hinter ihr her. In der Hand hielt er eine seiner berühmten Listen. »Hannah Riedel, 1943 in Hamburg ausgebombt«, las er vor. »Und dann seit gestern hier einquartiert die Wehrmachtsoldaten Egon Wirth, Frederick Marning und«, er zögerte einen Moment, »Gefreiter Fuchs. Alle drei noch immer inhaftiert als entwaffnetes Militärpersonal.«

Die Gutsherrin nickte. Hannah hielt den Atem an, während sich Frau von Morkamp mit strengem Blick im Raum umsah. Sie war groß gewachsen und schlank, ihr blaues, langes Kleid raschelte mit jedem Schritt, während sie langsam die winzige Kammer durchmaß. Mit dem Zeigefinger strich sie an der Wand entlang, rieb den Daumen dagegen, als hätte sie etwas Klebriges an den Wänden gefunden. Kein Detail schien ihr zu entgehen, und Hannah kam es vor, als würde sie in ihrem Kopf eine von Friedrichsens Listen anfertigen. »Es ist feucht hier«, stellte sie fest. »Ich verlange, dass Sie regelmäßig lüften und besser heizen, sonst verschimmelt mir noch das ganze Haus.«

Am liebsten wollte Hannah sagen, dass sie nicht genug Brennmaterial besaßen, um besser zu heizen – und dass es kaum möglich war, die Feuchtigkeit zu besiegen, wenn vier Menschen auf so engem Raum zusammenlebten. Aber sie wusste, dass es besser war, der Gutsherrin nicht zu widersprechen.

»Außerdem riecht es wie in einem Lagerkeller. Woher kommen die ganzen Vorräte?« Sie deutete der Reihe nach auf die Säcke und die Einmachgläser in Hannahs Ecke.

»Das ist unser Arbeitslohn«, erklärte Hannah hastig. »Und Früchte, die wir von wilden Bäumen gesammelt haben.« Vorsichtshalber erwähnte sie nicht, dass es Bäume waren, die in den Knicks des Gutshofes standen.

»Die Äpfel und Kartoffeln werden in dieser feuchten Wärme vergammeln«, bemerkte die Gutsherrin.

Hannah räusperte sich. »Einen besseren Lagerplatz haben wir …«

»Das brauchen Sie uns nicht zu erklären«, fuhr Egon dazwischen. »Wir bräuchten einen Kellerraum für die Vorräte. Dunkel, kalt und trocken. Hätten Sie etwas, das wir nutzen können?«

Hannah wollte ihn von der Seite anstoßen, damit er nicht so mit der Gutsherrin redete, doch es war bereits zu spät. »Mein lieber Herr …« Sie machte eine Pause, wedelte in Friedrichsens Richtung.

»Herr Wirth«, ergänzte dieser.

»Mein lieber Herr Wirth«, setzte die Gutsherrin noch einmal an. »Sie haben doch sicher gesehen, dass das hier ein großes, ordnungsgemäß bewirtschaftetes Gut ist. Jegliche Räumlichkeiten, die wir entbehren können, sind mit Flüchtlingen belegt. Also werden Sie wohl verstehen, dass wir keine zusätzlichen Lagerräume zur Verfügung stellen können.«

Egon öffnete den Mund, ganz so, als wollte er noch etwas sagen. Dieses Mal stieß Hannah ihn wirklich an. Für eine Sekunde war er abgelenkt, blinzelte sie wütend an und richtete sich wieder an die Gutsherrin. »Da wäre noch was!«, begann er. »Ihr Gutsverwalter hat uns acht Zuckerrüben für jeden ausgemisteten Schweineverschlag versprochen, und nun sehen Sie sich das an.« Er ging zu dem Sack, zog eines der Rübchen heraus und hielt es der Gutsherrin entgegen. »Sieht so eine Zuckerrübe aus? Ist das die Größe einer Zuckerrübe?«

Aus den Augenwinkeln bemerkte Hannah, dass Friedrichsen seine Schultern noch höher zog.

Frau von Morkamp wirkte sprachlos, allerdings nur kurz. Dann hob sie das Kinn und erwiderte Egons Blick mit kaltem Zorn. »Friedrichsen!«, rief sie. »Warum ist der Lohn für die Flüchtlinge so großzügig? Hätten nicht fünf Rüben pro Verschlag ausgereicht? Geben Sie etwa nach, wenn die Flüchtlinge gierig werden?«

»Frau von Morkamp …« Der Gutsinspektor war drauf und dran, sich vor ihr zu verneigen.

Aber die Gutsherrin winkte ab. »Wir klären das später.« Sie sah zwischen Hannah und den Soldaten hin und her. »Und wie kommt es überhaupt, dass Sie drei Soldaten bei einer alleinstehenden Frau einquartieren?«

Wieder setzte der Gutsinspektor an: »Ich … also …«

»Das ist schon in Ordnung!« Hannah hörte sich selbst, bevor sie darüber nachdenken konnte. »Die drei sind anständig. Gegen die Einquartierung ist nichts einzuwenden. Zumindest von meiner Seite.«

Warum hatte sie das gesagt? Warum nutzte sie nicht die Chance, vielleicht doch noch eine bessere Unterbringung zu bekommen?

Dann entdeckte sie die Überraschung, die in Egons Augen aufleuchtete. Sogar Freddie wirkte so, als wäre ihm ein Stein vom Herzen gefallen. Und der Fuchs? Konnte es sein, dass er sie ansah? Dass er sie wahrnahm?

Erst jetzt wurde ihr klar, dass sie die Männer tatsächlich mochte.

* * *

Den Rest des Herbstes verbrachten sie damit, weitere Vorräte zu sammeln. So oft wie möglich stellten sie sich in die Schlange vor Friedrichsens Haus, um bei der Kartoffelernte dabei zu sein. An anderen Tagen ernteten sie Rüben oder Kohl oder halfen beim Setzen der Zwiebeln, die für das nächste Jahr gepflanzt wurden. Auch im benachbarten Dorf Lütjenau suchten sie nach Möglichkeiten, um für einen Tag Arbeit zu finden, und manchmal fuhren Egon und Freddie mit einer Kolonne zum Torfstechen und brachten einige Säcke Heiztorf mit in ihre Kammer.

Doch die Arbeitsmöglichkeiten waren begrenzt, und der Andrang der Flüchtlinge war groß. Zumeist kam es darauf an, rechtzeitig zu erfahren, wann und wo Arbeitskräfte gesucht wurden.

Schon bald wurde Hannah klar, dass es Vorteile brachte, sich mit den Soldaten zu verbünden. Nicht nur, dass die Männer Arbeiten verrichten konnten, für die sich eine Frau nicht einmal zu bewerben brauchte – gemeinsam sammelten sie auch weitaus mehr Informationen. Egon war ein Genie darin, Kontakte zu anderen Flüchtlingen zu knüpfen und mit seiner Mischung aus Charme und Frechheit wertvolle Neuigkeiten aus ihnen hervorzulocken. So wusste er nicht nur, wo Arbeitskräfte gesucht wurden, er war auch immer auf dem Laufenden darüber, welche Waren in der nächsten Woche im Krämerladen erhältlich waren und wann der Metzger frisches Schweine- oder Rindfleisch bekam. In der Theorie hatte zwar jeder ein Anrecht auf eine bestimmte Menge Fleisch, das ihm auf den Lebensmittelmarken zugeteilt wurde. Aber praktisch war nicht genug da, um es tatsächlich zu kaufen. Das Gleiche galt für Fisch, Mehl und Zucker. Allzu oft bekamen nur diejenigen etwas ab, die als Erstes in der Schlange standen.

Dass Egon solche Dinge mit Leichtigkeit herausfand, erfüllte Hannah mit Dankbarkeit. Freundliche Gespräche mit anderen Flüchtlingen erschienen ihr auch nach zwei Jahren noch immer wie ein Spießrutenlauf. Die üblichen Fragen: »Woher kommst du?«, oder: »Bist du mit deiner Familie hier?«, waren genauso unerträglich wie das Leid der anderen: »Mein Sohn ist in Gefangenschaft, vermisst, gefallen …«, »Wir sind aus Ostpreußen gekommen, über das gefrorene Haff, so viele Tote …« Manche Flüchtlinge konnten nicht damit aufhören, ihr persönliches Drama immer wieder zu erzählen, bis es jeder kannte. Andere bevorzugten es, über die Schicksale fremder Flüchtlinge zu berichten, wie über das der alten Hilde, die ihre zwei Söhne im Osten verloren hatte und deren Tochter auf der Flucht aus Ostpreußen erschossen worden war. Je tragischer und grausamer, desto häufiger wurden die Geschichten weitererzählt. Die verrückte Elsa aus Berlin beispielsweise kannte jeder, und jeder wusste, dass sie durchgedreht war, weil die *Russenschweine* ihr ein *Russenbalg* in den immer runder werdenden Bauch gepflanzt hatten. Wann immer sich Hannah bei Schlachter Mede, vor Bäcker Sielke oder dem Haus des Gutsverwalters anstellte, achtete sie darauf, in der Gesellschaft von schweigsamen Menschen zu stehen. Doch die Tratschtanten und Redseligen waren nur selten weit entfernt, und meistens reichte es aus, seine Geschichte ein paarmal zu erzählen, bis sich jemand fand, der sie mit Eifer in Umlauf brachte. Diesen

Fehler hatte Hannah bereits gemacht. Zwei- oder dreimal hatte sie sich auf die Fragen eingelassen und sie wahrheitsgemäß beantwortet. Zum Glück waren inzwischen genug andere Flüchtlinge hier, über die sich reden ließ. Daher war ihr eigenes Schicksal nicht die am häufigsten weitergetratschte Geschichte. Mitunter fiel ihr jedoch auf, dass sich Leute anstießen und zu ihr herübersahen. Was sie sich erzählten, konnte Hannah sich denken: »Schau mal, dort, das ist die Hannah Riedel aus Hamburg. Die hat ihre ganze Familie in einer einzigen Nacht an die Bomben verloren, samt Ehemann, Eltern und kleiner Tochter. Ist das nicht schrecklich?«

Im Vergleich zu all den anderen war Hannah die Gesellschaft des Fuchses am liebsten. Er redete nicht, und er stellte keine Fragen, und bald erschien ihr sein Schweigen nicht mehr dunkel und abgründig, sondern hell und schützend, wie eine Wand, die ihr den Rücken freihielt.

Ohne dass sie mit Egon und Freddie darüber sprach, wurde es üblich, dass die beiden sich in den Schlangen anstellten und als Arbeitskräfte bewarben, während Hannah mit dem Fuchs auf Sammeltour ging. In langen Wanderungen liefen sie die Knicks zwischen den Feldern und Wiesen ab, ernteten reife Äpfel und Nüsse und sammelten die Wolle von Schafen, die an Zäunen und Dornenhecken hängen blieb. An ruhigen Tagen gingen sie in die Wälder, um Totholz zu suchen, und bei stürmischem Wetter liefen sie den Strand ab, um das Treibholz aus der schäumenden Brandung zu fischen. Der Fuchs war der Einzige, dem Hannah die Stellen an den Wellenbrechern zeigte, an denen sich die Miesmuscheln festsetzten und kleine Kolonien bildeten.

Wenn sie nach solchen Streifzügen mit ihren Fundsachen in der Kammer ankamen, fing Hannah an zu kochen, während der Fuchs ihr zur Hand ging, für sie Wasser holte und nach ihrer Anleitung Gemüse putzte. Zusammen kochten sie Sirup aus den Zuckerrüben und füllten ihn in die leeren

Schnapsflaschen, die Freddie nach seinen Saufgelagen zurückließ.

Tatsächlich besaß Freddie ein Talent dafür, verbotene Dinge zu organisieren. Die Frage, woher er seinen Schnaps bekam, beantwortete er ebenso wenig wie die Frage, wo er den Schweinebraten aufgetrieben hatte, den er eines Tages anschleppte. Vermutlich hatte er gute Schwarzmarktkontakte. Oder er war ein geschickter Dieb. Aber selbst auf Egons Nachfrage grinste er nur.

Nur eines war sicher: Er stellte im Wald Fallen auf. Anders waren die Rebhühner und Hasen, die er ihnen mitbrachte, nicht zu erklären. Dass auf Wilderei schwere Strafen standen, schien ihn nicht zu interessieren. Einzig Hannah hielt jedes Mal den Atem an, wenn Freddie ihr eine tote Wildgans oder Ente hinhielt. »Nicht fragen«, sagte er dann. »Nur kochen und freuen.«

In solchen Momenten nickte sie und tat, was er sagte. Solange sie nichts wusste, konnte sie ihre Schuld besser verbergen. Doch in den Nächten danach fiel es ihr oft schwer, einzuschlafen, weil sie stets damit rechnete, die Polizei oder die Briten würden an ihrer Tür klopfen und sie alle festnehmen. Der Bratenduft, der von ihrem Zimmer aus durch den Flur zog, dürfte als Verdacht hinlänglich ausreichen, und im Grunde war es nur eine Frage der Zeit, bis sie jemand verriet.

Was die Männer selbst betraf, so war Hannahs Furcht vor ihnen verflogen. Friedrichsen hatte ihr zwar Sackleinen gebracht, aus dem sie sich einen Vorhang zur Abtrennung ihrer Ecke genäht hatte, aber sie nutzte ihn nur, um sich dahinter umzuziehen oder zu waschen. In den Nächten ließ sie den Vorhang offen. Sie konnte den Männern vertrauen. Die drei würden sie eher mit ihrem Leben beschützen, bevor sie auch nur auf die Idee kämen, ihr etwas anzutun. Es fühlte sich sogar beruhigend an, ihrem nächtlichen Atem zu lauschen, auch wenn die Männer unruhig schliefen. Sie zuckten im Traum oder schlugen um sich. Egon murmelte unverständliche Sätze, und zweimal, immer dann, wenn er besonders viel getrunken hatte, kam es vor, dass Freddie weinte.

Wann immer Hannah nicht schlafen konnte, sah sie zum Fuchs hinüber, und manchmal konnte sie im Licht des Mondes sein Profil sehen: seine Stirn mit dem sanft verwirrten Pony, seine gerade Nase und das Kinn, das oft nur schlecht rasiert war. An anderen Tagen lag er auf der Seite, und seine Gesichtszüge blieben im Dunkeln verborgen. Sobald die anderen eingeschlafen waren, musste Hannah nie lange warten, bis der Fuchs zum ersten Mal träumte. In guten Nächten wimmerte er, in schlechten warf er sich herum und stieß leise Schreie aus. So hörte sie seine Stimme zum ersten Mal. Nicht seine Sprechstimme, keine Worte, die sich verstehen ließen – doch zumindest war er nicht stumm.

✻ ✻ ✻

Gut Morkamp, Hannahs Gesellschaft

Etwas an ihr war anders. Etwas an ihrer Art, die ruhig und traurig wirkte, an ihrer Stimme, die niemals laut wurde, an ihrem Lächeln, mit dem sie ihn ansah, ohne ihn zu bedrängen. Allein ihre Nähe zog ihn empor, ließ ihn auftauchen aus dem Nichts, in dem er untergegangen war.

Spätestens seit dem Ende des Krieges wollte er nichts mehr fühlen, wollte nichts mehr von den Menschen hören und erfahren. Doch bei ihr war es anders. Er mochte es, bei ihr zu sein, mit ihr zusammen Äpfel zu ernten oder Holz zu sammeln, an ihrer Seite den Strand entlangzulaufen und im eisigen Wasser der Ostsee zu waten, um Muscheln für sie zu pflücken. In ihrer Gegenwart durfte er still sein, und zugleich entwickelte sich eine Sprache zwischen ihnen, die keine Worte benötigte.

Dennoch zweifelte er. Sie durfte ihm nicht wichtig werden. Kein Mensch durfte ihm je wieder wichtig werden. Nur wenn er ohne Menschen auskam, konnte er überleben. Vielleicht.

Falls es nicht besser war, ein Leben ohne Menschen vorzeitig zu beenden. Diese Schuld zu beenden.

Die Hoffnung auf ein Mädchen stand ihm nicht zu.

4. KAPITEL

Sowjetunion, Spätsommer 1943

Das Rattern des Zuges sang die Melodie des Krieges, ließ sie durch seinen Körper vibrieren wie eine dunkle Vorahnung. Ra-tam-tatam, der Beginn deiner Reise. Ra-tam-tatam, sieh nach draußen, in die Ferne. Ra-tam-tatam, kannst du den Tod schon erkennen?

Den ersten Abschnitt waren sie in einem Personenzug gefahren, aber jetzt saßen sie in einem Güterwagen auf den nackten Planken, etwa 30 Soldaten in diesem Waggon und wer weiß wie viele in den anderen, bei weit geöffneten Schiebetüren und langsamer Fahrt Richtung Osten. Ostpreußen, die Heimat, hatten sie schon längst hinter sich gelassen. Jetzt fuhren sie durch Litauen.

Anfangs hatte er sich in die offene Tür gesetzt, um dem Zigarettenrauch und dem Lärm der Soldaten zu entgehen. Doch dann war er sitzen geblieben, um sich die Landschaft anzusehen und den Weg zu begreifen, der ihn in den Krieg führte. Flache Hügel, dunkle Wälder und dichte grüne Wiesen zogen an ihnen vorbei, dazwischen weit verstreut Holzhütten und Bauernhöfe, reifes Getreide und Frauen mit Kopftüchern, die auf den Feldern arbeiteten und das Stroh zu Garben aufstellten. Litauen. Erobertes Land. Zuerst war es von den Russen unterworfen worden, seit zwei Jahren stand es unter der Herrschaft der Deutschen.

Die meiste Zeit über tuckerte der Zug nur langsam, und das Land zeigte sich im glühenden Sonnenschein des Spätsommers. Direkt hinter der Grenze hatten sie eine Reihe von zerstörten Bunkeranlagen und Geisterdörfern gesehen. Seither war nur noch an Kleinigkeiten erkennbar, dass die Front durch dieses Land gezogen war: eine ausgebrannte Scheune längs der Bahnstrecke, eine Truppe von Gefangenen, die unter der Aufsicht bewaffneter SS-Leute auf einem Feld arbeiteten. Und nicht zuletzt ärmlich gekleidete Kinder und Frauen, die in den Bahnhöfen neben dem Zug entlangliefen und bettelnd die Hände ausstreckten.

Abgesehen davon, erschien alles ruhig. Weit und breit waren keine russischen Soldaten zu sehen, und Angriffe auf den Zug blieben ihnen erspart – wenn auch unter den Soldaten Gerüchte kursierten, dass als Zivilisten getarnte Partisanen überall lauern konnten.

Im Laufe der nächsten Tage änderte sich das Bild nur langsam. Die Landschaft glättete sich immer mehr, bis sie Litauen hinter sich ließen und durch die endlose Weite Weißrusslands fuhren. Hier reichten die Felder, auf denen das reife Getreide wogte, bis zum Horizont, und mitunter dauerte es eine halbe Stunde, sie zu durchqueren. Wilde Blumen und Unkraut sprossen so üppig zwischen dem Korn hervor, als hätte der Mensch längst jegliche Herrschaft darüber verloren. Von noch größerer Weitläufigkeit waren nur die dunklen Moore und Sumpfwälder, die ihnen ihren moderigen Geruch entgegenatmeten. Auch die ärmlichen Häuser, die hier und da auftauchten, wirkten verloren in dieser Landschaft, und selbst die weißrussischen Dörfer standen so verlassen im Wind, als wären sie vom Rest der Welt abgeschnitten. Manchmal huschten Frauen und Kinder geduckt zwischen den Häusern umher, andere Dörfer schienen hingegen schon lange verlassen zu sein. Hier war der Krieg unübersehbar. Aus der offenen Tür des Zuges heraus zeigte er sich zwar nur in winzigen Schreckensbildern, doch gerade deshalb brannten sie sich so unauslöschlich in sein Gedächtnis wie Fotografien: Häuser waren ausgebrannt und zerfetzt von der Artillerie, Bombenkrater zeichneten die Dorfstraßen, und auf den Weiden lag das tote Vieh.

Einmal sah er eine einsame Baumgruppe am Horizont, an

deren Ästen Leichen hingen mit Stricken um den Hals, und dann kamen sie an einem Feld vorbei, auf dem wohl im letzten Winter ein Kampf gewütet hatte. Jetzt wuchs das Getreide über den menschlichen Skeletten. Nur direkt neben der Bahnstrecke konnte er die Toten sehen, während der süßliche Gestank der fortdauernden Verwesung durch die offene Tür in den Zug wehte. Ausgerechnet dieses Feld war eines, das sich endlos zog, als wollte es ihm ja genug Zeit lassen, das Grauen in sich aufzunehmen.

Er selbst würde Teil dieses Krieges werden. Schon in wenigen Tagen würde er gezwungen sein, Menschen zu töten. So, wie es fast alle Männer in allen Generationen vor ihm getan hatten. Diese Bilder vom Krieg gaben ihm nur einen winzigen Vorgeschmack, nur eine klitzekleine Ahnung, wie es tatsächlich sein würde, für *Volk und Führer* im Kampf zu stehen. Als hätte er es sich jemals ausgesucht, von Hitler geführt zu werden. Diese Entscheidung war gefallen, während er noch ein Kind gewesen war, aber auch seine Eltern hatten den kleinen Österreicher nicht gewählt.

Lange hatte er den Gedanken verdrängt, wie es wohl sein würde, in den Krieg zu ziehen. Nun, beim Anblick der Skelette, bekam er jedoch rasendes Herzklopfen. Was sollte daran ehrenhaft sein, wenn Leichen unbeachtet liegen blieben und ihr verdorbenes Fleisch zuerst die Krähen und dann das Getreide nährte? Wenn sich schon niemand die Mühe gemacht hatte, die Toten zu bestatten – hatte wenigstens jemand ihre Namen notiert? Oder gehörten sie zu den zahllosen Soldaten, deren Tod sich nur dadurch mutmaßen ließ, dass sie nie wieder einen Brief nach Hause schrieben? Vermutlich war dieses hier eines von jenen Kriegsbildern, die er nie vergessen würde: wie sich die Mohn- und Kornblumen und die Stängel des reifen Getreides um die Söhne, Väter und Ehemänner von Müttern, Kindern und Frauen rankten und sich in ihrer blühenden Schönheit nicht darum kümmerten,

dass ihre Nahrung woanders die Herzen einer Familie zer-
riss.

Oder sollte er die Blumen als Bild des Trostes sehen? Umarmten sie die Toten nur deshalb, um zu verdeutlichen, dass
Gott trotz aller Grausamkeit noch immer da war? Dass es
nach dem Morden und Sterben der Menschen die Natur war,
die von Gott ausgesandt wurde, um die Toten zurück in den
Kreislauf des Lebens zu ziehen? Was wohl sein Großvater zu
solch einem Bild gesagt hätte? Welche Worte hätte er in seiner
Sonntagspredigt dafür gefunden? Oder war er deshalb 1941
an einem Herzinfarkt gestorben, weil ihn dieser Krieg schon
aus der Ferne viel zu sehr mitgenommen hatte?

Sie hatten das Feld noch nicht ganz hinter sich gelassen, als
sich ein anderer Soldat neben ihm in die offene Tür setzte und
sich eine Zigarette anzündete. In den letzten Tagen, seitdem er
hier saß, waren die Soldaten an seiner Seite gekommen und
gegangen. Meistens rauchten sie oder schauten eine Weile
nach draußen, aber niemand beachtete ihn.

Dieser Soldat war der Erste, der ihn ansprach: »Du bist neu
im Krieg.« Es war keine Frage, es war eine Feststellung.

»Sieht man das?« Wenn schon die eigenen Männer ihn sofort als Neuling erkannten – was würden dann erst die Russen
mit ihm tun, wenn sie ihm gegenüberstanden?

Der Soldat stieß ein raues Lachen aus. »Deine Sommersprossen sehen so blass aus, als hättest du deine Nase seit Jahren nur in Bücher gesteckt. Außerdem sitzt du seit drei Tagen
in der Tür wie ein Philosoph, der die Schrecken des Lebens
um jeden Preis begreifen will.« Er zog an seiner Zigarette und
schüttelte dann den Kopf. »Wenn du den Krieg schon kennen
würdest, würdest du drinnen sitzen, dein letztes Geld beim
Kartenspiel rauswerfen, Zigaretten rauchen und dich besau-
fen, bis du endlich umkippst und vergisst, wohin du fährst.
Oder du wärst einer von den Depressiven und würdest einfach nur schlafen, bis dich jemand hochreißt und in den Kampf

schubst.« Ohne Übergang streckte er ihm die Hand entgegen. »Du kannst mich Glombitza nennen. Wie heißt du?«

»Lasky.« Nur schwerfällig rollte ihm sein Nachname über die Lippen. Sich so zu nennen kam ihm noch immer befremdlich vor. Nicht Herr Lasky, nicht Gefreiter Lasky, sondern einfach nur so, als wäre es sein Vorname. Dass der Name polnisch klang, machte es nicht leichter. Aber die Soldaten benutzten fast ausschließlich die Nachnamen, und während seiner Zeit im Reichsarbeitsdienst hatte er sich allmählich daran gewöhnt. Manchmal war er beinahe froh darüber. Wenn er im Krieg nur beim Nachnamen genannt wurde, konnte er den Vornamen für den Frieden aufbewahren.

»Lasky«, wiederholte Glombitza. »Auch aus Ostpreußen? Polnische Wurzeln?«

Lasky nickte zögernd. »Ich bin aus Rosehnen an der samländischen Ostseeküste. Polnischer Urgroßvater, soweit ich weiß.«

Glombitza pustete den Rauch in Kringeln nach draußen und schaute in den Wald hinaus, der das Leichenfeld abgelöst hatte. »Beim ersten Mal sind wir die ganze Strecke gelaufen. Kannst du dir das vorstellen?«

Lasky hatte davon gehört. Eintausend Kilometer Fußmarsch bis knapp vor Moskau. »Die *Wochenschau* hat darüber berichtet.«

Wieder lachte Glombitza sein trockenes Lachen. »Aber nur über unseren Heldenmut, nehme ich an. Oder haben sie auch berichtet, wie es sich anfühlt, wenn man unter freiem Himmel schlafen muss, obwohl der Russe jederzeit angreifen kann, und dass man dann lieber gar nicht schläft, bis man irgendwann vor Müdigkeit zusammenbricht und einfach liegen bleibt? Oder haben sie euch im Radio erklärt, was mit den Füßen passiert, wenn man sie zuerst wund läuft und dann der Schlamm in die Stiefel sickert und sich alles zu einem Klumpen aus Eiter, Blut und rohem Fleisch verklebt? Bis es anfängt zu faulen und das tote Gewebe in Fetzen von den Knochen fällt?«

Lasky kämpfte gegen die Übelkeit, die schon vom Anblick der Skelette in ihm schlummerte.

Glombitza sah nicht aus, als wollte er eine schockierende Posse für den Neuling reißen. Er berichtete die Details mit einer starren Maske aus Ernst und Resignation, wie jemand, der nicht mehr spüren konnte, wie drastisch seine Worte wirkten. »Willst du sehen?« Er rückte auf der Türrampe ein Stück zurück, schnürte seinen Stiefel auf und zog seinen Fuß heraus. Unter dem Socken kam ein Stummelfuß zum Vorschein. Er besaß noch die gleiche Länge wie ein normaler Fuß, seine Zehen waren jedoch verschwunden, und an ihrer Stelle war er von narbigem, verwachsenem Gewebe entstellt.

Konnte man mit so etwas laufen? Lasky wagte nicht, die Frage zu stellen.

»Du fragst dich, wie man damit laufen kann, richtig?« Glombitza kniff die Augen zusammen, als würde er seine Gedanken lesen. »Je nach Wetter und Feuchtigkeit tut es höllisch weh, aber was interessieren den Führer meine Schmerzen. Ich kann noch humpeln, also muss ich laufen. Und wenn der Russe kommt, wird meine Angst wohl groß genug sein, um mit den Klumpen um mein Leben zu rennen.« Ein letztes Mal zog er an seiner Zigarette, dann schnipste er sie aus dem Waggon, zog sich die Schuhe wieder an und stand auf.

Lasky glaubte schon, dass ihre Unterhaltung damit vorbei wäre. Bis Glombitza mit einer Rumflasche zurückkehrte. Sein neuer Kamerad trank einen kräftigen Schluck und reichte sie ihm. »Da, nimm! Fang schon mal mit dem Saufen an, anders hält man es nicht aus.«

Während Lasky an der Flasche nippte und beinahe von der Schärfe des Alkohols hustete, deutete Glombitza aus dem Zug nach vorn. »Bei der Arbeit, die sie mir jetzt gegeben haben, muss ich nicht mehr schnell laufen.« Er stieß ein verbittertes Schnauben aus. »Genau das Richtige für alte Männer und Halbinvaliden wie mich. Aber dass sie jetzt auch kleine Jungs dafür aussuchen … Du bist bestimmt in der Feldausbildungs-Division, die sie uns angegliedert haben, oder?«

Lasky nickte. »Ja, ich … unsere Ausbildung haben sie gekürzt. Ich war nur beim Reichsarbeitsdienst in Polen. Die Ausbildung selbst soll im Feld stattfinden.«

Mit einem merkwürdigen Blick sah Glombitza ihn an, schüttelte dann den Kopf und nahm die Flasche wieder entgegen. »Ach was. Noch sind wir nicht da. Lass uns über den Frieden reden: Was würdest du jetzt tun, wenn du nicht in den Krieg müsstest?«

Lasky atmete tief ein, um die letzten Reste der Übelkeit zu bewältigen. Was hatte Glombitza gemeint? Die Männer in diesem Zug fuhren entweder ebenfalls zur Ausbildung, oder sie gehörten zu dem Sicherungsbataillon, von dem sie lernen sollten. Vor allem die Älteren waren alle schon einmal da gewesen. Aber niemand wollte darüber reden, was genau ihr Zielort war und welche Aufgabe ihnen im Osten bevorstand.

Bandenbekämpfung. Nur dieses Stichwort war hin und wieder gefallen. Manchmal abfällig, manchmal heroisch, manchmal flüsternd leise, wie etwas, das schon allein als Wort großen Schaden anrichten konnte. Was das für Banden waren, die sie bekämpfen sollten, darüber sprach allerdings niemand.

Am liebsten hätte er Glombitza danach gefragt. Der Ältere hatte seine Frage jedoch zuerst gestellt, und es wäre unhöflich, ihm nicht zu antworten. »Ich würde noch zur Schule gehen«, begann Lasky leise, »mein Abitur machen. Eigentlich wären meine Prüfungen erst im nächsten Frühling, aber sie haben mir das Notabitur ausgestellt, als mein Einberufungsbefehl kam.«

Mitten im Juli, einen Tag vor seinem achtzehnten Geburtstag, war der Brief eingetroffen. Bis dahin hatte er von Jahr zu Jahr gehofft, dass er die Schule noch beenden konnte, bevor er in den Militärdienst musste. Doch mit jedem Jahrgang hatten sie die Männer früher einberufen. Wenn es so weiterging, würden bald Siebzehnjährige in den Krieg ziehen.

»Und wenn es gar keinen Krieg gäbe?«, fragte Glombitza
weiter. »Was würdest du dann mit deinem Leben tun? Nach
der Schule?«

Lasky zuckte mit den Schultern. Über einen Beruf hatte er
schon lange nicht mehr nachgedacht. Eigentlich fiel ihm nur
das ein, was seine Eltern sich für ihn gewünscht hatten. »Mein
Vater war Fischer in Rosehnen, aber der Hauptverdienst meiner Eltern stammt aus der kleinen Pension, die meine Mutter
im Haus meiner Großeltern betreibt. Ihr Glück war es, dass
Rosehnen als Urlaubsort recht beliebt geworden ist. Nicht so
überlaufen und neureich wie unser Nachbarort Cranz, eher
etwas ruhiger und trotzdem genauso schön gelegen. Die Pension geht gut, und die beiden haben immer darauf gespart,
dass ich als ältester Sohn etwas studieren kann. Medizin war
der Traum meines Vaters. Einen Sohn zu haben, der Arzt
wird. 1940 ist er dann zur Marine eingezogen worden und mit
seinem Schiff vor England gesunken. Ob jetzt noch etwas von
dem Ersparten da ist, weiß ich nicht. Seit Beginn des Krieges
kommen immer weniger Gäste in unsere Pension. Vielleicht
hat meine Mutter das Geld auch verbraucht, um meine Geschwister und mich durchzubringen.«

Glombitza schaute noch immer ernst. Die Sonne hatte das
Blond seiner Haare nahezu weiß geblichen und sichtbare Falten in sein Gesicht gebrannt. Doch vermutlich war er kaum
zehn Jahre älter als Lasky. »Es ist ein Jammer.« Glombitza
spuckte aus dem Waggon nach draußen. »Solche wie dich
frisst der Krieg in wenigen Tagen. Sie hätten dich zu Hause
auf deiner Schulbank lassen sollen, anstatt dich hier in den
Kugelhagel zu schicken. Am besten hätten sie dir gleich die
Uni und das Medizinstudium bezahlt. Irgendwer muss die
ganzen Krüppel ja am Ende wieder zusammenflicken.« Er
holte eine weitere Zigarette hervor, zündete sie an und beugte
sich zu Lasky. »Ich mache dir einen Vorschlag.« Jetzt raunte
er so leise, dass nur sie beide es unter dem Rattern des Zuges

hören konnten. »Wenn es nachher dunkel ist und alle schlafen, verpasse ich dir einen Heimatschuss. Wir tun so, als wäre es ein Partisanenangriff auf die offene Tür gewesen, und du fährst wieder nach Hause.«

Nur ganz langsam rieselte die Bedeutung dieser Worte in Laskys Bewusstsein. Einzig sein Herz hatte sie sofort begriffen und raste, als versuchte es, den Zug zu überholen. Glombitza wollte ihn anschießen, damit er wieder nach Hause fahren konnte? Oder war das nur ein böser Scherz?

Für einen Scherz wirkte Glombitzas Miene zu erwartungsvoll.

»Du meinst das ernst?«

Er nickte. »Es gibt nicht viele, für die ich das tun würde. Wenn sie uns erwischen oder uns nicht glauben, werden wir beide hingerichtet.«

Laskys Pulsschlag wurde noch lauter. »Warum willst du das für mich tun? Du kennst mich doch gar nicht.«

Glombitzas Gesicht verzog sich zu einer merkwürdigen Fratze aus Verbitterung und Trauer. »Lass uns sagen, du erinnerst mich an meinen kleinen Bruder. Er war auch so ein helles Köpfchen mit blasser Nase.«

»War?« Die Frage rutschte Lasky heraus.

Ein grimmiges Nicken kam als Antwort. »Er ist letztes Jahr einberufen worden. Zwei Monate hat er durchgehalten.«

Lasky konnte dem anderen nicht länger in die Augen sehen. Stattdessen schaute er wieder nach draußen. Inzwischen fuhren sie durch einen dichten, morastigen Wald. Hier wäre es nicht verwunderlich, wenn Partisanen im Gesträuch saßen und auf die vorbeifahrenden Soldaten schossen. Falls es die russischen Untergrundkämpfer tatsächlich gab. Während seiner Zeit im Reichsarbeitsdienst hatte er widersprüchliche Dinge über Partisanen gehört. Unter den jungen Rekruten kursierte das Gerücht, die Banden seien der Schrecken der

Wehrmacht, der im Rücken der Front durch die Wälder wüte-
te. Manche Gebiete seien flächendeckend von ihnen durch-
drungen, und man müsse jederzeit mit ihren hinterhältigen
Angriffen rechnen. Doch immer, wenn jemand die Kommandeure danach gefragt hatte, hieß es, sie sollten solches Gerede
unterlassen. Von oben wurde streng beteuert, es gäbe keine
Partisanen in Russland, denn Deutschland hielte die Front so
fest im Griff, dass sie hinter den Linien keine Chance hätten.
Aber wie wollte man die Weite des Landes und die undurchdringlichen Wälder unter Kontrolle halten? Auch die anderen
Soldaten in ihrem Waggon hatten die Widerstandskämpfer
schon häufiger erwähnt, und Glombitza sprach ganz selbstverständlich von einem Partisanenangriff. Es schien sie also
doch zu geben. Und vielleicht wäre es plausibel, wenn Lasky
in der offenen Waggontür angeschossen wurde.

Einen Moment lang war er versucht, Ja zu sagen. Mit einer
Verletzung könnte er dem Krieg noch einmal entfliehen,
könnte nach Hause zurückkehren und dafür sorgen, dass seine Mutter, seine zweitälteste Schwester Martha und die Kleinen sicher durch den Krieg kamen. Aber für wie lange? Ein
Streifschuss brauchte nicht ewig, um zu heilen. Danach würde
er wieder in den Krieg müssen, vielleicht schon in ein oder
zwei Monaten. Nur ein tieferer Schuss würde länger brauchen. Falls er daran nicht verblutete, noch ehe sich ein Arzt
fand, der die Wunde versorgte. Ganz zu schweigen von dem
Risiko, bei ihrer Tat erwischt zu werden. In letzterem Fall
wäre ihnen beiden die Hinrichtung sicher.

»Es tut mir leid«, flüsterte er seinem neuen Kameraden zu.
»Sosehr ich diesen Krieg auch zum Teufel wünsche und so
gern, wie ich wieder nach Hause wollte – was würde es nutzen, wenn ich dein Angebot annehme? Sobald die Wunde verheilt ist, müsste ich ja doch wieder hierher. So schnell wird der
Krieg nicht vorbei sein.«

Glombitza kniff die Augen zusammen, räusperte sich kurz

und sprach dann kaum hörbar: »Beim nächsten Mal würden sie dich vielleicht woanders hinschicken.«

Woanders? Was meinte er damit? Nicht an die Ostfront? »Du meinst, nach Frankreich? Oder Norwegen? Auf den Balkan?«

»Nein. Ich meine, nicht *hier*.« Er beschrieb einen Kreis mit seinem Kopf, gerade so, als meinte er ihre engste Umgebung, die anderen Soldaten im Waggon. Ihre Einheit. Was wollte er damit sagen? Dass es in der Feldausbildungs-Division und dem Sicherungsbataillon schlimmer war als woanders? Was genau ihre Aufgabe sein würde, wusste keiner von den Neulingen. Und die Älteren schienen nicht gern darüber zu reden. Bis jetzt hatte Lasky nur aufgeschnappt, dass es nicht direkt an die Front gehen würde und dass man darüber wohl froh sein konnte. Bei einem anderen Einsatz würde er mit sehr großer Wahrscheinlichkeit in den ersten Linien landen. Fast alle kamen dorthin.

Doch ganz gleich, was Glombitza meinte, und ganz unabhängig von dem Risiko, das sie mit so einer Tat eingingen – da war noch etwas. Alle anderen mussten ebenfalls in den Krieg. Was gäbe ihm also das Recht, sich als Einziger zu entziehen? Was war an ihm schützenswerter als an anderen? Nur, weil er Glombitza an seinen kleinen Bruder erinnerte? Er war kein kleiner Bruder. Er war der Älteste von seinen Geschwistern.

Lasky zögerte kurz, sprach dann aber doch aus, was ihm durch den Kopf ging: »Und abgesehen davon … All meine Freunde sind im Krieg. In unserer Familie bin ich der einzige Mann. Welches Bild würde ich abgeben, wenn ich wie ein weinendes Baby nach Hause zurückkrieche, bevor ich den Krieg überhaupt gesehen habe? Welches Bild würde ich vor mir selbst abgeben, wenn ich weiß, dass ich feige gekniffen habe?«

Glombitza sah ihn einen Moment lang an, beinahe so, als müssten erst alle Worte auf ihn wirken. Dann stieß er ein bit-

teres Schnauben aus. »Armer Kleiner. Noch halb grün hinter
den Ohren, und trotzdem schon ganz erfüllt von dem Stolz,
den sie uns predigen. Also, wie du meinst, fahr in den Krieg
und werd ein Mann.« Wieder prustete er. Sein Gesicht war
noch immer nah genug, um die Rumfahne zu riechen, die er
ausatmete. »Aber dann nimm wenigstens diese hier.« Die Flasche gluckerte, als Glombitza sie herumschwenkte, und dieses
Mal trank Lasky in einem Zug, so lange, bis der Alkoholnebel
in seinen Kopf stieg und seine Gedanken auflöste.

In dieser Nacht schlief er so tief wie ein Stein.

* * *

Gut Morkamp, Kreis Plön, Ostseeküste Schleswig-Holstein, Kriegsgefangenenzone F, November 1945

Manchmal verschwand Freddie für mehrere Tage. Wohin er
ging, wusste niemand, nicht einmal Egon. Als Hannah ihn danach fragte, vermutete er nur, dass Freddie mit dem Bus zum
Schwarzmarkt fuhr, dass er sich woanders betrank und den
Weg zurück nicht schaffte. Vielleicht spielten auch Frauenge-
schichten eine Rolle, aber das deutete Egon nur an. In jedem
Fall brachte Freddie danach häufig etwas mit, nicht nur einen
neuen Schnapsvorrat, sondern auch andere Dinge, die sie
brauchten: Decken und angeschlagenes Geschirr, einen zweiten Blecheimer und leere Einmachgläser, die sie benutzten,
um einen Teil der Äpfel zu Apfelmus zu verkochen.

Es war ein Sonntagabend Mitte November, als er nach
dreitägiger Abwesenheit mit dem Rücken zuerst in ihre Kammer platzte und einen riesigen braunen Radioempfänger in
das Zimmer wuchtete. »Macht mal Platz.« Keuchend bahnte
er sich seinen Weg zwischen Vorratssäcken und Schlaflagern
und schleppte das Gerät an die einzige freie Stelle vor seinem

eigenen Strohsack. Dort stellte er das Radio auf den Boden und richtete sich mit einem zufriedenen Stöhnen auf. »Darf ich präsentieren?« Wie ein Zirkusdirektor streckte er beide Arme in Richtung der Sensation. »Eine waschechte Sachsenwerk Olympia 382 WK, Baujahr …«, er wedelte mit den Händen, »… irgendetwas zwischen 1937 und 1944. Was sagt ihr?« Triumphierend schaute er zuerst zu Egon, der perplex von seinem Strohsack aufgestanden war, und dann zu Hannah, die gerade aus einem weißen Bettlaken neue Unterhemden schneiderte. Sie steckte ihre Nähnadel in den Saum und stand ebenfalls auf. Sogar der Fuchs blickte von seinem Schlaflager auf.

»Das ist …« Egon fand seine Stimme als Erster wieder. »Das ist großartig. Woher hast du die?«

Freddie lachte, beugte sich verschwörerisch nach vorn und legte den Finger auf den Mund: »Betriebsgeheimnis.«

Egon hockte sich neben Freddie vor das Radio. »Jetzt brauchen wir nur noch einen Stromanschluss.«

»Kein Problem.« Sofort sprang Freddie auf, zog den Rucksack von seinem Rücken und holte ein langes Kabel heraus. »Ich dachte mir, wir zweigen den Strom von der Deckenlampe ab.«

Schon kurze Zeit später begannen die Männer zu basteln. Sie suchten einen Platz aus, an dem das Radio stehen sollte, und während Egon und Freddie den Strom vom Lampenkabel abzweigten, räumte Hannah mit dem Fuchs die Vorratssäcke um, die fast den ganzen Raum zwischen den Schlaflagern ausfüllten. Auf diese Weise schafften sie einen freien Platz zwischen Freddies Strohsack und dem des Fuchses, direkt unter der Dachschräge.

Noch bevor Hannah damit rechnete, schallte leise Musik durch den Raum. »Ja!« Egon sprang jubelnd auf. »Wir haben es!«

Freddie stand neben dem Lichtschalter und grinste ihm zu:

»Einziger Nachteil: Das Radio lässt sich nur anschalten, wenn das Licht brennt.«

»Kinkerlitzchen!«, winkte Egon ab. »Wir haben jetzt Musik, Ladys und Gentlemen, unsere eigene Kammermusik. Irgendjemand, der tanzen möchte?« Er sah sich übermütig um, sein Blick blieb dann an Hannah hängen. »Du!«, rief er. »Wir beide tanzen jetzt!«

Hannah lachte verlegen. »Tanzen?« Wie lange hatte sie nicht mehr getanzt? Seit ihrer ersten Zeit mit Robert nicht mehr. »Und wo sollen wir das tun?« Demonstrativ schaute sie sich in der überfüllten Kammer um. Es gab nur winzige Pfade zwischen den Schlaflagern, gerade breit genug für zwei Füße.

»Na hier!« Mit ausgestreckten Armen drehte Egon sich im Kreis. Dann beugte er sich zu Freddies Strohsack, schob ihn an seinen eigenen heran und wuchtete ihn darüber. Anschließend tat er das Gleiche mit dem Strohsack des Fuchses, den er auf Hannahs Bett schob. Alle Decken und die Habseligkeiten der Männer warf er nachlässig darüber und drehte sich noch einmal um sich selbst: »Seht ihr? Unsere Tanzfläche.«

Sie war nicht größer als zwei mal zwei Meter. Aber besser als nichts.

Freddie klatschte begeistert in die Hände. »Egon! Du bist ein Zauberer. Hannah«, er nickte ihr zu, »du solltest ihn heiraten! Er kann Tanzflächen herbeizaubern.«

Heiraten … Das Wort trieb einen Schauer über Hannahs Rücken. Niemals wieder würde sie heiraten.

Der Sender, den sie ausgewählt hatten, spielte amerikanische Musik. Jazz oder Swing oder Boogie-Woogie. So genau wusste sie es nicht. Mit tänzelndem Hüftschwung kam Egon auf sie zu und streckte ihr die Arme entgegen. Mit einem Mal musste sie lachen. Einfach so. Es war kaum mehr als ein leises, prustendes Geräusch, das ihr durch die Nase rutschte. Dennoch hatte sie schon seit Ewigkeiten keinen fröhlicheren Laut mehr von sich gegeben.

Egon zog sie in seine Arme und wirbelte sie herum. Keiner von ihnen hatte zuvor Boogie getanzt, oder was auch immer das hier sein sollte. Unter den Nazis war sowohl die Musik als auch der Tanz verboten gewesen, und was sie nun vollführten, war ein wildes Wackeln und Hüftschaukeln, bei dem sie permanent aus dem Takt gerieten.

Freddie quietschte vor Lachen und schlug sich auf die Oberschenkel. »Ihr seid herrlich«, rief er. »Wie heißt dieser Tanz? Swing ist das nicht. Swing sieht anders aus. Aber ihr könntet ihm einen Namen geben. Wackelheini, oder so.«

Im Vorbeitanzen langte Egon mit dem Arm in Freddies Richtung, aber der andere wich ihm lachend aus.

Als das Lied zu Ende war, wurde es von einem Walzer abgelöst. Wiener Walzer konnten sie besser. Zumindest, wenn man davon absah, dass die Schrittfolgen nicht für winzige Tanzflächen geschaffen waren. Egon zog sie noch dichter an sich und drehte sie so eng in die Runde, dass sie bald nicht mehr wusste, wo das Fenster und wo die Tür war, ganz zu schweigen von den Schlaflagern, die immer wieder an ihren Füßen auftauchten.

Plötzlich wurde Egon umgeworfen, mit einem solchen Ruck, dass sie selbst fast mitgerissen wurde und sich nur knapp abfangen konnte. In der nächsten Sekunde lag er vor ihr auf einem der Strohsackstapel, zappelnd wie ein Käfer, der auf dem Rücken gelandet war. Hannahs Lachen ließ sich nicht aufhalten, sprang aus ihrem Hals und wurde zu einem wilden Prusten.

Auch Freddie brüllte vor Lachen, kurz bevor er an ihre Seite trat und sie mit sich zog. »Jetzt wir!«

Dass er ein besserer Tänzer war als Egon, bemerkte Hannah sofort. Mit so sicherer Führung entlockte er ihr die passenden Schritte, als wäre es ein Kinderspiel. Erst jetzt bemerkte sie, dass sie von der schnellen Bewegung keuchte, dass sich Schweiß auf ihrer Haut bildete und kitzelnd herablief. Das nächste Lied war wieder ein Walzer, doch dieses Mal ein langsamer, bei dem sie sich ein wenig erholen konnte. »Du bist gut«, flüsterte sie Freddie zu. »Wo hast du das gelernt?«

Ein wehmütiger Ausdruck erschien auf seinem Gesicht. »Ich wollte mal Tanzlehrer werden«, murmelte er zurück. »Aber dann …« Er zuckte die Schultern. »Schöne Möbel zu bauen war die freiere Kunst.«

Auch in Musik und Tanz hatten sich die Nazis eingemischt, als ginge es dabei um Politik. Wer sich nicht dem geltenden Geschmack fügte, galt allzu schnell als Schöpfer von entarteter Kunst. Ob sie auch Freddie zugesetzt hatten? Ob hinter seiner flapsigen Fassade eine unverstandene Künstlerseele schlummerte? Oder war er mehr ein Lebemann gewesen, der den Tanz suchte, um Frauen im Arm zu halten? In jedem Fall konnte sie sich sehr gut vorstellen, dass er Tänzer gewesen war. Wenn er nicht trank, war seine Haltung gerade und aufrecht, seine dunklen Locken gaben ihm etwas Wildes, und solange er nüchtern war, wirkten seine Augen ausdrucksstark. Bevor er getrunken hatte, hatten die Frauen bestimmt kaum ihren Blick von ihm abwenden können. Und wenn Hannah sich nicht täuschte, schien sein Alkoholkonsum allmählich nachzulassen. Er trank nicht mehr jeden Abend und tagsüber fast gar nicht mehr. »Du könntest es nachholen«, schlug sie vor. »Und jetzt doch noch Tanzlehrer werden. Würde dir stehen.«

Freddie grinste geschmeichelt und zog sie in eine enge Kurve. »Meinst du?«

Hannah erwiderte sein Grinsen und nickte in Egons Richtung, der neben den gestapelten Strohsäcken an der Fensterwand lehnte. »Du könntest ihm das Tanzen beibringen. Er hätte Nachhilfebedarf.«

»Eh!«, protestierte Egon.

Freddie stieß ein leises Lachen aus. »Ja. Vielleicht.« Sein Gesicht wurde ernst. »Du meinst also, es ist noch nicht zu

116

spät, um neu anzufangen? Nachdem alles andere verloren ist?«

»Nein«, flüsterte sie. »Du könntest zumindest versuchen, noch mal neu anzufangen.«

Das Lächeln kehrte in sein Gesicht zurück. »Wenn du das sagst. Vielleicht versuche ich es.« In seinen Augen erschien ein Leuchten, nur eine winzige Nuance, mit der sich sein Lächeln veränderte, bis sein ganzes Gesicht strahlte. Etwas Magnetisches lag darin, etwas, das Hannahs Blick fesselte und ihr zugleich zu viel wurde. Irritiert wich sie ihm aus, schaute über seine Schulter in den Raum. Erst jetzt wurde sie auf den Fuchs aufmerksam. Er lehnte mit der Schulter an der Dachschräge, seine Waden berührten den Strohsack, der zusammengeschoben auf Hannahs Bett lag. Wie er so mit hängenden Armen dastand, wirkte er verloren. Sein Blick folgte ihr durch den Raum, bis Freddie sie herumwirbelte und der Blickkontakt abriss.

Bevor sie wieder in seine Richtung sehen konnte, war der Walzer zu Ende, und ein neuer Boogiesong begann. Freddie trat einen Schritt vor ihr zurück und grinste sie an. »Jetzt passt mal auf.« In der nächsten Sekunde tanzte er eine so schnelle Schrittfolge, dass Hannah allein vom Zusehen schwindelig wurde. In rasendem Tempo, aber dennoch vollkommen kontrolliert, sprang er auf der Stelle, drehte sich um sich selbst, ruderte elegant mit den Armen und schnipste mit den Fingern im Takt. Noch mitten im Lied blieb er schließlich stehen und strahlte ihr lachend entgegen. »Das ist Swing!«, rief er, und sein Lachen machte einen Extrahüpfer. Mit dem nächsten Satz kam er wieder näher an Hannah heran. »Für mich damals der größte Tanz überhaupt, wilder Spaß, Bewegung und Freiheit. Für die Nazis Politik und Widerstand.« Er strich sich mit dem Zeigefinger quer über die Kehle und verdrehte die Augen. »Ich musste ziemlich plötzlich die Finger davon lassen. Andere haben leider zu lange gezögert.« Der Ernst kehrte in seinen Blick zurück.

Hannah bemerkte kaum, dass das Lied ein weiteres Mal wechselte. Nach dem wilden Swing folgte ein Schlager, ein langsames Liebeslied, zu dem normalerweise nur Paare auf die Tanzfläche kamen. Hierzu weiterzutanzen war vermutlich keine gute Idee. Weder Freddie noch Egon sollten sich etwas darauf einbilden.

Genau in diesem Moment löste sich der Fuchs aus seiner Starre, klopfte Freddie von hinten auf die Schulter und bedeutete ihm, dass er an der Reihe war. Hannahs Herz stolperte, als Freddie zur Seite trat und stattdessen der Fuchs vor ihr stand. Ganz vorsichtig umschloss er ihre Hand mit seiner und schob seine andere auf ihr Schulterblatt. Er war einen halben Kopf größer als sie, schaute auf sie herunter und ließ sie nicht mehr aus den Augen. Ihre Wangen begannen zu glühen, und sie konnte nichts gegen das Lächeln tun, das sich auf ihr Gesicht stahl.

Kurz glaubte sie, er würde zurücklächeln. Aber seine Miene blieb ernst, eingehüllt in Traurigkeit. Kaum merklich lenkte er sie in die Runde, wiegte sich mit ihr durch den Raum, bis sie die anderen fast vergaß. Plötzlich spürte sie den Drang, sich an seine Schulter zu lehnen, wünschte sich, eins zu werden mit seinem Schweigen und der Traurigkeit.

Was war nur an ihm, das so stark auf sie wirkte? Was war an ihm, das die anderen nicht hatten? Egon behauptete, er sei verrückt, und vermutlich hätte er kein Verständnis dafür, dass sie sich ausgerechnet dem Verrückten an den Hals warf. Aber kam es darauf an? War es wichtig, was Egon dachte? War es wichtig, was irgendjemand von ihr dachte? Ihre Familie war tot. Es gab niemanden mehr, dem sie Rechenschaft schuldete – abgesehen von ihrem Gewissen.

Der Blick des Fuchses fesselte ihren. Seine Wimpern erschienen ungewöhnlich dunkel für einen Rothaarigen, seine Augen waren leicht schräg gestellt, und die grünen Sprenkel wirkten wie kleine Lichttropfen im Braun. In diesem Moment erschien sein Gesicht so weich wie das eines Kindes und dennoch so weise, als wäre er ein alter Mann. Vielleicht lag es an den Schatten, die etwas zu tief in seinen Wangen lagen, ganz so, als hätte das Leben ihn erst vor Kurzem halb verlassen. Oder an den feinen Fältchen rund um seine Augen, die nicht zu seinem Alter passten und die von der unerbittlichen Kriegssonne sprachen, die ihm zu lange ins Gesicht geschienen hatte. Wie lange war er in Russland gewesen? Was hatte er dort gesehen? Welche Tragik lastete auf seiner Seele? In seinem Schweigen schien all das verborgen zu liegen, was Egon mit seinen Späßen und dem wiehernden Lachen in den Hintergrund schob, was Freddie in seinem Alkohol ertränkte und worüber schon Robert um keinen Preis hatte sprechen wollen.

Wie fühlte es sich an, Menschen zu töten? Wie sehr musste man sich selbst verändern, um so etwas zu tun? Und wie konnte man danach weiterleben, ohne von der Schuld zerfressen zu werden? Am liebsten wollte sie den Fuchs danach fragen, wollte von ihm wissen, was ihn quälte. Wenn es nicht so sinnlos wäre, einen Stummen um Antwort zu bitten.

Hannah bekam nur am Rande mit, dass die Musik endete. Ihre Füße bewegten sich weiter, während der Sprecher etwas erzählte.

Erst als die nächste Sendung begonnen hatte, hielt ihr Tanzpartner inne. Der Sprecher las eine Liste von Namen vor: »Vermisst wird Erna Holtmann, geboren 1942 in Königsberg, zuletzt gesehen in Pillau am 5. Februar 1945. Vermisst wird Fridolin Kerner, geboren 1938 in Gerdauen, zuletzt gesehen am 15. Januar 1945 kurz vor Heiligenbeil. Gerda Pöhl aus Gumbinnen sucht ihren Bruder Friedrich Pöhl, zuletzt Gefreiter der Wehrmacht …«

Es war dieser Moment, in dem der Fuchs sich losriss, zum Radio lief und sich daneben auf die Knie fallen ließ. Vornübergebeugt, das Ohr dicht am Lautsprecher, hockte er da, während der Sprecher einen Vermissten an den nächsten reihte. Gesucht wurden Kinder und Erwachsene, Mütter und Väter, Geschwister und Großeltern, eine endlos erscheinende Liste von Namen, Orten und Zahlen, aus denen sich das Schicksal nur zwischen den Zeilen lesen ließ. Gerald Fellner, entlassener Wehrmachtsoldat, suchte seine Frau und seine vier Kinder, die auf der Flucht aus dem Osten verloren gegangen waren, während Tilda Temming aus Rastenburg zwar ihre Puppe bei sich trug, mit ihren zwei Jahren aber kaum alt genug war, um sich an ihren Nachnamen zu erinnern.

Hannah stand da wie versteinert, lauschte dem Grauen, das sich hinter den Namen verbarg, und bemerkte kaum, wie der Raum vor ihren Augen verschwamm. Kinder ohne Eltern. Eltern ohne Kinder. Überall verloren gegangene Menschen. Manche von ihnen mochten auf einem Hof wie diesem wohnen, in einer winzigen Kammer und mit wenig Nahrung, aber wenigstens lebendig und mit einem Dach über dem Kopf. Irgendwann würden sie diese Sendung hören, nur um kurz darauf wieder ihre Familienangehörigen in die Arme zu schließen. Doch viele andere hatten die Flucht vergeblich versucht. Was war aus diesen Menschen geworden? Was wurde aus einem Kleinkind, das seinen Namen nicht kannte und allein in einem eroberten Land zurückblieb? Kathrinchen ... was wäre aus ihr geworden, wenn sie nicht in Hamburg, sondern in Königsberg, Gerdauen oder Gumbinnen gewohnt hätten? Der Gedanke schnürte Hannah die Kehle zu.

Mit einem Mal war die Liste zu Ende. Aber nicht, weil es keine Vermissten mehr gäbe, sondern nur, weil die Mitternachtsstunde angebrochen war und das Radioprogramm für heute endete. Zeitgleich mit den letzten Sätzen des Sprechers schlug die Glocke im Turm des Torhauses.

Gleich darauf war es still. Nur noch das Rauschen und Knacksen des Radiogerätes erfüllte den Raum. Egon sprintete nach vorn, stellte das Radio aus und wich sofort wieder zurück. Der Fuchs ließ seinen Kopf auf das Gerät sinken, während Freddie sich verlegen den Schweiß von der Stirn wischte.

Hannah wollte gerade aufatmen, als der Fuchs aufsprang. Er stieß einen gequälten Laut aus, lief rückwärts durch den Raum und rannte nach draußen. Sie starrte ihm nach, sah dann zu Egon und Freddie, denen der Schock ins Gesicht geschrieben stand.

Ohne darüber nachzudenken, lief sie dem Fuchs hinterher, stolperte aus der Tür und rannte den Flur entlang, die Treppe hinunter bis hinaus in den Wirtschaftshof. Die Sperrstunde war längst angebrochen. Nachtschlafende Stille lag über dem Brunnen und zwischen den Ställen. Nur in der Durchfahrt des Torhauses hing eine Lampe und warf ihren Lichtkegel in einem schmalen Strahl über den Hof.

Dort war er, lief auf die Ausfahrt zu. Seine Schritte hallten von den Steinwänden des Vierseithofes wider.

Hannah rannte ihm nach, sprintete, holte ihn mitten in der Tordurchfahrt ein. »Bleib stehen! Du kannst jetzt nicht raus.« Sie versuchte, ihn zur Seite zu drängen.

Zu ihrer Überraschung gab er nach, ließ sich von ihr an die Wand treiben und blieb dort, als könnte sie ihn tatsächlich festhalten. Schwer atmend standen sie voreinander, der Fuchs wie eingeklemmt zwischen ihr und der Ziegelsteinwand. »Du kannst jetzt nicht raus«, flüsterte sie. »Es ist Sperrstunde. Wenn sie dich erwischen, landest du in Gefangenschaft. Oder wirst verdächtigt, falls in dieser Nacht was gestohlen wird.« Und irgendetwas wurde in jeder Nacht gestohlen: Brennholz aus dem Wald, Grünkohl von den Feldern, ein Huhn aus dem Stall …

Wieder schaute er auf sie herab. Jetzt lag nicht Traurigkeit, sondern Verzweiflung in seinem Blick. Mit einem Mal ahnte sie, was in ihm vorging, weshalb er so heftig auf die Suchsendung reagiert hatte. »Du vermisst jemanden, oder? Jemanden, den du im Krieg verloren hast und von dem du nicht weißt, wo er ist?«

Er öffnete den Mund, fast glaubte sie, er würde antworten. Dann aber blieb er still. Nur der Schrecken lauerte in seinen Augen.

»Ich habe auch jemanden verloren.« Ihre Stimme hörte sich an wie die einer Fremden. »Meine ganze Familie. Mein Bruder ist schon in den ersten Kriegsjahren gefallen. Die anderen habe ich 1943 verloren: meine Eltern, meinen Mann …« Sie senkte den Kopf, zögerte, bevor sie die schönsten und schrecklichsten Worte von allen flüsterte: »Meine Tochter. Sie war gerade erst zwei Jahre alt.« Ihre Hände zitterten, mussten sich neben dem Fuchs an die Wand stützen. »Aber ich habe sie nicht so verloren, dass man sie wiederfinden könnte. Die Bomben haben sie umgebracht, meine ganze Familie, in einer Nacht.«

Als Hannah wieder aufsah, war sein Gesicht weich geworden, Mitleid glänzte in seinen Augen. Ganz langsam hob er die Hand. Hannah schloss die Augen, fühlte seine Fingerspitzen an ihrer Wange, hinter den Ohren. Sein Daumen strich unter ihren Augen entlang. Da waren Tränen. Sie weinte. Warum hatte sie das nicht vorher bemerkt?

Wieder wollte sie sich an ihn lehnen, wollte ihren Kopf an seiner Schulter vergraben und die Tränen herauslassen. Er war der Erste, der sie beim Weinen sehen durfte, sein Schweigen war die einzige Reaktion, bei der sie sich nicht entblößt fühlte.

Viel zu schnell zog er die Hand zurück. Hannah öffnete die Augen. Auf einmal wurde er hektisch, panisch, wich an der Ziegelwand zur Seite und rannte durch den Torbogen davon.

Sie lief ihm nach, wollte ihm hinterherrufen und blieb am Rand des Lichtkegels stehen. Es war unmöglich, ihn aufzuhalten. Wenn sie ihn riefe, würde sie nur unnötige Aufmerksamkeit erregen. Also blieb sie stumm und sah ihm nach, bis er in der Dunkelheit verschwand.

Er würde schon wiederkommen.

Hoffentlich.

Während sie zurück ins Kavaliershaus schlich, zog ein merkwürdiger Schmerz durch ihre Brust. Was war nur los mit ihr? Was lag ihr an einem verrückten jungen Mann, der seit dem Krieg nicht mehr gesprochen hatte?

Als sie die Kammer erreichte, schien alles wie immer zu sein. Die Männer hatten die Matratzen zurückgeschoben, das Radiogerät schwieg, und im Raum herrschte nächtliche Stille. Egon hatte sich auf seinem Strohsack unter der Bettdecke ausgestreckt, und sie konnte nur vermuten, dass er bereits schlief. Freddie hingegen lehnte an der Wand und trank aus einer neuen Schnapsflasche. Nur die Glühbirne in der Ecke neben der Tür brannte noch.

»Was war mit ihm?« Egons Stimme ließ sie zusammenzucken. Er schlief doch nicht. Mit geöffneten Augen lag er da.

»Ich weiß es nicht. Er redet ja nicht.« Mehr als das wollte sie nicht verraten. Stattdessen ging sie zu ihrer Matratze, zog von außen den Vorhang vor ihr Bett und wollte dahinter schlüpfen, um sich umzuziehen. Doch das Knarren der Dielen ließ sie herumwirbeln.

Egon stand vor ihr, nur mit einem Unterhemd und einer langen Unterhose bekleidet.

Hannah wich vor ihm zurück.

Irritiert hielt er inne und sah an sich hinab. »Ach so.« Sein Lachen klang verlegen. »Entschuldige. Ich wollte nur mit dir reden.« Er nickte auf den Strohsack des Fuchses. »Wegen ihm.«

Erleichtert stieß Hannah die Luft aus.

»Ich mache mir Sorgen um ihn. Weil er nicht spricht.« Egon ließ sich auf dem Lager des Fuchses nieder und wartete, bis sie den Vorhang wieder geöffnet und sich auf ihre Matratze gesetzt hatte. »Früher oder später werden wir den Befehl bekommen, zur Entlassungsstelle zu wandern. Spätestens dort wird er reden müssen.« Er kratzte sich am Kopf. »Zumindest muss er die

123

Fragebogen ausfüllen und Auskunft über das geben, was er im Krieg getan hat. Wegen der Entnazifizierung.« Auf Egons Stirn erschienen tiefe Sorgenfalten. »Dass er keine Papiere hat, ist schon schlimm genug, aber wenn er nicht redet und die Fragebogen verweigert ... Dann macht er sich verdächtig. Wahrscheinlich werden die Briten ihn dabehalten und inhaftieren.«

Sie schluckte, bemühte sich vergeblich, das harte Gefühl loszuwerden, das sich um ihre Kehle legte.

»Kannst du es nicht versuchen?« Sein Tonfall wurde hoffnungsvoll. »Kannst du ihn nicht zum Reden bringen? Er scheint dich zu mögen. Vielleicht tut er es für dich?«

Ein eisiger Schauer rieselte Hannahs Rücken entlang. »Das ...« Sie wusste nicht, was sie sagen sollte. »Ich weiß nicht. Er ... er kann reden. Manchmal murmelt er im Schlaf. Aber ein richtiges Gespräch?«

Eindringlich schaute Egon sie an. »Du warst viel mit ihm zusammen. Hast du es schon versucht?«

Hannah dachte an die Wochen zurück, in denen sie mit dem Fuchs nach Brennholz und Essbarem gesucht hatte. »Nein, nur ganz am Anfang. Ich fürchte, ich war selbst froh, nicht reden zu müssen. Aber wahrscheinlich hast du recht. Ich werde es probieren.«

Egon lächelte ihr zu. »Danke.« Damit stützte er die Hände auf den Strohsack, stieß sich ab und stand auf.

Während er die Glühbirne ausknipste und zu seinem Schlafplatz zurückging, entzündete Hannah die Kerze in ihrer Ecke und zog sich hinter ihrem Sichtschutz um. Als sie den Vorhang wieder öffnete und sich unter ihrer Bettdecke verkroch, klang ein zweistimmiges Schnarchen von den Männern herüber. Auch Hannah pustete die Kerze aus und bemühte sich zu schlafen, doch sie fand keine Ruhe. Immerzu lauschte sie auf den Flur. Bei jedem Knacken hoffte sie, dass es der Fuchs wäre. Bis ihre Augen doch noch zufielen.

Plötzlich war er da! Einfach so stand er neben seinem Bett

und zog sich um. Sein Gesicht wirkte hell in der Dunkelheit, während er flüchtig zu ihr herübersah. Gleich darauf kroch er in sein Bett und kehrte ihr den Rücken zu.

Hannah vergrub sich umso tiefer unter ihrer Decke. Nur ihre Müdigkeit schien endgültig vergangen zu sein. Ihr Herz pochte mit solcher Gewalt, dass sie glaubte, kaum noch Luft zu bekommen.

Zwischen dem Schnarchen der anderen versuchte sie, auf das Atmen des Fuchses zu lauschen. Doch er war kaum zu hören. Wie sollte sie es nur schaffen, ihn zum Reden zu bringen? Und wollte sie das überhaupt? War es nicht genau dieses unaufdringliche Schweigen, das sie an ihm schätzte? Wegen dem sie so gern in seiner Nähe war?

Plötzlich fing er an zu jammern, ein diffuses, gequältes Traumjammern, das sie aufschrecken ließ. »Nein.« Er redete im Schlaf, wenn auch nur undeutlich. »Nich... Bitte, nei... Feu...« Das letzte Wort erstickte in einem gepressten Stöhnen. In der nächsten Sekunde schrie er auf, schreckte hoch und saß senkrecht im Bett.

»Fuchs?«, murmelte Hannah sanft. »Du träumst. Es ist vorbei. Alles ist gut.«

Sein Blick irrte umher, als könnte er ihre Stimme nicht zuordnen. Oder hatte er sie gar nicht gehört? Gleich darauf sackte er wieder zur Seite, rollte sich zusammen und lag still.

Hannah atmete auf, schloss erneut die Augen und wollte endlich einschlafen.

Bis er weitermurmelte: »Nein.« Seine Stimme wurde lauter. »Nein! Nicht sie! Nicht schießen!« Sein Atem klang hektisch, unruhig drehte er sich auf seinem Lager und sprach erneut. Zuerst war es nur ein Nuscheln, unverständliche Worte. Dann fing er an zu rufen. Doch das, was er sagte, war kein Deutsch. Es war ...

Russisch?

»Njet!« Er warf sich herum, fiel von seinem Lager und rollte über den Boden. Sein Körper zitterte, kämpfte mit etwas Unsichtbarem und kam auf die Knie. Hektisch sah er sich um, als würde er etwas Schnelles beobachten. Wieder fing er an zu sprechen: »Eto ty! Ty jejo ubil!« Seine Stimme knurrte, und dieses Mal sprach er eindeutig Russisch.

Dann wurde er still, sah sich noch einmal um und krabbelte auf Hannah zu. Ehe sie begriff, was geschah, kroch er zu ihr auf die Matratze und rollte sich neben ihr zusammen. Ohne Decke in der eisigen Luft. Hannah erstarrte. »He«, flüsterte sie. »Was machst du hier? Geh auf dein eigenes Bett.« Ruhig atmend lag er da, reagierte nicht auf ihre Worte. Konnte es sein, dass er wirklich noch schlief? Müsste er nicht längst aufgewacht sein? Oder schlafwandelte er und bemerkte nichts von dem, was er tat?

Er hatte russisch gesprochen. Hieß das, er war Russe? War das der Grund, warum er nicht redete? Weil er ein Sowjet war, der sich eine deutsche Uniform angezogen hatte? Nein. Das wäre widersinnig. Warum sollte er das tun? Die Russen gehörten zu den Siegermächten. Abgesehen davon, hatte er deutsch gesprochen. Noch am Anfang seines Traumes. Hieß das, er konnte beides? Deutsch und Russisch? Welche war seine Muttersprache?

Eine Weile lang blieb Hannah regungslos liegen, wartete darauf, dass er weiterträumte. Nichts dergleichen geschah. Seine Atemzüge klangen so ruhig, als schliefe er seit Stunden ungestört. Was sollte sie mit ihm tun? Ihn noch einmal wecken? Ihn zurück aus dem Bett schieben? Sie hatte mit ihm getanzt, an diesem Abend, hatte mit ihm im Torbogen gestanden und ihre Geschichte erzählt. Ein warmes Kribbeln drängte sich in ihre Brust. Etwas stimmte nicht mit ihm, aber sie wollte ihn nicht mehr davonschieben. Er sollte in ihrer Nähe bleiben. Allerdings würde er eine Decke brauchen. Hannah richtete sich auf, beugte sich über ihn und musste sich ausstrecken, um die Wolldecke zu erreichen, die zerwühlt neben seinem Strohsack lag. Mehr als das besaß er nicht. Kein Federbett. Nur eine Wolldecke in Wehrmachtsgrau. Mit ausgestreckten Fingern angelte sie danach, zog sie heran und breitete sie über ihm aus.

Für sie selbst blieb nur noch ein schmaler Streifen auf der Matratze übrig. Doch die Wärme, die von ihm abstrahlte, war angenehm. Seine Haare waren ganz nah an ihrem Gesicht und rochen nach der Kernseife, mit der er sie gewaschen hatte. Wieder spürte sie diesen Drang, sich an ihn zu lehnen. Sie wollte ihren Kopf an seiner Schulter verbergen und endlich einschlafen.

Eines jedoch hielt sie davon ab: Morgen früh würden sie aufwachen. Und er würde nicht mehr wissen, wie er hierhergekommen war.

* * *

»Raus hier!« Wildes Geschrei weckte sie auf. »Du Bastard! Was fällt dir ein?! Verschwinde aus ihrem Bett!«

Hannah blinzelte. Grelles Morgenlicht fiel durch das Fenster, eine schnelle Bewegung durchkreuzte ihr Blickfeld. Jemand beugte sich zu ihrem Bett, zerrte an etwas, das darin lag. »Hannah! Hat er dich belästigt? Wenn er dir was getan hat, bringe ich ihn um!«

Plötzlich war sie wach. Mit einem Ruck fuhr sie auf, gerade rechtzeitig, um zu sehen, wie Egon den Fuchs aus ihrem Bett zog und ihm ins Gesicht schlug.

Der Fuchs war noch zu benommen, um dagegen anzukämpfen.

»Was ist hier los?« Egon hielt ihn am Kragen seines Hemdes, schüttelte ihn, bis der Stoff einriss.

»Hör auf!«, rief Hannah dazwischen. »Lass ihn los! Es ist alles in Ordnung!«

Irritiert schaute Egon zwischen ihnen hin und her. »Es ist in

Ordnung? Der Penner ist zu dir ins Bett gekrochen, und du findest das in Ordnung?«

Hannah wollte ihm die Sache mit dem Albtraum erklären. Aber dann blieben ihr die Worte im Hals stecken. Der Fuchs hatte russisch gesprochen! Er besaß keine Papiere, und er redete nicht. Womöglich, weil er nur vorgab, ein deutscher Soldat zu sein. Besser war es wohl, wenn Egon nichts von alldem erfuhr. Und überhaupt – was fiel ihm eigentlich ein, den Fuchs mitten im Schlaf aus dem Bett zu prügeln? Er hätte sie auch vorher fragen können, ob die Sache einen freiwilligen Hintergrund hatte. Plötzlich wurde sie wütend: »Ja, ich finde es in Ordnung«, rief sie. »Aber eigentlich geht dich das gar nichts an. Ich kann schon selbst entscheiden, wen ich in mein Bett lasse.«

Egon ließ den Fuchs los. Der Junge fiel nach hinten, strauchelte und fing sich mit den Händen auf dem Boden ab.

Doch Egons Blick galt allein Hannah. Eine steile Falte bildete sich zwischen seinen Augen. »Du hast ihn in dein Bett gelassen?« Er klang verständnislos. »Ausgerechnet ihn?«

Hannah starrte zurück. Er hatte kein Recht darauf, sich ein Urteil darüber zu erlauben! Sie war weder seine Frau noch seine Tochter! »Ja, das habe ich«, erklärte sie mit vorgerecktem Kinn. »Und ich finde, das ist allein meine Sache.«

Kopfschüttelnd wandte Egon sich ab und stapfte aus dem Zimmer. Freddie, der die ganze Zeit hinter ihm gestanden hatte, folgte seinem Freund nach draußen.

Mit einem Mal war sie allein mit dem Fuchs. Hektisch atmend hockte er auf seinem Strohsack.

»Es ist wirklich in Ordnung.« Hannah bemühte sich um ein Lächeln. »Du hattest einen Albtraum, bist aus dem Bett gefallen und danach versehentlich in meines gekommen.«

Der Atem des Fuchses beruhigte sich nur langsam. Fast konnte sie zusehen, wie die Bedeutung zu ihm durchsickerte. Im nächsten Moment stöhnte er auf, schloss die Augen und ließ sich rückwärts auf sein Lager fallen, ohne Hannah noch einmal anzusehen.

* * *

Gut Morkamp, Hannahs Nähe

Er hatte in ihrem Bett geschlafen. Nicht etwa, weil sie sich liebten oder sich nähergekommen waren, sondern allein deshalb, weil er im Traum von seinem Lager gefallen war. Etwas Peinlicheres war ihm nicht mehr passiert, seitdem er sich mit vierzehn Jahren in das Zimmermädchen verliebt hatte, das für seine Mutter die Gästezimmer herrichtete. Damals, als Rosennen noch ein beliebtes Seebad und ihre Pension immer ausgebucht gewesen war. Wenn die Gewinne gut waren, hatte die hübsche Isabel auch in ihrer Wohnung geputzt und schließlich beim Aufräumen seine Unterhose gefunden. Wochenlang hatte er ihr nicht mehr in die Augen sehen können.

Aber nun …? Wie sollte er Hannah noch einmal ansehen? Wie sollte er auch nur einen weiteren Tag an ihrer Seite verbringen?

Hannah. Allein ihr Name hinterließ ein warmes Gefühl in seiner Brust. Seitdem er mit ihr in einem Zimmer lebte, drehten sich seine Gedanken im Kreis. Eichhörnchen und der Blick in die Bäume waren nicht schlecht gewesen, um den Krieg mit einfachen Gedanken zu überlagern. Aber sie war ein Wundermittel gegen alles. Immerzu musste er sich zusammenreißen, um sie nicht anzustarren, und dann wieder wollte er die Hand nach ihr ausstrecken und die blonden Locken berühren, die ihr so widerspenstig ins Gesicht fielen.

Schlimmer noch war es, wenn sie mit Egon oder Freddie sprach, wenn sie mit ihnen lachte oder tanzte. Niemals hätte er geglaubt, dass sich solcher Schmerz in die Brust graben könnte, nur vom Anblick einer Frau, die einen anderen Mann berührte.

Am schlimmsten war es jedoch, dass er mit ihr reden wollte. Dass sich unzählige Worte in ihm sammelten, die er auf sie loslassen wollte, ganz egal, wie sie bei ihr ankamen. Nur der Rest seines Verstandes hielt ihn davon ab. Was hatte schon jemand zu berichten, der sein ganzes erwachsenes Leben im Krieg verbracht hatte? Alles davor waren Kindergeschichten, und der Krieg war … ein einziger Albtraum, in dem er sich selbst verloren hatte. Seither erkannte er sich kaum wieder. Gab es ihn überhaupt noch? Er fühlte sich wie ein Hund, der froh war, wenn er einem Befehl folgen durfte. Befehlen zu gehorchen vertrieb die Zeit und erlöste ihn von der Qual, eine eigene Entscheidung zu treffen. Jahrelang hatte er den Befehlen anderer gehorcht und sich selbst versteckt.

Doch inzwischen wollte er nur noch bei diesem Mädchen sein. Den ganzen Tag lang wollte er sie begleiten, nur um hier und da ihr Lächeln und ein freundliches Wort von ihr zu empfangen.

Und jetzt war er tatsächlich in ihr Bett gekrochen.

Vielleicht war es wirklich so, vielleicht brauchte er sie, um einen letzten Halt zu finden. Dennoch war es würdelos. Keine Frau liebte einen Mann, der ihr hinterherlief wie ein Hund.

Ob sie ihn genauso sah?

Er musste aufhören, ihr nachzurennen. Besser heute als morgen.

5. KAPITEL

Sowjetunion, Weißrussland, Spätsommer 1943

Nachdem sie den ganzen Morgen im Schneckentempo durch Sümpfe und Wälder gefahren waren, hielt der Zug mitten im Niemandsland. Nur wenige Hütten gruppierten sich um den winzigen Bahnhof. Niemand sprach davon, wie dieser Ort hieß, und das Schild mit dem Ortsnamen war mit kyrillischen Buchstaben beschriftet.

Mit harschen Kommandos wurden sie aus dem Zug beordert. Namen wurden vorgelesen, bis drei Waggons voller Soldaten auf dem Bahnsteig standen. Vielleicht hundert oder hundertfünfzig Mann. Aber Lasky war nicht gut darin, die Anzahl von Menschen zu schätzen. Kurz darauf setzte sich der Zug mit den restlichen Insassen wieder in Bewegung.

Die Offiziere und Unteroffiziere, die am Bahnsteig hin und her liefen, um sie zu sortieren, wirkten nervös. »Bandenkrieg«, »Partisanenangriff«, »zwei Kilometer weiter östlich« waren die Gesprächsfetzen, die Lasky aufschnappte, während die Soldaten an ihm vorbeirannten.

»Ich brauche zwanzig Männer zum sofortigen Einsatz«, rief ein Offizier in die Menge. »Freiwillige vor!«

Soweit Lasky sehen konnte, meldete sich niemand. Oder doch? Weiter hinten, wo er über die Köpfe hinweg nicht mehr alles erkennen konnte? Der Offizier wanderte an ihnen vorbei und fing an, die Männer abzuzählen und zur Seite zu schieben. Als er Lasky erreichte, legte er die Hand auf seine Schulter.

»Nicht der Junge!« Glombitza protestierte mit vorgestrecktem Kinn. »Es ist sein erster Tag in der Feldausbildung.«

Der Kommandeur hielt inne, schaute abwechselnd auf Lasky und Glombitza und zog die Augenbrauen zusammen. »Seit wann geben Gefreite Befehle?«

»Ich melde mich freiwillig«, erwiderte Glombitza. »Lassen Sie dafür den Jungen hier. Er weiß gar nicht, worum es geht. Er wird uns nur im Weg stehen.«

Der Offizier schnaubte. »Einer von den Rekruten, ich sehe schon. Dann kann er ja gleich lernen, wo es langgeht.« Damit schob er Lasky zu dem Einsatztrupp und befahl Glombitza feist grinsend hinterher. »Da rüber, Freiwilliger!«

Wenig später mussten sie ihre Rucksäcke mit der Ausrüstung schultern und losmarschieren, ohne weitere Erklärungen hinein in den Wald, der sich bald darauf als Sumpfwald entpuppte. Morastige Wasserlöcher glänzten zwischen den Bäumen. Jeder Schritt musste wohlüberlegt sein, und sie taten gut daran, nicht den Wildpfad zu verlassen, auf dem sie geführt wurden. Zwanzig Männer, der Offizier und zwei Unteroffiziere in einer Reihe. Nur manchmal war der Pfad breit genug, um nebeneinanderzugehen.

»Was tun wir hier?«, murmelte Lasky, als er kurzzeitig neben Glombitza lief.

Der Ältere gab nur ein Brummen von sich. Allein sein Gesichtsausdruck ließ ahnen, dass nichts Gutes vor ihnen lag. »Hier ist alles voller Partisanen«, zischte er. »Mehr kann ich dir auch nicht sagen.«

Es gab also tatsächlich Partisanen, und die Männer in diesem Einsatztrupp schienen große Angst vor ihnen zu haben. Die meisten von ihnen mussten alte Hasen wie Glombitza sein, nur ein oder zwei weitere Neulinge aus dem Feldausbildungsbataillon waren darunter.

Etwa drei Stunden später erreichten sie eine Lichtung inmitten des Sumpfwaldes. Der Offizier bedeutete ihnen anzuhalten und prüfte gemeinsam mit den Unteroffizieren die Bodenbeschaffenheit.

»Hier!«, rief er den Männern zu, die noch unschlüssig da-

standen und sich fragten, ob sie eine Pause machen durften.
»Graben!«, befahl er.

Unsicher sah Lasky zu Glombitza. Doch dieser schüttelte ausweichend den Kopf und knurrte zwischen den Zähnen hindurch: »Stell keine Fragen! Tu, was er sagt. Außer, wenn ich etwas anderes sage. Dann hör auf mich.«

Lasky verstand nicht, worauf er anspielte. Was hatte sein Kamerad vor? Und warum sollte er eher auf Glombitza hören als auf seinen Kommandeur?

»Ausgerechnet uns ein Ausbildungsbataillon anzugliedern ...«, murmelte Glombitza vor sich hin und stieß ein verächtliches Schnauben aus. »Das muss sich irgendein Sadist ausgedacht haben.«

Was wollte sein Kamerad damit sagen? Irritiert wartete Lasky auf weitere Erklärungen. Aber Glombitza hatte nicht mit ihm geredet.

Die beiden Unteroffiziere stachen mit den Klappspaten einen rechteckigen Umriss in die Grasnarbe der Lichtung. Auch die Mannschaften hatten die Spaten von ihren Rucksäcken losgeschnallt und fingen an, innerhalb des Umrisses Gras und Erde auszuheben.

Lasky suchte sich einen Platz zwischen Glombitza und einem anderen Soldaten und trug Schicht für Schicht die weiche Erde ab. Auch wenn er nicht wusste, wofür sie das taten – in der Erde zu graben war bestimmt nicht die schlimmste Aufgabe im Krieg. Vielleicht bauten sie einen Stellungsgraben oder das Fundament einer Unterkunft oder einen Bunker unter der Erde. Stundenlanges Graben hatte er schon im Reichsarbeitsdienst gelernt. Dort hatten sie direkt hinter der polnischen Grenze eine Verbindungsstraße zwischen zwei Hauptrouten erbaut und später das Fundament für ein Munitionslager gelegt. Es könnte sein, dass hier etwas Ähnliches geplant war.

Nur Glombitzas Schweigen ließ ihn ahnen, dass dieser eine

andere Theorie hatte. Aber Lasky wagte es nicht, ihn noch einmal zu fragen.

Sie gruben, bis die Dämmerung in dunklem Lila über der Lichtung hing und das Zwielicht immer tiefere Schatten unter die Bäume zeichnete. Nebel stieg vom Grund auf und sickerte aus dem feuchten Wald auf die freie Fläche.

Inzwischen hatten sie das Loch so tief ausgehoben, dass nur noch ihre Oberkörper daraus hervorschauten. Schweiß bedeckte ihre Haut, Mücken surrten um sie herum, und der Hunger brannte in Laskys Magen.

»Es ist so weit«, tönte die Stimme des Offiziers. Die Unteroffiziere winkten ihnen zu und scheuchten sie aus dem Loch. »An die Gewehre«, raunte einer von ihnen.

Während sie zurück zu ihrem Marschgepäck gingen und die Klappspaten gegen Gewehre eintauschten, beugte Glombitza sich zu ihm. »Geh pinkeln!«, zischte er.

Lasky musste nicht austreten, hatte die ganze Zeit nicht gemusst. Vielleicht, weil er zu wenig getrunken und zu viel geschwitzt hatte, vielleicht, weil die Nervosität ihn daran hinderte. Was wollte Glombitza von ihm?

»Im Wald, jetzt gleich!«, fauchte der Ältere.

Erst jetzt begriff Lasky, dass es das Kommando war, auf das er hören sollte. Doch konnte er das? Sich über den Befehl seines Offiziers hinwegsetzen? Gleich an seinem ersten Tag? Ganz sicher würde er bestraft werden. Strafversetzung. Inhaftierung. Hinrichtung.

»Worauf wartest du?« Glombitza flüsterte nur. In seinen Augen lauerte ein Anflug von Panik.

Aus dem Wald riefen Stimmen, schon viel zu nah: »Vorwärts! Na wird's bald!?«

Graue Gestalten schälten sich aus dem Nebel am Waldrand, etwa zwanzig bis dreißig, die mit erhobenen Armen in einer Reihe liefen und von deutschen Soldaten flankiert wurden.

Russische Partisanen! Deshalb waren sie hierhergekommen. Lasky spürte, wie die Angst in ihm aufstieg. Alle Schreckensgeschichten, die er je über sie gehört hatte, fielen ihm wieder ein. Partisanen sprengten Bahnlinien und Vorratslager in die Luft, sabotierten Fahrzeuge und plünderten Dörfer und Felder, damit die deutschen Soldaten keine Nahrung mehr fanden. Die russischen Widerständler lebten versteckt in den Wäldern, tarnten sich als Zivilisten und konnten überall und jederzeit auf sie lauern. Diejenigen, die jetzt auf sie zukamen, sahen ärmlich aus, mit ausgemergelten Gesichtern und Kleidung, die lose an ihren Körpern herabhing. Während sie den Nebel hinter sich ließen und die Mitte der Lichtung erreichten, spürte Lasky, wie etwas in ihm erstarrte. Unter den Partisanen waren nicht nur Männer, sondern auch Frauen und Kinder. Die Soldaten lenkten sie in eine Reihe, bis sie nebeneinander vor dem Loch standen.

Es war ein Grab! Zum ersten Mal dachte Lasky das Wort, das er den ganzen Nachmittag lang verdrängt hatte. Sie hatten ein Massengrab geschaufelt!

Eisiges Grauen stieg aus den Tiefen seiner Seele auf und sträubte sämtliche Haare an seinem Körper. Warum hatte er nicht auf Glombitza gehört und war zum Pinkeln in den Wald gegangen? Warum hatte er sich nicht im Zug von ihm anschießen lassen? Alles, was die erfahrenen Leute aus dieser zutiefst verbitterten Einheit in den letzten Tagen gesagt und getan hatten, war eine einzige Andeutung auf das gewesen, was hier geschah. Bandenbekämpfung schien nur ein anderes Wort für den Kampf gegen die Partisanen zu sein. Warum hatte er das alles nicht viel eher durchschaut? Nun war es zu spät. Die anderen Soldaten schienen längst zu wissen, was sie zu tun hatten, traten mit ihren Gewehren an und stellten sich den Partisanen in einer Reihe gegenüber. Lasky konnte keinen klaren Gedanken mehr fassen, konnte ihnen nur noch folgen, auf den letzten Platz, der frei geblieben war – gegenüber von einem Kind. Der Junge, der ihn mit weit aufgerissenen Augen anstarrte, musste neun oder zehn Jahre alt sein. Vielleicht auch elf, wenn er klein geraten war.

Wie sollte ein Kind in dem Alter schon ein Partisan sein? Wie konnte man ein Kind töten, selbst wenn es ein Partisan war?

»Legt das Gewehr an!« Der Befehl hallte in seinen Ohren. Laskys Arme hingegen weigerten sich, ihn auszuführen. Bleischwer lag das Gewehr in seinen Händen, als er sich zwang, es anzuheben, kalter Schweiß stieß durch seine Haut, und sein Atem drohte außer Kontrolle zu geraten.

Der Junge vor ihm öffnete den Mund. Wie zu einem Schrei, der nicht hervorkam. Stattdessen schrie jemand anderes: eine schmale Frau am anderen Ende der Reihe. Sie kreischte auf, sprang in einer hektischen Bewegung vor, kurz bevor ein einzelner Schuss durch die Stille knallte.

Die Frau sackte zusammen und blieb liegen. Vor dem Grab.

»Feuer!« Das Kommando folgte prompt, ließ keine Zeit zum Nachdenken und keine Zeit, um sich auf das Bellen der Gewehre vorzubereiten. Unzählige Schüsse zerfetzten die Luft, Menschen fielen zu Boden, der dumpfe Aufschlag von toten Körpern auf matschiger Erde. Nur eine Person stand noch aufrecht: ein kleiner Junge mit aufgerissenem Mund und paralysierten Augen. Lasky konnte nicht auf ihn schießen, hatte als Einziger den Befehl missachtet.

Direkt neben ihm löste sich ein weiterer Schuss, nur ein einzelner, ehe auch der Junge rückwärts in das Grab fiel.

Glombitza ließ die Waffe sinken, drückte noch in der gleichen Bewegung auf den Lauf von Laskys Gewehr, um es zeitgleich mit den anderen zu Boden zu senken. »Was hab ich dir gesagt«, zischte er. »Du wärst besser pinkeln gegangen.«

* * *

Ostseeküste Schleswig-Holstein ... oder Samland, Krieg

Er rannte den Strand entlang, so schnell er konnte, lief mit nackten Füßen durch die Brandung, genau dort, wo das Wasser den Sand zu einer festen Fläche drückte, die seinen Schritten Halt gab. Die Stiefel hatte er ausgezogen, hatte sie einfach stehen lassen. Er brauchte sie nicht mehr. Nicht jetzt, nicht heute. Morgen würde jemand anderes sie gefunden haben und als Eigentum beanspruchen. Aber das war ihm egal. Alles war egal. Er wollte nur noch, dass es aufhörte. Die Erinnerungen sollten aufhören, die Gefühle sollten aufhören.

Der Krieg war zurückgekehrt. Irgendwo am Strand krachte die Artillerie. Maschinengewehre ratterten hinter den Dünen, und von Weitem hörte er die Motoren der Flugzeuge.

Das alles war nicht echt. Nicht jetzt, nicht hier. Immer wieder versuchte er, sich darauf zu besinnen. Aber die Geräusche blieben.

Er konzentrierte sich auf die Gischt der Ostsee, die um seine Füße spritzte. Sie war kalt, eisig, seine Füße waren längst taub von der Kälte.

Fast wie damals, beinahe so kalt wie im russischen Schnee.

Der Strand! Er musste an etwas Schönes denken, an die Samlandküste in friedlichen Zeiten.

Die Wolken zogen grau und schwer über den Himmel, und die Wellen peitschten hoch auf den Strand. Solches Wetter brachte den Bernstein. Er war mit seinen Freunden gekommen, rannte mit ihnen zusammen in die Brandung. Wie die Möwen nach Wattwürmern und Muscheln pickten, duckte er sich blitzschnell, sobald sich die Wellen zurückzogen, stieß auf alles vor, was im Sand glitzerte. Mal zauberte er eine geschliffene Glasscherbe hervor, dann wieder eine leuchtende Muschel oder als Höhepunkt des Tages einen echten Bernstein.

Der Erlös aus dem Verkauf war sein Taschengeld, sein einziger Luxus, von dem er sich etwas leisten konnte. Eine neue

Lok für seine Eisenbahn von Spielzeug-Höppner oder eine Tafel Schokolade aus Dewelkes Krämerladen. Und wenn er genug Bernstein fand, würde es vielleicht sogar für eine Bernsteinkette reichen, die er der Mutter zum Muttertag schenken könnte. Er müsste nur einen Weg finden, um ein Loch in die goldenen Steine zu bohren.

Phosphor! Mit plötzlicher Macht drängte sich ein anderer Gedanke dazwischen. Was wie Bernstein aussah, konnte auch Phosphor sein. Bei den Bombardements der deutschen Hafenstädte waren große Mengen davon in die Ostsee gelangt und trieben mit den Wellen umher. Wenn sie am Strand von arglosen Bernsteinsuchern aufgesammelt wurden und zu Hause trockneten, fing der Phosphor wieder an zu brennen. Selbstentzündlich. Nur durch dauerhafte Wassereinwirkung ließ er sich löschen.

Gleich darauf hörte er die ersten Detonationen. Die Flieger hatten ihn erreicht, warfen ihre Last ins Meer. Er musste weg von hier, musste sich in Deckung bringen! So schnell er konnte, rannte er auf die Dünen zu, hechtete und kletterte hinauf, um dahinter an den Knicks entlangzurennen. Längst schon wusste er nicht mehr, wo er war. Nie zuvor war er so weit den Strand entlanggelaufen.

Endlich erreichte er einen Wald, eine Fichtenschonung, zuerst junge dürre Stämmchen und dann im Wind geduckte, uralte Bäume. Das Nadelgehölz wurde weniger und ging in Laubwald über, hohe Eichen und Buchen, zwitschernde Vögel, der Geruch von nassem Moos und Laub.

Seine Knie gaben nach, ließen ihn zu Boden fallen. Kraftlos blieb er liegen, wollte die Augen schließen und endlich schlafen. Im Krieg gab es so wenige Gelegenheiten, um zu schlafen.

Nasses Moos und Laub. Er kannte den Geruch, er erinnerte ihn … etwas Metallisches lag darin: Waffen und Schmieröl.

Blut. Jemand war gestorben. Erschossen.

Die Partisanen! Sie mussten hier sein! Ganz in der Nähe,

jederzeit konnten sie ihn finden. Oder waren es deutsche Soldaten? Sie durften ihn nicht entdecken, nicht hier, nicht jetzt, nicht so …

Er musste aufstehen, schleppte sich weiter, fing wieder an zu rennen und kämpfte gegen das Keuchen, das niemand hören durfte. Wenn er zu laut atmete, würden sie ihn finden.

Plötzlich pfiffen Kugeln um ihn herum, schlugen rechts und links in die Bäume. Das Holz splitterte, flog ihm ins Gesicht. Lasky wollte ausweichen, duckte sich und sehnte sich nach Deckung.

Brennender Schmerz in seiner Seite riss ihn zu Boden, ließ ihn mit den Knien voran stürzen und mit dem Gesicht ins Laub schlagen. Dieses Mal blieb er liegen. Unfähig, sich noch einmal zu rühren. Die Partisanen hatten ihn angeschossen. Und niemand war hier, um ihn zu retten. Dieses Mal würde er sterben.

* * *

Kreis Plön, Ostseeküste Schleswig-Holstein, Kriegsgefangenenzone F, November 1945

Der Fuchs war verschwunden. Schon vor dem Frühstück war er nach draußen gelaufen. Jetzt war es Abend. Den ganzen Gutshof hatte Hannah durchkämmt, um ihn zu suchen, den Wirtschaftshof und die Stallungen, die Strohböden und Scheunen, alle Unterkünfte, in denen Flüchtlinge wohnten. Doch niemand hatte ihn gesehen.

Wenn er hier nicht war, konnte er überall sein, drüben im Dorf oder im Wald, rund um den See oder am Strand, entlang der Knicks oder auf dem freien Feld. Ihn allein zu suchen war aussichtslos, aber Egon und Freddie wollten ihr nicht helfen. Sie saßen in ihrem Zimmer, spielten Karten, und insbesondere

Egon hatte nur beißenden Spott für sie übrig: »Vielleicht ist er in der Stadt. Auf dem Schwarzmarkt. Oder er sucht sich eine Hure. Manchmal braucht ein Mann seine Freiheit.«

Die Worte und sein Lachen verfolgten sie noch, als sie den Gutshof längst hinter sich gelassen hatte. Seinen letzten Kommentar hatte sie nur noch durch die Tür gehört: »Kaum hat man eine Nacht mit ihnen verbracht, werden die Weiber besitzergreifend. Kein Wunder, dass er wegrennt.«

Die Wut brannte in Hannahs Kehle. Sie hätte umkehren sollen, ihm den Zorn ins Gesicht schreien. Stattdessen war sie allein davongelaufen, um den Fuchs zu suchen. Er war in Gefahr! Sie spürte es, hatte es schon seit Tagen wahrgenommen. Dass er den Halt verlor, dass er noch weiter davontrieb. Dass er drauf und dran war, sich etwas anzutun.

Sie musste ihn finden!

An der Badestelle des Sees blieb sie stehen, rief seinen Spitznamen über das Wasser: »Fuchs!« Das Echo hallte aus dem Wald dahinter. »Wo bist du?«

Niemand antwortete. Nur das Wasser des Sees plätscherte in gurgelnden Wellen ans Ufer.

Oder hatte Egon recht? Lief der Fuchs vor ihr davon? Weil sie zu viel in seiner Nähe war? Ihn zu oft ansah? Oder hielt er einfach die Enge in der Kammer nicht mehr aus? Ein drückendes Gefühl setzte sich in ihre Brust. Die Kälte des Herbstes pferchte sie in dem moderigen Gestank von Äpfeln, Kartoffeln und Menschenschweiß zusammen, bis die letzte Atemluft zu feuchtem Kondenswasser verdampft war. Niemand konnte diese Enge ertragen. Doch bei dem Fuchs war es mehr als das. Schlimmer.

Sie musste ihn finden, rannte weiter um den See herum, an den Knicks entlang. Es war der Weg, den sie so oft gemeinsam gegangen waren. Bis zu den Dünen rannte sie hinauf und überblickte von oben den Strand.

Tief und schnell zogen die Wolken über den Himmel,

scharfer Wind trieb ihr vom Meer entgegen. Keine Menschenseele war zu sehen. Nur etwas entfernt, kurz vor der schäumenden Brandung, lagen zwei dunkle Gegenstände.

Hannah rannte die Düne hinunter, lief durch den tiefen Sand und blieb an der Fundstelle stehen. Es waren Stiefel. Lederstiefel. Seine Stiefel!

»Fuchs!« Panik klang in ihrer Stimme. Wenn er ins Wasser gelaufen war, wenn er auf die See hinausgeschwommen war, ohne Schuhe, aber in seiner Kleidung … Das Meer war zu kalt und die Kleidung zu schwer, um lange schwimmen zu können. »Fuchs! Wo steckst du?« Wolken fegten über den Himmel, die Wellen peitschten auf den Sand.

»Fuchs!« Immer wieder brüllte Hannah seinen Namen. Immer lauter, hysterischer, bis sie heiser wurde. Dann erst entdeckte sie den Hinweis, die Form von nackten Zehen im festgeschwemmten Sand. Der Fußabdruck wies nicht ins Meer, die Zehen deuteten nach links, als wäre er am Strand entlanggelaufen.

Hannah griff nach den Stiefeln, folgte der Spur und fand den nächsten Fußabdruck. Entlang der Brandung lief sie weiter. Nur manche Spuren waren noch da, andere hatten die Wellen längst verwischt. Sie fing an zu rennen, musste ihn finden, bevor es dunkel wurde. Manchmal rissen die Spuren ab, vielleicht weil er im Wasser gelaufen war. Kurz darauf tauchten sie wieder auf.

Hannah wusste nicht mehr, wie lange sie schon gerannt war. Die Ländereien von Gut Morkamp mussten weit hinter ihr liegen, als die Spuren aufhörten. Noch etliche Meter eilte sie weiter, ehe ihr klar wurde, dass er abgebogen war. Entweder war er doch noch ins Meer gerannt, oder …

Hannah blieb stehen, schaute zu den Dünen hinauf. »Fuchs!« Was erwartete sie? Er redete nicht. Wie sollte er antworten?

Also rannte sie durch den Zuckersand, in dem alle Spuren

verwischt waren, die Dünen hinauf, bis sie oben stand und auf die Hügellandschaft dahinter schaute. Wiesen und Felder lagen vor ihr, dazwischen die Knicks, von deren Bäumen das Laub längst abgefallen war. Von einem Menschen war weit und breit nichts zu sehen. Nur ein Wäldchen fesselte ihren Blick.

Hannah setzte sich wieder in Bewegung. Im welken Herbstgras gab es keine Fußabdrücke. Dennoch war sie sich sicher. Er musste im Wald sein, in Deckung, wie ein wildes Tier, das gejagt wurde.

Der Wald und der Strand. An diesen beiden Orten war er anders. Manchmal ruhiger. Abwesender. Weit entfernt. Und dann plötzlich aufgewühlt und erschrocken. Als würden Dinge geschehen, die Hannah nicht sehen konnte.

Sie nahm all ihre Kraft zusammen und tauchte in die Schatten unter den Fichten. In einer geraden Linie lief sie durch eine Schonung aus jüngeren Bäumen, zwischen zwei Reihen entlang, in denen die Fichten standen. Bis sich der Wald lichtete und die Bäume in größeren Abständen wuchsen. Flüchtig bemerkte sie die knorrigen, uralten Stämme, die sich seit Jahrhunderten vor dem Wind duckten. Moos und Tannennadeln federten ihre Schritte ab, durchmischten sich mehr und mehr mit Blättern, bis sie durch einen Laubwald rannte. Immer wieder rief sie den Fuchs, bis sie ihn plötzlich sah. Lang ausgestreckt lag er am Boden, als wäre er im Laufen dort hingefallen. »Fuchs!« Hannah stürmte auf ihn zu. Bewegte er sich? Lebte er noch?

Er drehte sich zur Seite, entdeckte sie und sprang auf. Mit keuchendem Atem wich er zurück, hielt erst an, als er mit dem Rücken an den Stamm einer Buche stieß.

Hannah wurde langsamer, streckte die Hand nach ihm aus. Sein Blick wirkte panisch, wirr, seine Füße traten auf der Stelle. »Ich bin es«, flüsterte sie. »Nicht weglaufen.«

Einen Moment später fiel die Verwirrung von ihm ab, als kehrte er in die Wirklichkeit zurück. Mit einem Laut der Erschöpfung stieß er die Luft aus, wandte sich von ihr ab und ging um den Baum herum. Nur seine Schulter war noch zu sehen.

Hannah folgte ihm, umrundete den Baum und blieb vor ihm stehen. Der Fuchs schaute zu Boden. Seine Haut war bleich, und die Haare zerzaust waren. Zögernd streckte sie die Hand nach seiner aus und schloss sie um seine Finger. »Komm mit«, flüsterte sie. »Lass uns nach Hause gehen.«

* * *

Der restliche November zeigte sich von seiner winterlichen Seite, die Ernte auf dem Gutshof war längst vorbei, und Arbeit gab es kaum noch. Bald waren die Schlangen vor Bäcker Sielke, beim Schlachter Mede oder vor dem kleinen Krämerladen im Dorf die einzige Abwechslung, die ihnen blieb, wenn sie nicht den ganzen Tag in ihrer Kammer verbringen wollten. Egon und Freddie rissen sich darum, vor den Läden anzustehen, und selbst Hannah war mitunter lieber beim Brunnen, um Wasser zu holen, als in der stickigen Enge ihrer Kammer. Wenn sie zu viert aufeinanderhockten, waren Zankereien vorprogrammiert, auch wenn Egon recht bald damit aufhörte, wegen der vermeintlichen Nacht mit dem Fuchs in ihre Richtung zu sticheln. Vielleicht ahnte er inzwischen, dass es nicht ganz so gewesen war, wie es auf den ersten Blick erschienen war. Dennoch blieb eine höfliche Distanz zwischen ihnen, die Hannah liebend gern gegen den flapsigen Egon eingetauscht hätte, der er am Anfang gewesen war.

Der Fuchs war schließlich der Einzige, der freiwillig drinnen blieb. Den ganzen Tag lang verkroch er sich auf seinem Strohsack und starrte ins Leere. Er reagierte weder auf Hannahs Ansprache noch auf Egons Befehle. Einzig das Radio schien ihn noch zu interessieren. Es lief von früh bis spät. Wenn jemand es ausschaltete, war es wieder an, sobald sie den

Fuchs allein gelassen hatten. Davon abgesehen, reduzierte sich sein Leben auf das Notwendigste. Er aß die Mahlzeiten, die Hannah neben sein Lager stellte, und hin und wieder schlich er zu dem Plumpsklo, das sich am Rand des Wirtschaftshofes befand.

Nur einmal am Tag, kurz vor Mitternacht, schien er sich wieder für etwas zu interessieren, immer dann, wenn die Vermisstenaufrufe des Roten Kreuzes aus dem Lautsprecher hallten. In diesen zehn Minuten rückte er näher ans Radio, legte seinen Kopf auf den hölzernen Korpus und schloss die Augen.

Allzu oft verspürte Hannah das Bedürfnis, sich neben ihn zu setzen und ebenfalls in der Leere zu versinken. Was sonst sollte man tun, wenn die Tage von Dunkelheit, Kälte und Tatenlosigkeit beherrscht wurden? Wenn es nichts mehr gab, was die Gedanken ablenkte und die traurigen Bilder der Vergangenheit aufhielt?

»Wen genau vermisst du eigentlich?«, fragte sie den Fuchs irgendwann, als sie beide allein waren und sie neben ihm auf ihrer Matratze saß. »Wenn du die Vermisstensuchen im Radio hörst, dann wartest du doch auf einen bestimmten Namen? Hoffst du, dass jemand nach dir sucht? Oder hoffst du auf eine Spur von anderen? Von deiner Familie?«

Der Fuchs antwortete ihr nicht. Natürlich nicht. Immerhin sah er sie an, hörte ihr zu, und auf einmal spürte sie den Drang, ihm etwas zu erzählen, wenn er es schon nicht tat. »Mein Bruder Paul war der erste Mensch, den ich verloren habe«, begann sie leise. »Aber wenn ich ehrlich bin, dann meine ich damit nicht seinen Tod. Als er im Krieg war und dort gefallen ist, hatte ich ihn eigentlich schon längst verloren. An die Nazis und ihre Ideologie.« Sobald sie begonnen hatte, flossen die Worte wie von allein aus ihrem Mund, von ihrem Bruder Paul, der ihr als Kind so nah gewesen war, mit dem sie gelacht und getobt hatte und von dem sie gelernt hatte, wie ein Junge zu spielen. Zusammen hatten sie Modellboote gebaut und auf der

Alster schwimmen lassen. Oft war auch Klara dabei gewesen, Hannahs beste Freundin, die ebenfalls am liebsten wie ein Junge spielte. »Wir waren Bilderbuchgeschwister, genauso wie Eltern sie sich wünschen. So lange, bis Paul in die Hitlerjugend eintrat. Innerhalb weniger Wochen hat er sich so sehr verändert, dass ich ihn kaum noch wiedererkannte. Immerzu hat er die Parolen der Nazis zitiert und konnte nicht mehr damit aufhören, unsere Familie zu kritisieren. Dass wir die Zeichen der Zeit nicht sehen würden und uns mit Abschaum umgaben. Meinem Vater warf er unnötiges Mitleid und altmodisches Denken vor. Die beiden fingen an zu streiten, über Vaters Loyalität zu unseren jüdischen Nachbarn und Pauls neue Ansicht, unsere ganze Familie müsse diese alten Verbindungen zerschlagen. Noch schlimmer war es nur, wenn mein Bruder mich zusammen mit Klara sah. Dann betrachtete er uns beide mit Abscheu. Dass seine Schwester mit einer Jüdin befreundet war, schien plötzlich das Schlimmste für ihn zu sein. Fast immer mied er meine Gegenwart. Höchstens im Vorbeigehen zischte er mir Gemeinheiten und Parolen zu: dass sie mit Judenfreunden hart ins Gericht gehen würden und dass ich mich entscheiden müsse, auf welcher Seite ich stünde.« Hannah seufzte und lauschte in die Stille der Kammer. Lediglich der Atem des Fuchses erinnerte sie daran, dass sie nicht allein war. Dass da jemand bei ihr war, der ihr zuhörte. Doch sie wagte es nicht, ihn anzuschen, wollte nicht in seiner Miene lesen, was er von ihrer Geschichte hielt. Stattdessen erzählte sie einfach weiter: »Sosehr ich Paul früher gemocht habe, seine plötzliche Wandlung erschien mir zu unheimlich, um noch etwas auf seine Ansicht zu geben. Nur meine Mutter nahm ihn in Schutz. Wenn Paul nicht dabei war, sprach sie von dem schwierigen Alter und der schwierigen Phase und dass all das schon wieder vorbeigehen würde. Aber es ging nicht vorbei, im Gegenteil, die Fremdheit zwischen Paul und uns nahm immer weiter zu. Irgendwann hörte er auf zu streiten, und wir erfuhren nicht mehr, an welchen Aktionen er teilnahm und an welchen nicht. Ich weiß nur noch, dass er in der Reichskristallnacht nicht zu Hause war.« Sie stieß ein leises Schnauben aus. Lange hatte sie verdrängt, dass ausgerechnet Paul an all diesen Dingen beteiligt gewesen war. Ihr liebster und einziger Bruder. Sich so an ihn zu erinnern tat weh. »Dass er darauf verzichtet hat, der SS beizutreten, war vermutlich sein letztes Zugeständnis an seine Familie. Dafür konnte er es seit dem Kriegsbeginn kaum abwarten, bis er endlich seinen Einberufungsbefehl erhielt.« Vorsichtig wagte sie einen Blick auf das Nachbarlager. Der Fuchs sah sie noch immer an. Zum ersten Mal seit Tagen wirkte er interessiert und betroffen, und so erzählte sie weiter, von ihrem Leben in Hamburg, von Kathrinchen, Robert und Klara. Das Schweigen des Fuchses schien ihre Worte in sich aufzunehmen und gab ihr das Gefühl, ihre Vergangenheit wäre sicher bei ihm aufgehoben. Er war der Einzige, der ihre Erinnerungen nicht weitertratschen würde, und Hannah fühlte sich mit jedem Wort leichter, weil sie sie endlich mit jemandem teilen konnte. Doch je länger sie sprach, desto mehr geriet ihre Erzählung durcheinander, sprang von Höckschen auf Stöckschen, bis sie selbst dem roten Faden ihrer Geschichte kaum noch folgen konnte.

Als Egon und Freddie schließlich zurückkehrten, war der ruhige Moment des Erzählens vorbei. Nur in ihrem Kopf kreisten die Gedanken weiter, ein ganzer Strom von Erinnerungen wie ein reißender Fluss nach der Gletscherschmelze. Auch in der Nacht darauf wollte der Strom nicht abreißen. Stundenlang lag sie wach, blickte in die Dunkelheit und lauschte auf den Atem des Fuchses. Irgendwann erhob sie sich, zündete eine Kerze an und begann damit, die Erinnerungen in ihr Notizbuch zu schreiben. Allein mit sich und der Schrift und der Dunkelheit des Zimmers musste sie keine Grenzen mehr beachten. Hier konnte sie alles in Worte fassen, was ihre Gedanken beherrschte.

Sie schrieb, bis die Schrift vor ihren Augen zerfaserte und ihre Lider beim Blinzeln einfach zublieben. Mit dem letzten, benommenen Aufschauen fiel ihr auf, dass der Fuchs wach geworden war und sie ansah. Es war schön, seinem Blick zu begegnen, vertraut und warm. Jetzt kannte er einen Teil ihres Geheimnisses, nur er allein. In seiner Gegenwart zu reden war sicher. Unter seinem Blick zu schreiben kam ihr vor, als würde er die brennenden Worte von ihrer Seele nehmen. Neben ihm zu schlafen fühlte sich geborgen an.

Dass sie tatsächlich eingeschlafen war, bemerkte sie erst, als sie aufschreckte. Die Kerze! Sie hatte vergessen, die Kerze auszupusten. Nun jedoch war alles dunkel. Jemand anderes musste sie gelöscht haben, oder der Wachs war zur Neige gegangen. Einzig von draußen schimmerte erstes Dämmerlicht durch das Fenster. Hannah tastete nach dem Notizbuch. Hoffentlich hatte sie es beim Schlafen nicht verknickt.

Doch sie fand es nicht, suchte das halbe Bett ab, bis sie das Heft im Zwielicht entdeckte: Es lag zwischen ihrer Matratze und dem Strohsack des Fuchses, näher an seinem Lager als an ihrem. War es heruntergefallen? Oder hatte er es aus ihrer Hand genommen, bevor er die Kerze gelöscht hatte?

Der Gedanke ließ ein merkwürdiges Kribbeln über ihren Nacken rieseln. Falls er es gewesen war – hieß das, er hatte darin gelesen?

6. KAPITEL

Hannahs Erinnerungen, verfasst im November 1945

Wenn ich versuche, ganz weit zurückzudenken, bis zu den ersten Erlebnissen, an die ich mich erinnern kann, dann kommt mir Klara in den Sinn. Damals war ich fünf. Mein Vater hatte das Haus am Grindelberg gerade erst gekauft und im Erdgeschoss die Apotheke eröffnet. Von allem, was vorher war, existieren nur noch wenige Bilder in meinem Gedächtnis. Selbst an unseren Umzug kann ich mich nicht erinnern. An die Anfangszeit in unserer neuen Wohnung erinnere ich mich jedoch ganz deutlich.

Das erste Mal habe ich Klara gesehen, als ich in der Küche am Fenster stand und nach hinten in den Garten hinaussah. Unsere Wohnung lag im dritten Geschoss, ganz oben über den anderen Wohnungen, in denen unsere Mieter wohnten, und vom Küchenfenster aus konnte ich alles überblicken, den ganzen Hof zwischen dem Häuserblock. Hinter den meisten Häusern waren kleine Gärten angelegt, die mit Hecken und Zäunen voneinander abgegrenzt waren. Andere Anwohner besaßen Kaninchenställe, und hier und da fand sich eine Remise, in der jemand eine kleine Werkstatt betrieb.

Aber das, was mich am meisten interessierte, war der Garten direkt nebenan. Dort stand eine große, uralte Eiche. Wie ich später erfuhr, gab es solche Eichen überall in unserem Bezirk. Sie waren Reste des Eichenbestandes, der zu dem Kloster gehört hatte, das vor der städtischen Bebauung auf dem Grindelberg gelegen hatte. Einen Teil der Eichen stehen zu lassen war eine Bedingung gewesen, als das Land verkauft worden war.

Doch in unserem Hof gab es nur diese eine Eiche im Nachbargarten. Sie besaß einen starken überhängenden Ast, an dem eine Schaukel befestigt war, und diese Schaukel gehörte einem kleinen Mädchen. Fast jeden Tag schaute ich in die Gärten hinunter, und fast immer spielte das Mädchen mit ihrer Schaukel. Ihre Haare waren dunkelbraun und genauso gelockt wie meine, wenn sie offen über ihre Schultern hingen. Nur an manchen Tagen trug sie geflochtene Zöpfe, die ihre Locken zu einer ordentlichen Frisur zähmten.

Am faszinierendsten erschien mir ihre Kleidung. Ich begriff es nicht sofort, anfangs glaubte ich, der Nachbar hätte drei Kinder: das Mädchen, einen Jungen, der schon etwas älter war, und einen zweiten Sohn, der gut und gern der Zwillingsbruder des Mädchens sein konnte. Bis mir auffiel, dass der vermeintliche Zwilling ebenfalls ein Mädchen war – oder war es das gleiche Kind, das ich manchmal im Kleid dort draußen sah und dann wieder in kurzen Lederhosen? Das Mädchen machte mich neugierig, ebenso wie die Schaukel. Ich fragte meinen Vater, ob er mir nicht auch eine Schaukel in unserem Garten anbringen könnte, und er erwiderte, dass wir keinen geeigneten Baum dafür hätten. Stattdessen nahm ich mir vor, die Schaukel der Nachbarin auszuleihen. Wenn ich es geschickt anstellte, konnte ich vielleicht einen der Momente abpassen, in denen sie nicht da war.

Als der Nachbarsgarten das nächste Mal verlassen dalag, stieg ich leise die Treppe hinunter und pirschte mich nach draußen. Ich wusste, dass es sich nicht gehörte, auf anderer Leute Grundstücke zu gehen und ihre Sachen zu benutzen, und kam mir beinahe vor wie eine Diebin. Diese Schaukel war jedoch zu verlockend. Unser Garten wurde von einer löchrigen Hecke umschlossen. Aber ich war noch klein, und die Lücken zwischen manchen Büschen waren groß genug für mich, um hindurchschlüpfen zu können. Auf diese Weise kam ich bis zur Schaukel, setzte mich unbemerkt darauf und fing an, Schwung zu holen. Zwischendurch schloss ich die Augen und konzentrierte mich auf den Fahrtwind, der mit jedem Auf und Ab in mein Gesicht wehte. »Was machst du hier?« Die empörte Stimme des Mädchens kam so plötzlich, dass ich beinahe hinuntergefallen wäre. Erschrocken öffnete ich die Augen und fand sie direkt neben mir. »Ich bin eine Piratin«, erklärte sie und stemmte die Hände in ihre Hüften. »Und das da ist mein Schiff!« Tatsächlich war sie mit einem Piratenkostüm bekleidet, wie es Knaben manchmal zu Fasching trugen.

Ihr Angriff weckte meinen Trotz. Ich hatte diese Schaukel erobert, und so einfach würde ich sie nicht wieder hergeben. »Das hier ist kein Schiff«, gab ich zurück und musste dabei an meinen großen Bruder Paul denken, der auch immer alles besser wusste. »Das ist eine Schaukel.«

Sie grinste nur und rollte mit den Augen. »Wenn heute nicht Sabbat wäre, würde ich jetzt mein Schiff stürmen und dich ins Meer werfen. Aber am Sabbat ist man nett zu anderen Leuten.«

Ich wusste nicht so recht, worüber sie sprach. Das Wort Sabbat hatte ich noch nie gehört – und während ich noch darüber nachdachte, vergaß ich weiterzuschaukeln und wurde langsamer.

Ehe ich mich's versah, griff das Mädchen in den Schaukelstrick und hielt mich an. »Weil heute Sabbat ist, bin ich großzügig.« Entschlossen streckte sie ihr Kinn vor. »Ausnahmsweise werde ich dich nicht ins Meer werfen.«

»Was ist ein Sabbat?«, fragte ich, klammerte mich an den Stricken fest und blieb stoisch auf der Schaukel sitzen.

Sie presste die Lippen zusammen, vielleicht, um einen bösen Piraten zu imitieren. »Das ist der wichtigste Tag in der Woche.«

Verwirrt schüttelte ich den Kopf. Ich kannte keinen Tag, der Sabbat hieß. »Der Sonntag ist der wichtigste Tag in der Woche«, erklärte ich. »Und der ist morgen.«

Einen Moment lang starrten wir uns an, als könnten wir uns damit gegenseitig vertreiben. Dann kicherte das Mädchen und

151

ließ die Schaukel los. »Wir könnten auch beide Piratinnen sein«, schlug sie vor. »Ich bin der Kapitän, und du bist mein Schiffsjunge.«

Nur ganz kurz lag mir auf der Zunge, dass ich auch gern mal der Kapitän wäre, denn mit Paul musste ich immer die blöden Rollen spielen. Aber immerhin war das hier ihre Schaukel, und es war das erste Mal, dass wir überhaupt miteinander spielten. »Einverstanden«, erklärte ich deshalb. »Wenn ich dann nächstes Mal der Kapitän sein darf?«

Das Mädchen grinste mir zu und beugte sich mit einem Blick zu den Fenstern zu mir. »Aber nicht hier«, murmelte sie. »Am Sabbat darf ich das Piratenkostüm eigentlich nicht tragen. Lass uns auf den Dachboden gehen.«

Sie führte mich durch ihr Haus auf den riesigen Dachboden, der ein noch viel besserer Spielplatz war als der Garten.

Von diesem Nachmittag an war unsere Freundschaft besiegelt. Wir trafen uns in jeder freien Minute, und bevor wir zur Schule kamen, waren die Tage überfüllt mit freien Minuten. Klara war ein halbes Jahr älter als ich, und darauf bildete sie sich mächtig etwas ein. Anfangs war das für sie das schlagende Argument, unsere Anführerin zu sein. Mein Stolz und meine Übung, mich gegen einen großen Bruder durchzusetzen, machten mich jedoch zu einem störrischen Schiffsjungen, und bald darauf beschlossen wir, dass wir zwei ehemalige Schiffsjungen waren, die zusammen einen alten Piratensegler gestohlen hatten. Fortan waren wir die besten Freundinnen, zwei mutige Gefährtinnen, die einander in nichts nachstanden und die zusammen durch dick und dünn gingen.

Als wir noch klein waren, hielten wir uns an die Dachböden unserer Häuser und die Gärten im Innenhof. Später kamen die Straßen und der benachbarte Park dazu – und als wir elf oder zwölf Jahre alt waren, streiften wir bis in die Speicherstadt. Zusammen mit Klara war ich Piratin und Räuberin in einem. Wo immer wir eine Möglichkeit fanden, in fremde Ge-

152

bäude einzudringen, nutzten wir sie aus, um ein Abenteuer zu erleben. Wir stahlen nie etwas, aber wir kletterten durch Fenster in Lagerhallen und krabbelten durch die Kellerluken in die Kohlenkeller fremder Häuser. So lernte ich das wilde Kribbeln kennen, das den Körper durchflutet, wenn man verbotene Dinge tut. Es ist ein schönes Kribbeln, und niemand konnte mir mehr erzählen, dass es Spaß machen würde, mit Puppen zu spielen. Nein, Klara und ich, wir spielten wie unsere älteren Brüder und wie die Knaben in unserer Straße. Mit anderen Mädchen, die meist still in ihren eigenen Wohnungen und Gärten hockten, konnten wir nichts anfangen – und die Jungen brauchten eine Weile, ehe sie erkannten, dass sie bei uns eine Ausnahme machen konnten. Dann wurden wir jedoch zu einem großen Rudel, das die Nachbarschaft unsicher machte. Hin und wieder stießen auch noch andere Mädchen zu uns, aber die Spielweise der Jungen war ihnen meistens zu rau, um lange durchzuhalten.

Dass unser Rudel eine Besonderheit war und dass keineswegs alle Jungen der Straße zu uns gehörten, fiel mir erst nach und nach auf. In unserer Gruppe waren all jene Kinder, deren Eltern es nichts ausmachte, wenn jüdische und christliche Kinder miteinander spielten. Andere Familien waren deutlich strenger. Manch ein christliches Kind durfte schon vor dem Aufstieg der Nationalsozialisten nicht mit Juden spielen – und viele Juden besaßen einen so großen Familien- und Bekanntenkreis im Viertel, dass die jüdischen Kinder nur untereinander spielten.

Aber diese Strukturen fielen mir erst auf, als einzelne Jungen kurzzeitig zu unserer Gruppe stießen und dann plötzlich nichts mehr mit uns unternehmen durften. Und weil einige nur »Gelegenheitsmitspieler« waren und immer nur dann zu uns kamen, wenn ihnen ausnahmsweise langweilig war.

Das Lieblingsspiel unserer Gruppe, mit der wir uns jeden Nachmittag trafen, wurde eines, das Klara erfand und das eine

Abwandlung von Räuber und Gendarm *war. Wenn sie ihren Vater darum bat, bekam Klara eine Handvoll Bonbons aus seinem Laden geschenkt, und diese Bonbons waren der Schatz in unserem Spiel. Dazu definierte sie Regeln, die dem echten Räuberleben entsprachen. In ein oder zwei Gärten richteten wir »Läden« ein, in denen die Bonbons auslagen. Dann teilten wir alle Kinder in zwei Mannschaften, in Räuber und Polizisten. Die Räuber mussten versuchen, die Läden auszurauben, und die Polizisten jagten die Räuber, um sie einzufangen. Sobald ein Polizist einen Räuber sah, entwickelte sich eine wilde Hetzjagd durch Gärten, Häuser und Straßen. Und wenn ein Räuber gefangen wurde, wurde er in das Gefängnis gebracht, das sich mitten auf der Straße an der Straßenbahnhaltestelle befand.*

Die Räuber blieben nicht ewig dort. Wenn es anderen Räubern gelang, sich anzupirschen und die Gefangenen abzuschlagen, bevor ein Polizist sie einfangen konnte, waren die Abgeschlagenen wieder frei. Wobei das Anpirschen und die Hetzjagden besonders reizvoll wurden, weil wir dabei die Straße überqueren und auf den Verkehr achten mussten. So manch eine Mutter wollte uns die Straßenbahnhaltestelle als Gefängnis verbieten. Aber wann immer unsere Mütter nicht aufpassten, setzten wir uns darüber hinweg.

Die Räuber gewannen das Spiel, wenn es ihnen gelang, alle Bonbons zu stehlen, und die Polizisten gewannen, wenn sie alle Räuber zur gleichen Zeit fangen konnten.

Obwohl wir dieses Spiel über viele Jahre spielten, fanden alle schon nach wenigen Wochen ihre Lieblingsrollen, die sie fast immer übernahmen. Klara und ich gehörten zu den Räubern. Wir spezialisierten uns darauf, uns möglichst unsichtbar von Deckung zu Deckung zu bewegen, und kundschafteten immer neue Verstecke aus, in denen wir unsere Raubzüge und Befreiungsaktionen planen konnten – am besten waren solche mit zwei Fluchtmöglichkeiten in verschiedene Richtungen.

Auch in diesem Spiel lernte ich das Kribbeln kennen. Doch

am gefährlichsten wurde es dann, wenn Koehlers Jochen mit-
spielte. Er war ein Jahr älter als Klara und ich, und an ihm war
immer etwas, das ihn bedrohlich erscheinen ließ. Er spielte mit
Vorliebe den Polizisten, und wenn wir von ihm gefangen wurden, lag ein Ernst darin, der mir Furcht einflößte. Wenn sich
jemand bei der Gefangennahme wehrte oder Jochen auch nur
ein wenig neckte, dann schlug er so unvermittelt zu, dass es
kein Entrinnen gab. Jochens Fäuste waren hart und schnell,
seine Tritte unerbittlich. Dabei schien es ihn nicht zu scheren,
dass Klara und ich Mädchen waren.

Es war im Jahr 1935, Klara und ich waren inzwischen dreizehn Jahre alt, und in der letzten Zeit hatten wir das Spiel nur
noch selten gespielt. Überhaupt war die Gruppe von Mitspie-
lern kleiner geworden, weil die meisten Kinder nicht mehr mit
jüdischen Kindern spielen durften. Auch Jochen war schon lange nicht mehr dabei gewesen. Nur an diesem Nachmittag
tauchte er auf und schlug das Räuberspiel vor. Dabei hatte er
ein merkwürdiges Grinsen im Gesicht, das mir unheimlich
war. Die meisten hatten das Spiel jedoch vermisst, also war es
schnell entschieden.

Eine Weile war es so wie immer, abgesehen davon, dass das
Kribbeln im Laufe der Jahre abgeflaut war und die Polizisten
längst alle guten Räuberverstecke kannten. Bis zu jenem Moment, in dem ich aus einem der Hausflure merkwürdige, unterdrückte Schreie hörte. Ich war gerade in dem benachbarten
Garten und erkannte die Stimme nicht sofort. Erst nach der
ersten Schrecksekunde wurde mir klar, dass es Klara sein musste. Ich folgte den Geräuschen, indem ich mich so unsichtbar
wie möglich anpirschte. Und schließlich sah ich die beiden. Sie
standen im hintersten Winkel des Treppenhauses, in jener Nische, die in den Keller hinunterführte. Jochen hatte Klara an
die Wand gedrängt, seine linke Hand hatte er unter ihr Hemd
geschoben, während er mit der anderen ihren Gürtel öffnete.
Wie immer, wenn wir spielten, trug sie die Kleidung, die ihrem

großen Bruder zu klein geworden war, und womöglich war es ihr Glück, dass sie an jenem Tag keinen Rock anhatte. Klara wimmerte und versuchte zu entkommen, aber Jochen hielt mit seinem Körper dagegen. Er war mehr als einen Kopf größer als sie und deutlich massiger, und ich begriff sofort, dass er sie festhielt, indem er seine Hand auf ihre Brust presste. »Du bist eine dreckige Judenschlampe«, keuchte er. »Nun stell dich nicht an. Du willst das doch so.«

Ich musste meiner Freundin helfen, musste irgendetwas tun, egal was! Dann entdeckte ich die Leergutkisten, die der Wirt im Flur abgestellt hatte, und zog eine der Weinflaschen heraus. Klara sah mich, als ich näher schlich. Aber sie hielt still, und Jochen bemerkte nichts. So lange, bis ich ihm die leere Flasche über den Kopf zog.

Er brach zusammen, und wir rannten fort. Für den Rest des Tages verkrochen wir uns auf dem Dachboden. Klara weinte in meinen Armen, und mir fiel nichts ein, womit ich sie trösten konnte – meine Gedanken kreisten nur unablässig um die Frage, ob ich Jochen mit der Weinflasche umgebracht hatte, ob ich zu einer Mörderin geworden war.

In den Wochen danach wagten Klara und ich es nicht, nach Jochen zu fragen. Denn das hätte womöglich erst verraten, dass wir die Täterinnen waren. Dann aber stellte sich heraus, dass er zwar einen klaffenden Riss am Kopf und einen zweiten in der Wange davongetragen hatte, jedoch nicht in Lebensgefahr schwebte. Ich wusste nicht, ob ich darüber erleichtert oder umso besorgter sein sollte. Jeden Moment konnte er uns verraten. Monate-, vielleicht sogar jahrelang lebte ich in der Angst, von ihm denunziert zu werden. Doch nichts dergleichen geschah. Er erzählte niemals, was damals in dem Hausflur geschehen war, vermutlich deshalb, weil er dann auch hätte sagen müssen, was er mit Klara gemacht hatte, eine Tat, die ihm nach den Nürnberger Rassegesetzen genauso gut als »Rassenschande« hätte ausgelegt werden können. Immerhin waren

nicht nur die Mischehe, sondern auch jegliche Liebes- und Se-
xualbeziehungen zwischen Juden und Nichtjuden seither ver-
boten.
Kurz darauf lief Jochen nur noch mit den Jungen von der
Hitlerjugend durch unsere Straße. Auch Paul war kurz zuvor
dort eingetreten, und manchmal sah ich die zwei zusammen
mit anderen. Ob Jochen und mein Bruder Freunde wurden,
erfuhr ich nie. Das Räuberspiel spielten Klara und ich an je-
nem Nachmittag zum letzten Mal. Hin und wieder sahen wir
noch, wie die kleineren Kinder sich daran versuchten. Ohne
uns und die anderen Älteren schien es allerdings nicht mehr
das Gleiche zu sein.

Schon ein Jahr später war Klaras Räuber-und-Gendarm-
Spiel genauso verschwunden wie die meisten der jüdischen Lä-
den. Klaras Vater hingegen versuchte, seinen Laden gegen je-
den Widerstand zu halten. Und in jener Zeit begriff ich, dass
auch er ein Pirat war, ein Piratenvater, der um seine Familie,
um seinen Stolz und um sein Lebenswerk kämpfte.

* * *

Kreis Plön, Ostseeküste Schleswig-Holstein, Kriegsgefangenenzone F, Dezember 1945

Es war ein nieseliger Donnerstagnachmittag, als Hannah allein hinausging, um im Wald Holz zu suchen. Der Fuchs ließ
sich noch immer nicht dazu bewegen, seinen Schlafplatz zu
verlassen, und Egon und Freddie hatten endlich mal wieder
eine Arbeitsmöglichkeit gefunden, wenn auch nur für einen
Tag: Sie sollten dabei helfen, ein paar fette, aber widerspensti-
ge Bullen zum Metzger zu treiben. Wenn alles gut ging, würden sie am Abend womöglich ein gutes Fleischstück als

Bezahlung mitbringen. Dementsprechend brauchten sie ausreichend Brennholz, um etwas daraus zu kochen.

Als sie mit dem Jutesack in den Wirtschaftshof hinaustrat, wurden ihre Gedanken augenblicklich auf etwas anderes gelenkt. Draußen herrschte aufgeregtes Treiben. Alle Leute, die noch im Hof waren, strebten an ihr vorbei auf den Durchgang zu, der zum Ehrenhof führte. Tuschelnd steckten sie die Köpfe zusammen, und Hannah wusste sofort, dass etwas Bedeutendes passiert sein musste.

Dagmar, eine jüngere Flüchtlingsfrau, die sie vom Schlangestehen am Brunnen kannte und die berüchtigt dafür war, wie gern sie lästerte, hielt neben Hannah an. »Sie sagen, der junge Gutsherr ist wieder da. Gerade eben soll er zum Hofgelände reingehinkt sein. Wenn wir uns beeilen, bekommen wir ihn noch zu Gesicht. Soll nicht eben gesund aussehen, der Gute.«
Die Flüchtlingsfrau wollte Hannah mit sich ziehen, aber diese zögerte. Es kam ihr falsch vor, mit dem ganzen Rudel in den Ehrenhof zu rennen und den heimkehrenden Gutsherrn zu begaffen. Am liebsten hätte sie die Sensation ignoriert, wenn nicht der kürzeste Weg zum Wald ebenfalls über den Ehrenhof führen würde. Also schlenderte sie hinter den Flüchtlingen her und blieb auf der anderen Seite des Kavaliershauses stehen.

An diesem Tag wirkte der Ehrenhof alles andere als ehrenvoll. Die Rosen in den Rabatten schliefen ihren stacheligen, struppigen Winterschlaf, und darunter gähnte die nackte Erde. Auch die Zufahrt war vom Nieselregen zu einer schlammigen Buckelpiste aufgeweicht worden, und der Regen nötigte die umstehenden Menschen, ihre Köpfe hängen zu lassen.

Hannah brauchte eine Weile, ehe sie den Gutsherrn zwischen den anderen entdeckte: Ein gebeugter Mann in Offiziersuniform humpelte durch die breite Zufahrt, die zwischen dem Verwalterhäuschen und dem Kavaliershaus auf das Herrenhaus zuführte. Ein Knecht und ein Hausmädchen waren ihm zu Hilfe geeilt und stützten ihn von beiden Seiten.

»Der sieht aber zerlumpt aus«, tuschelte eine ältere Flüchtlingsfrau, die neben Hannah stand. »Haben sie den aus der russischen Gefangenschaft befreit?«

»Hoffentlich hat der keene Läuse mehr«, raunte ein älterer Mann von hinten.

»Typhus und Cholera«, mischte sich jemand anderes ein. »Das geht um, hab ich gehört.«

»Na dann, prost Mahlzeit!«

Das Raunen der Flüchtlinge wurde immer lauter, grummelte um den ganzen Hof, und Hannah konnte nur vermuten, dass sämtliche Krankheiten und Verletzungen erwähnt wurden, die sich irgendjemand in den letzten Jahren zugezogen hatte. Von bloßer Erschöpfung bis hin zu einer tödlichen Krankheit konnte er so ziemlich alles haben. Nicht einmal ein Arzt hätte das aus dieser Distanz feststellen können. Sicher war nur, dass er nicht gesund war. Auf den letzten Metern zum Herrenhaus knickten ihm mehrmals die Beine ein. Jedes Mal musste der Knecht ihn auffangen und wieder aufrichten, ehe er weitergehen konnte. Dennoch hob der Gutsherr den Kopf und sah sich zwischen den Flüchtlingen um. Als sein Blick zu Hannah schweifte, blieb er für einen Moment an ihr hängen. Seine Wangen wirkten hohl und eingefallen, dunkle Schatten umrandeten seine Augen, und unter seiner Offiziersmütze lugten ungepflegte, hellbraune Haare hervor. Dennoch hatte er etwas an sich, was sie berührte.

In der nächsten Sekunde wurde die Vordertür des Herrenhauses aufgerissen, und die Gutsherrin stürmte heraus. »Holger«, rief sie. »Holger, mein Junge!« Damit lief sie die Treppen herab und zog ihren Sohn an sich. Doch nur kurz, ehe sie über seine Schulter sah und die vielen Zuschauer bemerkte. Fahrig wich sie wieder zurück. »Was macht ihr hier?«, keifte sie. »Habt ihr keinen eigenen Kummer? Fort mit euch!«

Ausnahmsweise konnte Hannah den Drachen verstehen. Hastig wandte sie sich ab, überquerte geradeaus den Ehrenhof, bis sie zwischen Friedrichsens Kate und dem zweiten Kavaliershaus hindurch in den Wald gelangte, der sich dahinter anschloss. Spätestens seit Beginn des Winters sah der Forst nicht mehr wie ein gewöhnlicher Wald aus. Die Flüchtlinge hatten den Waldboden so gründlich aufgeräumt, dass er sich kahl und weiträumig zwischen den hohen Baumstämmen erstreckte. Jedes kleinere Gestrüpp war längst den Tritten und Äxten der Flüchtlinge zum Opfer gefallen, und selbst das heruntergefallene Laub war zusammengeharkt und mitgenommen worden. Gut getrocknet und lose geschichtet, ließ es sich als Zunder verwenden. Vor ein paar Monaten, als auch die leichtfertigsten Flüchtlinge angefangen hatten, sich endlich Brennholzvorräte anzulegen, war es noch möglich gewesen, auf die Bäume zu klettern und die unteren Zweige abzureißen. Doch wenn Hannah nun an den Buchen und Eichen hinaufsah, begannen die Verzweigungen erst so weit oben, dass jeder Kletterversuch aussichtslos und viel zu gefährlich wäre. Inzwischen lohnte sich die Suche höchstens nach stürmischen Tagen, denn nur dann fielen genug neue Äste und Zweige zu Boden. Heute hingegen war es ruhig, und Hannah musste den Boden zwischen den Bäumen Meter für Meter absuchen, um hier und da mal ein Stöckchen zu finden.

Bis weit in den Wald ging sie hinein, ehe sie ihren Jutesack wenigstens ein wenig gefüllt hatte. Währenddessen sah sie unaufhörlich das Gesicht des jungen Gutsherrn vor sich. Holger ... der Sohn des Drachens. In dem kurzen Moment, in dem er sie angesehen hatte, war es unmöglich gewesen, sein Alter zu schätzen. Aber wenn sie eine Wette darauf abschließen sollte, würde sie auf Mitte dreißig tippen.

Irgendetwas war an ihm, das sie berührte. Etwas, das sie an jemand anderen erinnerte, an den Fuchs, der unbeweglich in ihrer Kammer saß. Je länger sie gedankenverloren durch den

Wald lief, desto mehr schwammen die beiden Gesichter ineinander. Der Krieg hatte seine Spuren an ihnen hinterlassen, hatte einen Teil in ihrem Inneren zerstört. Doch was genau war im Krieg geschehen? Was hatten die Männer dort getan? Was hatten sie an anderen Menschen verbrochen, und was hatten ihre Gegner ihnen zugefügt?

Hannah musste verstehen, wie es sein konnte, dass Menschen sich sechs Jahre lang gegenseitig umbrachten.

Viele Männer waren so wie Egon. Sie taten so, als würde es schon weitergehen, als müsste man nur einen Scherz machen und nicht zu lange darüber nachdenken. Aber der Gutsherr und der Fuchs ... Sie beide wirkten wie gefangen zwischen Schmerz und Erinnerung, als wäre das Grauen noch immer in ihnen präsent.

Vielleicht war es das, was Hannah nicht losließ. Auch sie selbst trug das Grauen noch mit sich. Diese eine Nacht aus Feuer und Lärm ... Dort oben in den Flugzeugen hatten echte Menschen gesessen. Männer, die atmeten und Schmerz spürten, die zu Hause eine Familie besaßen und die dennoch ihr Leben aufs Spiel setzten, um andere zu töten. Um Unschuldige zu töten. Ob es nun Engländer, Amerikaner oder Deutsche waren – warum konnten Soldaten so etwas tun? Die britischen Bomberpiloten hatten gewusst, dass Frauen und Kinder in den Häusern schliefen.

Hannah fühlte sich schwindelig, als sie mit dem nur halb gefüllten Jutesack auf den Gutshof zurückkehrte. Lag es daran, dass sie zu wenig gegessen hatte? Oder waren ihre Gedanken zu verworren?

Als sie die Treppe des Kavaliershauses hinaufstieg, fiel ihr auf, wie dreckig ihre Stiefel waren. Sofort zog sie die Schuhe aus und trug sie in der Hand bis ans Ende den Flures. Mit dem Ellenbogen öffnete sie ihre Zimmertür und stieß sie schwungvoll auf, um mitsamt dem Holzsack einzutreten. Ihr Blick fiel auf das Lager des Fuchses, gerade noch rechtzeitig, um zu sehen, wie er ihr Notizbuch auf ihr Bett schleuderte. Er las darin! Dieser Verdacht war ihr schon einmal gekommen. In jener Nacht, in der er die Kerze gelöscht hatte. Aber hatte er es wirklich schon häufiger getan? Oder nur jetzt?

»Das hab ich gesehen!« Sie stellte den Holzsack auf den Boden, stapfte auf den Fuchs zu und kniete sich vor ihn. »Du liest, was ich geschrieben habe.« Eigentlich wollte sie empört klingen, wollte ihm klarmachen, dass es sich nicht gehörte, in den Sachen anderer Leute zu stöbern. Doch ihre Stimme klang ruhig, und Wut suchte sie vergeblich in ihrem Inneren.

Auch der Fuchs schien ihre Wut zu erwarten. Reumütig erwiderte er ihren Blick.

»In Ordnung!« Die Worte rutschten ihr heraus. Ohne darüber nachzudenken, krabbelte sie über ihr Bett, holte das Buch und drückte es vor seine Brust. »Lies es! Lies alles.«

In diesem Moment verstand sie sich selbst nicht, war genauso erschrocken wie der Fuchs, der verwundert den Mund öffnete.

Erst als er die Hände vorsichtig um das Notizbuch schloss, begriff sie, warum sie es erlaubte: Sie hatte angefangen, ihm ihre Geschichte zu erzählen. Wenn er nun das Ende wissen wollte, sprach im Grunde nichts dagegen. Und wenn sie sich von den Männern wünschte, etwas über den Krieg zu erzählen, dann war das Teilen ihrer eigenen Erinnerungen vielleicht der erste Schritt.

* * *

Gut Morkamp, Kavaliershaus, Kreatur oder Mensch?

Er wusste nicht mehr, warum er sich ihr Notizbuch genommen und einfach darin gelesen hatte. Es gehörte sich nicht, so viel war ihm klar. Und dennoch spürte er diesen Teil in sich, dem es egal geworden war, was sich gehörte und was nicht, der sich einfach nahm, was er sich wünschte. Es musste ein Urinstinkt sein, der im Krieg in ihm erwacht war, der im Angesicht von Tod, Schmerzen und menschlicher Niedertracht die Kontrolle übernommen hatte. Nicht denken, nur handeln, sich nehmen, um zu überleben. Im Krieg hatte ihm der Instinkt das Leben gerettet und ihn zugleich vom Menschen zur Kreatur degeneriert. Jetzt, im Frieden, brauchte er den Trieb nicht mehr. Aber er war noch in ihm, eigenwillig und stark, manchmal unkontrollierbar.

Um im Frieden zu bestehen, musste er wieder von der Kreatur zum Menschen werden. Ob es noch möglich war, wusste er nicht. Die Kreatur war um so vieles stärker als jede Moral.

7. KAPITEL

Hannahs Erinnerungen, verfasst im Dezember 1945

*D*ass Klara Jüdin war und ich Christin, hatte keine große Bedeutung für uns. Für unsere Freundschaft war es egal, dass sie am Samstag in die Synagoge ging und ich am Sonntag in die Kirche. Wir beide machten uns lustig darüber, welchen Wert unsere Eltern an diesen Tagen auf gepflegte Kleidung legten. Weder schwarze noch blonde Locken durften Gott in einer wilden Mähne entgegenflattern. Stattdessen kamen wir uns wie gezähmte Wildkatzen vor, wann immer wir mit geflochtenen Haaren unseren Gang ins Gotteshaus antraten.

Dass er an unterschiedlichen Tagen stattfand, war für uns nur eine willkommene Gelegenheit, um uns mit gegenseitigem Spott zu necken. Wenn Klara am Samstag geschniegelt mit ihren Eltern die Straße entlanglief, stand ich oftmals mit den Jungs auf dem Bürgersteig und feixte ihr zu, bis sie genervt die Augen verdrehte. Und am nächsten Tag erntete ich ihre Rache, sobald ich im Kleidchen daherkam und sie mir aus dem Fenster ihres Zimmers wie ein Junggeselle hinterherpfiff und sich demonstrativ die Locken raufte.

Nur wenn es regnete und Klara mitsamt ihrer Familie durch den Regen laufen musste, weil es verboten war, am Sabbat einen Schirm über dem Kopf aufzuspannen, überwog das Mitleid mit meiner Freundin. An solchen Tagen wäre es mir falsch vorgekommen, über sie zu spotten. Zugleich begriff ich aber, dass ihre Kultur in mancher Hinsicht ganz anders war als meine.

Da war eine unsichtbare Grenze, die zwischen Juden und Christen verlief. Je älter wir wurden, desto deutlicher bekamen wir sie zu spüren, obwohl wir immer versuchten, sie zu ignorieren. Was Fremde über uns dachten, war uns gleichgültig. Von den Nachbarn, die ihre Nase über unsere Freundschaft rümpften, wollten wir nichts wissen. Schlimmer war hingegen die Ablehnung in der eigenen Familie: Manch eine meiner Tanten wunderte sich beim Sonntagskaffee darüber, dass ich mit einem jüdischen Mädchen befreundet war. Immer schärfer äußerten sie ihre Meinung, und jedes Mal entflammte eine Diskussion, vor der ich so schnell wie möglich floh. Mein Vater diskutierte dann an meiner Stelle weiter und nahm mich in Schutz.

Vielleicht hatte es früher Zeiten gegeben, in denen auch meine Eltern den Juden skeptisch gegenübergestanden hatten, aber meine Freundschaft mit Klara hatte die Sache grundlegend geändert. Ihre Familie war genauso neu in dem Viertel, wie wir es am Anfang gewesen waren. Natürlich hatte mein Vater Klaras alten Herrn schon längst als Ladennachbarn kennengelernt. Doch erst unsere Freundschaft sorgte dafür, dass unsere Eltern die Grenze zwischen Christen und Juden überwanden. Schon bald stellten sie fest, dass die Gemeinsamkeiten größer waren als die Unterschiede. Mein Vater führte zwar eine Apotheke und Klaras Vater einen Gemischtwarenladen – als Laden- und Hausbesitzer waren sie einander dennoch ebenbürtig. Sie beide hatten studiert und vertraten die Ansicht, dass auch Frauen die Möglichkeit auf eine höhere Bildung und einen Beruf geboten werden sollte.

Unsere Mütter mochten einander ebenfalls, und bald gingen sie zusammen ins Theater, lasen die gleichen Bücher und luden sich gegenseitig zum Kaffee ein. Unsere ganze Familie lernte Kultur und Bräuche der Juden kennen und fand bald nichts Absonderliches mehr daran. Umso schlimmer war es, auf die Anfeindungen anderer Menschen zu treffen.

Wie groß diese Bedrohung tatsächlich war, ahnten wir erst, als Hitler an die Macht kam. Ich war noch zehn und Klara war gerade elf Jahre alt geworden, als unsere heile Welt von allen Seiten auseinandergezerrt wurde. Die Worte Hitler, SA und Wahlergebnis hatte ich zwar schon vorher gehört – und jedes Mal hatten sich die Stimmen der Erwachsenen unheilvoll gesenkt –, nun jedoch standen die Männer mit den braunen Hemden plötzlich vor unserer Tür, besser gesagt vor dem Nachbarladen.

Gemeinsam mit Klaras Vater versuchte meiner, sich gegen sie zu stellen. Doch sie wurden nur zur Seite geschubst und niedergeschlagen. Die SA-Bande warf die Auslagen um, demolierte die Einrichtung und beschmierte die Schaufenster mit ihren Parolen: »Kauft nicht bei Judenschweinen!« Paul und ich wollten gerade aus dem Haus gehen, weil wir zur Schule mussten. Unsere Mutter hingegen bekam mit, was vor sich ging, und hielt uns zurück. Umso größer waren die Sorgen, die ich mir um Klara machte. Ich entwischte meiner Mutter und lief durch die Gärten ins Nachbarhaus. Paul folgte mir, weil er glaubte, mich beschützen zu müssen. Der Lärm der Randale drang bis ins Treppenhaus, während wir zu Klaras Wohnung hinaufeilten. Dort schob uns ihre Mutter gleich wieder aus der Tür und sagte uns, wir sollten zum Dachboden rennen, wo sich Klara und ihr Bruder Uri bereits versteckten. So saßen wir zu viert auf dem Dachboden und warteten ab – so lange, bis Klara die Stille nicht mehr aushielt und aufsprang: »Wir gehen jetzt raus!«, erklärte sie. »Durch die Gärten und aus einem anderen Ausgang auf die Straße. Ich will wissen, was los ist. Uns Kindern werden sie schon nichts tun.«

Uri, Paul und ich waren einverstanden. Also schlichen wir uns in den Garten, duckten uns zwischen Hecken und Bäumen, bis wir auf der anderen Seite durch ein offenes Hoftor hinaus auf die Straße gelangten. Um zwei Ecken mussten wir noch biegen, ehe wir den Grindelberg erreichten. Dann sahen wir das Ausmaß der Aktion. Überall auf der Straße wüteten die SA-Männer. Sie beschmierten nicht nur den Laden von Klaras Vater, sondern auch die anderen jüdischen Geschäfte und Cafés. Manche zertrümmerten die Einrichtung, andere schrien ihre Parolen und stellten sich mit Schildern vor die Läden: »Deutsche, kauft nicht bei Juden!«

Wir spürten schnell, dass wir hier nicht bleiben konnten, dass diese SA-Männer gefährlich genug waren, um auch Kindern etwas anzutun. So schnell wir konnten, liefen wir zurück in den Hof und verkrochen uns auf dem Dachboden, bis alles vorbei war.

In der Zeit danach, während die ersten jüdischen Familien schon anfingen, Auswanderungspläne zu schmieden, baute Klaras Vater seinen Laden wieder auf. Er und seine Familie besaßen einen Optimismus, dessen Mut ich erst jetzt richtig begreife. »So schlimm wird es schon nicht werden«, sagten sie über Hitlers wütenden Regierungsanfang. »Aus jeder Zerstörung wird etwas Neues geboren«, philosophierte Klaras Vater und nutzte die Gelegenheit, um die Einrichtung seines Ladens zu modernisieren und dem Gebäude einen neuen Anstrich zu geben.

Tatsächlich beruhigte sich die Lage fürs Erste. Das Geschäftsleben in unserem Viertel wurde derart von Juden beherrscht, dass sich die SA schwer damit tat, bei uns Fuß zu fassen. Nur manchmal zogen die Männer in einem Rudel hindurch und griffen sich jüdisch aussehende Menschen heraus, um sie zu schikanieren.

Wann immer wir sie von Weitem sahen, wichen wir ihnen weiträumig aus.

Deutlich schlimmer war es, dass Hitlers Geist auch in den Schulen Einzug hielt. Die meisten der jüdischen Kinder, vor allem diejenigen, die in orthodoxen Familien aufwuchsen, besuchten eine jüdische Schule. Aber Klara ging mit mir zusammen auf die Oberrealschule für Mädchen, und kurz nach dem Regierungswechsel wurde die alte Direktorin ihres Amtes enthoben und ein hitlertreuer Schuldirektor eingesetzt. Zuvor hatte es sogar jüdischen Religionsunterricht gegeben, doch nun schlug das Klima um. Plötzlich stand »Rassenkunde« und »Nadelarbeit« auf unserem Stundenplan, und der Samstag wurde zum Staatsjugendtag erklärt, was bedeutete, dass alle

Jungmädel-Mitglieder HJ-Dienst hatten, während wir anderen zur Schule gingen und »Nationalpolitischen Unterricht« bekamen.

Innerhalb kürzester Zeit verlor Klara ihre Schulfreundinnen – und ich wurde zwischen ihr und meinen anderen Freunden hin und her gerissen. Ich entschied mich für Klara, und so waren wir bald allein inmitten der anderen.

Ein Teil der Lehrer wurde von den Behörden ausgetauscht, die ersten jüdischen Kinder verließen die Schule, und Klara wurde mit immer schlimmeren Schikanen drangsaliert. Nicht nur, dass die Schülerinnen über sie lästerten und gehässige Gerüchte in die Welt setzten, auch manche Lehrer benutzten sie als »Anschauungsmaterial« für die Rassenkunde oder grinsten ihr zu, wenn sie über die Minderwertigkeit der Juden referierten. Anfangs versuchte Klara, ihren Stolz zu bewahren, und bemühte sich, nicht über die Schule zu klagen. Irgendwann erfuhren ihre Eltern dennoch davon, und ihr Vater tobte vor Wut, weil seine Tochter sogar von Lehrern terrorisiert wurde. Innerhalb weniger Tage traf er die Entscheidung, sie von der Schule zu nehmen, und so kam auch Klara auf die israelitische Töchterschule.

Plötzlich war ich mit den »arischen Mädels« allein, die Klara zuvor mit Füßen getreten hatten. Auch ich wurde drangsaliert und als Judenfreundin beschimpft. Am liebsten wollte ich diesen Ziegen ins Gesicht spucken, um sie zum Schweigen zu bringen, und ganz sicher wollte ich nichts mit ihnen zu tun haben. Mit der Zeit wurde mir jedoch klar, dass ich mich mit ihnen arrangieren musste, wenn die Anfeindungen in der Schule endlich ein Ende finden sollten. Ich suchte mir zwei Mädchen, die sich meistens aus allem heraushielten, und fand auf diese Weise wenigstens wieder ein bisschen Anschluss.

Die Nachmittage hingegen gehörten noch Klara und mir. Wir spielten immer weniger. Stattdessen trafen wir uns auf Klaras Dachboden, redeten über unsere ehemaligen und neuen Freundinnen, über die Schule und über das, was wir aus unserem Leben machen würden, wenn wir erwachsen waren. Ich wollte damals schon die Apotheke meines Vaters übernehmen, und Klara wollte Schiffsbau studieren, damit sie große Schiffe bauen konnte, wenn es schon nicht möglich sein würde, eine echte Piratin zu werden.

Auch unsere Eltern konnten ihre Freundschaft nicht länger aufrechterhalten. Die gemeinsamen Theaterabende unserer Mütter fielen aus, sobald es den Juden nicht mehr gestattet war, »arische« Kulturveranstaltungen zu besuchen, und beim Kaffee stießen sie auf die Ablehnung ihrer anderen Freundinnen, wenn sie sich gegenseitig einluden. Meine Mutter kaufte zwar noch im Laden nebenan ein, aber irgendwann ging sie dazu über, durch die Gärten zu gehen, anstatt sich auf der Straße dabei sehen zu lassen, wie sie den Judenladen betrat.

Unsere Väter mochten und achteten einander sehr, und eine Weile versuchte mein Vater noch, selbstbewusst an der Seite seines Freundes zu stehen. Entsprechend griff er ein paarmal ein, als eine Gruppe von Hitlerjungen der Ansicht war, sie könnte im Laden Obst und Bonbons stehlen. Doch nur wenige Tage später fanden wir den Spruch »Hier arbeiten Judenfreunde« quer über unser Schaufenster und die Apothekentür geschmiert, und kurz darauf klopfte morgens um fünf die Gestapo an. Sie jagten uns alle aus den Betten, musterten mich und meinen Bruder wie Vieh und nahmen meinen Vater zum Verhör mit sich. Als er spät am Abend zurückkehrte, wirkte er müde und resigniert, und von jenem Tag an hörte er auf, sich offen als »Judenfreund« zu zeigen. Die Gestapo kam dennoch ein zweites Mal, durchsuchte die Papiere im Büro meines Vaters und verschwand wieder. Spätestens jetzt wusste meine Familie, dass wir den Nazis keine Beweise für unsere »Judenfreundschaften« liefern durften, wenn wir nicht im Gefängnis oder in einem dieser KZs enden wollten, die Hitler mit seiner Machtübernahme errichtet hatte und in denen zu der Zeit hauptsächlich politische Straftäter inhaftiert wurden.

Am schlimmsten aber war es, dass Paul nach den beiden Durchsuchungen beschloss, selbst in die Hitlerjugend zu gehen. Von einer Woche auf die andere nahm er die Meinung der Nazis an und machte unserer Familie die schwersten Vorwürfe, wenn wir unsere alten Grundsätze weiterhin vertraten. Ich erkannte meinen Bruder nicht mehr wieder, ich fing an, ihn zu hassen und einen Verräter in ihm zu sehen. Erst heute begreife ich, dass es vermutlich die Angst war, die ihn dahin getrieben hatte. In den Reihen der Hitlerjungen fühlte er sich bedeutungsvoll und sicher, und seine größte Furcht lag wohl darin, noch einmal von der Gestapo gedemütigt zu werden, weil seine Familie sich nicht an die neuen Gesellschaftsregeln hielt.

Für Klara und mich hingegen standen alle Zeichen auf Widerstand. Je feindlicher die Welt um uns herum wurde, desto mehr fühlten wir uns wie echte Piratinnen. Was wir als Kinder geprobt hatten, war schon lange kein Spiel mehr, und im Angesicht des Hasses erreichte Klaras Mut unermessliche Größe. 1935, nachdem Jochen sie im Hausflur bedrängt hatte, wich unsere Abenteuerlust einem zornigen Ernst, und Klara schmiedete einen gefährlichen Plan. In den frühen Morgenstunden schlichen wir uns zu einer Kneipe, in der sich regelmäßig die Ortsgruppe traf, um ihre Reden zu schwingen. Klara hatte in den Nächten zuvor ausgekundschaftet, wann die Kneipe schloss und ob sich danach noch jemand dort aufhielt. Entsprechend hatte sie eine Zeit ausgewählt, in der wir nichts zu befürchten hatten. Als wir an der Kneipe ankamen, pirschten wir uns in den Hinterhof, und Klara führte uns durch den Kohlenkeller in das Lokal. Mit roter Farbe malten wir »Kauft nicht die Lügen der Nazis« quer über die Wände und schlichen uns wieder nach draußen.

Im ersten Moment fühlte sich die Rache hervorragend an. Endlich mussten wir uns nicht mehr klein und hilflos fühlen.

Doch schon kurz darauf hörten wir, dass die Polizei eine Gruppe von jüdischen Abiturienten für unser Verbrechen festgenommen hatte. Unser Höhenflug über die gelungene Rache fand damit ein jähes Ende. Fortan quälte uns das schlechte Gewissen, und wir schämten uns für unsere Feigheit. Vermutlich war es dieses Ereignis, das unserem Piratinnenleben einen tiefen Knacks zufügte. Von da an hörten wir auf, über Politik zu reden. Stattdessen verkrochen wir uns auf unserem Dachboden, sprachen über schöne Dinge und taten so, als gäbe es weder die Bedrohung der Juden noch die kleinen und großen Schikanen, die weiter zunahmen. Wir beide spürten diesen Graben, der immer tiefer und breiter zwischen uns aufriss, und fürchteten uns davor, hineinzusehen.

1936 war schließlich das Jahr, in dem ich in den Bund Deutscher Mädel eintreten musste. Meine Eltern waren schon häufiger darauf hingewiesen worden, dass ihre Tochter Mitglied im BDM werden sollte, und nun wurde es Pflicht. Mein Vater hatte inzwischen dem Druck nachgegeben und seinen Parteiantrag gestellt. Die Begeisterung, mit der Paul von den Wanderungen, Ferienlagern und Gruppenabenden sprach, machte mich jedoch umso skeptischer. Niemals wollte ich so werden wie er und fürchtete mich davor, mich auf ebenso schreckliche Weise zu verändern. Dass mir manche Dinge im BDM tatsächlich gefielen, war ein Umstand, den ich lange Zeit vor mir selbst leugnete. Ich war schon immer sportlich gewesen, aber hier wurde die Sportlichkeit eines Mädchens zum ersten Mal anerkannt. Der Anschluss an die anderen ergab sich wie von allein, und so ertappte ich mich dabei, dass ich mich auf die nächsten BDM-Treffen freute. Auch die Ausflüge in die Natur mochte ich, mit den anderen im Zeltlager zu schlafen und abends am Lagerfeuer Geschichten zu erzählen. In all dem lag eine Romantik, die mich beinahe an die Piratenspiele meiner Kindheit erinnerte. Erst die Lieder, die wir singen mussten, riefen mich auf den Boden der Tatsachen zurück. Jene hasserfüllten und menschenverachtenden Verse über Juden und »Untermenschen« – und die heroischen Lieder über deutsche Helden, die im Krieg für ihr Vaterland fielen. Anfangs öffnete ich nur den Mund und tat so, als würde ich mitsingen. Bis ich dafür gerügt wurde und die Texte schließlich wie von selbst auswendig lernte.

Wenn ich danach allein zu Hause war, schämte ich mich vor mir selbst, und die Nachmittage mit Klara wurden immer bedrückter. Sie fragte mich, was wir auf den BDM-Treffen taten, und ich musste jedes Wort abwägen, das ich ihr erzählte, um sie nicht wissen zu lassen, wie sehr ich sie hinterging. Der Graben hatte uns so weit voneinander getrennt, dass es kaum noch möglich war, wieder hinüberzuspringen. Wir konnten uns nur noch zurufen und zulächeln.

Auch Klara verbrachte den größten Teil ihrer Freizeit mit ihren jüdischen Freundinnen. Ich selbst hätte nichts dagegen gehabt, mich ihnen anzuschließen, um wieder mit ihr zusammen zu sein. Aber ich hatte inzwischen gelernt, dass ich mich und meine Familie damit nur in ernste Gefahr brächte. Immer wenn morgens ein unerwartetes Geräusch durch unsere Wohnung hallte, schreckte ich auf und sah wieder die Gesichter und schwarzen Mäntel der Gestapomänner vor mir, ihre Blicke, mit denen sie mich musterten, als sei ich kein Mädchen, sondern eine Hure. Etwas Derartiges wollte ich nicht noch einmal erleben, und meiner Familie durfte ich nicht zumuten, dass wir wieder in das Licht der »Judenfreunde« gerieten, aus dem wir gerade erst entkommen waren.

So blieb Klara und mir schließlich nur noch der Dachboden. Unsere Freundschaft war zu einem Geheimnis geworden, das wir nicht einmal mehr mit meiner Familie teilen durften.

* * *

Kreis Plön, Ostseeküste Schleswig-Holstein, Kriegsgefangenenzone F, Weihnachten 1945

Während der Dezember auf Weihnachten zusteuerte, wurde das Brennholz immer knapper. Trotz aller Sparsamkeit und täglicher Holzsuche gab es nicht mehr genug Nachschub. Alle Wälder der Umgebung waren weiträumig abgesucht. Der Kohlenhändler im Ort bekam so winzige Lieferungen, dass man nur dann ein paar Kohlen abbekam, wenn man morgens als Erstes in der Schlange stand – und Bauer Holm, der neuerdings mit Torf handelte, verkaufte nur gegen Tauschware: Schmuck, Silberbesteck oder Zigaretten. Mit Ausnahme ihres Eherings besaß Hannah nichts davon, und wann immer es eine Zuteilung von Zigaretten gab, fiel es den Männern schwer, sie aus den Händen zu geben.

Inzwischen heizten sie nur noch, wenn sie kochen wollten. Allerdings reichte die kurze Zeit nicht aus, um ihr Zimmer warm zu halten. Kälte und Feuchtigkeit drangen durch das Mauerwerk, und morgens lag ein feuchter Niederschlag auf ihren Bettdecken. Die Temperaturen sanken schließlich unter null Grad, und an ihrem Fenster wuchsen Eisblumen.

Ihren Vorräten, Äpfeln und Kartoffeln mochte es vielleicht wohltun, in der Kühle zu lagern. Der Geruch im Zimmer erinnerte allerdings an einen klamm-feuchten Vorratskeller, und das ständige Frieren zerrte die Kraft aus ihren Körpern.

»Wir müssen in den Wald gehen und ganze Bäume fällen.« Fast jeden Abend, wenn sie beim Essen zusammensaßen, sprach Egon diesen Satz. Freddie nickte dazu, der Fuchs starrte ins Leere, und Hannah spürte, wie sich alles in ihrem Inneren zusammenzog. »Wir könnten es heute Nacht machen.« Auch das schlug Egon regelmäßig vor.

Spätestens jetzt konnte Hannah ihre Bedenken nicht länger zurückhalten. »Wenn ihr nachts im Wald Bäume fällt, dann ist das Diebstahl. Und wenn ihr einen ganzen Baum zerhackt und hierherbringt, müssen sie doch nur eine Zimmerkontrolle machen, um zu erfahren, wer der Dieb war. Dafür kommen wir alle ins Zuchthaus.«

Dieser Einwand zwang die Männer in die Knie, zumindest so lange, bis sie das nächste Mal beim Essen saßen und froren.

Sich tagsüber im Zimmer aufzuhalten wurde nahezu unmöglich. Allein schon deshalb unternahm Hannah lange Spaziergänge durch die Umgebung. Nur der Fuchs schien sich nicht um die Kälte zu scheren. Mit bläulichen Fingern saß er auf seinem Lager, hielt ihr Notizbuch auf dem Schoß und las darin. Seitdem sie es ihm erlaubt hatte, machte er keinen Hehl mehr daraus. Fast immer hielt er das Büchlein vor sich, schaute konzentriert hinein oder ließ es einfach nur unter seinen Händen liegen wie einen kostbaren Schatz. Wie weit er damit war, konnte sie nicht sagen. Manchmal las er weiter vorn, dann weiter hinten, und sie wusste nicht, ob er dazwischen etwas ausließ oder ob er es längst zum zweiten Mal las.

Hannah selbst wagte es kaum noch, in ihrem Notizbuch zu blättern. Vollkommen rücksichtslos hatte sie ihre Geschichte darin entblößt – und jetzt teilte sie das alles mit ihm, fast so, als gewährte sie ihm Einblick in ihre Seele. Tatsächlich war ihr nie ein Mensch so nahgekommen. Nicht einmal Klara hatte so viel von ihren geheimen Zweifeln und Gedanken erfahren. Von Robert ganz zu schweigen.

Manchmal fühlte Hannah sich nackt. In diesen Momenten war sie froh, dass der Fuchs nicht redete, dass er ihr Geschriebenes nicht bewertete, nicht hinterfragte und nicht darüber diskutierte. Alles das hätte Robert getan, wenn er so etwas von ihr gelesen hätte. Gespräche konnten Menschen miteinander verbinden – aber genauso gut konnte ein falsches Wort sie voneinander entfernen. Vielleicht war die stumme Gegenwart des Fuchses die größte Nähe, die sie je erfahren hatte. Doch im Grunde war es eine einseitige Nähe, und je länger sein Schweigen anhielt, desto mehr Angst bekam sie vor dem Moment, in dem er es brach. Zu viele Männer erwiesen sich als dumm und plump, sobald sie den Mund aufmachten. Woher sollte sie wissen, ob der Fuchs nicht einer von ihnen war? Nur, weil er hübsche, traurige Augen und ein niedliches Gesicht besaß, musste er weder klug noch nett sein. Alles, was sie bis jetzt an ihm fand, existierte nur in ihrer Fantasie. Die Realität könnte vollkommen anders aussehen. Was, wenn er sich als glühender Nazi und Judenhasser herausstellte?

Womöglich war es besser, wenn er für immer schwieg. Und tatsächlich schien ihre Geschichte ihn nicht zum Reden zu bringen. Allein die Blicke, die er ihr zuwarf, änderten sich von Tag zu Tag. Manchmal lag Verständnis und Mitleid darin, dann wieder herrschte eine Düsternis in seiner Miene, die sie nicht durchschaute. Lehnte er sie ab, weil sie eine jüdische Freundin gehabt hatte? Oder richtete sich sein Zorn auf andere Menschen?

Dann, ohne weitere Vorwarnung, kam der Tag, an dem er aufstand und sie wieder nach draußen begleitete. Von nun an liefen sie zu zweit den Strand entlang, wie sie es schon im Sommer getan hatten. Nun hingegen trieben schwarze Wolken über den Himmel, schäumende Wellen rauschten in der Ostsee, und die Möwen segelten kreischend im Wind.

Nur noch selten war Treibholz zu finden, weil alle Flüchtlinge danach suchten. Dennoch gingen sie stundenlang am Strand entlang. Die Bewegung hielt Hannah warm, und die Gegenwart des Fuchses war so präsent wie elektrischer Strom, der beständig durch sie hindurchfloss.

Auch die Wälder und die Knicks suchten sie nach Brennholz ab und stießen dabei in Regionen vor, die sie noch nie gesehen hatten. Doch sobald sie die Ländereien von Gut Morkamp verließen, kamen sie in das Einzugsgebiet anderer Dörfer und anderer Flüchtlinge. Die Wälder waren überall geplündert. Lediglich an den endlosen Reihen der Knicks lie-

176

ßen sich noch Zweige abbrechen. Nur waren die Weißdornsträucher, Brombeeren und wilden Rosen wehrhaftes Gestrüpp, das stets ein wenig Blut als Entschädigung forderte. Und jedes Mal, wenn sie auf einen Pflaumen-, Apfel- oder Nussbaum kletterten, um ihm ein paar Zweige zu entwinden, musste Hannah daran denken, dass sie mit den Ästen auch die Ernte des nächsten Jahres verbrannten. Aber welche Wahl hatten sie? Wenigstens zum Kochen brauchten sie Holz.

Die weiten Wanderungen durch die Umgebung dauerten lange. Oft war es schon dunkel, wenn sie nach Hause kamen, was zumeist bedeutete, dass Egon und Freddie längst damit begonnen hatten, etwas zu kochen. Wenn sie hereinkamen und der Duft von frischen Pellkartoffeln im Raum hing, überfiel Hannah eine merkwürdige Dankbarkeit. Es war ein rohes, urtümliches Gefühl, das sich mit dem Schmerz ihrer wund gelaufenen Füße vermischte.

Auch am Heiligabend kamen Hannah und der Fuchs erst gegen Abend zum Gutshof zurück. Wenn Kathrinchen noch leben würde, wäre sie jetzt vier Jahre alt. Hannah hätte versucht, eine Puppe für sie zu finden. Vielleicht eine, die sich im Laden kaufen ließ, oder sie hätte selbst eine für ihre Tochter genäht. Aber es gab kein Kathrinchen mehr – und ohne sie brauchte es weder eine Puppe noch ein Weihnachtsfest. Am liebsten wäre Hannah sogar, sie könnte diese Tage ganz und gar überspringen.

Doch wie zum Trotz herrschte unübersehbare Festtagsstimmung auf dem Gutshof. Im Herrenhaus waren die Fenster hell erleuchtet. Hinter einem davon brannten Kerzen an einem Weihnachtsbaum. Schemen von Menschen huschten dahinter entlang, Bedienstete, die Essen auftrugen. Nur das Automobil des Arztes störte den Frieden. Seitdem der junge Gutsherr zurückgekehrt war, kam der Arzt jeden Tag. Keiner der Flüchtlinge wusste, was Holger von Morkamp fehlte, aber dass der Arzt selbst am Heiligen Abend hier war, ließ das Schlimmste befürchten.

Als Hannah und der Fuchs durch den Durchgang in den Wirtschaftshof gingen, drang der weihnachtliche Gesang einer Menschengruppe aus der Strohmiete neben dem Pferdestall. Hier gab es zwar keine hell erleuchteten Fenster, aber der Geruch von Holzrauch hing so dicht in der Luft wie schon lange nicht mehr. Vermutlich hatten alle ihre restlichen Brennholzreserven in den Ofen geworfen.

Schweigend stiegen Hannah und der Fuchs die Treppe zu den Kutscherkammern hinauf, liefen den Gang entlang und lauschten dem Gemurmel, das hinter den Türen hervordrang. Auch hier oben sangen einzelne Flüchtlingsfamilien. Der Fuchs öffnete schließlich die Tür zu ihrer Kammer und ließ Hannah eintreten. Gleich darauf erstarrte sie. Vor ihr, in der Ecke neben dem Fenster, stand ein Weihnachtsbaum mit brennenden Kerzen. Rote Holzäpfelchen und Strohsterne hingen daran, und die Luft war erfüllt von Bratenduft. Abgesehen davon, war es warm, deutlich wärmer jedenfalls, als es den ganzen Winter über gewesen war.

»Was ist denn hier los?« Noch auf der Schwelle blieb Hannah stehen. Wie eine Hausfrau stand Egon hinter dem Herd, während Freddie an dem Radio drehte und erst aufstand, als leise Weihnachtsmusik aus dem Lautsprecher strömte.

»Frohe Weihnachten!« Egon strahlte sie an. »Gefällt es dir?«

Sie wusste nicht, ob es ihr gefiel. Nur die Tränen schossen so schnell in ihre Augen, dass sie sich nicht aufhalten ließen. Helle Sternchen tanzten durch ihr Sichtfeld, ihre Beine gaben nach. Wessen Arme es waren, die sie auffingen, konnte Hannah nicht sagen, aber irgendjemand hielt sie fest.

»Nanana.« Egons Stimme kam noch immer aus der Kochecke. Der Mensch, der sie hielt, war still.

Kurz darauf waren sie zu zweit, umarmten sie von rechts

und links und führten sie zu ihrer Matratze. Als die Sternchen vor ihren Augen wieder verschwanden, hockte Freddie vor ihr. »Hast du heute schon was gegessen?« Er klang besorgt. »Abgesehen von der Brotscheibe zum Frühstück?«

»Wir haben kalte Kartoffeln mitgenommen«, murmelte sie. Dass sie den größten Teil davon dem Fuchs überlassen hatte, erwähnte sie nicht.

»Egon?«, rief Freddie über die Schulter. »Wie weit ist das Essen?«

»Fünf bis zehn Minuten.« Jetzt kam Egon zu ihnen, blieb vor Hannah stehen und schaute auf sie herunter.

Schnell wischte sie die Tränen ab. Die Männer sollten nicht nachfragen. Sie wollte nicht über Kathrinchen reden, nicht über die Puppe, die sie ihr niemals schenken würde, und erst recht nicht darüber, wie ihr Leben früher gewesen war.

Der Fuchs hatte sich gegenüber auf sein Schlaflager gesetzt. Trauer lag in seinen Augen. War es seine eigene Trauer? Oder Mitleid mit ihr?

Selbst Freddie wirkte traurig, als er aufstand. Mit einem gemurmelten »Danke« nahm er die beiden Säcke, in denen sie Brennholz gesammelt hatten, trug sie zum Ofen und legte ein paar dürre Äste ins Feuer. Wären die Zweiglein nicht so nass, würden sie im Ofen verpuffen wie Zunder, aber so zischte und knackte es und erzeugte derart dichten Qualm, dass Freddie die Feuerluke schnell wieder zuwarf. Am Ofenrohr lief Kondenswasser hinab, tropfte auf den Herd und verdampfte zu nebligen Schwaden, die ihr Zimmer noch feuchter machten.

Auch Egon ging schweigend wieder zum Herd. In diesem Moment wusste Hannah, dass die beiden nicht nachfragen würden, warum sie weinte. Weil sie die Antwort nicht hören wollten. Weil sie schon genug darum kämpften, ihre eigene Trauer mit Späßen und Alkohol zu übertönen. Was mochte mit ihren Familien im Krieg passiert sein? Sie kamen beide aus dem Osten, ihre Familien mussten also ebenso geflohen sein wie die meisten Flüchtlinge auf diesem Hof. Was war wohl mit ihnen geschehen? Viele Menschen sollten auf der Flucht gestorben sein.

Klappernd hantierte Egon mit den Töpfen, nicht ohne ein paarmal zu fluchen, weil ihm ein heißer Tropfen auf den Arm spritzte oder die Soße schneller kochte, als er erwartet hatte. Freddie breitete derweil eine Tischdecke auf dem Boden zwischen seinem und Egons Bett aus. Dann verteilte er Teller darauf und brachte die fertigen Kartoffeln, die Soße und den heißen Rotkohl dorthin.

»Das Weihnachtsessen ist fertig«, rief Egon fröhlich, nachdem er den Braten aufgeschnitten hatte und ihn eigenhändig zu ihrem »Tisch« trug.

Als sie aufstand, spürte Hannah noch den Schwindel, doch erst jetzt fiel ihr auf, wie groß ihr Hunger tatsächlich war. Im Schneidersitz ließ sie sich auf Freddies Strohsack nieder. Sie musste nicht hinsehen, um zu wissen, dass sich der Fuchs neben sie setzte. Die beiden anderen teilten sich das Schlaflager gegenüber. Hannah betrachtete den Braten und den Rotkohl, den Egon auf ihren Teller legte, und plötzlich kam sie nicht umhin, ihn zu necken. »Sag bloß, du hast uns verschwiegen, dass du kochen kannst?«

Täuschte sie sich, oder wurde er tatsächlich rot? »Och …« Nachlässig zuckte er die Schultern. »Wie man einen Braten macht, hat mir eine Flüchtlingsfrau in der Warteschlange erklärt, als wir am Dorfladen für den Rotkohl anstanden. Und dass ich Kartoffeln aufsetzen kann, weißt du. Das war nicht sonderlich schwer.«

Freddie stieß Egon von der Seite an und grinste Hannah zu. »Er verschweigt dir die Hälfte. Nur den Braten hat er selbst gemacht. Den Rotkohl hat die Flüchtlingsfrau fertig gekocht vorbeigebracht. Gudrun heißt sie, wenn ich mich nicht täusche.« Vielsagend zwinkerte er Egon zu.

Hannah hob die Augenbrauen. »Gudrun also.«

Egon winkte ab. »Ach was. So ist das nicht. Sie hat ihren Mann in der Gefangenschaft – und ich bin verlobt. Das wisst ihr.«

Von Freddies Seite kam ein schallendes Lachen, und selbst Hannah musste schmunzeln. Wenigstens schien Egon es nicht mehr auf sie abgesehen zu haben. Oder doch?

»Frohe Weihnachten«, wünschte er, als er das Essen auf alle Teller verteilt hatte. »Und guten Appetit.«

Zunächst schnitt Hannah nur kleine Stückchen von ihrem Braten ab, schob jeweils ein Kartoffelscheibchen und Rotkohl dazu und kaute ihr Festmahl so langsam wie möglich. Die Gewürze am Braten schienen sich auf Salz, Senf und Zwiebeln zu beschränken, und im Rotkohl schmeckte sie Äpfel heraus. Hatte es je mehr Gewürze als diese gebraucht? Und wie lange war es her, seit sie zuletzt etwas so Gutes gegessen hatte? Das musste damals gewesen sein, in Hamburg, vor dem ganzen Unglück. Sie wollte nicht schon wieder darüber nachdenken.

Egon und Freddie hatten den Rinderbraten als Lohn bekommen, für die Aushilfe beim Bullentreiben. Die Kartoffeln stammten aus ihrem Vorrat, der schon bedenklich vor sich hin schrumpfte, und den Rotkohl hatte es also im Dorfladen gegeben. Aber was war mit den anderen Dingen?

»Woher habt ihr das alles?« Sie deutete mit der Gabel auf die karierte Tischdecke, auf den Weihnachtsbaum, die Kerzen und den Schmuck. Erst jetzt entdeckte sie, dass Geschenke darunterlagen, eingewickelt in Zeitungspapier.

Geschenke …

Dieses Mal lachte Egon. »Frag ihn.« Er deutete mit dem Ellenbogen auf Freddie. »Ich habe nur ein paar Zigaretten als Tauschware gestiftet und ihm gesagt, was ich gern hätte.«

Freddie lehnte sich zufrieden zurück und streichelte über seinen flachen Bauch. »Betriebsgeheimnis«, nuschelte er durch seinen noch halb vollen Mund. Dann beugte er sich vor, so dicht an Hannah vorbei, dass sie sich zur Seite lehnen musste, um ihm auszuweichen. Allerdings wollte Freddie nur an seine Sachen. Aus einer Nische zwischen seinem Bett und dem Gepäck holte er eine Sektflasche hervor. Mit gekonnten Griffen hantierte er daran herum und löste den Korken mit einem sanften Ploppen. Dann schenkte er für alle Sekt in die bereitgestellten Blechtassen.

Hannah musste nur einmal daran nippen, und schon stieg der Schwindel in ihren Kopf. Ihr Körper war nicht mehr an Alkohol gewöhnt, und die wenige Nahrung tat ihr Übriges.

Schon bald war sie angenehm satt. Ein heißes Glühen brannte in ihren Wangen, und bei jeder Gelegenheit wollte sich ein Kichern hervorstehlen.

»Jetzt ist Bescherung«, verkündete Egon, sobald Freddie das Geschirr abgeräumt und es zusammen mit dem Fuchs gespült hatte.

Bescherung … bei diesem Wort hörte Hannah auf zu kichern. Sie selbst hatte nichts für die Männer. Bis vorhin war sie davon ausgegangen, dass es ein kägliches Weihnachten werden würde. Wie hätte sie auch ahnen sollen, dass Freddie plötzlich Dinge hervorzauberte, die normalerweise nicht zu bekommen waren? »Ich …« Sie senkte den Kopf. »Ich fürchte, ich habe nichts für euch.« Dann fiel ihr etwas ein. »Außer vielleicht …«

»Papperlapapp!« Egon unterbrach sie. »Du musst uns nichts schenken. Diese Geschenke hier«, er deutete unter den Weihnachtsbaum, »kommen doch ohnehin vom Christkind.« Damit ging er zum Baum, hockte sich davor und brummte leise vor sich hin: »Mal sehen, was es uns gebracht hat.« Er kreiste mit dem Finger über die Pakete, zog eines hervor und las, was darauf stand: »Fuchs!« Mit gespieltem Erstaunen hob er den Kopf. »Ohhh. Das Christkind hat sogar an den Fuchs gedacht. Und das, obwohl er gar nicht gesagt hat, was er sich wünscht.«

Freddie stieß ein leises Prusten aus. »Das Christkind kann bestimmt in seinen Kopf schauen. Dafür muss er nicht reden.«

Hannah spürte, wie ihr Unbehagen wuchs. Während Egon das kleine Päckchen überreichte, warf sie einen Seitenblick auf den Fuchs.

Aufmerksam nahm er das Päckchen entgegen. Seine Finger zitterten, als er das Zeitungspapier aufschlug. Darin lag ein Buch: *Im Westen nichts Neues* von Erich Maria Remarque. Der Fuchs drehte es in seinen Händen und blätterte es auf.

»Wir dachten … also, genau genommen, das Christkind dachte sich …« Egon unterbrach sich selbst mit einem Grinsen. »Es hat wohl mitbekommen, dass du gern verbotene Sachen liest. Also hat es dir eines von diesen Büchern besorgt, die sie 1933 verbrannt haben.«

Sofort hielt der Fuchs inne. Hannah wollte ihn verteidigen. Immerhin hatte sie ihm erlaubt, ihr Geschriebenes zu lesen.

Aber Freddie kam ihr zuvor: »Es war gar nicht so einfach, das Buch zu bekommen. Ich wollte nicht irgendeins von denen, die sie damals verboten haben, sondern genau dieses. In meiner Jugend hab ich es mal gelesen und dachte mir, es könnte was für dich sein. Die meisten, die es über den Krieg retten konnten, wollten es aber nicht verkaufen. Ich musste ein Stück Rinderbraten dafür hergeben.«

Egon pfiff durch die Zähne. »Rinderbraten für ein Buch? Das hast du mir gar nicht erzählt.«

»Es war mein Rinderbraten, und du bist nicht mein Vorgesetzter.« In Freddies Augen blitzte ein warnender Funke.

Der Fuchs hatte das Buch aufgeschlagen und schien darin zu lesen. Er las auch dann noch, als Egon aufstand und ein weiteres Paket unter dem Weihnachtsbaum hervorzog. Dieses Mal durfte Freddie auspacken und hielt kurz darauf Rasierschaum und eine Tafel Schokolade in den Händen.

Hannah konnte nicht leugnen, dass sie gegen Schokolade nichts einzuwenden hätte.

Als Nächstes fand Egon ein Paket unter dem Baum, das für ihn selbst war, und tat ganz überrascht darüber, dass er auch etwas bekommen sollte. »Oh, für mich?«, rief er. »Das ist aber lieb vom Christkind.« Sein Gesicht leuchtete wie das eines kleinen Jungen, als er sich mit dem Paket auf seinen Platz hockte und anfing, es auszuwickeln.

Es war ebenfalls ein Buch. Eines mit edlem Ledereinband, das schon älter aussah. »Ein Knigge?!« Egon klang entsetzt, sein Blick fuhr zu Freddie herum. »Du schenkst mir ein Benimmbuch?«

Sein Kamerad brüllte los vor Lachen, so plötzlich und laut, als hätte er das Lachen schon eine Weile unterdrückt. »Herrlich!«, stieß er hervor. »Dein Gesicht ist herrlich, wenn du so guckst.« Er räusperte sich, kämpfte gegen das Lachen, bis er wieder normal reden konnte. »Ich dachte mir, wenn du bei Hannah landen willst ...«

Egon boxte ihm gegen die Schulter.

»Au!«, rief Freddie aus, noch immer lachend.

Gespielt beleidigt wandte Egon sich an Hannah: »Findest du, dass ich mich nicht benehmen kann?«

Was sollte sie darauf sagen? »Äh ...«

Weiter kam sie nicht, ehe Freddies Lachen ein weiteres Mal explodierte. »Das war eindeutig.«

Hannah wusste zwar nicht, was an ihrem perplexen Stottern eindeutig sein sollte, aber sie war froh, nicht mehr antworten zu müssen.

»Also dann ...« Egon wandte sich mit einem Räuspern ab und wollte wieder zum Weihnachtsbaum gehen.

»Na hör mal«, warf Freddie dazwischen. »Willst du dein Geschenk nicht näher anschauen? Das ist aber unhöflich.«

Mit erhobenen Augenbrauen sah Egon ihn an, setzte sich seufzend zurück und nahm das Buch auf seinen Schoß. Gelangweilt schlug er den Knigge auf, blätterte eine Seite weiter – und fand eine versteckte Whiskeyflasche vor sich. »Das ...«

Jetzt war er derjenige, der stammelte, während sein Gesichtsausdruck über Erstaunen zu einem breiten Grinsen wechselte.

Wieder lachte Freddie los, und dieses Mal ließ Egon sich davon anstecken. Auch Hannah musste mit einstimmen. Der Alkohol wirbelte durch ihren Kopf, übernahm die Kontrolle über ihr Lachen, bis sie nicht mehr damit aufhören konnte. Ein Knigge mit einer Whiskeyflasche – das war typisch Freddie.

»Du!« Egon lachte noch immer, packte seinen Freund an den Schultern und schüttelte ihn. »Einen Moment lang war ich wirklich enttäuscht von dir!«

Erst jetzt fiel ihr Blick auf den Fuchs. Er lächelte! Die Überraschung ließ Hannah verstummen. Mit diesem Lächeln war ihr Fuchs noch hübscher, als wenn er sie mit seinen aufmerksamen Augen beobachtete.

Ganz kurz erwiderte er ihren Blick, nur eine flüchtige Geste, mit der er sie anstrahlte. Dann zog sich sein Lächeln zurück, bis er schüchtern den Kopf senkte.

Egon erhob sich ein weiteres Mal, beugte sich zum Baum und zog das größte Geschenk hervor. »Für Hannah«, las er mit feierlicher Stimme vor. Ebenso feierlich kniete er vor ihr nieder, genau dort, wo eben noch die Tischdecke gelegen hatte. Sein Blick wirkte beinahe verlegen, während er das Geschenk auf ihren Schoß legte. »Dieses hier«, er räusperte sich, »ist möglicherweise doch nicht vom Christkind, sondern von mir und Freddie.«

Dass er auf dem Boden vor ihr hockte und zu ihr aufsah, war ihr unangenehm. Er überreichte ihr ein Weihnachtsgeschenk, keinen Ring für einen Heiratsantrag. Seine blonden Haare hatte er zur Feier des Tages zurückgegelt, sein Kinn wirkte frisch rasiert, und dennoch war sie nah genug, um die Fältchen zu sehen, die das Kriegsleben in sein Gesicht geprägt hatte. Sein Alter zu schätzen war ihr von Anfang an schwergefallen. Vielleicht hätte sie auf dreißig getippt, doch inzwischen kannte sie sein wahres Alter: siebenundzwanzig.

»Willst du es nicht aufmachen?« Er klang nervös. Auch Freddie war ungewöhnlich still geworden.

Hannah nickte. Das Päckchen fühlte sich weich an unter ihren Fingern. Vorsichtig schlug sie das Papier auf. Darin kam etwas Hellbraunes zum Vorschein und darunter ein seidiger, blauer Stoff. Vorsichtig nahm sie es hoch. Das Hellbraune war eine hautfarbene Seidenstrumpfhose, und das Blaue war ein Sommerkleid aus feinem, flatterigen Stoff.

Egon räusperte sich und setzte sich zurück auf seinen Platz. »Gefällt es dir?«

Perplex betrachtete Hannah ihr Geschenk. Ein schönes Kleid hatte sie sich seit Kathrinchens Geburt nicht mehr geleistet. Vielleicht auch davor schon nicht mehr. Und das ausgerechnet jetzt – da sie nicht einmal wussten, ob sie genug Nahrung für den Winter hatten, geschweige denn Brennholz.

»Das muss ... ein Vermögen ...« Sie stammelte, konnte ihre Gedanken kaum in sinnvolle Worte verpacken, ohne die Männer vor den Kopf zu stoßen.

»Ach was!« Freddie winkte ab, lehnte sich zurück und faltete zufrieden die Hände über der Brust. »Das ist ein Sommerkleid. Das war nicht so teuer. Wer kauft im Winter schon ein Sommerkleid.«

Egon stieß ihn von der Seite an. Aber Freddie schien nicht zu wissen, was er meinte.

»Es war nur ein bisschen teuer«, ergänzte Egon.

»Es ist wirklich schön«, gestand Hannah. »Aber können wir uns das leisten? Wäre es nicht besser, wir hätten mehr Holz? Oder Nahrung?«

Freddie und Egon schüttelten zeitgleich den Kopf. »Wir haben in Zigaretten bezahlt«, erklärte Egon. »Dann rauchen wir eben weniger.«

Hannah sagte nicht noch einmal, dass sie die Zigaretten besser gegen Holz eingetauscht hätten. Jetzt war es eben so: Sie besaß ein neues Sommerkleid. In diesem Winter konnte sie vielleicht nicht viel damit anfangen, aber im Sommer würde sie sich darüber freuen.

»Willst du es nicht mal anprobieren?« Noch immer klang Egon verlegen.

Sie zögerte, schlug das Zeitungspapier wieder ein wenig über das Kleid und ging mit dem Geschenk zu ihrer Nische. Dieses Mal zog sie den Vorhang davor. Noch ehe sie sich umzog, fiel ihr ein, woran sie eben schon kurz gedacht hatte: Vielleicht hatte sie doch etwas, was sie den Männern schenken könnte. Sie holte es aus der Lücke zwischen ihrer Matratze und der Wand. Eigentlich hatte sie die beiden Sockenpaare und den Schal für sich selbst gestrickt. Aber Socken waren dehnfähig. Mit etwas Glück würden sie auch den Männern passen.

Vorsichtig riss sie das Papier in drei Teile und wickelte die Geschenke darin ein. Erst dann zog sie das dicke Winterkleid und die Wollhosen aus, streifte die Nylonstrumpfhose über ihre Beine und ließ das blaue Sommerkleid über ihre Schultern gleiten. Tatsächlich war es heute warm genug im Zimmer, um so etwas zu tragen. Sie warf einen Kontrollblick an sich hinunter, nahm dann die Päckchen und öffnete den Vorhang.

Die Männer sahen ihr erwartungsvoll entgegen. Sie saßen noch immer auf ihren Matratzen, und Hannah kam sich vor wie eine unerfahrene Schauspielerin, die zum ersten Mal die Bühne betritt.

Freddie stieß einen schrillen Pfiff aus, Egon stand langsam auf, und der Fuchs tat es ihm nach.

»Das steht dir.« Egon sprach leise. »Du siehst sehr schön darin aus.«

»Sie sieht immer schön aus«, rief Freddie, der auf seinem Strohsack lümmelte. »Das Kleid passt jedenfalls. Gutes Augenmaß hat der Freddie.«

Hannah wünschte sich, sie hätte einen Spiegel. Alles, worin sie sich sehen konnte, war das Sprossenfenster, das ihr Bild in alle Richtungen verzerrte. Nur vage erkannte sie eine schmale, blond gelockte Frau in einem blauen Kleid.

Dann fiel ihr Blick auf den Fuchs. Das Licht der Weihnachtskerzen flackerte hinter seinen Haaren und ließ sie umso rötlicher leuchten. Hellwach blitzten seine Augen ihr entgegen in einer Art, die sie nie zuvor wahrgenommen hatte. Er wollte sie! Nicht höflich und schüchtern wie ein Junge, der noch nie mit einer Frau zusammen gewesen war, sondern fordernd und verzweifelt wie ein Mann, der eine schwere Zeit hinter sich hatte.

Ohne Vorwarnung sprang das Blitzen auf sie über, zuckte durch ihren Körper und flatterte in ihrem Bauch. Wenn die anderen nicht hier wären … wenn Egon sie nicht mit einem sehr ähnlichen Blick ansähe …

Hastig senkte sie den Kopf, erinnerte sich an die Geschenke auf ihrem Arm. »Ich habe noch etwas für euch gefunden.« Mit einem unbehaglichen Lächeln gab sie Egon ein eingepacktes Sockenpaar, reichte das andere Freddie und hielt das dritte Päckchen dem Fuchs entgegen. »Es ist wirklich nur eine Kleinigkeit. Nicht so großartig wie eure Geschenke.« Abwechselnd sah sie zu, wie die drei ihre Päckchen auswickelten und die Stricksachen anschauten.

»Die Socken sehen warm aus«, befand Freddie, »wenn auch vielleicht ein bisschen klein.« Er hielt sie neben seine Füße.

Hannah spürte, wie sie rot wurde. Womöglich würden die Socken wirklich zu klein sein, immerhin hatte sie ihre Füße als Maß genommen.

»Ach was«, entgegnete Egon. »Die weiten sich doch.« Damit ließ er einen der Socken vor sich in der Luft baumeln, der in seinen Händen nahezu winzig aussah.

Plötzlich musste Hannah lachen. »Tut mir leid«, stammelte sie. »Eigentlich hab ich die für mich selbst gestrickt. Ich dachte nur … weil ich doch sonst nichts …«

»Schon gut.« Ein unterdrücktes Prusten rutschte durch

Egons Nase, legte sich als breites Grinsen auf sein Gesicht. Schnell trat er auf sie zu, zog sie in die Arme und hielt sie fest. »Die Geste zählt«, murmelte er.

Hannah erwiderte die Umarmung nur zaghaft. Als er sie wieder lockerte, trat sie so unauffällig wie möglich zurück. Egon sollte sich nichts darauf einbilden, aber sie wollte auch nicht vor ihm zurückzucken.

Nur aus den Augenwinkeln sah sie, wie Freddie aufsprang und neben sie trat. »Komm her, du«, murmelte er, zog sie an sich und klopfte ihr kumpelhaft zwischen die Schulterblätter. »Bist ne Gute.« Damit ließ er sie los. »Und falls du mal warme Socken brauchen solltest ...« Er hob die Augenbrauen. »Ich hätte da ein Paar, das ich dir leihen könnte.«

Wieder musste sie lachen, kaum mehr als ein blödes Mädchenkichern, ehe sie versuchte, die Beschämung hinunterzuschlucken. Vielleicht hätte sie die Socken besser in der Nische hinter ihrem Bett gelassen. Dann fiel ihr der Fuchs ein. Sie hatte ihm einen Mädchenschal geschenkt. Vermutlich war das noch peinlicher als die Socken.

Als sie sich zu ihm umdrehte, trug er den schmalen roten Schal um seinen Hals. Doch verblüffenderweise sah es nicht unpassend aus. Wie der Schal ihm so lose über das Hemd hing, wirkte er wie ein Intellektueller, wie ein Student an der Universität.

Ob sie sich dort begegnet wären? Wenn es den Krieg nicht gegeben hätte, nicht Hitler und die Nationalsozialisten, die ihren Studiengang geschlossen hatten, nicht die Bombennächte in Hamburg und nicht die mordende Soldatenmasse im Osten, von der er ein Teil gewesen war ... Wären sie sich dann trotzdem begegnet? Hätten sie zusammen studiert? Hätten sie sich kennengelernt? Wären sie ein Paar geworden? Wenn der Krieg nicht gewesen wäre ... dann wären Robert und Kathrinchen nicht gestorben. Dann wäre sie jetzt noch verheiratet. Oder nicht? Vermutlich hätte sie Robert nie kennengelernt, wenn es Hitler und die Nationalsozialisten nicht gegeben hätte. Dann wäre sie nicht in dieses BDM-Lager gefahren, wäre nicht schwanger geworden und hätte nicht geheiratet.

Dann ...

Das Bild verblasste so schnell, wie es gekommen war. Stattdessen stand sie wieder hier, in dieser Flüchtlingskammer mit dem flackernden Weihnachtsbaum, den spärlichen Strohmatratzen und den drei Soldaten, von denen einer nicht redete. Heute konnte er zumindest lächeln. Schon wieder lag dieses Strahlen auf seinem Gesicht. Dabei zeigte er ihr die leeren Handflächen, als wollte er sich entschuldigen, weil er kein Geschenk für sie hatte.

»Das macht nichts.« Hannah trat vor, wollte ihn umarmen. Doch seine Arme waren schneller, zogen sie an sich und hielten sie fest. Ihr Herz machte einen Doppelschlag. Sie wollte sich an ihn schmiegen, ihn noch fester halten, als er es tat. Aber sie waren nicht allein. Egons Aufmerksamkeit brannte in ihrem Rücken.

»Du könntest mir ein Wort schenken«, flüsterte sie. »Nur ein einziges. Deinen richtigen Namen.«

Die Muskeln an seinem Rücken verspannten sich. Ihn das zu fragen war ein Fehler gewesen. Jetzt würde er sich wieder zurückziehen. Doch gleich darauf strich sein Atem an ihr Ohr. Ganz leise wisperte er ihr zu, kaum lauter als das Knacken des Holzes im Ofen: »Moritz.«

Erstaunt wich sie vor ihm zurück. Moritz! Er hatte seinen Namen genannt! Hatte zum ersten Mal geredet.

Ein amüsiertes Funkeln glitzerte in seinen Augen. Oder war es nur das Licht der Kerzen?

»Kinders!« Egon klatschte in die Hände. »Wart ihr schon in der Kirche?«

Erschrocken fuhr Hannah zu ihm herum. Nur der Name hallte noch durch ihren Kopf: Moritz. Er hatte ihr tatsächlich seinen Namen genannt. Und Egon hatte eine Frage gestellt. »Nein«, gab sie zu. »Wir waren noch nicht in der Kirche.« Bis sie zurück in die Kammer gekommen waren, hatte sie versucht, noch nicht einmal an Weihnachten zu denken.

Egon nickte bestimmt. »Das habe ich mir gedacht. Zum Glück gibt es einen Mitternachtsgottesdienst. Da gehen wir jetzt hin.« Damit wandte er sich ab, löschte die Kerzenstummel am Baum und bedeutete ihnen, ihre Mäntel zu holen.

* * *

Gut Morkamp, Weihnachten, Moritz

Er hielt sie im Arm, fühlte ihren schmalen Körper, der viel zu zerbrechlich wirkte, atmete den Duft ihrer Haare an jener Stelle neben ihrem Ohr, an der sich die Wärme ihrer Haut unter den Locken sammelte. Er hörte ihr Flüstern, ihre leise Bitte nach dem einen Wort, das er ihr schon lange schuldete. Und dann wisperte es hervor, einfach so, ohne dass er seine Stimme daran hindern konnte.

Er flüsterte seinen Namen in ihr Ohr!

Seitdem er einberufen worden war, hatte er seinen Vornamen nicht mehr benutzt. Seither war er bei vielen Namen genannt worden, bei seinem Nachnamen Lasky und bei unzähligen Spitznamen, die irgendwer für ihn erfand: Neuling, Pollacke, Rotschopf … Fuchs. Er hatte sich angewöhnt, auf alle Namen zu hören, die ihm jemand zuteilte, auch wenn sie ein Schimpfwort waren. Solange sie seinen Vornamen nicht benutzten, war ihm alles recht gewesen.

Moritz. Dieser Name war mit dem Menschen verknüpft, der er früher gewesen war, der Mensch, der unbefleckt bleiben wollte vom Schmutz des Krieges. Er hatte gehofft, dass sich sein wahres Ich in diesem Namen verstecken ließ.

Jetzt hingegen konnte er den alten Moritz nicht mehr finden, der Name war ihm fremd geworden. Alles, was von ihm geblieben war, nannte sich Soldat, Gefreiter, Mörder ... Selbst *Fuchs* war noch eine freundliche Bezeichnung für das Tier, zu dem er geworden war. Ein freundlicher Spitzname für einen verrückten Rotschopf, geschaffen von Kameraden, die es gut mit ihm meinten.

Doch er selbst spürte den Schmutz mit jeder Faser seines Körpers, mit jedem Gedanken, der durch seinen Kopf jagte. Er verfluchte sich dafür, dass er ihr den Namen genannt hatte, diesen Namen, der nicht mehr zu ihm gehörte. Glaubte er, dass er wieder ein Moritz werden könnte, wenn der Name nur oft genug von einer schönen Frau gesprochen wurde? Konnte ihre Liebe das Blut von seiner Seele waschen und einen neuen Menschen aus ihm formen?

Oder war es nur böser Betrug, wenn sie ihn so nannte? Ein Betrug an ihrer Liebe, die sie an ihn verschwendete, und ein Betrug an seinem alten Ich, das für immer verloren war?

Moritz wusste keine Antwort darauf. Er wusste nur, dass es sich schön anfühlte, seinen Namen mit ihr zu teilen.

8. KAPITEL

Hannahs Erinnerungen, verfasst im Dezember 1945

A ls wir älter wurden und nicht mehr spielten und uns nur noch heimlich auf Klaras Dachboden trafen – in all jenen Stunden, in denen wir es vermieden, über Politik oder die Ausgrenzung der Juden zu reden –, gab es bald ein Hauptthema, über das Klara und ich uns austauschten: Jungen. Wir träumten davon, uns zu verlieben, und gingen durch, was uns an unserem Traummann wichtig wäre. Er sollte nicht nur hübsch sein und schöne Augen haben, vor allem tiefsinnig und philosophisch sollte er sein. Ganze Nächte müsste man mit ihm reden können und dabei die Welt und das Menschsein von Neuem durchdenken. Beide wünschten wir uns einen Mann, der in seinem Inneren noch immer ein Pirat war, bereit, Risiken einzugehen und Neues zu entdecken. Wir wollten keine Jasager heiraten, die im Gleichschritt marschierten oder mit geducktem Haupt kuschten. Wir wünschten uns nur den einen, der seine eigene Meinung vertrat, der sich mutig dem System entgegenstellte und seinen Liebsten in absoluter Loyalität den Rücken deckte.

Dass wir selbst schon längst keine Piratinnen mehr waren, vergaßen wir in unserem Wunschdenken. Wir wollten uns nicht eingestehen, dass ich längst schon im Gleichschritt marschierte und dass Klara längst schon vor den Nazis in Deckung ging und dass wir uns beide hier oben auf dem Dachboden versteckten, während wir uns draußen gegenseitig verleugneten, als würde es unsere Loyalität nicht geben. Weshalb erwarteten wir also von einem Mann etwas anderes?

Tatsächlich sah die Realität unseres Liebeslebens ganz anders aus. Sowohl Klara als auch ich gingen auf Mädchenschulen, und die Jungen aus unserer Nachbarschaft, mit denen wir früher gespielt hatten, sortierten wir allesamt aus. Die meisten wollten nichts mehr mit uns zu tun haben, und manche waren inzwischen glühende Hitleranhänger, die Klara für ihre »Rasse« verabscheuten und die deshalb meine ganze Missachtung besaßen. Von unseren jüdischen Freunden kam für Klara hingegen nur einer in Betracht, und der war schon längst nicht mehr da. Bereits 1934 waren seine Eltern mit ihm nach Belgien ausgewandert.

Warum Klara und ihre Eltern nicht ebenfalls auswanderten, fragte ich sie hin und wieder, aber jedes Mal zuckte sie die Schultern. Ihr Vater sei nicht bereit, seinen Laden aufzugeben, und die Auswanderung würde bedeuten, dass sie einen Großteil ihres Vermögens als Steuern, Abgaben und »Entschädigungen« an das Deutsche Reich abführen mussten. Also blieben sie lieber hier und saßen die Sache aus.

Klara war noch keine fünfzehn Jahre alt, als ihre Eltern zu unserer Überraschung anfingen, nach passenden Heiratskandidaten zu suchen. Zwar sollte eine Hochzeit noch warten, bis Klara erwachsen war, doch ihre Eltern hielten es in »diesen Zeiten« für besonders wichtig, frühzeitig einen festen Bräutigam zu finden. Ihr hingegen missfiel der Gedanke, einen Mann zu ehelichen, den ihre Eltern für sie ausgesucht hatten. Vor allem war sie enttäuscht, weil es so gar nicht zu der liberalen Haltung ihrer Eltern passen wollte. Sie war in dem Selbstverständnis aufgewachsen, ihr Leben selbst zu gestalten und später einmal aus Liebe zu heiraten. Aber »Zeiten ändern sich«, pflegte ihr Vater zu sagen, und unsichere Zeiten forderten »sichernde Maßnahmen«. Für Klara einen Mann zu finden, der ihr finanziell und familiär eine sichere Zukunft bieten konnte, gehörte dazu. Nur mit Müh und Not konnte Klara ihren Eltern das Versprechen abringen, selbst das letzte Wort darüber zu haben. Sie wollte nur einen Mann heiraten, den sie auch lieben konnte, und bestand darauf, nebenher nach eigenen Kandidaten Ausschau zu halten.

Klaras Eltern kannten ihre rebellische Tochter und wussten, dass sie ihr zumindest das zugestehen mussten.

Nach diesem Versprechen war Klara ein wenig entspannter, und wir machten uns über die Männer und Knaben lustig, die Klaras Eltern mitsamt den potenziellen Schwiegereltern zum Kaffee oder für einen Ausflug einluden. Die meisten waren Klara entweder zu alt oder zu kindisch. Mitte-Zwanzigjährige waren dabei, die ihr gegenüber den »großen Geschäftsmann« heraushängen ließen und sich mit ihren wirtschaftlichen Erfolgen rühmten. Insbesondere solche Kandidaten, die aus einer Familie von Geschäftsleuten stammten, waren ihren Eltern am liebsten. Dass sie alle an den Einbußen zu knabbern hatten, die ihnen durch die Nazis längst entstanden waren, erwähnte niemand, und Klara fühlte sich unwohl in ihrer Gegenwart, weil sie nicht wie ein Kind behandelt werden wollte, das von alledem keine Ahnung hatte.

Doch die Jüngeren, die kaum älter waren als sie selbst, erschienen ihr noch schlimmer. »Das ist mal wieder so ein halbreifes Früchtchen, das sich für einen leckeren Apfel hält«, war ihr Standardkommentar zu solchen Kandidaten, und je nachdem, zu welcher Charaktereinschätzung sie kam, variierte sie den Apfel zu einer Kirsche, Erdbeere oder einer Zitrone.

In jedem Fall lachten wir herzlich, wenn Klara mal wieder eine unreife Johannisbeere, Pflaume oder eine klebrige Dattel ablehnte. Die klebrige Dattel wurde unser Lieblingsspött, weil sie damit einen Jungen bezeichnete, der immer wieder vor Klaras Haustür auftauchte, ganz egal, wie oft sie ihn wegschickte.

Von unserem Ideal des philosophischen, reifen Mannes waren Klaras Heiratskandidaten alle weit entfernt.

»Können meine Eltern nicht einfach mal einen Künstler heranschaffen?«, beklagte sie sich. »Einen Maler, Schriftsteller oder Musiker? Es gibt doch wirklich genug jüdische Künstler.«

Aber Klaras Eltern wollten etwas Solides für ihre Tochter –
und jüdische Künstler tanzten unter den Nazis auf einem noch
dünneren Seil als alle anderen. Was auch immer sie erschufen,
galt als entartete Kunst und wurde bald verboten und ver-
folgt, als wäre es politischer Widerstand.

Zur gleichen Zeit, während wir über Klaras vereitelte Hei-
ratspläne redeten, wartete ich vergeblich auf ein Liebesleben.
Ich wusste zwar nun, welches Glück ich besaß, dass ich selbst
wählen durfte, aber weit und breit war niemand, der mir ge-
fallen hätte.

Allenfalls der BDM organisierte gemeinsame Aktionen mit
der Hitlerjugend. Die Burschen, die begeistert in der HJ mar-
schierten, genossen jedoch meine volle Verachtung. Leider wa-
ren das nach 1936 ausnahmslos alle, und der Unterschied zwi-
schen »marschiert begeistert« und »marschiert, weil er muss«
ließ sich nicht leicht erkennen. Jeder, der nicht ehrlich begeis-
tert war, hatte gelernt, seine falsche Begeisterung umso über-
zeugender zu heucheln. Ich selbst eingeschlossen, wie ich ir-
gendwann feststellte. Von da an ließ meine Strenge den Hit-
lerjungen gegenüber ein wenig nach, und ich machte mich auf
die Suche nach dem einen, der unter seiner Maske vielleicht
doch nicht so war wie all die anderen.

Doch letztendlich war Klara schneller. Als sie am 9. Novem-
ber 1938 vor Wut heulend in den Trümmern ihres Ladens
stand, direkt nachdem ihr Vater verhaftet worden war, änder-
te sich ihr Leben grundlegend. Noch während er sich in Haft
befand, trieben die Nazis die Abwicklung und Veräußerung
seines Ladens und des Hauses voran. Sein ganzer Besitz, sein
ganzes Lebenswerk sollte »arisiert« werden. Solange er fort
war, glaubten Klara, ihr Bruder und ihre Mutter noch, ihr Va-
ter werde das alles aufhalten. Bis er kurz darauf als gebroche-
ner Mann zurückkehrte. Für die Freilassung hatte er den Na-
zis versprechen müssen, alles zu veräußern und anschließend
das Land zu verlassen. Wohin er seine Familie bringen wollte,

stand hingegen in den Sternen, denn von seinem Vermögen würde nach Abgaben, Steuern und Beschlagnahmungen nichts mehr bleiben. Klaras Eltern vergaßen sämtliche Heiratskandidaten und konzentrierten sich auf wesentlichere Dinge: Überlebensstrategien und Auswanderungspläne. Dass ihre Tochter derweil beschloss, wieder eine Piratin zu werden, bemerkte zunächst niemand.

Das Mietshaus ihres Vaters – jenes schöne Nachbarhaus mit der großen Eiche und der Schaukel im Garten, dem geräumigen Laden im Erdgeschoss, den sieben Mietparteien auf vier Stockwerken und dem riesigen Dachboden – ging in den Besitz eines blonden, blauäugigen, zutiefst arischen Heil-Hitler-Rufers über, der schon Ende fünfzig war und sich aus der Sicherheit eines handamputierten Kriegsveteranen heraus mit Inbrunst auf den »neuen Krieg« und das »Tausendjährige Reich« freute.

Auf diese Weise fand Klaras und meine Kindheit ein jähes und trauriges Ende. Mit dem Haus ging auch unser Dachboden und damit unser einziger Rückzugsraum verloren. Von einem Tag auf den anderen stand nicht nur Klaras Familie, sondern auch unsere Freundschaft auf der Straße.

Ihre Familie wurde in ein Judenhaus umgesiedelt, das nur wenige Straßenzüge von uns entfernt lag. Doch dort lebten schon viele andere, und wenn Klara bislang in dem Luxus einer Fünfzimmerwohnung aufgewachsen war, musste sie nun ein einziges Zimmer mit ihrer ganzen Familie teilen. Zum Kochen gab es nicht mehr als eine Gemeinschaftsküche, und das Plumpsklo befand sich draußen auf dem Hof.

Unsere Freundschaft aber blieb im Regen stehen wie ein Hund, dessen Frauchen ihn vor dem Einkaufsladen angebunden hatte und nicht zurückgekommen war. Für mich wäre es zu gefährlich gewesen, Klara in dem Judenhaus zu besuchen, und Klara hätte mit dem Schlimmsten rechnen müssen, wenn der neue Ladenbesitzer sie vor unserer Haustür erwischt hätte. *Aus diesen Gründen waren auch unsere Eltern dagegen, dass wir uns weiterhin sahen.*

Nur für uns kam es nicht in Betracht, unsere Freundschaft aufzugeben. So trafen wir uns abends im Dunkeln im Innocentiapark, neben dem Spielplatz, auf dem wir als Kinder gespielt hatten. Wie zwei Fremde setzten wir uns nebeneinander auf eine Bank und unterhielten uns erst, wenn niemand mehr in der Nähe war.

Auf jener Bank erfuhr ich von Levin. Er lebte mit Klara in dem Judenhaus, auf dem gleichen Stockwerk in der Wohnung gegenüber. Seine Familie wohnte schon lange in Hamburg, war nun aber aus Altona vertrieben worden, nachdem die Nazis ihren ganzen Besitz arisiert hatten. Levin selbst war groß und schwarzhaarig, mit schönen, dunklen Augen und dem Herz eines Piraten. Er war glühender Kommunist, Philosoph und erfolgloser Musiker. Eine verlorene Seele aus einem verlorenen Volk und Klaras große und verzweifelte Liebe. Mit ihm zusammen hatte sie einen anderen Dachboden in diesem Judenhaus entdeckt, auf dem sie die Nächte hindurch redeten und sich heimlich liebten.

Während Klara mir das alles erzählte, wusste ich nicht, ob ich mich für sie freute, ob ich Mitleid mit ihr hatte oder ob ich mich ausgeschlossen und einsam fühlte. Meine Freundin entglitt mir, und ich selbst blieb allein zurück. Zugleich wusste ich, wie verzweifelt ihre Lage im Naziland geworden war und dass dieses kleine Glück den letzten Lichtblick bot, der ihr blieb. Ich hatte furchtbare Angst um sie und ihre Zukunft und spürte zugleich das schlechte Gewissen, weil ich ihr nicht helfen konnte.

Dann kam jener Abend, an dem Klara mir erzählte, dass sie die Schule abbrechen und zusammen mit Levin in die Hachschara gehen würde, in ein Vorbereitungslager für die Auswanderung nach Palästina. Es war 1939, wir beide waren gerade erst siebzehn Jahre alt geworden, und kurz nachdem Kla-

ra und Levin in das Lager nach Brandenburg gegangen waren,
begann der Krieg.

Ich besuchte weiter die Schule, als wäre nichts Nennenswertes
geschehen. Ich ging weiter zum BDM und hatte mich inzwi-
schen so gut daran gewöhnt, dass ich meine Freude kaum noch
heucheln musste. Doch zugleich war es, als wäre der Boden un-
ter meinen Füßen entzweigebrochen, als stünde ich mit dem ei-
nen Bein rechts und mit dem anderen Bein links neben dem
Spalt, während sich unter mir der Abgrund zur Hölle öffnete.

* * *

Kreis Plön, Ostseeküste Schleswig-Holstein, Kriegsgefangenenzone F, Januar 1946

Das spontane Weihnachtsfest war ein Luxus, der sie die letzten Holzvorräte gekostet hatte. Direkt nach den Feiertagen
mussten sie anfangen, ihren Weihnachtsbaum zu verheizen.
Doch auch dieses Holz hielt nur für wenige Tage. Wie schon
in den Monaten zuvor liefen sie täglich die Wälder und den
Strand ab, aber inzwischen trugen sie nur noch ein paar Stöckchen zusammen, die nicht einmal ausreichten, um Mittag- und
Abendessen zu kochen. Zu allem Überfluss fielen die Temperaturen im Januar unter minus acht Grad, und der Wind
streifte so kalt um die Häuserecken, dass nicht nur an den
Fensterscheiben Eisblumen wuchsen. Auch die Außenwand
und die Dachschräge ihrer Kammer waren von einem dünnen
Raureif überzogen. Nach jedem Atemzug waberten dichte,
weiße Wölkchen vor ihren Gesichtern, ganz gleich, ob sie
draußen waren oder drinnen in ihren Betten lagen.

Mit Ausnahme des blauen Sommerkleides zog Hannah
sämtliche Kleidung übereinander, die sie besaß. Sogar in ihrer
Kammer behielt sie den Mantel an. Dennoch fror sie fast im-

mer. Nur die Bewegung am Strand und in den Wäldern half für eine Weile gegen die Kälte. Unter den anderen Flüchtlingen herrschte ebenfalls große Unruhe. In nahezu jeder Nacht wurden im Wald Bäume geschlagen. Friedrichsen und der Drachen reagierten mit täglichen Zimmerkontrollen, um die Diebe ausfindig zu machen. Tatsächlich gab es reichlich Verdächtigungen, aber niemand konnte überführt werden.

Weder Friedrichsen noch die Gutsherrin waren mutig genug, um nachts im Wald Patrouille zu laufen – und die Knechte, die sie beauftragten, fanden nichts heraus. Stattdessen verbreitete sich das Gerücht, dass die Engländer bald kämen, um Patrouillen auszusenden. Doch bis jetzt war nichts dergleichen geschehen.

Nachdem es unmöglich geworden war, im Wald auf legale Weise Holz zu finden, blieb Hannah nichts anderes mehr übrig, als zu betteln. Wie die meisten anderen zog sie im Dorf von Haus zu Haus, klopfte an und bat um Brennholz, Kohle oder Torf – und wenn die Leute nichts hatten oder hergeben wollten, fragte sie vorsichtig nach etwas Essbarem. Im Dorf und auf dem Gut lebten jedoch zu viele Flüchtlinge, um damit Erfolg zu haben. Einwohner, die etwas abzugeben hatten, verteilten es an bettelnde Kinder oder junge Mütter mit Babys. Hannah wurde von den meisten nur geringschätzig angesehen. Hatte sie dann noch den Fuchs im Schlepptau, wurden die Türen direkt vor ihrer Nase geschlossen. Frauen, die noch einen Mann hatten, waren die Letzten, die etwas bekamen. »Wir haben selber nichts!«, war die häufigste Antwort. Falls die Leute nicht gleich zu schlimmeren Beschimpfungen griffen.

»Pollacken, Habenichtse!«

»Ihr Flüchtlinge kriegt doch sowieso immer alles!«

»Wartet ab, bis wir zu Dänemark gehören, dann könnt ihr in den Osten zurückgehen!«

Hannah wusste schon lange, dass Diskussionen nichts brachten.

»Wenn ich Kathrinchen noch hätte«, murmelte sie irgendwann, als sie neben dem Fuchs von einem Haus zum anderen ging, »dann würden mir die Leute auch etwas geben. Aber so …« Sie hob den Kopf, sah den Fuchs an und bemerkte erst an seinem verschwommenen Gesicht, dass sie weinte.

Moritz blieb stehen, seine Hand streifte ihren Arm, hielt sie fest, bis sie sich zu ihm drehte. Eisig kalt fegte der Wind über ihr Gesicht, ließ die Tränen auf ihrer Haut brennen. Hastig wischte sie darüber. Der Fuchs trat auf der Stelle, öffnete den Mund, als wollte er etwas sagen, blieb dann aber stumm. Stattdessen hielt er seine Hand hoch, klappte sie auf und zu wie einen sprechenden Mund.

»Was meinst du damit? Willst du reden?«

Er schüttelte ungeduldig den Kopf, deutete auf sie und zeigte ihr wieder die plappernde Hand.

»Du meinst, ich will reden?« Hannah war verwirrt. »Aber das tue ich doch die ganze Zeit.«

Er stieß ein resigniertes Seufzen aus und hob die Schultern.

Heiße Wut schoss durch ihren Körper, so unerwartet, dass sie selbst darunter strauchelte. »Warum sprichst du nicht einfach?«, rief sie. »Wir wissen beide, dass du es kannst.«

Der Fuchs wirkte erschrocken, schaute zu Boden und schüttelte den Kopf.

Spätestens jetzt hatte sie genug. Er konnte reden, wenn er es wollte, und offenbar wollte er ihr etwas sagen. Aber alles, was er benutzte, war Zeichensprache. Sie wandte sich von ihm ab, ging auf das nächste Haus zu und bemerkte, dass er hinter ihr zurückblieb. Es war besser so, vielleicht würde sie etwas bekommen, wenn sie ohne ihn betteln ging.

Als sie die Zuwegung des nächsten Hauses erreichte, ahnte sie plötzlich, was er ihr mit dem plappernden Mund hatte sagen wollen: Sie sollte den Leuten von Kathrinchen erzählen, von ihrem Kind, das sie verloren hatte. Hannah schaute auf das Bauernhaus, das vor ihr lag, ließ ihren Blick die anderen

Häuser entlangstreifen, die allesamt an dieser Straße standen. Dem ganzen Dorf könnte sie erzählen, welches Schicksal hinter ihr lag, könnte ihre letzte Privatsphäre und den Rest ihrer Würde gegen Feuerholz und Nahrung eintauschen. Schlagartig wurde ihr übel.

Hastig drehte sie sich um, schaute dorthin, wo eben noch der Fuchs gestanden hatte. Er war nicht mehr da. Erst ein ganzes Stück weiter fand sie ihn. Mit hängendem Kopf ging er davon. Hannah fing an zu rennen, lief immer schneller die Straße zurück, um ihn einzuholen. Als ihre Schritte hinter ihm auf das Pflaster schlugen, drehte er sich um.

»Jetzt weiß ich, was du meinst.« Sie keuchte, blieb direkt vor ihm stehen. »Ich soll den Dorfbewohnern meine Geschichte erzählen. Damit sie Mitleid haben und mir etwas geben.« Wieder musste sie gegen die Tränen kämpfen. »Aber ich kann das nicht. Ich kann nicht Kathrinchens Tod benutzen, um beim Betteln mehr Erfolg zu haben.«

Seine Augen waren weit geöffnet, reuevoll wie die eines Hundes, der sein Herrchen versehentlich geärgert hatte.

Doch Hannah war nicht mehr wütend auf ihn. Ob er nun redete oder nicht, sie wollte sich nicht mit ihm streiten. »Es hat ohnehin keinen Sinn«, erklärte sie. »Die Dorfbewohner geben uns nichts. Es gibt zu viele Flüchtlinge, so viel haben sie selbst nicht. Genauso gut können wir nach Hause gehen.«

Der Fuchs nickte, schaute wieder nach unten und vergrub die Hände in seinen Jackentaschen. Noch einen Moment lang sah Hannah ihn an: Moritz … sein echter Name. Wenn sie sich nur daran gewöhnen könnte, ihn so zu nennen.

Nebeneinander trotteten sie zurück zum Gutshof. Bevor sie das Torhaus erreichten, entdeckten sie Egon und Freddie, die versucht hatten, im Wald ein paar niedrige Äste abzubrechen.

»Und?« Egon rief ihnen schon von Weitem entgegen. »Habt ihr was bekommen?«

Hannah schüttelte den Kopf. »Nur drei Bröckchen Torf.

Die haben wir auf der Straße gefunden.« Mittlerweile waren Moritz und sie bei den beiden angekommen. »Sie müssen jemandem vom Wagen gefallen sein.«

Ihr Mitbewohner zog eine deprimierte Grimasse und hielt ihr seinen dünnen Sack entgegen. »Wir haben auch fast nichts.« Er senkte die Stimme: »So geht es nicht weiter. Wir müssen heute Nacht in den Wald und was schlagen.«

Wieder wollte sie protestieren. Gleichzeitig wusste sie, dass Egon recht hatte. Ihnen blieb keine andere Wahl. Nur eine Möglichkeit hatten sie noch nicht versucht. »Und was, wenn wir Friedrichsen fragen?«, schlug sie leise vor. »Wenn wir bei ihm anklopfen, ihm die Lage schildern und ihn bitten, uns einen toten Baum zuzuweisen, den wir fällen dürfen?«

Egon trat einen Schritt zurück, schaute sie zweifelnd an und zuckte dann die Schultern. »Bitte. Warum nicht? Fragen wir ihn.«

Für einen Moment war Hannah sich sicher, dass er sie auf den Arm nehmen wollte. Aber Egon setzte sich bereits in Bewegung. Sie folgte ihm zögernd, ebenso wie die anderen. Zu viert gingen sie durch den Wirtschaftshof und den Durchgang des Kavaliershauses, bis sie den Ehrenhof erreichten. Ohne weitere Umschweife führte Egon sie auf das Haus des Gutsverwalters zu, sprang die Treppe hinauf und klopfte an. Während sie darauf warteten, dass Friedrichsen öffnete, drehte Egon sich um und sah Hannah mit erhobenen Augenbrauen an. »Du redest. War schließlich deine Idee.«

Hannah stieg die Röte ins Gesicht. Noch bevor sie wusste, was sie sagen sollte, wurde die Tür geöffnet.

»Ja, bitte?« Friedrichsen schaute missmutig nach draußen.

»Ich … Wir …«, stammelte sie drauflos. »Wir sind gekommen wegen dem Brennholz.«

Friedrichsens Gesichtsausdruck änderte sich, wirkte mit einem Mal interessiert. »Wisst ihr, wer die Diebe sind?«

Erschrocken starrte Hannah ihn an, räusperte sich und

schüttelte den Kopf. »Nein. Wir wollten nur fragen … also, es ist unmöglich geworden, herabgefallene Äste und Zweige zu finden, die wir verheizen könnten. In unserer Kammer ist es eisig kalt, die Wände frieren von innen ein, und Feuerholz zum Kochen haben wir auch keines mehr. Deshalb wollten wir Sie fragen, ob es nicht möglich wäre, dass Sie uns einen kranken Baum zuweisen, den wir legal fällen dürfen.«

Der Verwalter gab ein Brummen von sich, strich sich durch den Schnurrbart und schaute Hannah grübelnd an. »Das kann ich so nicht entscheiden. Von der Gutsherrin gibt es die Anweisung, Diebstähle aufzuklären und zu ahnden. Mehr kann ich nicht sagen.« Er trat einen Schritt zurück, machte Anstalten, die Tür wieder zu schließen.

»Und was ist mit dem jungen Gutsherrn?« Der Gedanke kam Hannah erst jetzt. »Ist er nicht der Besitzer dieses Gutes? Müsste er das nicht entscheiden?«

Friedrichsen hielt inne. »Holger von Morkamp ist noch immer sehr krank. Seine Mutter vertritt ihn bis zu seiner Genesung.« Wieder wollte er die Tür schließen.

Hannah sprang vor, stemmte ihre Schulter gegen die Tür, bevor er sie schließen konnte. »Vertritt sie ihn denn in seinem Interesse?«, rief sie durch den Türspalt. »Fragen Sie ihn das – ob es in seinem Interesse ist, dass die Flüchtlinge auf seinem Hof erfrieren. Der Krieg ist vorbei, Friedrichsen. So kann man nicht mit Menschen umgehen.« Ihre Stimme schwankte.

Noch einmal hielt der Gutsverwalter inne, ein winziger Moment, in dem sie glaubte, vielleicht doch zu gewinnen. Dann wurde die Tür mit einem entschlossenen Ruck gegen ihre Schulter und ins Schloss gedrückt.

Hannah taumelte zurück. Nur ganz vage merkte sie, dass Egon, Freddie und Moritz sie anstarrten, als wäre sie ein fünfköpfiges Huhn. »Das hast du ziemlich gut gemacht«, murmelte Egon. »Leider war es vergeblich.«

In jener Nacht gingen die Männer in den Wald, um einen Baum zu fällen. Sie gingen alle drei, während Hannah als Einzige in der Kammer zurückblieb. Stundenlang lag sie wach, wickelte sich in ihre Decke und blinzelte in die Flamme der Kerze, die langsam herabbrannte und erlosch.

Wenn die drei nur zurückkehrten … »Bitte«, flehte sie, ohne zu wissen, an wen sie ihre Bitte richtete. An Gott? Glaubte sie noch an Gott? Seit der Bombennacht hatte sie nie wieder zu ihm gebetet. Nur jetzt flüsterte sie in ihr leeres Zimmer: »Bitte mach, dass sie nicht erwischt werden.«

* * *

Gut Morkamp, Wald, Nachtschatten

Finster und kalt hing die Nacht über dem Wald, senkte sich zwischen den Stämmen herab und schloss sich um ihre Körper. Lautlose Schatten waren sie unter den Bäumen, huschten geduckt von Deckung zu Deckung. Immerzu lauschten sie auf Stimmen und Schritte, auf den Feind, der sie jederzeit überraschen konnte. Aus der Ferne hörten sie das zaghafte Schlagen einer Axt, aus der anderen Richtung das Ratschen einer Säge. Verräterische Geräusche. Sie mussten Abstand halten zu den anderen Dieben, um nicht mit ihnen gefangen zu werden. Doch die wahre Gefahr lauerte in der Stille, in jenen, die umherschlichen, ohne Geräusche zu verursachen. In denen, die hier waren, um Diebe zu enttarnen. Falls sie hier waren.

Sein Herz schlug so laut, dass es in seinen Ohren das Schlagen der Axt und das Ratschen der Säge übertönte. Überall konnten die Gegner lauern, und wenn die Feinde sie fanden, war es vorbei. Panik kroch in ihm hoch. Er musste weg! Weg von hier! Bevor es zu spät war.

Sein Kamerad griff ihn am Arm. »Ganz ruhig«, flüsterte Freddie. »Der Krieg ist vorbei. Wir sind nur im Wald. Niemand wird dir etwas tun.«

Für eine Sekunde atmete er auf. Der Krieg war vorbei. Sie befanden sich im Wald, um Holz zu schlagen. Nur das. Immer wieder musste er sich daran erinnern.

Freddie führte sie in einem Bogen um das Schlagen der Axt herum und dann wieder darauf zu. Er war ein guter Anführer, besser als Egon, strategischer. Von ihm stammte die Idee, nicht einen eigenen Baum zu schlagen, sondern die Reste mitzunehmen, die andere Diebe nicht mehr tragen konnten.

Sobald sie die Baumfäller sahen, versteckten sie sich hinter zwei dicken Eichen. Penibel achteten sie darauf, von welcher Seite die Diebe auf den schmalen Baumstamm einhackten, um sicherzugehen, dass er nicht in ihre Richtung fiel.

In absoluter Stille verharrten sie hinter den Eichen, spähten hin und wieder daran vorbei und sahen zu, wie das schmale Baumstämmchen zu Boden krachte, wie sich die Diebe daranmachten, Zweige und Äste abzuschlagen, um sie in einen Sack zu stopfen. Viel zu schnell waren die Säcke gefüllt. Den Rest des Baumes mussten die Holzfäller liegen lassen, vielleicht in der Hoffnung, sich am nächsten Tag noch etwas davon zu holen. Niemand schleppte mehr Brennholz in seine Unterkunft, als er in ein oder zwei Tagen verbrauchte. Zu groß war die Gefahr, bei der nächsten Zimmerkontrolle enttarnt zu werden. Nachdem die Diebe gegangen waren, blieben sie noch eine Weile in ihrer Deckung. Der Krieg hatte sie gelehrt, vorsichtig zu sein und immer ein bisschen länger zu warten, falls der Feind zurückkehrte. Erst als alles ruhig blieb, pirschten sie sich zu dem gefällten Baum. Doch auch sie mussten Äste und Zweige abschlagen und zerbrechen, um sie in den Sack zu stecken. Jeden Moment konnte das lautstarke Knacken sie verraten, konnten ihre Häscher kommen und sie fangen.

Aber Hannah sollte nicht länger vor Kälte zittern, sie sollte nicht mehr betteln und ihre Kartoffeln nicht mehr roh essen müssen.

Allein für sie war er bereit, jedes Risiko auf sich zu nehmen. Auch wenn auf illegales Holzschlagen die Todesstrafe stünde, er würde es tun. Sein nutzloses Leben für ihres. Nach allem, was er getan hatte – dieser Tausch wäre nur fair.

9. KAPITEL

Hannahs Erinnerungen, verfasst im Dezember 1945

*O*hne Klara entstand eine Lücke in meinem Leben, von der ich nicht wusste, wie ich sie füllen sollte. Während der Krieg immer weiter voranschritt, war ich auf der Suche, wusste jedoch gar nicht, wonach ich suchte. Die Wehrmacht führte ihren Blitzkrieg in Polen und kaum ein Jahr später in Nordfrankreich. Unser Volk jubelte über den Erfolg und das Geschick des Führers. Doch ich war ein Mädchen, das bald eine junge Frau sein würde und das in diesem Land nicht mehr wusste, wohin mit sich.

In jenem Sommer 1940, in dem Deutschland den Sieg über Frankreich feierte, fuhr ich mit dem BDM ins Ferienlager. Später habe ich es manchmal hinter vorgehaltener Hand munkeln gehört, es wäre kein Zufall, dass die Ferienlager des BDM neben den Ferienlagern der Hitlerjugend lagen. In jedem Fall dauerte es nicht lange, bis sich junge Männer und junge Mädchen am Strand trafen und am Lagerfeuer zusammensaßen.

Dort bin ich Robert zum ersten Mal begegnet. Wir alle waren Hamburger, und zu dieser Zeit waren fast nur Gruppen aus Harvestehude und Eimsbüttel im Ferienlager. Im Grunde waren Robert und ich als Kinder schon fast Nachbarn gewesen. Nur wenige Straßenzüge voneinander entfernt sind wir aufgewachsen. Aber ich stammte aus der Geschäftsstraße mit den großen Mietshäusern und er aus dem Villenviertel nebenan, in dem wohlhabende Kaufleute, Ärzte und Rechtsanwälte wohnten. In unserer Kindheit waren wir uns trotz der räumlichen Nähe nie begegnet, aber jetzt war es lustig, all die Ähnlichkeiten festzustellen und über die Orte zu reden, die wir beide kannten und die wir dennoch aus unterschiedlichen Per-

spektiven betrachteten. Wir witzelten darüber, wie oft wir wohl aneinander vorbeigelaufen waren, ohne zu ahnen, dass wir uns später mal kennenlernen würden.

Robert war etwas älter als ich, er stand kurz vor dem Abitur und zählte zu jenen jungen Männern, denen die Mädchen in Scharen hinterherliefen. Er sah gut aus, und mit seinen blonden Haaren und der hochgewachsenen Statur könnte er einem Werbeplakat entsprungen sein, aber das allein war nicht der Grund. Vielmehr lag es an den Scherzen und Witzen, die er erzählen konnte wie kein Zweiter. In seiner Gegenwart gab es immer etwas zu lachen – und allein sein Lächeln war so ansteckend, dass ich mich nur schwer von seinem Anblick lösen konnte. In diesem Ferienlager hätte Robert alle Mädchen haben können. Doch er wollte nur mich.

Inzwischen bin ich mir sicher, dass er mich nur wegen meines Aussehens ausgesucht hat. Aber damals wollte ich noch nicht glauben, dass Locken attraktiv und besonders wirken. Ich war mit ihnen aufgewachsen und fand sie vorwiegend lästig. Wenn ich sie kämmte, standen sie zu allen Seiten ab wie eine Löwenmähne, und wenn ich sie nicht kämmte, waren sie verknotet und zottelig. Eigentlich ließen sie sich nur zähmen, indem ich sie hochsteckte oder zu Zöpfen zusammenflocht, und allenfalls im frisch gewaschenen Zustand sahen sie gut aus. Auf Männer schienen sie dennoch zu wirken wie ein Magnet. Schon bei unserer ersten Begegnung, als Robert mit uns in der Lagerfeuerrunde saß, schaute er mich am häufigsten an, wenn er seine Witze und Anekdoten erzählte. Beim zweiten Mal setzte er sich neben mich, und beim dritten Mal fragte er mich, ob wir nicht zusammen den Strand entlanggehen wollten.

Warum ich mich damals in ihn verliebt habe, kann ich heute kaum noch sagen. Ich denke, sein Interesse hat mich eingewickelt. Es hat sich schön angefühlt, einem Mann zu gefallen, mit ihm zu lachen und zu spaßen. Frohsinn stand zwar nie auf meiner Liste wünschenswerter Männereigenschaften. Doch nach all der Schwere, die mich seit Jahren gefangen hielt, war Roberts Leichtigkeit wie eine Befreiung. Während jenes Strandspaziergangs küssten wir uns zum ersten Mal, und dieser Kuss fühlte sich so schwerelos an wie alles in seiner Gegenwart. Vor ihm gab es keinen Grund, befangen zu sein, weil er das Talent besaß, jede Peinlichkeit und jedes Missgeschick in einen Scherz zu verwandeln. Als wir wenige Tage später zum ersten Mal miteinander schliefen, begann es mit der gleichen zufälligen Leichtigkeit, eine Berührung führte zur nächsten, wir sprachen uns nicht ab, was wir tun wollten, und ehe wir's uns versahen, war es tatsächlich geschehen. Es tat weh und ging schnell, aber wir lachten darüber und fühlten uns trotz allem gut dabei. »Das üben wir noch«, war Roberts Kommentar dazu, und genau das taten wir. In den letzten Tagen im Ferienlager, aber auch später, als wir wieder zu Hause waren. Seine Eltern besaßen ein Boot auf der Alster, das er sich ausleihen durfte, und dort waren wir ungestört.

Zum ersten Mal seit Langem kam ich mir wieder wie eine Piratin vor. Nicht wegen des Bootes, sondern weil wir etwas taten, das sich nicht gehörte und von dem unsere Eltern besser nichts wissen sollten.

Obwohl ich in unserer Apotheke Kondome mitgehen ließ, waren wir viel zu leichtfertig mit diesem Thema. Vielleicht träumten wir insgeheim von einer eigenen Familie, oder wir suchten einfach nur einen Weg, um dem zu entfliehen, was wie ein Damoklesschwert über uns hing: Nach der Eroberung Frankreichs schien der Krieg eine Pause zu machen. Aber Robert hatte sein Abitur bestanden, bald würde er zwanzig Jahre alt werden, und wir rechneten jederzeit mit seinem Einberufungsbefehl.

Jedes Treffen auf dem Boot konnte unser letztes sein, jede Berührung, die ich ihm verweigerte, war womöglich nie wieder nachzuholen. Also ließ ich mich fallen und vergaß jede

Moral, die ich einmal gelernt hatte. Was nutzt dem Menschen die Moral, wenn der Tod bevorsteht?

Robert schaffte es immer, jede Gefahr davonzulachen, bis wir kaum noch daran dachten. Dann jedoch war es so weit. Im September 1940 wurde er zum Reichsarbeitsdienst einberufen, und direkt danach musste er seine Militärausbildung antreten. Kathrinchen war unser Abschiedsgeschenk. Bei der Augustabrechnung war meinem Vater aufgefallen, wie viele Kondome fehlten, die nicht verkauft worden waren. Er hatte meinen Bruder in Verdacht. Natürlich stritt Paul die Tat ab, die er nicht begangen hatte, und es war nur eine Frage der Zeit, bis mein Vater auf mich kommen würde. Also wagte ich es nicht, mir weitere Kondome zu nehmen.

An jenem Abend, als Robert seinen Einberufungsbefehl mitbrachte, war mir alles egal. Waren wir nicht schon genug Risiken eingegangen? Würde er nicht bald sein ganzes Leben aufs Spiel setzen? War es im Vergleich dazu nicht etwas Bezauberndes, ein neues Leben zu riskieren?

In der kurzen Zeit, die ihm noch blieb, nutzten wir jede Gelegenheit, um uns zu treffen, und nur wenige Wochen nachdem er fort war, fing mein Körper an, sich zu verändern. Ich wusste sofort, dass ich schwanger war, auch ohne zu einem Arzt zu gehen. Robert schrieb ich in einem Brief davon, scheute mich aber davor, es meinen Eltern zu erzählen. Ich war mir nicht sicher, was sie dazu sagen würden, ob sie auf die Idee kämen, mich zu einem Arzt zu bringen, der das Kind abtrieb. Auch wenn es nicht erlaubt war, war ich mir sicher, dass mein Vater jemanden kannte, der das für uns organisieren könnte. Doch ich wollte das Kind behalten. So viel wusste ich sofort.

Klara war die Erste, mit der ich darüber redete. Klara, die inzwischen schon so lange in der Hachschara-Vorbereitung war, dass ich glaubte, sie nie wiederzusehen. Plötzlich stand sie vor unserer Tür, regendurchnässt und mit verweinten Augen. Schon seit vielen Jahren war sie nicht mehr in unserer Woh-

212

nung gewesen, meine Eltern waren jedoch nicht da, um sich darüber zu beschweren, also ließ ich sie herein. Ich gab ihr trockene Kleidung, und dann saßen wir auf meinem Bett, und sie erzählte mir, dass ihr Ausbildungslager geschlossen worden war. Es würde keine weiteren Auswanderungen nach Palästina mehr geben. Stattdessen war es schwierig geworden, überhaupt noch eine Ausreisegenehmigung zu erhalten, egal wohin. Ihre Eltern versuchten schon seit einer Weile alles Menschenmögliche, um sich mit der ganzen Familie abzusetzen oder wenigstens Klara und ihren Bruder wegzuschicken, aber bis jetzt hatte sich noch kein Ausweg gefunden.

Am schlimmsten war es, dass die Nationalsozialisten das Hachschara-Lager in ein Zwangsarbeiterlager für männliche Jugendliche umgewandelt hatten. Levin hatte zusammen mit allen anderen Schülern dableiben müssen. Klara hingegen hatte nicht auf den Befehl gewartet, der anwies, was mit den weiblichen Jugendlichen geschehen sollte. Sie war einfach bei der erstbesten Gelegenheit geflohen – ohne sich von Levin zu verabschieden.

Letzteres bereute sie am meisten. Während wir auf meinem Bett saßen, sagte sie ein ums andere Mal, dass sie noch einmal zurück müsse, um ihrem Freund Lebewohl zu sagen, und ich sah die Schuld und die Angst in ihren Augen. »Ich habe ihn verraten«, murmelte sie. »Ich habe ihn dort gelassen und mich davongeschlichen wie eine Diebin.«

Ich verstand ihre Schuldgefühle, ihren Kummer, ihr Bedürfnis, die Entscheidung rückgängig zu machen. Dennoch sagte ich ihr, dass sie um keinen Preis zurückgehen dürfe – weil die Nazis sicher nichts Gutes mit ihr täten. Wahrscheinlich war es gefährlich genug, dass sie bei ihrer Familie war. Hier würden sie zuerst nach ihr suchen.

Klara nickte zu meinen Bedenken, aber ich wusste nicht, ob sie auf mich hören würde.

Als ich ihr kurz darauf erzählte, dass ich schwanger war,

kam ich mir schäbig und lächerlich vor. *Ihr Leben zerfiel zu einem Scherbenhaufen, und mein einziges Problem bestand in einem unehelichen Kind. Klara hingegen lächelte, zwar noch beklommen von ihrer eigenen Geschichte, dennoch war es ein Lächeln.* »*Das ist das Schönste, was ich in diesem ganzen Elend seit Langem gehört habe. Du bekommst ein Kind, Hannah, das ist der größte Schatz, den der Ewige einem Paar schenken kann.*«

Ich war mir nicht ganz sicher, ob es wirklich so ein Geschenk war, aber Klara betrachtete diesen Umstand mit solcher Zuversicht, dass ich mich endlich etwas besser fühlte: »*Wir schaffen das schon*«, *erklärte sie mir, als ich ihr die ganze Geschichte von Robert und mir erzählt hatte.* »*Du kannst auf mich setzen. Sobald das Kind da ist, werde ich dir helfen. Und irgendwann kommt auch dein Robert zurück, und dann seid ihr eine richtige Familie. So schlimm wird das alles schon nicht werden.*«

Dass ausgerechnet sie mir helfen wollte, machte mich traurig. Immerhin fand ich seit Jahren keinen Weg, um ihr beizustehen, und wir beide ahnten wohl, dass Klara auch für mich nichts tun konnte, wenn das Kind erst einmal da war. Es war verboten, dass sie auch nur ansatzweise ein »*arisches*« *Kind versorgte. Selbst dieses Treffen in unserer Wohnung würde wohl für lange Zeit eine Ausnahme bleiben.*

Immerhin gab Klara mir den Mut, endlich mit meinen Eltern zu sprechen und ihnen alles zu gestehen. Ich sagte meinem Vater, dass ich die fehlenden Kondome genommen, es zum Schluss aber nicht mehr gewagt hatte.

Mein Vater war mehr enttäuscht als wütend auf mich. Doch was ihn am meisten enttäuschte, fand ich nicht heraus: ob es die Schmach war, dass seine Tochter ein uneheliches Kind erwartete, oder die Enttäuschung, weil ich Kondome gestohlen hatte – oder vielleicht auch ein Vorwurf, weil ich als Apothekertochter genau wusste, welches Risiko ich eingegangen war.

Er sprach die Vorwürfe nicht aus, auch wenn sie sicher in seinem Kopf kreisten, und irgendwann kam ich zu dem Schluss, dass ihn vor allem eines enttäuschte: Mit einem Kind würde es viel schwieriger für mich werden, seine Nachfolge in der Apotheke zu übernehmen. Dennoch sagte er mir sofort seine Unterstützung zu. Auch meine Mutter war nur kurz schockiert, ehe sie sich auf ihren Enkel freute.

Dass Robert und ich so bald wie möglich heiraten mussten, stand außer Frage. Seine Eltern knirschten zwar mit den Zähnen, weil ich nicht aus einer reichen Kaufmannsfamilie stammte und sie sich für ihren Sohn eine bessere Verbindung gewünscht hatten – trotzdem bestanden sie darauf, dass ein Kind mit dem Nachnamen seines Vaters geboren wurde. So heirateten Robert und ich ohne großes Aufhebens, sobald er das nächste Mal Urlaub bekam. Unser Hochzeitstag war der 3. Januar, noch früh genug, um meinen Bauch unter dem Kleid nicht zu sehen.

Als Kathrinchen am 18. Juni 1941 geboren wurde, war ich allein mit ihr und meinen Eltern. Robert stand bereits an den Ostgrenzen des Reiches, nur um pünktlich am 22. Juni mit dem Großteil der Deutschen Wehrmacht in die Sowjetunion einzumarschieren. Nur zwei Monate später fiel mein Bruder Paul, und Klara war weit davon entfernt, mir helfen zu können. Ab September musste sie einen gelben Judenstern auf der Brust tragen, um jederzeit als Jüdin identifizierbar zu sein, und alle Bemühungen, mit ihrer Familie auszuwandern, zerschlugen sich an einem Ausreiseverbot für Juden.

Stattdessen bekam sie im Oktober ihren »Evakuierungsbefehl« nach Litzmannstadt. Sie zeigte ihn mir bei unserem letzten heimlichen Treffen im Park. Ich schob einen Kinderwagen mit mir, und sie hatte den Judenstern heimlich abgemacht und in ihre Tasche gesteckt, bevor wir uns gemeinsam in der Dämmerung auf eine Bank setzten.

»Es heißt, sie bringen uns in den Osten, damit wir dort neues Land besiedeln.« Der Tonfall, in dem sie das sagte, klang wenig überzeugt. Dennoch gab sie sich Mühe, ein Lächeln aufzusetzen. »Vielleicht wird das gar nicht so schlecht. Ob ich nun in Palästina das Wüstenland urbar mache oder im Osten das Land, aus dem die Polen vertrieben wurden, ist doch eigentlich egal. So war meine Hachschara wenigstens nicht ganz umsonst.«

Ich nickte, aber wir beide ahnten, dass es nur eine Lüge war, mit der die Nazis die Juden betrogen und die Klara glauben wollte, um sich zu beruhigen.

Oder wollte sie nur mich damit beruhigen? Genau das war ihr zuzutrauen: dass sie in ihren letzten Hamburger Tagen nicht ihr eigenes Schicksal beklagte, sondern ihre beste Freundin, die gerade Mutter geworden war, ohne Sorgen zurücklassen wollte.

Am 25. Oktober 1941 bestieg Klara zusammen mit mehr als tausend anderen Hamburger Juden einen Zug Richtung Osten.

Ich habe sie nie wiedergesehen.

* * *

Kreis Plön, Ostseeküste Schleswig-Holstein
Kriegsgefangenenzone F, Januar 1946

Nur zwei Säcke mit geschlagenem Holz trugen die Männer nach Hause, mehr als das konnten sie nicht mitbringen. Es war so schon schwierig genug, die Holzsäcke zwischen ihren Vorräten zu verstecken, und der einzige Weg, genug Feuerholz zu haben, bestand darin, jede zweite Nacht erneut loszuziehen. Immer wenn sie fort waren, fürchtete Hannah um die Männer, doch sobald sie zurückkehrten und die Brennhexe mit frischem Holz anfeuerten, wurde ihr Bangen entschädigt.

Das nasse Holz zischte und knackte im Ofen. Manchmal erloschen die Flammen beinahe, wenn sie zu viel nachlegten. Dann verging eine ganze Weile, während der das Feuer nur qualmte und brutzelte, bis jeglicher Saft aus dem lebendigen Holz verdampft war. Aber schließlich wurde es wieder warm in ihrem Zimmer. Der Raureif an den Außenwänden taute und lief in schmalen Rinnsalen die Wände herab. Gelbe Flecken bildeten sich im Anstrich, und auf dem Holzfußboden sammelten sich Pfützen, die langsam einsickerten.

Wenige Tage darauf offenbarte sich die nächste Katastrophe: Aus ihren Vorräten sickerte der Gestank von verrottenden Äpfeln und faulenden Kartoffeln. Anfangs hofften sie noch, dass es nur vereinzelte Knollen und Früchte waren, die zwischen den anderen vergammelten. Erst als sie anfingen, die Säcke auszuräumen, bemerkten sie, was tatsächlich geschehen war: Jegliche Säcke, die direkt an den Außenwänden gestanden hatten, waren in der Kälte eingefroren. Durch die Wärme waren die Vorräte wieder aufgetaut und fingen in ihrem auslaufenden Saft an zu schimmeln.

Mit bleichen Gesichtern und angehaltenem Atem sortierten sie die verfaulten Früchte und die vergammelten Kartoffeln aus. Doch die meisten erfrorenen Knollen und Äpfel behielten sie. Die Lebensmittelzuteilungen waren auf unter tausend Kalorien am Tag gefallen – wenn sie überleben wollten, mussten sie alles essen, was sich in irgendeiner Weise essen ließ.

Bislang waren ihre Kartoffeln eine willkommene zusätzliche Mahlzeit gewesen. In erfrorenem Zustand schmeckten sie hingegen auf so widerwärtige Weise süß, dass Hannah sich beim Essen die Nase zuhalten musste. Schon allein von dem Fäulnisgestank der kochenden Kartoffeln wurde ihr übel.

Die erfrorenen Äpfel ließen sich deutlich besser essen, entwickelten aber nach wenigen Tagen Faulstellen. Am liebsten hätte Hannah sie eingekocht, um sie zu retten. Ihre Einmachgläser waren allerdings noch mit anderem Kompott gefüllt, weil sie beschlossen hatten, die haltbaren Konserven bis zum Ende des Winters aufzubewahren. Fürs Erste mussten sie also mit den mageren Rationen und den gefrorenen Kartoffeln über die Runden kommen. Das Knurren ihres Magens wurde für Hannah zum ständigen Begleiter, und die Kleidung saß von Woche zu Woche loser an ihrem Körper. Nur die Männer litten noch schlimmer unter dem Hunger. Im Gegensatz zu Hannah verbrachten sie große Teile der Nacht mit schwerer Holzfällerarbeit. Danach waren sie so hungrig, dass selbst der widerwärtige Geschmack der glasigen Gefrierkartoffeln sie nicht mehr störte. Vielleicht aßen sie die Kartoffeln auch einfach nur schnell genug, um sie gar nicht richtig zu schmecken.

Die Männer ließen keine Möglichkeit aus, um weitere Nahrung zu finden, auch wenn sie dafür zu Dieben wurden. Allzu oft brachte Freddie ein paar Eier oder ein totes Huhn mit. In solchen Fällen legte Hannah die Eier ins Kochwasser, ohne nach ihrer Herkunft zu fragen. Sie alle hätten lieber Spiegeleier gegessen, aber der Bratgeruch nach fettigem Ei wäre bei der nächsten Zimmerkontrolle zu verräterisch gewesen.

Die Diebe und Plünderer wurden inzwischen auf dem ganzen Gutshof gesucht. Schließlich konnte es nicht sein, dass hundert Hühner nur noch zwanzig Eier am Tag legten – und so viele Tiere, wie täglich verschwanden, konnte kein Fuchs aus dem Stall holen. Jedenfalls kein tierischer Fuchs.

Was ihren menschlichen Fuchs betraf, so hatte Hannah den Verdacht, dass er Freddie beim Stehlen assistierte und sich in die Geheimnisse des Schwarzmarktes einweihen ließ. Immer häufiger zogen die beiden gemeinsam los und nahmen die Zigaretten mit, die Egon und Freddie einsparten, seitdem sie das Rauchen aufgegeben hatten. Doch inzwischen schien auch der Schwarzmarkt nur noch wenig herzugeben. Die Ausbeute, die sie von dort mitbrachten, war enttäuschend gering, und selbst auf seinen geliebten Alkohol schien Freddie mittlerweile zu verzichten. Ob ihn die Not dazu zwang oder ob er sich das Trinken freiwillig abgewöhnt hatte, konnte Hannah nicht mit Sicherheit feststellen. Sie wusste nur, dass er bei klarem Verstand erstaunlich clever war, und vielleicht hatte seine Klugheit auch die Trinksucht besiegt, indem er den größeren Nutzen von Lebensmitteln gegenüber Alkohol ganz schlicht abgewogen hatte.

Trotz aller Bemühungen ließ sich ihr Hunger jedoch kaum eindämmen, und sie alle reagierten zunehmend gereizter. Wenn sie sich zu viert im Zimmer aufhielten, gerieten sie wegen jeder Kleinigkeit in Streit – wessen Brotscheibe dicker war, ob sie das Fenster zum Lüften aufmachen sollten, ob es sinnvoll wäre, das Radio gegen Nahrung einzutauschen.

Über letztere Frage diskutierten sie immer wieder. Sie alle hingen an dem Radio, und niemand würde es gern hergeben. Doch wann immer Egon und Freddie darüber redeten, sprang der Fuchs auf, lief unruhig hin und her schaute die beiden an, als wollte er sie töten. Alles an ihm hatte den Anschein, er würde jeden Moment mit einem Schwall von Worten hervorplatzen. Dennoch tat er es nicht. Was auch immer geschah, er gab keinen Ton von sich. Nur seine Gestik und Mimik wurde immer wilder. Sosehr Hannah sein Schweigen anfangs gemocht hatte, inzwischen wurden seine stummen Blicke unerträglich, und seine wortlose Sprache machte sie rasend. Warum redete er nicht, wenn ihm etwas ganz offensichtlich so wichtig war?

Hannah kam sich betrogen vor. Ganz egal, wie viel sie ihm von ihrer Geschichte offenbart hatte und welche Mühe sie sich gab, ihn zum Reden zu bringen, die Geheimnisse des Fuchses blieben in ihm verschlossen.

All das schlug ihr zunehmend aufs Gemüt. Sie fühlte sich schwach und ausgelaugt und war zugleich von einer Unruhe erfüllt, für die es kein Ventil gab. Obwohl es sinnlos geworden war, am Strand nach Treibholz zu suchen, ging sie dorthin. Um ihrer Unruhe etwas entgegenzusetzen, um sich abzureagieren, um sich nicht wie eine Furie mit den Männern zu streiten. Der Fuchs schien zu spüren, dass es eine schlechte Idee war, ihr zu folgen.

Deswegen war sie überrascht, als er eines Tages hinter ihr nach draußen lief. Zuerst dachte sie, er wolle einfach nur in den Wirtschaftshof gehen, vielleicht zum Brunnen oder zum Waschhaus – doch er blieb dicht hinter ihr und gesellte sich im Durchgang des Torhauses an ihre Seite.

»Warum verfolgst du mich?« Nur mühsam hielt sie den Zorn zurück.

Moritz blieb stehen und zuckte die Schultern. Der Wind fing sich in der Tordurchfahrt, wirbelte durch seine Haare und ließ sie im Gegenlicht der Morgensonne rötlich schimmern. Sein Gesicht wirkte wie das eines kleinen Jungen, und dennoch waren seine Augen schmerzerfüllt.

Das Kribbeln in Hannahs Bauch flammte auf. »Na gut«, murmelte sie. »Dann komm mit. Ich wollte zum Strand.«

Seite an Seite verließen sie den Gutshof, schlugen den Weg ein, der den See umrundete, und wanderten an den Knicks entlang bis zum Meer. Der eisige Ostwind fegte über das Wasser, peitschte die Wellen auf und erfasste Hannah am höchsten Punkt der Dünen mit solcher Wucht, dass ihr der Atem wegblieb.

Auch die Gischt an den Wellenbrechern schäumte auf, genau dort, wo die Miesmuscheln unter Wasser an den Buhnen wuchsen. Der Geruch von Seetang stieg in ihre Nase, erinnerte an gebratene Meeresfrüchte und weckte einen verzweifelten Appetit. »Wenn das Wasser nicht so eisig wäre«, murmelte sie, »könnten wir Miesmuscheln pflücken, dann würden wir sie mit Butter und Zwiebeln braten und unser Brot in die Soße tunken.«

Moritz schluckte, und fast konnte sie erkennen, wie der Hunger auf ihn übergriff. Wieder schienen seine Augen zu sprechen, seine Lippen bewegten sich, sein Arm deutete auf die Buhnen.

Doch plötzlich hatte sie genug. Immer dieser Blick, immer die versteckten Worte in seinen Rehaugen. Ihre Wut brodelte auf, sie wollte ihn an den Schultern packen und durchschütteln. »Herrgott!«, rief sie. »Du hast so viel zu sagen, ich sehe es dir an. Warum redest du nicht einfach? Dass du es kannst, wissen wir beide, *Moritz!*«

Er wich ihr aus, schaute in den Sand, als würde er etwas suchen.

Hannah fluchte, ging die Dünen hinab und steuerte auf die Brandung zu. Der Fuchs blieb an ihrer Seite.

»Dabei gibt es so viel, was ich gern von dir wissen würde: woher du kommst, wo deine Familie geblieben ist, warum du allein warst, als Egon dich gefunden hat ...« Sie holte Luft. Es tat gut, die Fragen auszusprechen, auch wenn sie keine Antwort bekommen würde. »Oder nehmen wir den Krieg: Millionen von Soldaten waren im Krieg. Aber alle, die ich kenne, reden nicht darüber. Egon kann nur blöde Scherze machen, Freddie säuft, wenn er sich daran erinnert, und selbst Robert damals wollte nur über die Zukunft reden ... Alle tun so, als wäre der Krieg nie gewesen. Sie reden über alles Mögliche, aber niemals darüber, wie es ist, ein Soldat zu sein.« Sie räusperte sich. »Dass du überhaupt nicht redest, ist im Vergleich dazu wenigstens ehrlich.«

Moritz' Blick wurde dunkel, ließ sie die Worte ahnen, die er nur dachte: *Du willst nicht wissen, wie es im Krieg war. Alles willst du wissen, nur das nicht.*

Hannah schüttelte den Kopf. »Doch«, rief sie. »Ich will alles wissen. Die Frage beschäftigt mich schon lange. Ich habe doch nur Glück gehabt, weil ich eine Frau bin. Als Mann hätte ich genauso in den Krieg gemusst wie ihr. Aber wie fühlt es sich an, ein Soldat zu sein? Wie ist es möglich, einen Menschen zu töten? Wie kann man das Gewehr auf jemanden richten und abdrücken? Vielleicht täusche ich mich, vielleicht ist es ganz einfach, wenn der andere auch eine Waffe hat. Wenn man nicht sterben will und große Angst hat, vielleicht ist es dann ganz leicht abzudrücken. Nur hinterher ... wenn man schneller war als der andere, wenn man ihn getötet hat ... wie hält man das aus? Wie kann man danach noch in den Spie...«

Der Fuchs packte ihr Handgelenk, wirbelte sie herum und presste die Hand auf ihren Mund. Panik brannte in seinem Blick, eine bizarre Grimasse verzerrte sein Gesicht. Wieder sah er aus, als wollte er sie anschreien.

Erst im letzten Moment ließ er sie los und sprang zurück.

»Warum schreist du mich nicht endlich an?«, rief sie. »Warum sagst du mir nicht, dass ich aufhören soll? Dass ich dich in Ruhe lassen soll? Dass ich nicht solche Dinge sagen soll, die den Krieg zurückholen?«

Plötzlich lachte er. Zuerst war es nur ein einzelner Laut. Dann brach das Lachen hervor, türmte sich auf, bis es den Wind und die Wellen übertönte. Doch es war kein normales Lachen. Vielmehr kreischte der Wahnsinn darin, ein irres Crescendo aus ungesagten Worten, die unter dem Druck ihrer Fragen zersplitterten.

Augenblicklich bereute Hannah, was sie getan hatte. Langsam ging sie auf ihn zu, streckte die Hand aus. Der Wind zauste durch seine roten Haare, um seine Mundwinkel bildeten sich Lachfalten, die sie noch nie an ihm gesehen hatte. Ihr Blick fing sich an seinen Lippen, die endlich reden, und wenn schon nicht reden, dann wenigstens noch näher kommen sollten. »Entschuldige«, flüsterte sie. »Ich hätte das nicht sagen sollen.« Ihre Stimme drang nicht zu ihm durch, war viel zu leise unter dem Lachen. Nur ihre Hand erreichte seine Wange, fühlte die winzigen Bartstoppeln, die Vibration seiner Stimme. Bis er verstummte. Seine Hände umfingen ihre Schultern und zogen sie an sich. Mit einem Mal war sein Mund direkt vor ihr, seine rot gefrorene Winternase und die dunklen Rehaugen. In der nächsten Sekunde küsste er sie. Er schmeckte nach dem Rübensirup, mit dem sie ihr Brot bestrichen, und roch nach dem Salz des Meeres. Seine Lippen waren weich und wussten dennoch genau, was sie wollten. Was er mit Worten nicht sagen konnte, sprach aus seiner Berührung. Seine Arme pressten sie an sich, seine Hände strichen ihren Rücken entlang, sein Kuss spielte mit ihrem Mund, als hätte er schon ewig davon geträumt. Wenn sie bislang geglaubt hatte, einen Jungen vor sich zu haben, so wusste sie es jetzt besser. Er war ein Mann; und dass sie nicht seine erste Frau war, erkannte sie in diesem Augenblick. Ihre Finger klammerten sich an seinen Rücken, suchten seine Wärme und fanden nur seinen Mantel. Die Gestalt darunter war zu schmal, ausgehungert und mager, und trotzdem von zäher, gieriger Kraft erfüllt.

Auch seine Hände wussten, was sie taten, berührten die Haut in ihrem Nacken und schoben sich in ihre Haare. Während seine Lippen ihren Hals hinabstrichen, schloss Hannah die Augen. Plötzlich wollte sie nackt sein, wollte den Sommerwind in den Dünen spüren und nicht die frostige Kälte des Winters. Sie wollte mit ihm allein sein in der Nacht, in ihrer Kammer oder am Strand, irgendwo. Der Ort war ihr gleich, wenn es nur genug Wärme und genug Einsamkeit gäbe.

Doch der Sommer war fern, die Kälte nagte an jedem Stück Haut, das sie preisgab, und der Strand war so weitläufig, dass jeder Spaziergänger sie sehen würde.

Alles, was sie haben konnte, war dieser Moment.

In der nächsten Sekunde war Moritz fort. Mit roten Wangen und zerwühlten Haaren stand er vor ihr. Sein Mund war noch halb geöffnet, und jeder Fremde könnte den Kuss erkennen, der auf seinen Lippen glänzte.

Nur in seinen Augen lag dunkle Verstörung. Ganz langsam wich er zurück, drehte sich um und rannte den Strand entlang, so dicht an der Brandung, dass die Wellen um seine Füße spülten. Hannah begriff zu spät, was er vorhatte, sah ihm nur hinterher, während er zuerst den Mantel und dann die Feldbluse von sich warf. Zuletzt zog er das Hemd über den Kopf. Ganz kurz blieb er neben einem der Wellenbrecher stehen, streifte sich die Stiefel von den Füßen und rannte mitsamt seiner Hose in das eisige Wasser.

Erst jetzt konnte Hannah sich wieder rühren. Sie sprintete zu seiner Kleidung, sah seinen Kopf zwischen den Wellen und schrie ihm nach: »Fuchs! Was tust du da? Komm zurück! Moritz!«

Er hörte nicht auf sie. Als er das Ende der Buhne erreichte, tauchte er unter. Nur vage erkannte sie, dass er sich im Wasser das Unterhemd auszog, dass er noch einmal untertauchte und endlich in ihre Richtung zurückschwamm.

Hannah rettete seine Kleidung vor der Brandung. Nur mit einem Arm kämpfte er gegen die Strömung, während der andere ein Bündel an seine Seite presste. Die Wellen drückten schräg gegen seinen Körper, wollten ihn gegen die Buhne werfen. Immer weiter driftete er dorthin.

»Moritz!« Wieder schrie sie. »Pass auf! Du musst mehr nach links!«

Ob er tatsächlich die Richtung korrigierte, konnte sie nicht sehen. Doch schließlich erreichte er die flachere Zone, richtete sich auf und watete auf sie zu.

Als er bei Hannah ankam, senkte er den Kopf, wischte sich das Salzwasser aus dem Gesicht und reichte ihr das Bündel. Es waren Miesmuscheln, eine ganze Traube von kleinen und großen Miesmuscheln, die im Familienverband an den Steinbuhnen klebten.

Moritz zitterte, seine Zähne schlugen aufeinander.

»Bist du irre?« Sie wollte ihn ohrfeigen, zurückschubsen. Nur die Muscheln und die Kleidung auf ihrem Arm hinderten sie daran. »Zieh dich an! Du musst ins Warme. Sonst erfrierst du!«

Die Sehnsucht in seinem Blick raubte ihr den Atem: Ja, er

wollte erfrieren, wollte lieber sterben, als mit dem weiterzumachen, was soeben zwischen ihnen geschehen war. Oder irrte sie sich? Bereute er den Kuss oder das Bad in der kalten See?

»Verdammt. Warum sagst du mir nicht, was los ist?«

Moritz nahm die Kleidung aus ihren Armen und wandte sich ab. Hastig wickelte Hannah den Schal von ihrem Hals und reichte ihn über seine Schulter. »Hier«, rief sie über das Rauschen der Wellen hinweg. »Nimm den auch noch. Trockne dich damit ab und wickle ihn um deinen Kopf.«

Er griff nach dem Schal, wischte sich die gröbsten Wassertropfen vom Körper und zog sich mit schnellen Bewegungen an.

Während sie nebeneinander zum Gutshof liefen, sah er sie kein einziges Mal an, auch dann nicht, als er in der Kammer unter seine Decke kroch. Egon und Freddie waren noch nicht zurück, vermutlich weil sie zum Schwarzmarkt gefahren waren. Das Feuer war ausgegangen, und Hannah musste es erst wieder mit nassem Holz anheizen.

In all der Zeit wagte sie es nicht, zu dem Fuchs hinüberzuschauen. Noch immer schmeckte sie das salzige Aroma auf ihren Lippen, fühlte die Wärme in ihrem Nacken, wo seine Hände sie berührt hatten. Sie wollte ihm sagen, dass sie nichts bereute, wollte sich an ihn kuscheln und die Zeit mit ihm nutzen, bis Freddie und Egon zurückkamen. Doch es wäre ein Fehler, ihn zu bedrängen. Was auch immer ihn dazu gebracht hatte, sie zu küssen. Jetzt war es vorbei – und zurück blieb nur ein Schwelbrand, der langsam durch ihren Körper glühte und giftigen Rauch verbreitete. Sie hatte sich in einen verrückten, schweigenden Soldaten verliebt. Etwas Dümmeres war ihr nicht mehr passiert, seitdem sie aus Leichtsinn ein Kind gezeugt hatte. Ein Kind, das nur zwei Jahre später gestorben war.

* * *

Gut Morkamp, Dachkammer, Feuer und Kälte

Noch Stunden später schüttelte ihn die Kälte. Ganz eng musste er die Arme um seine Beine schlingen und die Decke über seine Nase ziehen, dennoch reichte es nicht aus, um das Frösteln zu besiegen. Genauso unaufhörlich kreiste der Moment am Strand in seinen Gedanken. Die Wärme ihrer Lippen, ihr schmaler Körper in seinen Armen, ihre Reaktion, als hätte sie ewig darauf gewartet. Mit solcher Gewalt war das Glück durch ihn hindurchgeströmt, dass er beinahe daran erstickt wäre. So lange, bis die anderen Bilder hervorgetrieben waren, Erinnerungen …

Sie wollte wissen, wie es im Krieg gewesen war. Beinahe musste er wieder lachen, wenn er daran dachte. Denn das wollte sie sicher nicht erfahren. Sie wollte nicht wissen, wie die Seele verkam, wenn man tötete. Wie der Geist erfror, wenn man den Sterbenden in die Augen sah. Sie wollte nicht wissen, wie sich das Maschinengewehr anfühlte in dem Moment, bevor man den Abzug drückte, und in jenem Moment darauf, während die tödliche Gewalt in den Ohren brüllte und den eigenen Körper fast genauso zurückwarf wie den des Toten.

Ganz sicher wollte sie nicht erfahren, wie der letzte Rest von Menschlichkeit starb, sobald das Blut der Ermordeten auf der Haut klebte, wenn man es Abend für Abend vom Gesicht schrubbte und der Verwesungsgestank in der Uniform festhing, als wäre man der leibhaftige Tod. Das alles wollte sie bestimmt nicht wissen. Und am wenigsten wollte sie hören, welches sein größtes Verbrechen war.

Heute Nachmittag am Strand, während er sie im Arm gehalten und geküsst hatte, war die gärende Fäulnis seiner verkommenen Soldatenseele über ihn hereingebrochen. Urplötzlich hatte sie sich verwandelt, in ein anderes Mädchen mit schwarzen Haaren und traurigen Augen. Warme Nächte am Ofen, die Ruhe des Waldes – und dann der Krach. Detonationen, das Rattern der Maschinengewehre. Zwei tote Körper am Boden.

Er durfte sie nicht ansehen, niemals ansehen. Nur überleben. Davonlaufen. Wäre er doch besser gestorben. Warum hatte er sich nicht die Mündung der Pistole in den Mund gesteckt? Warum war er nur so ein Feigling?

Wieder sah er die Frauen im Zwielicht, wie sie sich am Boden zusammendrängten. Dazwischen die Kinder, ein Mädchen, dessen Gesicht er kannte. Er musste zu ihr, riss sie fort von den anderen und sah sie direkt vor sich, ihre Augen vor Angst geweitet.

Wenn doch nur das Feuer nicht wäre ... Beißende Hitze schlug in seinen Rücken. Und wieder der Lärm, Todesschreie, Kreischen, das Fauchen der Flammen.

Verrat! Er war ein Verräter!

Voller Abscheu war er zurückgewichen, heute Nachmittag am Strand. Abscheu vor sich selbst. Er hatte vor den Erinnerungen fliehen müssen, vor der Schuld, vor seinem jämmerlichen Leben. Kälte gegen das Feuer. Nur deshalb war er ins Meer gerannt, um taub zu werden im Eis der Ostsee.

Sein Vergessen währte nur kurz. Einmal geweckt, blieben die Erinnerungen wie ein Fluch. Feuer und Kreischen, das Gesicht des Mädchens ...

Seine verdorbene Seele hatte jedes Recht auf Liebe verwirkt. Was heute am Strand geschehen war, durfte sich nicht wiederholen. Hannah verdiente einen besseren Mann als ihn.

10. KAPITEL

Sowjetunion, Weißrussland, Herbst 1943

D as Erste, was er im Krieg lernte, war die Jagd nach Menschen. *Bandenbekämpfung* lautete der offizielle Begriff für die Aufgabe, die sie vom ersten Tag an zu erledigen hatten. Die sogenannte Ausbildung in ihrem Feldausbildungsbataillon beschränkte sich auf eine kurze Einweisung in die Waffen und den sofortigen Einsatz in der Praxis. »Die Partisanen sind Abschaum, wir müssen sie beseitigen«, war die Erklärung für alles. Abgesehen davon, galt es, Befehlen zu gehorchen und das nachzuahmen, was die erfahrenen Männer der Sicherungsdivision ihnen vormachten. Schon früh hegte Lasky den Verdacht, dass lange nicht alle Menschen, die sie bekämpften, zu einer Partisanenbande gehörten. Doch genauso früh begriff er, dass dies der falsche Ort war, um moralische Fragen zu stellen. Kämpfen und überleben lautete die Devise. Alles andere interessierte niemanden.

Nur bruchstückhaft drang der Sinn ihres Tuns zu ihm durch: Dieser Sumpf lag hinter der Front. Die Partisanen, die hier lebten, bedrohten die Versorgungswege, sabotierten Schienen und Weichen, überfielen Vorratslager und sprengten Lazarettzüge in die Luft. Sie zu bekämpfen war von existenzieller Wichtigkeit, um den Soldaten an der Front den Rücken frei zu halten.

Hier jedoch, zwischen Partisanen und anderen Russen, gab es keine Frontlinie, es gab kein Vorne und kein Hinten, niemanden, der wiederum ihnen den Rücken frei hielt. Überall und jederzeit konnten die Gegner auf sie lauern. Sie waren gleichzeitig Jäger und Gejagte, lieferten sich ein Katz-und-Maus-Spiel mit den Partisanen, das nicht einmal in den Nächten pausierte.

In diesen Sumpfwäldern lernte Lasky, dass kleine Jungen

und Frauen Partisanen sein konnten, ebenso wie erwachsene Männer manchmal nur einfache Bauern waren, die ihre Familien durchbringen wollten. Beides zu unterscheiden war unmöglich. Also blieb nur die eine Lösung, auf alles zu schießen, was in seinem Sichtfeld auftauchte und keine deutsche Uniform trug.

Ihre Aufgabe bestand darin, den Sumpfwald unter deutsche Kontrolle zu bringen, und bald schon wusste er nicht mehr, welche Befehle am schlimmsten waren: jene Einsätze, bei denen sie ein »Partisanennest« umstellten und es mit Waffengewalt niederzwangen, bei dem sie Schuldige und Unschuldige mit undurchschaubarer Willkür voneinander trennten und die scheinbar Schuldigen ohne weiteren Prozess hinrichteten.

Oder jene Stunden, Tage und Wochen, in denen sie die Wälder auf der Suche nach Partisanen durchkämmten, in denen jeder Schatten, jedes Dickicht und jede Baumkrone das Versteck eines Feindes sein konnte. Diese Tage, an denen er lernte, bei jedem Knacken zusammenzuzucken und die dunklen Nischen des Waldes zu fürchten wie ein namenloses Monster. Mit jedem dieser Einsätze wurde er schreckhafter und dünnhäutiger, verwandelte sich in ein geducktes Tier, das durchs Unterholz kroch und sich vor Artgenossen fürchtete und das dennoch bei jeder Begegnung mit Krallen und Fauchen vorsprang, um den anderen zuerst zu treffen. In dieser Zeit wurde das Maschinengewehr sein bester Freund. Unablässig lag sein Finger am Abzug, und sobald sich Feinde näherten, drückte er ab, ohne genauer zu schauen, wen er vor sich hatte. Mitunter stellte sich erst danach heraus, dass es sich bei den Feinden um eine Rotte von Wildschweinen gehandelt hatte oder dass sie im Dämmerlicht nur auf schwankende Zweige und Baumstämme geschossen hatten. Inzwischen war es ihm jedoch egal geworden, wen oder was er umbrachte. Nur er selbst wollte nicht getötet werden.

Vielleicht waren jene Stunden und Tage im Wald aber auch

die Vorbereitung für die Einsätze, bei denen sie die lang gesuchten Partisanen stellen und töten sollten. Vielleicht war es diese Angst vor den Schatten des Waldes, die zu jenem Hass wurde, mit dem er auf den Kopf eines Menschen zielte. Wenn er die Partisanen in den Dörfern ansah, mit der Angst in den Knochen, wusste er, dass sie ihn nicht mehr töten konnten, sofern er nur die richtige Stelle an ihrer Stirn traf. Er musste sie loswerden, beseitigen, sich selbst vor ihnen schützen. Und so lernte er bereitwillig, wie man Schlingen knotete, die sich um den Hals eines Mannes festziehen ließen. Er fand heraus, wie man das Gewicht eines Menschen abschätzte, um dann mit genau dem richtigen Schwung gegen den Hocker zu treten, auf dem der Hinzurichtende stand, damit er schnell genug fiel und sein Genick zerbrach. Letztendlich lernte er sogar, in einem Kind kein Kind mehr zu sehen, sondern nur einen kleineren Partisanen, der sein Gewehr genauso gut benutzen konnte wie die Großen. Vielleicht sogar noch besser, denn die Kleinen kannten keine Skrupel, keine Friedensmoral und kein Leben ohne Krieg. In ihren Augen glühte die gleiche Angst, in ihren Grimassen wohnte derselbe Hass, und ihre Seelen waren auf eine sehr ähnliche Weise getötet worden wie seine.

* * *

Gut Morkamp, Kreis Plön, Ostseeküste Schleswig-Holstein, Kriegsgefangenenzone F, Januar 1946

Zwei Tage nach seinem eisigen Bad im Meer bekam der Fuchs Fieber. Er stand morgens nicht mehr auf, schaute Hannah nur mit glasigen Augen an und wandte sich von ihr ab, als sie ihn ansprach. Im Laufe des Tages aß er kaum etwas und trank einzig dann, wenn sie ihn dazu zwang.

In der Nacht darauf wurde sie durch ein lautes Geräusch aus dem Schlaf gerissen. In der Dunkelheit brauchte Hannah einen Moment, um zu erkennen, dass Moritz von einem heftigen Hustenanfall geschüttelt wurde. Eilig tastete sie nach den Streichhölzern und entzündete die Kerze. Der Fuchs saß auf seinem Strohsack, beugte sich hustend nach vorn und fiel erschöpft auf sein Kopfkissen zurück, als der Anfall vorbei war.

Sie schlüpfte aus ihrem Bett, hockte sich neben sein Lager und betrachtete sein blasses Gesicht. Sein Atem ging stoßweise, seine Zähne schlugen leise aufeinander.

»Was ist los?« Freddie hatte sich aufgesetzt und sah zu ihr herüber.

»Er ist krank.«

»Kein Wunder. Was geht der Tölpel auch ins eiskalte Meer?« Obwohl Egon noch halb versteckt unter seinen Decken lag, klang seine Stimme so genervt, als könnte er schon seit Stunden wegen der Geräusche nicht schlafen.

Hannah ignorierte den abfälligen Tonfall. Moritz zitterte am ganzen Körper. Vorsichtig legte sie die Hand an seine Stirn. Seine Haut war heiß, glühend heiß. Augenblicklich zuckte sie zurück. Ein hartes Rasseln mischte sich in seinen Atem. Wieder bäumte er sich auf, hustete nur knapp an ihr vorbei, bis er nach vorn fiel und sich mit den Händen auf ihren Knien abstützte. Hannah packte seine Schultern, hielt ihn fest, während der Husten ihn schüttelte. Als es vorbei war, schob sie ihn zurück auf sein Kissen. Rotbraune Pünktchen sprenkelten seine Wolldecke.

Schüttelfrost, hohes Fieber, Atemnot, Bluthusten. Sie kannte die Symptome. »Er hat eine Lungenentzündung.«

»Das hat er doch so gewollt«, entgegnete Egon, und für eine Sekunde wusste Hannah nicht, ob sie ihm eine langen oder ihn ignorieren sollte.

»Wir brauchen einen Arzt«, erklärte sie. »Der soll ihm Penicillin verschreiben. Nur das kann ihm jetzt noch helfen.« Erst nach dem Krieg hatte sie davon gehört, dass die Amerikaner etwas erfunden hatten, was Entzündungen zuverlässig bekämpfte, selbst solche, die vorher tödlich verliefen waren.

»Es ist mitten in der Nacht, Hannah.« Egon gähnte. »Geh wieder schlafen. Den Arzt kannst du morgen holen.«

Doch Hannah konnte sich nicht einfach wieder hinlegen. Sie musste herausfinden, wie ernst es war. »Fuchs.« Leise sprach sie ihn an, beugte sich so nah zu ihm, dass die anderen nichts mitbekamen. »Moritz, kannst du mich hören? Sieh mich an.«

Er regte sich nicht, atmete nur keuchend ein und aus. Womöglich schlief er oder befand sich in einem Dämmerzustand zwischen Halbschlaf und Fiebertrance.

Hannah strich ihm durchs Haar, fühlte den feuchten Schweiß. »Halte durch«, flüsterte sie. »Morgen früh hole ich Hilfe.« Damit stand sie auf, wusch sich die Hände in dem Blecheimer und legte sich zurück ins Bett. Nur einschlafen konnte sie nicht. Mit jedem Hustenanfall schreckte sie hoch.

Erst in den Morgenstunden wurde Moritz ruhiger.

Als Hannah aufwachte, schien draußen bereits die Wintersonne. Egon und Freddie waren längst aus dem Zimmer verschwunden, und nur der Fuchs lag still auf seinem Lager.

Wie lange hatte sie geschlafen? Hannah sprang auf, stürzte zu ihm und hielt die Hand an seine Stirn. Für den Bruchteil einer Sekunde fürchtete sie, er könnte tot sein. Dann hörte sie sein Atmen, nicht mehr so keuchend wie in der Nacht, sondern ruhiger und tiefer. Leise zog sie sich zurück. Er sollte in Ruhe schlafen, wenn er es endlich konnte – und sie musste dringend nach draußen. Zweimal täglich kam der Arzt, um dem kranken Gutsherrn einen Hausbesuch abzustatten, einmal morgens und einmal abends. Um keinen Preis durfte sie ihn verpassen. Eilig warf sie ihren Mantel über und lief nach unten, huschte durch den Durchgang in den Ehrenhof.

Vor der Freitreppe des Herrenhauses stand das dunkelbraune Automobil des Arztes. Mitten in der Auffahrt hielt Hannah inne. Wenn er herauskam, musste sie ihn abpassen. Aber wo sollte sie auf ihn warten, ohne vom Personal verscheucht zu werden? Noch während sie darüber nachdachte, öffnete sich die Tür, und der Arzt kam rückwärtsgewandt heraus. Auf der Schwelle blieb er stehen und schien sich mit jemandem zu unterhalten.

Hannah eilte weiter, an den winterlichen Rosenrabatten vorbei bis zu seinem Auto. Zögernd stieg sie die Treppe hinauf. Der Arzt wandte sich in ihre Richtung.

»Entschuldigen Sie«, murmelte Hannah. »Ich brauche einen Arzt, also nicht ich, sondern mein …«

Weiter kam sie nicht. Der Drachen stand hinter dem Arzt und schaute sie mit feurigen Augen an. »Was willst du hier?«, fauchte die Gutsherrin. »Siehst du nicht, dass zivilisierte Menschen ein Gespräch führen?«

Hannah wich einen Schritt zurück.

Der Arzt hingegen wirkte freundlich. »Also, wer ist nun krank?«

»Mein Verlobter.« Warum sie Moritz so nannte, wusste sie nicht. Vielleicht, damit der Arzt und die Gutsherrin sie ernst nahmen. »Er hat hohes Fieber und hustet Blut. Vermutlich eine Lungenentzündung. Er braucht Penicillin, sonst stirbt er.«

Überrascht zog der Arzt die Augenbrauen hoch.

»Die Flüchtlinge kennen kein Benehmen«, bemerkte die Gutsherrin. »Es tut mir wirklich leid, Dr. Gerhardt, dass Sie so belästigt werden. Also, was sagten Sie noch gleich? Wie oft sollen diese Tabletten genommen werden?«

Der Arzt sah unentschlossen zwischen Hannah und dem Drachen hin und her, richtete sich dann an die Gutsherrin, als wollte er das Gespräch mit ihr fortsetzen.

»Lass nur, Mutter!«, kam plötzlich eine Stimme aus dem

Hintergrund. »Ich bin kein kleines Kind mehr. Ich weiß schon selbst, wie oft ich meine Tabletten nehmen muss.«

Hannahs Blick folgte der Stimme, die von oben zu ihnen herunterdrang, schaute über den Arzt und die Gutsherrin hinweg auf eine breite Treppe im Inneren des Herrenhauses. Im Licht des Kronleuchters stand der junge Gutsherr auf der obersten Stufe, mit der linken Hand am Geländer und mit der rechten auf einen Stock gestützt. Er trug nicht mehr als einen blauen Morgenrock über seinen Schlafanzughosen. Dennoch wirkte er jünger und gesünder als beim letzten Mal. Oder kam der Eindruck nur von seinen hellbraunen Haaren, die offenbar geschnitten und frisiert worden waren? Freundlich lächelte er Hannah zu: »Gehen Sie mit der Frau, Dr. Gerhardt. Ihr Anliegen scheint dringender zu sein als unseres.«

Die Gutsherrin öffnete empört den Mund, sagte dann aber nichts mehr und streifte Hannah mit säuerlichem Blick.

»Frau von Morkamp …« Der Arzt reichte ihr die Hand, nickte in Richtung der Treppe und hob seinen Hut an. »Herr von Morkamp … Ich wünsche Ihnen einen schönen Tag. Wir sehen uns heute Abend.«

Hannah trat ungeduldig auf der Stelle, wartete, bis der Arzt sich ihr zuwandte.

»Wohin geht es denn?« Er klang freundlich.

»Ins Kavaliershaus«, murmelte sie. »Oben, in eine der Dachkammern.«

Dr. Gerhardt nickte und folgte ihr über den Kies des Zufahrtsweges. Erst jetzt fiel Hannah auf, wie alt er schon war. Nicht nur seine Haare waren grau, auch sein Gesicht wirkte zerfurcht von Sorgen und einem fortgeschrittenen Leben. Er ächzte, als sie die Treppe zum Kavaliershaus hinaufstiegen, und lächelte ihr entschuldigend zu. »Die Gelenke, mein Mädchen. Die wollen nicht mehr wie früher. Fünfundsiebzig Jahre und dazwischen zwei Kriege. Das fordert seinen Tribut.« Sein Gesicht wirkte traurig. »Doch wie es aussieht, muss ich noch eine Weile weitermachen. Mein Sohn wollte die Nachfolge übernehmen. Aber er ist ...« Der Arzt schüttelte den Kopf. »Er war Stabsarzt in Stalingrad.«

Nach diesen Worten gingen sie den Rest des Flures schweigend. Nur die Stimmen von Kindern und Frauen drangen aus den Kammern, manche murmelten, andere riefen. Eine Mutter schimpfte mit ihren Söhnen. Hinter der Tür am Ende des Flures raunte ein kaum hörbares Gespräch: Egon und Freddie. »Hier ist es.« Hannah klopfte an und drückte die Tür auf.

Ihre Mitbewohner starrten ihr entgegen. Freddie versteckte etwas hinter seinem Rücken. Sie waren also wieder im Hühnerstall gewesen.

»Dort ist er.« Hastig deutete Hannah auf den Fuchs. »Bis vorhin hat er noch geschlafen.«

Während sich der Arzt zwischen Vorratssäcken und Strohmatratzen zum Schlaflager des Fuchses schob, wandte Hannah sich an Egon und Freddie. »Ich habe den Arzt mitgebracht, Dr. Gerhardt.«

Egon wirkte noch immer leicht erschrocken. Freddie setzte sich auf sein Lager und ließ die Hände unter der Decke verschwinden. Wären sie nur ein paar Minuten später gekommen, hätten die Eier womöglich längst im Kochwasser gelegen.

Der Arzt hockte sich neben Moritz, zog die Decke beiseite und hob sein Hemd an. Die Augen des Fuchses waren geschlossen, und er zuckte nur kurz, als das Stethoskop seine Brust berührte.

»Wie heißt er?«, fragte der Arzt.

Hannah wusste nicht, was sie sagen sollte. Seinen Vornamen kannte nur sie, und Fuchs war vermutlich nicht sein richtiger Nachname.

Aber Egon kam ihr zuvor: »Er heißt Fuchs.«

Dr. Gerhardt nickte. »Herr Fuchs, können Sie mich hören?«

Verlegen biss sie sich auf die Unterlippe. Wie hatte sie nur behaupten können, er wäre ihr Verlobter? Obwohl sie noch nicht einmal seinen vollen Namen kannte.

Moritz stöhnte unter den Berührungen des Arztes, seine Augenlider flatterten. Dennoch blieben sie zu.

»Er redet nicht«, erklärte Egon. »Seit dem Krieg hat er kein Wort mehr gesprochen.«

Interessiert sah der Arzt zu ihm auf.

Egon wedelte mit der Hand vor seinem Gesicht hin und her. »Wenn Sie mich fragen, hat er den Verstand verloren.«

Der Arzt brummte und drehte den Fuchs auf die Seite. »Damit bist du nicht allein, Jungchen. Kaum einer hat seinen Verstand vollständig wieder mitgebracht.« Er schob das Hemd hoch, legte das Stethoskop an seinen Rücken.

Wieder stöhnte Moritz auf, schwer und ächzend, als könnte er kaum noch atmen.

Tiefe Sorgenfalten durchfurchten die Stirn des Arztes. Moritz' Körper bäumte sich auf, rasselnder Husten bellte aus seiner Brust, schüttelte seinen Körper und krümmte ihn hoch wie ein Klappmesser. Der Arzt fing ihn an den Schultern, hielt ihn im Sitzen und schaute zu Egon. »Halten Sie ihn«, rief er. »Ich brauche meine Hände.«

Egon sprang vor, kniete sich auf die andere Seite und hielt den hustenden, sich windenden Fuchs, während der Arzt versuchte, seinen Rücken abzuhorchen. Immer wieder wurde Moritz nach vorn geworfen, immer wieder verlor Egon seine Schultern und musste ihn auffangen. Blutige Sprenkel verteilten sich über seine Kleidung. Hannah lief zu ihnen, kniete sich neben Egon und half ihm, Moritz festzuhalten. Seine Haut glühte, seine Augen starrten glasig ins Leere. »Schhht.« Sie beugte sich an sein Ohr, strich durch seine feuchten Haare. »Ich bin da. Der Arzt auch. Bald geht es dir besser.«

Vielleicht war es eine Lüge, vielleicht war es längst zu spät. Auch die Miene des Arztes ließ darauf schließen, dass er das Schlimmste befürchtete, als er das Stethoskop zurückzog. »Er kann sich wieder hinlegen.« Vorsichtig betteten sie Moritz auf seinem Lager. Für diesen Moment hatte der Husten nachgelassen. Dr. Gerhardt öffnete seine Arzttasche, holte eine Spritze, zwei Ampullen, Alkohollösung und Tupfer heraus, die er sorgfältig auf einem Tuch ausbreitete. Gleich darauf richtete er sich an Egon. »Bitte passen Sie noch einmal auf, dass er sich nicht bewegt.«

Während Egon die Hände auf die Schultern des Fuchses legte, band der Arzt seinen Arm ab und zog die Spritze auf. Moritz zuckte kaum zusammen, als er sie injizierte. Auch die zweite Spritze schien er nicht zu bemerken.

Der Arzt nickte Hannah traurig zu. »Sie hatten recht«, sagte er. »Er hat eine schwere Lungenentzündung. Ich habe ihm Penicillin gespritzt und dazu noch etwas gegen das Fieber und die Schmerzen.« Er öffnete die Arzttasche und räumte seine Utensilien wieder ein. »Das Penicillin braucht er jeden Abend und jeden Morgen. Ich werde also regelmäßig wiederkommen, um ihm die Spritzen zu geben.«

Erleichtert atmete Hannah auf.

»Allerdings ist das Medikament noch immer sehr knapp.« Dr. Gerhardt strich sich durch seinen schmalen Kinnbart. »Ich habe nur noch wenig, und jeder Patient, der es bekommt, muss es mindestens sieben Tage lang nehmen. Sonst können schwere Rückfälle auftreten.«

Hannah schluckte. »Ich weiß. Ich kenne mich ein bisschen aus.«

Kurz flackerte Neugierde im Gesicht des Arztes. Doch er fragte nicht nach, wandte sich stattdessen an Egon. »Falls Sie Kontakte zum Schwarzmarkt haben – es könnte nicht schaden, wenn Sie sich dort nach Penicillin umhören würden.«

Egon wechselte einen unbehaglichen Blick mit Freddie.

Die Aufmerksamkeit des Arztes war jedoch schon wieder bei Hannah. »Wann immer er bei Bewusstsein ist, müssen Sie ihm so viel wie möglich zu trinken geben. Tee oder abgekochtes Wasser.« Mit einer schwerfälligen Bewegung stand er auf. »Dennoch möchte ich ehrlich mit Ihnen sein. Das Penicillin ist zwar hochwirksam, aber die Lungenentzündung hat ihn schwer getroffen. Ich kann Ihnen nicht versprechen, dass er es schafft.«

* * *

Tag und Nacht verbrachte Hannah am Bett des Fuchses. Sie stützte ihn, wenn er hustete, und zog die Decken über ihn, wenn er still lag. Jeden Tag wechselte sie die Bettwäsche, von der Freddie auf dem Schwarzmarkt eine zweite Garnitur organisiert hatte, wusch das Blut und den Schleim heraus und hängte die nasse Wäsche vor den Ofen, damit sie trocknete. Zweimal täglich kam Dr. Gerhardt, um ihm das Penicillin und das Schmerzmittel zu spritzen, und wann immer Moritz bei Bewusstsein war, hielt Hannah ihm eine Tasse vor den Mund und nötigte ihn dazu, etwas zu trinken. Mit geschlossenen Augen würgte er den Tee herunter und lehnte sich in ihre Arme. Manchmal blieb er dort, schlief an ihrer Schulter ein und rutschte mit dem Kopf in ihren Schoß. Dann bewegte sie sich nicht vom Fleck, streichelte durch seine Haare und sang ihm leise etwas vor.

»Du bist die geborene Krankenschwester. Im Krieg hättest du die Soldaten zusammenflicken können.« Jedes Mal, wenn Egon sie beobachtete, neckte er sie mit derlei Sprüchen. Doch die meiste Zeit über hielten sich die Männer von ihrem Zimmer fern. Beim Anblick ihrer blassen Gesichter kam Hannah der Verdacht, dass es ihnen schwerfiel, Krankheit und Siechtum zu ertragen. Vermutlich hatten sie schon zu viel davon gesehen.

Fast jede Nacht schlugen die beiden Holz im Wald, morgens schliefen sie lange, nur um direkt nach dem Aufstehen wieder zu verschwinden. Hannah konnte nur ahnen, dass sie jede Gelegenheit nutzten, um mit dem Bus zum Schwarz-markt zu fahren – und dass sie anfingen, einen Teil des gestoh-lenen Holzes dort einzutauschen. Zumindest fingen sie wie-der an zu rauchen, und am dritten Abend drückte Freddie ihr fünf Ampullen Penicillin in die Hand. Schon nach wenigen Tagen schien die Wirkung des Medikaments anzuschlagen. Der Fuchs wurde zwar noch von Hustenanfällen geschüttelt, doch der blutige Auswurf ließ nach und hörte schließlich ganz auf. Das Fieber fiel von Tag zu Tag, bis seine Temperatur nur noch leicht erhöht war. Und schließlich kehrte auch sein Be-wusstsein zurück, und sein Blick wirkte immer klarer.

Ausgerechnet in dieser Klarheit lag etwas, das Hannah ver-störte. Er musste sich nicht mehr an ihre Schulter lehnen, um zu trinken, und sobald sie mit dem Waschlappen in seine Nähe kam, nahm er ihn selbst und schickte sie weg.

Trotzdem blieb die Nähe, die sie während der Krankheit geteilt hatten. Wenn Hannah ihm Essen brachte, saß sie dicht neben ihm. Manchmal legte er den Kopf in ihren Schoß, und seine Hände ruhten auf ihrem Bein. Jetzt hingegen war er wach, sein Atem strich über ihre Beine. Die Wärme, die aus seinen Händen sickerte, sprach noch von den Resten seiner Krankheit und trieb zugleich ein Kribbeln durch ihren Kör-per, das nicht an ein Krankenbett gehörte.

Hannah brauchte etwas, um sich von dem Gefühl abzulen-ken. Kurz entschlossen griff sie nach dem Buch, das Egon und Freddie ihm zu Weihnachten geschenkt hatten. Als sie anfing, aus *Im Westen nichts Neues* vorzulesen, glaubte sie, dass es wohl die schlechteste Idee war, die sie je gehabt hatte. Wie konnte sie von Krieg und Zerstörung, vom Sterben und Töten und dem Elend im Schützengraben des Ersten Weltkriegs vor-lesen, wenn derjenige, der ihr zuhörte, gerade erst das Töten und Sterben des Zweiten Weltkriegs hinter sich gebracht hatte?

Doch Moritz hielt sie nicht auf. Er rückte noch näher, legte die Arme um ihre Beine und wurde ganz ruhig, während sie die Geschichte des jungen Paul Bäumer las, der sich zusammen mit seinen Schulkameraden freiwillig zum Kriegsdienst meldete. Nur an der Art, wie der Fuchs atmete, konnte sie ahnen, was er empfand. Wenn er bangte, lief ein Zittern durch seinen Körper, wenn jemand starb, schien auch sein Atmen zu erstarren – und schließlich kam jener Moment, in dem er anfing zu weinen. Es begann kaum merklich, mit einem Schaudern, das ihn erschütterte, während Paul Bäumer auf Heimaturlaub fuhr und das Leben im Frieden nicht mehr ertragen konnte. Ein einzelner Schluchzer brach hervor, hart und kurz, ehe Moritz wieder verstummte.

Hannah wusste, dass es besser wäre, nicht weiterzulesen. Allein ihre Stimme setzte die Geschichte fort, während ihre Hand durch seine Haare strich. Sie bemerkte kaum, wie sich sein Weinen beruhigte, wie eine andere Regung darunter hervorkam. Die ganze Zeit über hatte seine Hand auf ihrem Knie gelegen. Jetzt schob sie sich über ihr Bein, strich an ihrem Oberschenkel aufwärts. Etwas Fragendes lag darin, jederzeit könnte sie ihn unterbrechen und verscheuchen. Doch Hannah wollte es so, spürte dem Kribbeln nach, das ihren Körper durchflutete. Anfangs konnte sie noch weiterlesen. Bis seine Hand ihren Rocksaum erreichte und hinunterglitt. Sie ließ das Buch sinken und schloss die Augen, lehnte den Kopf gegen die Wand und fühlte seine Finger an der Innenseite ihrer Schenkel. Einzig die Wollstrumpfhose verhüllte ihre Haut. Vielleicht sollte sie froh sein über die letzte Grenze. Stattdessen wünschte sie sich die Strumpfhose fort, wollte sie ausziehen und wegwerfen, schon allein, um sich nicht wie eine Bauernmagd zu fühlen. In seinen Armen wollte sie wieder eine Frau sein, wollte den Dreck und die Krankheit vergessen und das Leben spüren, das noch in ihnen steckte. Zugleich war es ein merkwürdiger Gedanke. Wie konnte sie über Sterben und Tod lesen, wie konnte sie all das Grauen fühlen, das der Krieg in ihnen hinterlassen hatte, und gleichzeitig daran denken, die Beine für ihn breit zu machen? Hatte das der Krieg mit ihnen getan? Hatte er sie in niedere Kreaturen verwandelt, die nur noch ihre Instinkte lebten, um dem Tod zu entfliehen?

Im nächsten Moment war es ihr egal. Seine Hand erreichte den Ansatz ihrer Oberschenkel, seine Finger streiften die warme Stelle in ihrer Mitte. Sie presste die Lippen zusammen, um jeden Laut zu unterdrücken. Plötzlich kam Bewegung in seinen Körper. Er richtete sich auf, beugte den Kopf über ihre Beine. Abwechselnd küsste er ihre Oberschenkel, erst zaghaft und sanft, dann fordernd und wild. Schließlich umfasste er ihre Beine, schob seine Hände unter ihren Rock. Hannah hielt sich nicht länger zurück. Den Rücken gegen die Wand gedrückt, zog sie die Strumpfhose über ihre Hüften, bis er sie nahm und den Wollstoff ihre Beine herabzerrte. Nichts ließ mehr die Krankheit erahnen, als hätte er die Schlacht in seinem Inneren gewonnen. Entschlossen packte er Hannah an den Hüften und zog sie auf die Strohmatratze herab. Ihr Herz überschlug sich. Erst jetzt begriff sie, dass etwas nicht mit ihm stimmte. Als er sie anschaute, lagen Gewalt und Zerstörung in seinen Augen. Er war nicht mehr Herr seiner selbst. Etwas anderes hatte ihn übernommen, etwas, das sein Gesicht zu einer Grimasse verzerrte. Es war der Tod, den sie vor sich sah, diese namenlose Kreatur, die seit dem Krieg in ihm wohnte und die bis eben geschlummert hatte. Jetzt war sie wach und suchte ihr nächstes Opfer. Die Hände auf ihre Arme gedrückt, hielt er sie fest. Mit dem Knie schob er ihre Beine auseinander, drängte sich zwischen sie. Die Angst pochte schwer in Hannahs Brust, vermischte sich mit der Lust, von der noch Reste durch ihren Körper geisterten. Bis eben hatte sie ihn gewollt, jetzt aber wusste sie, dass er sie auch gegen ihren Willen nehmen würde. In ihm waren der Krieg und der Tod und die Hölle auf Erden, und all das lag jetzt auf ihr und wollte sie besitzen. Sie musste sich wehren, ihn wegstoßen, irgendetwas tun.

Ihr Körper hingegen war wie gelähmt. »Hör auf«, krächzte sie mühsam. »Tu das nicht. Das bist nicht du.«

Im Licht der Kerze sah es aus, als würde sich das Braun in seinen Augen verändern, schimmernd schwarz glimmten sie ihr entgegen. In der nächsten Sekunde ließ er sie los, sprang zur Seite und kauerte sich am Rand seiner Strohmatratze zusammen.

Während Hannah sich aufrichtete, brannten Entsetzen und Scham in seinem Blick. Doch sie sahen sich nur kurz an, ehe er sich zu seinen Sachen beugte, ein Handtuch und Seife hervorholte und nach draußen lief.

* * *

Gut Morkamp, Waschhaus, Verachtung

Eisig kalt prasselte das Wasser auf seinen Körper herab, fließendes Wasser aus einem Duschkopf an der Decke. Ein seltener Luxus, den nur dieses Waschhaus für Flüchtlinge bereithielt. Heute hingegen hatte sich niemand die Mühe gemacht, den Ofen einzuheizen, oder es gab kein Brennholz mehr für das Waschhaus, oder das letzte heiße Wasser war am Nachmittag verbraucht worden. Die warmen Dunstschwaden, die sonst im Raum hingen, hatten sich in kalten Nebel verwandelt und klebten in feinen Tröpfchen an den Kacheln.

Sein Körper schlotterte, seitdem er hier war, verkrampfte sich in der Kälte des Wasserstrahls und presste das Grauen in seinem Inneren zusammen. Jeglicher Schmerz erschien ihm wie eine gerechte Strafe. Immer wieder zogen die letzten Stunden durch seine Erinnerung, ihre Stimme, die nicht aufhören wollte, die Geschichte zu lesen, das Grauen des Krieges, das aus jedem ihrer Worte kroch, vermischt mit ihrer Nähe und Wärme. Er kannte das Buch, das sie las, hatte es vor seinem Kriegseinsatz schon einmal gelesen, obwohl es damals bereits verboten worden war. Womöglich gerade deshalb. Die Zeit aber schien es verändert zu haben, als steckten ganz neue Worte darin, eine ganz neue Wahrheit, die er am eigenen Leib erfahren hatte. Er konnte nicht aufhören, ihr zu lauschen, und spürte zugleich den Wahnsinn und den Hass, mit dem er den Krieg und das Buch verachtete.

Mit dem er sie verachtete, weil sie die Geschichte geweckt hatte. Und mit dem er sich selbst verachtete, weil er nicht aufhören konnte, ihr zu lauschen.

Warum er angefangen hatte, sie zu streicheln, wusste er nicht. Vielleicht war er auf der Suche nach Trost gewesen, oder das Leben hatte sich unter den Resten seiner Krankheit hervorgedrängt. Vielleicht war es auch nur eine andere Form von Hass und Gewalt, die er ihr heimzahlen wollte, weil ihre Worte ihn verletzten. Wahrscheinlich war alles drei zu gleichen Teilen der Grund, und kaum dass er damit begonnen hatte, war er in einen Sog geraten. Seine Verlorenheit suchte nach Zärtlichkeit, sein neu gewonnenes Leben suchte nach Futter, und sein Hass wollte die Grenzen des Mädchens testen, das so bereitwillig seine Arme öffnete. Der Teufel wollte wissen, wie weit sie nachgab, und der Sünder sehnte sich nach ihrem Nein, nach ihrer Zurückweisung, nach einer Ohrfeige. Doch sie setzte ihm keine Grenzen, sie ließ ihn zu sich, als würde in ihr die gleiche Verlorenheit und der gleiche kranke Hunger wohnen wie in ihm.

Ob er deshalb die Kontrolle verloren hatte? Weil er geglaubt hatte, dass sie ihn hielt, und dann begreifen musste, dass sie beide haltlos verloren waren? Ihre Arme konnten ihn nicht retten, ihre Liebe konnte ihn nicht befreien. Sie konnten sich nur gegenseitig hassen, verletzen und töten. Er musste die Finger von ihr lassen, ein für alle Mal.

11. KAPITEL

Sowjetunion, Weißrussland, Winter 1943

A ls der Winter hereinbrach, war seine Feldausbildung offiziell abgeschlossen. Lasky sollte jedoch im Sicherungsbataillon bleiben, und sie alle wurden an eine Bahnlinie verlegt, um die Gleisanlagen zu überwachen, die regelmäßig von Partisanen sabotiert wurden. Immer wieder wurden Schienen und Züge gesprengt, oder die Banditen eröffneten das Feuer auf Lokführer und Zugpersonal. Selbst Lazarettzüge sollten sie schon angehalten haben, nur um die Verletzten zu quälen und auf grausamste Weise zu massakrieren. All das hatte Lasky noch nicht persönlich gesehen. Er war nur froh darüber, keine Frauen und Kinder mehr gefangen nehmen, sie nicht mehr an Gruben heranführen und auf sie schießen zu müssen. An den Gleisanlagen brachte er vor allem sich selbst in Gefahr.

Aufgeteilt in einzelne Sicherungsgruppen, bewohnten sie Blockhütten am Rand der Eisenbahnstrecke, dicht umgeben von jenem Sumpfwald, aus dem die Partisanen in Grüppchen heranschlichen und ihre Sprengsätze an Gleise und Brückenpfeiler hefteten.

Genau das sollte ihre Sicherungsgruppe verhindern, indem sie den Wald am Rand der Bahnstrecke entlangpatrouillierten und die Gleise nach Bomben absuchten. Die größte Gefahr lag indessen darin, dass die Banditen ihre Sprengsätze nur selten allein ließen. Die meisten Bomben wurden per Hand mit einem Draht gezündet, und jeder deutsche Soldat, der solch eine Mine entdeckte, ging häufig mit in den Tod, entweder weil die Partisanen genau dann abzogen, wenn er in die Nähe kam, oder weil sie ihn aus der Deckung des Waldes erschossen.

Wenn sie nicht getötet werden wollten, blieb ihnen nur eine Strategie, um die Gleise zu bewachen: Sie mussten sich parallel zu den Schienen durch den Wald schleichen, ohne bemerkt zu werden. Im Grunde war es das gleiche Katz-und-Maus-Spiel wie zuvor im gesamten Wald, nur dass es am Rand der Bahngleise noch wahrscheinlicher war, Partisanen zu begegnen.

An strategischen Punkten, neben Brücken und Weichen, wurden kleinere Trupps postiert, die verhindern sollten, dass sich die Partisanen heranschleichen konnten, und an manchen Gleisabschnitten war der Wald rechts und links ein gutes Stück weit gerodet worden, um die Gefahrenzone besser einsehen zu können. Für eine konsequente Rodung reichten Zeit und Ressourcen allerdings nicht aus, und so blieben die meisten Gleisabschnitte von undurchdringlichem Wald umgeben, und ganz gleich, ob Lasky an einem Brückenposten Wachdienst schob oder ob er wie ein scheues Tier durch das Unterholz schlich – nur, wenn er die Feinde schneller entdeckte als sie ihn, konnte er überleben.

Die meisten seiner Kameraden waren genauso nervös wie er. Bei jedem Knacken und jeder Ahnung schossen sie gemeinschaftlich ins Dickicht. Selbst der erfahrene Glombitza wurde von einer ständigen Anspannung geplagt, wenn er auch über ihre neue Aufgabe erleichtert schien.

Irgendwann kam der Tag, an dem es Wiebrecht erwischte. Obergefreiter Ludwig Wiebrecht war ein lustiger, pragmatischer Kerl, der so ziemlich jede Technik durchschaute, die ihm vor die Finger kam. In ihrem Trupp hatte er die Aufgabe übernommen, die Partisanenminen zu entschärfen. Wann immer sie auf ihrer Patrouille eine Bandengruppe verjagen oder töten konnten, blieben die selbst gebauten Sprengsätze an den Gleisanlagen zurück – und mussten unschädlich gemacht werden, ehe der nächste Zug vorbeifuhr. Ob Wiebrecht diesen Job hasste oder liebte, hatte Lasky nie herausfinden können. In jedem Fall wurde er es nicht müde, Witze über seinen baldigen Tod zu reißen. »Wünscht mir nen guten Abgang«, witzelte er auch dieses Mal, bevor er Glombitza und Lasky in der Deckung hinter den Bäumen zurückließ.

»Einen mit rascher Wirkung und blumigem Bouquet nach dem Grasbiss!«, rief Glombitza ihm hinterher und setzte damit Wiebrechts Lieblingsscherz fort. Tatsächlich lachte dieser kurz auf und winkte dann ab. Mit vorsichtigen Schritten ging er auf die Bombe zu, die vor ihnen an einem Brückenpfeiler haftete.

Zum ersten Mal seit Langem ertappte Lasky sich dabei, wie er betete: »Gott im Himmel, bitte lass ihn die Gefahr richtig einschätzen.« Auch Glombitza wirkte nur halb so belustigt, wie es sein Scherz hätte vermuten lassen.

Immer näher kam Wiebrecht der Bombe, und Lasky stellte sich auf den Moment ein, in dem er sie berühren musste.

Dann ein greller Blitz! Lärm sprengte seine Ohren, nur ein winziger Sekundenbruchteil, in dem er sah, wie der Feuerball den Menschen entzweiriss. Zu früh! Der Gedanke schnellte durch seinen Kopf, noch während er sich in Deckung warf. Wiebrecht hatte die Bombe noch nicht einmal erreicht. Hitze strömte über Lasky hinweg. Schwere Gegenstände schlugen um sie herum in den Boden. Neben ihm schrie jemand.

Gleich darauf war es still. Seine Ohren fühlten sich taub an. Einzelne Bäume brannten. »Glombitza!« Lasky robbte zur Seite, blinzelte gegen den Rauch, um seinen Kameraden zu sehen. »Wo bist du?«

»Alles gut, Kleiner.« Glombitzas Stimme. Er hockte vor ihm und lehnte am Baumstamm. »Mir geht's gut. Nichts passiert. Mir nicht.«

Laskys Arme gaben nach, ließen ihn am Waldboden zusammenbrechen. Einzig seinen Kopf drehte er so, dass er zur ehemaligen Brücke schauen konnte, und bereute es sofort: Die Brücke war nicht mehr da. Nur Trümmer verteilten sich zwischen Bäumen und Bahnschienen. Und dann sah er den Arm.

Kaum fünf Meter von sich entfernt. Nicht mehr als einen einzelnen Arm.

An diesem Abend war die Stimmung in der Blockhütte noch gedrückter als sonst. Zu zweit saßen sie am Tisch vor ihrem Fenster, Glombitza und er, zwischen ihnen nicht mehr als eine Kerze, zwei Feldbecher und die Rumflasche, und um sie herum die Dunkelheit, in der sich die anderen Soldaten längst in ihre Betten gelegt hatten. Sie alle wollten den toten Kameraden im Schlaf vergessen. Nur die Wachen vor der Tür mussten die Nacht hindurch ausharren, und Lasky konnte vermutlich nie wieder die Augen schließen, ohne Wiebrechts Arm vor sich zu sehen. Immer wieder schüttete Glombitza neuen Rum in ihre Blechtassen. Lasky schwankte bereits im Sitzen, bald würde er auf die Bank fallen und liegen bleiben. Seine Gedanken hingegen funktionierten noch, in glasiger, eisiger Klarheit. »Warum überleben wir immer?«, nuschelte er. »Hast du mir nicht versprochen, dass ich nicht länger als zwei Monate durchhalte?«

Glombitza stieß ein leises Prusten aus, einen Laut, der wie ein Lachen klang, aber kein Lachen war. »Du bist anpassungsfähiger, als ich geglaubt habe, Rotschopf. Hitler ist schlau, dass er halbe Kinder schickt. Ihr seid so … biegsam. Es ist gruselig zu sehen, wie schnell ihr euch selbst verliert.«

Wie ein Tornado kreiste der Schwindel durch Laskys Kopf. War es das? Hatte er sich selbst verloren? Und wozu? Allein, um zu überleben? »Wer entschärft denn jetzt die Bomben?«

Glombitza zuckte die Schultern. »Es muss sich einer von uns finden, der sich ausbilden lässt.«

Ein Freiwilliger, der als Nächstes sterben wollte. Vielleicht war das die Lösung. Ein schneller, plötzlicher Abgang, blumig im Bouquet und rauchig im Nachgeschmack. »Ich«, flüsterte Lasky. »Ich übernehme das.«

* * *

Von einem Tag auf den anderen schien der Fuchs wieder gesund zu sein. Zumindest tat er so, wenn er morgens aufstand und mit den Männern nach draußen ging, wenn er mit ihnen zum Schwarzmarkt fuhr und nachts mit ihnen Bäume fällte. Er hustete kaum noch und schlief wieder ruhig, es sei denn, er wurde von Albträumen heimgesucht.

Nur für Hannah interessierte er sich nicht mehr. Sobald sie ihn ansah, schaute er weg, und bei jeder Gelegenheit verließ er das Zimmer. Einzig abends, während der Sperrstunde, hielt er sich in ihrer Kammer auf. Dann las er *Im Westen nichts Neues* oder schlief ein paar Stunden, bevor er mit den anderen in den Wald zog.

Hannah fühlte sich verloren ohne ihn. Plötzlich war sie wieder die Flüchtlingsfrau, die allein aus Hamburg gekommen war, die ihre ganze Familie an die Bomben verloren hatte und deren Inneres nur noch aus sengender Asche bestand. Nachts träumte sie von der verbrannten Stadt, und wenn sie verschwitzt erwachte, musste sie an den Abend denken, an dem sie beinahe mit Moritz geschlafen hätte, an Krieg und Zerstörung, die sich in seinen Augen spiegelten.

Vielleicht waren sie beide nicht mehr zu retten, womöglich würde die Asche ewig in ihnen glühen und jede Begegnung nur weitere Zerstörung mit sich bringen. Trotzdem wollte sie ihn, und ganz gleich, wie sehr er sich von ihr fernhielt, Hannah machte sich Sorgen um ihn. Die Holzfällerei wurde immer gefährlicher. Der Drachen bezahlte inzwischen Leute, die nachts in den Wäldern patrouillierten, und Hannah rechnete jedes Mal damit, dass die Männer nicht zurückkehrten. Zudem brachten sie immer weniger Brennholz heim, und der Holztausch auf dem Schwarzmarkt wurde zu riskant, weil die Gutsherrin mitunter die Fahrgäste im Bus auf gestohlene Waren kontrollieren ließ. Auch Äste und Sägen mussten sie sorgfältig draußen verstecken, damit niemand sie in ihrem Zimmer fand, und permanent bangten sie darum, dass das Werkzeug eines Tages von jemandem entdeckt wurde, der es ebenfalls gut gebrauchen konnte.

So kam es, dass sie jeden Montag angespannt vor Friedrichsens Haus ausharrten, um auf die Ausgabe der Lebensmittelmarken zu warten. Die zugeteilten Mengen an Nahrung variierten von Woche zu Woche, und sie alle hofften auf eine Überraschung. Hunger und Kälte sorgten für die wildesten Gerüchte unter den Flüchtlingen. Mal war von einer Getreidelieferung der Amerikaner die Rede. Dann hieß es, die Franzosen hätten Kleiderstoffe spendiert, die verteilt werden sollten. Und in fast jeder Woche kursierte die Meldung, dass es dieses Mal Vollmilch anstelle der Magermilch geben würde. Wenn die Frauen realisierten, dass es doch wieder nur Magermilch wurde, tauschten sie Rezepte aus und erklärten sich gegenseitig, wie man aus Magermilch, Mehl und Zucker falsche Schlagsahne herstellte – als würde irgendjemand Schlagsahne brauchen, wenn es doch sowieso keinen Kuchen gab. Das größte Glück aber bestand in den Sonderzuteilungen von Bohnenkaffee oder Zigaretten, die es gelegentlich gab, denn damit besaßen sie endlich wieder eine legale Währung, um auf dem Schwarzmarkt einzukaufen.

Doch zumeist war die Enttäuschung groß, wenn Friedrichsen endlich herauskam und die neuen Lebensmittelmarken verteilte. Auch an diesem Montag verdrehte Egon die Augen, als er seine in der Hand hielt. »Eine Sonderzuteilung Papier?«, rief er. »Das ist ja ein lustiger Witz. Was sollen wir denn mit Papier? Damit heizen? Oder uns den Hintern abwischen?«

Ein paar Leute, die um sie herumstanden, lachten. Einzig Hannah wurde von Aufregung ergriffen. In ihrem Notizbuch waren nur noch wenige Seiten frei. Sie brauchte dringend ein neues Heft.

»Kannst meine auch haben«, murmelte Egon und reichte ihr die entsprechende Karte. Hannah nahm sie gern, und am Nachmittag war sie eine der Ersten, die im Dorfladen ihre Sonderzuteilung Papier kauften.

* * *

Früh am Morgen, nur wenige Tage später, erhob sich Tumult im Flur vor ihrer Kammertür. Hannah war gerade erst aufgestanden, und die Männer lagen noch müde vom nächtlichen Holzschlagen in ihren Betten, als Stimmen von draußen hereinriefen. Kinderfüße rannten durch den Gang, Türen wurden aufgerissen und zugeworfen. Die Männer schreckten hoch und sprangen sofort von ihren Strohsäcken auf. Noch bevor ihre Zimmertür aufgerissen wurde und ein kleiner Junge hereinhüpfte, wirbelten sie durch ihr Zimmer, um die Holzvorräte zu verstecken

»Zimmerkontrolle«, rief der Junge. »Der Gutsherr und der Drachen kommen zur Zimmerkontrolle!« Obwohl die Männer diese Nacht nur einen kleinen Sack hatten füllen können, schien es viel zu viel zu sein. Egon füllte die Brennhexe bis zum Anschlag mit Holzscheiten, auch wenn es ihnen leidtat, diese Heizkraft innerhalb einer Stunde zu verschwenden. Zwischen ihren mageren Vorräten würde der Sack mit dem restlichen Holz dennoch auffallen. Also fingen sie an, die Scheite einzeln unterzubringen. Hannah stopfte ein paar von ihnen in die Bettbezüge und schüttelte die Decken so auf, dass die eckigen Klötze darin nicht auffielen. Die Männer schoben die restlichen Scheite unter die Strohmatratzen und versteckten sie zwischen ihren Sachen.

Zuletzt rückten sie alles gerade, was schief stand, räumten jegliche Wäsche weg und fingen an, das Geschirr vom Vorabend zu spülen. Während Hannah die Hände ins Waschwasser tauchte, ging sie gedanklich noch einmal alle Verstecke durch. Vielleicht war es ein Fehler gewesen, nicht alles an einem Ort zu verstauen. Wenn der Gutsherr ihr Zimmer durchsuchte, würde er nicht lange brauchen, ehe er auf ein verstecktes Holzscheit stieß.

Bei ihren wenigen Begegnungen war ihr Holger von Morkamp zwar freundlich erschienen, aber wer konnte schon wissen, ob sie sich täuschte? Im Krieg war er Offizier gewesen. Womöglich war er ein überzeugter Nazi. Oder jemand, der auf Disziplin, Ordnung und Einhaltung der Regeln pochte. Nicht ausgeschlossen sogar, dass er noch schlimmer war als seine Mutter. Falls er ihr Zimmer auseinandernahm, würde er sie jedenfalls im Nullkommanichts überführen.

»Hannah!«, zischte Egon ihr von der Seite zu. »Du siehst aus wie ein verschrecktes Huhn. Könntest du versuchen, etwas gelassener zu wirken?«

Tatsächlich zitterten ihre Hände im Waschwasser. Aber was sollte sie schon dagegen tun? »Sehr lustig. Weißt du noch mehr so kluge Regieanweisungen?«

Egon sah zu Freddie und dem Fuchs, die beide jeweils ein Handtuch in der Hand hielten und auf nasses Geschirr warteten. »Macht was anderes«, brummte er. »Wir können hier nicht zu viert spülen.«

Der Fuchs nickte und trollte sich zu seinem Schlaflager. Freddie ließ nur das Handtuch sinken und brach in wildes Gelächter aus. »Du hast recht«, stieß er hervor, deutete auf die vier Teller und den Topf in Hannahs Waschwasser und zeigte eine stumme Vier mit seinen Fingern.

In der nächsten Sekunde prustete Hannah ebenfalls los. Vier Leute, die vier Teller spülten und den Kontrolleuren nervös entgegenblinzelten ... Verdächtiger konnten sie wirklich nicht aussehen.

»Das ist gut.« Egon grinste. »Lacht euch kaputt.«

Hannah schöpfte ein Schaumflöckchen aus ihrem Wasser und schnipste es ihm entgegen.

»He!« Lachend wich er vor ihr zurück.

In diesem Moment klopfte es kurz an der Tür, ehe sie von außen geöffnet wurde.

»Hier geht es ja lustig zu.« Der Gutsherr humpelte auf einen Stock gestützt herein. Dicht hinter ihm folgten Friedrichsen und der Drachen. Die Gutsherrin hatte sich ihre braun-silbernen Haare zu einem hohen Knoten festgesteckt. Doch bei dieser Kontrolle blieb sie mit dem Verwalter im Hintergrund stehen, während ihr Sohn vortrat und sich im Zimmer umsah.

Zum ersten Mal sah Hannah ihn von Nahem. Plötzlich kam er ihr jünger vor, nicht Mitte dreißig, wie sie anfangs geglaubt hatte, eher Ende zwanzig. Schon in der Apotheke hatte sie beobachten können, wie Patienten sich mit ihren Krankheiten veränderten, wie sie älter und dann wieder jünger wurden, sobald sie genesen waren. Oder wie sie in grausamer Schnelligkeit vergreisten und letztlich starben.

Von der Krankheit des Gutsherrn zeugte inzwischen nur noch der Krückstock, und sein wahres Alter lugte wieder unter der Grimasse der Schmerzen hervor.

Holger von Morkamp humpelte zu den Vorräten neben ihrem Fenster und schaute in ihre Säcke. Ohne ein Wort zu sagen, drängte er sich zwischen den Vorräten und Egons Bett hindurch, wischte mit dem Finger über das Kondenswasser an den Fensterscheiben und schaute die Wände entlang. Sein Gesicht wirkte zunehmend grimmiger, während er auf die verputzte Dachschräge zuging und einen Wasserfleck befühlte, der noch frisch war, an den Rändern aber bereits braun wurde.

Es gab viele solcher Flecken: an der Decke, in den Ecken und an der schrägen Wandseite. Manchmal sickerte das Wasser von außen durch das Reetdach. Zumeist aber sammelte sich das Kondenswasser von innen auf dem Putz und lief in Schlieren daran herunter.

Holger von Morkamp sah der Reihe nach zu den Männern und zu Hannah. »Sie leben hier zu viert?«

Egon nickte. »Ja. So ist es.«

Der Gutsherr beugte sich zu Egons Schlaflager und stützte sich darauf. Das Stroh knisterte überlaut in Hannahs Ohren. Wenn er nur wenige Zentimeter weiter auf die Bettdecke drückte, würde er eines der Holzscheite finden. Doch der Gutsherr ging weiter zu Freddies Strohsack, stach dieses Mal nur mit seinem Stock in das Polster und blieb schließlich bei dem Fuchs stehen, der inzwischen wieder auf seinem Lager saß. »Sie sind der kranke Verlobte?« Er sah zwischen Hannah und Moritz hin und her. »Ich hoffe, es geht Ihnen besser. Konnte Dr. Gerhardt Ihnen helfen?«

Der Fuchs sah zu dem Gutsherrn auf. In seinen Augen glomm Verwunderung.

Verlobter … Ein heißer Schauer schoss durch Hannahs Körper. Sie wich Moritz' Blick aus, schaute versehentlich zu Egon, der ihr säuerlich entgegensah. Vermutlich war es an der Zeit, ihre Notlüge aufzuklären.

»Er kann nicht mehr reden«, fiel Freddie dazwischen. »Kriegsverletzung.«

Der Gutsherr nickte nachdenklich. »Das tut mir leid für Sie.«

Spätestens jetzt fiel Hannah auf, wie viele Widersprüche ihre Verlobungsgeschichte aufwies. Die drei Männer waren entwaffnete Wehrmachtsoldaten. Sie waren in dieser Region von den Briten interniert worden und warteten auf ihre Entlassung. Es war nicht sehr wahrscheinlich, dass ein internierter Soldat zufällig im gleichen Zimmer mit seiner Verlobten unterkam. Es sei denn, sie hätten sich hier kennengelernt und gerade erst verlobt.

Als der Gutsherr sie ansah, fiel Hannah auf, dass er noch immer auf eine Antwort wartete. »Danke der Nachfrage«, haspelte sie. »Er hatte eine Lungenentzündung. Aber mithilfe des Penicillins geht es ihm schon besser.«

Holger von Morkamp lächelte ihr zu. Gleich darauf wandte er sich an Egon: »Womit heizen Sie?«

Hannah schauderte. Jetzt! Jetzt würde die Falle zuschnappen. Es gab nichts mehr zum Heizen, und der Gutsherr wusste das genauso gut wie sie. Auch Egon zögerte. Fast konnte sie sehen, wie er zu einer Lüge ansetzte. Hastig kam sie ihm zuvor: »Wir haben im Sommer Vorräte aus Treibholz und Torf gesammelt. Aber inzwischen reicht es nicht mehr. Wir suchen jeden Tag neues Treibholz. Das ist zwar feucht«, sie zeigte auf den Ofen, in dem es zischte und knackte, »aber besser als nichts.«

Der Gutsherr folgte ihrem Blick, betrachtete die Brennhexe und nickte. Wenn er jetzt auf die Idee käme, in den Ofen zu sehen … wenn er entdeckte, dass eine verschwenderische Menge von ordentlich gespaltenen Scheiten darin brannte …

Holger von Morkamp strich sich über das glatt rasierte Kinn, über eine kleine rote Narbe darauf. Für einen Augenblick wirkte er nachdenklich, dann änderte sich sein Ausdruck. »Friedrichsen!« Plötzlich klang er scharf: »Das hier war mein letztes Zimmer. Wie kommt es, dass in fast allen Kammern solches Elend herrscht?«

Der Gutsverwalter trat mit geduckter Haltung vor. »Ich … das … Die Flüchtlinge haben nicht viel«, erklärte er. »Das sieht man auf ihren Zimmern.«

»Sicher.« Sarkasmus mischte sich in den Tonfall des Gutsherrn. »Die Flüchtlinge sind nur mit dem gekommen, was sie am Leib trugen. Das bringt die Flucht so mit sich. Aber wenn man sich das hier anschaut«, er deutete mit einer weiten Geste durch den Raum, »könnte man ja meinen, Gut Morkamp stünde kurz vor dem Bankrott.«

Der Verwalter zog sichtbar den Kopf ein. »Für die Zuteilungen sind die Briten verantwortlich. Was können wir dafür, dass sie so knapp sind?«

Die Mundwinkel des Gutsherrn zuckten: »Sie sind knapp,

weil die Lebensmittel im ganzen Land knapp sind.« Er sprach leise, richtete die Worte abwechselnd an Friedrichsen und seine Mutter. Dass Hannah und die Soldaten alles hören konnten, schien ihn nicht zu stören. »Aber haben wir auf Gut Morkamp etwa auch kein Getreide, keine Kartoffeln und kein Holz mehr? Von dem Torfmoor drüben an der Grenze zum Nachbargut ganz zu schweigen?«

Friedrichsen schnappte nach Luft. »Was wäre ich für ein Verwalter, wenn ich unser Vorratslager für das Versagen der Alliierten ...«

Die Gesichtszüge des Gutsherrn entgleisten. Mit einem Mal brüllte er los: »Und was sind Sie für ein Mensch, wenn Sie diese Leute neben vollen Vorratslagern hungern und frieren lassen? Wundern Sie sich allen Ernstes darüber, dass hier Nacht für Nacht gestohlen wird?«

»Holger!«, fuhr der Drachen dazwischen.

Doch Holger von Morkamp ließ sich nicht zurechtweisen. »Du also auch!«, zischte er. »Das hätte ich mir denken können.« Gleich darauf nickte er Hannah und den Soldaten zu, wandte sich ab und humpelte aus dem Zimmer, dicht gefolgt von Friedrichsen und dem Drachen. Die Tür hinter ihnen knallte ins Schloss.

Hannah lief darauf zu, öffnete sie einen Spaltbreit, um weiter zu lauschen.

»Als Erstes brauchen die Leute Brennholz.« Die Stimme des Gutsherrn entfernte sich über den Flur. »Ich gebe Ihnen zwei Tage Zeit, Friedrichsen, um im Wald die kranken Bäume markieren zu lassen, die unsere Flüchtlinge abholzen dürfen.« Die Schritte stiefelten über die Treppe nach unten.

Hannah schloss die Tür, drehte sich um und huschte zwischen den Vorräten und Egons Bett zum Fenster. Erst musste sie die beschlagenen Butzenscheiben mit der Hand frei wischen, ehe sie etwas sehen konnte. Tatsächlich liefen die drei unter ihrem Fenster über den Ehrenhof. Leise hob sie den

Fensterriegel an und zog die Flügel vorsichtig auseinander, damit sie nicht quietschten. »Von nun an will ich, dass jeden Morgen ein Fahrzeug bereitsteht, mit dem die Flüchtlinge ins Moor fahren können, um Torf zu stechen.« Nur wenige Meter vom Kavaliershaus entfernt blieb der Gutsherr stehen, stützte sich auf seinen Krückstock und spähte am Herrenhaus vorbei auf den Wald. »Was wir danach gegen den Hunger tun, lasse ich mir noch durch den Kopf gehen.« Damit setzte er seinen Weg fort, und Hannah konnte ihn nicht mehr verstehen.

»Verlobter?« Egons Stimme ließ sie zusammenzucken. Er stieß ein abfälliges Schnauben durch die Nase. »Ich wusste, dass bei dir ein paar Tassen im Schrank fehlen, Chefin. Aber dass es so viele sind …« Damit drehte er sich um, ging mit schnellen Schritten zur Tür und lief in den Flur.

Freddie trat unschlüssig auf der Stelle. Einen Moment lang sah er so aus, als wollte er ebenfalls nachfragen. Dann folgte er seinem Freund nach draußen.

Hannah blieb wie erstarrt stehen. Was hatte sie nur angerichtet? Warum hatte sie die Lüge nicht richtiggestellt?

Wenigstens Moritz musste sie es erklären. »Das mit der Verlobung …«, sie wandte sich in seine Richtung, »das habe ich nur gesagt, damit der Arzt mich ernst nimmt. Damit er mitkommt und dir hilft.«

Zum ersten Mal seit Tagen sah Moritz sie an. Er neigte den Kopf zur Seite, seine Miene wirkte undurchdringlich.

»Es tut mir wirklich leid«, murmelte Hannah. »Ich wollte dir nicht zu nahetreten. Das ist mir einfach so rausgerutscht, als ich vor dem Arzt stand und ein Argument brauchte.«

Moritz kniff die Augen zusammen. Seine Mundwinkel zuckten. War das ein Grinsen?

Hannahs Puls pochte laut in ihren Ohren. »Warum kannst du nicht einfach sagen, was du denkst? Warum lässt du mich immer raten?«

Sein Grinsen verschwand. Stattdessen erhob er sich, kam langsam auf sie zu. Verlobt … Das Wort geisterte durch ihre Gedanken. Ob ihm die Idee gefiel? Oder schreckte sie ihn ab?

Direkt vor ihr blieb er stehen. Seine Hand zuckte in ihre Richtung, sein Atem wurde schwerfällig, als kämpfte er mit etwas.

»Was ist?« Hannah wollte, dass er sie berührte. Doch er tat es nicht, presste nur die Lippen zusammen und sah auf sie herab.

»Himmel!« Plötzlich hielt sie es nicht mehr aus. »Dass du nicht redest, macht mich irre.« Sie wich vor ihm zurück, wusste nicht, wohin mit sich, und schaute sich in der Kammer um. Ihr Blick fiel auf ihre Schlafecke, auf die Schulhefte, die sie gerade erst gekauft hatte und die sich sorgfältig neben der Matratze stapelten. Entschlossen lief sie darauf zu, nahm eins der leeren Hefte und brachte es dem Fuchs. »Hier!« Sie drückte es gegen seine Brust. »Wenn du schon nichts sagen kannst – vielleicht kannst du es aufschreiben.«

* * *

Gut Morkamp, Dachkammer, Mensch oder Monster?

Das unbeschriebene Heft lag vor ihm auf den Knien. Leere Seiten schauten ihn an, flüsterten ihm zu, jederzeit bereit, Grauen und Schuld in sich aufzunehmen. Ein Teil von ihm wollte es tatsächlich, wollte die Worte aufschreiben, so dringend, dass er zu zittern begann. Als er den Stift jedoch in die Hand nahm, schreckte er zurück. Alles, was er aufschrieb, war ein Geständnis. Alles, was er preisgab, konnte von jemandem gelesen werden. Der Teil von ihm, der alles festhalten wollte, musste der Teufel sein, der es nicht müde wurde, immer wieder die schrecklichsten Erinnerungen hervorzuholen.

Jener Teufel lechzte danach, seine Schandtaten auf Papier zu bannen.

Der andere Teil hingegen wollte Hannah verschonen. Alles, was er schrieb, würde für sie sein. Sie selbst wünschte sich, dass er es tat, ohne zu ahnen, was sie damit heraufbeschwor. Aber wie konnte er ihr das zumuten? Wie konnte er sie mit alldem belasten, was für ihn selbst so unerträglich war?

Oder war es seine Pflicht, ihr das Monster zu zeigen, das in ihm steckte? Damit sie frei urteilen konnte, ob sie ihn wirklich lieben wollte?

Immer wenn er daran dachte, drängte sich ein dritter Teil in den Vordergrund, jener Teil, der ihr erklären musste, wie es so weit kommen konnte, der ihr zeigen wollte, wie aus dem Menschen ein Monster geworden war.

Doch ganz gleich, wie lange er darüber nachdachte, Moritz wusste nicht, welcher Teil von ihm gewinnen sollte. Besser wäre es, er würde das leere Heft vernichten.

12. KAPITEL

Sowjetunion, Weißrussland, Winter 1943

Den halben Winter verbrachte er als Sprengstoffspezialist. Oberleutnant Klimek, der Sprengmeister ihrer Division, bildete ihn mit grimmiger Sorgfalt aus, und Lasky lernte schnell, wie die Bomben der Partisanen gebaut waren, was er auf keinen Fall mit ihnen tun durfte und wie er sie entschärfen konnte. Wann immer sie auf ihren Patrouillen eine Partisanengruppe antrafen und verjagen konnten, war er der Erste, der an die Minen heranging, um sie außer Gefecht zu setzen. Am gefährlichsten waren sie, wenn sie noch unentdeckt an Gleisen, Masten oder unter dem Neuschnee schlummerten. Manchmal waren Stolperschnüre oder Drähte verlegt, mit denen sie gezündet wurden. Somit konnte jeder Schritt auf ihrem Patrouillengang in eine tödliche Falle führen, und auch die Sicherheit seiner Kameraden hing davon ab, wie sorgfältig Lasky ihren Weg überprüfte. Nur hin und wieder musste er für kurze Augenblicke an Wiebrecht denken. Inzwischen wusste er, dass dem anderen ein Stolperdraht zum Verhängnis geworden war, und ebenso sicher war er, dass es ihn selbst früher oder später auf ähnliche Weise erwischen würde. Die Scherzerei über seinen baldigen Tod versuchte er jedoch nur ein einziges Mal. Niemand lachte darüber, und der schwarze Humor fühlte sich fremd an auf seiner Zunge. Also verrichtete er seine selbstmörderische Arbeit mit finsterem Ernst, und der Einzige, dem tatsächlich etwas an ihm zu liegen schien, war Glombitza, der ihn oftmals musterte, als wäre es das letzte Mal, dass sie sich gegenüberstanden. Tatsächlich stieß Lasky immer wieder auf improvisierte Bomben, die anders aussahen als alle Sprengsätze, die er kannte. Dann brauchte er seinen ganzen Verstand, um die Technik so schnell wie möglich zu durchschauen, ehe er die Bombe berührte. Aber zumeist gelang es ihm erstaunlich gut, fast so, als würde sich sein Leben nur um so hartnäckiger an ihm festhalten, je riskanter seine Aufgaben wurden.

Bis zu jenem Morgen, als zum zweiten Mal puderweißer Neuschnee den Wald und die Gleise überzog. Bereits eine Woche zuvor hatte es ebenfalls geschneit, und anfangs zeichneten die Stiefelspuren ein deutliches Bild davon, wer sich wann in welche Richtung bewegte. Die Partisanen hatten jedoch schnell gelernt, wie sie in die Spuren der Deutschen treten mussten, um keine eigenen zu hinterlassen, und letztendlich hatte der Schnee dazu geführt, dass die meisten Tage und Nächte ruhig blieben, weil es die Banditen vermieden, durch Fußabdrücke auf ihre Aktivitäten und Quartiere hinzuweisen. An jenem Morgen waren die Gleise und der Wald erneut mit frischem Schnee überzogen und jegliche Spuren darunter verschwunden.

Jeder Partisan, der frische Spuren in den Neuschnee trampelte, müsste verrückt und lebensmüde sein, und so gingen Lasky und seine Kameraden davon aus, dass nichts weiter passieren würde. Auch die Patrouille, die auf der anderen Seite des Gleises durch den Wald pirschte, meldete über Funk, dass es keine Anzeichen für Bandenaktivitäten gäbe. Zusammen mit elf weiteren Kameraden und an der Seite von Glombitza stiefelte Lasky durch den Neuschnee zwischen den Bäumen und spähte in das Unterholz jenseits der Bahnschienen, um nach Stolperschnüren und verräterischen Linien im Schnee Ausschau zu halten. Immerhin wäre es denkbar, dass die Partisanen schon vor dem Schneefall neue Bomben installiert hatten.

Doch trotz aller Aufmerksamkeit fand er nichts. Niemanden. Zum ersten Mal seit Monaten konnte er aufrecht gehen, ohne sich wie eine Zielscheibe zu fühlen. So lange, bis sie die Gewehrschüsse hörten. Auf der anderen Seite der Gleise. Deutsche Schreie gellten durch den Wald, das Funkgerät an

Glombitzas Gürtel knisterte. »Sie sind hier!«, brüllte der Melder aus dem winzigen Lautsprecher. »Geht in Stellung! Feuer erwidern!« Sofort warf sich Lasky hinter einen der Bäume, zielte über den Wall, auf dem das Gleis lag. Noch immer gellten Schüsse und Schreie herüber, rückten näher – bis die Schreie verstummten und die Gewehrkugeln die Bäume am Rand des Waldes zerfetzten. Nur vage erfasste Lasky, dass die andere Gruppe aufgerieben worden war, dass die Partisanen über das Gleis auf sie zukamen. Das Funkgerät an Glombitzas Gürtel knisterte erneut. Es würde ihre Deckung verraten!

Doch Glombitza war schneller. Er packte Lasky am Arm, zerrte ihn hoch und wies in das Dickicht. »Lauf in den Wald! Sie sind in der Überzahl!«

An der Seite von Glombitza fing Lasky an zu rennen. Ihre Kameraden folgten ihnen. Zweige und Dornen rissen an ihrer Kleidung, peitschten um Lasky herum und zerschrammten die Haut in seinem Gesicht. Braune Matschlöcher glänzten im Schnee und verrieten jene Stellen, an denen der Sumpf stärker war als der Frost. Lasky musste ihnen ausweichen, musste daran vorbeirennen oder darüberspringen, um nicht im eisigen Moor zu versinken. Andere hatten weniger Glück. Mit einem harten Klatschen fiel jemand in eines der Sumpflöcher. Seine Hilferufe brüllten hinter ihnen her, doch niemand blieb stehen, um ihn zu retten. Auch Lasky konnte nicht aufhören zu rennen.

Dann setzte das Gewehrfeuer wieder ein, viel zu dicht. Kugeln pfiffen an ihnen vorbei, zersplitterten die Baumstämme, spritzten Schlamm und Schnee in die Höhe. Die ersten Männer schrien auf unter den Treffern, fielen neben ihm zu Boden und blieben liegen. Er rannte weiter wie in Trance, in Gedanken ganz fern von dem, was hier geschah. Jetzt würde er sterben. Sie alle würden sterben. Der nächste Schuss riss Glombitza von den Füßen. Ein hektischer Impuls zuckte durch Laskys Körper, ein letzter Teil von Menschlichkeit, mit dem er stehen bleiben und seinem Freund helfen wollte. Doch das Tier in ihm war stärker. Dieses innere Monster rannte weiter, floh in das Dickicht, ohne sich umzusehen. Längst schon spürte er seinen Körper nicht mehr. Nur für winzige Sekunden drangen Teile der Erschöpfung zu ihm durch: Der Sprung über ein Sumpfloch ließ seine Beine beinahe wegknicken. Ganz kurz spürte er das rasende Klopfen in seiner Brust. Auch das spitze Stechen, das seine Seite traf, ließ ihn nur für wenige Schritte taumeln. Ein zweiter Schmerz zerfetzte seinen Oberarm. Doch in ihm war nichts mehr als der Wille zur Flucht, unmenschliche Energie, die ihn weitertrug und den Schmerz betäubte.

Neben ihm wurde es still. Keine Schritte mehr, die seinen Weg begleiteten, nur noch sein eigener Atem in der Kälte des Waldes. Erst als sein Blick auf seine Hand fiel, sah er das Blut, das daran herabtropfte, entdeckte die Wunde, die seitlich in seinen Rumpf gerissen war. Ohne darüber nachzudenken, presste er die Hand darauf und rannte weiter.

Dass auch die Schüsse verstummt waren, registrierte er nur am Rand. Noch ein oder zwei Kilometer lief er weiter, ehe die Stille in sein Bewusstsein vordrang. Ob sie ihn für tot hielten? Ob sie nicht gesehen hatten, dass er noch hier war? Oder warteten sie nur auf den richtigen Moment, um ihn gezielt zu erschießen?

Lasky rannte weiter, keuchte und stolperte, fiel beinahe in eines der Moorlöcher und sprang dann doch mit letzter Kraft hinüber.

Wie lange er schon so gerannt war, wusste er schließlich nicht mehr. Ob es Minuten oder Stunden oder ein halber Tag gewesen waren. Irgendwann gaben seine Knie einfach nach und ließen ihn fallen. Er wollte wieder aufstehen, doch da war keine Energie mehr in seinen Muskeln. Stattdessen stürzte der Schmerz auf ihn ein, wie ein Feind, der nur auf den schwachen Moment gelauert hatte. Mit einem brennenden Messer stach er in Laskys Seite, langte ein zweites Mal nach seinem Arm. Ein heulender Laut mischte sich in die Qual, viel zu laut am Anfang und dann immer leiser – bis er ganz verstummte und ihn umso deutlicher fühlen ließ, wie etwas aus ihm heraussickerte. Nicht nur sein Blut, sondern etwas, das tiefer saß, etwas, das mit seinem Geist zusammenhing. Sein Leben.

Ein letztes Mal versuchte er, gegen den Tod zu kämpfen. Doch er hob nur den Kopf, für mehr reichte seine Kraft nicht aus. Dennoch entdeckte er etwas, vielleicht drei- oder vierhundert Meter entfernt. Dunkel erhob sich ein Umriss über dem weiß verschneiten Waldboden. Eine Hütte? Konnte dort hinten eine Blockhütte liegen? Oder war es nur eine Täuschung, die sein sterbender Verstand ihm vorgaukelte?

Sein Kopf sackte wieder nach unten, fiel in den Schnee und ließ sich nicht mehr daraus lösen. Wieder spürte er das Sickern. Ganz leise tropfte sein Leben aus ihm heraus, und spätestens jetzt musste er es einsehen: Hier würde er liegen bleiben. Hier würde er sterben. Ganz allein in diesem Wald, ohne einen Kameraden an seiner Seite.

Wäre er doch nur bei Glombitza geblieben.

* * *

Kreis Plön, Ostseeküste Schleswig-Holstein
Kriegsgefangenenzone F, Februar 1946

Binnen weniger Tage setzte der Gutsherr um, was er nach der Zimmerkontrolle angekündigt hatte. Jeden Morgen stand ein Pferdefuhrwerk am Torhaus, um die Flüchtlinge ins Moor zu bringen, und niemand kontrollierte, wie viel Heiztorf sie stachen. Freddie und Egon verschwanden fast täglich mit dem Wagen – und kehrten abends mit riesigen Mengen an Torf zurück, nur, um wenige Tage später einen Teil davon zum

Schwarzmarkt mitzunehmen und am Abend mit schönen Tauschwaren nach Hause zu kommen.

Einzig der Fuchs ging nicht mit ihnen, sondern lief seine eigenen Wege, die niemand durchschaute. Auch er verließ das Zimmer direkt nach dem Aufstehen und kehrte erst in den Abendstunden zurück. Was er mit dem leeren Schulheft getan hatte, wusste Hannah nicht. Sie sah es nie wieder und konnte nur vermuten, dass er es weggeschmissen hatte.

Wie hatte sie auch glauben können, ihn damit zu überlisten? Wenn er nicht reden wollte, warum sollte er schreiben?

Hannah bemühte sich darum, Moritz aus ihren Gedanken zu verbannen, dennoch liefen lautlose Tränen über ihr Gesicht, wenn sie abends in ihrem Bett lag.

Tagsüber wusste sie nicht, wohin mit sich. Anfangs wollte sie mit ins Torfmoor fahren, aber die Männer rieten ihr davon ab – weil es harte Schufterei war, die gefrorenen Torfplaggen auszugraben und mit bloßen Händen aufzuschichten. Also lenkte sie sich mit kleineren Handarbeiten ab, flickte für sich und die Männer die Löcher in ihrer Kleidung, und Freddie organisierte ihr schlichten, grauen Stoff, aus dem sie einfache Hemden schneidern konnte.

Bis zu jenem Abend, als plötzlich die Tür aufflog und Egon einen der Torfsäcke in ihr Zimmer wuchtete. »Hannah, stell dir vor …«, rief er, noch bevor er den Sack abgestellt hatte. »Der Gutsherr will den Steinbackofen für eine eigene Bäckerei in Betrieb nehmen. Dafür sucht er eine Magd, die das Brot für ihn backt.« Er ließ den Sack fallen und kam auf ihre Matratze zu, auf der sie im Schneidersitz saß. »Und jetzt das Beste!« Mit einem strahlenden Lächeln ging er vor ihr in die Hocke. »Von Morkamp hat die Stelle für eine Flüchtlingsfrau ausgeschrieben, und jetzt rate, wer sich morgen dort bewerben wird.« Er streckte die Hände aus und wies mit offenen Handflächen auf Hannah.

»Als Bäckerin?« Sie wusste nicht, was sie sagen sollte. Sich

Hoffnungen auf die Stelle zu machen war vermutlich keine gute Idee. »Ich habe doch überhaupt keine Erfahrungen. Ich weiß nicht einmal, wie ein Steinbackofen funktioniert.«

»Papperlapapp.« Unwirsch schüttelte Egon den Kopf. »Beim Bewerbungsgespräch wirst du erzählen, wie schnell du neue Dinge lernst und dass du eine prima Köchin bist.«

»Eine prima Köchin?« Hannah musste lachen. »Ich habe seit Monaten nur Kartoffeln gekocht.«

Egon lachte ebenfalls. »Und wenn schon.« Er zog einen zusammengefalteten Papierbogen aus seiner Hosentasche und reichte ihn ihr. »Den hier musst du bis morgen Abend ausfüllen und bei Friedrichsen abgeben.«

Zögernd nahm sie das Papier entgegen. »Was genau heißt morgen Abend? Bis wie viel Uhr?«

Ihr Mitbewohner zuckte die Schultern. »Abends eben. Was weiß ich. Feierabend, Sonnenuntergang, wenn Friedrichsen ins Bett geht.« Scherzhaft zwinkerte er ihr zu. »Gib ihn doch einfach morgen früh ab.«

Morgen früh … Hannah nickte und überflog das Papier. Die Fragen ließen bereits erkennen, nach wem gesucht wurde. Neben dem Ort ihrer Herkunft und dem Grund ihrer Flucht sollte sie angeben, wie viele Familienangehörige sie versorgen musste. Wenn sie dort niemanden eintrug, hatte sie vermutlich schon verloren. Der Gutsherr würde die Stelle an eine Mutter mit vielen Kindern vergeben. Oder an eine, die bereits Erfahrung mit dem Bäckerhandwerk hatte, denn das war die nächste Frage. Alternativ konnte man Vorwissen in der Landwirtschaft oder im Haushalt eintragen. Allenfalls Letzteres konnte Hannah mit gutem Gewissen ankreuzen, auch wenn ihre Mutter in Hamburg bis zuletzt den Haushalt geführt und sie nur selten etwas gekocht hatte. Aber wenigstens hatte sie in ihren Flüchtlingsjahren gelernt, wie man Obst und Gemüse einkochte, auch wenn das alles nichts mit dem Bäckerhandwerk zu tun hatte. Unter der Rubrik »weitere berufliche Bildung« gab sie ihr Abitur und ihr Apothekerwissen an und fragte sich zugleich, ob das ein Vor- oder ein Nachteil war. Wer wollte schon eine Abiturientin als Magd?

Während sie den Fragebogen ausfüllte und bei jeder Frage von Neuem grübelte, ob sie lügen oder die Wahrheit schreiben sollte, fing Egon an, die Kartoffeln zu schälen, die er auf dem Schwarzmarkt besorgt hatte, und sah vom Herd aus zu ihr herüber. »Na? Was ist?«, fragte er. »So schwierig kann es doch nicht sein, diesen Zettel auszufüllen.«

Resigniert ließ Hannah den Stift sinken und zuckte die Schultern. »Sie werden mich nicht nehmen. Das ist alles. Ich habe ja nicht mal mehr ein Kind, das ich versorgen muss.«

Egons Gesichtsausdruck veränderte sich. Unsicherer Ernst erschien darin. »Was meinst du damit?«

Hannah senkte den Kopf und schloss die Augen. »Ich hatte eine Tochter«, murmelte sie. »In Hamburg. Sie ist bei dem Bombenangriff gestorben. Genauso wie mein Mann und meine Eltern.«

Nie zuvor hatte sie Egon davon erzählt. Nur der Fuchs hatte es wissen dürfen – vielleicht deshalb, weil sie sicher sein konnte, dass er nicht antwortete. Egon hingegen würde antworten. Sie hörte das Knarren der Dielen unter seinen Füßen. Ganz langsam schien er näher zu kommen, ehe er sich vor ihrem Bett niederließ. »Warum hast du das nie gesagt?« Sein Tonfall klang betroffen.

Zögernd sah sie ihn wieder an. »Hätte das was geändert?«

Er zuckte die Schultern. In seinen Augen lag ein seltsames Glitzern. »Vielleicht hätte ich …« Er sprach nicht weiter.

»… nicht so viele blöde Sprüche gemacht?«, schlug Hannah vor. »Oder weniger Witze gerissen? Oder mich nicht mit deinen Scherzen aufgezogen?«

Sein Kehlkopf bewegte sich. »Ja. Vielleicht.«

Hannah wich auf ihrer Matratze zurück. »Und vielleicht war das der Grund, warum ich nichts gesagt habe. Weil ich nicht wollte, dass ihr mich wie eine angesprungene Tasse behandelt, die kaputtgeht, sobald man sie anfasst.« Auf einmal kämpfte sie mit den Tränen, musste sie zurückdrängen, damit er sie nicht sah. »Aber am besten, du vergisst das wieder. Es reicht ja schon, dass die Tassen in meinem Schrank fehlen. Da muss ich nicht auch noch selbst eine zerbrochene Tasse sein.«

»Das ...« Erschrocken starrte Egon sie an.

»Was?« Das Wort platzte aus ihr hervor. »Das hättest du wohl auch nicht gesagt, wenn du gewusst hättest, was mit mir los ist, richtig?«

Egon stand auf, schaute von oben auf sie herunter. Etwas Hilfloses lag in der Art, wie er von einem Bein aufs andere trat. »Ja, das hätte ich vermutlich wirklich nicht gesagt.«

Hannah winkte ab. »Schon gut. Beim nächsten Mal können wir dann ja einfach über dich reden. Zum Beispiel über den Bauernhof deiner Eltern? Den du geerbt hättest? Das ist doch vermutlich auch nicht so egal, wie du behauptest.«

Dieser Satz traf ins Schwarze. Die Hilflosigkeit erfasste sein Gesicht. »Das ...« Er fing an zu stammeln. »Das ist nur Land. Kann sein, dass ich es gemocht habe. Kann sein, dass ich traurig bin, aber ich wäre eh nicht der Richtige dafür gewesen. Kein guter Bauer. Eigentlich wollte ich mit meinem Bruder tauschen und Rechtsanwalt werden. Danach fragt allerdings niemand. Wenn du der Erbe bist, bist du der Erbe. Das entscheidet die Geburtsreihenfolge.«

War es wirklich so? Oder versuchte er auch nur, sich die Sache schönzureden? In jedem Fall konnte sie nicht bleiben, konnte es nicht länger aushalten. Mit einem Satz sprang sie auf, schnappte sich ihren Mantel und lief zur Tür. Sie musste hier raus. So schnell wie möglich, bevor sie tatsächlich anfing zu heulen.

* * *

Hannah zögerte den Moment hinaus, in dem sie ihre Bewerbung abgab. Sie wusste, dass sie besser auf Egons Rat gehört hätte, es gleich am nächsten Morgen zu tun. Stattdessen wartete sie ab, stellte sich erst beim Metzger in die Schlange, dann beim Krämerladen und wanderte am Nachmittag an den Knicks entlang, um Schafwolle von den Zäunen zu sammeln, aus denen sie Garn spinnen und warme Pullover stricken könnte. Vorausgesetzt, sie würde genug Wolle finden.

Als sie am Abend zum Gutshof zurückkehrte, hatte sie die Bewerbung schon beinahe vergessen. Vielleicht wäre es am sinnvollsten, sie einfach in ihrer Tasche zu behalten. Niemand würde es erfahren, solange sie nicht darüber sprach. Nur Egon würde sie danach fragen. Konnte sie ihn offen anlügen? Und einfach behaupten, dass sie abgelehnt worden war?

Nein. Es war unmöglich, ihn anzulügen. Auch wenn es aussichtslos war, sie musste es wenigstens versuchen.

Ihre Schritte wurden schneller, führten sie in den Ehrenhof. Vor der Tür des Gutsverwalters wartete niemand mehr. Dennoch sprang sie die Stufen hinauf, klopfte an die Tür und wartete mit hastigem Atem.

Es dauerte eine ganze Weile, bis Friedrichsen öffnete. »Jaaa?«, fragte er gedehnt. »Was gibt es denn? Um diese Zeit?«

»Ich würde mich gern bewerben. Als Magd für die Backstube. Ich habe gehört, dass Sie …«

»Dafür ist es zu spät!« Der Gutsverwalter ließ sie nicht ausreden. »Ich habe die Bewerbungsbogen bereits ins Gutshaus gebracht.«

Hannah wich zurück. Plötzlich wusste sie nicht mehr, ob sie erleichtert oder enttäuscht war. Warum genau hatte sie so lange gezögert? Weil sie feige war?

»Es sei denn …« Friedrichsen schaute sie mitleidig an. »Sie könnten Ihren Bewerbungsbogen selbst im Gutshaus abgeben. Wenn Sie sich beeilen, sind die Gutsleute noch nicht beim Abendessen.«

Abendessen … Nicht auszudenken. Mit etwas Pech würde sie den Gutsherrn beim Abendessen stören. Wieder wusste sie nicht, ob sie es wagen sollte. Allein der Gedanke an Egon brachte sie dazu, die Auffahrt zum Gutshaus hinaufzugehen.

An der Tür des Herrenhauses hing ein goldfarbener Messinglöwe als Klopfer. Vorsichtig hob Hannah den Hebel hoch, ließ ihn so zaghaft zurückfallen, dass er nur leise klapperte. Erst beim zweiten Versuch, nachdem sich drinnen nichts gerührt hatte, bediente sie den Klopfer mit Schwung.

Ein lautes Poltern hallte durch die Eingangshalle. Hannah lauschte mit angehaltenem Atem.

Dann hörte sie die Schritte, schnelle, geschäftige, weibliche Schritte. Die Tür wurde aufgerissen. Vor ihr stand der Drachen. »Was willst du?«

»Entschuldigen Sie, … ich … ich habe die Abgabe des Bewerbungsbogens versäumt und würde gern …«

Ungeduldig winkte die Gutsherrin ab. »Wer schon für die Bewerbung zu spät kommt, den können wir nicht gebrauchen. Und wer uns in unserem wohlverdienten Feierabend …«

»Wer ist dort, Mutter?« Die Stimme des jungen Gutsherrn unterbrach sie. Er schien nicht weit entfernt zu sein, doch Hannah konnte ihn nicht sehen.

Die Gutsherrin schnaubte abfällig. »Nur eine Flüchtlingsfrau mit ihrem Bewerbungsbogen.«

Holger von Morkamp trat ebenfalls in die geöffnete Haustür und schaute Hannah an. »Lass nur, Mutter.« Er schob sie mit sanftem Druck zur Seite. »Ich kümmere mich darum.«

Nur widerstrebend gab der Drachen nach, blieb wenige Schritte hinter ihm stehen.

»Danke, Mutter!« Inzwischen klang er ungeduldig. »Ich mache hier weiter!«

Die Gutsherrin nickte unwirsch und reckte in stolzer Geste ihr Kinn vor. Ihr schwarzes Kleid raschelte, während sie schnellen Schrittes in eines der angrenzenden Zimmer verschwand. Hannah würde darauf wetten, dass sie von dort aus lauschte.

Mit einem Lächeln nahm der Gutsherr ihre Bewerbung entgegen. »Wie geht es dem Verlobten?« Er überflog den Fragebogen.

Sofort wurden Hannahs Wangen heiß. Sie konnte ihn unmöglich noch länger anlügen. »Also … ehrlich gesagt … Er ist nicht mein Verlobter. Das habe ich nur behauptet, damit …« Ihr Mund wurde so trocken, dass die Zunge am Gaumen klebte. Nur mühsam sammelte sie genug Spucke, um weiterzusprechen. »Also, das habe ich gesagt, damit der Arzt mich ernst nimmt. Aber eigentlich ist er nur ein Soldat, mit dem ich das Zimmer teile.«

Überraschung spielte in seinem Gesicht, als Holger von Morkamp aufsah. »Also kein Verlobter.« Ein winziges Lächeln zuckte um seinen Mund.

Hannah wusste nicht, ob er sich freute oder sie verspottete. Sie musste sich endlich seriös darstellen, wenn er ihre Bewerbung ernst nehmen sollte. »Ich war verheiratet«, erklärte sie. »Aber mein Mann ist im Krieg …« Weiter kam sie nicht. Tränen versperrten ihren Hals, Bilder drängten herauf. Auf keinen Fall wollte sie an Kathrinchen denken.

»Ich verstehe schon.« Das Lächeln des Gutsherrn wurde traurig. »Jeder von uns hat etwas im Krieg verloren: geliebte Menschen, gute Freunde … sich selbst.« Seine Stimme schmolz zu einem Flüstern.

»Unsere Unschuld.« Die Worte rutschten ihr heraus.

Der Blick des Gutsherrn ließ sie zusammenzucken. Seine Augen besaßen eine merkwürdige Farbe. Dunkelgrün oder dunkelgrau oder beides zusammen. Es sah aus wie die Farbe des Seewassers an einem finsteren Tag. »Richtig«, murmelte er. »Unsere Unschuld haben wir wohl alle verloren.« Er räusperte sich, schaute in den Bewerbungsbogen und deutete auf ihren Namen. »Hannah Riedel.« Seine Stimme klang belegt. »Kommen Sie morgen Nachmittag um sechzehn Uhr wieder. Dann werden wir bekannt geben, wen wir zum Vorstellungsgespräch einladen.«

* * *

Die Flüchtlingsfrauen tummelten sich in der Einfahrt des Herrenhauses wie auf einem Marktplatz. Unschlüssig standen sie zu zweit oder in Grüppchen beieinander und tuschelten. Hannah schätzte, dass es vierzig bis fünfzig Frauen sein mussten und damit wohl fast alle Flüchtlingsfrauen, die auf dem Gutshof untergekommen waren. Die meisten kannte Hannah vom Sehen, bei manchen wusste sie den Namen. Dennoch kam sie sich allein vor, während sie am Rand der Versammlung stand.

»Das ist die aus der Stadt«, tuschelte jemand, »die, die mit niemandem redet.«

»Ich glaube, sie ist sich zu fein für das Landleben«, antwortete eine andere Frau. Hannah erkannte die Stimme. Es war Dagmar, eines der schlimmsten Lästerweiber, das es auf diesem Hof gab.

Hannah vermied es, in ihre Richtung zu sehen.

»Nein. Fein sieht hier keiner mehr aus. Auch die nicht.« Die Frauen lachten. »Sie lebt mit drei Soldaten auf dem Zimmer.«

»Uhhh«, machten die anderen und lachten noch lauter. »Vielleicht ist sie eine Professionelle?«

Nun hatte Hannah genug. Für eine Sekunde wollte sie auf die Frauen zugehen und etwas Schlagfertiges entgegnen. Aber ihr fiel nichts ein. Also wandte sie sich ab, als hätte sie nichts gehört, ging zwischen zwei anderen Frauengruppen hindurch und stellte sich auf die andere Seite des Menschenauflaufs. Vielleicht sollte sie einfach wieder gehen. Die Stelle würde sie ohnehin nicht bekommen.

Die Glocke im Torhaus bimmelte gerade zur vollen Stunde, als die Tür des Herrenhauses geöffnet wurde und die Gutsherrin zusammen mit ihrem Sohn und Friedrichsen heraustrat.

Die Frauen lösten ihre Grüppchen auf und drängten sich näher an die Freitreppe heran. Mit einem Mal war es so still im Ehrenhof, dass jedes Fußscharren auf dem Kies zu hören war.

Die Gutsherrin trat an den Rand der Treppe und schaute prüfend über die Frauen hinweg. Für eine Millisekunde blieb ihr Blick an Hannah hängen, während ein missbilligendes Kräuseln über ihre Stirn huschte. Erst dann sah sie weiter zu den anderen. »Wir haben fünf Bewerberinnen in die Vorauswahl genommen«, verkündete sie. »Ich werde jetzt die Namen vorlesen. Wer sich darunter befindet, vereinbart mit Herrn Friedrichsen einen Termin für das Vorstellungsgespräch.« Frau von Morkamp senkte den Kopf, zog ihre Brille aus einem Etui und fing an, die Namen zu verlesen: »Henriette Möhring, Wilhelmine Baumfalk ...«

Keiner der Namen war Hannahs. An einem unterdrückten Jubelschrei oder an den Glückwünschen konnte sie erkennen, wer zu den Auserwählten gehörte. Dagmar Hohfeld, die Anführerin jener Lästergruppe, war ebenfalls darunter. Hannah wich ihrem Blick aus, mit dem sie provozierend zu ihr herübersah. Dieses Mal klang das Lachen der Frauen aus weiterer Ferne, dennoch wusste Hannah, dass sie gemeint war.

Als der Drachen die Liste zusammenfaltete und sich abwandte, wollte Hannah sich umdrehen und gehen. Sie musste von hier verschwinden, ehe weiterer Spott auf sie niederregnete. Nur aus den Augenwinkeln sah sie, wie der Gutsherr vortrat und in ihre Richtung sah. »Die Bewerberin Hannah Riedel kommt jetzt gleich mit mir zum Bewerbungsgespräch.«

Hannah fuhr herum. Beinahe konnte sie die Blicke spüren, die sich auf sie richteten. Auch das Lachen der Lästergruppe verstummte.

Schlimmer als das war nur die Gutsherrin, die konsterniert den Mund öffnete. Doch Holger von Morkamp brachte sie mit einem entschlossenen Blick zum Schweigen. Sobald er sich an Hannah wandte, wurde sein Lächeln freundlich. »Bitte folgen Sie mir.«

Ihr Herz schlug viel zu schnell. Mit eiligen Schritten lief sie die Eingangstreppe hinauf, allein schon deshalb, um den Blicken der anderen zu entkommen. Spätestens jetzt wurde sie von allen gehasst.

Der Gutsherr führte sie durch die große Halle, in der sich rechter Hand ein brennender Kamin befand, bog in einen Flur ein und führte sie durch einen Gang in den Seitenflügel. Erst dort öffnete er eine Tür und ließ sie in einen weiträumigen Büroraum eintreten. Die Wände waren dunkel vertäfelt, abgesehen von der linken Seite, die mit Buchregalen verkleidet war. Drei große Barockfenster öffneten den Blick auf den See. Holger von Morkamp ging zu einem massiven Eichenschreibtisch, der mitten im Raum stand, setzte sich dahinter und wies auf den Stuhl gegenüber.

Hannah zögerte. Sie wagte es kaum, ihn anzusehen. Die Bewerbungsbogen lagen vor ihm, waren lose über eine rote Schreibauflage verteilt. Während sie sich setzte, schob der Gutsherr die Blätter zusammen und steckte sie unter einen Aktenstapel. Lediglich einen ließ er vor sich liegen. An den Knickfalten erkannte sie, dass es ihr eigener war. Warum hatte er ausgerechnet sie ausgewählt?

Er schaute in ihre Bewerbung. »Abiturientin also. Apothekerin.«

Hannahs Kehle wurde eng. »Ich ... also ... Mein Vater war Apotheker, aber ich habe keine Ausbildung. Das«, sie deutete auf ihren Bewerbungsbogen, »müsste da stehen.«

»Ich weiß.« Holger von Morkamp lächelte sie an. Etwas Schelmisches lag in seiner Miene. »Aber wir wissen vermutlich beide, dass man am besten lernt, wenn man in einem Betrieb aufwächst und von Anfang an dabei ist.« Damit wies er in die Runde, auf die Regale und die vertäfelten Wände, auf den riesigen See vor seinen Fenstern, hinter denen die Ländereien des Gutes lagen. »Für Gutsherren gibt es darüber hinaus keine weitere Ausbildung.« Er stieß ein leises Lachen aus, ganz so, als würde er über sich selbst spotten.

Keine Ausbildung für Gutsherren ... Sie hatte nie darüber nachgedacht. »Aber haben Sie nicht eine kaufmännische Ausbildung? Betriebswirtschaftslehre? Landwirtschaft?«

Der Gutsherr schüttelte den Kopf. Sein Lachen verwandelte sich in ein Glucksen.

Plötzlich musste sie grinsen. Er konnte lachen wie ein kleiner Junge!

Nur der letzte Gluckser klang anders. Für Sekunden glomm Verzweiflung in seinen Augen. »Vielleicht hätte ich noch eine Ausbildung gemacht, aber dann kam der Krieg. Und dort ...« Er stockte, stand auf und wandte sich zum Fenster. Seine Haltung wirkte gebeugt, vielleicht, weil der Stock fehlte, auf den er sich sonst stützte. »Dort habe ich auch gelernt, wie man etwas verwaltet. Mit dem Unterschied, dass das, was sich im Krieg hinter den Nummern verbarg, Gefangene und Feinde waren, oder *menschliches Material,* unsere Soldaten.« Wieder stockte er. »Aber wir sind ja nicht hier, um über mich zu reden.« Mit diesen Worten drehte sich Holger von Morkamp zu ihr um. Seine Hand wanderte zu einer Stelle oberhalb seiner Leiste, drückte darauf und ließ die schmerzende Narbe erahnen. »Welche Medizin würden Sie jemandem geben, dessen Wunde sich nach einer Schussverletzung entzündet hat? Jemandem, der zu spät behandelt wurde und jetzt an einer Blutvergiftung leidet?«

Hannah stieß die Luft aus. Das war es also, was ihn so lange ans Krankenbett gefesselt hatte. »Eine Sepsis«, murmelte sie. »Sie haben Glück, dass Sie noch leben. Großes Glück.«

Diesmal war sein Lachen kurz und abgehackt.

»Ich würde Ihnen Penicillin geben«, erklärte sie schnell.
»Vor oder während des Krieges hätten Sie Sulfamidochrysoidin
bekommen. Der Handelsname ist Prontosil. Die Deutschen
haben es in den Dreißigerjahren entwickelt. Penicillin wurde
in den USA synthetisiert und ist erst nach dem Krieg zu uns
gekommen. Dafür ist es deutlich wirksamer gegen Infektio-
nen.« Sie überlegte, sprach dann aus, was sie nicht sicher
wusste: »Bei einer schweren Sepsis könnte man vielleicht auch
beides geben. Was zurzeit aber nicht einfach ist, weil Medikamente nicht immer verfügbar sind.« Plötzlich kam sie sich
vorlaut vor. Was wusste sie schon? »Allerdings bin ich keine
Ärztin. Ein Arzt wüsste sicher noch andere Maßnahmen.«

Der Gutsherr lächelte. »Sie haben das schlüssiger erklärt als
Dr. Gerhardt. Bei ihm habe ich höchstens die Hälfte verstanden.«

Hannah wollte zu gern wissen, wie der Arzt es geschafft hatte, eine Sepsis zu heilen. Vermutlich hatten die Bakterien gerade
erst begonnen, auf seine Blutbahn überzugreifen. Wenn sie seine Organe bereits geschädigt hätten, wäre jedes Medikament zu
spät gekommen. »Sie haben wirklich großes Glück gehabt.«

Er nickte, wischte in einer verlegenen Geste über sein Kinn.
Die kleine Narbe war noch immer da. Nur der rote Farbton
war ein wenig verblasst. Es musste eine Schnittwunde gewesen sein. Vielleicht von einem Granatsplitter?

Holger von Morkamp sah aus, als hätte er den Faden verloren, wirkte so irritiert, als wüsste er nicht mehr, dass sie sich in
einem Bewerbungsgespräch befanden. Hastig half sie ihm auf
die Sprünge: »Aber ich bin ja nicht gekommen, um mich als
Apothekerin zu bewerben.«

Ein kurzer Ruck ging durch seinen Körper. Mit wenigen
Schritten ging er zum Schreibtisch, stützte sich darauf und
beugte sich in ihre Richtung. »Sagen Sie das nicht.« Er versuchte, scherzhaft zu klingen, doch sein Lächeln wirkte gezwungen. »Vielleicht könnten Sie ein Brot erfinden, das

schlimme Erinnerungen auslöscht.« Sein Gesicht war nicht weit von ihr entfernt.

Hannah war nicht nach Scherzen zumute. »Gegen schlimme Erinnerungen gibt es keine Medizin.«

Holger von Morkamp richtete sich auf. »Sie haben recht. Das war ein dummer Scherz.« Unruhig strich er sich durch die Haare, glättete sie, obwohl sie schon glatt waren. »Seien wir ehrlich: Wenn Sie klug genug sind, um das Abitur zu machen und Medizin anzumischen, können Sie auch schmackhaften Brotteig zusammenkneten. Die Frage wäre eher, ob Sie sich dabei nicht langweilen.«

Überrascht sah sie ihn an. Er machte sich Sorgen, ob sie sich langweilte? Fast musste sie darüber lachen. »Solange ich beim Kneten des Brotteiges nicht verhungere, ist das schon das Großartigste, was ich mir vorstellen kann.«

Sein Blick streifte ihren Körper. Fast kam es ihr vor, als könnte er durch die lose sitzende Kleidung hindurchsehen, als würde er die Stellen bemerken, an denen Rippen und Hüftknochen hervortraten. »Meine Mutter versucht immer, mir das auszureden, aber der Hunger unter den Flüchtlingen ist tatsächlich so schlimm, oder?«

»Ja.« Hannah flüsterte. »Die Lebensmittel reichen gerade so, um nicht zu verhungern.«

Der Gutsherr wandte sich ab und wanderte durch den Raum wie von unsichtbaren Dämonen getrieben. »Als hätten wir nicht schon genug Schuld auf uns geladen.« Mit einem Ruck drehte er sich um, kam wieder auf sie zu. »Ich sage Ihnen, wie es ist.« Sein Gesicht wirkte wütend, Abscheu klang in seinem Tonfall. »Meine Mutter hat ein paar sehr wirtschaftliche Kriterien für die Auswahl der Bewerberin aufgestellt. Sie soll keine Kinder haben, damit sie nicht stiehlt, sie soll keinen Mann haben, damit sie nur sich selbst versorgen muss, sie soll von praktischer Natur sein und bereits Erfahrungen als Köchin oder Bäckerin haben, und wenn nicht, soll sie wenigstens aus einer Familie stammen, in der es üblich ist, als Magd zu arbeiten – damit sie sich problemlos auf dem Platz einfügt, der ihr zugewiesen wird.«

Hannah senkte den Kopf. Abgesehen von dem fehlenden Mann und dem fehlenden Kind, traf nichts davon auf sie zu. Höchstens noch die praktische Veranlagung.

Der Gutsherr kam wieder in ihre Richtung. Nur an dem Luftzug spürte sie, wie nah er war. »Ich denke, meine Mutter hat auch etwas Entscheidendes im Krieg verloren.« Seine Stimme schwankte, quälte die letzten Worte nur mühsam hervor: »Ihr Herz.«

Nun sah Hannah auf.

Holger von Morkamp saß auf der Kante seines Schreibtisches. In seinem Gesicht lag eine seltsame Wehmut. Angespannt stieß er die Luft aus, stand wieder auf und trat zurück. »Aber ich bin der Gutsherr. Es ist meine Entscheidung. Ich würde gern gegen alle Kriterien verstoßen und eine fünffache Mutter mit Abitur und Doktortitel aussuchen.« Seine Mundwinkel verzogen sich. »So jemanden werde ich allerdings nicht finden. Stattdessen werde ich eine Abiturientin einstellen, die ihr Herz noch am richtigen Fleck hat. Die ihre Augen weit genug öffnet, um das Elend zu sehen, und die mutig genug ist, um entschlossen dagegen vorzugehen.«

Hannah war sich nicht sicher, ob sie ihn richtig verstanden hatte. »Meinen Sie mich damit?«

Ein belustigtes Funkeln glomm in seinen Augen. »Wen sonst? Wenn Sie mit Brot, Kartoffeln und Brennholz als Lohn einverstanden sind, gehört die Stelle Ihnen, ganz egal, wer hier später noch zum Vorstellungsgespräch kommt.«

Ein harter Kloß setzte sich in Hannahs Hals. Hieß das, sie hatte es geschafft? Wie viel Brot, Kartoffeln und Brennholz sie bekommen sollte, wagte sie ihn nicht zu fragen. Stattdessen nickte sie und nahm die Hand, die er ihr entgegenstreckte: »Ich bin einverstanden.«

13. KAPITEL

Sowjetunion, Weißrussland, Winter 1943

Er erwachte, weil der Schmerz durch seinen Körper jagte. Die Welt schwankte, rüttelte ihn durch und riss an der Wunde. Ein schweres Stöhnen drang an seine Ohren, mischte sich mit einem schleifenden Geräusch und dem Stapfen schwerer Schritte. Nur mühsam konnte er blinzeln, erkannte das dichte Dach des Waldes über sich. Etwas bewegte sich. Unter ihm. Er selbst bewegte sich, obwohl er noch immer auf dem Boden lag.

Er wurde gezogen! Das war es. Von irgendwo kam das Schnauben eines Pferdes. Um es zu sehen, musste er den Kopf nach hinten strecken, doch auch so entdeckte er nur die Hinterhufe des Tieres. Nicht eben sanft schleifte ihn das Pferd über den gefrorenen Waldboden. Wieder hörte er das schwere Stöhnen. Dieses Mal mischte sich ein Jammern hinein. Eine murmelnde Frauenstimme antwortete, leise und beruhigend. Er konnte den Menschen dazu nicht sehen, aber sie klang jung. Und schön. Und tröstlich. Auch wenn er kein Wort verstand. Sie sprach russisch.

Das Tier in ihm rebellierte, fing an zu zappeln und wollte fliehen. Eine Russin hatte ihn gefangen genommen. Eine Partisanin! Es musste eine Partisanin sein, denn nur sie lebten in diesem Wald. Plötzlich fiel ihm die Hütte ein, die er gesehen hatte, kurz bevor er ohnmächtig geworden war. Nur Partisanen besaßen solche Hütten.

Das Pferd stolperte, stieß einen Ruck durch seinen Körper, bei dem der Schmerz explodierte. Die Strahlen der Explosion spießten seine Gedanken auf und stießen ihn zurück in die Dunkelheit.

Als er das nächste Mal erwachte, war es dunkel um ihn herum, lediglich von der Seite drang flackerndes Licht. Alles war weich. Warm. Auch der Untergrund hielt still. Endlich. In seiner Erinnerung schwankte der Boden, und sein Körper wurde durchgerüttelt. Irgendwann war er mit letzter Kraft eine Leiter hinaufgeklettert, unter russischen Beschimpfungen und Aufforderungen.

Erneut hörte er das schwere Stöhnen, ganz dicht an seinen Ohren. Endlich erkannte er, woher es kam: Er selbst machte diese Geräusche. Ein leises Murmeln antwortete ihm, eine beruhigende Stimme, er hatte sie schon einmal gehört. Die Russin kniete auf der Matratze, auf der er lag, beugte sich über ihn und löste die Kleidung von seinen Verletzungen. Lang und schwarz fielen die Haare vor ihr Gesicht, zeigten nur ihre Stupsnase und die hohen Wangenknochen. Als sie die Wunde an seiner Bauchseite entblößt hatte, stieß sie ein scharfes Zischen aus.

War es so schlimm? »Muss ich sterben?« Aus seinem Mund kam nur ein Nuscheln.

Sie hob den Kopf, schaute ihn mit dunklen Augen an. Tiefer Ernst brannte in ihrem Blick, ein russischer Satz wisperte über ihre Lippen. Er verstand kein Wort und wusste dennoch, dass er verloren war.

»Warum hast du mich nicht erschossen?«

Ein unsicheres Lächeln strich über ihr Gesicht, hilflos und sanft zugleich. Erst mit diesem Lächeln fiel ihm auf, wie jung sie noch sein musste, fast ein Mädchen, das nur durch den Krieg zur Frau geworden war. Mädchen wie sie hatte er schon häufig gesehen, hatte sie schon viel zu oft aus Dörfern herausgeholt und an den Rand einer Grube geführt.

Dumpfe Übelkeit rumorte in seinem Magen. Sie hatte ihn aus dem Schnee geholt, sie versuchte, ihn zu retten, obwohl er ihr Feind war. Warum tat sie das?

Das Mädchen legte die Hand auf seine Stirn und beugte sich so dicht über ihn, dass er den Rosenduft ihrer Seife riechen konnte. Eine winzige Sekunde lang verstummte der Schmerz. Ohne die Pein fühlte er sich leicht, hoffnungsvoll. Ob es doch noch eine Chance gab, gesund zu werden?

Weich und kühl lag ihre Hand auf seiner Stirn, bevor das Mädchen sie wegzog und sich auf ihre Fersen setzte. »Dunja«, erklärte sie und legte die Hand auf ihre Brust. Die Frage, die sie danach stellte, verstand er nur, weil sie dabei auf ihn deutete.

Ganz kurz war er versucht, seinen Vornamen zu nennen. Doch irgendein unterbewusster Teil traf eine andere Entscheidung. »Lasky«, flüsterte er. Sicherheitshalber, weil auch dieses Mädchen nur ein schöneres Steinchen im Scherbenmosaik des Krieges war.

Wieder lächelte sie, mit einem Ausdruck von zauberhafter Scham. Dann fing sie an zu reden, schien ihm etwas zu erklären, kurz bevor sie sich erhob und die Leiter am Fuß seines Bettes hinabkletterte. Die dunkle Holzdecke lauerte dicht über ihm, neben ihm befand sich eine graue Wand, von der starke Wärme abstrahlte. Ein Schornstein. Anscheinend lag er auf einem Ofen, auf dem typischen Schlafplatz, den die russischen Bauernhäuser mitten in ihrem Wohnraum beherbergten. Das Mädchen lief durch das Zimmer unterhalb des Ofens. Als sie anfing, etwas auf Russisch zu erzählen, fragte er sich, ob sie mit ihm redete. Bis ihr eine zweite Person antwortete, eine alte Frau, deren Stimme rau und knorrig klang wie das Knirschen von morschem Holz. Etwas darin wirkte vorwurfsvoll, und spätestens mit Dunjas aufgebrachter Antwort erkannte Lasky die Diskussion, die zwischen den beiden entbrannte. Sie stritten sich um ihn. Die alte Frau warf Dunja vor, dass sie ihn hergebracht hatte. Weil er ein Deutscher war, ihr skrupelloser Feind und damit ihre größte Gefahr.

»Babuschka!«, schrie Dunja, *Großmutter,* und ihr Tonfall wurde weinerlich. Tränenerstickt schrie sie weiter, und plötzlich ahnte er, warum sie ihn ins Haus gebracht hatte: aus einem dummen Impuls heraus, in einer romantischen Verwirrung, mit der sie den Menschen in ihm gesehen hatte. Ein junges Mädchen fand einen ebenso jungen Mann, der sterbend vor ihrer Hütte im Schnee lag. Sie wusste, dass er ihr Feind war, aber sie hatte es nicht über sich gebracht, ihn in der Kälte krepieren zu lassen.

Die dunklen Deckenbalken und der graue Schornstein verschwammen vor seinen Augen, etwas Nasses, Klebriges rann über sein Gesicht, während sich sein Körper zu einem heftigen Beben zusammenzog. Der Schmerz glühte auf, trieb einen Laut aus seiner Kehle, der das Monster in seinem Inneren verriet. Sofort verstummte der Streit, Sekunden später war Dunja wieder bei ihm. In der Hand hielt sie eine Flasche, weiße Tücher und eine weitere Kerze. In panischer Eile stellte sie die Sachen zur Seite und krabbelte zu ihm. Das Weinen schüttelte ihn noch immer. Allein an den Schmerzen würde er sterben.

Während Dunja ihm zuflüsterte, streichelte sie seine Haare, sein Gesicht. Ihre Tränen schimmerten im Licht der Kerzen und glänzten auf ihrer Haut. Vielleicht war es dieser Anblick, der ihn beruhigte, oder jenes Gefühl, das in seiner Brust entstand und den Schmerz verscheuchte. Für dieses Mädchen musste er überleben!

Dunja zog die Utensilien zu sich heran, stützte seinen Oberkörper, damit er aus der Flasche trinken konnte. Es war Schnaps! Höllisch scharf brannte er in seiner Kehle, zog in seinen Kopf und hinterließ ein schwebendes Gefühl. Doch Dunja kippte die Flasche immer wieder, bis sich alles drehte und sein Körper im Rausch davonflog. Nie zuvor hatte er so schnell und so viel getrunken. Vielleicht würde ihm schlecht werden. Wenn er nicht vorher die Besinnung verlor.

Sie setzte die Flasche erst ab, als er anfing zu lachen, als er in ihren Armen zur Seite rutschte und sie ihn mit aller Kraft stützen musste, damit er nicht auf das Lager klatschte. Seine Augen wollten zufallen, sein Bewusstsein wollte schwinden. Nur mit größter Entschlossenheit konnte er dem Mädchen dabei zusehen, wie sie eines der Tücher mit dem Alkohol tränkte und sich damit seiner Wunde näherte.

Für sie wollte er überleben, für sie wollte er gesund werden. Um sie zu beschützen und sich mit ihr zu verstecken. Vielleicht sogar, um sie zu lieben und den Krieg endgültig hinter sich zu lassen.

In der nächsten Sekunde berührte das Tuch die Wunde und brannte die Hölle in sein Fleisch. Sein Schrei gellte in seinen Ohren, prallte gegen die Wände der Hütte und stieß den Rest seiner Gedanken in die Finsternis.

* * *

Gut Morkamp, Kreis Plön, Ostseeküste Schleswig-Holstein, Kriegsgefangenenzone F, Februar 1946

Das Backhaus lag etwas abseits vom Gutshof. Wenn man über den Ehrenhof am Herrenhaus vorbeiging und das Gelände in Richtung Wald verließ, stieß man nicht weit vom Ufer des Sees entfernt auf das kleine Ziegelsteingebäude, idyllisch von Efeu umrankt und mit grau verschmutzten Sprossenfenstern.

»Das Backhaus ist damals hier gebaut worden, damit im Brandfall genug Löschwasser in der Nähe ist«, erklärte der Gutsherr, während sie darauf zugingen. »Außerdem sollte es weit genug vom Gutshof entfernt sein, damit ein Feuer nicht auf andere Gebäude übergreift, aber soweit ich weiß, hat es hier noch nie gebrannt. Oder?« Er wandte sich an Line, die älteste Küchenmagd, die beschwerlich neben ihnen herwatschelte.

»Nein, Herr von Morkamp.« Die Magd musste stehen bleiben, um zu antworten. Ihr gewaltiges Übergewicht schien nicht mehr für Spaziergänge geeignet zu sein. Sie keuchte ohnehin bei jedem Schritt. »Hier hat es noch nie gebrannt. Auch nicht vor Ihrer Zeit. Wir waren immer sehr umsichtig mit dem Ofen.« Fast klang sie ein wenig beleidigt.

Der Gutsherr lachte leise. »Ja, natürlich, Line.« Etwas Vertrautes lag in der Art, wie er mit der alten Küchenmagd redete, etwas, das Hannah verdeutlichte, dass die Frau ihm vermutlich schon Plätzchen zugesteckt hatte, als er noch ein kleiner Junge gewesen war. Irgendetwas in dieser Vertrautheit versetzte ihr einen Stich. Sie brauchte einen Moment, ehe ihr klar wurde, warum. Weil sie etwas Ähnliches nie wieder spüren würde, weil alles Vertraute in ihrem Leben ausgelöscht worden war.

Sie schluckte das Gefühl hinunter, versuchte, sich wieder auf die Worte des Gutsherrn zu konzentrieren.

»Das Backhaus ist schon so alt wie der ganze Hof«, erklärte er. »In meiner Kindheit und Jugend ist noch darin gebacken worden. Aber seitdem es den Bäcker im Dorf gibt ...«

»Bis 1932«, warf Line dazwischen. »Bis 1932 haben wir hier zweimal die Woche gebacken. Das ganze Dorf konnte die fertig gekneteten Brote hierherbringen, und wir haben sie in den Ofen geschoben. Dienstags wurden die Brotlaibe morgens hier abgegeben und abends wieder abgeholt. Aber samstags haben die älteren Leute in der warmen Backstube gesessen, auf ihr Brot gewartet und sich bei einem Likörchen unterhalten.« Line seufzte. »Das waren noch Zeiten ...«

Holger von Morkamp lächelte versonnen. »Und zum Schluss habt ihr Butterkuchen in die Restwärme geschoben.« Auch er seufzte. »Butterkuchen«, wiederholte er und wandte sich an Hannah, »mit einer Decke aus karamellisierten Mandeln.« Seine Augen leuchteten.

In Hannahs Mund sammelte sich die Spucke. Sie hatte zum Frühstück nicht mehr gehabt als eine trockene Scheibe Brot. »Sie wollen mich wohl quälen?« Es sollte wie ein Scherz klingen. Doch der Ernst darin war kaum zu verbergen.

»Nein, nein, keineswegs«, widersprach er hastig. »Line, was

meinst du? Wenn wir nicht genug Zucker und Mandeln haben – ließe sich das durch Rübensirup und Haselnüsse ersetzen? Und brauchen wir zwangsläufig Butter?«

Line warf ihm einen überraschten Seitenblick zu. »Rübensirup und Haselnüsse«, murmelte sie. »Rübensirup hat andere Schmelzeigenschaften als Zucker. Und der Geschmack würde deutlich herber werden, aber wir könnten es versuchen. Und was die Butter betrifft ...« Sie schaute prüfend zu Hannah. »Darüber denke ich noch mal nach.«

Hannah wich ihrem Blick aus. Schon die ganze Zeit hatte sie das Gefühl, dass die Magd sie mit Misstrauen beäugte.

Sie erreichten die Tür des Backhäuschens. Der Gutsherr zog einen Schlüsselbund hervor, probierte zwei Schlüssel aus und fand einen dritten, der passte. Die massive Eichentür quietschte, als er sie zu dem dunklen Raum hin aufschob. Eine weiße Puderschicht bedeckte den Dielenfußboden und den Eichentisch. Von den Holzbalken an der Decke hingen Spinnweben, in denen sich Mehlstaub verfangen hatten. Die sonst so filigranen Netze baumelten in schweren Schnüren herab und bildeten vor den Butzenscheiben ein graues Polster, das die Sicht nach draußen versperrte.

»Hier müssen wir wohl erst mal sauber machen«, stellte Line fest. Ein schwermütiger Unterton mischte sich in ihre Stimme: »Unser schönes Backhäuschen. Wie es hier früher einmal ausgesehen hat.«

Während Line die Fenster mit Pusten und Wischen vom gröbsten Staub befreite, wanderte Hannah langsam durch das kleine Häuschen. Im Grunde bestand es nur aus zwei Räumen. Von dem großen Vorraum aus, der mit einem Tisch und einer Art Verkaufstresen ausgestattet war, zweigten drei Türen ab. Die eine führte nach draußen, die zweite war verschlossen, und durch die dritte gelangte sie in die kleine Backstube mit dem großen, gemauerten Steinofen. Direkt daneben gab es eine breite Anrichte, große Teigschüsseln und verschiedene Backformen. Das alles war zwar ordentlich in Regalen untergebracht, jedoch mit einer so dicken Staubschicht bedeckt, als würden die Utensilien schon seit Jahrzehnten darunter schlafen.

»Ach herrje.« Die alte Magd war Hannah gefolgt. »Das alles zu säubern wird Tage dauern.«

»Wir werden bestimmt noch ein paar Arbeitskräfte finden, die euch helfen.« Holger von Morkamp trat neben Hannah und sah sich um. »Gegen ein paar frisch gebackene Brote als Bezahlung ist der Andrang an Helferinnen vermutlich so groß, dass wir uns wieder ein Bewerbungsverfahren überlegen müssen.« Er grinste.

Hannah wusste nicht, ob sie den Vorschlag gut fand. Auf diese Arbeit würden sich die gleichen Frauen bewerben, die jetzt neidisch auf sie waren. Tagelang müsste sie mit ihnen das Backhaus putzen.

Doch Line kam ihrem Einwand zuvor. »Das ist eine großartige Idee.«

Der Gutsherr nickte. »Ich werde Friedrichsen sagen, dass er uns ein paar Helferinnen aussuchen soll. Aber zuerst beenden wir unseren Rundgang.« Damit wandte er sich an Hannah. »Kommen Sie mit. Hier gibt es noch einen Dachboden.«

Neugierig folgte sie ihm zu der verschlossenen Tür, die in einen winzigen Nebenraum führte. Es war eine Art Seiteneingang, von dem aus eine Holzstiege ins Obergeschoss abging.

»Dort oben ist ein Kornboden, um die Backzutaten zu lagern«, erklärte der Gutsherr, noch während sie die Treppe hinaufkletterten.

Sobald Hannah die letzte Stufe hinaufstieg und sich unter dem Dach umsah, hielt sie den Atem an. Der Boden war nicht besonders groß, doch er war über und über mit Getreidesäcken gefüllt. Bis unter die offenen Sparren stapelten sich die Säcke, und in der Mitte reichten die Berge so abenteuerlich hoch, dass Hannah sich nur zögernd heranwagte, aus Angst, von herabstürzenden Säcken begraben zu werden. »Ist das alles«, sie konnte den Gedanken kaum aussprechen, »Getreide?« Hunderte von Menschen könnte man damit satt bekommen. Für eine ganze Weile.

Unbehaglich räusperte sich der Gutsherr, und allein dieses Geräusch war Antwort genug: Die Vorräte sollten hier nicht sein. Sie sollten längst unter der Verwaltung der Engländer stehen, die sie an die Bevölkerung verteilt hätten. Doch irgendjemand hatte das Getreide vor der Ernteerfassung geheim gehalten, und vermutlich stammte ein Großteil davon noch aus Kriegszeiten. Der Gutsherr selbst war bis vor Kurzem in Gefangenschaft gewesen. Also musste der Drachen die Lebensmittel gelagert haben. Oder Friedrichsen. Oder beide zusammen. Hieß das, sie hatten schon den ganzen Krieg über Getreide gehortet? Hannah fragte ihn lieber nicht, wer wirklich für die Unterschlagung des Korns verantwortlich war. Am besten war wohl, sie wusste möglichst wenig.

»Schwarzmarktgetreide«, flüsterte Hannah.

In der Miene des Gutsherrn lag eine seltsame Mischung aus Drohung und Verletzlichkeit. Mit dem Blick in die Kornkammer weihte er sie in sein gefährlichstes Geheimnis ein. Jetzt war er darauf angewiesen, dass sie ihr Wissen für sich behielt.

»Sie dürfen gern großzügig sein, was die Lebensmittelmarken betrifft«, erklärte er leise. »Wenn jemand nicht genug Marken hat und trotzdem fragt, ob er noch ein Brot kaufen könnte …« Er ließ den Rest des Satzes offen.

Hannah verstand ihn auch so: Einen Großteil der gebackenen Brote würden sie unter der Hand verkaufen.

Von unten drang ein leiser Singsang zu ihnen herauf und erinnerte sie daran, dass die alte Magd noch dort war. Hannah nickte in ihre Richtung. »Weiß sie davon?«

Der Gutsherr trat einen Schritt näher, senkte die Stimme, bis er kaum noch zu hören war: »Sie hat ein recht schlichtes

Gemüt. Und sie ist loyal. Wenn sie es weiß, tut sie so, als wüsste sie es nicht.«

Mit einem Mal ahnte Hannah, warum er sie ausgesucht hatte. Er brauchte jemanden, der schnell durchschaute, was los war, der aber nicht vorhatte, ihm einen Strick daraus zu drehen. Außerdem musste es jemand sein, der nicht mit den anderen Flüchtlingen tratschte und alle Neuigkeiten ungefiltert weitertrug. Also jemand wie sie. Er hatte sich vermutlich nur ein bisschen über sie erkundigen müssen, um zu erfahren, dass sie eine einsame Flüchtlingsfrau war, die so gut wie niemanden hatte und sich mit niemandem austauschte. Und womöglich hatte er bei seiner letzten Zimmerkontrolle bemerkt, wie viele Schwarzmarktwaren in ihrer Kammer lagerten. Plötzlich war sie sich sicher, dass er auch von dem gestohlenen Holz gewusst hatte, allein dadurch, wie warm es in ihrer Kammer gewesen war. Oder weil er sich denken konnte, dass drei erwachsene, kräftige Männer nicht tatenlos froren, wenn draußen ein ganzer Wald herumstand. Hatten sie wirklich geglaubt, ihm etwas vormachen zu können? Fast musste Hannah lachen bei dem Gedanken.

Nur eine Frage konnte sie sich nicht verkneifen: »Woher wollen Sie wissen, ob *ich* loyal bin?«

Sein Gesicht umwölkte sich. Für eine Millisekunde schien er sie noch einmal zu prüfen. Dann legte sich ein schiefes Schmunzeln um seinen Mund. »Weil ich nicht vorhabe, mich daran zu bereichern. Und weil Sie ein gutes Herz haben und bestimmt gern dazu beitragen, den Hunger zu lindern.«

Hannah presste die Lippen aufeinander, um sich das Lächeln zu verkneifen. Er hatte recht, es würde ihr eine Freude sein, Schwarzmarktbrote zu verkaufen. Auch wenn es knifflig sein würde, dabei nicht von der nächsten Kontrolle der Briten erwischt zu werden.

* * *

Die folgenden Tage verbrachten sie damit, das Backhaus zu säubern. Line führte das Kommando über die drei Helferinnen, die Friedrichsen angeheuert hatte, während Hannah sich im Hintergrund hielt. Möglichst still führte sie das aus, was Line ihr zuwies, damit die Frauen keine Angriffsfläche fanden. Ausgerechnet Dagmar war eine der Putzaushilfen, und es war nicht schwer zu erraten, dass sie vor Neid verglühte. Die anderen Frauen zog sie mit ihren Lästereien schnell auf ihre Seite. Hannah merkte es an der Art, wie sich die Frauen von ihr fernhielten und gleichzeitig zu ihr herübersahen, wie sie gemeinsam Pausen machten, Hannah aber niemals fragten, ob sie dabei sein wollte – und nicht zuletzt daran, dass die Gespräche der anderen verstummten, sobald sie den Raum betrat. Nur Dagmar machte gar nicht erst einen Hehl aus ihrer Feindschaft.

Schon am zweiten Tag verdonnerte Line sie beide dazu, gemeinsam den Ofen zu reinigen, und Dagmar ließ sich die Gelegenheit nicht entgehen. »Was war noch gleich der Grund, warum er dich ausgesucht hat?«, stichelte sie, während sie in der Hocke neben Hannah die Backofenkacheln schrubbte. »Weil du hübsch bist und gern die Beine breit machst?«

Hannah schnappte nach Luft. Ihre Gedanken rotierten, suchten nach einer Antwort und fanden nichts, was sie entgegnen könnte. Vermutlich war es auch besser so. Sie würde nur verlieren, wenn sie sich provozieren ließ. Also wischte sie weiter über die Ofenkacheln, als wäre nichts, und bückte sich schließlich, um den Lappen auszuspülen.

»Nimmst du eigentlich Geld, oder machst du das aus Spaß?«
Erschrocken hielt Hannah inne. Der Lappen, den sie über dem Eimer hatte auswringen wollen, tropfte weiter. Im nächsten Moment war ihr alles egal. Wieder tat sie so, als hätte sie nichts gehört, hob den Lappen an und drückte ihn direkt über Dagmars Kopf aus.

Mit dem ersten Reflex sah ihre Feindin nach oben – und bekam das Wasser direkt ins Gesicht. Angewidert quietschte sie los, sprang auf und starrte Hannah an. »Bist du geisteskrank?« Kalter Hass kroch durch Hannahs Adern. »Weißt du was?«, erklärte sie. »Ich habe die Stelle bekommen und du nicht. Finde dich damit ab, oder spuck dein Gift, bis du selbst daran verreckst. Mir ist das egal.«

Von diesem Moment an sprachen sie kein Wort mehr miteinander. Ohne sich anzusehen, putzten sie die Backkammer zu Ende und wurden danach von Line mit dem Fensterreinigen beauftragt.

Drei Tage später blitzte und blinkte das Backhäuschen. Nur die Tür zu dem kleinen Treppenhaus und dem Nebeneingang blieb die ganze Zeit über abgeschlossen.

Als sich Hannah am Ende des dritten Tages auf den Rückweg zum Kavaliershaus begab, fühlte sie sich müde und zufrieden. Schon lange hatte sie kein Ziel mehr gehabt. Jetzt hingegen war dieses Backhäuschen ihr neuer Lebenssinn, das Brot, das sie backen würde. Wie eine Revolution kam es ihr vor, weil niemand einen Lebensmittelschein brauchen würde, um bei ihr Brot zu kaufen.

Trotz der Erschöpfung fühlte sie sich beschwingt, während sie die Treppe hinaufstieg und durch den oberen Flur lief. Vielleicht würde sie den Männern vorschlagen, noch einmal zur Radiomusik zu tanzen. Wenn ihr schon der Ruf einer Prostituierten vorauseilte, nur weil sie mit drei Soldaten zusammenwohnte, könnte sie wenigstens tatsächlich Spaß haben.

Sobald sie die Tür öffnete, schlug ihre Stimmung um. Die Männer hockten vor ihren Marschrucksäcken und verstauten ihre Habseligkeiten darin.

»Was ist denn hier los?« Abrupt blieb Hannah in der Tür stehen.

Der Fuchs warf ihr einen undurchdringlichen Blick zu, Freddie nickte mit einem seltsamen Schimmern in den Augen, und Egon drehte sich langsam zu ihr um. »Wir haben unseren Befehl«, erklärte er. »Wir müssen zur Entnazifizierungsstelle. Wenn alles gut geht, werden wir entlassen.«

Und wenn nicht alles gut ging? Dann würden sie in ein Kriegsgefangenenlager kommen. Sie würden Moritz inhaftieren! Weil er nicht redete und keine Papiere besaß, weil keiner wusste, was genau er im Krieg getan hatte. Er sprach russisch. Etwas stimmte nicht mit ihm!

Entschlossenen Schrittes stapfte sie auf ihn zu, packte ihn am Handgelenk und zog ihn mit sich. Tatsächlich folgte er ihr, leistete keinen Widerstand, während sie ihn den Flur entlangführte und die Treppe hinabeilte.

Im Wirtschaftshof war es dunkel. Die Abendbrotzeit war längst angebrochen, und draußen war es ruhig geworden. Nur eine einzelne Frau trug einen Wassereimer zu der Strohmiete neben dem Pferdestall.

Hannah schob den Fuchs in eine Ecke zwischen den Häusern. Hier waren sie allein. Nicht einmal das Licht der Torlampe reichte in den Schatten zwischen den Ziegelsteinwänden. »Du musst endlich reden!«, zischte sie. »Du musst ihre Fragen beantworten! Ihnen sagen, wer du bist, was du im Krieg getan hast. Warum du keine Papiere mehr besitzt.«

Der Fuchs starrte sie an, mit offenem Mund.

Angst und Verzweiflung kochten in ihr auf, ließen ihre Wut explodieren. Mit voller Wucht schubste sie ihn zurück. Überrascht stolperte er rückwärts, geriet beinahe aus dem Gleichgewicht und fing sich mit dem Rücken an einer Wand. Hannah folgte ihm, stellte sich so dicht vor ihn, dass er nicht entkommen konnte. »Ich werde irre, wenn du weiter schweigst, wenn du jetzt gehst und ich nicht weiß, ob du die Prüfung bestehen wirst.« Sie stützte die Hände an die Wand. »Gib mir einen Beweis, dass du eigentlich doch reden kannst«, flehte sie. »Gib mir mehr als ein einzelnes Wort. Beantworte eine Frage, erzähle eine Geschichte … Himmel, von mir aus kannst du das *Vaterunser* beten! Hauptsache ich weiß, dass du es schaffen kannst. Bitte!«

Seine Lippen bewegten sich, beinahe so, als würde er Worte formen, die dann doch nicht herauskamen.

»Na los!« Hannah stieß gegen seine Schultern. »So schwer kann es nicht sein. Du hast mir deinen Namen gesagt. Ich weiß, dass du reden kannst! Du willst es nur nicht. Wahrscheinlich machst du das extra, um mich in den Wahnsinn zu treiben.«

Sein Blick veränderte sich. Plötzlich schien der Krieg darin aufzuflackern, Hölle und Schmerz, Angst und Verzweiflung. Wieder bewegte sich sein Mund, und dieses Mal sprach er tatsächlich, fing an zu beten, wie sie es vorgeschlagen hatte: »Gott, allmächtiger Vater.« Seine Stimme klang rau und ungeübt, holprig und unsicher, bis er den Tonfall fand, den die Liturgie ihm vorgab. »Ich bin schuldig des feigen Verstummens, wo ich hätte reden sollen, ich bin schuldig der Heuchelei und der Unwahrhaftigkeit angesichts der Gewalt, ich bin schuldig der Unbarmherzigkeit und der Verleugnung der Ärmsten meiner Brüder.«

Hannah schauderte. Was er betete, war das Confiteor, das Schuldbekenntnis, wie es der evangelische Pfarrer zum Beginn des Gottesdienstes stellvertretend für die ganze Gemeinde sprach. Doch in diesem Wortlaut hatte sie es noch nie gehört. Oder war es ein persönliches Schuldbekenntnis? Sein Schuldbekenntnis?

»Ich bin schuldig des Gehorsams, als ich hätte rebellisch sein müssen, und schuldig der Eigensucht, als ich mich selbst hätte opfern sollen.« Seine Stimme wurde sicherer, schmiegte sich warm und dunkel um die Worte, die immer tiefer in den Abgrund seiner Schuld führten. »Ich bin schuldig des mehrfachen Verrates, schuldig des Verderbens mir nahestehender Menschen und die Schuld des vielfachen Mordes lastet auf mir wie eine Decke aus Blei. Einst habe ich geglaubt, Gottes Liebe wäre groß genug, um jede Sünde zu verzeihen, ich habe geglaubt, ein fühlender Mensch wäre gar nicht fähig, so tief zu sündigen, dass es für Gott unverzeihlich würde. Doch nun bin ich eines Besseren belehrt, denn meine eigenen Todsünden bleiben für immer Schuld, die ich nie entschuldigen kann. Und deshalb, mein Gott, werde ich dich nicht um Vergebung bitten, denn für mich und meinesgleichen wäre jegliche Vergebung undenkbar.«

Moritz verstummte, nur das Dunkel seiner Augen lag tief und verloren vor ihr, während seine Worte wie ein Strudel durch ihre Gedanken wirbelten. Welche Taten wollte er andeuten? Was hatte er getan, das selbst für Gott unverzeihlich wäre, und wie stand es um ihre eigene Liebe, die ihm nur allzu gern verzeihen wollte? Oder kündigte er damit an, dass er sich selbst ausliefern würde? Dass er die unverzeihliche Schuld in britischer Gefangenschaft absitzen oder gar die Todesstrafe auf sich nehmen wollte?

Etwas Derartiges durfte er nicht tun. Allein für sein Bereuen wollte sie ihm verzeihen. Allein um seinen Schmerz zu besiegen, wollte sie ihn reinwaschen von der Schuld. Wenn es denn in ihrer Macht stünde. Ein rauer Sturm fegte durch Hannahs Körper, erfasste ihren Kopf und wirbelte ihre Gedanken davon. Etwas in ihr fiel in den Abgrund, der sich im Dunkel seiner Augen öffnete. Oder fiel sie selbst? Plötzlich waren seine Arme auf ihrem Rücken, hielten sie fest und zogen sie an sich. Ein leises Keuchen wich aus seinem Mund, kurz bevor sich ihre Lippen trafen.

Hannahs Zweifel stoben davon, ihre Angst verschwand hinter einer Mauer aus Gefühlen. Jetzt und hier wollte sie nicht mehr wissen, was geschehen war, wollte keine Fragen mehr stellen, sondern nur noch den Krieg und den Schmerz vertreiben, die in ihren Körpern brannten. Sein Kuss war gierig und wild, sprach die gleiche Sprache wie das Flattern in ihrem Bauch und das Feuer in ihrem Inneren. Sie wollte ihn. Wollte ihn jetzt, in dieser Nacht, bevor er gehen musste.

Entschlossenheit loderte in seinem Blick, als er sie von sich schob, während er nach ihrem Handgelenk griff und sie mit sich zog. Als hätte er diese Gelegenheit schon lange geplant, führte er sie zu einer schmalen Tür im Torhaus, hinter der der Hühnerstall lag. Mit einem schnellen Blick sah er sich auf dem Hof um, drückte Hannah in den Schatten unter dem Türrahmen und schaute auf etwas, das am Türriegel hing.

Es war eine Kette mit einem Schloss.

Hannah glaubte schon, dass ihr Abenteuer an dieser Stelle endete. Doch der Fuchs zog einen gebogenen Draht aus seiner Hosentasche und schob ihn in das Schloss. Ganz langsam drehte er daran, bis es aufsprang.

Erneut sah er sich auf dem Hof um, drückte die Tür mit der Schulter auf und schlüpfte zusammen mit Hannah hindurch. Über seine Schulter hinweg konnte sie erkennen, wie er das Schloss wieder in die Kette hängte und es so weit zusammensteckte, dass es geschlossen aussah. Erst dann drückte er die Tür zu.

Die verschlafenen Hühner empfingen sie mit einem hohen Protestton, der ihnen hundertfach entgegenfiepte, nur um in einem kurzen, kollektiven Gackern zu münden und wieder zu verstummen. Ein herber Geruch aus frischem Stroh, staubigem Getreide und einem Hauch von Ammoniak hing in der Luft. Hannahs Augen mussten sich erst an die Dunkelheit gewöhnen. Nur durch die Butzenscheiben kam das Licht der Torhauslampe herein und fiel auf den Maschendraht, mit dem der Hühnerverschlag abgetrennt war. Im vorderen Teil des Stalles lagerten Stroh, Futtersäcke und Sammelkörbe für die Eier. Hinter dem Maschendraht saßen die Tiere auf ihren Sitzstangen und schliefen weiter, als hätte es ihren kurzen Protest nie gegeben.

Der Fuchs fasste erneut nach Hannahs Handgelenk und zog sie in die Ecke, in der ein Strohhaufen aufgeschüttet lag. Ihr Herz raste, als sie davor stehen blieben. Sein Gesicht lag halb im Schatten, halb im dämmrigen Licht, seine Pupillen waren riesig und färbten seine Augen schwarz.

Plötzlich wollte sie nicht mehr, dass er noch einmal redete, fürchtete sich davor, er könnte ausgerechnet jetzt auf ihre Fragen zurückkommen. Nur in seinem Schweigen war er harmlos und vertraut erschienen. Die angedeutete Schuld hingegen schwebte im Raum wie ein bedrohliches Ungeheuer, und fast bereute sie, ihn so weit getrieben zu haben.

Dunkle Aufregung pochte in ihrem Herzschlag, jenes flatternde Gefühl, etwas Verbotenes zu tun, etwas, das gefährlich und leichtsinnig war und das sie trotz allem unbedingt wollte. Mit ihm zu schlafen konnte so verhängnisvoll enden wie ein Lagerfeuer in einem trockenen Wald.

Doch Hannah wollte es so, wünschte sich seine Berührungen, die das fortsetzten, was sie schon einmal begonnen hatten. Dieses Mal würde sie ihn nicht aufhalten, selbst dann nicht, wenn der Krieg mit ihnen im Stroh lag und das Höllenfeuer alles in Brand setzte. Morgen würde er fort sein. Und sie wusste nicht, ob er noch einmal wiederkam.

Der Fuchs umfasste ihr Gesicht mit beiden Händen, strich mit den Fingerspitzen durch ihre Haare und küsste sie. Zuerst war es ein sanfter Kuss, der sich langsam über ihre Lippen tastete. Allein sein schneller Atem verriet, wie sehr er sich zähmte. Sie spürte die Stricke, die ihn hielten und die jederzeit zerreißen könnten. Hannah fürchtete den Moment, in dem es geschehen würde, und wünschte ihn gleichzeitig herbei. Ihre Hände legten sich auf seinen Rücken, fühlten die Muskeln unter seinem Hemd und das Zittern in seiner Bewegung. Mit jeder Berührung wusste er genau, was er tat, zögerte keine Sekunde, als er den Reißverschluss ihres Kleides öffnete. Er musste schon viele Frauen gehabt haben, wenn er in diesen Dingen so sicher war, oder eine, mit der er längere Zeit verbracht hatte. Dennoch ahnte sie, dass er die Liebe im Krieg gelernt hatte. Vielleicht, weil er vorher noch zu jung gewesen war oder an der rauen, schnellen Art, mit der er ihr näher kam.

Er schob das Kleid über ihre Schultern, bis es zu Boden fiel. Nur seine Hände bedeckten noch ihre Arme, strichen daran entlang und hinterließen eine warme Spur. Dann wurde er hektisch, zog ihr das Unterhemd über den Kopf, bis sie mit nacktem Oberkörper vor ihm stand.

Als er vor ihr zurücktrat, sprang die Winterkälte sie an. Ihre Muskeln fingen an zu zittern, ihre Zähne schlugen aufeinander. Einzig sein Blick streichelte weiter ihren Körper, verharrte auf ihren Brüsten und wanderte ihren Bauch hinab, der viel zu mager geworden war. Sie brauchte seine Hände, seinen Körper, brauchte das wärmende Stroh unter ihrem Rücken. Langsam trat sie rückwärts, zog ihn mit sich und ging vor dem Strohhaufen in die Hocke.

Vielleicht war dies der Moment, in dem es geschah, in dem er die Kontrolle verlor und die gewaltsame Vergangenheit seinen Körper übernahm. Er riss das Hemd über seinen Kopf und ließ die Hose herabfallen, trat sie mit den Füßen von seinen Beinen und kniete sich vor sie. Sein Blick brannte, Hass und Verzweiflung loderten darin, flehten sie an, ihn aufzuhalten.

Doch sie tat es nicht. Sie wollte ihn. Nur die Angst pochte hart und kräftig in ihrer Brust.

Hastig packte er ihre Schultern, schob sie ins Stroh und zerrte die Strumpfhose über ihre Hüften. Nackt lag sie vor ihm, fühlte sich zerbrechlich und nervös, so aufgeregt, als wäre es ihr erstes Mal. Sein Blick war jetzt hungrig, fuhr über ihren Körper wie die Zunge einer Katze das Fell der Maus streichelte, die unter ihren Pfoten gefangen lag.

Hannah wusste nicht, wovor sie mehr Angst hatte, davor, dass er es tat, oder davor, dass er vor ihr zurückwich. Allein ihr Körper entschied, was sie wirklich wollte, ihre Hand, die seinen Arm berührte und ihn zu sich zog.

In der nächsten Sekunde war er über ihr. Sein Körper war

warm und schwer, kurz danach spürte sie ihn in sich. Überrascht stieß sie die Luft aus. Da war kein Widerstand, keine Grenze, nur der winzige Augenblick, in dem sie eins wurden, sein leises Stöhnen, das noch überraschter klang als ihres. Sein Körper war zu dünn in ihren Armen, und dennoch fühlte sich alles an ihm gut an: seine warme Haut, seine Haare zwischen ihren Fingern, sein Atem in ihrer Halsbeuge. Es war fremd und aufregend, ihm so nah zu sein, und gleichzeitig seltsam vertraut.

Sie wusste nicht mehr, wie es damals mit Robert gewesen war. Viel zu lange lagen ihre Nächte in Hamburg zurück. Als wäre es in einem anderen Leben gewesen. Doch sie wollte nicht daran denken, wollte die beiden Männer nicht miteinander vergleichen.

Die Stimme des Fuchses erhob sich im Rhythmus ihrer Bewegung. Eine traurige Melodie schien darin zu schweben, eine Symphonie von Leben und Tod, die sie in dunklen Wellen erfasste. Sie beide hatten den Tod überlebt, obwohl er so nah gewesen war, hatten einen Teil ihrer Seele in der Finsternis gelassen und waren von Schatten erfüllt, die jedes Licht sofort verschluckten. Jetzt und hier strömte eine Regung durch Hannahs Körper, von der sie nicht wusste, ob es Glück oder Qual war. Ihr Schatten wollte eins werden mit seinem, ihre Arme klammerten sich um seinen Rücken und ihre Beine schlangen sich um seine Hüften. Ihr Mund vereinte sich mit dieser Stimme, die wortlos aus ihm hervordrang, und nahm den Klang von seinen Lippen.

Dann schlugen die Wellen über ihr zusammen, rissen ihren Geist in die Dunkelheit, in der sie nur noch fühlte, in der sie schwebte und flog, endlos und ohne Atem, bis der Flug kippte und sie in die Tiefe riss.

Als es vorbei war, schmeckte sie Salz und Tränen. Sein Gesicht war an ihrer Halsbeuge verborgen, sein Körper bebte in ihren Armen und presste ein heiseres Schluchzen hervor. Obwohl er warm und schwer auf ihr lag, hatte sich die Kälte des

Winters längst durch das Stroh gefressen und nagte an ihrer Haut.

Für ihn musste es noch schlimmer sein. Hannah versuchte, ihn mit den Armen zu wärmen, streichelte seinen Rücken, seine Schultern. Doch das Zittern brach umso heftiger hervor, steigerte sich zu einem Schüttelfrost, von dem sie nicht wusste, ob er von der Kälte herrührte oder von seinem Weinen. In Wellen lief das Schaudern durch seinen Körper, bis er sich auf die Hände stützte und aufsprang. Rasch suchte er seine Kleidung zusammen und streifte sie über, fand dazwischen Hannahs Sachen und warf sie ihr zu.

Am liebsten wollte sie ihm folgen und ihn noch einmal in den Arm nehmen, wollte ihn zurück ins Stroh holen und festhalten. Allein die Kälte zwang sie dazu, sich anzuziehen.

Erst als sie in zerknitterter Kleidung und mit zerzausten Haaren voreinander standen, sahen sie sich noch einmal an. Hannahs Zähne schlugen aufeinander, während sein Gesicht im fahlen Licht der Torlampe noch blasser und seine Lippen fast weißlich wirkten. Er hatte aufgehört zu weinen. Nur die Nässe glänzte noch auf seiner Haut.

Morgen würde er fort sein.

Sein Mund bewegte sich, formte ein weiteres Mal Worte, die nicht herauskamen. Bis er plötzlich sprach: »Es tut mir leid.« Leise, aber deutlich. Mit gesenktem Kopf eilte er zur Tür, fummelte an dem Schloss und stürmte nach draußen.

Währenddessen stand Hannah wie erstarrt, lauschte dem Nachklang seiner Stimme in ihrem Kopf und fragte sich, was genau ihm leidtat. Dass er gehen musste? Dass er mit ihr geschlafen hatte? Oder dass er es nie wieder tun würde, weil die Briten ihn einsperren würden? Für das, was er im Krieg getan hatte.

Hannah wollte ihm nachlaufen und ihm die Fragen hinterherrufen. Sie wollte, dass er diesen einen Satz erklärte, der alles Mögliche bedeuten konnte, aber ganz sicher nichts Gutes.

Ihre Beine waren jedoch zu kraftlos, um zu laufen, ihre Stimme zu unsicher, um zu sprechen, die Wärme in ihrem Bauch noch zu frisch, um sich jetzt mit ihm zu streiten.

Stattdessen schlich sie ihm nach, als er schon lange weg war, folgte ihm durch den dämmrigen Hof ins Kavaliershaus und fand am Ende des Flurs eine Kammer vor, in der das Licht längst gelöscht war. Dass der Fuchs in seinem Bett lag, erkannte sie an der Wölbung seiner Wolldecke. Dass Egon ahnte, was sie beide draußen getan hatten, erriet sie an seinen wachen Augen, mit denen er sie ansah, ohne etwas zu sagen.

Hastig wandte Hannah sich ab, ging zu ihrer Matratze und zog den Vorhang vor ihre Ecke. Ohne sich umzuziehen, kroch sie in ihr Bett – und schlief erst ein, als der Morgen längst graute.

Schon kurz darauf schreckte sie auf. Leises Murmeln drang durch den Vorhang, dazwischen die Schritte der Männer. Ein paar Minuten lang lag Hannah wach und wusste nicht, ob sie den Vorhang beiseiteziehen oder lieber so tun sollte, als würde sie den Abmarsch verschlafen. Dann schlüpfte sie hinter dem Vorhang hervor und stand vor den Männern im Raum.

Alle drei hielten inne und sahen sie an. Sie hatten ihre Mäntel und Stiefel längst an, waren gerade dabei, die Rucksäcke zu schließen. Nur wenige Augenblicke später und sie wären fort gewesen.

Der Fuchs senkte den Kopf, sobald sie seinen Blick erwiderte, Freddie lächelte ihr müde zu, und Egon schaute so ernst, als wäre er auf dem Weg zu einer Beerdigung. »Wir müssen los.«

Es war dieser Satz, der sich anfühlte wie ein Abgrund. Nur einen Schritt noch und sie würde fallen, nur noch wenige Minuten und die Männer würden fort sein und sie in ihrer Einsamkeit zurücklassen. Doch wenigstens eines musste sie vorher wissen. »Wohin werdet ihr gehen, wenn ihr frei seid?«

Freddie räusperte sich, schaute kurz zu Boden und sah ihr

dann in die Augen: »Ich schätze, ich werde meine Familie suchen, aber in Pommern ist angeblich niemand mehr. Es wird nicht ganz leicht sein, sie zu finden.«

Egon nickte zu den Worten seines Freundes. »Das Gleiche bei mir. Nur in der ostpreußischen Variante. Ich muss mir wohl keine Hoffnungen darauf machen, dass es den Bauernhof meiner Eltern noch gibt. Mit etwas Glück konnten sie fliehen, und ich finde sie wieder.«

»Ihr werdet also nicht zurückkommen?«

Ein verunglücktes Grinsen legte sich um Egons Mundwinkel. »Vielleicht doch. Irgendwo muss die Brieftaube ja schlafen, wenn ihr Heimatnest niedergebrannt wurde. Es wäre Wahnsinn, ohne eine konkrete Spur nach Angehörigen zu suchen. Nach derzeitigem Stand können sie überall und nirgends sein.«

Hannah atmete tief ein. Was er sagte, war ein kleines bisschen Hoffnung auf Rückkehr und trotzdem kein Versprechen. Wieder sah sie zu Moritz. Auch wenn es vergeblich war, sie musste ihn fragen: »Und du?«

Er blinzelte. Ein undeutliches Schimmern glänzte in seinen Augen. Erst jetzt fiel ihr auf, wie nah er bei ihr stand. Kaum mehr als einen Meter entfernt. Wenn er ihr schon nicht antwortete, könnte er sie wenigstens noch einmal in den Arm nehmen. Doch er tat nichts dergleichen, hob nur den Rucksack vom Boden und setzte ihn auf seinen Rücken. Ohne sie noch einmal anzuschauen, wandte er sich ab und ging zur Tür.

Wie ein Messer stach die Geste in Hannahs Brust. Erneut wollte sie ihm nachlaufen und sich an ihn klammern, bis sie ein letzter Funken Stolz davon abhielt. Stattdessen schlich sie zu Egon.

Wortlos schüttelte er den Kopf. In seinem Blick stand so vieles geschrieben: dass sie verrückt war, sich auf den Fuchs einzulassen, dass sie selbst schuld war, wenn er ihr wehtat, dass diese Geschichte ein böses Ende nehmen würde. Wenigstens sprach er nichts davon aus.

»Bitte.« Hannah flehte ihn an, ohne darüber nachzudenken. »Pass auf ihn auf, bring ihn zurück.«

Egon presste die Lippen aufeinander. Dann nickte er und zog sie in seine Arme. »Ich versuche es«, flüsterte er. »Wenn ich es kann, bringe ich ihn zu dir zurück.«

Als Egon sie aus seiner Umarmung entließ, stand Freddie direkt neben ihnen, zog sie nun seinerseits in die Arme. »Pass auf dich auf«, murmelte er. »Und sag dem Gutsherrn, er soll dich vernünftig für deine Arbeit bezahlen.«

Hannah nickte nur. Sie konnte nicht mehr sprechen, auch dann nicht, als Egon und Freddie zur Tür gingen und ihr noch einmal zuwinkten. Sie könnte mit nach unten gehen und die Männer im Hof verabschieden. Sie könnte sich beeilen, damit sie den Fuchs ein letztes Mal traf. Sie könnte ihn noch einmal küssen und ihm ins Ohr flüstern, dass sie sich in ihn verliebt hatte. Oder war sie nur einsam ohne ihn?

Letztlich tat sie nichts davon. Sie blieb einfach nur in ihrer Kammer stehen und wartete, bis die Männerschritte auf der Treppe am Ende des Flures verklangen. Erst als sie nichts mehr hörte, trat sie zum Fenster, wischte die beschlagene Scheibe frei und schaute nach draußen. Für einen Moment war sie sicher, dass es umsonst sein würde, dann jedoch tauchten die Männer im Ehrenhof auf. Nicht nur Egon, Freddie und der Fuchs, sondern auch zehn bis fünfzehn weitere Soldaten, die auf anderen Dachböden untergebracht worden waren. Sie alle versammelten sich um einen ehemaligen Offizier. Bis zur Entlassungsstelle nach Bad Segeberg würden sie zu Fuß gehen müssen. Mit abgewetzten Mänteln und durchgelaufenen Schuhen, mitten im Winter.

Was draußen gesprochen wurde, konnte Hannah nicht hören. Doch dann drehte sich der Fuchs in ihre Richtung und blickte zu ihrem Fenster hoch. Tiefes Bedauern lag in seinen

Augen, dann wandte er sich ab und wanderte mit den anderen davon.

Hannah schaute den Soldaten auch dann noch nach, als der letzte von ihnen längst nicht mehr zu sehen war.

Sie löste sich erst vom Fenster, als die morgendliche Kälte durch ihre Kleidung drang. Während sie sich im Zimmer umsah, schlug ihr die Einsamkeit mit voller Wucht entgegen. Nur noch die Strohmatten und das sperrigere Bettzeug der Männer waren da – und etwas Kleines, Rechteckiges, das halb versteckt unter dem Kopfkissen des Fuchses lag. Hannah erkannte es sofort. Ihr Herz klopfte aufgeregt, als sie darauf zuging, als sie sich neben die Matratze kniete und das kleine Schreibheft unter dem Kissen hervorzog. Sie war sicher gewesen, dass er es weggeworfen hatte.

Stattdessen sah es benutzt und zerknittert aus, wie ein Heft, das von vorn bis hinten beschrieben war. Schon von außen konnte sie sehen, dass einzelne Seiten ausgerissen und woanders mit klebrigem Kartoffelleim wieder eingeklebt worden waren. Als hätte er umgeschrieben und eingefügt und wochenlang daran gearbeitet. Das also hatte er getan, wenn er ihrer Gegenwart ausgewichen und für ganze Tage verschwunden war.

Ihr Atem stockte, während sie die erste Seite aufschlug. Tatsächlich stand etwas darauf, ein einziger Satz, in Großbuchstaben über das Blatt verteilt wie der Titel eines Buches:

Worte für Dich

14. KAPITEL

Sowjetunion, Weißrussland, Winter 1943/44

Wochenlang kämpfte Dunja um sein Leben, nähte und säuberte die beiden Wunden, flößte ihm abwechselnd Tee und Alkohol ein und löffelte mit endloser Geduld die Suppe in seinen Mund, die ihm zu den Mundwinkeln wieder herausfloss. Tagsüber hockte sie an seiner Seite, und nachts schlief sie neben ihm auf dem Ofen. Vermutlich hatte er Glück, weil die Verletzungen heilten, ohne sich zu entzünden. Dennoch fühlte er sich müde und kraftlos und wollte regungslos auf dem Lager liegen bleiben.

Erst als er wieder allein aufstehen und nach draußen auf das Plumpsklo gehen konnte, nahm er die Umgebung etwas näher in Augenschein. Dunjas Behausung lag nicht nur mitten im Wald, es war auch die einzige Hütte weit und breit. Wie die Waldbunker der Partisanen war der untere Teil in den Boden gegraben, während nur das Dach und das einzige Fenster auf der Giebelseite hervorlugten. Mit Moos und Farn bedeckt, tarnte sich das Dach in der Farbe seiner Umgebung, und wenn nicht Dunja und ihre Großmutter darin leben würden, hätte Lasky schwören können, dass diese Hütte ein Außenposten der Partisanen war. Nur das Pferd und die Ziege, die neben der Hütte in einem Pferch standen, verliehen der Behausung einen harmlosen Eindruck.

Lasky hätte Dunja gern gefragt, warum sie ausgerechnet hier mit ihrer Großmutter lebte, er hätte gern gewusst, ob sie tatsächlich eine Partisanin war. Doch von allem, was sie sagte, verstand er nur hin und wieder ein einzelnes Wort – und ihr schien es umgekehrt ebenso zu gehen.

Irgendwann, als die Wunden schon fast verheilt waren, fragte er sich, ob ihn wirklich die Verletzung auf das Lager fesselte oder ob es die Furcht vor dem Krieg war. Vielleicht war es auch das Bedürfnis, noch länger in Dunjas Nähe zu bleiben. Was würde sie tun, wenn er endlich gesund war? Ihn wieder davonjagen? Und was würden ihre Familie und ihre russischen Freunde mit ihm tun, falls sie ihn hier auf dem Ofen fanden? Dass es noch andere Menschen in Dunjas Leben gab, hörte er an den Stimmen, die manchmal durch die Wände des Blockhauses drangen. Oft blieben die Besucher draußen. Dann ging Dunja vor die Tür und redete mit ihnen. Meistens klang ihre Stimme geschäftlich und distanziert, und wenn sie anschließend die Beutel hereintrug, die ihr offenbar gebracht worden waren, verstaute sie den Inhalt so, dass er nichts davon erkennen konnte. Nur hin und wieder bat sie einen Gast herein. In solchen Momenten versteckte sich Lasky in der hintersten Ecke seines Schlafplatzes, in der er vom Wohnraum aus nicht zu sehen war.

Dunja schien ihrerseits nicht vorzuhaben, ihn zu verraten, ebenso wenig wie ihre Großmutter. Doch es war nur eine Frage der Zeit, bis ihn die Fremden entdecken würden. Bis sie ihn draußen vor der Hütte überraschten oder drinnen, wenn er zu den Mahlzeiten am Tisch saß.

Auch Dunja machte sich offenbar die gleichen Sorgen. Stets achtete sie darauf, dass er so schnell wie möglich in sein Bett zurückkehrte. Mittlerweile saß Lasky meist an die Wand gelehnt und lauschte den russischen Worten, die Dunja ihm erzählte und von denen er immer mehr verstand. Sie benannte die Gegenstände in seiner Umgebung und die Dinge, die sie tat. Solange es nur einzelne Worte waren, glaubte er, ihre Sprache tatsächlich lernen zu können. Er verstand sie, wenn sie ihm Brot reichte und es *hljeb* nannte, dass *kartoschka* Kartoffeln hieß, war einfach, und bald wusste er auch, dass *ogon'* Feuer bedeutete und *spat'* schlafen. Sobald sie ganze Sätze verwendete, fehlte ihm hingegen der Zusammenhang. Dann zog der Klang wie ein Wasserfall an ihm vorbei, und sein Blick konzentrierte sich auf ihr hübsches Gesicht und das Spiel ihrer Mimik. Selbst ohne sie zu verstehen, wusste er, dass sie traurige Geschichten erzählte. Er hörte ihr Bedürfnis nach Trost, nach Verständnis und Nähe, und je mehr er sich in ihre Perspektive versetzte, desto deutlicher begriff er, dass der Krieg für ihre Seite der Front noch höllischer sein musste als für seine.

Zwischen all diesen Tagen, in denen sie nebeneinandersaßen und einander zuflüsterten, gab es schließlich jene Tage, in denen die Großmutter nicht da war. Lasky wusste nicht, wohin sie ging. Er hörte nur den mahnenden Tonfall, mit dem die alte Frau sich verabschiedete.

Sobald sie einmal fort war, kehrte sie auch nachts nicht zurück, und schon an dem ersten Abend ohne die Großmutter war Dunja anders als sonst. Sie lächelte häufiger, wirkte gleichzeitig schüchterner, und wann immer er sie ansah, huschte ein roter Schimmer über ihre Wangen. Wieder verstand er sie ohne Worte, spürte die Bedeutung ihrer Gesten und fühlte das nervöse Flattern in seinem Magen. Er half ihr dabei zu kochen, schnitt das Gemüse, wie sie es ihm zeigte, und fühlte ihre Schulter, die kaum merklich an seiner lehnte. Während sie aßen, sprang das Lächeln zwischen ihnen hin und her, und jener Moment, in dem sie auf den Ofen kletterten, brachte sein Herz zum Rasen.

Unter ihnen glühte der Kamin, und Dunjas Hände zitterten, als sie sein Hemd anhob, um seine Narbe zu begutachten. In jener Nacht lernte Moritz, dass der glückliche Moment eines Kusses bereits begann, wenn man nur darüber nachdachte, wenn man den anderen betrachtete und sich vorstellte, wie es wäre. Immer näher kam Dunjas Gesicht heran, und die Sekunde, in der sich ihre Lippen trafen, löste nur den letzten Funken aus, mit dem das Feuerwerk in seinem Inneren zündete. Was von da an begann, war ein Reigen aus zögernden Berührungen, noch ganz zart und unbeholfen und dennoch voller Neugierde. Nie zuvor hatte er bei einer Frau gelegen, und für Dunja schien die Nähe eines Mannes ebenso ungewohnt zu sein. Diese neue Sprache lernten sie gemeinsam, besiegten ihre Scheu und erforschten die Reaktion des anderen. Sie verloren sich in der Dunkelheit über dem Ofen, und später hätte Moritz nicht mehr sagen können, wie viele Tage und Nächte ihre Reise dauerte. Immer wieder schliefen sie ein und wachten in den Armen des anderen auf, ließen ihre Hände und Lippen weiterwandern, bis das Vertrauen stärker war als die Feindschaft ihrer Völker. Manchmal entzündeten sie eine Kerze, um einander zu sehen, und Laskys Herz floss über von der Schönheit ihres Körpers und dem Spiel ihrer Mimik, wenn er sie streichelte. Als sie sich zum ersten Mal vereinten, zeichnete sich noch der Schmerz in Dunjas Gesicht. Bereits in der nächsten Nacht schmolz ihre Pein jedoch dahin und verwandelte sich in tapferen Entdeckerdrang. Von Mal zu Mal steigerte sich die Lust in ihren Augen, bis die Gier ihre Stimme erfasste und sie beide von der endlosen Qual erlöst wurden.

»Ja ljublju tjebja« und »Ich liebe dich« waren die Sätze, die sie sich in jenen Nächten beibrachten, und schließlich konnte er spüren, wie sich das Mädchen in seinen Armen in eine Frau wandelte, während er selbst zum Mann wurde.

Ganz gleich, wie oft sie ihr Lager miteinander teilten, ihr Verlangen wurde immer stärker. Nachdem die Großmutter zurückgekehrt war, wurde der Abstand zwischen ihnen zur Qual, und nur die Nächte ließen sich durch winzige, verbotene Berührungen versüßen. Sie beide sehnten den Moment herbei, in dem die Großmutter wieder fortging, und als sie zum zweiten Mal für mehrere Tage weg war, fielen sie übereinander her wie zwei Durstende, die endlich die Oase erreichten. Der Krieg hingegen ließ sich nicht auf ewig verleugnen. Immer tiefere Zweifel mischten sich in ihr Beisammensein. Ganz gleich, wie sehr sie sich liebten und wie nah sie sich kamen, ihre Völker blieben Feinde.

Schließlich folgten jene Tage und Nächte, in denen Dunja fortging und Lasky mit der Großmutter allein blieb. Während er sich auf seinem Lager hin und her drehte, hielt die Alte beständig Wache. Die ganze Nacht hindurch hockte sie am Feuer und murmelte immer wieder das gleiche Gebet, während aus der Ferne das dumpfe Echo einer Bombenexplosion heranrollte.

Erst in den Morgenstunden kehrte Dunja zurück. Als sie zu ihm ins Bett kroch und ihr Mund einen kühlen Kuss auf sein Gesicht hauchte, roch sie nach Rauch und Schwefel. Spätestens jetzt wusste Lasky, dass sie tatsächlich eine Partisanin war.

Von nun an folgten weitere Nächte, in denen sie fortging, und jedes Mal, wenn sie zurückkehrte, sah er den Tod und die Angst und den Hass in ihren Augen. Dann erkannte er sich selbst in ihr, als wäre sie ein Spiegel seiner Seele. In solchen Momenten drängten sie sich aneinander und liebten sich für den Rest der Nacht, ganz leise nur, um die Großmutter nicht zu wecken. Doch ein Gedanke wurde schließlich so laut, dass Lasky ihn nicht mehr überhören konnte: Ihre Liebe würde in einem Drama enden.

Es begann an jenem Tag, als ein fremder Russe in die Hütte polterte und sich, ohne zu fragen, an den Küchentisch setzte. Lasky hockte wie immer auf seinem Bett und hörte, wie Dunja gegen den Eindringling protestierte, während die Großmutter etwas Leises murmelte. Später wusste Lasky nicht mehr, was ihn in diesem Moment antrieb, warum er von dem Ofen hinunterkletterte und dem Russen entgegentrat. Vielleicht war es das Bedürfnis, Dunja und die Großmutter zu beschützen, oder der fatalistische Gedanke, dass er ohnehin in diesem Drama sterben würde und dass es eine Erleichterung wäre, den Augenblick des Sterbens selbst zu provozieren, damit er nicht so lange darauf warten musste.

In jedem Fall schien der Russe nicht auf seinen Auftritt vorbereitet zu sein. Perplex schaute er zu Lasky auf. Sein Gewehr lehnte mehr als einen Meter von ihm entfernt an der Wand, und auf dem Tisch vor ihm lag eine Sammlung von Sprengsätzen, die Lasky sofort als Partisanenminen erkannte.

Noch bevor der Mann reagieren konnte, schrie Dunja auf und sprang mit ausgebreiteten Armen in die Schusslinie, um Lasky zu schützen. Mit schriller Stimme diskutierte sie los, schien dem Fremden etwas zu erklären und gleichzeitig daran zu verzweifeln, bis ihr Geschrei in Tränen endete. Der Russe blieb derweil am Tisch sitzen und schaute sie an. In seinem Gesichtsausdruck wechselte sich Irritation mit Wut ab, nur für winzige Momente mischte sich eine Spur von Mitleid dazu.

Doch in all der Zeit, während Dunja diskutierte und der Russe ihrer Verteidigungsrede zuhörte, wurde Lasky vor allem eines klar: Dieser Besucher war kein Fremder, er sah Dunja so ähnlich, dass er nur ihr Bruder sein konnte – und vielleicht zeigte sich in den Anflügen von Mitleid die Liebe zu seiner kleinen Schwester.

Dunja schrie noch einmal, wie eine letzte Gnadenbitte, ehe sie Lasky um den Hals fiel und ihn vor aller Augen küsste. Erst danach kreuzte sein Blick den ihres Bruders, und auf einmal wusste er, dass er vielleicht noch eine winzige Chance bekommen würde, dass er seine Loyalität beweisen musste, wenn er nicht sterben wollte.

Blitzschnell erfasste er, dass einer der Sprengsätze noch nicht ganz fertiggestellt war. Die fehlenden Drähte, Zünder und Werkzeug lagen in einer Holzkiste daneben.

Sanft schob er Dunja auf einen Stuhl, ging dem Partisanen gegenüber zu der Küchenbank und ließ sich darauf nieder. Ganz ruhig betrachtete er die Bombe und streckte die Hand danach aus.

Der Russe stieß eine Warnung aus, sein Arm zuckte in die Richtung seines Gewehrs.

»Keine Sorge«, erklärte Lasky ruhig, lächelte ihm zu und deutete der Reihe nach auf die Drähte, den Zünder und den

Sprengstoff, machte mit der Hand eine Schraubbewegung und zeigte dann auf sich selbst.

Er wusste nicht, ob der Russe ihn verstanden hatte, aber dieses Mal protestierte er nicht, als Lasky wieder die Hand nach dem Sprengsatz ausstreckte. Die ganze Hütte schien schweigend die Luft anzuhalten, und nicht einmal die Großmutter gab einen Laut von sich, während Lasky die Einzelteile an sich nahm und mit Werkzeug und Kleber Stück für Stück die Bombe zusammenbaute. Gefühlt vergingen Stunden, in denen niemand atmete, bis er den fertigen Sprengsatz zu dem Partisanen hinüberschob. Jetzt musste er nur noch scharf geschaltet werden, ehe er sich einsetzen ließ.

Dunjas Bruder drehte und wendete die Bombe in seiner Hand, überprüfte die Drahtverbindungen und nickte anerkennend. Einzig in seinem Blick lag gärendes Misstrauen und eine eindeutige Warnung.

Lasky versuchte erneut ein entwaffnendes Lächeln und murmelte ein Wort, das er vorhin in Dunjas Monolog aufgefangen hatte und von dem er glaubte, dass es »Bruder« hieß: »Brat.«

Dunjas Bruder schien ihn verstanden haben. Schon am nächsten Tag kam er ein zweites Mal und brachte russische Männerkleidung mit, die er Lasky entgegenhielt. An diesem Tag strahlte Dunja vor Glück und gab sich keine Mühe mehr, ihre Küsse vor der Großmutter zu verbergen. Lasky tauschte seine Wehrmachtuniform gegen russische Bauernkleidung und wurde augenblicklich von einer heftigen Erleichterung gepackt. Endlich nicht mehr für die Deutschen kämpfen, keine Treibjagden mehr gegen Partisanen und keine Frauen und Kinder, die vor dem Lauf seines Gewehres starben. Stattdessen erfüllte ihn dunkler Grimm, als er sich in der nächsten Nacht gemeinsam mit Dunja und ihrem Bruder auf den Weg machte, als sie sich an eine Bahnlinie heranpirschten, ihre Sprengsätze an den Schienen anbrachten und warteten, bis der nächste Gütertransporter heranrollte. Nur eine Sekunde bevor die Lok den Sprengsatz erreichte, zog er mit Dunja gemeinsam an den Zündschnüren, und die Bombe detonierte. Die Lok kreischte und sprang aus den Gleisen, der Boden bebte, und brüllender Lärm erfüllte die Nacht. Funken und Metallteile flogen durch die Luft, und Lasky warf seinen Körper über Dunjas, um sie zu schützen.

Sekunden später setzte das Gewehrfeuer ein. Deutsche Soldaten taumelten aus einem der hinteren Waggons und schossen in den Wald, aber nur kurz, ehe eine Salve von russischen Gewehren antwortete und die Deutschen fällte wie noch nicht ausgewachsene Fichtenstämmchen.

Wieder spürte Lasky die Erleichterung, als er ihre Leichen am Boden liegen sah. Beinahe so, als könne er seine eigene Schuld wiedergutmachen, indem er andere Schuldige tötete.

In dieser Nacht war er stolz darauf, ein Partisan zu sein, ein deutscher Überläufer, abtrünnig von dem kranken Idealismus der Nazis und endlich wieder in der Lage, sein Antlitz vor Gott zu erheben und ihm mit einem leisen Gebet zu danken. Er sprach das Gebet auf Russisch. Wie er es von der Großmutter gelernt hatte.

Als die letzten Folgeexplosionen der im Zug verladenen Munition endlich abebbten und sich kein Deutscher mehr rührte, sprangen Dutzende von Partisanen aus ihren Verstecken und begannen damit, Proviant, Munition und Waffen aus den Güterwaggons auszuladen. Lasky half ihnen, so gut er konnte. Gefühlt brauchten sie Stunden, um die Sachen auf Pferdefuhrwerke und in Satteltaschen zu verladen, doch in Wirklichkeit vergingen bestimmt nicht mehr als zwanzig Minuten. Viel mehr Zeit hatten sie nicht, in der sie sicher waren, bevor andere deutsche Einheiten oder der nächste Zug heranrückten.

Sobald sie fertig waren und mit Dunjas Pferd und gefüllten Satteltaschen davonzogen, schwoll der Triumph in seiner Brust zu solcher Übermacht, dass er schreien und jubeln musste. Dunjas Bruder lachte und klopfte ihm auf die Schulter.

Von dieser Nacht an fühlte sich Lasky wie ein Teil der Familie. Nachdem sie zurück auf ihren Ofenschlafplatz geklettert waren, zog er Dunja an sich und schlief mit ihr, als wäre er ihr Ehemann, der jedes Recht dazu besaß. Nicht einmal auf die Großmutter, die unten vor dem Kamin schlief, nahmen sie noch Rücksicht.

In der nächsten Zeit begleitete er die Partisanen auf jeden ihrer Einsätze. Fast immer griffen sie Züge an, manchmal auch Gruppen von deutschen Soldaten. Lasky wollte nicht wissen, ob bekannte Gesichter darunter waren. Er schoss auf sie, bevor sie ihm zu nahe kamen, und Glombitza, sein einziger Freund unter den Kameraden, war ohnehin gefallen.

Während sich der Winter dem Ende zuneigte, fand Laskys Leben an der Seite der Partisanen eine neue Normalität. Seine Zeit zwischen den Einsätzen verbrachte er mit Dunja und der Großmutter in der Hütte. Jetzt kümmerte er sich um die täglichen Arbeiten, holte Holz aus dem Wald, besserte marode Stellen an der Blockhütte aus und suchte Futter für die Tiere. Zwischendurch brachte Andrej, Dunjas Bruder, ihm das Material, das er brauchte, um weitere Sprengbomben zu bauen, und mit jeder Mine, die Lasky für die Partisanen zusammenbastelte, spürte er immer größere Genugtuung. Diese Menschen verteidigten ihr Land gegen brutale und grausame Invasoren. Es war richtig, auf ihrer Seite zu kämpfen, auch wenn er nicht auf ihrer Seite geboren worden war.

Ob die Partisanen ihm tatsächlich vertrauten, wusste er nicht, aber sie duldeten ihn in ihren Reihen, bedankten sich für seine Sprengsätze und ließen ihn dabei sein, wenn sie sich nach ihren Angriffen im Wald an dem Schnaps ihrer Opfer betranken.

Nur den Wohnort der Partisanen bekam Lasky nie zu Gesicht. Er wusste nicht, ob sie eine militärische Basis im Wald hatten oder ob sie in einem Dorf lebten. Vielleicht stammten sie auch aus verschiedenen Orten und trafen sich nur zu ihren Einsätzen, genauso wie Dunja und er immer erst unterwegs dazustießen. Um solche Fragen zu stellen, reichte sein Russisch jedoch nicht aus. Er wusste lediglich, aus welcher Richtung die meisten Partisanen kamen, wenn sie sich zum Einsatz trafen.

Schließlich, als er fast schon glaubte, es könnte für immer so weitergehen, kam der Tag, an dem sich noch einmal alles änderte. Dass etwas nicht in Ordnung war, bemerkte Lasky, sobald er am Morgen aufwachte. Mit tränenerstickter Stimme diskutierte Dunja mit ihrer Großmutter, die in einem wütenden und vorwurfsvollen Tonfall darauf antwortete. Etwas Schlimmes schien passiert zu sein, und Lasky fühlte sich steif und verloren, während er in den Wohnraum hinabkletterte.

Dunja verstummte, sobald sie ihn entdeckte. Sie trat zwischen ihm und der Großmutter zur Seite und richtete ihren Blick auf den Boden.

»Tschto slutschilos'?«, fragte er, »Was ist passiert?«, einen der wenigen Sätze, die er auf Russisch gelernt hatte. Die Antwort darauf verstand er nur in den seltensten Fällen. Doch an diesem Morgen musste er es wenigstens versuchen.

Beschämt kam Dunja auf ihn zu, nahm seine Hand und legte sie auf ihren Bauch.

Moritz erstarrte. »Du bist schwanger?«

Sie nickte, obwohl sie seine deutschen Worte ganz sicher nicht verstand. »U nas budjet rjebjonok«, flüsterte sie, und er konnte nur ahnen, dass es etwas ganz Ähnliches bedeutete.

Für eine Sekunde rührte sich Lasky nicht von der Stelle. Allein seine Gedanken rasten dahin: Natürlich war sie schwanger. So oft und so wild, wie sie sich geliebt hatten, musste jedes halbwegs gesunde Mädchen schwanger werden. Im Grunde hatte er von Anfang an gewusst, dass dies geschehen würde, und trotzdem hatte er nicht darüber nachgedacht. Vielleicht, weil es auch für Dunja kein Hindernisgrund gewesen war oder weil er nicht geglaubt hatte, dass sie beide so lange überlebten.

Plötzlich lief ein warmer Schauer durch seinen Körper, so heftig, dass seine Zähne aufeinanderschlugen. Er würde Vater werden. Der Vater von Dunjas Kind. Von all dem Schrecklichen, was dieser Krieg ihnen zugefügt hatte und was sie selbst in diesem Krieg anderen Menschen angetan hatten, war dieses Kind der einzige Beweis, dass Gott noch irgendwo existieren musste.

Lasky bewegte die Hand auf ihrem Bauch, versuchte, die Wölbung zu ertasten, aber dafür war es wohl noch zu früh. Dennoch flatterte eine Horde von Schmetterlingen durch seine Brust, und auf seinem Gesicht breitete sich ein Lächeln aus, das sich dümmlich und naiv anfühlte. Sie befanden sich noch immer inmitten dieser Geschichte, die nur in einem Drama enden konnte, und es war unpassend, glücklich zu sein. Er löste seine Hand von ihrem Bauch, berührte ihr Gesicht und strich mit dem Daumen die Tränen beiseite, die ihre Haut benetzten. »Ja ljublju tjebja«, flüsterte er. »Ich liebe dich.«

Erst dann bemerkte er das vorwurfsvolle Schweigen der Großmutter, warf einen Blick in ihre Richtung und auf ihre finstere Miene. Plötzlich wusste er, was er tun musste, was er tun wollte. Er nahm Dunjas Hand, strich mit den Fingern um ihren Ringfinger und sah sie an. Auf Russisch konnte er nicht sagen, was er meinte. Doch vermutlich würde sie ihn auch so verstehen: »Ich würde dich gern heiraten«, murmelte er. »Spätestens, wenn der Krieg vorbei ist.«

Dunja schaute auf ihre Hand hinab, auf seine Finger, die noch immer einen unsichtbaren Ring auf ihre Haut zeichneten. Ein winziges Lachen hüpfte aus ihrem Mund, ehe es in ein Schluchzen überging. Gleich darauf warf sie ihm die Arme um den Hals und presste sich an ihn. »Ich liebe dich«, flüsterte sie, in gebrochenem Deutsch und mit russischem Akzent.

* * *

Liebe Hannah,

Du hast mir so viele Fragen gestellt, so viel erzählt und in Deinem Geschriebenen über Dich preisgegeben, dass es mir ungerecht erscheint, Dich weiterhin anzuschweigen. Tatsächlich sammeln sich die Worte in mir, seitdem wir uns kennen, immerzu laufen sie Sturm und wollen sich zu Dir drängen.

Doch Du liegst richtig mit Deiner Vermutung. Ich kann sie nicht aussprechen. Obwohl mit meiner Zunge und meiner Stimme alles in Ordnung ist, obwohl ich hören kann und früher genauso sprechen konnte wie jeder andere – etwas ist geschehen, weshalb ich meine Sprache verloren habe. Wie so etwas passieren konnte, weiß ich nicht. Es muss etwas in meinem Kopf sein, etwas, das mich festhält, wenn ich den Mund öffne. Es fühlt sich an wie in diesen Albträumen, in denen man sich nicht bewegen kann. Kennst Du das?

In meinem Albtraum kann ich nicht mehr sprechen, ganz egal, wie sehr ich es versuche. Nur dass es kein Traum ist, sondern die Realität. Für Dich würde ich gern etwas daran ändern. Ich habe es sogar versucht. Für diesen einen Moment ist es gelungen, in dem ich Dir meinen Namen genannt habe.

Den Namen, den ich früher trug. Als ich noch ein Mensch war.

Jetzt bin ich kein Mensch mehr. Das, was der Krieg aus mir gemacht hat, ist ein Monster, ein seelenloses Ungeheuer, das in einem Meer aus Blut und Schuld schwimmt und für immer darin gefangen bleibt. Vielleicht ist das der Grund, warum ich nicht mehr reden kann. Weil die Gefahr zu groß wäre, all die Ungeheuerlichkeiten auszusprechen und die Menschen in meinem Umfeld zu verstören.

Dich zu verstören.

Doch ausgerechnet Du hast die Büchse der Pandora geöff-

net, indem Du mir dieses Heft gegeben hast. Anfangs wusste ich nicht, ob sich meine Worte aufschreiben lassen oder ob meine Hand auf die gleiche Weise gelähmt sein würde wie meine Zunge. Nun weiß ich es. Sobald das geöffnete Heft vor mir liegt, übernimmt der Teufel in mir die Verantwortung. Dann treibt er die Worte in meinen Stift, ohne die geringste Rücksicht zu nehmen. Er tut dies so schnell, dass ich ihn kaum aufhalten, ihn kaum bremsen oder zensieren kann. Er will Dir alles erzählen, so wie Du mir alles in Deinen geschriebenen Worten erzählt hast.

Nur der winzige, noch menschliche Rest in mir rebelliert dagegen und zwingt mich, dieses kleine Vorwort zu schreiben und es ganz vorn einzukleben. Du wirst mich verachten, sobald Du alles über mich weißt. Du wirst mich von Dir stoßen und nie wieder ansehen, wenn ich Dir erst alles gestanden habe. Ich habe solche Angst davor und kann die Worte dennoch nicht aufhalten, solange dieses Heft vor mir liegt. Ich muss Dir alles erzählen, muss Dir alles erklären, was mich in dieses Ungeheuer verwandelt hat. Ich wünsche mir auf so grausam hoffnungsvolle Weise, dass Du mich verstehst, und weiß zugleich, dass meine Geständnisse Dich quälen und verletzen und den Krieg auch in Dein Leben zurückholen werden.

Erinnerst Du Dich an diesen Tag am Strand? Als Du mich angeschrien hast, damit ich dir endlich alles erzähle? Alles wolltest Du wissen, wie es im Krieg war, wie es sich anfühlt, ein Soldat zu sein, wie man auf Menschen schießen und danach noch in den Spiegel schauen kann. Es war so absurd, dass Du mir diese Fragen stellst, dass ausgerechnet Du wissen willst, was ich seit einem Jahr um jeden Preis vergessen will. Und weil es so absurd war, musste ich darüber lachen. Das tut mir leid, ich wollte Dich nicht auslachen. Ich HABE Dich nicht ausgelacht. Ich musste nur die Angst weglachen, die plötzlich in mir hochstieg.

Und dann musste ich Dich küssen. Weil ich Dich bewundert

habe für Deinen Mut, für Dein Interesse, für Deinen Willen, all die Grausamkeit zu verstehen, die mich zerstört hat. Du trägst diese Stärke in Dir, die ich verloren habe, diese Stärke, mit der Du Deinem eigenen Kummer standhältst und trotzdem noch die Kraft aufbringst, einem wie mir die Last von den Schultern zu nehmen.

Ich würde mich zu gern darauf einlassen, würde mich zu gern auf Dich stützen, um endlich wieder aufzustehen. Aber ich denke, dass Du Dich überschätzt. Nicht nur ich bin zu schwach, um die Last zu tragen. Wenn ich sie mit dir teile, werden wir nur gemeinsam abstürzen.

Der Sturz beginnt bereits, sobald ich Dir zu nahe komme. Du ahnst nicht, wie sehr ich Dich will, Hannah. Du erzeugst etwas in mir, was sich stark und gut anfühlt, ich möchte Dich beschützen und ehren, möchte zärtlich und sanft zu Dir sein, möchte Deinen Schmerz besiegen und darauf hoffen, in deinen Armen ein wenig heiler zu werden. Aber sobald ich Dich berühre, kehrt mein Ich in die Vergangenheit zurück. Ich sehe den Krieg, wenn ich Dich küsse, ich rieche Blut und Tod, höre die Schreie von Sterbenden, und alles in mir verwandelt sich in ein Monster, das hassen und töten muss, um die eigene Ohnmacht zu ertragen. Ich habe Angst, Dir wehzutun. Allein deshalb muss ich mich losreißen, muss Dich von mir schieben und mich selbst bestrafen.

Vielleicht ist das mein größtes Dilemma. Nichts wünsche ich mir sehnlicher als Frieden und Liebe, und dennoch ist es unmöglich, aus dem Krieg in den Frieden zurückzukehren. Wenn du aus dem Krieg kommst, dann ist der Frieden wie eine Wiese, die über und über mit Blumen bedeckt ist. Doch du trägst noch die Kriegsstiefel an deinen Füßen, und die sind schwer und hart und von allen Seiten mit Blut besudelt. Und dann stehst du am Rand dieser Wiese und weißt nicht, wo du hintreten sollst, weil du mit jedem Schritt eine Blume zerstören und die umliegenden Blumen mit Blut beschmieren wirst. Also bleibst du am Rand stehen und schaust dir das Bild an und spürst die Sehnsucht, endlich wieder in der Wiese zu liegen und Teil des Friedens zu sein. Zugleich weißt du, dass du niemals wieder dorthin kommen wirst, ohne die Schönheit, die du dir wünschst, zu zerstören. Trotzdem wagst du immer wieder einen Schritt nach vorn, in jedem schwachen Moment lässt du dich in die Blumenwiese fallen. Nur um wieder aufzuspringen und zurückzuweichen und dich selbst zu hassen für das, was du angerichtet hast.

Ich zerstöre Dich, indem ich Dich liebe, und allein dieser Gedanke zerreißt mich. Aber Du hast recht. Du kannst mich nur schwer verstehen, solange ich nicht ausspreche, was mit mir geschehen ist. Alles, was im Krieg geschehen ist, kann man nicht verstehen, wenn man die Qual nicht erfahren und nie die eigene Grausamkeit erlebt hat, zu der man fähig ist. Zu der jeder Mensch fähig ist.

Damit könnte man sich herausreden. Man könnte sagen, dass alle Männer im Krieg dazu gezwungen waren, sich in Monster zu verwandeln, und dass die Bluttaten, die wir angerichtet haben, allein deshalb weniger schlimm wären. Man könnte sagen, dass man nur den Befehlen gehorcht hätte und seiner Vaterlandspflicht nachgekommen wäre. Und ich fürchte, dass sehr viele Männer, vermutlich die meisten, genau diese Moral pflegen, um nach dem Krieg in den Frieden zurückzukehren. Immerhin ist es das, was wir gelernt haben: gehorsam und fatalistisch zu sein, genau das zu tun, was man uns befiehlt, ohne selbst die Verantwortung zu tragen.

Erst wurde uns der Krieg befohlen. Jetzt wird uns der Frieden befohlen – und all diese Männer, die ihre Verantwortung längst an Vorgesetzte abgegeben haben, trampeln durch die Wiese, bis sie ihre Füße an den Blumen sauber gewischt haben, und schauen nicht zurück, damit sie die Zerstörung nicht sehen müssen. Stattdessen lassen sie sich auf die Wiese fallen und genießen den Blick in den Himmel, und wenn man sie auf das anspricht, was sie auf dem Weg hierher angerichtet haben, winken sie ab und behaupten, dass das eben der Verlust sei, mit dem wir leben müssen und den sie nicht verhindern konnten.

Ich wünschte mir, dass ich nach vorn sehen und meinen Frieden mit dem machen könnte, was hinter mir liegt.

Aber so bin ich nicht. Meine Familie hat mich etwas anderes gelehrt. Mein Großvater war evangelischer Pfarrer, meine Mutter, seine Tochter, hat uns Nächstenliebe und Rücksicht gepredigt. In meiner Kindheit habe ich alten Leuten das Gemüse vom Markt nach Hause getragen und meine jüngeren Geschwister gehütet, während meine Eltern arbeiten mussten. Am Küchentisch, beim Abendbrot, war es Tradition, unsere guten Taten des Tages aufzuzählen, damit wir uns immer bewusst waren, wie wichtig es ist, etwas Gutes für andere zu tun.

Als ich in den Krieg fuhr, habe ich noch geglaubt, etwas Gutes zu tun, weil mein Einsatz doch notwendig wäre, um mein Vaterland zu schützen, um meine eigene Familie zu beschützen, die so nah an der Grenze zu Russland lebte. Bereits auf dem Weg habe ich jedoch geahnt, welche Lüge in diesem Vaterlandsgedanken liegt. Allein schon deshalb, weil wir in das Vaterland anderer Menschen zogen, um auf ihrem Boden zu kämpfen.

Auf diesem Weg, in dem offenen Viehwaggon, in dem wir fuhren, hat mir jemand gesagt, dass der Krieg solche wie mich in wenigen Tagen fressen würde. Er hat mir angeboten, mich mit einem Heimatschuss wieder nach Hause zu befördern. Es wäre riskant gewesen. Wir beide wären dafür hingerichtet worden, wenn man uns erwischt hätte.

Jetzt bereue ich, das Angebot nicht angenommen zu haben. Selbst meine Hinrichtung wäre besser gewesen als das, was aus mir geworden ist.

Der Soldat im Zug, der später ein Freund wurde, hatte recht. Der Krieg hat mich innerhalb weniger Tage gefressen. Doch nicht meinen Körper. Alles, was Du von außen an mir sehen kannst, ist heil geblieben. Meine Seele hingegen ist ein Sumpf aus Blut und Zerstörung.

Was ich im Krieg getan habe, war grauenhaft. Ich habe mich in Angst und Gehorsam verirrt und keinen Ausweg daraus gefunden. Ich bin über die Grenzen des Irrsinns hinweggestolpert, bin verwundet und tödlich verletzt worden und konnte am Ende nur durch ein Wunder gerettet werden. Mein Herz habe ich an ein russisches Partisanenmädchen verloren. Mit ihr bin ich ein Mann und endlich wieder ein Mensch geworden, mit ihr hätte alles gut werden können. Für sie habe ich auch auf der anderen Seite gekämpft, habe auf beiden Seiten Menschen getötet und am Ende doch nur festgestellt, dass jeder einzelne von ihnen mein Bruder oder meine Schwester war, die einen Teil meiner Seele mit in ihre Gräber gerissen haben.

Jetzt ist das alles vorbei. Dennoch werde ich nie wieder voll und ganz in den Frieden zurückkehren. So viel solltest Du als Erstes von mir erfahren, bevor Du den Rest liest und Dich weiter auf mich einlässt. Aber ich denke, all diese Vorreden bleiben unbegreiflich, wenn ich nicht endlich von vorn anfange. Nicht einmal der Krieg lässt sich aus meiner Sicht erzählen, ohne Dir zu erklären, woher ich komme.

Ich wuchs auf in einem Dorf namens Rosehnen an der Küste des Samlandes, ein hübsches kleines Seebad in der Nähe von Cranz. Dort, im Wasser der Ostsee, lernte ich schwimmen. Auf dem Kutter meines Vaters lernte ich fischen, und meine Mutter unterhielt eine kleine Pension, in der sie Zimmer an Badegäste vermietete. Von überall her kamen die Besucher zu uns, und ich hörte ihre Geschichten. Für mich war das Fremde niemals bedrohlich, sondern nur ein Abenteuer, das sich erkunden ließ. Sonntags gingen wir zum Gottesdienst nach Cranz und lauschten meinem Großvater, zu dessen Pfarrbezirk alle Orte gehörten, die sich rund um Cranz an der Ostseeküste aufreihten. Bis auf die Kurische Nehrung reichte sein Einzugsgebiet, und dahinter lag das sowjetische Litauen.

Ich war der Älteste von meinen Geschwistern. Meine Schwester Martha war zwei Jahre jünger als ich. Als wir klein waren und bevor wir zur Schule kamen, durften wir oft zu meinem Großvater und gingen mit ihm auf Hausbesuche. Meine frühesten Erinnerungen sind die an alte Leute, mit denen wir gebetet haben, an Sterbende, deren letzte Stunden wir begleiteten, und an neugeborene Babys, die mein Großvater als Erster in der Gemeinde begrüßen wollte. Mit diesen Besuchen wurden alle Dörfer der Umgebung zu meiner Heimat, und als ich älter wurde, kannte ich nicht nur viele Menschen in unserer Region, sondern auch ihre Stuben und die bedeutendsten Ereignisse in ihrem Leben.

An anderen Tagen fuhr ich mit meinem Vater auf die Ostsee hinaus und verliebte mich in die Stille der Morgendämmerung. Ich lernte die Handgriffe auf dem Kutter und die Demut vor der Natur, die Grundlage für unser Leben war. Für mich wurde das alles eins: Natur und Gott, Meer und Menschen, Liebe und Frieden.

Umso wertvoller waren solche Momente, weil auch unsere Familie nicht von Sorgen verschont blieb. Nach Marthas Geburt wurde meine Mutter noch zweimal schwanger, aber beide Schwangerschaften endeten mit einer Fehlgeburt. Unser Großvater sprach von einer schweren Prüfung, die Gott über unsere Familie gesandt hatte, und meine Mutter überstand diese Zeit nur mithilfe ihres Glaubens, ihrer Arbeit in der Pension und mit der Fürsorge für ihre Gäste.

Dass ich schließlich doch noch einen kleinen Bruder bekam, war wie ein Wunder. Ich war schon neun Jahre alt, als Lukas geboren wurde. Mit Elfriede, zwei Jahre später, hat dann niemand mehr gerechnet. Unsere Familie wurde nun vor ganz neue Herausforderungen gestellt. Martha und ich übernahmen so viele Arbeiten in der Pension, wie wir neben der Schule bewerkstelligen konnten, während Mutter sich um ihre beiden Nesthäkchen kümmerte.

Unseren Eltern war es immer wichtig gewesen, dass wir eine gehobene Schulbildung erhielten, also gingen wir beide aufs Gymnasium in der Nachbarstadt. Vor allem mein Vater träumte davon, dass ich Arzt werden sollte und dass Martha als Lehrerin in der Gemeinde arbeitete. Alles, was sie erübrigen konnten, sparten Mutter und Vater für unser Studium. Ich selbst dachte nur wenig darüber nach, ob mir die Pläne gefielen. Es klang verlockend, ein gebildeter Arzt zu sein, und es passte zu Gott und den Menschen und der Natur, mit der ich aufgewachsen war.

Dass meine größten Talente woanders lagen, dass ich gern baute und nützliche Dinge erfand, erkannten meine Eltern nicht. Ingenieur oder Architekt wäre der bessere Beruf für mich gewesen. Meine Begabung entdeckte ich jedoch erst, als ich schon Soldat war und mögliche Berufe keine Rolle mehr spielten.

Als 1939 der Krieg begann, war ich gerade vierzehn Jahre alt geworden. Damals hatte ich noch keine Sorge, dass ich eines Tages Soldat werden müsste. Doch nur ein Jahr später, im Sommer 1940, wurde mein Vater zur Marine eingezogen. Sein Schiff sank nur wenige Monate später vor der Küste von England. Von diesem Tag an war ich der älteste Mann im Haus, und ich versuchte, meiner neuen Verantwortung gerecht zu werden. Ich half meiner Mutter dabei, den Kutter zu verkaufen, und zusammen mit Martha arbeitete ich nach der Schule in der Pension, um die Kosten für Kellner und Zimmermädchen einzusparen. Aber auch die Gäste wurden immer weniger im Krieg, und allmählich wurde es schwieriger, die Familie über die Runden zu bringen. Irgendwann gestand mir meine Mutter, dass sie hin und wieder auch etwas von dem Geld ausgeben musste, das sie für unser Studium zur Seite gelegt hatten.

Ein Jahr später, im Winter 1941, starb mein Großvater an einem Herzinfarkt. Vielleicht hatte es ihm zugesetzt, dass er jeden Sonntag die Toten seiner Gemeinde von der Kanzel rief.

Unsere Großmutter war schon an einer Krebserkrankung gestorben, als Martha und ich noch klein waren, wir konnten uns kaum noch an sie erinnern. Der Tod unseres Großvaters schockierte uns umso mehr. Von da an wurden Martha und ich noch wichtiger für unsere Mutter.

Am meisten Sorgen machte ich mir, weil der Krieg immer weiter andauerte, während ich immer älter wurde. Jahr um Jahr wurden die Männer in jüngerem Alter eingezogen.

Im Sommer 1943, einen Tag vor meinem achtzehnten Geburtstag, bekam ich meinen Einberufungsbefehl. Die Zeiten für die Ausbildung waren längst verkürzt worden, und als ich eingezogen wurde, mussten wir nicht mal mehr in die Kaserne, nur zum Straßenbau nach Polen beim Reichsarbeitsdienst. Dann ging es direkt in den Krieg. Die einzige Schonung unseres Feldausbildungsbataillons bestand darin, dass wir nicht an die Front mussten. Unsere sogenannte Ausbildung fand im Hinterland kurz hinter der Front statt. Dennoch mussten wir vom ersten Tag an in den Einsatz. Unsere Aufgabe war die Partisanenbekämpfung. Ob das eine Schonung war, wage ich allerdings zu bezweifeln. In jenem rückwärtigen Gebiet hinter der Front lauert der Feind auf allen Seiten. Es mag sein, dass man sein Leben dort vielleicht ein bisschen länger behält, seine Menschlichkeit verliert man dafür umso schneller. Aber ich denke, ich sollte von vorn beginnen, mit der Fahrt in den Osten und mit Glombitza, der später mein Freund wurde – sofern man in so einem Krieg Freunde haben kann und nicht nur Leidensgenossen, die an unserer Seite sterben.

* * *

Das Buch, das Moritz ihr zurückgelassen hatte, war ihr größter Schatz und gleichzeitig ihr schlimmster Fluch. Als sie zu lesen begann, geriet sie in einen Sog, der sie immer weiterzog. Seine Sprache war bildgewaltig und stark, saugte sie ein in die Szenen des Krieges und raubte ihr den Atem. Doch zugleich war es kaum zu ertragen, von seinen Erlebnissen zu lesen. Was er über die Fahrt in den Osten schrieb, über den Kampf gegen die Partisanen und das Töten, bei dem auch Alte, Frauen und Kinder nicht verschont wurden, trieb grausige Übelkeit durch ihren Magen. Vielleicht hätte sie ihn verurteilt für das, was er getan hatte – wenn sie nicht in jedem seiner Worte gespürt hätte, wie sehr die Schuld ihn quälte.

Je häufiger sie vom Töten las, desto langsamer wurde sie, desto öfter musste sie aufschauen und sich von den Worten erholen. Wenn sie es gar nicht mehr aushielt, legte sie das Buch beiseite und ging am Strand spazieren. Dann versuchte sie, die Grausamkeit mit anderen Bildern zu überdecken. Zumeist vergeblich. Seine Kriegsbilder waren zu schlimm, um sich verdrängen zu lassen.

Wenn Moritz an den Gleisen entlang durch den Wald patrouillierte, spürte sie die permanente Angst, von Partisanen überrascht zu werden. Wann immer er eine Bombe entschärfen musste, zitterten ihre Hände, und in dem Moment, als er angeschossen in den Schnee fiel, schien auch ihr Herz stehen zu bleiben. Bis er doch noch erwachte und gerettet wurde. In jener Blockhütte mitten im Wald, in der warmen Dunkelheit über dem Ofen, lernte Hannah gemeinsam mit ihm ihre ersten russischen Worte. Während sie von Dunja, ihrer Großmutter und dem Leben in der Hütte las, sickerte die Liebe durch ihre Brust, und es war unmöglich zu sagen, ob sie sich in Dunja, in ihre Großmutter oder in Moritz Lasky verliebte, in ihren schweigenden Fuchs, der mit seinen geschriebenen Worten endlich eine Stimme bekam. Manche Stellen las sie immer wieder, weil sie so schön waren.

Allzu oft wünschte sie sich, er wäre jetzt bei ihr. Sie wollte ihm zuflüstern, dass sie ihn liebte, und gleichzeitig hoffen, seine Liebe zu ihr wäre genauso groß wie die zu dem Partisanenmädchen. Falls es überhaupt möglich war, noch ein zweites Mal auf diese Weise zu lieben.

Je weiter Hannah las, desto häufiger schossen Tränen in ihre Augen. Mit Genugtuung begleitete sie seinen Kampf an der Seite der Partisanen und hoffte gegen jede Vernunft und jedes bessere Wissen, dass er doch noch mit Dunja glücklich wurde. Als ihm das Partisanenmädchen jedoch ihre Schwangerschaft gestand, fürchtete sie sich vor dem Ende und konnte nicht mehr weiterlesen.

Während das Buch tief vergraben unter ihren Sachen schlummerte, stürzte Hannah sich umso eifriger in ihren Alltag im Backhaus. Von frühmorgens bis spätnachmittags knetete sie Brotteig und ließ sich von Line in die Benutzung des Steinofens einweihen. Sie lernte, wie sie den Ofen mit Holz anheizen musste, bis die Schamottsteine die Hitze des Feuers in sich aufgenommen hatten, wie sie die Glut wieder herausholte und mithilfe von Getreidekörnern testete, wann der Ofen die passende Temperatur zum Backen erreichte. Solange die Körner verbrannten, war er noch zu heiß. Wenn die Körner hingegen nur noch ein starkes Röstaroma annahmen, war es an der Zeit, die ersten Brotlaibe in den Ofen zu schieben. Die dunkle Kruste eines Roggenbrotes entstand durch die starke Hitze, die die äußere Teigschicht schnell fest werden ließ, während die Feuchtigkeit im Inneren des Brotes erhalten blieb. Weichere Weizenbrote kamen erst später in den Ofen, wenn die Hitze schon nachließ – und zum Schluss wäre es noch möglich gewesen, einfache Butterkuchen mit Mandel- und Zuckerüberzug in der Resthitze zu backen.

Sofern sie die dafür geeigneten Zutaten auftreiben konnten. An zwei Tagen in der Woche war Hannah damit beschäftigt, die Brote zu backen, die sie an den übrigen Tagen verkaufte. Anfangs fürchtete sie sich davor, den anderen Flüchtlingen zu begegnen. Und tatsächlich kam früher oder später jeder bei ihr vorbei. Einige erwarteten, dass sie ein kleines Schwätzchen mit ihnen hielt, andere wirkten noch immer misstrauisch und neidisch.

In den ersten Tagen antwortete Hannah nur einsilbig und war froh, wenn die Kunden das Backhäuschen wieder verließen. Aber je häufiger sie die Menschen sah und je freundlicher ihr jemand begegnete, desto mehr fing sie an, sich auf kleinere Gespräche einzulassen. Morgens, vor allem direkt nach ihren Backtagen, war der Andrang so groß, dass sie keine Zeit für ein Pläuschchen hatte. Doch wenn die Schlange am Nachmittag kürzer wurde und der Brotverkauf dem Ende entgegenging, fanden sich ein paar Minuten. Erstaunlicherweise waren es immer die gleichen Menschen, die Hannahs Nähe suchten und unverhältnismäßig lange blieben. An den Backtagen tauchte zumeist der alte Kobelenz auf. Fast immer kam er schon morgens, und während sie noch damit beschäftigt war, den Ofen anzuheizen und die Teige zu kneten, saß er schon auf einem der Hocker in der Verkaufsstube und wartete auf die fertigen Brote, die sie eigentlich erst am nächsten Tag verkaufte. Bis dahin konnte der alte Mann allerdings nicht warten. Um das Brot mit seinen Stummelzähnen beißen zu können, musste er es schon dann kaufen und in seinem Kochtopf verstauen, wenn es noch heiß war – damit sich der Wasserdampf im Inneren des Topfes sammelte und die Kruste einweichte.

Nachdem Hannah durchschaut hatte, warum er so konsequent an den falschen Tagen kam, bot sie ihm an, sein Brot in einem Topf zurückzulegen, sodass er es am nächsten Morgen abholen konnte. Aber der Alte schüttelte nur den Kopf und meinte, er könne ruhig hier sitzen und warten. Immerhin wäre es warm und gemütlich, und ein alter Mann wie er hätte ja sonst nichts zu tun.

Bald tat es Hannah leid, wenn er so lange Zeit allein in dem Verkaufsraum saß. Also bat sie ihn zu sich in die Backstube, und fortan saß er auf seinem Stuhl neben dem Fenster und erzählte ihr Geschichten aus Ostpreußen, von den weiten Feldern des Gutshofes, auf denen er sein Leben lang gearbeitet hatte. Er sprach von der Fruchtfolge des Getreides, von dem Wechsel der Jahreszeiten und dem Einfluss des Wetters auf die Ernte. Von ihm lernte Hannah, wie es sein musste, sein ganzes Leben auf dem Land zu verbringen, immer im Einklang mit der Natur und ihren Launen. Und schließlich spürte sie das stille Glück, das aus dieser Verbindung entstand.

Erst als er anfing, über seine Frau zu sprechen, verschwand jegliche Freude aus seiner Miene, und seine Stimme stockte. »Meine gute alte Marga. Auf der Flucht ist sie gestorben. Schon seit Wochen waren wir unterwegs, in dieser grausamen Kälte. Seit Tagen hatten wir keine Nahrung mehr, und hinter uns waren die Russen. Irgendwann hat sie sich einfach in den Schnee gesetzt und wollte nicht mehr aufstehen.« Ein gepresstes Schluchzen drang aus der Nase des Alten. Schon zuvor waren Hannahs Hände still geworden, hatten aufgehört, den Teig zu kneten, und nur ganz ruhig in der Schüssel gelegen. Doch jetzt wischte sie die Hände an einem Tuch ab, ging mit langsamen Schritten zu ihm und nahm ihn in die Arme.

»Bist ein gutes Mädchen, Hannah«, flüsterte der Alte nach einer Weile mit einer Stimme, die noch ganz erstickt war.

Eine weitere Person, die Hannah schon bald in ihr Herz schloss, war Mütterchen Schwalb, die mit ihrem Bollerwagen fast täglich bei ihr vorbeikam. Manchmal wurde sie von ihren beiden jüngeren Söhnen begleitet, die permanent Hunger hatten und ihr Brot am liebsten sofort aßen. Der jüngere war zehn und der ältere zwölf Jahre alt. Auch die beiden Mädchen, bereits sechzehn- und siebzehnjährig, waren mit hierhergeflohen, während ihre ältesten Söhne noch im Krieg gewesen waren.

Ingeborg Schwalb hatte alle Hände voll damit zu tun, ihre Kinderbande mit Nahrung zu versorgen. Letztendlich konnte die Familie nur deshalb überleben, weil die Mädchen jeden Tag nach Arbeit suchten und die beiden Jungen bei ihren Bettelgängen durch das Dorf ungleich erfolgreicher waren als ihre Mutter. Auch wenn sie den Großteil noch während der Beutetour in ihre Münder stopften, waren sie auf diese Weise wenigstens satt zu bekommen.

Das alles erzählte Mütterchen Schwalb mit einer selbstironischen Prise Humor, die Hannah so manches Mal zum Lachen brachte. Mütterchen Schwalb hatte die fünfzig laut eigener Aussage schon knapp überschritten und machte sich gern darüber lustig, dass sie bald eine alte Frau sein würde. Dabei wirkte sie so agil und lebensfroh, dass »alt« das letzte Adjektiv wäre, mit dem Hannah sie belegt hätte. Nur wenn Ingeborg von den beiden ältesten Söhnen und ihrem Mann erzählte, wurde ihre Stimme ernst und traurig: Ihr zweitältester Sohn war im letzten Kriegsjahr gefallen, und der älteste war bei den Russen in Gefangenschaft geraten – ebenso wie ihr Mann, der noch zuletzt in den Volkssturm einberufen worden war. Die Flucht aus Pommern war die Mutter mit ihren vier jüngsten Kindern allein angetreten. »Irgendwie muss man sich als Frau doch helfen«, erklärte sie Hannah mit einem Glitzern in den Augen. »Auch wenn wir zu Hause alles verloren haben. Das Leben der Kinder geht vor.« Dass ihr Mann und Hugo, der Älteste, noch lebten, davon war sie fest überzeugt. »Ein Mutterherz spürt es, wenn ihr Kind stirbt«, flüsterte sie, als sonst niemand mehr im Backhäuschen war, und Hannah wusste sofort, was sie meinte.

Das größte Thema, was sie beide miteinander verband, war jedoch die Herstellung von Arzneien. Als Hannah erwähnte, dass sie in der elterlichen Apotheke gearbeitet hatte, sprudelte

Ingeborg mit ihrem Wissen über Kräuter- und Heilpflanzen nur so hervor. Schon von ihrer Mutter und ihrer Großmutter hatte sie gelernt, wie man aus Kräutern Hausmittel herstellte, und ihre Großmutter hatte das Wissen von vorherigen Generationen übernommen. »Wir sind eine richtige Kräuterhexenfamilie.« Bei diesen Worten lachte Mütterchen Schwalb, und in ihrem Mund blitzten drei Goldzähne. »Auch hier wachsen verschiedene Heilkräuter in den Wiesen«, erzählte sie weiter. »Im Sommer habe ich einige gesammelt und getrocknet, aber in unserer Flüchtlingsscheune ist es zu feucht, um die Kräuter lange zu lagern. Das meiste musste ich entsorgen, weil es verschimmelt ist.« Ihre Stimme wurde wehmütig, und während sie erzählte, welche Kräuter man auch als Suppengewürze verwenden konnte, schaute Hannah sich um und stellte sich vor, wie viele Kräuterbüschel sich wohl an den Deckenbalken des Backhäuschens trocknen ließen. Hier wäre es bestimmt nicht zu feucht. Allerdings brauchte sie die Zustimmung des Gutsherrn, um eine Kräuterapotheke einzurichten. Und vielleicht würde sie nicht sofort mit einem solchen Vorschlag über ihn herfallen. Erst einmal musste sie sich als Bäckerin bewähren, bevor sie weiterdachte.

Die dritte Person, die für Hannah zu etwas Besonderem wurde, waren eigentlich zwei Personen – und im Grunde genommen kannte Hannah sie bereits. Zusammen mit Gitte hatten sie im Herbst die Schweineställe ausgemistet, und auch vorher war ihr die junge Mutter mit ihrer Tochter schon häufig am Brunnen aufgefallen. Den ganzen Winter hindurch hatte Hannah die beiden nicht mehr gesehen, und sie erinnerte sich nur noch vage daran, dass Gitte damals nach einer anderen Unterkunft gesucht hatte, um nicht mehr in der Strohmiete wohnen zu müssen.

Abgesehen von der kurzen Unterhaltung im Schweinestall, hatte Hannah kaum mit ihr geredet, und auch jetzt dauerte es eine Weile, ehe sie mehr als das Nötigste miteinander sprachen. Immer, wenn die beiden ins Backhäuschen kamen, stach der Anblick des kleinen Mädchens wie ein Dolchstich in Hannahs Herz. Dörchen musste vier oder fünf Jahre alt sein, genauso alt also, wie Kathrinchen es inzwischen wäre, und ihre blonden Löckchen erinnerten Hannah auf frappierende Weise an ihre Tochter. Auch Gitte war nicht viel älter als Hannah, noch mitten in ihren Zwanzigern, und während sie die ersten Worte miteinander wechselten, stellte sich heraus, dass die beiden in Kiel ausgebombt worden waren. Spätestens jetzt kam es Hannah so vor, als wäre Gitte ihr alternatives Ich, das nur ein bisschen mehr Glück im Unglück gehabt hatte. Vielleicht war Gitte auch einfach die bessere Mutter, weil sie ihr Kind in der Bombennacht nicht allein gelassen hatte. In jedem Fall schien sie ihre Tochter über alles zu lieben.

Beim Brotkauf durfte Dörchen auswählen, ob es ein Roggen- oder ein Weizenbrot sein sollte, und die Kleine entschied sich abwechselnd für das eine und das andere.

Manchmal, wenn Hannah merkte, dass Gitte knapp bei Kasse war, hätte sie ihnen das Brot am liebsten geschenkt. Und schließlich, an einem Freitagnachmittag, als die beiden die Letzten im Laden waren und nur noch ein Brot übrig war, tat sie genau das. An diesem Tag stand Gitte stotternd vor ihr und erklärte, dass sie nichts mehr hatte, kein Geld und keine Lebensmittelmarken.

Hannah ließ sie nicht ausreden, bevor sie das Brot über die Theke reichte. »Für umsonst«, flüsterte sie. »Aber pscht. Nicht weitersagen.«

Die junge Mutter sah sie mit großen Augen an. »Das können wir nicht annehmen. Ich wollte nur fragen, ob wir es anschreiben lassen können.«

Hannah schüttelte entschieden den Kopf. »Nein. Das ist ein Geschenk von mir. Ich werde es einfach von dem kürzen, was ich mir selbst als Lohn nehme.«

»Aber warum?« Gitte sprach mit krächzender Stimme.

Wieder fiel Hannahs Blick auf das kleine Mädchen, und plötzlich musste sie die Tränen hinunterschlucken. »Weil ich selbst so eine kleine Tochter hatte wie du«, flüsterte sie. »Mit blonden Löckchen und im gleichen Alter. Damals in Hamburg.«

Mehr konnte Hannah nicht erzählen. Aber Gitte schien sie auch so zu verstehen. Wortloser Schrecken blitzte in ihren Augen, und ihre Hand legte sich auf Hannahs Schulter.

Von diesem Moment an waren sie Freundinnen. Sie trafen sich immer häufiger, und während sie gemeinsam am Meer entlangwanderten und der Wind durch Dörchens blonde Locken zauste, erzählte Hannah von Hamburg. Gitte hörte ihr zu und berichtete von ihrem Mann, den sie in Stalingrad verloren hatte, und von ihrer Evakuierung aus Kiel, die sie von einem Dorf ins andere getrieben hatte, bis sie schließlich hier gelandet waren. Über ein Jahr hatten sie in der Strohmiete neben dem Pferdestall gewohnt, bevor Gitte endlich im Dorf bei einer Familie ein einzelnes Zimmer gefunden hatte. Doch das dichte Aufeinanderleben mit den Hausbesitzern besaß andere Tücken, die es ihr nicht leicht machten. Immerzu kamen sie sich wie Eindringlinge vor.

In der Freundschaft zu Gitte fand Hannah endlich wieder Vertrauen. Nur von dem Fuchs und seinem Buch erzählte sie nichts. Was zwischen ihnen im Hühnerstall passiert war, ging niemanden etwas an – und was in Zukunft passieren würde, war nur eine vage Aneinanderreihung von Hoffnungen.

Sie hoffte, dass er entlassen wurde.

Sie hoffte, dass er zurückkehrte.

Sie hoffte, dass er sie tatsächlich liebte und sich nicht nur von ihr hatten trösten lassen.

Und auf widersinnige Weise hoffte sie noch immer, dass seine Geschichte mit Dunja vielleicht doch noch ein gutes Ende gefunden hatte.

Es war ein Dienstagabend, als sie sich endlich wieder stark

genug fühlte, um das Ende des Buches zu lesen. Zuerst musste sie jedoch ihre Arbeit beenden. Die Backstube musste noch aufgeräumt werden, und ehe der Gutsherr kam, um die Einnahmen abzuholen, musste sie die Zahlen in ihrem Verkaufsbuch überprüfen. Viele Leute bezahlten nicht mit Geld, sondern in Zigaretten, Schmuck oder Silberbesteck, und Hannah führte lange Listen mit Namen und den Geldwerten, die sie den wertvolleren Tauschgegenständen zugeordnet hatte. Wenn Kunden mit einer Uhr oder einer Kette bezahlten, mussten sie sich gemeinsam auf einen Wert einigen, sodass ihnen eine bestimmte Anzahl von Broten zustand, die sie im Laufe der Zeit bei Hannah abholen konnten. Auf diesen Listen die richtigen Striche zu machen war also von großer Bedeutung, und am Abend rechnete sie alle Geldwerte noch einmal zusammen, damit ihre Kasse stimmte.

Sie hatte gerade mit dieser Aufgabe begonnen, als Holger von Morkamp das Backhäuschen betrat. Inzwischen lief er fast immer ohne den Stock, doch heute gab er ein ambivalentes Bild ab. Ein rosiger Schimmer lag auf seinen Wangen, und seine Augen wirkten lebendig und zufrieden. Seine Haltung hingegen fiel in sich zusammen, als er den Tresen erreichte und sich müde dagegenlehnte.

»Ist alles in Ordnung mit Ihnen? Sie sehen erschöpft aus. Wollen Sie sich an den Tisch setzen, bis ich meine Listen überprüft habe?«

Er zögerte, nickte dann und humpelte zum Tisch hinüber. »Sieht man so deutlich, dass ich mir zu viel zugemutet habe?« Mit der Hand musste er sich auf der Lehne abstützen, um sich auf dem Stuhl niederzulassen. Auch seine Haare wirkten verschwitzt und zerzaust. Nur über sein Gesicht huschte ein glückliches Strahlen.

Hannah hob die Augenbrauen. »Wenn ich ehrlich bin, dann sehen Sie aus wie ein Pirat nach einem Raubzug. Was haben Sie denn angestellt?«

Holger von Morkamp lachte. »Fast«, gab er zu. »Ich habe mir ein Stück von meiner Gesundheit gestohlen und mich zum ersten Mal wieder auf ein Pferd gesetzt. Aber verraten Sie das nicht Dr. Gerhardt. Er gibt mir sonst Hausarrest.«

Die Vorstellung, jemand könnte den Gutsherrn mit Hausarrest belegen, brachte Hannah zum Lachen. »Wenn das so ist, werde ich schweigen«, erklärte sie, und beinahe hätte sie die Hand zum Schwur gehoben. Was war nur los mit ihr? Was war das für ein Tonfall, der so klang wie damals bei den Piratenspielen mit Klara? Und wie kam sie dazu, ausgerechnet mit ihm so salopp zu plaudern?

Das Strahlen setzte sich auf seinem Gesicht fest, als hätte jemand eine Lampe angeknipst. »Hervorragend«, witzelte er. »Wenn Sie schweigen können, weiß ich ja jetzt, mit wem ich meine Geheimnisse teilen kann.«

Geheimnisse … Erschrocken senkte Hannah den Kopf und setzte ein weiteres Mal an, ihre Zahlen zusammenzurechnen. Geheimnisse waren das falsche Stichwort. Sie hatte gestern drei zusätzliche, nicht notierte Brote gebacken und sie heute heimlich an die bedürftigsten Flüchtlinge verschenkt. Jetzt musste sie aufpassen, sich nicht dabei erwischen zu lassen. So gut sie konnte, konzentrierte sie sich auf die Rechnung.

»Und was ist mit Ihnen?« Der Tonfall des Gutsherrn wurde ernster. »Ist bei Ihnen alles in Ordnung?«

Mitten in der Bewegung hielt Hannah inne. Holger von Morkamp war ausnahmslos nett zu ihr, und sie stahl Brot von ihm. »Ja, natürlich«, beteuerte sie. »Was sollte denn nicht in Ordnung sein?«

»Sie sehen oft traurig aus, ein bisschen verloren«, stellte er leise fest. »Und ich habe gehört, dass die Soldaten in Ihrer Kammer ausgezogen sind?«

Hannah fuhr auf. Was wollte er damit sagen? »Wollen Sie das Zimmer neu belegen?« Panik stieg in ihr auf. Um jeden Preis musste sie verhindern, noch einmal neue Mitbewohner zu bekommen. »Die drei werden wahrscheinlich wiederkommen. Sie stammen alle aus dem Osten und haben sonst keine Unterkunft.«

»Keine Sorge!« Der Gutsherr hob abwehrend die Hand. »Ich will Ihr Zimmer nicht neu belegen. Der Flüchtlingsstrom hat nachgelassen, und Ihre Kammer ist winzig. Sie können dort ganz in Ruhe allein wohnen. Auch, falls die Soldaten nicht wiederkommen.« Ein merkwürdiger Unterton mischte sich in seinen letzten Satz.

Was hatte er mit den Soldaten? Warum fragte er danach? Sie hatte ihm gestanden, dass Moritz nicht ihr Verlobter war, wie sie zuerst behauptet hatte. Ob der Gutsherr etwas von der Sache im Hühnerstall erfahren hatte? Oder meinte er etwas anderes? Plötzlich fiel es ihr wie Schuppen von den Augen. »Sie haben von den Gerüchten gehört!« Dass sie eine Hure war, die sich an Männer verkaufte. Hatte er deshalb Interesse an ihr? Wollte er sie für eine Nacht zu sich holen? Um ihn über Schmerzen und Kriegsleid hinwegzutrösten? »Das … ich … Es ist nicht die Wahrheit. Ich kann nichts dafür, dass die Soldaten in meinem Zimmer wohnen mussten. Friedrichsen hat es so zugeteilt. Weil nichts anderes frei war. Und … da war nichts. Ich bin keine …«

»Hannah!« Umständlich stemmte sich der Gutsherr hoch, kam langsam auf sie zu. »Ich weiß, dass es nur Gerüchte sind.« Seine Stimme wurde sanft. »Wo so viele Menschen zusammenwohnen, gibt es immer Gerüchte. Die wenigsten davon sind wahr.«

Hannah widerstand dem Drang, vor ihm zurückzuweichen. Zwischen ihnen war noch immer der Tresen. Dennoch schien er plötzlich ganz nah zu sein. Verständnis und Mitleid schimmerten in seinen Augen. Er interessierte sich für sie. Aber warum? Wenn es nicht die eine Nacht war, die er von ihr kaufen wollte? Sie war ein Flüchtling. Kein Gutsherr interessierte sich für eine Flüchtlingsfrau.

»Sie sind hübsch«, murmelte er, »und klug. Jemand wie Sie weckt den Neid der Menschen.«

Warum sagte er das? Warum wurden es die Männer nicht müde, von ihrem Aussehen zu reden? Oder waren seine Worte nur das schmeichlerische Drumherum, um doch noch eine Nacht mit ihr zu bekommen? Was sollte sie tun, wenn er sie danach fragte? Er war ihr Chef. Wenn sie seinen Wünschen nicht folgte, konnte er sie jederzeit durch ein anderes Flüchtlingsmädchen ersetzen. Durch eine, die gehorsamer und williger war und nur darauf wartete, mit dem Gutsherrn ins Bett zu steigen. Jemand wie Dagmar hätte keinen Moment gezögert.

Holger von Morkamp räusperte sich. Plötzlich wirkte er unsicher. »Verzeihen Sie, ich war indiskret. Das Thema geht mich nichts an. Außerdem störe ich Sie beim Rechnen.« Er zeigte auf ihre Liste und den Bleistift, mit dem sie versehentlich das Papier berührte und wirre Striche malte.

Hastig hob sie ihn hoch. »Ja. Ich muss ständig von vorn anfangen.«

Leise lachte der Gutsherr. »Dann halte ich wohl besser den Mund.« Damit drehte er sich zur Seite und schaute zum Fenster hinaus.

Ganz langsam ließ Hannah die angestaute Luft aus ihrer Nase entweichen. Wieder beugte sie sich über die Liste, um den Umsatz zu addieren, und dieses Mal blieb er lange genug still, dass sie die Abrechnung beenden konnte.

Erst als sie Schmuck, Zigaretten und Geldscheine zusammengepackt hatte und es zusammen mit der Verkaufsliste auf den Tresen schob, sprach er gedankenverloren weiter. »Sind Sie schon einmal geritten?«

Verwundert schüttelte Hannah den Kopf. »Nein. Ich bin in Hamburg aufgewachsen. Dort gab es nicht so viele Reitpferde.«

Sein Blick ruhte weiterhin in der Ferne, er schien auf den

See zu schauen, der neben dem Backhäuschen zwischen den Erlenzweigen hindurchschimmerte. »Es ist ein unfassbares Gefühl, auf dem Pferderücken den Strand entlangzujagen. Ich weiß, es war dumm und viel zu früh für meine Verletzung. Aber ich wollte wissen, ob das Gefühl noch das gleiche ist.«

Hannah betrachtete sein Profil, die gerade Nase über den weichen Lippen, die braunen Haare, die vermutlich von dem Reithelm so zerzaust waren, und die kleine Narbe an seinem Kinn. »Und? Ist es noch das gleiche Gefühl?«

Seine Lippen, pressten sich zusammen, öffneten sich gleich darauf. »Ja und nein. In der einen Sekunde ist es dieses freie Gefühl von früher, und dann … Der Krieg rückt sehr nah, wenn ich reite. Ich hatte das befürchtet. Aber es ist erschreckend, das so zu erleben.«

»Sind Sie im Krieg auch geritten?«

Er drehte sich wieder zu ihr. Dunkle Schatten fielen über seine Augen. »Ja. Ich war bei der Kavallerie.«

Kavallerie? »Ich wusste gar nicht, dass es das noch gibt. Wie kämpft man denn auf Pferden gegen Panzer und Maschinengewehre?«

Er stieß ein leises Lachen aus. »Viele wissen das nicht. Aber um ehrlich zu sein – keine Truppe war in Russland so mobil, schnell und leise wie wir. Nur auf dem Pferderücken kommst du durch Wald und Moore und bleibst nicht in den schlammdurchweichten Wegen stecken. Vom Pferd aus zu kämpfen wäre allerdings ziemlich lebensmüde. In der Regel sind wir zum Kampf abgesessen. Und trotzdem …« Wieder schaute er aus dem Fenster. »Eine unserer Hauptaufgaben war die Aufklärung. In kleinen Gruppen durch gegnerisches Gebiet, jederzeit bereit, auf einen bewaffneten Feind zu stoßen. Wenn man das zu lange macht, wird man wohl ein bisschen paranoid.«

Hannah schluckte. »Und das ist das Gefühl, das jetzt noch übrig ist, wenn Sie reiten?«

»Finden Sie, das klingt verrückt?«

Für eine irritierende Sekunde fing sich ihr Blick in seinem. »Ich weiß nicht. Ich kriege Panikattacken, wenn die Feuerwehrsirenen angehen. Oder wenn sich ein lautes Motorengeräusch nähert. Dann denke ich, es wären die Bomber der RAF. Aber ich glaube nicht, dass wir deswegen verrückt sind. Wir sind nur … menschlich.«

Holger von Morkamp blinzelte. Ein verlegenes Zucken spielte um seine Mundwinkel. »Danke«, flüsterte er.

»Wofür?« Ohne darüber nachzudenken, schob sie die Einnahmen ein Stück weiter in seine Richtung.

Ebenso gedankenverloren griff er danach, stieß auf ihre Finger und hielt still. Hannah wusste nicht, warum sie ihre Hand liegen ließ, warum sie wartete, bis die Wärme seiner Haut in ihre eindrang. Da war etwas an ihm. An ihm genauso wie an Moritz. Und dennoch ganz anders. Sie bekam es nicht zu fassen.

»Danke fürs Zuhören«, erklärte er. »Und danke für dein Verständnis. Für dein Schweigen. Wie ich schon sagte, es gibt nicht viele, denen ich meine Geheimnisse anvertrauen würde.« Seine Hand bewegte sich, streifte ihre Finger und zuckte zurück, als hätte er die Berührung vorher nicht bemerkt. Geld und Schmuck zog er mit sich, steckte die Sachen in die Tasche seiner Reitjacke und wandte sich so schnell von ihr ab, als müsste er vor ihr fliehen.

Nur wenige Sekunden später war er nach draußen verschwunden.

* * *

Als Hannah an jenem Abend in ihre Kammer zurückkehrte, nahm sie zum ersten Mal seit Langem das kleine Schreibheft aus ihrer Ecke, setzte sich damit auf ihr Bett und blätterte darin herum. Es gab nicht viele, denen er sein Geheimnis anvertrauen würde. Ob das die Gemeinsamkeit der beiden war?

Der eine erzählte ihr Dinge, die er offenbar mit jemandem teilen musste. Und der andere redete gar nicht, schrieb aber seine schlimmsten Geheimnisse in ein Buch, das nur sie lesen durfte. Wieder spürte sie den Sog, der von dem kleinen Heftchen ausging, und zugleich den Schmerz, den Moritz' Geschichte durch ihr Inneres trieb. Sie wollte wieder bei ihm sein, wollte in seine verflossene Liebesgeschichte eintauchen – auch wenn sie das schreckliche Ende lieber nicht wissen wollte.

Dann war es so weit. Sie fand die Seite, an der sie aufgehört hatte. Wenn sie weiterblätterte, würde es kein Zurück mehr geben. Hannah feuchtete ihre Finger an und blätterte um.

15. KAPITEL

Worte für Dich, Februar 1946

Vielleicht hat Dunja mich das Schweigen gelehrt, in diesen Monaten, in denen wir zusammen waren. Vielleicht habe ich von ihr gelernt, dass alle Worte nichts wert sind im Vergleich zu dem, was wir mit unseren Händen, unseren Gesten und unserem Lächeln tun.

Es ist verrückt, das zu sagen, aber nie zuvor war ich so glücklich wie in der Zeit mit ihr. Um uns herum, nur wenige Kilometer entfernt, tobte der Krieg, in unseren Köpfen lebte noch die Verzweiflung, die all das Töten und Sterben in uns eingepflanzt hatte. Und wir selbst mit unseren Bomben und unseren Kämpfen waren ein Teil dieses Krieges. Dennoch lebten wir in unserer Waldhütte wie in einer magischen Seifenblase, die zwar mitten in der Kriegswelt schwebte, in die aber niemals etwas Böses vordringen konnte.

Ich liebte Dunja für ihr Lächeln und für die Wärme ihrer Hände, ich liebte sie für ihre russischen Worte und ihre unermüdlichen Versuche, mich darin zu unterrichten – und am allermeisten liebte ich sie, weil unser Kind in ihr heranwuchs. Unsere gemeinsamen Nächte wurden vorsichtig und sanft, immer in der Sorge, dem Kleinen zu schaden. Zumindest ich war in Sorge, während Dunja kaum genug von unserer Nähe bekommen konnte. Doch die allerschönsten Momente waren jene, in denen wir Arm in Arm zusammenlagen, wenn meine Hand ihren Bauch berührte und ich spüren konnte, wie das Leben in ihr heranwuchs.

In diesen Monaten fühlten wir uns wie Mann und Frau. Beinahe. Dass wir es nicht waren, ließ uns Andrej umso heftiger spüren. Als er von Dunjas Schwangerschaft erfuhr, geriet er außer sich. Er tobte und brüllte durch unsere Hütte, war kurz davor, seine Schwester zu schlagen, und ging im letzten Augenblick auf mich los. Nur weil Dunja sich dazwischenwarf und zurückbrüllte, ließ er mich ungeschoren davonkommen. Seine Rache bestand darin, dass er immer mehr Material vorbeibrachte, aus dem ich Bomben bauen sollte. Von da an nahm er Dunja und mich nicht mehr zu den nächtlichen Aktionen mit, aber in der Stille der Hütte baute ich vierzig bis fünfzig Sprengsätze in der Woche. Andrej holte sie regelmäßig ab, und in den Nächten darauf hörten wir die Detonationen.

Unzählige Deutsche müssen durch meine Bomben gefallen sein: Versorgungszüge, Krankentransporte, Güterwaggons voller Soldaten, die verlegt wurden oder aus ihrem Genesungsurlaub zurückkehrten. Ich half mir selbst, indem ich möglichst wenig darüber nachdachte. Immerhin würde ich bald Vater sein, und ein Vater muss vor allem an sein Kind und an seine Frau denken. Erst viel später ging mir auf, dass meine Bomben und das, was sie anrichteten, vermutlich der Grund für alles waren, was folgte.

Der Frühling 1944 kam mit heftigen Stürmen, die unseren Wald durchpeitschten, und mit Regen, der den Grund in einen tiefen Sumpf verwandelte. Inmitten dieses Sumpfes glaubten wir uns sicher – bis zu jenem Tag, an dem es ausnahmsweise nicht regnete, an dem ich in den Wald ging, um aus einem unserer Unterstände neues Brennholz zu holen.

Ich weiß noch genau, dass es ein Mittwoch war – und das, obwohl Wochentage in meinem neuen Leben kaum noch eine Rolle spielten. Ich wusste es nur deshalb, weil Montag der Tag war, an dem Andrej die Bomben abholte und weil in den Nächten von Montag auf Dienstag und von Dienstag auf Mittwoch die meisten Deutschen starben.

Aus meiner neuen Perspektive konnte ich die Folgen daraus nur erahnen. Erst als ich an diesem Tag aus dem Wald kam, das Brennholz in einem Jutesack auf meinem Rücken trug und vor mir die Waldhütte und die drei Besucher in deutscher Uniform sah – da wusste ich, dass Mittwoch der Tag war, an dem die Deutschen von Zorn, Ohnmacht und Rachegelüsten beherrscht wurden.

Die Soldaten bemerkten mich nicht, wie ich dort im Wald auftauchte. Sie hatten längst die Tür eingetreten, und ich kam in genau jenem Moment, als sie Dunja und ihre Großmutter an den Haaren aus der Hütte zerrten. Ein weiterer Soldat warf ihnen die halb fertigen Sprengsätze hinterher, die ich auf dem Tisch hatte liegen lassen. »Ihr dreckigen Partisanen!«, rief der Unteroffizier der Truppe. Es musste ein neuer sein oder einer, der zu einer anderen Einheit gehörte, in jedem Fall kannte ich ihn nicht.

Der Impuls, meine Familie zu verteidigen, zuckte durch meinen Körper. Ich wollte vorspringen und auf die Deutschen zustürmen. Wenn ich eine Waffe gehabt hätte – ich hätte sie von hinten erschossen. Doch die Soldaten waren schneller als ich. Noch bevor ich reagieren konnte, fingen sie an zu schießen, Maschinengewehrsalven auf eine schwangere Frau und ihre Großmutter.

Dunjas Blick traf mich in genau jenem Moment, in dem sie starb.

Und ich … o Gott, Hannah, ich kann es nicht sagen, kann es nicht schreiben, kann es kaum ertragen, auch nur darüber nachzudenken. Ich hätte schreiend aus meinem Versteck rennen und den Kampf versuchen müssen. Ich hätte sie provozieren sollen, damit sie mich ebenfalls erschießen und meine Schuld endlich ein Ende findet.

Doch mein Körper, dieses verräterische, feige Ding, tat nichts davon. Er blieb einfach stehen, starrte auf die Toten und verkroch sich umso tiefer in den Schatten der Bäume. Hannah … Mir wird schlecht, wenn ich diese Worte schreibe, wenn ich noch einmal die Bilder sehe, wenn sich die Schuld durch meine Eingeweide frisst.

Ich bin ein feiger, widerwärtiger Verräter, nicht all die Worte und Rechtfertigungen wert, die ich hier festhalte.

Wenn ich Dunja einfach nur verloren hätte, besäße ich vielleicht das Recht, mich über mein Unglück zu beklagen. Aber so ... Ich habe sie selbst auf dem Gewissen. Mit allem, was ich getan und nicht getan habe. Direkt nach meiner Genesung hätte ich gehen sollen, noch bevor ich zum ersten Mal mit ihr schlief. Allein damit hätte ich Verantwortungsgefühl und Ehre bewiesen. Stattdessen war ich schwach und egoistisch, nur an dem Trost und der Hoffnung interessiert, die sie mir geben konnte. Nicht für einen Tag habe ich Dunjas Liebe verdient – genauso wenig, wie ich Deine Liebe verdiene.

Du willst nicht wissen, was ich nach Dunjas Tod getan habe, und dennoch muss ich es aufschreiben. Mein Gewissen zwingt mich dazu. Auch wenn ich weiß, dass ich Dich dadurch verlieren werde. Du wirst mich verabscheuen, wenn Du weiterliest, und ein Teil von mir wünscht sich genau das: dass Du Dich von mir abwendest und nie wieder ein Wort mit mir redest, dass Du mich verachtest und zurückstößt und mir endlich die Strafe zukommen lässt, die mir zusteht. Nur der schwache Teil von mir wünscht sich Deine Vergebung. Jener Teil, der mich schon damals kontrolliert hat.

Letztendlich ist es Deine Entscheidung. Entscheide Du, ob Du weiterlesen und alles über mich erfahren willst. Entscheide Du, was Du mir verzeihen kannst und was nicht. Entscheide Du, ob wir beide eine Zukunft haben oder ob Du mich in die Hölle schickst.

Wenn Du mich lieben willst, dann lies nicht weiter.

Mit diesem Satz endete die Seite. Blaue Tinte auf weißem Papier, umrahmt von grauen Linien. Hannah musste sich festhalten an diesem Bild, um den Inhalt zu verkraften.

Zwischen ihren Fingern konnte sie fühlen, wie viele Seiten noch folgen würden.

344

Noch mehr von Moritz Laskys Geschichte, noch mehr Krieg, noch mehr Tod, noch mehr Schuld.

Unverzeihliche Schuld.

Dunja und ihre Großmutter waren tot und mit ihnen das ungeborene Kind – drei Leben und drei Generationen ausgelöscht, von einer einzigen Maschinengewehrsalve. Nur zwei Sätze hatte er gebraucht, um ihr Sterben zu beschreiben, nur einen winzigen Fetzen zwischen all den Worten. Kaum lang genug, um die Bedeutung zu begreifen.

Zärtlich strich sie mit den Fingern über Dunjas Namen, las noch einmal die Sätze, mit denen sie starb, und wurde sich erst jetzt darüber klar, dass der echte Moment noch kürzer gewesen war. Kaum eine Sekunde. Niemand konnte den Tod eines Menschen so schnell erfassen.

Dennoch machte Moritz sich Vorwürfe. Weil er gern anders reagiert hätte. Weil er am liebsten mit Dunja gestorben wäre, nachdem er sie schon nicht hatte retten können.

Andere Bilder flackerten vor Hannahs Augen auf: rennende Menschen, die sich aus dem Kino drängten, Robert, der eben noch bei ihr gewesen war und dann wie vom Erdboden verschluckt wurde … die Minuten vor dem Kino, in denen sie nicht wusste, wohin sie laufen sollte. Um sie herum das Heulen der Sirenen und am Himmel die Silberstreifen, die aus den Bombern herabregneten. Ein winziger Moment, in dem sie reagieren musste, in dem sie nicht abwägen, nicht nachdenken, keine Folgen beurteilen konnte und der trotz allem über Leben und Tod entschied. Einzig ihr Instinkt hatte sie vorangetrieben, hatte sich für das eigene Überleben entschieden, genau wie sein Instinkt, der ihn zurück ins Versteck getrieben hatte.

Etwas in Hannahs Brust zog sich zusammen, ein so gewaltiges Beben, als müsste sie daran ersticken – kurz bevor sich das Schluchzen hervorpresste und ihren Körper zusammenkrümmte. Alles in ihrem Inneren brannte, eine ganze Stadt

aus Flammen und Glut, zerbombte Häuser und zusammenge-
schmolzene Leichen.

Übelkeit explodierte in ihrem Magen, ließ sie aufspringen
und nach vorn hechten. Bis zu dem Eimer, in dem sie das Wasser holte. Immer wieder zog sich ihr Körper zusammen,
presste die Bilder zu klebrigem, stinkendem Schleim und
würgte sie hinaus. Lediglich das Brennen ließ sich nicht beruhigen. Das Feuer glühte weiter und trieb ein hilfloses Wim-
mern aus ihrer Kehle.

Auf allen vieren krabbelte sie zurück in ihr Bett, rollte sich
zusammen und hörte auf, gegen die Tränen zu kämpfen. Nur
verschwommen nahm sie das Buch wahr, die restlichen Seiten,
die noch auf sie warteten. Dort stand die ganze Wahrheit, alles, was es über seine Schuld zu wissen gab. Hannahs Muskeln
zitterten, als sie den Arm danach ausstreckte, als sie das Buch
zuschlug und in die Ecke neben ihrem Kopfende warf.

Sie würde das Ende nicht lesen. Niemals!

* * *

Kreis Plön, Ostseeküste Schleswig-Holstein, April 1946

Weitere Wochen vergingen, in denen Hannah sich von Tag
zu Tag schleppte. Der Kral, die Kriegsgefangenenzone F,
war schon im März aufgelöst worden, ungefähr zu jener
Zeit, als die Männer mit den letzten internierten Soldaten
zur Entlassungsstelle gewandert waren. Inzwischen war es
anderthalb Monate her, dass Moritz, Egon und Freddie fortgegangen waren, und der Gedanke, dass sie womöglich nicht
zurückkommen würden, weil sie in Gefangenschaft mussten, nagte in Hannahs Brust wie ein hungriges Raubtier.
Egon hatte erzählt, sie müssten Fragebogen ausfüllen über

das, was sie im Krieg getan hatten. Vielleicht würden sie auch verhört werden.

Jeder, der sich noch eine Zukunft wünschte und klar bei Verstand war, würde seine Taten sicher so weit wie möglich verschleiern, würde unbelegte Begebenheiten verschweigen und sich selbst als unschuldig darstellen. So gesehen fragte Hannah sich, wie die Alliierten es schaffen wollten, die schuldigen Kriegsverbrecher zu finden, wie sie diejenigen, die mit ideologischer Begeisterung getötet hatten, von denen unterscheiden wollten, die ihre Befehle nur erfüllt hatten, weil sie um ihr Leben fürchteten. Moritz Lasky, selbst wenn er noch so schlimme Dinge getan hatte, gehörte zur zweiten Sorte. Aber was würde er tun, wenn er nach seiner Schuld gefragt wurde? Würde er die Wahrheit verstecken, so wie er sich nach Dunjas Ermordung hinter dem Baum versteckt hatte? Oder würde er alles gestehen, um endlich Erlösung zu finden? Und was würden die Briten mit ihm tun, wenn er gestand, an welchen Verbrechen er beteiligt gewesen war, dass er Frauen, Kinder und Alte ermordet hatte? Würden sie erkennen, dass er unter Befehlsnotstand gehandelt hatte? Oder würden sie ihn dafür verantwortlich machen?

Er war übergelaufen und hatte an der Seite der Partisanen gekämpft. Ob ihn das in den Augen der Alliierten rehabilitierte? Oder waren die Sprengungen von Soldatenzügen und Krankentransporten nach ihrer Ansicht nur noch weitere Kriegsverbrechen? Die meisten Deutschen würden in ihm vermutlich noch immer einen Verräter sehen, der seinen Kameraden in den Rücken gefallen war. Doch ganz gleich, wie andere ihn beurteilten, Moritz suchte jegliche Verantwortung bei sich selbst. Durch sein Geschriebenes hatte Hannah nachempfinden können, wie der Krieg ihn verändert hatte, wie er immer tiefer in die Spirale von Angst, Hass und Mord geraten war. Sie hatte ihn bei alldem begleitet und dennoch keinen Ausweg gesehen.

Immer wenn ihre Gedanken an diesen Punkt gerieten, fing sie an zu zittern, ganz egal, ob sie sich nachts in ihrem Zimmer aufhielt oder draußen einen Spaziergang machte oder ob ihre Hände gerade in der Teigschüssel vergraben waren und der alte Kobelenz hinter ihr in der Ecke saß und von der Weite Ostpreußens erzählte.

»Bist du krank, mein Mädchen?«, fragte er einmal. »Oder brauchst du etwas zu essen? Du bist ja ganz mager.«

Doch Hannah konnte nichts essen. In solchen Momenten ganz sicher nicht, aber auch zu den üblichen Mahlzeiten bekam sie kaum einen Bissen hinunter. Nicht einmal das frisch gebackene Brot konnte sie locken. Übelkeit und Schuld herrschten in ihrem Magen, paarten sich mit der Furcht, Moritz Lasky nie wiederzusehen.

In einer ihrer schwächsten Stunden erzählte sie Gitte von den letzten Monaten mit ihrem schweigenden Fuchs, von der Nacht im Hühnerstall und dem Heft, das er ihr hinterlassen hatte. Nur seine genaue Geschichte verschwieg sie ihrer Freundin.

Gittes Erkenntnis aus Hannahs Verfassung war jedoch eine ganz andere. Als Hannah zwei Tage später, mitten im Brotverkauf, zur Tür hinausstürzte und sich hinter dem Backhäuschen übergab, folgte Gitte ihr nach draußen und sah sie mit bleichem Gesicht an. »Oh mein Gott. Du bist schwanger!«

Ihre Worte trafen Hannah wie ein Schwerthieb – und zugleich kam es ihr vor, als würde sie schweben. Ein Kind von Moritz Lasky, das in ihrem Bauch heranwuchs. Genauso wie sein Kind, das zusammen mit Dunja gestorben war, genauso wie ihr Kathrinchen, das sie verloren hatte. Plötzlich wusste sie, dass sie genau das wollte. Ein Kind von ihm, ein kleines Mädchen mit blonden oder roten Löckchen, das ihre Wunden heilte. Allein deshalb hatte sie sich keine Sorgen darum gemacht, während sie mit ihm geschlafen hatte. Nur ihr Mund sprach andere Worte. »Ich kann nicht schwanger sein. Seit Monaten hatte ich keine Blutung mehr. Auch vorher schon.«

Gitte nickte. Doch die Zweifel in ihrem Blick blieben, während sie Hannah zurück ins Backhäuschen führte, sie dort auf einen Stuhl setzte und an ihrer Stelle das Brot verkaufte.

Der Geruch von frisch Gebackenem, Röstaromen und die Bitterstoffe der braunen Roggenbrotkruste hingen so stechend in der Luft, dass Hannah schon wieder übel wurde. Sechs Wochen war es her, seit Moritz fort war. In der sechsten Woche begann die Übelkeit. Wieder stürzte sie nach draußen. Wieder kam Gitte ihr nach, aber dieses Mal schickte Hannah sie zurück hinter die Verkaufstheke. Sie musste allein sein und nachdenken, und während sie mit dem Rücken am Backhäuschen lehnte und auf den See hinaussah, wurde sie abwechselnd von Lachen und Weinen geschüttelt. Ein uneheliches Flüchtlingskind. Vom schweigenden Fuchs, der in britischer Kriegsgefangenschaft hingerichtet wurde. Hannah konnte schon hören, wie sich der ganze Gutshof, das ganze Dorf und die gesamte Flüchtlingsgemeinde das Maul über sie zerrissen. Dennoch wurde ihr Lachen stärker als das Weinen. Es mochte ein verzweifeltes, verrücktes, außer Kontrolle geratenes Lachen sein. Aber es war ein Lachen.

Bis zum Abend blieb Hannah hinter dem Backhäuschen sitzen, bis Gitte noch einmal herauskam und sich neben ihr niederließ. »Es ist wahr, oder?«

Hannah nickte, und erst als sie Gittes Blick auf ihren Bauch bemerkte, fiel ihr auf, dass sie beide Hände schützend daraufgelegt hatte.

An diesem Abend kamen Gitte und Dörchen zum ersten Mal mit in ihre Kammer. Ihre neue Freundin kochte Kartoffeln und schmolz einen Hauch von Butter darüber, um den Anlass zu feiern. Erneut keimte Übelkeit in Hannahs Magen. Dieses Mal zwang sie sich jedoch, etwas zu essen.

»Wenn du willst, melde ich dich beim Gutsherrn krank und springe morgen für dich ein«, bot Gitte ihr an.

»Danke. Das ist lieb«, murmelte Hannah. Vielleicht war es das Beste, wenn sie für eine Weile ausruhte.

Die nächsten zwei Tage verbrachte sie allein in ihrem Bett. Immer wieder nahm sie Moritz' Buch auf ihren Schoß, spielte mit dem Gedanken, es noch einmal zu lesen, und warf es dann wieder fort, weil sie seine Geschichte kein zweites Mal ertragen könnte. Auch so stiegen immer neue Tränen in ihr auf, schwemmten alle Bilder und Erinnerungen und Sorgen aus ihr heraus, bis nur noch eine dröhnende Leere in ihrem Kopf zurückblieb.

Am dritten Morgen erwachte sie mit heftigen Bauchkrämpfen. Ihr ganzer Körper krümmte sich zusammen. Kalter Schweiß benetzte ihre Haut, und jeder Versuch, sich bequemer hinzulegen, scheiterte an noch schlimmeren Schmerzen.

Nur wenige Stunden später setzte die Blutung ein, heftiger und plötzlicher als je zuvor. Hannah wusste sofort, was das bedeutete. Doch sie wollte es nicht wahrhaben, wollte nicht mehr nachdenken und alles vergessen.

Als Gitte am Abend kam, um nach ihr zu sehen, fand sie ein zusammengerolltes Bündel aus Tränen und Blut.

»Ich habe das Kind verloren«, murmelte Hannah im Halbschlaf. »Sie haben uns getötet. Mit einer einzigen Gewehrsalve. Mit einer einzigen Bombe. Gott lässt nicht zu, dass wir noch einmal ein Kind bekommen.«

* * *

Tage später waren alle Übelkeit, alle Schmerzen und alle Gedanken an ein Kind fortgeweht wie die Überreste eines schlimmen Albtraums. Hannah bemühte sich darum, wieder auf die Beine zu kommen. Sie schleppte sich zurück ins Backhäuschen, lauschte den Geschichten des alten Kobelenz, lächelte Mütterchen Schwalb zu, damit sie nichts bemerkte, und versuchte, Gittes mitleidigem Blick auszuweichen. Nur als Dörchen sie zur Begrüßung in die Arme nahm, brach sie in Tränen aus und musste sich bemühen, sie so schnell wie möglich fortzuwischen, um das Kind nicht zu verstören.

»Wenn ich nur wüsste, wie ich dir helfen kann«, sagte Gitte, als sie einmal allein waren. »Soll ich heute Abend mit zu dir kommen, etwas für uns kochen, und dann reden wir?«

Hannah lächelte dankbar. Dennoch schüttelte sie den Kopf. »Das ist sehr nett, aber ich denke, ich muss noch ein bisschen allein sein.«

Gitte nickte, und zu Hannahs Erleichterung wirkte sie weder enttäuscht noch beleidigt.

Erst als Hannah am Abend das Backhäuschen abschloss und im Licht der untergehenden Sonne zum Kavaliershaus zurückging, bereute sie ihren Entschluss. Jetzt aber war es zu spät. Gitte war längst ins Dorf zurückgekehrt – und wenn Hannah sie dort besuchte, würde sie nur den Unmut ihrer Gastgeber auf sich ziehen. Also trottete sie die Treppe ins Obergeschoss hinauf, ging in ihre Kammer und entzündete ein neues Feuer in der Brennhexe. Sie war gerade dabei, die Ofenklappe zu schließen, als sie das Knarren von Schritten im Flur hörte, kurz darauf wurde ihre Zimmertür geöffnet und zwei Männer kamen herein. Arm in Arm und torkelnd, als hätten sie getrunken.

Noch in der gleichen Sekunde stand Hannah aufrecht. »Moritz!« Ihre Stimme überschlug sich. Sie rannte auf ihn zu, fiel um seinen Hals.

»Vorsicht!«, raunte Egon ihr zu.

Dann verloren sie jeglichen Halt, fielen gemeinsam zu Boden. Ein leises Stöhnen klang aus Moritz' Mund, gleichermaßen überrascht und schmerzerfüllt. Sein Gesicht war nah, hohlwangig und blass, seine Augen wirkten noch größer als sonst, zahllose Fragen und übermenschliche Erschöpfung lagen darin. »Ich habe deine Geschichte gelesen«, flüsterte sie so leise an seinem Ohr, dass nur er es hören konnte. Alle weiteren Worte waren zu schwach. Einzig ihre Hand streckte sich nach ihm aus, berührte seine Wange, seine Haare.

Wieder entwich ihm ein Stöhnen, dieses Mal klang es erleichtert, kurz bevor sich sein Gesicht in ihre Halsbeuge duckte, bevor seine Lippen ihre Haut berührten, bevor sich seine Hände um ihren Rücken schlossen und sie an sich zogen.

Nur ganz am Rand bemerkte Hannah, dass die Tür geöffnet und wieder geschlossen wurde. Gleich darauf waren sie allein.

»Ich hatte solche Angst.« Plötzlich fand sie doch noch Worte, einen ganzen Schwall davon. »Solche Angst, dass du nicht wiederkommst, dass sie dich gefangen nehmen, dass du dich selbst opferst, weil du glaubst, du könntest deine Schuld wiedergutmachen.«

»Pscht!« Er schob die Hand auf ihren Mund und brachte sie zum Schweigen. Das Braun seiner Iris glühte. Für eine Sekunde schien es, als wolle er noch etwas sagen, ehe er die Stirn an ihre Wange legte und leise die Luft ausstieß.

Hannah rührte sich nicht. Für diesen Moment wollte sie nur noch das: mit ihm auf dem Boden sitzen und ihn festhalten, seinen Atem auf ihrem Gesicht fühlen und wissen, dass er lebte.

Erst nach einer Weile schob er sie von sich, stemmte sich auf die Arme und versuchte aufzustehen. Doch seine Ellenbogen knickten ein. Hannah hielt ihn fest, musste ihn stützen, während er aufstand, und führte ihn zu seiner Strohmatratze. Dankbar lächelte er ihr zu, ganz matt nur, ehe er sich auf seinem Lager zusammenrollte und einschlief.

Hannah blieb bei ihm sitzen, umfasste sein Handgelenk und strich über die kühle Haut, die nur langsam wärmer wurde. Am liebsten wollte sie da sein, sobald er aufwachte, auch wenn es noch Stunden dauern konnte. Schließlich drängten sich jedoch andere Fragen in den Vordergrund. Wo war Freddie? Und wohin war Egon gegangen?

Als sie sicher war, dass Moritz für eine ganze Weile weiterschlafen würde, stand sie auf, trat leise in den Flur und schloss die Tür hinter sich. Sie fand Egon draußen im Wirtschaftshof. Er lehnte am Brunnenring und rauchte, ganz allein in der Dunkelheit, weil es bereits so spät war, dass sich die Flüchtlinge in ihre Unterkünfte zurückgezogen hatten.

Sein Blick heftete an den Pflastersteinen, und seine Zigarette glühte ein ums andere Mal auf. Erst als sie direkt vor ihm stand, fing er an zu sprechen: »Ich habe ihn dir zurückgebracht. Wie ich es versprochen habe.«

Unschlüssig trat Hannah von einem Fuß auf den anderen, setzte sich dann neben ihn auf den Brunnenrand.

»Es gab nichts zu essen auf unserer Wanderung«, fuhr er fort. »Keine Lebensmittelkarten, keine Essensausgabe. Und die Bevölkerung hatte schon lange die Nase voll davon, wandernde Soldaten zu versorgen. In Bad Segeberg in der Entlassungsstelle wurde es besser, aber ich glaube nicht, dass dein Fuchs viel gegessen hat. Er war wie ein Tiger, der in seinem Käfig hin und her streunt. Ich glaube, er war halb wahnsinnig vor Angst. Dass sie ihn mitnehmen, dass sie ihn anklagen, dass sie ihn hinrichten. Im Schlaf hat er deinen Namen gerufen. Und russisch gesprochen.« Egon sah auf, richtete den Blick so erwartungsvoll auf Hannah, als müsste sie das Rätsel für ihn lösen.

Sie zuckte nur die Schultern. »Russisch?«

Egon lachte. »Ja. Ganz so, als wäre er ein Spion gewesen.« Noch einmal zog er an seiner Zigarette, warf sie auf die Pflastersteine und trat sie aus.

Ein Partisan. Moritz Lasky war ein Partisan. Sie musste sich auf die Unterlippe beißen, um die Worte nicht laut zu sagen. Besser war es, sie stellte ihm andere Fragen: »Wie hat er es geschafft, dass sie ihn entlassen? Hat er ihnen geantwortet? Hat er gesprochen? Den Fragebogen ausgefüllt?«

Belustigt hob Egon die Augenbrauen. »Woher soll ich das wissen? Ich war nicht dabei. Und mit mir hat er nicht geredet.«

Hannah stieß die Luft aus. Natürlich nicht.

»Aber ich nehme an, dass er ihre Fragen beantwortet hat. In irgendeiner Weise. Sonst wäre er wohl nicht hier. Einen neuen Pass hat er auch bekommen.« Egon fingerte die Zigarettenpackung aus seiner Tasche, machte Anstalten, sich noch eine Zigarette herauszuholen, schob die Packung dann jedoch mit einem Ruck wieder zurück. »Allerdings hat es länger gedauert als bei uns. Ich habe zwei Wochen vor dem Lager auf ihn gewartet. Jeden Tag habe ich nach ihm und seinem Status gefragt, bis sie ihn doch noch entlassen haben.«

Hannah fröstelte. Mit einem Mal wurde ihr bewusst, wie viel Egon tatsächlich für sie getan hatte. »Danke«, flüsterte sie.

»Keine Ursache.« Er lachte leise. »Auf dem Rückweg war er so schwach. Manchmal musste ich ihn tragen.«

»Du hast ihn getragen?«

Egon räusperte sich. »Was hätte ich sonst tun sollen? Ihn im Wald liegen lassen? Damit er nach all dem Überleben jetzt doch noch stirbt?«

Entsetzt schnappte Hannah nach Luft. In der nächsten Sekunde ließ sie sich vom Brunnenrand gleiten und fiel ihm um den Hals. »Danke.«

Wieder lachte er. Es klang leise und zärtlich, mit einer Spur von Nervosität darin.

Hastig löste sie sich von ihm, setzte sich zurück auf den Brunnenrand und schaute über den Hof. Fast erwartete sie, Freddie in der Tordurchfahrt zu sehen, doch da war nur eine Ratte, die durch den Lichtkranz der Lampe huschte. »Wo ist Freddie?«

Egon scharrte mit den Füßen über die Pflastersteine. »Er ist mit mir zusammen entlassen worden, aber er hat die Wartezeit genutzt, um sich umzuhören. Im Ruhrgebiet soll es leicht sein, Arbeit zu finden, und ein Bruder von ihm lebt in Köln. Dorthin wollte er gehen.« Wehmütig sah Egon sie an. »Er lässt dich grüßen. Ich soll auf dich aufpassen, sagt er.«

Die Wehmut griff auf Hannah über. Freddie, der gern ein Tänzer sein wollte und dessen Kern weitaus sensibler war, als der erste Eindruck vermuten ließ. Ihn nicht mehr wiederzusehen, stimmte sie traurig. »Schade. Ich werde ihn vermissen.«

Für einige Minuten starrten sie beide auf die Pflastersteine, die im Dunkel der Nacht fast schwarz wirkten.

»Und du?«, fragte Hannah. »Du bist entlassen. Was hast du jetzt vor?«

»Ich?« Über sein Gesicht huschte eine schiefe Grimasse. »Erst mal meine Uniform umfärben. Wehrmachtsgrau ist nicht länger erlaubt. Du hast nicht zufällig Eichenrinde im Haus?«

Hannah stieß mit der Schulter gegen seine. »Weich mir nicht aus! Du weißt genau, dass ich etwas anderes meine. Hast du was von deiner Verlobten gehört?«

Die Frage ließ ihn still werden, beinahe so, als wolle er sich in der Dunkelheit verstecken. Erst nach einer Weile hörte sie, wie er um Atem rang. »Ich habe eine Suchanfrage beim Roten Kreuz gestellt. Nach ihr und nach meiner Familie. Aber bis jetzt«, seine Stimme versagte, kämpfte das letzte Wort hervor, »nichts.«

Sie legte die Hand auf seine Schulter, wollte ihn noch einmal in den Arm nehmen. Doch Egon schob sie von sich. Plötzlich sprang er auf, drehte sich zu ihr um und deutete auf das Kavaliershäuschen. »Warum er? Warum nicht …« Mitten im Satz brach er ab, stieß nur noch ein ärgerliches Zischen aus.

Hannah hörte das fehlende Wort dennoch: *Warum nicht ich.* Einen Moment lang war sie wie versteinert. Es war allein ihre Entscheidung, es ging ihn nichts an. Dann hingegen besann sie sich. Er hatte so viel für sie getan. Wenigstens eine kleine Erklärung war sie ihm schuldig. »Weil er mein Spiegel ist. Für alles, was ich verloren habe, für alles, was ich nicht sagen kann, für die Schuld, die ich fühle, weil ich zu diesem Volk gehöre und nicht zu einem anderen. Für meine Schuld, weil ich meine jüdische beste Freundin nicht retten konnte und stattdessen zugesehen habe, bis sie abgeholt wurde. Aber sein Schweigen ist nicht nur mein Spiegel, er ist auch dein Spiegel, ein Spiegel für uns alle. Weil wir ein Volk sind aus Schuldigen, die beschlossen haben zu schweigen, um die Vergangenheit mitsamt ihrer Schuld zu begraben. Doch wenn man hinter die Oberfläche des Spiegels schaut, dann ist der schweigende Fuchs anders als die anderen. Denn er ist einer der wenigen, die ihre Schuld nicht verleugnen. Mir jedenfalls hat er sie gestanden.«

Mit offenem Mund starrte Egon sie an, ganz so, als müssten die Worte erst auf ihn wirken. »Er hat dir seine Schuld gestanden? Wie hat er das angestellt, ohne zu reden? Und woher willst du überhaupt wissen, was sich hinter seinem Schweigen verbirgt? In einen schweigenden hübschen Jungen kannst du alles hineininterpretieren.«

Hannah musste tief Luft holen, musste nachdenken, um nicht vorschnell zu antworten. Letztendlich entschied sie sich für einen Teil der Wahrheit. »Er hat seine Geschichte aufgeschrieben. Den ganzen Krieg aus seiner Perspektive.«

Für einen endlosen Augenblick herrschte Stille. Dann drang ein merkwürdiges Geräusch aus Egons Richtung, ein seltsames Röcheln, als müsste er um Atem ringen. Kurz darauf brach er in schallendes Lachen aus. »Das hätte ich mir denken können«, rief er, wurde dann leiser und beugte sich zu ihr , »dass du eine Frau bist, für die man erst ein Buch schreiben muss.«

Egons Gesicht war nur wenige Zentimeter von ihrem entfernt. Das Licht der Torlampe traf ihn von der Seite, zeichnete tiefe Lachfalten um seinen Mund und ein Leuchten in seine Augen.

»Aber wahrscheinlich hast du recht.« Er trat vor ihr zurück, gab ein leises Schnalzen von sich und setzte sich wieder neben sie. »So was ist einfach zu hoch für mich. Ich könnte ja noch nicht einmal eine Oper für dich komponieren.«

Hannah erkannte das Schmunzeln in seinen Mundwinkeln und den Schalk in seinen Augen. In der nächsten Sekunde prustete sie los, musste über die Vorstellung lachen, dass ausgerechnet sie, die Witwe Hannah Riedel, irgendeinem Mann so viel bedeutete, dass er ein Buch oder gar eine Oper für sie schrieb.

Es war nicht ihre Absicht, den Kopf beim Lachen gegen Egons Schulter zu lehnen. Auch die Tränen, die sich zwischen ihre Lacher drängten, bemerkte sie kaum. Erst als das Beben in ihrem Inneren versiegte, fiel ihr auf, dass Egon seinen Arm um sie gelegt hatte. Sie lehnte tatsächlich an seiner Schulter wie an der eines guten Freundes. Denn genau das war er. »Du musst keine Oper für mich komponieren«, murmelte sie. »Du bringst mich zum Lachen. Seit drei Jahren hat niemand ein größeres Kunststück an mir vollbracht.«

16. KAPITEL

Kreis Plön, Ostseeküste Schleswig-Holstein, April 1946

Die nächsten drei Tage verbrachten die Männer damit, abwechselnd zu schlafen und zu essen. Wenn Hannah morgens losmusste, um pünktlich im Backhäuschen zu sein, schlummerten sie noch regungslos auf ihren Strohsäcken und verbargen ihre Gesichter zur Hälfte unter den Bettdecken. Und wenn sie abends in ihre Kammer zurückkehrte, lagen sie genauso da. Fast sah es aus, als hätten sie auch die Tage verschlafen. Nur das frische Brot, das Hannah jeden Abend auf die Ablage neben der Brennhexe legte, war regelmäßig verschwunden.

Für Hannah zogen sich die drei Tage unerträglich in die Länge. Immer, wenn sie von ihrer Arbeit zurückkehrte, hoffte sie, der Fuchs wäre endlich wach, nur, um enttäuscht festzustellen, dass sich noch nichts an seinem Zustand verändert hatte. Auch während der Arbeit dachte sie an nichts anderes. Oftmals ging etwas schief, weil sie unkonzentriert war, und schließlich hätte sie beinahe die Weizenbrote als Erstes in den Ofen geschoben, obwohl er noch viel zu heiß war. Gerade noch rechtzeitig erkannte sie ihren Fehler und holte sie wieder heraus. Nur ein paar Minuten später und sie hätte eine halbe Wochenration an Weizenbroten verbrannt. »Reiß dich zusammen, Hannah«, schimpfte sie und war zugleich froh darüber, dass der alte Kobelenz an diesem Backtag nicht gekommen war.

»Das Frühlingswetter war so schön und hat mich auf einen Spaziergang eingeladen.« Damit hatte er sich schon letzte Woche entschuldigt, und Hannah ahnte bereits, dass er ihr heute Abend oder morgen früh etwas Ähnliches erzählen würde.

Als ob er sich für seine Abwesenheit entschuldigen müsste. Tatsächlich war Hannah froh darüber, in ihrer Zerstreutheit von niemandem beobachtet zu werden.

Lediglich vor ihrer Freundin konnte sie nichts verheimlichen. Es war bereits später Nachmittag, und Hannah hatte gerade die letzten Brote aus dem Ofen geholt, als Gitte mit Dörchen an der Hand zur Tür hereinkam. »Und?«, rief sie. »Ist irgendetwas passiert? Hat er sich schon gerührt? Wenn er wach ist, musst du ihn mir richtig vorstellen.«

»Nein. Was sollte passiert sein? Als ich heute Morgen gegangen bin, hat er noch geschlafen.«

»Und jetzt?« Gitte grinste. »So mitten am Tag muss er doch wach sein. Ich könnte dich hier ablösen, und du gehst nachschauen.«

Hannahs Pulsschlag beschleunigte sich. Ihre Freundin hatte recht. Wenn sie ihn jetzt überraschte, war die Chance groß, ihn in einem wachen Moment zu erwischen. Die Idee kam ihr jedoch falsch vor. »Das wäre ja so, als wollte ich ihn kontrollieren. Ich sollte mich lieber beeilen, damit ich früh mit meiner Arbeit fertig werde.«

»Dann helfe ich dir!« Ohne weitere Umstände kam Gitte hinter den Tresen. »Was soll ich tun?«

Hannah lachte. »Sauber machen. Wir müssen alle Bleche und Schüsseln spülen.«

Während der nächsten Stunde räumten sie die Backkammer auf, holten Wasser vom Brunnen und spülten die dreckigen Werkzeuge ab. Anfangs bemühte Gitte sich darum, ein Gespräch anzufangen. Aber Hannahs Gedanken schweiften immer wieder ab, bis sie schweigend nebeneinander arbeiteten.

Sie waren fast fertig, als Gitte an ihre Schulter tippte: »Das ist er, oder?«

Hannah zuckte zusammen, hob den Kopf und schaute durch die Tür der Backstube in den Verkaufsraum. Moritz Lasky stand am Eingang, sah sich orientierungslos um, als wäre er eben erst hereingekommen. Dennoch wirkte er weder krank noch schwach. Schmal und aufrecht stand er dort, noch immer in seiner Uniform. Jetzt war sie allerdings nicht mehr feldgrau, sondern in einem fleckigen Braun gefärbt wie ein abgetragener Anzug.

»Ja. Das ist er«, flüsterte Hannah.

Gitte gab ein aufgeregtes Glucksen von sich. »Ich wusste gar nicht mehr, dass er so hübsch ist.«

Durch Hannahs Magen huschte ein wildes Flattern. Gefühlt hatte sie seine dunkelroten Haare und die niedlichen Sommersprossen Gitte gegenüber tausendmal erwähnt. Und noch mit diesem Gedanken fiel ihr auf, dass sich sein Gesicht verändert hatte. Es war kantiger geworden, erwachsener, vielleicht deshalb, weil er weiter abgemagert war. Seine Rehaugen wirkten noch größer als zuvor, ausdrucksvoll und wie ein Magnet. Hannah spürte den Drang, zu ihm zu laufen. Nur mühsam zwang sie sich zur Ruhe, legte ihr Handtuch zur Seite und trat durch die Tür in den Verkaufsraum.

Ohne sie zu bemerken, schweifte sein Blick durch das Backhäuschen, über die dunklen Deckenbalken und die kleinen Sprossenfenster, über die Stühle und den Tisch an der Seite. An Dörchen, die daran saß und malte, blieb er hängen. Für eine Weile sah er das Mädchen an, und Hannah ahnte, dass er an sein eigenes, ungeborenes Kind dachte. Ob er ebenfalls nachrechnete, wie alt es jetzt wäre?

Sie durfte ihm nicht sagen, dass sie schwanger gewesen war und das Kind verloren hatte. Oder doch? Hatte er nicht ein Recht darauf, es zu erfahren?

Moritz drehte sich zu ihr, Trauer und Einsamkeit fingen sich auf seinem Gesicht.

»Dörchen.« Gittes Stimme riss Hannah aus ihren Gedanken. »Pack bitte deine Sachen ein. Wir müssen jetzt los.« Damit schob sie sich an Hannah vorbei, ging um den Tresen herum und beugte sich zu ihrer Tochter.

Die Kleine steckte die Stifte und das Heft in eine dünne Stofftasche, stand auf und folgte ihrer Mutter. Als sie an Moritz vorbeikam, blieb sie stehen und zupfte an seinem Ärmel. »Und wer bist du?«

Gitte räusperte sich. »Das ist Moritz, Hannahs Freund. Kommst du jetzt bitte?«

Mit neugieriger Miene schaute Dörchen zu ihm auf. »Dann bist du der Fuchs? Der, der nicht reden kann?«

Überrascht hob Moritz die Augenbrauen, ging vor ihr in die Hocke und lächelte ihr zu.

»Unsere Bäckerinnen-Hannah liebt dich«, erklärte Dörchen. »Liebst du sie auch?«

Hannahs Herzschlag stolperte, Gitte stieß einen empörten Ruf aus: »Dörchen!«

Nur Moritz strich mit einer verlegenen Geste um seinen Mund. Sobald er die Hand wegnahm, konnte Hannah sein Schmunzeln sehen.

»Dörchen! Kommst du jetzt bitte?«

Das Mädchen rührte sich noch immer nicht.

Plötzlich öffnete er den Mund, formte ein stummes Ja mit den Lippen und nickte dazu.

»Sie ist immer so traurig«, erzählte Dörchen weiter. »Machst du sie jetzt glücklich?«

Gitte gab ein ärgerliches Schnauben von sich, packte ihre Tochter an der Hand und zog sie mit sich.

Moritz sprang auf, wich vor den beiden zurück und sah ihnen nach, während sie nach draußen verschwanden. Ganz vage erkannte Hannah, dass er die Schultern hob, als wollte er dem Mädchen die fehlende Antwort hinterherflüstern: »Vielleicht«, oder »Ich weiß es nicht« oder: »Wenn Gott mich lässt, würde ich sie gern glücklich machen«.

Nachdem die Tür ins Schloss gefallen und ihre Gäste auf dem Kiesweg davongestapft waren, wurde es still im Backhäuschen. Nur langsam drehte Moritz sich um. Er schwieg

362

wie immer, und dennoch war es, als könnte sie seine Worte hören: über Kinder, die starben, und von Babys, die nie geboren wurden. Von Mädchen mit blonden Löckchen, die von Hannah und ihm stammen könnten und von denen sie nicht wussten, ob es sie jemals geben würde. Seine Augen schimmerten, doch er weinte nicht, beklagte sich nicht, stand einfach nur da, als warte er auf ihr Urteil.

Hannahs erster Schritt fühlte sich an wie ein gewaltiger Ruck. Danach wurde es leichter, zwei Meter noch, die sie fast zu schweben schien. Direkt vor ihm blieb sie stehen, sah zu ihm auf und wusste nicht, was sie sagen sollte. Es gab keine Worte, die größer waren als ihr Schweigen, die genug Wert besaßen, um die Stille zu durchbrechen. Stattdessen nahm sie ihn in die Arme, lehnte sich an ihn und fühlte seine Hände auf ihrem Rücken. Dieses Mal hielt er ihrer Umarmung stand. Seine Haare kitzelten ihre Wange, sein Atem strich durch ihren Nacken. Wann aus der Berührung ein Kuss wurde, konnte Hannah nicht sagen. Seine Lippen streiften ihre Schläfe, nur ein zufälliger Hauch, der mit einem Kribbeln durch ihren Körper floss. Erst als er sich löste und wieder näher kam, während seine Lippen auf ihre Wange trafen und in einer sanften Linie bis zu ihrem Mund tasteten, war der Kuss keine Frage mehr. Dennoch blieb die Berührung vorsichtig, verhalten, wie etwas, an dem sie sich verbrennen würden, sobald sie die Kontrolle verloren. Hannah konnte die Gefahr spüren, als läge eine Zündschnur zwischen ihnen. Sie fühlte es in der Anspannung seiner Muskeln, hörte es im Klang seines Atems.

Moritz löste den Kuss so vorsichtig, wie er ihn begonnen hatte, und schloss die Arme noch enger um ihren Rücken.

»Sie haben dich entlassen. Was wollten sie von dir wissen?«

Er antwortete nicht. Natürlich nicht. Seltsam war nur, dass sie für einen Moment damit rechnete. Immerhin hatte er schon einmal geredet. Gebetet. Doch vermutlich war ein Gebet etwas anderes als ein Gespräch.

Durch die Sprossenfenster drang das rötliche Abendlicht. Winzige Staubkörnchen tanzten in den Lichtstrahlen, und draußen zwitscherten die Frühlingsvögel. »Fühlst du den Frieden?«, flüsterte Hannah. »Er ist hier, um uns herum. Wir müssen ihn nur endlich zu uns lassen.«

Nur seine Arme reagierten, zogen sich so fest um ihren Körper, dass es beinahe wehtat. Ein winziges Seufzen wich aus seinem Mund. Kurz darauf riss er sich los, trat ans Fenster und schaute auf den See hinaus. »Ich habe gelogen.« Plötzlich sprach er! Nicht flüsternd wie die wenigen Male zuvor oder nuschelnd wie in seinen Träumen, sondern laut und deutlich. »In den Fragebogen. Bei den Verhören. Ich habe nur die halbe Wahrheit gesagt.«

Hannah erstarrte beim Klang seiner Stimme. Sie wirkte warm und weich, angenehm tief und so ruhig, als würde ihm das Sprechen leichtfallen. Als hätte er immer schon gesprochen.

»Ich habe für dich gelogen«, fuhr er fort. »Für uns beide. Damit ich zu dir zurückkehren darf. Aber jetzt … Es fühlt sich falsch an. Es ist schön, wieder bei dir zu sein, aber nicht richtig. Ich habe die Freiheit nicht verdient.«

Über die Sensation, dass er redete, drang die Bedeutung seiner Worte nur langsam zu ihr durch. Hannahs Gedanken wirbelten durcheinander. Sie selbst hatte sich gewünscht, dass er freikam. Aber war es, wie er sagte? Hatte er die Freiheit womöglich gar nicht verdient? Und was hatte seine Lüge damit zu tun?

»Dass du gelogen hast, ist noch kein Beweis für deine Schuld. Vielleicht hätten sie dich auch freigesprochen, wenn du ihnen alles gestanden hättest. Du bist zu den Partisanen übergelaufen, sobald du die Möglichkeit dazu hattest. Was hättest du sonst tun sollen? Hättest du die Befehle deiner Offiziere verweigert, hätten sie dich womöglich hingerichtet. Du hattest keine Wahl, und durch deine Lügen beweist du nur dein schlechtes Gewissen. Mehr nicht.«

Moritz fuhr zu ihr herum. Gleich darauf stieß er ein Schnauben aus, eine unglückliche Mischung aus Lachen und Missbilligung. »Du hast das Ende nicht gelesen, oder?« Es war eine Feststellung, keine Frage.

»Nein, ich …« Sie wusste nicht, was sie sagen, wie sie sich erklären sollte.

Er nickte, Enttäuschung flackerte in seinen Augen. Dann wandte er sich ab und ging zur Tür.

Hannah wollte ihm nachrennen, musste ihn aufhalten. Doch plötzlich begriff sie, was sein Problem war: Auch sie konnte ihn nicht freisprechen, solange sie das Ende nicht kannte. Wenn sie ihm verzieh, ohne die ganze Geschichte zu kennen, war ihr Verzeihen nicht mehr wert als der Freispruch, den er sich bei den Alliierten erlogen hatte. *Wenn du mich lieben willst, dann lies nicht weiter.* Glaubte er, dass ihre Zuneigung genauso unverdient war wie seine Freiheit, weil sie nicht seine ganze Geschichte kannte?

Wie versteinert blieb Hannah zurück und wusste nicht, was sie tun sollte. Sie könnte ihm nachlaufen und versuchen, ihn festzuhalten. Oder sie ging in ihre Kammer, entsprach seinem Wunsch und las das Ende. Aber wollte sie das? Konnte sie das? Sie fühlte sich nicht stark genug, um seine Kriegsbilder noch einmal zu ertragen. Vielleicht würde eine andere Zeit kommen, in der sie stärker war. Jetzt konnte sie nur die Augen davor verschließen.

Mit langsamen Schritten ging sie zurück in die Backkammer, räumte die fertigen Brote in die Tonne, in der sie frisch blieben, und machte sich daran, den Backofen zu reinigen, der eigentlich noch zu heiß war. Normalerweise hätte sie ihn erst am nächsten Tag gesäubert. Nun aber brauchte sie eine Aufgabe, einen Grund, um sich noch eine Weile von der Kammer fernzuhalten.

Eine Stunde später war alles erledigt. Einzig die Fensterläden mussten noch geschlossen werden, damit niemand ins

Backhäuschen einbrach. Auch damit ließ Hannah sich Zeit, schloss zuerst die Läden in der Backkammer, ging dann in den Verkaufsraum und begann mit dem Fenster, das zur Hofseite zeigte. Die Sonne dahinter war untergegangen. Nur am Horizont zeichnete sich noch ein rötlicher Schimmer an den Himmel.

Plötzlich sprang die Tür auf, so stürmisch, als drängte der Wind herein. Hannah wirbelte herum. Moritz stand mit wirren Haaren im Türrahmen. Das Licht aus der Backkammer fiel in sein Gesicht, ließ ihn umso gespenstischer aussehen. »Hannah!«, keuchte er, auf seiner Stirn glänzte Schweiß. Er musste gerannt sein auf dem Weg hierher. Oder die ganze Zeit? Mit schnellen Schritten kam er auf sie zu. Etwas Wildes in seinem Blick ließ Hannah zurückweichen, bis sie mit dem Rücken an den Fensterrahmen stieß.

Der Fuchs holte sie ein, stützte die Hände an die Wand und ließ den Kopf an ihre Schulter sinken. »Es tut mir leid«, flüsterte er. »Ich ziehe alles zurück. Du sollst das Ende nicht lesen. Bitte lies es nicht.« Damit lehnte er sich an sie, legte die Hände um ihren Nacken und berührte ihre Halsbeuge mit den Lippen.

Hannah schloss die Augen. Sein Körper fühlte sich schwer und kraftlos an, sein Atem klang erschöpft.

»Ich brauche dich.« Wieder flüsterte er. Und dann küsste er sie, bedeckte ihren Hals und ihr Kinn mit seinen Lippen, erreichte ihren Mund und schob die Hände in ihre Haare.

Instinktiv reagierte sie, ihre Finger krallten sich in sein Hemd und zogen ihn näher. Er war zurückgekehrt. Weil er sie brauchte, weil er sie liebte, weil sie beide nur dann heilen konnten, wenn sie Trost bei dem anderen fanden.

»Geh nie wieder weg«, wisperte sie. »Wir beide haben schon zu viele Menschen verloren.«

Nur ganz kurz trennten sie sich voneinander. Hannah schloss den letzten Fensterladen, verriegelte die Tür von innen und entzündete eine Kerze auf dem Tresen. In sanftem Gold flackerte das Licht durch den Raum, kaum stark genug, um in die Ecken vorzudringen. In dunklen Schatten und orangefarbener Wärme tanzte es über sein Gesicht.

Sie küssten sich weiter, ohne zu sprechen, lösten jegliche Grenzen auf, die zwischen ihnen lagen, und liebten sich auf einem der Stühle. Sie erwähnten nicht die Kinder, die sie verloren hatten, und ebenso wenig die anderen Menschen, die sie geliebt hatten – und dennoch waren sie in Gedanken bei ihnen. Würden es immer sein. Liebe endete nicht mit dem Tod. Doch vielleicht war sie der Weg, um eine Seele vor dem Sterben zu retten.

* * *

Den ganzen Frühling verbrachten sie gemeinsam, immer auf der Suche nach einsamen Orten und ungestörten Stunden. Sie fanden einen Uferplatz auf der entfernten Seite des Sees, der vom Weg aus hinter Brombeerranken verborgen lag. Hier badeten sie im Wasser und versteckten sich im Schatten unter den Bäumen, verbrachten die wärmeren Frühlingsabende zu zweit und genossen einen Sonntag, der schon sommerlich heiß war. Manchmal holte Moritz sie nach ihrer Arbeit im Backhäuschen ab, oder sie trafen sich ohne Verabredung und dennoch genauso zuverlässig. An kühleren Abenden saßen sie nur Arm in Arm am Ufer und schauten auf das glitzernde Wasser, das sich im Wind kräuselte, auf die Spiegelung des Herrenhauses, das am gegenüberliegenden Ufer stand und sich voller Stolz im Wasser betrachtete, oder auf die anderen Menschen, die sich weit entfernt an der Badestelle neben dem Gutshof tummelten. Je wärmer der Frühling wurde, desto mehr geriet das Waschhaus aus der Mode, und die Flüchtlinge wuschen sich wieder im See.

Hier hingegen, an ihrem abgelegenen Platz unter den Bäumen, waren sie fast immer allein.

Die Abende mit Moritz waren ruhig und friedlich, wie ein Zustand aus schwebender Stille, der sie umhüllte und beschützte. Obwohl er seine Stimme wiedergefunden hatte, sprachen sie nur das aus, was größere Bedeutung besaß. Zumeist brauchten sie nicht mehr als ihre Blicke, ihr Lächeln und ihre Berührungen, um sich zu verständigen. Wann immer sie nicht am Ufer sitzen wollten, gingen sie spazieren, um den See herum, an den Knicks entlang und weiter bis zum Strand. Sie badeten ihre Füße in der Brandung und wanderten viele Kilometer, wenn sie an den Sonntagen genug Zeit dazu hatten.

Die Wochentage verbrachte Hannah im Backhaus, während Moritz zusammen mit Egon versuchte, wenigstens kleine Arbeitsaufträge zu bekommen. Manchmal mussten sie Zaunpfähle ausbessern oder Hecken schneiden, und dann wieder arbeiteten sie als Viehknechte, trieben die Schaf- und Kuhherden auf die Weiden und waren dafür zuständig, die leeren Ställe noch vor Pfingsten auszumisten und die Wände neu zu kalken. Ganz gleich jedoch, welchen Auftrag sie bekamen, nie war es etwas Regelmäßiges. Manche Arbeit dauerte eine Woche, andere nur einen Tag, und dazwischen mussten sie frühmorgens Schlange stehen, um die ersten an Friedrichsens Tür zu sein. Auch der Lohn wurde immer magerer. Zumeist bestand er aus schrumpeligen Rüben, die manchmal schon halb verdorben waren. Oder sie bekamen Brennholz, das zwar wertvoll war, das sie aber nur noch zum Kochen brauchten. Kartoffeln gab es nach dem langen Winter nur noch selten, und oftmals sollten sie für ihren Lohn zu Hannah gehen und sich eines der Brote abholen. Dann verbissen sich die beiden Männer ihren Ärger, weil sie keinesfalls zugeben durften, dass Hannah sie ohnehin mit ausreichend Brot versorgte.

Als sie endgültig genug von der schlechten Bezahlung hatten, versuchten sie ihr Arbeitsglück woanders im Dorf, und Moritz bekam eine feste Stelle auf einem Fischkutter. Von da an musste er noch vor der Morgendämmerung aufstehen.

Wenn er Hannah an solchen Abenden im Backhäuschen abholte, hatte er frische Fische dabei und roch nach Seetang und Salzwasser. Sie mochte den Geruch des Meeres, der an ihm haftete, und bedauerte es fast, wenn er ihn im Süßwasser abwusch. Nur der Duft des gebratenen Fisches über ihrem Lagerfeuer tröstete sie darüber hinweg. Zusammen mit dem Brot war er eine Köstlichkeit, die ihr inmitten des Hungerelends fast peinlich luxuriös vorkam. Vielleicht war das der Grund, warum sie anfing, immer mehr Brot zu verschenken. Denn nicht der Winter war die schlimmste Hungerzeit, sondern der Frühling nach dem Hungerwinter. Obwohl die Natur ihr üppiges Grün sprießen ließ, als gälte es, einen Lebensfreudewettbewerb zu gewinnen, war die nächste Ernte von Getreide und Kartoffeln noch weit entfernt, während sämtliche Vorräte des letzten Jahres schon verbraucht worden waren. Obwohl das neue Gemüse und die Frühkartoffeln längst fleißig wuchsen, dauerte es bis Anfang Juni, ehe die ersten Sorten geerntet werden konnten.

Jeder, der auch nur ein winziges Stück Erde besaß, pflanzte sich Radieschen an und träumte von Spargel. Aber von Radieschen allein wurde niemand satt, alles, was wirklich nahrhaft war, ließ noch eine Weile auf sich warten, und für die Flüchtlinge gab es weder Gärten noch Saatgut. Auch die Flüchtlingsfrauen, die bei Hannah im Backhäuschen anstanden, kamen immer häufiger ohne Geld und ohne Lebensmittelscheine für ihre Brote. Viele Familien hatten ihre letzten Wertgegenstände über den Winter längst eingetauscht und besaßen nun nichts mehr. Nicht wenige erzählten, dass sie Silberbesteck, wertvolle Kerzenleuchter und das gute Geschirr vor der Flucht im Garten vergraben hatten, um es vor den Russen zu retten, und manche hofften noch darauf, bald wieder zurückkehren zu können. Wer allerdings die Nachrichten verfolgte, dem musste klar sein, dass die östlichen Teile Deutschlands auch für die Zukunft an Russland und Polen fallen würden.

Wenn also eine der armen Flüchtlingsfrauen die Brote anschreiben lassen wollte, konnte Hannah recht sicher sein, dass sie ihre Schulden nie begleichen konnte. Entsprechend war es besser, die Brote erst gar nicht in ihren Verkaufsbüchern auftauchen zu lassen. Stattdessen buk sie in jeder Woche eine Reihe von zusätzlichen Broten, die sie an bedürftige Menschen verschenkte. Der Getreidespeicher über dem Backhaus gab weit mehr Vorräte her, als sie bis zur nächsten Ernte verbrauchen würde, und sie hatte genug davon, dem Hunger zuzusehen, während über ihr eine volle Kornkammer schlummerte.

Dass sie damit ihre Arbeitsstelle und jegliches Vertrauen der Gutsleute aufs Spiel setzte, war ihr bewusst. Früher oder später würde sich herumsprechen, dass sie Brot verschenkte, oder der Drachen würde die Kornkammer überprüfen und bemerken, dass sie sich zu schnell leerte. Im Grunde war es nur eine Frage der Zeit, bis die Konsequenzen auf sie zurückschlugen.

Irgendein Teil von ihr ließ ihr dennoch keine andere Wahl. Vielleicht war es ihr Sinn für Gerechtigkeit. Oder die Schuldgefühle, die an ihr nagten, wann immer sie eine Mutter oder eine ältere Frau wegschickte, ohne ihr etwas zu geben. Zu solcher Härte konnte sie sich nur drei- oder viermal durchringen. Danach hatte sie ihre Entscheidung getroffen. Vielleicht war es auch die Nähe zu Moritz, die Hannah bewusst machte, dass sie nur vor ihrem eigenen Gewissen und gegenüber Gott verpflichtet war – und vielleicht noch vor denen, die sie liebte.

Vor Moritz.

Nur ihm vertraute sie an, dass sie Getreide stahl und Brote verschenkte. Mit ihm teilte sie die Sorge, dass sie damit fast alles riskierte, was ihr an Glück zugefallen war. Und er war ebenfalls der Meinung, dass sie das Richtige tat.

Der Gutsherr war der Einzige, der regelmäßig ihr schlechtes Gewissen anfachte. Immer war er freundlich und zuvorkommend, wenn er am Abend kam, um die Einkünfte abzuholen. Er schien ihr zu vertrauen und prüfte nur flüchtig ihre Verkaufsbücher. Manchmal redeten sie kurz. Dann fragte er sie, wie es ihr ging, und erkundigte sich nach der Stimmung unter den Flüchtlingen. Hannah mochte es, sich mit ihm zu unterhalten, wenngleich es immer schwieriger wurde, die Gespräche um ihren Brotdiebstahl herumzumanövrieren. Dass sie ausgerechnet ihn um sein Getreide betrog, war nicht richtig, und mitunter musste sie sich auf die Zunge beißen, um es ihm nicht zu gestehen. Sie konnte sich kaum vorstellen, wie er reagieren würde. Noch nie hatte sie ihn wütend erlebt. Doch spätestens wenn er es erfuhr, würde es wohl vorbei sein mit seinem Verständnis.

Am schlimmsten war die Befürchtung, dass er sie jederzeit erwischen konnte. Wann immer er abends ins Backhäuschen kam, flatterte die Nervosität in ihrem Magen, und wenn sie ihm draußen auf dem Gutshof begegnete, spürte sie den Drang, ihm auszuweichen.

Bis zu jenem Abend, als er plötzlich in der Tür des Pferdestalls auftauchte. Die Strahlen der untergehenden Sonne fielen durch das Torhaus auf den Brunnen und die Schlange der Flüchtlinge, in der Hannah stand. Der Gutsherr hingegen befand sich im Schatten, und sie schien die Einzige zu sein, die ihn bemerkte. Die anderen Flüchtlinge plauderten ungehemmt weiter, obwohl sie normalerweise ihre Gespräche unterbrachen, wenn jemand von der Gutsherrschaft in der Nähe war. Oder fiel er ihnen nicht auf, weil er heute anders aussah als sonst? Er war zwar mit den Reithosen bekleidet, die er fast immer anhatte, seitdem er gesund genug war, um regelmäßig zu reiten. Aber heute trug er ein kariertes, abgewetztes Hemd darüber, das ihn aussehen ließ wie einen Knecht. Etwas an diesem Anblick gefiel Hannah. Vielleicht die Normalität, die er ausstrahlte. Er wirkte nicht länger wie der Gutsherr, der die Flüchtlinge auf seinem Hof kontrollierte und weit über ihnen stand. Vielmehr könnte er einer von ihnen sein, und während er sich lächelnd gegen das Stalltor lehnte, gewann Hannah den Eindruck, er würde sich in dieser Rolle deutlich wohler fühlen als in seiner üblichen Erscheinung. Dann jedoch bemerkte er sie. Sein Lächeln, das eben noch versunken und in sich gekehrt gewirkt hatte, öffnete sich.

Das schlechte Gewissen fiel über Hannah her wie ein Wolkenbruch. Tag für Tag bestahl sie ihn. Es war nicht richtig, dass er ihr so offenherzig zulächelte. Doch Holger von Morkamp löste sich von der Stalltür und kam auf sie zu. »Hannah!«, rief er. Die Flüchtlinge verstummten und wandten sich kollektiv in seine Richtung.

Hannah spürte, wie ihr die Schamesröte ins Gesicht stieg. Dass er ihr so viel Aufmerksamkeit schenkte, war schlimm genug. Dass er sich selbst gegenüber den anderen Flüchtlingen nicht davor scheute, würde den Gerüchtekessel zum Überschäumen bringen.

Der Gutsherr ignorierte die Aufmerksamkeit, die an ihm klebte. »Hannah«, wiederholte er und blieb vor ihr stehen. »Haben Sie kurz Zeit? Ich würde Ihnen gerne etwas zeigen.«

Nur mühsam widerstand sie dem Drang, sich zu den anderen Flüchtlingen umzudrehen und in ihren Mienen zu lesen. Stattdessen nickte sie. »Ja. Für einen Moment bestimmt.«

»Dann kommen Sie.« Aufgeregt winkte Holger von Morkamp sie mit sich.

Hannahs Finger verkrampften sich um den Griff ihres Eimers, während sie ihm mit gesenktem Kopf folgte. Bloß nicht zurücksehen, bloß nicht die Blicke der anderen einfangen. Was Moritz wohl sagte, wenn er davon erfuhr? Wenn ihn die Gerüchte erreichten? Moritz und sie vermieden es, sich offen als Paar zu zeigen, und bis jetzt schien kaum jemand zu wissen, dass sie mit ihm zusammen war. Die Frage, ob zwischen ihr und dem Gutsherrn etwas vorging, schien jedoch schon länger durch die Gerüchteküche zu kreisen. Spätestens jetzt würden die anderen Flüchtlinge glauben, eine Antwort darauf zu wissen.

Holger von Morkamp ging zurück zum Pferdestall, wartete, bis sie an seiner Seite war, und trat mit ihr zusammen in die dunkle Stille. Nur hier und da hörte sie ein leises Schnauben, Kaugeräusche oder das Stampfen eines Pferdehufs. »Kommen Sie«, flüsterte er, und trotz seiner Stiefel wurden seine Schritte leise, während er den Gang entlanglief und vor einer Box stehen blieb. »Schauen Sie hier!«

Hannah lugte über die brusthohe Bretterwand des Verschlages und entdeckt eine Mutterstute mit ihrem Fohlen. Das Kleine war noch strubbelig und nass und stand wackelig auf seinen Beinen.

»Es ist eben erst geboren worden«, flüsterte der Gutsherr. »Jetzt steht es zum ersten Mal und sucht die Zitzen.«

Mit angehaltenem Atem schaute Hannah zu, wie das Kleine auf dünnen Beinchen neben seiner Mutter umherstakste. Die Nase der Stute strich sanft über die Flanke des Fohlens und schob es vorsichtig auf das Euter zu. Dennoch dauerte es eine Weile, bis das Kleine sein Ziel fand und schmatzend anfing zu trinken.

Ein warmer Schauer lief durch Hannahs Körper. »Ich weiß wirklich nicht, wann ich zuletzt etwas so Schönes gesehen habe.«

»Nicht wahr?« Die Stimme des Gutsherrn klang sanft. »Deshalb wollte ich es Ihnen zeigen.«

Direkt neben ihr lehnte er an dem Holzverschlag. Auf seiner Wange klebte ein rötlich brauner Streifen. Ob es Blut war? Von der Geburt des Fohlens?

»Das hier zu erleben«, begann er leise, »dieses Fohlen mit seiner Mutter, seine Geburt und das Wunder eines neuen Lebens. So fühlt sich der Frieden an.«

Wieder fröstelte sie. Zugleich bemerkte sie, wie sich die Stille des Stalles auf sie übertrug. Einzig das Stroh raschelte, wenn sich die Pferde bewegten, etwas entfernt brummte eine Fliege, und nur ganz vage drang das Murmeln der Menschen zu ihnen herein. Das also meinte er: den Frieden in diesem Moment. Die Ruhe. Das Gleichgewicht des Lebens, das sich immer wieder gegen den Tod behauptete.

»Sehen Sie.« Holger von Morkamp räusperte sich unbehaglich. »Sechs Jahre Krieg, sechs Jahre in dem Wissen, dass man jederzeit sterben kann. Ich hatte mit dem Leben längst abgeschlossen. Und nun das hier. Ein neuer Anfang. Zukunft.« Seine Stimme kam näher, Hannah spürte seinen Blick von der Seite. »Nicht nur Männer sind im Krieg gestorben. Auch Pferde mussten ihr Leben lassen. Ich weiß nicht, wie viele sie in den Krieg getrieben haben, um sie dort bei knapper Nahrung bis zu ihrem letzten Atemzug schuften zu lassen. Es müssen Millionen gewesen sein.«

Hannah hatte nie darüber nachgedacht, und vielleicht war es angesichts der menschlichen Toten auch egal, was mit den Pferden geschehen war. Trotzdem rührte sie der Gedanke. Hingebungsvoll leckte die Stute ihrem trinkenden Fohlen über das Fell, und plötzlich begriff Hannah, dass dieses Fohlen genauso von seiner Mutter geliebt wurde wie ein Menschenkind von seinen Eltern.

»Gut Morkamp war nie ein richtiges Gestüt«, fuhr der Gutsherr fort, »aber vor dem Krieg hatten wir trotzdem über dreißig Pferde. Fast alle wurden für den Fronteinsatz eingezogen. Jetzt sind es nur noch fünf, mit diesem Fohlen sechs. Es ist unser erstes Nachkriegsfohlen. Und ich …« Er zögerte. »Nie hätte ich erwartet, dass mich die Geburt eines Fohlens einmal so glücklich machen würde.«

Tatsächlich klang das Glück in seinem Tonfall, schlief in seinem Lächeln, schwebte um sie herum durch den Stall. Und dann war es auf einmal in ihr, tanzte durch ihre Brust und brachte sie durcheinander. Warum war es so angenehm, in seiner Nähe zu sein? Und wie konnte sie überhaupt so etwas fühlen, obwohl es Moritz gab? Obwohl sie ihren Fuchs liebte, der sein Schweigen für sie aufgegeben hatte. Der sie brauchte. Der ohne sie verloren wäre. Der Gutsherr brauchte sie nicht. Er könnte sich genauso gut eine andere Frau aussuchen. Eine, die seinem Stand entsprach.

»Hannah?« Plötzlich klang er unsicher. Sein Gesicht war kaum einen halben Meter entfernt. Das Blut auf seiner Wange ließ ihn verwegen aussehen, das Glück in seinen Augen schimmerte und wurde dennoch von Traurigkeit überschattet. »Auch wenn Sie noch nie geritten sind«, begann er zögernd, »hätten Sie vielleicht Lust, mit mir auszureiten? Nur ganz langsam. Im Schritt. Ich würde Ihnen auch ein ruhiges Pferd geben und gut auf Sie aufpassen. Also, ich meine nicht jetzt sofort. Aber vielleicht am Sonntag?«

»Nein!« Hannahs Antwort kam schnell, noch bevor sie darüber nachgedacht hatte. Doch ihre Gedanken folgten wie ein Feuerwerk. Moritz war oben in ihrem Zimmer und ruhte sich aus. Vermutlich fragte er sich längst, warum sie am Brunnen so lange brauchte. Jeden Moment könnte er herunterkommen, um nach ihr zu sehen. Falls er nicht längst schon unten war. Was, wenn die Leute noch immer über sie redeten? Wenn er erfuhr, dass sie mit dem Gutsherrn in den Stall gegangen war? »Nein!«, wiederholte sie. »Am Sonntag habe ich schon etwas vor. Und jetzt … Jetzt muss ich los.« Damit lief sie rückwärts, umklammerte den Griff des Eimers, nur um sicherzugehen, dass sie ihn noch in der Hand hielt. Ganz kurz registrierte sie die Enttäuschung im Gesicht des Gutsherrn. Keine verbitterte, hasserfüllte Kränkung, sondern ehrliche, respektvolle Enttäuschung, mit der er ihre Entscheidung zu akzeptieren schien.

Hannah hielt es nicht länger aus, ihn so zu sehen. Mit einem Ruck drehte sie sich um und rannte nach draußen.

* * *

Ihre Verabredung am nächsten Sonntag hieß Moritz, und wie schon an vielen Sonntagen zuvor gingen sie zum Strand. Doch dieses Mal lag etwas Geheimnisvolles in seinem Gesicht. Schon seit sie losgegangen waren, bestimmte er, welchen Weg sie nahmen, und jetzt führte er sie seit mehreren Stunden am Strand entlang. Jenseits der Dünen hatte längst eine Gegend begonnen, die Hannah noch nicht kannte. Aber vielleicht täuschte sie sich auch. Auf der Suche nach Brennholz waren sie schon oft weit gelaufen. Nur die Zeit fühlte sich anders an, wenn es ein Spaziergang sein sollte.

Irgendwann fasste Moritz sie an der Hand, zog sie vom Strand fort, bis er vor einer Stahltür stehen blieb, die an der Seite einer vermeintlichen Düne auftauchte. Erst auf den zweiten Blick wirkte der Sandberg merkwürdig eckig.

»Was ist das?« Hannah begutachtete die Tür, ohne ihre Funktion einordnen zu können. »Eine Tür ohne Haus?«

Moritz lächelte nur, drückte die Klinke und lehnte sich mit seiner Schulter gegen den Stahl. Tatsächlich sprang die Tür auf und zeigte ihnen die dunkle Tiefe dahinter. »Warte hier!«, sagte er leise, verschwand im Inneren der Sanddüne und ließ Hannah für einen rätselhaften Moment allein draußen stehen.

Als er wieder herauskam, lag ein Schmunzeln auf seinem Gesicht. Hinter ihm flackerte ein gelblicher Lichtschimmer. Er zog Hannah zu sich, legte ihr von hinten die Hände auf die Augen und führte sie ins Innere des Sandberges. Sie gingen nur wenige Meter, um eine Ecke herum, hinter der sich das Echo ihrer Schritte veränderte. Die Luft fühlte sich angenehm warm an, wenn sie auch abgestanden und ein wenig muffig roch. Milder Paraffingeruch mischte sich hinein und ließ Hannah etwas ahnen, bevor sie es sah.

Moritz nahm seine Hände beiseite und gab ihren Blick frei. Vor ihr auf dem Fußboden standen brennende Kerzen, eine ganze Reihe davon an einer Betonwand entlang. Auf der Seite gegenüber lagen Strohsäcke und Decken, ein weiches Bett, groß genug für sie beide. Rundherum bestand der Raum aus nacktem Beton. Er war nicht groß, nicht mehr als vier mal vier Meter, vielleicht auch nur drei mal drei. Doch das, was Hannah am meisten auffiel, waren die Schlitze in einer der Außenmauern. Sie ging näher heran, schaute hindurch und entdeckte dahinter das glitzernde Meer. »Was für ein Ort ist das?«

Leise trat Moritz hinter sie, beugte sich über ihre Schulter und legte seine Wange gegen ihre. »Ich nehme an, dass der Bunker im Krieg ein Beobachtungsposten war. Für den Fall, dass die Russen einen Angriff über die Ostsee beginnen. Aber jetzt …«, er küsste ihren Nacken, »… ist es unser Privatzimmer.«

Hannah drehte sich zu ihm, fand sich direkt vor seinem Gesicht. Ganz zärtlich schob er die Hände unter ihre Bluse, auch sein Kuss begann sanft, wurde dann so wild wie die erste Böe eines Sturmes. Hannah kannte ihn gut genug, um zu wissen, was jetzt folgte. Lediglich der Sturm konnte die Erinnerungen verjagen. Allzu bereitwillig ließ sie sich mitreißen, ließ sich auf den Sturmböen davontreiben, bis sie selbst vergessen hatte, woher sie kam und welche Verluste der Krieg ihr zugefügt hatte. Jetzt und hier gab es nur noch ihn, seine Nähe und die Wärme seiner Haut, seine Küsse und ein unüberschaubares Geflecht aus Gefühlen, die sich wortlos in ihren Stimmen auftürmten und umeinander wirbelten wie die Luftströmungen eines Gewitters.

Erst als sie still wurden und nebeneinander in die Wärme der Strohsäcke sanken, kehrten die Erinnerungen zurück. Anfangs war es nur eine böse Ahnung, die dunkel und schwer in ihre Eingeweide drückte, ein Unterton in dem Seufzer, der aus seinem Mund entwich. Seine Hände lagen auf ihrem nackten Bauch, genau dort, wo schon einmal ein Kind von ihm entstanden war.

Zum tausendsten Mal fragte sich Hannah, ob es wieder geschehen würde. Auch jetzt ertappte sie sich bei dem Wunsch, ein Kind von ihm zu bekommen. Sie hatten nie darüber gesprochen. Doch weder Moritz noch sie taten etwas, um eine Schwangerschaft zu verhindern, bis es Hannah so vorkam, als würde er den gleichen, unausgesprochenen Wunsch hegen. Beim letzten Mal war sie mager und unterernährt gewesen. Vermutlich hatte sie das Kind deshalb verloren. Dank dem Brot und den Fischen hatte sie inzwischen das ein oder andere Pfund zugenommen. Im Grunde dürfte es nichts mehr geben, was eine Schwangerschaft verhinderte. Abgesehen von der Sorge, dass sie dem Kind keine Zukunft bieten konnten. Zwei Flüchtlinge, die nichts mehr besaßen außer ihrem Leben und ihrer Liebe. Das Kind würde in heimatloser Armut aufwachsen, und bis jetzt wusste Hannah noch nicht einmal, ob ihre Liebe zu Moritz eine Perspektive besaß. Der Krieg hatte seine Seele bis zu einem Grad zerstört, der ihn unberechenbar machte. Wer konnte also sagen, ob er ein guter Vater wäre? Ob er in der Lage war, Verantwortung zu übernehmen? Wenn sie ehrlich war, dann wäre es besser, kein Kind von ihm zu bekommen. Trotzdem wollte sie es. Seine Hand auf ihrem Bauch verstärkte den Wunsch, bis sich die Trauer um ihre verlorenen Kinder in ihrer Brust verklumpte. Zuerst Kathrinchen und dann sein winziges, gerade erst gezeugtes Baby. Nur mit Mühe konnte sie die Tränen zurückdrängen. Stattdessen rückte sie näher an ihn heran und vergrub ihr Gesicht an seiner Schulter.

»Es gibt noch einen anderen Teil meiner Geschichte.« Mit rauer Stimme fing er an zu sprechen. »Einen Teil, den ich nicht in das Heft geschrieben habe.« Noch nie hatte Moritz mit ihr über seine Vergangenheit gesprochen. Jetzt hingegen begann er zu erzählen, als fiele es ihm ganz leicht: »Am 22. Juni 1944 begann die Sommeroffensive der Roten Armee. Auf der ganzen Frontlinie haben sie die Heeresgruppe Mitte angegriffen und in die Zange genommen. Von einem Tag auf den anderen musste unsere Truppe an der Front kämpfen, weil sie unseren

Wald förmlich überrollt haben. Es war ein einziger Rückzugs-kampf, in dem wir uns nur knapp davor retten konnten, nicht eingeschlossen zu werden.«

Hannah brauchte einen Augenblick, um seiner Geschichte zu folgen. Der letzte Teil, den sie gelesen hatte, hatte im Früh-ling 1944 stattgefunden. In jenem Frühling war Dunja er-schossen worden, und was er danach getan hatte, wusste sie nicht. »Heißt das, du bist in die Wehrmacht zurückgekehrt? Oder hast du weiter mit den Partisanen gekämpft? Nachdem Dunja ...« Sie konnte die Worte nicht aussprechen.

Moritz zog Hannah noch näher an sich, presste sein Ge-sicht in ihre Haare und flüsterte: »Nein. Bei den Partisanen hätte ich nicht bleiben können. Ich musste in die Wehrmacht zurückkehren. Ich fürchte, das ist der Teil, den du noch nicht kennst.«

Seine große, unverzeihliche Schuld. Meinte er damit, dass er ein weiteres Mal für die Deutschen gekämpft hatte? Oder konnte er tatsächlich etwas getan haben, was noch schlimmer gewesen wäre als die Einsätze gegen Partisanendörfer?

»Der Kampf an der Front lenkte mich ab von allem, was davor war. Die Rote Armee hatte sich mit den Partisanen zu-sammengetan, und keiner davon war zimperlich, wenn es da-rum ging, sich an uns zu rächen. Ich war überzeugt davon, in diesen Kämpfen sterben zu müssen, und es wäre mir recht gewesen. Aber aus irgendeinem Grund traf es mich nicht.« Moritz sprach leise, und trotz der Nähe klang es, als wäre er weit entfernt. Gedankenverloren strich er über Hannahs Arm. »Ich weiß nicht mehr, wie oft die Einheit, in der ich war, fast aufgerieben und dann mit anderen Resten zu einer neuen Ein-heit zusammengelegt wurde. Das alles hat mich nicht mehr interessiert. Ich weiß nur noch, dass sie uns bis Ende August an die Grenzen von Ostpreußen zurücktrieben. Erst da bilde-te sich wieder eine neue Front. Im Süden ist die Rote Armee auf polnisches Gebiet vorgedrungen und bis an die Weichsel und nach Warschau gekommen. Erst danach stoppten die Russen ihren Angriff, und die Frontlinie blieb bis zum Januar letzten Jahres.« Die Pausen zwischen seinen Sätzen wurden länger. »Irgendwann … in dieser Zeit … habe ich aufgehört zu sprechen. Ich weiß nicht mehr, wann es geschehen ist. Zuerst war niemand mehr da, den ich kannte und mit dem ich hätte reden wollen. Und irgendwann konnte ich es nicht mehr. Ich war nur noch eine Maschine, die kämpfte und gehorchte. Nur nebenbei bekam ich mit, dass Ostpreußen zum festen Platz ernannt worden war und es der Zivilbevölkerung verboten wurde, vor den Russen zu fliehen, die unsere Front früher oder später niederrennen würden.«

Hannah schloss die Augen, um sich ganz auf seine Stimme zu konzentrieren. Fast konnte sie nicht glauben, dass er derselbe Mensch war, der monatelang geschwiegen hatte.

»Meine Familie war dort, gar nicht weit von mir und der Front entfernt. Wenn ich nicht so taub gewesen wäre, so voller Schuld und dem Gefühl, nie wieder einen friedlichen Moment durchleben zu können, wäre ich vielleicht desertiert, um zu ihnen zu gehen. Aber so saß ich nur in unseren Stellungen und habe auf den Tod gewartet, der mich früher oder später finden würde.« Er holte tief Luft, küsste Hannah auf den Kopf und drehte sich so, dass sich seine Stimme von ihr entfernte. »Die letzte große Offensive der Russen begann im Januar. Die deutschen Armeen an der Front waren sehr schwach. Von Südpolen und vom Osten aus stießen die Sowjets durch die Frontlinie und fielen in Pommern und Ostpreußen ein. Dabei trieben sie die Bevölkerung in solchem Tempo voran, dass sie kaum Gelegenheit hatte zu fliehen. Innerhalb kürzester Zeit schlossen sie die Linie bis nach Danzig und zur Ostsee und schnitten Ostpreußen vom Reich ab. Damit war den Trecks der Weg über das Festland versperrt. Die einzige Fluchtmöglichkeit führte über das zugefrorene Frische Haff bis in die Hafenstadt Pillau und von dort aus mit dem Schiff in den Westen. Meine

Heimat, das Samland, war die letzte Region, die noch nicht von den Russen erobert worden war. Dort oben, im Norden von Ostpreußen, wurde die Wehrmacht eingeschlossen. Hinter Heiligenbeil führte der Rettungsweg über das Frische Haff auf die Frische Nehrung, und die 4. Armee kämpfte mit letzter Kraft gegen die vordringenden Russen, damit Frauen und Kinder über das Haff fliehen konnten. Aber auch dieser Widerstand hielt nur von Mitte bis Ende März, ehe auch Heiligenbeil von den Russen erobert wurde. Danach gab es nur noch das Samland, nur noch die Gegend, in der ich aufgewachsen war. Ich selbst war dort, in einem der Kessel in der Nähe von Königsberg, das Anfang April von den Sowjets eingenommen wurde.« Moritz wurde lauter, und seine Arme zuckten, als wollten sie sich aus Hannahs Umarmung befreien. »Die Wehrmacht war längst zu einem losen Haufen aus verschiedenen Einheiten zerfallen. Viele Offiziere hatten sich selbst als Erstes über das Meer gerettet, doch die letzten standhaften Kommandeure versuchten, die übrigen Soldaten zu einem finalen Einsatz zu formieren. Nur die Landenge, die zwischen dem Frischen Haff und der Ostsee bis Pillau führte, kam jetzt noch als Fluchtweg infrage. Und zu Beginn dieser Landenge lag der Ort Fischhausen. Alle deutschen Kräfte, die bis dahin überlebt hatten, sollten dort den wieder frei gekämpften Korridor für die letzten Flüchtlinge aus dem Samland gegen die Russen verteidigen. Auch ich hätte mich an der Riegelstellung beteiligen sollen. Stattdessen traf ich die Entscheidung, noch einmal zu desertieren. Ich war ganz in der Nähe meines Heimatortes, und ich musste zu meiner Familie, um ihnen bei der Flucht zu helfen. Obwohl die Feldpost bis kurz vor den Angriffen funktionierte, hatte ich meiner Familie seit der Zeit bei den Partisanen nicht mehr geschrieben. Ich schämte mich so sehr für alles, was ich getan hatte. Ihnen zu schreiben erschien mir unmöglich. Nun aber packte mich die Sorge. Die Russen fielen über unsere Dörfer her, und ich musste sichergehen, dass meine Familie tatsächlich floh und nicht auf die Durchhalteparolen hereinfiel, die Gauleiter Erich Koch fanatisch über das Radio verkündete: dass wir alle bleiben sollten, dass das Samland eine ostpreußische Festung sei. Ich war mir nicht sicher, wie meine Mutter in dieser Situation reagierte. Wer verlässt schon Haus und Hof, solange er nicht weiß, ob es wirklich nötig ist? Dieses Gästehaus war unsere Existenz, dieses Dorf am Meer unsere Heimat. Viele Menschen waren aus den südlicheren Teilen Ostpreußens ins Samland geflohen, und ich sah meine Mutter förmlich vor mir, wie sie die Flüchtlinge in ihrem Gästehaus versorgte und dafür betete, der Krieg möge an Rosehnen vorüberziehen.« Ein verbittertes Lachen presste sich durch Moritz' Nase. Hannah konnte fühlen, wie er neben ihr den Kopf schüttelte. »Natürlich würde der Krieg nicht vorüberziehen. Also lief ich los, entsorgte meine Papiere auf dem Weg, damit ich nicht bei der erstbesten Kontrolle als Deserteur einer weit entfernten Truppe enttarnt wurde. Dichte Menschenkolonnen kamen mir entgegen, dazwischen immer wieder Wehrmachtstruppen, die sämtliche Flüchtlinge von der Straße drängten, um schneller zu ihrer Riegelstellung zu kommen. Immer wenn mir die Soldaten entgegenkamen, änderte ich die Richtung und marschierte zur Tarnung eine Weile an ihrer Seite. Irgendwann tat ich müde, ließ mich ans Ende der Formationen zurückfallen und kehrte um, sobald die Soldaten an mir vorbeigezogen waren. Auf diese Weise gelang es mir, von niemandem kontrolliert zu werden. Sobald ich wieder den zivilen Trecks entgegeneilte, hielt ich permanent Ausschau nach einem bekannten Gesicht. Und dann plötzlich sah ich eine unserer Nachbarinnen auf uns zukommen. Sie wirkte müde und fahl, aber sie erkannte mich, rief meinen Namen und riss mich an sich.«

Moritz stockte. Er löste sich endgültig aus Hannahs Armen, richtete sich am Rand der Matratze auf und starrte in die Dunkelheit jenseits der Kerzen. »Von dieser Nachbarin erfuhr ich, dass meine Mutter und Martha tot waren. Die Flüchtlinge hatten den Typhus mit ins Dorf gebracht, und die beiden haben sich angesteckt.« Erneut stockte er. Ein unruhiges Zucken lief durch seine Schultern, ehe er weitererzählte: »Lukas und Elfie, meine jüngsten Geschwister, lebten noch, und meine Nachbarin ging davon aus, dass sie mit anderen Nachbarn geflohen waren. Ich jedenfalls sollte um keinen Preis nach Rosehnen zurückkehren, denn dort würden jeden Moment die Russen eintreffen.« Wieder stieß Moritz ein Schnauben aus. Dieses Mal klang es, als würde sich ein Weinen darin verbergen. Er beugte sich nach vorn, vergrub die Hände in seinen Haaren und murmelte in den Schatten, der sich unter ihm fing: »Falls meine Nachbarin bemerkte, dass ich selbst kein Wort hervorbrachte, hielt sie es vermutlich für den Schock. Ich hingegen wusste nicht, was ich tun sollte. Noch einmal feige umkehren und vor den Russen fliehen? Oder weiterlaufen nach Rosehnen, um zu sehen, was geschehen war, und meine Geschwister zu finden? Ich konnte nicht glauben, dass meine Mutter und Martha tot sein sollten, und gleichzeitig waren die Gedanken an meine Familie so fremd geworden, dass der Verlust mich gar nicht erreichte. Eine Weile rannte ich weiterhin den Trecks entgegen. Dann wurde die Kolonne dünner, riss zeitweilig ab, und alle, die mir noch entgegenkamen, riefen, dass hinter ihnen nichts mehr sei und dass ich umkehren müsse, weil die Russen mich erschießen würden, sobald sie mich sähen. Mir wäre es recht gewesen, endlich erschossen zu werden. Bis mir meine Verantwortung bewusst wurde. Wenn alle Flüchtlinge längst weg waren, so waren vermutlich auch Elfie und Lukas tatsächlich mit unseren Nachbarn geflohen, und wenn es stimmte, dass Mutter und Martha tot waren, war ich der einzige Verwandte, der sich noch um die beiden kümmern konnte. Also kehrte ich um und hoffte, sie in Pillau oder im Westen Deutschlands wiederzufinden.«

Hannah wollte über das Bett auf ihn zukrabbeln, wollte

ihm den Arm um die Schultern legen und ihn an sich ziehen. Doch sie wagte es nicht. Er hatte seine Familie verloren, genau wie sie. Vielleicht gab es bei ihm noch eine winzige Hoffnung, die beiden Kinder wiederzufinden. In diesem Moment ahnte sie jedoch, dass Ungewissheit womöglich noch schlimmer war als der Tod eines geliebten Menschen. Ab welchem Punkt sollte man die Hoffnung aufgeben? Und ab wann durfte man beginnen zu trauern?

»Wie in Trance bin ich zurückgelaufen. Einfach nach vorn. Ohne noch länger darüber nachzudenken, dass ich ein Deserteur war.« Moritz' Stimme klang belegt. »Das Chaos war längst zu groß, als dass ich noch aufgefallen wäre. Die Riegelstellung in Fischhausen war kurz vor dem Zusammenbruch. Auch dort waren die Soldaten längst auf dem Rückzug, Tausende von Menschen drängten auf die Landenge dahinter. Im Wald von Lochhausen hat sich alles gestaut, die Trecks, die zurückweichenden Soldaten. Jeder noch so winzige Feldweg auf jeder Nebenroute war verstopft, und über uns jagten die Flieger der Russen, warfen ihre Bomben auf uns herunter, auf die Flüchtlinge, auf die Soldaten, auf die Munitionslager der Wehrmacht, die um uns herum im Wald lagen. Alles brannte. Menschen schrien, brennende Bäume fielen, Pferde gingen mitsamt ihren Planwagen durch. Das war der Moment, in dem ich plötzlich nicht mehr konnte, in dem mich alles einholte. Die grausame Sinnlosigkeit des Krieges, alles, was ich getan hatte, zusammen mit dem Gedanken, dass ich keine Familie mehr hatte. Selbst meine Geschwister, so sie noch lebten, wären bei anderen Menschen besser aufgehoben als bei mir. Das alles zwang mich zu Boden. Mitten im Chaos habe ich mich hingesetzt und auf den Tod gewartet.« Er wischte sich mit beiden Händen über das Gesicht, legte den Kopf in den Nacken und fixierte die Betondecke über ihnen. »Aber so einfach ist es nicht mit dem Sterben. Egon und Freddie haben mich gefunden und mit sich gezerrt.«

Moritz verstummte. Für einen endlosen Moment war es so leise, dass Hannah selbst das Rauschen der Wellen hören konnte, die draußen an den Strand rollten. Schließlich hielt sie es nicht mehr aus, kniete sich hinter ihn und legte ihm sachte die Hand auf die Schulter. »Deine Geschwister … du hast sie nicht wiedergefunden, oder?«

Moritz schüttelte den Kopf. »Nein. Kurz nach unserer Ankunft in Schleswig-Holstein wurden wir im Sperrgebiet interniert. Ich konnte noch nicht nach ihnen suchen.«

Wie sollte man auch nach Menschen suchen, die überall und nirgends sein konnten? »Hast du schon eine Suchanzeige beim Roten Kreuz gestellt? Vielleicht sind die beiden längst in einem Flüchtlingslager oder Waisenheim registriert.«

Seine Schultern fielen nach vorn, fast so, als wollte er ihrer Hand ausweichen. »Ja, gleich nach meiner Entlassung. Aber es kam noch keine Antwort.«

Hannah beugte sich vor, lehnte ihre Wange an seine und flüsterte: »Das ist noch nicht lange her. Vielleicht finden sie bald eine Spur.«

Für eine Sekunde schien Moritz zu versteinern, dann ging ein Ruck durch seinen Körper, und er sprang auf. Die Kerzenflammen flackerten. »Ja. Vielleicht«, rief er. »Vielleicht sind sie längst in Sicherheit, und ich bekomme bald einen Bescheid auf Familienzusammenführung. Aber genauso gut …« Seine Stimme riss ab wie ein brüchiger Streifen Papier. Ein sichtbares Schlucken bewegte seinen Kehlkopf. Kurz glühte die Verzweiflung in seinem Blick, bevor er sich bückte und mit schnellen Bewegungen seine Kleidung vom Boden sammelte.

»Halt!« Hannah rappelte sich auf, verfing sich zwischen Strohsäcken und Decken und musste erst auf festen Untergrund krabbeln, um aufzuspringen. »Wohin willst du?« Sie streckte die Hand nach ihm aus.

Moritz wich vor ihr zurück. »Ich bin nicht gut für dich.«

Sein Gesicht verzerrte sich zu einer Grimasse. »Du solltest mich vergessen.«

Was redete er da? Hannah musste ihn aufhalten, durfte nicht zulassen, dass er jetzt ging. Ein weiteres Mal streckte die Hand nach ihm aus. »Bitte, tu das nicht.«

Moritz ignorierte sie. Er zog seine Hose an und verschloss den Gürtel, streifte das Hemd über seinen Kopf und knöpfte den Kragen zu.

Sie hingegen war noch immer nackt. Plötzlich fühlte sie sich klein und verletzlich, ausgeliefert gegenüber seiner Wut, die so unberechenbar war. »Bitte, geh nicht.«

Abrupt hielt er inne. »Du hast das Ende nicht gelesen.« Sein Tonfall klang hart. »Wenn du wüsstest, was ich getan habe, würdest du mich nicht mehr lieben.«

Hannahs Gedanken verknoteten sich, formten sich zu einem Knäuel, das sich nicht entwirren ließ. Für einen endlosen Augenblick konnte sie ihm nur dabei zusehen, wie er die Stiefel anzog und sich die blaue Seemannsschirmmütze auf den Kopf setzte.

Erst als er auf die Tür zuging, löste sich der Knoten in ihren Gedanken. »Und was ist, wenn ich dich so lieben möchte, wie du jetzt bist? Wenn wir einen Neuanfang machen? So wie alle anderen?«

Moritz blieb stehen, drehte sich noch einmal zu ihr um. Die Härte war aus seinem Gesicht verschwunden. Stattdessen schimmerte Traurigkeit in seinen Augen. »Dann liebst du nicht mich, sondern nur eine Illusion von mir.«

17. KAPITEL

Kreis Plön, Ostseeküste Schleswig-Holstein, Mai 1946

Die glückliche Zeit, die sie miteinander verbracht hatten, war vorbei. Selbst die Frage, ob sie noch ein Paar waren oder nicht, konnte Hannah nicht mehr beantworten. Moritz hörte auf, sie nach ihren Arbeitstagen im Backhäuschen abzuholen. Am Anfang dachte sie noch, dass er es nicht rechtzeitig geschafft hatte, weil er länger auf dem Kutter geblieben war. Ein paarmal suchte sie nach ihm, weil sie an ein Missverständnis glaubte. Bis sie feststellte, dass er auch ihre Lieblingsplätze vermied. An den meisten Tagen fand sie ihn weder am See noch am Strand, und selbst den weiten Weg bis zu ihrem Bunker ging sie umsonst. Erst spätabends, wenn Egon längst im Bett lag und Hannah sich ebenfalls umgezogen hatte, tauchte Moritz in ihrer Kammer auf und grüßte sie nur kurz, ehe er sich schlafen legte.

An solchen Abenden war ihr so elend zumute, dass sie sich am liebsten weinend in ihrem Bett zusammengerollt hätte. Einzig Egons Gegenwart hinderte sie daran, ihrem Kummer freien Lauf zu lassen. Nicht einmal Gitte wollte sie davon erzählen, vielleicht, weil sie den Ratschlag ihrer Freundin fürchtete. Wenn sie sich selbst einen Freundschaftsratschlag geben sollte, wäre die Sache eindeutig. Sie würde sich raten, einen klaren Schlussstrich zu ziehen. Doch so einfach war es nicht. Hannah wollte sich nicht von Moritz trennen, und er schien es ebenso wenig zu wollen. Denn zwischen all den Tagen, an denen er ihr auswich, gab es die Momente, in denen er plötzlich auftauchte. Manchmal fing er sie nach der Arbeit ab und ging mit ihr an den See, oder er kam eher zurück in die Kammer, wenn Egon noch nicht da war. Dann zog er sie an sich und küsste sie, als würde er ohne sie ertrinken. Manchmal schliefen sie miteinander, kurz und heftig und immer mit dem Gefühl, etwas Verbotenes zu tun.

Tatsächlich kam der Nachmittag, an dem Egon sie überraschte. »Herrgott«, fluchte er. »Könnt ihr euch keinen anderen Platz suchen?« Damit hielt er sich die Hand vors Gesicht und lief rückwärts aus der Kammer. Seitdem klopfte er zuerst an die Tür, bevor er das Zimmer betrat.

Hannah wusste, dass ihr die Situation peinlich sein sollte, aber das war sie nicht. Sie fühlte sich erleichtert, weil Moritz endlich wieder bei ihr war, zumindest erleichtert genug, um alles andere nebensächlich zu finden.

Erst am nächsten Tag, als er ihr direkt nach dem Aufstehen auswich und sie noch nicht einmal ansah, während Egon auf seinem Strohsack saß und kaum sichtbar den Kopf schüttelte, sickerte die Scham durch ihre Gedanken und vermischte sich mit dem Liebeskummer.

Eine halbe Woche später ignorierte Moritz sie noch immer. Obwohl die sommerliche Wärme zu Spaziergängen einlud, hoffte Hannah vergeblich darauf, dass er sie wieder vom Backhäuschen abholte. Ohne ihn wusste sie nicht so recht, wohin mit sich. Bei dem schönen Wetter wollte sie nicht wie ein Trauerkloß in der Kammer hocken – allein spazieren zu gehen oder gar hier draußen nach ihm zu suchen erschien ihr jedoch noch würdeloser. Unentschlossen schlenderte sie ein Stück am Seeufer entlang. Als sie an der offiziellen Badestelle neben dem Gutshof vorbeikam, ertappte sie sich dabei, wie sie über den See hinweg nach ihm Ausschau hielt. Falls er hinten an ihrem Geheimplatz unter den Bäumen saß, könnte sie ihn von hier aus mit etwas Glück sehen.

Doch die Stimme, die nach ihr rief, war die von Egon. Er war gerade aus dem Wasser gestiegen, wickelte sich ein Handtuch um seinen Oberkörper und kam auf sie zu.

»Hannah!« Sobald er sie erreicht hatte, stupste er sie am Arm. »Würdest du kurz hier bleiben? Ich würde gern mit dir reden.«

»Ich wollte gerade eine Runde um den See gehen.«

Egon löste das Handtuch und begann damit, sich die Haare abzurubbeln. »Gehst du allein um den See? Oder bist du mit *ihm* verabredet?«

Hannah trat auf der Stelle. Täuschte sie sich, oder lag etwas Abfälliges in der Art, wie er über ihn redete? »Ich ...« Sie zögerte. »Ich weiß nicht. Vielleicht treffe ich ihn unterwegs.«

Egon stieß ein Schnauben aus. »Dann redest du jetzt erst mal mit mir.« Damit fasste er sie am Handgelenk, ganz sanft nur, und wenn sie gewollt hätte, hätte sie sich losmachen können. Doch sie gab nach. Vermutlich, weil es besser war, hier mit Egon zu reden, anstatt einsam und verlassen um den See zu laufen.

Egon führte sie zu einem Findling, der am Rand der Badestelle lag. Er breitete sein Handtuch über die eine Hälfte aus und setzte sich mit seiner nassen Badehose darauf. Die andere Steinhälfte bot er Hannah an. »Nimm ruhig Platz.«

Zögernd ließ Hannah sich neben ihm nieder. Die Badestelle lag weitestgehend verlassen da, nur zwei Flüchtlingsfrauen schwammen noch im See. Alle anderen waren bereits zum Abendessen gegangen. Erst später würde es wieder voller werden.

»Er behandelt dich schlecht.«

Hannah fuhr zu Egon herum. »Nein. Das tut er nicht. Es ist nur ...«

»Doch!« Nun klang Egon verärgert. »Du bist unglücklich. Um das zu sehen, muss ich nicht mal besonders einfühlsam sein. Er spielt mit dir, lässt dich tagelang zappeln und fällt dann über dich her, als wärst du ...« Er brach ab, beendete den Satz mit einem Knurren.

Sie fragte ihn lieber nicht, welchen Vergleich er meinte. »Er spielt nicht mit mir. Er tut das nur, weil es ihm schlecht geht. Weil er im Krieg so viel mitgemacht hat.«

»Ist das dein Ernst?« Egon sprang auf und starrte auf sie herunter. »Weil er im Krieg so viel mitgemacht hat? Ist *das* deine Entschuldigung für ihn? Wir alle haben viel mitgemacht im Krieg.« Er deutete auf eine runde Narbe neben seinem Schlüsselbein. »Schau mich an. Mitten im Kessel haben sie mich zusammengeschossen. Einen halben Tag lang lag ich im Schnee und konnte zusehen, wie das Blut aus mir herauslief. Ich war mir schon sicher, dass ich sterbe. Bis mich doch noch jemand aufgesammelt hat. Und dann haben sie mich zusammen mit anderen im Lazarettzug liegen gelassen. Vier Tage ohne Nahrung und mit nur einer Feldflasche voll Wasser für jeden. Am Ende mussten wir zum Fenster robben, um uns dreckigen Schnee zusammenzukratzen. Wer das nicht mehr konnte, war verloren. Ich höre heute noch die Schreie der anderen. Erst haben sie vor Schmerzen gebrüllt, dann gejammert, und zum Schluss wurden sie still.« Unruhig stapfte Egon vor dem Findling hin und her, beugte sich zu seiner Kleidung und fingerte die Zigaretten aus einer Tasche. Noch während er eine davon aus der Packung schüttelte, erzählte er weiter: »Oder meine Kameraden, gute Freunde. Du willst nicht wissen, wie viele gestorben sind, wen ich auf meinen Armen weggetragen habe, damit er versorgt wird, und wer neben mir verblutet ist, weil die Kugeln über unsere Köpfe pfiffen und ich ihn deshalb nicht retten konnte.«

Er steckte sich die Zigarette in den Mund, zündete sie an und zog daran. Sein Atem zitterte, als er den Rauch auspustete. »Du wirst es mir vielleicht nicht glauben, aber auch ich hatte Tage im Krieg, in denen ich heulend in irgendeiner Dreckskuhle lag und mir das Gewehr am liebsten selbst in den Mund gesteckt hätte. Jedes Mal musste ich wieder aufstehen und weitermachen. Schießen und töten. Marschieren und durch den Schlamm robben. Bis an alle Grenzen, die ein Mensch besitzt, und über alle Grenzen hinaus.« Damit beugte er sich in ihre Richtung. »Wusstest du, dass man allein an der

Erschöpfung sterben kann? Man muss nur im falschen Moment zusammenbrechen … Manchmal bin ich im Stehen eingeschlafen oder mitten im Schützengraben. Selbst beim Marschieren kannst du einschlafen. Wenn du Glück hast, läufst du einfach weiter, wenn du Pech hast, dann fällst du um und bleibst liegen, bis dich jemand hochhebt. Oder auch nicht. Einmal bin ich umgefallen, und als ich wieder aufgewacht bin, war ich allein im feindlichen Gebiet. Einen ganzen Tag lang bin ich einfach drauflos gewandert, und ich habe es nur meinem Glück zu verdanken, dass ich den Deutschen und nicht den Russen in die Arme gelaufen bin.«

Egon klemmte sich die Zigarette zwischen seine Lippen und wischte die Schweißtropfen von der Stirn. Als er weitersprach, wurde er leise: »Mehr als einmal war mein Verstand am Ende. Und wenn ich träume, kehren die Toten bis heute zu mir zurück, Nacht für Nacht, Gesichter mit leeren Augen, die mich anstarren. Nicht irgendwelche Gesichter. Die meiner Freunde.« Er setzte sich wieder neben sie, blies den Rauch zur Seite und sah sie an. »Aber nichts davon, nicht einmal die allerschlimmsten Erinnerungen, geben mir das Recht, eine höfliche und ehrliche Frau wie dich schlecht zu behandeln.«

Unsicher schaute Hannah auf ihre Hände, die sich ineinander verkrampften.

Wie gehetzt stand Egon wieder auf, tigerte vor ihrem Stein hin und her und rauchte. »Ich weiß. Ich war auch nicht immer ein Engel. Auch mir ist es schwergefallen, wieder im Frieden anzukommen. Der Ton im Krieg ist rau, selbst wenn er kameradschaftlich gemeint ist. Anders hält man es nicht aus.« Ein letztes Mal zog er an seiner Zigarette, warf sie in den Sand und trat sie aus. »Dass ich eine Frau nicht so aufziehen kann, wie ich einen Kameraden aufziehe«, er machte eine Pause und setzte sich erneut, »das ist mir erst durch dich aufgefallen. Als ich gemerkt habe, dass du Angst vor mir hast.«

Hannah hielt den Atem an. Allein ihr Herz klopfte hart und schnell, noch aufgewühlt von den Kriegsbildern, die er heraufbeschworen hatte.

»Wir haben alle viel mitgemacht«, resümierte er, »du, ich, Freddie … Und von mir aus auch dein Fuchs. Aber was genau soll er Schlimmeres erlebt haben als wir anderen?«

Hannah biss sich auf die Unterlippe. Sie hatte kein Recht dazu, Moritz' Geheimnisse zu verraten. Nur eines musste sie wissen, ganz allgemein: »Wie ist es, wenn man töten muss? Ist das nicht das Schlimmste? Viel schlimmer als alles, was ein Feind dir zufügen kann?«

Für eine Sekunde schien Egon zu erstarren. Dann zuckte er die Schultern. »Im Gefecht gibt es nur zwei Möglichkeiten. Entweder ich töte, oder ich werde getötet. Diese Regel ist für beide Seiten gleich. Warum sollte ich deshalb ein schlechtes Gewissen haben?«

Unruhig schüttelte Hannah den Kopf. Das allein war nicht der Punkt. »Und was ist …« Sie zögerte, musste die Frage anders formulieren, damit sie nicht zu viel verriet: »Hast du nie einen Unschuldigen getötet? Wenn du nicht weißt, wer Freund und wer Feind ist … Passiert es nicht laufend, dass man sein Gewehr auf Unschuldige richtet?«

Sein Gesicht wurde grimmig. Wieder zuckte er die Schultern. »Ich weiß es nicht. Wie du sagtest: Oft lässt es sich nur schwer unterscheiden.« Mit eindringlichem Blick sah er sie an.

Hastig wich sie ihm aus, schaute auf den nassen Sand der Badestelle.

»Ist es das, was ihm so zusetzt? Dass er Unschuldige getötet hat?«

Jetzt hatte sie zu viel verraten. Moritz' Geschichte ging Egon nichts an.

»Also ja.« Er gab ein leises Lachen von sich. Als er weitersprach, triefte seine Stimme vor Sarkasmus. »Und weil er Unschuldige getötet hat und deshalb so unsäglich leidet, darf er seinen Selbsthass jetzt ungebremst an dir auslassen? Sehe ich das richtig?«

Seine Worte stachen zu, treffsicher und passgenau. Hannah konnte nichts dazu sagen, konnte weder sich noch Moritz verteidigen. Einzig die Tränen brannten in ihrer Kehle.

»Was genau findest du an ihm? Der Krieg hat uns allen zugesetzt. Moritz Lasky hingegen ist verrückt, vollkommen durchgeknallt. Es mag sein, dass der Krieg daran schuld ist, aber …« Er brach ab, setzte von Neuem an. Dieses Mal klang er vorsichtig. »Ich will dir nicht zu nahetreten, Hannah. Du bist bestimmt eine gute Apothekerin und ein liebevoller Mensch. Aber glaubst du wirklich, dass du ihn heilen kannst? Kennst du irgendeinen Verrückten, der geheilt wurde?«

Ihr Herz zog sich zusammen unter den Worten, unter der Wahrheit, die er aussprach. Tiefer Schmerz kroch durch ihre Brust, krümmte ihren Oberkörper nach vorn, bis das Weinen aus ihr herausbrach.

»Schhht!« Sanft legte Egon den Arm um ihre Schultern. »Glaub mir, Hannah, ich will dir nicht wehtun. Du hast dich in ihn verliebt, und ich will ihn dir nicht ausreden. Es ist nur …« Er räusperte sich. »Ich werde bald nicht mehr hier sein, und wenn du mit ihm allein bist, dann kann ich nicht mehr auf dich aufpassen.«

Hannah fuhr auf. Nur verschwommen erkannte sie sein Gesicht. »Warum? Warum bist du bald nicht mehr hier?«

»Das Rote Kreuz hat mir geschrieben. Sie haben meine Familie gefunden, meine Eltern und meine jüngsten Geschwister. Alle zusammen konnten sie aus Ostpreußen fliehen und leben jetzt in Bayern. Ich werde zu ihnen gehen. Sobald ich mich von allen Bekannten hier verabschiedet habe.«

Plötzlich musste sie um Luft kämpfen. Sämtliche Tränen versammelten sich in ihrem Hals, flatterten in ihrer Kehle und wollten sie ersticken. Erst als sie aufsprang, wurde es besser, während die Wut aufschäumte und alle Tränen beiseitefegte. Für eine Sekunde wollte sie ihn anbrüllen, wollte ihm vorwerfen, dass er einfach so wegging, dass er sie und Moritz zurückließ, als wären sie nur zufällig in einem Zimmer gelandet, als hätten sie nicht den ganzen Winter gemeinsam ums Überleben gekämpft.

Dann begriff sie, dass es tatsächlich so war. Dass sie nur zufällig aufeinandergetroffen waren, dass sie zusammengehalten hatten, weil es keine andere Wahl gab – und dass Egon sie bald vergessen würde, wenn er erst seine Familie wiedergefunden hatte. Mit ihm war es also genauso wie mit allen anderen. Hatte sie ernsthaft geglaubt, dass die Freundschaft zu ihm etwas Beständiges war?

Hannah ließ sich zurück auf den Stein fallen, und mit einem Mal war das Weinen wieder da. Sie musste sich selbst umarmen, musste sich festhalten, um nicht auseinanderzufallen. Vage bemerkte sie, dass Egon an ihrer Seite saß, dass er bei ihr blieb und ihrem Zusammenbruch zuhörte, ohne etwas zu sagen.

Nach einer Weile wurde sie wieder ruhig. Ruhig genug, um klar denken zu können. Langsam hob sie den Kopf, wischte sich die Tränen vom Gesicht und nahm das saubere Taschentuch, das Egon ihr reichte. »Du hast mich gefragt, was ich an ihm finde.« Sie atmete tief durch, musste sich noch einmal sammeln, damit ihre Stimme nicht zitterte. »Es ist genau das: Du wirst bald weggehen zu deiner Familie. Genauso wie Freddie weggegangen ist oder Elisabeth, die Mutter mit ihren Kindern, die vorher in meinem Zimmer gewohnt hat. Keiner von euch ist wirklich allein. Ihr habt alle noch eine Familie. Irgendwo. Menschen, die ihr liebt und die zu euch gehören. Aber Moritz und ich …« Jetzt zitterte ihre Stimme doch. »Wir haben nur noch uns.« Damit stand sie auf, gab Egon das Taschentuch zurück und wandte sich ab. Sie wollte nicht wissen, was er antwortete. Wollte keine weiteren Ratschläge hören.

Stattdessen rannte sie los. Ihre Beine fühlten sich leicht an, gefühllos im Vergleich zu den Schmerzen in ihrer Brust. Fliegend glitt sie dahin, um den See herum und weiter an den Knicks entlang. Sie hatte kein Ziel, keinen Plan, nur diesen Weg, den sie schon so oft gelaufen war. Am Strand blieb sie stehen, gerade lange genug, um ihre Schuhe auszuziehen, bevor sie barfuß weiterrannte. Sie lief durch die Brandung, spürte das kalte Wasser an ihren Waden, bis ihre Beine zu eisig wurden, um überhaupt noch etwas zu fühlen.

Dann erreichte sie die Stelle, an der sie den Strand verlassen musste, an der ein winziger Pfad in die Dünen hinaufführte, dorthin, wo der Bunker im Sand verborgen lag. Sie lief die Düne hinauf, fand die Stahltür zwischen den Hügeln. Daneben saß jemand, mitten im Sand, mit Blick aufs Meer.

»Hannah!« Moritz sprang auf. Er klang überrascht, erfreut. Als wäre sie ein Geschenk, mit dem er nicht gerechnet hatte. Mit ausgestreckter Hand kam er auf sie zu.

Sie müsste nur die letzten Schritte überwinden, und er würde sie an sich ziehen. Sie würden sich umarmen und küssen, würden sich im Bunker verkriechen und im Kerzenlicht ein paar glückliche Stunden verbringen. So lange, bis er aufsprang und vor ihr davonrannte.

Allzu gern wollte Hannah bei ihm sein. Dennoch musste sie ihm endlich die Grenzen zeigen, die er längst überschritten hatte. »Ich kann das nicht mehr!«, rief sie. »Ich kann morgens nicht mehr aufwachen und mich als Erstes fragen, ob du mich heute liebst oder verachtest. Ich kann nicht mehr den ganzen Tag lang meine Arbeit erledigen und gleichzeitig darüber nachdenken, ob du mich wohl abholst und einen schönen Abend mit mir verbringst oder ob du mir ausweichst und mich nicht einmal ansiehst, wenn du neben mir ins Bett gehst. Und am allerwenigsten kann ich es ertragen, dass ich nicht weiß, ob wir beide noch ein Paar sind oder ob du längst einen Schlussstrich gezogen hast, von dem du mir nichts gesagt hast.« Hannah schluckte, musste die Tränen zurückdrängen, die schon wieder in ihre Augen traten. »Warum tust du das? Warum behandelst du mich so? Als wäre ich … wertlos.«

»Hannah!« Seine Hand zuckte, streckte sich in ihre Richtung.

Sie wich vor ihm zurück, schüttelte den Kopf. »Was habe ich falsch gemacht?«

Erschrocken sah er sie an. »Du hast nichts falsch gemacht. Es liegt an mir.« Er berührte ihren Arm.

Hannah schlug seine Hand zur Seite. »Lass mich los! Ich habe dich vor Egon verteidigt. Aber er hatte recht!«

Die Beherrschung in Moritz' Gesicht zerfiel, seine Augen verengten sich zu misstrauischen Schlitzen. »Egon? Was hat er damit zu tun?«

Mit einem Mal verspürte Hannah den Drang, ihm wehzutun. »Er sagt, du behandelst mich schlecht! Er hat mitbekommen, dass du kommst und gehst, als wäre ich eine Hure. Aber du hast nicht das Recht dazu. Auch nicht, wenn es dir schlecht geht. Auch nicht, wenn du so viel Grauen erlebt hast, dass du noch immer im Krieg festhängst. Das ist dein Elend, Lasky! Also lass es nicht an mir aus!« Ihre Stimme kippte, fing sich nur mühselig. »Du hast kein Recht dazu!«

Moritz war blass geworden. Verwirrung und Scham huschten über sein Gesicht. »Es tut mir leid«, murmelte er. »Die Art, wie ich dich behandle. Ich sollte es nicht an dir auslassen. Es ist nur …« Er sprach nicht weiter.

»Es ist wegen deiner Geschichte, oder? Weil ich das Ende nicht gelesen habe. Deshalb findest du keine Ruhe. Weil du nicht glaubst, dass ich dir deine Schuld verzeihen könnte.«

Stummer Schreck weitete seine Augen. Für einen Moment stand er mit offenem Mund da. »Ja«, flüsterte er. »Es ist deshalb, aber nicht nur.« Er schaute nach unten, trat einen Schritt zurück und setzte sich in den Sand.

Am liebsten wollte Hannah sich neben ihn setzen und an ihn lehnen. Nur ein winziger Rest ihrer Vernunft hielt sie davon ab. Mit ausreichend Abstand ließ sie sich vor ihm nieder.

Moritz hob den Kopf und schaute hinaus aufs Meer. Eine Weile lang war nicht zu erkennen, ob er tatsächlich noch etwas sagen würde, dann jedoch begann er zu reden: »Es ist meine Schuld. Das, was mit Ostpreußen und Pommern geschehen ist. Dass die Russen so viele ermordet haben. Männer wie ich tragen die Schuld daran.« Er sagte es ganz ruhig, wie eine Erkenntnis, über die er lange nachgedacht hatte. »Die Russen waren voller Hass und Rachsucht, als der Krieg zu Ende ging. Jeder, der sie erlebt hat, wird dir sagen, dass sie grausam und unmenschlich waren. Seelenlose Monster, die plünderten, Frauen und Mädchen vergewaltigten und wahllos töteten.« Mit den Fingern strich er durch das Dünengras und zeichnete gedankenverloren ein Muster in den Sand. »Das alles taten sie, weil ihre Seelen vor Schmerz brannten. Weil wir diese Monster aus ihnen gemacht haben, indem wir ihnen genau das zufügten, was sie später an unseren Frauen und Kindern ausließen. Wir haben ihre Familien zuerst zerrissen. Als Antwort haben sie das Gleiche mit unseren Familien getan.«

Hannah hielt still unter seinen Worten, fühlte sich ganz starr unter den Bildern, die er heraufbeschwor.

Auch Moritz sog schwerfällig die Luft ein, seine Finger vollendeten das Muster im Sand und wischten es anschließend weg. »Wenn man all diese Zusammenhänge sieht, dann trage ich Schuld an allem. An dem, was ihrem Volk geschehen ist, und an dem, was unserem Volk zugefügt wurde.«

»Du?«, rief Hannah. »Wie soll das gehen? Du allein kannst nicht die Schuld tragen. Wenn es einen Einzelnen gibt, der die Schuld trägt, dann ist das Hitler.«

Moritz ließ sich rückwärts in den Sand fallen. Seine Haare vergruben sich darin, als er den Kopf schüttelte. »Nein, Hannah. Du siehst das falsch. Ich muss die Schuld tragen. Meine persönliche Schuld und einen guten Teil von der allgemeinen.« Er wandte sich von ihr ab, schaute in den Himmel und blinzelte. »Je mehr Männer es gibt, die ihre Schuld nicht sehen, desto mehr Schuld muss ich von ihnen übernehmen. Leute wie Egon ... oder Freddie ... Sie glauben vielleicht, wir könnten die ganze Schuld bei Hitler belassen. Aber Hitler ist tot. Und wenn wir behaupten, unsere Schuld wäre getilgt, weil er sie mit ins Grab genommen hat«, seine Nasenflügel weiteten sich, »dann stellen wir Hitler auf eine Stufe mit Jesus, der stellvertretend für unsere Sünden am Kreuz gestorben ist.«

* * *

Gut Morkamp, Seeufer, Erinnerungen

Der See glitzerte zwischen den Weiden am Ufer. Moritz wünschte sich, dorthin zu gehen, sich schweigend an die Baumstämme zu lehnen und auf das Wasser hinauszuschauen. Doch er war nicht allein hier. Es war Egons letzter Abend. Sein Kamerad hatte ihn im Backhäuschen abgefangen und ihm gesagt, dass er mit ihm reden wollte. Jetzt blieb Egon auf halbem Weg zwischen dem Backhäuschen und dem See stehen. »Du weißt, warum ich mit dir sprechen will, oder?«

Ohne ihn anzusehen, nickte Moritz. Er konnte sich denken, dass es um Hannah gehen würde um die schönste Frau unter tausend Flüchtlingen, die sich ausgerechnet den verrückten Fuchs ausgesucht hatte.

»Ich werde morgen zu meiner Familie nach Bayern abreisen«, fuhr Egon fort. »Mit etwas Glück finde ich auch meine Verlobte wieder. Meine Mutter hat geschrieben, dass sie eine Vermutung hat, wo sie sein könnte.« In seinem Tonfall klang Erleichterung, Aufregung, Ungewissheit.

Moritz sagte ihm nicht, dass es schwer werden würde, zu den geliebten Menschen zurückzukehren, aus dem Krieg in den Frieden zurückzukehren. Selbst wenn Egon alle Menschen wiederfand, würde es nie wieder so sein wie vorher. »Viel Glück«, murmelte er nur.

»Wortkarg wie immer. Kaum vorstellbar, dass du mit Hannah redest. Oder kannst du tatsächlich mehr als drei Worte am Stück sprechen?«

Mit zusammengezogenen Augenbrauen drehte sich Moritz zu seinem Kameraden um und sah ihn zum ersten Mal an. »Worüber?«

Egons Grinsen zerfiel. »Zum Beispiel darüber, was ich dir getan habe. Ich habe dich immer wieder aus dem Dreck gezogen. Selbst meinen eigenen Kopf hab ich für dich hingehalten, weil wir dich ohne Papiere mitgeschleppt haben. Und du? Kannst mir zum Dank noch nicht mal in ganzen Sätzen antworten, obwohl wir ja inzwischen wissen, dass du nicht stumm bist. Also, was genau hast du für ein Problem mit mir?«

Moritz wich ihm aus, scharrte mit den Füßen über den Kiesweg. »Gar keins«, flüsterte er. »Ich habe kein Problem mit dir.« *Du hast mich nur gerettet, als ich sterben wollte.* »Es ist nur …« Er stockte. »Du und ich … und Freddie … und die anderen Soldaten. Wir waren der Krieg. Und in gewisser Weise sind wir es immer noch. Hannah hingegen …« Er deutete auf das Backhäuschen. Mit der Hand wischte er sich über den Schweiß in seinem Nacken. »Sie ist Frieden und Hoffnung. Glück und Zukunft. Liebe und Treue. Ich kann es nicht ertragen, wenn sie dem Krieg gegenübersteht. Wenn wir sie berühren.«

Ein Kräuseln huschte über Egons Stirn. »Wovon redest du? Ich berühre sie nicht. Du bist mit ihr zusammen.«

»Ja.« Moritz lachte bitter. »Aber nur, weil sie das so entschieden hat. Wenn es nach dir ginge, hätte sie besser dich genommen.«

»Mag sein. Aber ich weiß, wie man eine Frau und ihre Entscheidungen respektiert. Sie gehört dir.«

Moritz unterdrückte ein Schnauben. »Sie gehört mir nicht! Sie macht einen Fehler mit mir. Daran kann ich sie aber nicht hindern.«

Egon fuhr auf. »Wenn du ihr wehtust …« Er knurrte, ging einen Schritt auf Lasky zu. »Wenn du ihr auch nur ein Haar krümmst, komme ich zurück und bringe dich um.«

Feuer brannte in Laskys Rücken, Hitze strömte durch seinen Körper. Er breitete die Arme aus. »Du kannst das gleich jetzt erledigen. Vielleicht wäre es das Beste für uns alle.« Hinter ihm fiel ein Baum zu Boden. Nicht weit entfernt lag ein umgestürzter Planwagen. Leichen waren herausgefallen und türmten sich am Wegesrand.

Zu viele Erinnerungen!

Damals hatte Egon ihn gerettet. »Ich habe dich nie darum gebeten, mich vom Straßenrand aufzusammeln. Warum bringst du nicht einfach zu Ende, was du aufgehalten hast?«

Von Weitem klang das Dröhnen einer Propellermaschine. Bald würden die russischen Flieger wieder hier sein. Um weitere Bomben auf den Treck zu werfen, auf den Wald, auf die Munitionslager um sie herum.

Egon starrte ihn an. Beinahe so, als würde er ebenfalls zurückkehren, als würden sie diesen einen Moment noch einmal durchleben. Gemeinsam. Genauso wie damals, nur mit dem Wissen von heute. Drängelnde Menschen, schreiende Frauen, verlassene Kinder. Auf dem Boden Leichen oder Menschen, die noch lebten, eingeklemmt unter den Baumstämmen. Bald würden die Russen kommen, würden sich nehmen und schänden, was noch da war. Töten und quälen. Erst quälen, dann töten.

Alles ihre Schuld. Seine Schuld. Entsprungen aus der Asche in seiner Brust. Die Luft in seiner Lunge brannte, ließ ihn röcheln und keuchen. Er musste sterben. Jetzt und hier. Endlich.

»Fuchs!« Egon kam auf ihn zu. »Moritz!« Er zog ihn an sich, hüllte ihn ein wie ein Kind, das verloren gegangen war. »Schhht. Es ist vorbei. Der Krieg ist zu Ende. Es passiert nicht jetzt.«

Lasky rang um Atem. Sein Körper kämpfte, wollte überleben, wollte ihn ein weiteres Mal verraten. »Wir waren das«, keuchte er. »Wir haben das getan.«

Die Arme des anderen hielten ihn fest, pressten sich so fest um seinen Rücken, als könnten sie wieder zusammendrücken, was längst zerbrochen war. »Ich weiß«, flüsterte er, »wir haben die Hölle auf die Erde gelassen, aber jetzt ist es vorbei. Und wir können es nicht rückgängig machen. Wir müssen zurückfinden. Du musst zurückfinden. Denk an Hannah. Sie braucht dich.«

Die Luft strömte wieder in seine Lungen und ließ ihn atmen. Hannah! Für sie musste er weiterleben. Mit ihr musste er eine Zukunft finden.

Ganz egal, was er getan hatte.

18. KAPITEL

Kreis Plön, Ostseeküste Schleswig-Holstein, Juni 1946

Seitdem Egon fort war, gehörte die Kammer allein ihnen. Da die Bombenevakuierten allmählich in ihre Heimatstädte und die ehemaligen Soldaten aus der aufgelösten Kriegsgefangenenzone zu ihren Familien zurückkehrten, entspannte sich die Situation in ihren Notunterkünften deutlich. Eine Woche lang warteten sie ab, ob sie wirklich allein blieben. Dann räumten sie sämtliche Strohsäcke aus ihrer Kammer, fegten und wischten das Zimmer, putzten das Fenster und ließen die Brennhexe auskühlen, um sie einer Grundreinigung zu unterziehen. Schließlich sortierten und stapelten sie die leeren Einmachgläser, um sie für die nächste Ernte aufzubewahren, und wuschen die Jutesäcke aus, damit sie bald die ersten Frühkartoffeln darin aufbewahren konnten.

Als alles fertig war und ihre Habseligkeiten einen neuen Platz gefunden hatten, erschien die winzige Kammer weit und leer. Hannah stellte sich in die Mitte des Raumes, breitete die Arme aus und drehte sich, bis ihr schwindelig wurde. Genau so, wie sie es als Kind oft getan hatte, in ihrem riesigen Salon in der Grindelallee. Oder hinter ihrem Haus im Garten … Als sie stehen blieb, schwankte der Boden. Sie schloss die Augen und spürte, wie ihr Körper mit schwankte, ganz so, als stünde sie auf einem Boot, das im Sturm hin und her geworfen wurde. Oder war es kein Boot? Vielleicht trieb sie auch selbst im Wasser. »Wie Treibholz«, murmelte sie. »Genau das sind wir: wie Treibholz im Sturm.«

Moritz sagte nichts. Dennoch konnte sie spüren, dass er sie ansah, dass er ihre Drehungen von der Wand aus beobachtete, an die er sich gelehnt hatte. Hannah öffnete die Augen, um ihre Vermutung zu überprüfen. Tatsächlich stand er noch dort. Er lächelte ihr zu, sein wehmütiges, befangenes Lächeln, das selbst jetzt so wirkte, als müsste es erst befreit werden.

»Weißt du, was mir aufgefallen ist?« Hannah erwiderte das Lächeln. »Dieses Zimmer ist nun unser Zuhause. Nur noch unseres. Nicht groß, aber privat.« Sie überlegte, schaute auf die Wände, deren grüne Farbe schon lange von grauem Ruß überzogen war, auf die Wasserflecken, die mit fransigen, braunen Rändern über den Putz wucherten. »Wir könnten die Wände streichen – wenn wir es schaffen, uns Farbe zu besorgen.« Sie deutete auf die schwarze Stelle, an der das Ofenrohr in den Schornstein führte.

Noch immer schwieg Moritz. Nur sein Lächeln veränderte sich, wurde so zärtlich, dass Hannahs Herz aufsprang und sich in tausend Schmetterlinge zerteilte. Sie flatterten durch ihr Inneres und lösten ihre Zunge, die weiter Worte bilden musste, um mit den Schmetterlingen davonzufliegen: »Und dann der Platz. Wir haben so viel Platz.« Noch einmal drehte sie sich, zeigte auf die neun oder zehn Quadratmeter freien Holzfußboden um sich herum. »Was machen wir damit?« Wieder schwankte sie, als sie stehen blieb. Ihr Blick fiel auf die Koffer und Kleiderstapel, die hinter ihrem Bett lagen. »Was meinst du? Wir könnten ein bisschen von unserem Lohn sparen und uns eine Kommode kaufen. Damit wir unsere Sachen nicht mehr in Koffern und auf dem Fußboden lagern müssen. Oder wir bauen uns selbst einen Schrank, vielleicht aus Kartoffelkisten.«

Erst jetzt löste Moritz sich von der Wand, ging zu dem Radioempfänger, den Egon und Freddie hier gelassen hatten, und schaltete das Gerät ein. Leise Musik sickerte aus dem Lautsprecher. Moritz drehte sie lauter, kam auf Hannah zu und zog sie an sich. »Oder wir tanzen«, flüsterte er. »Wir könnten jeden Abend tanzen.«

Hannah spürte, wie die Schmetterlinge ihren Kopf erreichten, wie sie sich mit dem Schwindel aus tausend Drehungen vermischten. Fast geriet sie aus dem Gleichgewicht, während Moritz sie in die Runde zog. Das Lied war ein ruhiges Lied, genau das richtige für ein Paar, das sich nah sein wollte. Hannah lehnte sich an ihn, versteckte ihr Gesicht an seiner Schulter und atmete seinen Duft. Salzige Seeluft hing in seinem Hemd, die Haut an seinem Hals fühlte sich warm an, und sein Gesicht war weich von der letzten Rasur. Hannah musste ihn küssen, musste ihn fühlen, musste sicher sein, dass alles gut werden würde.

In dieser Nacht schliefen sie gemeinsam auf ihrer Matratze wie in einem Ehebett, und beinahe ohne Zweifel an ihrer Beziehung. Hannah war schon fast in seinen Armen eingeschlafen, als plötzlich ein Bild durch ihre Gedanken geisterte: ein Kinderbett unter der Dachschräge. Nichts würde besser auf die sauberen Holzdielen unter die frisch gestrichenen Wände passen.

Ihr Herz zersprang ein weiteres Mal, ganz so, als wären die Schmetterlinge dorthin zurückgekrochen und würden ein weiteres Mal davonfliegen.

Vielleicht wäre jetzt der richtige Moment für ein Kind. Sie hatten dieses Zimmer ganz für sich allein. Und sie beide hatten eine Arbeit gefunden, ein knappes Auskommen, das sie mit Glück über den nächsten Winter brachte. Damit besaßen sie mehr als die meisten Flüchtlinge.

Für eine endlose Weile lag Hannah wach und stellte sich vor, wie ihr Leben mit einem Kind aussähe. Ein kleines, blondes Mädchen am Strand oder eines mit roten Locken, das am Tisch in der Backstube saß und malte. Je länger Hannah wach lag, desto mehr Kinder sah sie vor sich, Jungen und Mädchen, blond oder rothaarig, an allen Orten, die sie liebte. Erst mit der Vorstellung von Moritz und sich an ihrer Badestelle, von einem kleinen Jungen, der am Ufer spielte, und zwei größeren Mädchen, die im Wasser planschten, wurde sie wieder schläfrig.

Sie könnten auch heiraten. Hannah war schon fast wieder eingeschlafen, als der Gedanke durch ihren Kopf sickerte. Sie beide könnten heiraten. Danach würde es keinen Zweifel mehr geben. Nicht mehr den geringsten.

* * *

Es war eine halbe Woche später an einem der Verkaufstage. Draußen regnete es, sodass sich die Kunden im Verkaufsraum zu einer dicken Traube sammelten. Wie immer hatte Hannah deutlich mehr Brote gebacken, als sie verkaufen wollte. Mit jedem Brot, das sie nun über die Theke reichte, musste sie genau darauf achten, ob sie es in ihre Liste eintrug oder nicht. Nur die legalen Brote, die unbedingt gegen Bezahlung über den Tresen gehen mussten, durften in der Statistik auftauchen. Doch daneben gab es noch einige, die sie für die bedürftigsten Familien gebacken hatte und von denen die Gutsherrschaft auf keinen Fall erfahren durfte.

Wann immer sie ein Brot verschenkte, tat sie im Gespräch so, als bekämen die Kunden das Brot für den Schmuck oder den Silberlöffel, den sie vor ein oder zwei Wochen mitgebracht hatten. Da sie für die meisten Käufer ohnehin eine Strichliste führte, auf der sie abhakte, wie viele Brote ihnen für ihre Tauschwaren noch zustanden, fiel es den Nebenstehenden nicht weiter auf, wenn einzelne Leute überhaupt nicht zahlten. Auf diese Weise hoffte sie, die zahlungskräftigen Kunden würden möglichst wenig von ihren Taten erfahren. Jeder Zeuge, der von ihrem Diebstahl wusste, war eine weitere Gefahr. Insbesondere, wenn er selbst nicht davon profitierte. Neid unter den nicht ganz so armen Flüchtlingen konnte sie ganz sicher nicht gebrauchen. Hannah kam nur deshalb so lange ungeschoren davon, weil ihre Mitwisser ebenso vorsichtig waren wie sie. Die meisten Frauen schämten sich, wenn sie ihre finanzielle Notlage erklärten, und zum größten Teil waren es immer die gleichen Familien, denen sie das Brot kostenlos gab. Doch an jedem Verkaufstag kamen neue Notleidende hinzu. Die Ernte für die Frühkartoffeln sollte in zwei Wochen beginnen, bis dahin war der Hunger für viele kaum noch auszuhalten.

Auch heute hatte sie schon zwei Brote an Frauen verschenkt, die letzte Woche noch etwas bezahlt hatten. Eine davon hatte durch eine Freundin von dieser Möglichkeit erfahren. Solche Begründungen hörte Hannah immer häufiger, und inzwischen konnte sie nicht mehr leugnen, dass das Drama unaufhaltsam geworden war.

Eine weitere Gefahr lag in Niklas, dem alten Knecht, der die Kornsäcke für sie zur Mühle brachte und später das gemahlene Mehl wieder in der Backstube absetzte. Allerdings schien er sich nicht für die Mengen zu interessieren und hinterfragte es nicht, wenn sie ihm etwa einmal pro Woche einen Sack mehr mitgab.

Als gegen elf Uhr die Tür aufflog und der Drachen hereinstürmte, wusste Hannah sofort, was jetzt passieren würde. Friedrichsen stapfte mit wichtiger Miene hinter der Gutsherrin her, dicht gefolgt von der dicken Line. Einzig der Gutsherr schien nicht bei ihnen zu sein.

»Alle raus hier!« In bester Drachenmanier wirbelte die Gutsherrin durch den Raum und wies die wartenden Kunden nach draußen.

Die Flüchtlinge standen wie erstarrt. Manche lösten sich etwas eher und trollten sich Richtung Tür, andere blieben stehen und tuschelten.

»Schnell, schnell! Wird's bald?«, fauchte die Gutsherrin.

Erst jetzt fiel Hannahs Blick auf Gitte und Dörchen, die am Ende der Schlange standen, als wären sie erst vor Kurzem hereingekommen. Gitte schaute ihr erschrocken entgegen. Sie bewegte stumm die Lippen, vielleicht, um Hannah Glück zu wünschen oder um sich zu entschuldigen, weil sie in diesem

Moment nicht helfen konnte. Hannah wandte sich ab, bevor der Drachen ihr Zwiegespräch bemerken konnte. Ihre Freundin mit in diese Sache zu ziehen war das Letzte, was sie wollte. Noch im gleichen Moment bemerkte sie eine andere Person, die ganz am Rand des Getümmels stand, nur wenige Meter von der Tür entfernt: Dagmar, jene Flüchtlingsfrau, die von Anfang an neidisch auf ihre Anstellung als Bäckerin gewesen war. Das triumphierende Grinsen auf ihrem Gesicht ließ keinen Zweifel daran, wer sie an den Drachen verraten hatte. Vermutlich hatte es sich bis zu Dagmar herumgesprochen, dass Hannah die Brote verschenkte. Und vermutlich hoffte ihre Konkurrentin darauf, dass sie selbst die nächste Bäckerin sein würde, wenn sie Hannah vom Thron stieß.

»Dagmar!« Die Gutsherrin wandte sich an sie. »Das gilt auch für Sie. Bitte verlassen Sie die Backstube.«

»Selbstverständlich.« Dagmar nickte unterwürfig, bevor sie sich als Letzte zur Tür wandte. Nur Hannah sah noch das siegessichere Grinsen, das in ihr Gesicht trat, sobald die Gutsherrin sie nicht mehr beachtete.

Der Drachen verteilte derweil die nächsten Kommandos: »Friedrichsen, prüfen Sie die Bücher! Line, geh in die Backstube und zähl die Brote. Und Fräulein Riedel …« Ihre Stimme wurde abfällig. »Sie kommen mit mir auf den Kornboden.«

Mit weichen Knien trat Hannah hinter dem Tresen hervor und folgte der Gutsherrin in den kleinen Nebenraum, von wo aus sie die Treppe ins Obergeschoss hinaufstiegen.

»Du meine Güte!«, rief die Alte kurz darauf von oben.

Hannah überlegte, ob sie umdrehen und nach draußen rennen sollte, fliehen, um nicht im Zuchthaus zu landen. Nur ihre Beine, diese verräterischen Dinger, trugen sie weiter nach oben.

Als sie den Dachboden betrat, wirbelte die Gutsherrin herum. Alles an ihr sah so aus, als wollte sie Hannah rückwärts die Treppe hinunterstoßen. »Wo. Ist. Das. Getreide?«

Hannah wich vor ihr zur Seite. Zu ihrer Verteidigung gab es nichts zu sagen. Der Kornvorrat auf dem Dachboden war empfindlich zusammengeschrumpft. Wo sich die Säcke bis vor ein paar Monaten noch bis zum Spitzgiebel gestapelt hatten, waren sie jetzt keine zwei Meter mehr hoch geschichtet, und die vorderen Reihen waren gänzlich verschwunden. Schon allein per Augenmaß schien offensichtlich, dass die Anzahl der offiziell gebackenen Brote nicht mit dem Getreideschwund übereinstimmte.

»Wie erklären Sie mir das? Fräulein Riedel?«, keifte die Gutsherrin.

Wortlos senkte Hannah den Kopf.

»Ist es richtig, was ich gehört habe?« Der Drachen zischte ihr zu: »Ist es wahr, dass Sie mein Getreide gestohlen und das gebackene Brot verschenkt haben? An … *notleidende* … betrügerische … Flüchtlinge?«

Hannah war kurz davor, einfach zu nicken und alles zu gestehen. Doch dann gäbe es keine Chance mehr, sich aus dieser Lage zu befreien. »Ich …«, stammelte sie. »Ich … gestohlen … nein.«

»Lügen Sie mich nicht an!«, brüllte die Gutsherrin. Sie packte Hannah an der Schulter, schob sie auf die Treppe zu. »Nach unten!«, befahl sie.

Friedrichsen schaute ihnen finster entgegen. »Line hat neunundvierzig gebackene Brote gezählt«, berichtete er. »Nur sechsunddreißig davon sind für heute in die Bücher eingetragen. Unser Fräulein Riedel hat sich auch nicht verrechnet, denn hier steht, dass sie heute siebzig Brote gebacken hat, und die Verkaufsstrichliste führt vierunddreißig Brote, die verkauft wurden. Demnach dürften jetzt nur noch besagte sechsunddreißig Brote da sein.« Friedrichsen tippte mit seinem Federhalter auf eine Rechnung, die er auf seinen Notizblock gekritzelt hatte. »Da es aber noch neunundvierzig Brote sind, haben wir den Beweis für dreizehn Brote, die sie nur gebacken hat, um sie zu stehlen. Aber wahrscheinlich hat sie heute Morgen bereits einige verschenkt. Und mit Sicherheit viele weitere an den anderen Tagen.«

So aufeinandergereiht klangen die Zahlen schrecklich. Hannah machte sich bereit für den Sturm, der über sie hereinbrechen würde.

»Ist das so?« Der Drachen fuhr zu ihr herum. »Wie viele Brote haben Sie uns gestohlen?«

Es hatte keinen Sinn mehr, ihre Tat zu leugnen. Wenn das hier vorbei war, würde sie nicht nur ihre Anstellung verloren haben, sondern auch ihre Unterkunft. Wahrscheinlich kam sie wegen Diebstahls, ins Gefängnis.

»Nun sagen Sie schon!«, schrie der Drachen. »Sie sind eine Diebin! Sie haben uns bestohlen!«

»Ich …« Hannah stammelte erneut. Sie konnte die Wahrheit nicht aussprechen. Vermutlich war es besser, wenn sie schwieg.

»Was ist denn hier los?« Plötzlich stand der Gutsherr in der offenen Eingangstür. Regenwasser durchnässte seine Haare und lief in Tropfen über sein Gesicht. Auch sein weißes Hemd war mit schattigen Flecken überzogen. Hinter ihm, draußen im Regen, stand noch jemand: Gitte. Nur für eine Sekunde sah Hannah in Richtung ihrer Freundin, ehe der Gutsherr die Tür hinter sich ins Schloss drückte.

»Dein hübsches Stadtpüppchen«, der Drachen wies mit einem abfälligen Naserümpfen auf Hannah. »Sie hat uns zentnerweise Getreide gestohlen. Sie verschenkt das Brot, anstatt es zu verkaufen.«

Holger von Morkamp richtete den Blick auf Hannah. Seine Miene wirkte undurchsichtig. Oder wütend? Enttäuscht? Wieder fiel ihr die Farbe seiner Augen auf, dunkles Graugrün. Wie der See hinter dem Backhäuschen. Sie hatte ihn bestohlen, hintergangen, ausgerechnet ihn.

»Ich …« Sie wollte ihre Tat gestehen, musste sie ihm gegenüber zugeben, bevor er sie auch noch für eine Lügnerin hielt. »Ich fürchte, ich …«

»Sie hat in meinem Auftrag gehandelt!« Sofort schnitt Holger von Morkamp ihr das Wort ab. »Ich habe Frau Riedel beauftragt, kostenloses Brot für die Flüchtlinge zu backen, damit auch die ärmeren Familien nicht mehr hungern müssen.«

Mit einem Mal purzelte alles durcheinander, ihre Gedanken, ihre Gefühle. Ein Teil von ihr wollte ihm vor Dankbarkeit und Erleichterung um den Hals fallen. Tatsächlich aber blieb sie stocksteif stehen.

»Du hast sie beauftragt, mir *mein* Getreide zu stehlen?« Der Drachen spuckte den Vorwurf aus, als wäre er ein Feuerball.

Ein bitteres Lächeln erschien auf dem Gesicht des Gutsherrn. Er sah aus, als wollte er seiner Mutter etwas entgegnen. Dann wandte er sich an die Magd, die mit offenem Mund neben ihnen stand und der Diskussion lauschte. »Line, bitte sei so freundlich und lass uns allein.«

Line klappte den Mund wieder zu, knickste höflich und eilte nach draußen. Hannah würde schwören, dass sie im Regen hinter der Tür stand und lauschte.

»Es ist nicht *dein* Getreide, Mutter«, raunte der Gutsherr, sobald die Tür ins Schloss gefallen war. »Es ist mein Getreide, das du zuerst den Nazis und dann den Alliierten unterschlagen hast. Unter den Nazis bist du vielleicht ganz gut damit durchgekommen, weil Pohlke, der alte Obrigkeitsbuckler, vor dir genauso gekrochen ist wie vor den Nazis, denen er mit solcher Begeisterung gedient hat. Aber wenn die Briten noch nicht systematisch alle Vorräte überprüft haben, ist es nur eine Frage der Zeit, bis sie doch vor unserer Tür stehen und alles durchsuchen. Das hier oben ist und bleibt illegales Getreide, und ich tue dir und mir und Herrn Friedrichsen«, er nickte dem Gutsverwalter bedrohlich zu, »einen großen Gefallen, indem ich dafür sorge, dass es unauffällig unter die Leute gebracht wird. Denn ansonsten müssten wir vor den Alliierten gewaltig zittern, damit diese großen Mengen von hinterzogenem Getreide nicht auf unserem Dachboden gefunden werden.«

Die Augen des Drachen weiteten sich. Erst jetzt bemerkte Hannah, dass sie die gleiche Farbe besaßen wie die Augen ihres Sohnes, doch bei ihr glich sie nicht der Farbe des Sees, sondern dem Schlammgrün eines sumpfigen Baches. »Wir hatten eine andere Abmachung«, zischte sie. »Sie sollte das Brot ohne Lebensmittelkarten verkaufen, gegen Schmuck und Wertgegenstände.«

Ein verächtliches Zucken huschte über das Gesicht des Gutsherrn. »Das war deine Vorstellung von unserer Abmachung, Mutter. Du wolltest dich am Elend der Flüchtlinge bereichern. Nach allem, was sie schon verloren haben, wolltest du ihnen auch noch das Letzte nehmen, was sie von zu Hause retten konnten. Aber Frau Riedel und ich«, er warf einen schnellen Blick zu Hannah, »wir haben das anders vereinbart. Wir wollten den Hunger der Flüchtlinge bekämpfen, und dabei geht es nicht um Geld. Wenn man Brot an Hungernde verschenkt, Mutter, dann geht es darum, Leben zu retten.«

Die Gutsherrin betrachtete ihren Sohn voller Entgeisterung, wandte sich dann ab und rauschte zur Tür. »Friedrichsen!«, herrschte sie. »Kommen Sie mit!«

Der Gutsverwalter zögerte, drückte den Notizblock an seine Brust und sah den Gutsherrn fragend an.

»Na los! Gehen Sie! Ich möchte allein mit Frau Riedel sprechen.«

Friedrichsen nickte irritiert, arbeitete sich mit seinem dicken Bauch hinter dem Tresen hervor und folgte der Gutsherrin nach draußen.

Plötzlich wurde es still im Backhäuschen. Nur der Regen rauschte vor den Fenstern, prasselte auf das Dach und gurgelte in den Dachrinnen. Schwindel wirbelte durch Hannahs

Kopf, ließ sie zurückweichen, bis ihr Rücken am Tresen Halt fand. »Warum haben Sie das getan?« Ihre Stimme klang weit entfernt, wirkte ebenso fern wie das Gesicht des Gutsherrn.

»Warum?« Die bedrohlichen Schatten verschwanden aus seiner Miene. »Weil Sie getan haben, was ich hätte tun sollen. Sie haben den Mut und das Herz, die richtigen Entscheidungen zu treffen, auch wenn Sie Ihre Freiheit und Ihre Zukunft dafür riskieren. Dieses Land braucht solche Menschen wie Sie.« Er senkte die Stimme. »Wenn es während des Krieges mehr Leute gegeben hätte, die so entschlossen und selbstlos ihren Mitmenschen helfen, dann wäre es vielleicht gar nicht so weit gekommen.«

Hannah konnte seinen Blick nicht länger halten. Hastig schaute sie nach unten. »Im Krieg ... ich ...« Sie geriet ins Stocken. »Während des Krieges war ich nicht so mutig. Ich habe nicht einmal versucht, meine Freundin zu retten.«

Für einen Moment stand er still. »Ihre Freundin ...«, begann er, »war sie ...?«

»Jüdin.« Erst jetzt hob Hannah den Kopf.

Sein Lächeln wurde traurig. »Das tut mir sehr leid«, flüsterte er. »Hätten Sie denn etwas tun können?« Er wirkte ehrlich, interessiert, berührt.

Hannah schniefte, wischte sich unauffällig unter der Nase entlang. »Ich habe mir unzählige Male den Kopf darüber zerbrochen. Aber mir ist nichts eingefallen, was sie gerettet hätte. Selbst wenn ich sie versteckt hätte – zu viele Leute wussten, dass wir befreundet waren. Bei mir und meinen Eltern hätten sie als Erstes nach ihr gesucht.« Auf einmal sah sie die Grindelallee wieder vor sich, ihre lebendige Straße mit den bunten Geschäften und den schönen Häusern, mit den spielenden Kindern und der bimmelnden Straßenbahn. Nie wieder würde sie dort leben. Ihr Zuhause existierte nicht mehr.

»Sprechen Sie mit mir, Hannah!« Der Gutsherr kam näher, blieb direkt vor ihr stehen. »Was ist mit Ihnen? Sie sind allein aus Hamburg gekommen. Bis jetzt sind Sie nicht zurückgegangen, obwohl der Krieg vorbei ist, obwohl Sie wieder dorthin könnten. Was ist mit Ihrer Familie geschehen?«

Hannah schloss die Augen. Was sollte sie darauf antworten?

»Als Sie sich bei mir beworben haben, trugen Sie einen Ring. Damals haben Sie gesagt, Sie wären verlobt. Aber eigentlich waren Sie verheiratet, oder? Und jetzt ist der Ring fort. Was ist mit Ihrem Mann passiert?«

Hannah hatte den Ring abgenommen, nachdem sie zum ersten Mal mit Moritz geschlafen hatte. »Ich hatte sehr viel«, flüsterte sie. »Einen Mann, eine Tochter. Meine Eltern besaßen nicht nur die Apotheke, sondern ein ganzes Mietshaus im Hamburger Grindelviertel. Jetzt ist nichts mehr davon da.« Weiter konnte sie nicht sprechen.

»Im Grindelviertel?« Seine Stimmlage änderte sich. »Ihre Freundin war Jüdin, sagten Sie. Und was ist mit Ihnen? Ist das der Grund, warum Sie als Einzige überlebt haben?«

Erschrocken riss Hannah die Augen auf. Sie? Eine Jüdin? »Ich … Nein, ich bin keine Jüdin. Es waren die Bomben. Die Bomben haben sie getötet. Alle.«

Blanker Schrecken zeichnete sich in sein Gesicht. Fast sah es aus, als wollte er noch einmal nachfragen, als wollte er sichergehen, dass »alle« ihre Tochter einschloss. Doch dann blieb er still. Auch er war ein Teil des Krieges gewesen, und wenn schon ein einfacher Soldat wie Moritz im Osten solch schreckliche Verbrechen begangen hatte, was musste dann erst auf den Schultern eines Offiziers lasten?

»Und Sie? Haben Sie auch Juden ermordet?«

Er stieß ein merkwürdiges Geräusch aus, ganz so, als hätte sie ihn mit einem schweren Schlag getroffen. Nur sein Blick hielt ihrem stand. »Nein.« Er sprach ruhig. »Juden habe ich keine getötet. Trotzdem waren es zu viele. Zu viele Söhne von zu vielen Müttern, die durch mich gestorben sind. Durch mein Gewehr – oder durch meine Befehle.« Langsam wischte er sich über die Stirn, und Hannah fragte sich, ob sich dort noch Regentropfen versteckten oder ob er unter ihren Fragen in Schweiß ausgebrochen war. »Genug Schuld«, flüsterte er, »für dieses Leben und für das meiner Erben mit. So viel Brot kann ich gar nicht verschenken und nicht genug Menschenleben retten, um das wiedergutzumachen.« Er blinzelte. »Trotzdem muss ich es wenigstens versuchen. Richtig?« Mit einem Mal wirkte er schüchtern.

Hannah bereute es, ihn so vor den Kopf gestoßen zu haben. Er war kein Nazi, kein Fanatiker, war es, soweit sie das einschätzen konnte, nie gewesen. Stattdessen fiel ihr etwas ein, was er in ihrem Bewerbungsgespräch über seine Mutter gesagt hatte. Er war anders als sie, ganz und gar anders. »Sie mögen schlimme Dinge getan haben«, murmelte sie. »Aber Ihr Herz haben Sie nicht im Krieg verloren.«

»Vielleicht nicht verloren. Dafür wurde es beschädigt. Zu großen Teilen beschädigt.« Er trat von ihr zurück, wandte sich ab und ging zur Tür. »Machen Sie so weiter, Hannah.« Nur ganz kurz drehte er sich um, schaute vage in ihre Richtung. »Verschenken Sie so viel Brot, wie Sie wollen. Und wenn Sie den ganzen Dachboden dafür leer backen müssen. Von den Menschen auf diesem Hof …«, seine Stimme drohte zu kippen, »… stirbt mir keiner!« Damit öffnete er die Tür. Eine Windböe wehte herein, Regen sprenkelte die Bodendielen. Im nächsten Moment war Holger von Morkamp verschwunden.

* * *

Der Rest des Tages verging wie in Trance. Kurz nachdem der Gutsherr gegangen war, kam Gitte herein und wollte wissen, was geschehen war. Hannah erzählte in zusammenhanglosen Fetzen, von denen Gitte vermutlich nur die Hälfte verstand. Dass Holger von Morkamp überhaupt gekommen war, hatte sie tatsächlich ihrer Freundin zu verdanken, und jetzt war Gitte auch diejenige, die ihre Kundschaft zurück in die Backstube holte. Nicht alle kamen wieder, aber genug, um das restliche Brot zu verkaufen und zu verschenken. Hannah spürte die zögernden Blicke und sah das verhaltene Lächeln, hinter dem die Menschen ihre Fragen verbargen.

Als Moritz am Abend kam, um sie abzuholen, fiel sie ihm erleichtert um den Hals. Zusammen gingen sie in ihre Kammer. Während Hannah auf ihrem Bett lag und sich allmählich von dem Schock erholte, brühte Moritz einen Pfefferminztee auf, briet Fisch in der Pfanne und wendete zwei Brotscheiben in dem Sud. Erst danach, während sie langsam aßen, hatte Hannah ihre Gedanken weit genug geordnet, um ihm alles zu erzählen, und schließlich zog er sie in die Arme und hielt sie fest. »Es ist wieder gut«, flüsterte er. »Es ist nichts passiert. Niemand kann dir etwas tun, solange der Gutsherr auf deiner Seite steht.«

Hannah lehnte sich an ihn, kämpfte gegen die Erschöpfung und nickte an seiner Schulter. »Ja. Vielleicht.«

Dass sich doch etwas geändert hatte, zeigte sich erst am Nachmittag des nächsten Tages. Draußen regnete es noch immer, und sie waren direkt nach der Arbeit in ihre Kammer gegangen. Moritz hatte sich auf die Matratze gelegt, um den Schlaf nachzuholen, der ihm durch das frühe Aufstehen fehlte. Hannah saß auf der Fensterbank und stopfte ein Paar alte Socken. Ziellos trieben ihre Gedanken umher, so wie immer, wenn sie derlei Arbeiten verrichtete. Umso mehr zuckte sie zusammen, als es plötzlich an der Tür klopfte. »Wer ist da?«

»Holger von Morkamp.« Durch die massive Holztür klang er leise und dumpf. »Ich habe etwas für Sie.«

Wie in Zeitlupe legte Hannah den Socken und die Stopfnadel beiseite. Jetzt würde der Gutsherr ihr doch noch die Kündigung bringen. Weil er es sich anders überlegt hatte, weil seine Mutter stärker war als er oder weil sie doch die besseren

Argumente hatte. Mit einem kurzen Blick stellte sie fest, dass Moritz noch immer schlief. Er würde ihr nicht helfen können. Vorsichtig zog sie die Tür auf.

Der Gutsherr wirkte anders als sonst. Es war etwas in der Art, wie er sie ansah, wie er den Kopf senkte. Ein verlegenes Lächeln spielte auf seinen Lippen, ließ ihn wirken wie einen schüchternen Jungen. »Ich habe …« Er hielt ein Buch in den Händen, hob es hoch und drehte es um sich selbst. »Ich habe das hier in meiner Bibliothek gefunden. Einen Band über Heilkräuter. Und ich dachte mir … Vielleicht können Sie etwas damit anfangen, weil Medikamente so knapp sind. Und weil es zu wenige Ärzte gibt. Mit den richtigen Heilkräutern könnten Sie den Flüchtlingen sicher bei vielen Unpässlichkeiten helfen.«

Ungläubig nahm Hannah das Buch entgegen, das schwer in ihre Hände sackte.

»Falls Sie gern Heilkräuter anbauen würden«, der Gutsherr verlagerte das Gewicht auf sein gesundes Bein, »dann könnte ich Ihnen ein Stück Land zur Verfügung stellen. Oder ein Beet im Park, in der Nähe des Backhäuschens. Wenn Sie möchten, dürfen Sie sich dort einen fruchtbaren Flecken Erde aussuchen und Kräuterbeete anlegen.« Sein Angebot endete mit einem unsicheren Lächeln. »Was sagen Sie dazu?«

Was er vorschlug, war zu viel auf einmal, zu viele Wünsche, die er erfüllte, ohne dass sie danach gefragt hatte. »Ich …« Ihr fiel keine Antwort ein. »Das …« Konnte sie so etwas annehmen? »Ich weiß nicht.«

»Sie müssen sich nicht sofort entscheiden. Lassen Sie sich das in Ruhe durch den Kopf …« Er unterbrach sich selbst, sein Blick richtete sich an Hannah vorbei.

Die Fußbodendielen knarrten. Sie sah zur Seite, entdeckte Moritz, der aufgewacht war und mit langsamen Schritten zur Tür kam. Direkt hinter ihr blieb er stehen, legte die Hand auf ihre Schulter.

Im Gesicht des Gutsherrn flackerte Verwirrung auf. »Oh,

Verzeihung. Ich wollte nicht stören. Ich wusste nicht …« Den Rest des Satzes ließ er offen. *… dass Sie einen Freund haben? … dass Sie beide ein Paar sind? … dass das mit der Verlobung doch die Wahrheit war?*

»Nein, nein«, lenkte Hannah schnell ein. »Sie stören nicht. Moritz Lasky kennen Sie ja. Er ist mein …« Sie zögerte, fragte sich, ob Moritz ihre Beziehung genauso definieren würde. »… mein Freund.«

Holger von Morkamp trat einen Schritt zurück. »Also dann …« Er hob die Hand zum Gruß. »Wenn Sie über den Garten nachgedacht haben, sagen Sie mir Bescheid. Ich würde gern helfen.«

Hannah nickte. »Ja, werde ich.«

Noch einmal zuckte ein Lächeln um die Mundwinkel des Gutsherrn.

Erst als er sich abwandte, fiel Hannah auf, dass sie etwas Wichtiges vergessen hatte. »Danke!«, rief sie ihm nach. »Danke für das Buch! Und für das Angebot!«

Er drehte sich um. »Gern!« Sein nächster Schritt wirkte fast wie ein Hüpfer. Oder lief er nur schneller? Vielleicht war es noch die Kriegsverletzung, die ihn zum Humpeln brachte.

Hannah wartete, bis er die Treppe hinunter verschwunden war, ehe sie die Tür schloss.

Plötzlich fiel ihr auf, wie still es im Zimmer war. Moritz hatte ihre Schulter losgelassen. Nur an seinem Atem konnte sie hören, dass er noch hinter ihr stand. Langsam drehte sie sich um.

Sein Blick traf sie wie eine Gewehrkugel. Dunkel und kalt, bis tief in ihre Gedanken. Als wollte er alles niederreißen, was sie eben noch gedacht hatte. Doch gleich darauf schüttelte er den Kopf und wandte sich ab. »Entschuldige.«

»Was ist?« Hannah streckte die Hand nach ihm aus.

Er setzte an, etwas zu sagen, hielt inne und drehte sich zu ihr um. Auf einmal wirkte er nackt und verletzlich.

»Was ist mit dir?«

Moritz lachte auf. Scheinbar unbeteiligt zuckte er die Schultern. »Nichts!« Er wischte sich durchs Gesicht, schloss die Augen und kniff sich in den Nasenrücken. Als er losließ, war die Kontrolle in sein Gesicht zurückgekehrt. Oder hatte er eine Maske aufgesetzt? Eine Fuchsmaske? »Der Gutsherr … Er ist verliebt in dich.«

»Wie bitte?« Hannah spürte den Drang, ihn auszulachen, obwohl gleichzeitig etwas in ihr in Aufruhr geriet. »Der Gutsherr und eine Flüchtlingsfrau …?«

Moritz blieb ernst. »Der Gutsherr und die schönste und klügste Flüchtlingsfrau von allen. Er hat schon die ganze Zeit ein Auge auf dich geworfen. Deshalb hat er dir die Stelle gegeben und dich gestern gerettet und dir heute das Buch gebracht.«

Und deshalb war Holger von Morkamp auch fast immer persönlich gekommen, um die Einkünfte bei ihr abzuholen. Darum hatte er ihr das neugeborene Fohlen gezeigt und sie zum Reiten eingeladen. Wenn sie ehrlich war, hatte sie es gewusst, hatte es die ganze Zeit bemerkt … und nur aus dem Grund nicht darüber nachgedacht, weil sie nicht wollte, dass er ihr wichtig wurde. Weil sie ihre Beziehung mit Moritz nicht in Gefahr bringen wollte.

»Du solltest ihn heiraten!«

»Was?« Ihre Gedanken gerieten durcheinander. »Wie kannst du …? Warum …? Ich will ihn nicht … ich will …«

»Es ist das Beste für dich!« Rücksichtslos schnitt Moritz ihr den Satz ab. Seine Nasenflügel weiteten sich. »Er ist der Gutsherr, Hannah. Und er will dich. Alle Frauen träumen von so einem Fang.«

Hannah schnappte nach Luft. *Aber ich träume nicht von ihm,* wollte sie sagen, doch sie brachte keinen Laut hervor.

Nur Moritz sprach weiter, als würde er ihren Protest nicht bemerken: »Mit ihm hättest du eine Zukunft. Du wärst die

Gutsherrin. Du hättest schöne Kleider und immer genug zu essen. Du könntest Kräuter anbauen, und wer weiß … Er hätte das Geld, um dich studieren zu lassen. Damit du doch noch eine richtige Apothekerin wirst. Und in ein paar Jahren würdest du eine Apotheke aufmachen, vielleicht im Backhäuschen oder in einem anderen Gebäude. Oder hinten im Dorf. Er würde dir die Ausstattung kaufen, die Medikamente anzahlen. Alles, was du dir wünschst.«

Unwillig schüttelte Hannah den Kopf.

Doch Moritz ließ sich nicht aufhalten. »Und dann würdet ihr Kinder bekommen. Süße Kinder mit blonden Löckchen. Kluge Kinder, zwei Jungen und ein Mädchen. Sie würden im See baden und am Strand spielen und auf ihren eigenen Ponys durch den Park galoppieren.«

»Hör auf!« Endlich konnte sie schreien. Ihre Stimme brüllte so laut, dass es in ihrer Kehle kratzte: »Ich will ihn nicht heiraten! Ich will keine Kinder von ihm!« Sie stürmte auf Moritz zu, packte ihn an den Schultern und schubste ihn. »Ich will meine Kinder von *dir!* Zwei Mädchen und einen Jungen. Die im See baden und am Strand spielen. Deren Betten hier in diesem Zimmer stehen.« Sie zeigte unter die Dachschräge, stieß dann die Hände nach vorn und schubste ihn noch einmal, bis er rückwärts gegen die Wand taumelte. »Ich war schon einmal von dir schwanger. Als du weg warst. Als ihr in Bad Segeberg wart, um entlassen zu werden.« Sie wich vor ihm zurück, ging zu ihrer Matratze und setzte sich darauf. »Aber dann … in der siebten oder achten Woche … Plötzlich war alles vorbei.«

Die Beherrschung in seiner Miene zerfiel, kurz bevor sein Gesicht verschwamm. »Warum hast du nichts gesagt?«

Hannah schüttelte nur den Kopf, drehte sich zur Seite, um ihn nicht mehr anzusehen.

»Warum hast du nichts gesagt?« Mit wenigen Schritten war er bei ihr, neben ihr, mit ganzer Kraft zog er sie an sich. »Es tut

mir leid! Ich hatte ja keine Ahnung. Ich wollte dir nicht wehtun.« Liebevoll strich er durch ihre Haare, hauchte Worte, die
sich kühl in ihren Tränen fingen: »Ein Kind ... Das wünsche
ich mir auch ... ein Kind von dir ... eine Familie ... Zukunft ...« Abwechselnd flüsterte er und küsste er sie, liebkos-
te ihr Gesicht, ihre Augenlider. »Da ist nur die Angst ...«, seine Stimme wurde rau, »... dich zu verlieren ... das Kind zu
verlieren ... weil es nicht sein darf ... weil ich euch nicht verdient habe.«

»Sei still!« Sie packte seinen Kopf, zog ihn an sich, bis seine
Lippen ihren Hals berührten. Inzwischen kannte er ihren
Körper, kannte ihn besser, als es Robert je gelungen war. Moritz Lasky besaß jedoch zwei Seiten, und es war jedes Mal eine
Überraschung, welche er zeigte. An den meisten Tagen liebte
er sie so stürmisch und verzweifelt, dass ihr Verstand kaum
schnell genug war, um alles zu begreifen. Doch wenn er ruhig
wurde und die Verzweiflung im Zaum hielt, konnte er sie so
zart verführen, dass sie ihn anflehte, immer weiterzumachen.

In dieser Nacht trieb er das zärtliche Spiel auf die Spitze. Er
fand ihre empfindlichsten Stellen, berührte sie und entfernte
sich, reizte und lockte sie und zog sich im entscheidenden
Moment wieder zurück. Hannah fluchte und knurrte, hörte
sein Lachen und fühlte seine Hände, die sich wieder näher he-
ranwagten. Stundenlang trieb und jagte er sie, ließ sie manchmal ans Ziel, nur um sie ganz am Anfang wieder abzuholen.
Hannah wusste nicht, woher er die Beherrschung nahm, wie
er sich so lange kontrollierte, ohne selbst etwas zu fordern.
Fast glaubte sie schon, seine Kraft würde nicht reichen, er
würde diese Nacht nur ihr widmen und sich selbst vergessen.
So lange, bis er den Sturm losließ, bis der ganze Irrsinn des
Krieges wieder über sie hereinbrach und sie in wenigen Sekunden darin ertranken.

* * *

Als sie am nächsten Morgen erwachte, spürte Hannah sofort, dass etwas anders war. Vielleicht hörte sie es in der Stille, die sich um sie herum im Raum fing, oder lag es an der Sonne, die durch das Fenster hereinfiel und ihr Gesicht kitzelte? Sie hatte verschlafen! Draußen war es schon viel zu hell, und neben ihr im Bett war es viel zu kühl. Hannah fuhr auf und sah sich um.

Moritz lag nicht mehr neben ihr. Vermutlich, weil seine Arbeit längst begonnen hatte. Wie immer in der Morgendämmerung. Doch warum hatte er sie heute nicht geweckt? Oder hatte sie zu fest geschlafen, um seinen Kuss zu bemerken?

Hannah versuchte, sich zu beruhigen. Im Backhäuschen gab es niemanden, der außerhalb der Verkaufstage ihr Zuspätkommen bemerkte. Der Gutsherr hatte sie zwar gerade erst gerettet, und wenn sie jetzt erst anfing, das Brot zu backen, würde sie heute Abend deutlich länger brauchen. Dennoch gab es Schlimmeres.

Ohne weitere Überlegungen stand sie auf, verzichtete auf die Morgentoilette und zog sich an. Frühstücken würde sie wohl erst im Backhäuschen von dem Brot, das sie am Vortag für sich zur Seite gelegt hatte.

Flüchtig schüttelte Hannah die Bettdecke auf, wollte sie gerade zurück auf die Matratze werfen, als etwas herausfiel. Ein paar ineinander gefaltete Blätter Papier. Ein Brief, in einer Handschrift verfasst, die sie allzu gut kannte.

Alles in ihr schien zu schmelzen, ließ sie zurücksinken auf die Matratze, und während sie anfing zu lesen, wurden ihre schlimmsten Vermutungen bestätigt.

Liebste Hannah,

was ich Dir jetzt und heute antun muss, zerreißt mich innerlich, und ich möchte, dass Du weißt, wie schwer mir die Entscheidung gefallen ist. Lange habe ich darüber nachgedacht, und in dieser Nacht konnte ich nicht eine Sekunde schlafen. Dennoch finde ich keine andere Lösung.

Ich werde gehen. Ich werde den Gutshof und Plön verlassen, um mich auf die Suche zu begeben. Du hast nie das Ende meines Buches gelesen. Ich verstehe, dass Du Angst davor hattest. Und in den letzten Monaten war ich sehr froh, dass Du es nicht wusstest, dass Du mir diese gemeinsame Zeit geschenkt hast, unsere Liebe, zu der Du nur ohne dieses Wissen fähig sein konntest. Aber ganz gleich, wie sehr wir beide die Vergangenheit verdrängen, meine größte Schuld bleibt bestehen, und für mich vergeht kein Tag, an dem sie mir nicht auf der Seele brennt.

Die Schuld selbst werde ich nie tilgen können. Menschen, die gestorben sind, bleiben tot. Ein Verrat, den man begangen hat, bleibt immer ein Verrat. Einzig die Folgen, die er nach sich gezogen hat … Es gibt noch eine Sache, die ich wiedergutmachen kann. Vielleicht.

Ich habe Dir erzählt, was meine Nachbarin mir berichtet hat. Dass meine Geschwister noch leben und mit den Nachbarn geflohen sind. Ob das stimmt, weiß ich nicht. Fest steht nur, dass ich Lukas und Elfie nie wieder gesehen habe. Womöglich sind sie ebenfalls tot, oder sie wurden von den Russen verschleppt, oder sie sind allein in Ostpreußen zurückgeblieben und irren seitdem umher. Aber mit etwas Glück leben sie noch.

Ich muss sie finden, Hannah! Das ist das Letzte, was ich jetzt noch tun kann, was ich tun muss, um meinen Frieden wiederzufinden. Die Suchanzeige beim Roten Kreuz allein reicht mir nicht. Vielleicht ist das alles meine Schuld, weil ich meiner Familie nie geschrieben habe, dass ich noch lebe. Sie mussten mich schon für tot halten, als ich im Kampf verwundet wurde und zu den Partisanen übergelaufen bin. Meine Geschwister, wenn sie noch leben, sind vermutlich nie auf die Idee gekommen, nach mir zu suchen, weil sie sich längst sicher *sind, auf dieser Welt ganz allein zu sein. Wie also soll das Rote Kreuz sie nun für mich finden?*

Ich kann nicht noch länger in unserer Kammer sitzen und meinen Alltag als Fischer pflegen, während meine kleinen Geschwister allein und verloren durch Deutschland irren. Ich muss sie suchen, Hannah, in Waisenhäusern und Flüchtlingslagern, in den Familien unseres Dorfes, die irgendwo verstreut als Flüchtlinge leben. Ich weiß, meine Aussichten auf Erfolg sind äußerst gering. Dennoch muss ich es versuchen, denn sonst, wenn ich weiterhin nichts tue, werde ich für immer ein verrückter Fuchs bleiben. Bis es mich zerfrisst.

Du warst der einzige Grund, warum ich nicht längst schon gegangen bin. Weil es einen Teil von mir gibt, der ohne Dich sterben wird. Aber vor allem wollte ich Dir nicht wehtun. Du hast genug Menschen verloren. Du sollst nicht auch noch mich verlieren. Seit gestern weiß ich jedoch, dass ich Deinem wahren Glück nur im Weg stehe. Der Gutsherr, Holger von Morkamp, liebt Dich. Daran gibt es keinen Zweifel. Und Du magst ihn auch, das habe ich Dir angesehen an der Art, wie Du auf ihn reagierst. Du könntest seine Frau werden und dieses ganze Elend hinter Dir lassen. Du solltest ihn nicht abweisen wegen einem wie mir. Wenn Du jetzt an mich denkst, dann sei ehrlich, Hannah: Ich habe nichts, was ich Dir geben könnte. Keinen Besitz, keine Heimat, nicht einmal eine Familie. An mir ist nichts als diese eingefärbte Uniform, in der ich getötet habe.

Gestern Nacht habe ich etwas gesagt, was ich jetzt bereue. Dass ich gern ein Kind von Dir hätte, eine Familie und eine Zukunft. Vermutlich glaubst Du, ich hätte Dich mit diesen Worten betrogen. Zu meiner Verteidigung kann ich nur sagen, dass es keine Lüge war. Ich liebe Dich wirklich, ich hätte gern Kinder und eine Zukunft mit Dir. Aber ich weiß, dass es falsch wäre. Jetzt siehst Du unsere Liebe noch voller Zuversicht. Jetzt glaubst Du noch, es wäre nicht von Bedeutung, ob die Betten unserer Kinder in einer winzigen Kammer stehen, so-

lange wir nur uns haben und die vage Hoffnung auf eine Zukunft. Doch wenn der nächste Winter kommt, wenn Du vielleicht Deine Arbeit verlierst oder wenn einer von uns krank wird, würde auch unser Kind hungern und frieren. Dann würdest Du betteln, und ich würde stehlen. Ein weiteres Mal wären wir kurz vor dem Untergang, und ob wir es noch einmal schaffen, uns zu retten, steht in den Sternen.

Wenn wir ein Kind hätten ... Ich weiß nicht, ob mein Verstand bereit wäre für diese Verantwortung. Allein die Vorstellung, Dich und einen Sohn oder eine Tochter nicht versorgen zu können, treibt mich in unkontrollierbaren Wahnsinn.

Es tut mir so furchtbar leid, Hannah, für Dich und für mich, für die Kinder, die wir nicht bekommen werden, und um die Zukunft, die ich Dir versprochen habe. Aber für uns beide ist es besser, wenn ich gehe. Und deshalb muss ich es tun. Solange ich noch genug Kraft in mir trage, um diesen Entschluss umzusetzen.

Und Du – Du hast noch das Heft mit meiner Geschichte. Ich weiß, dass Du mich für diesen Rat hassen wirst, aber vielleicht solltest Du das Ende lesen. Dann wird es Dir leichter fallen, Dich von mir zu lösen.

Tatsächlich habe ich meine Geschichte in vielen Teilen geschönt. Womöglich machen Menschen das so, wenn sie von ihren schlimmsten Taten berichten, oder es war eine Schwäche von mir. Was ich im Krieg erlebt habe, war in Wirklichkeit noch viel grausiger, als meine Worte vermuten lassen. Ich wollte schöne Worte finden, die ich ertragen kann, wenn ich sie schreibe, sanfte Worte, die das Grauen weichzeichnen, damit ich nicht noch einmal daran zerbreche. Und vielleicht habe ich es auch deshalb geschönt, weil Du meiner Erzählung folgen solltest, ohne mich sofort dafür zu verurteilen. Die Wahrheit ist jedoch, dass ich Menschen getötet habe. Unschuldige Menschen.

Manche Männer taten das alles aus ideologischen Gründen. So war es bei mir nicht. Bei mir geschah es nur aus

Schwäche und Feigheit. Jetzt frage ich mich, was von beidem schlimmer ist: ein Mord aus Überzeugung oder ein Mord aus Schwäche.

Vielleicht hältst Du mir zugute, dass ich mich den Partisanen angeschlossen habe, obwohl ich in ihren Reihen doch nur durch Zufall gelandet bin. Mit ihnen zu kämpfen war der Weg des geringsten Widerstandes – und in dem Moment der einzige Ausweg, um zu überleben. Dennoch war es meine beste Entscheidung in diesem Krieg. Das gebe ich zu. Für eine Weile bin ich dem Irrtum verfallen, ich könnte die Schuld an den Russen wiedergutmachen, indem ich Deutsche für sie töte. Doch so ist es nicht. Schuld lässt sich nicht mit gegensätzlicher Schuld tilgen, sie summiert sich nur immer weiter auf, egal, unter welchem Vorzeichen sie entstanden ist.

Das Allerschlimmste habe ich getan, nachdem mir Dunja genommen wurde. Dieses Mal hingegen war ich nicht nur einer von vielen, die einen Befehl umsetzen mussten. Dieses Mal sind Menschen durch meine Entscheidung gestorben. Durch meine Feigheit und den Weg des geringsten Widerstandes, den ich ein weiteres Mal gegangen bin.

Nun aber genug der Vorrede. Lies meine Geschichte, Hannah. Lies sie zu Ende, dann wirst Du verstehen. Dieses Mal wirst Du nicht mich verstehen. Dieses Mal wirst Du nur begreifen, warum ich mir selbst nicht mehr in die Augen sehen kann – und warum ich auch nicht möchte, dass Du mir noch einmal in die Augen siehst.

Glaube mir, Du hast eine bessere Zukunft verdient als mich. Heirate den Gutsherrn, Hannah. Er ist Dein Glück, und ich gebe Dich frei, damit Du das Glück findest, das Dir zusteht.

Lebe wohl!

In Liebe,
Dein Fuchs

Hannah ließ das Blatt sinken und sprang auf. Ohne darüber nachzudenken, rannte sie aus dem Zimmer in den Flur, eilte die Treppen hinab. In Windeseile lief sie durch die Höfe und Tordurchfahrten, weiter die Straße entlang Richtung Lütjenau. Vielleicht war er auf halbem Weg zusammengebrochen. Vielleicht hatte er sich umentschieden, kaum dass er gegangen war. Er konnte sie nicht ernsthaft auf diese Weise verlassen wollen. Wann immer sie einen Mann von Weitem sah, rief sie nach Moritz. Sie fragte jeden nach ihm, dem sie begegnete, Bekannte und Fremde gleichermaßen. Aber niemand hatte ihn gesehen.

»Ich will dich, Moritz Lasky.« Wie ein Mantra flüsterte sie diesen Satz, stieß ihn mit dem keuchenden Atem aus, den das Rennen von ihr forderte. »Ich will dich und nicht den Gutsherrn. Ich habe dir das gesagt, warum glaubst du mir nicht?«

Doch niemand hörte, was sie ihm sagen musste, am allerwenigsten er selbst.

* * *

Schleswig-Holstein, Landstraße, Abschied

Lasky stolperte mehr, als dass er lief, kämpfte um jeden Schritt, damit er ihn weiter nach vorn führte und nicht wieder zurück. Tränen verwischten seine Sicht, und Rotz lief wie Wasser aus seiner Nase. Er würde sterben ohne sie. Würde zugrunde gehen und elendig am Straßenrand verrecken. Wenn nicht jetzt, dann irgendwann.

Ja, er würde seine Geschwister suchen. Aber er glaubte nicht, dass er sie fand. Entweder sie lebten in einer fremden Familie und waren ohne ihren verrückten Bruder besser dran als mit ihm, oder sie waren tot oder verschleppt, unwiederbringlich verloren, genauso wie alle anderen. Genauso wie

Dunja und ihre Großmutter, wie ihr Bruder und die zahlreichen Partisanen, die er getötet hatte. Die wegen ihm gestorben waren. Nur Hannah war noch heil genug, um sie zu retten und ihr eine bessere Zukunft zu schenken. Aus ihrem Leben zu verschwinden war alles, was er dafür tun musste. Früher oder später würde sie es verstehen.

* * *

Wut und Verzweiflung glühten in ihrem Körper, als sie in ihre Kammer zurückkehrte und die Tür hinter sich verriegelte. Die Welt aussperrte. Sie wusste, dass dies nicht der richtige Moment war, um das Ende seiner Geschichte zu lesen. Dennoch holte sie das Heft aus dem Versteck hinter ihrem Bett hervor und schlug es auf. Seine Schuld war der Grund, warum er sie verlassen hatte. All jenes Grauen, das ihn quälte, musste in diesem Ende verborgen liegen. Ihre Angst vor seiner Vergangenheit war ungebrochen, doch das Bedürfnis, sich an ihm zu rächen, war größer. Vielleicht hatte er recht, und sie sollte es lesen. Um besser von ihm loszukommen, um ihn hassen zu können.

Ja, genau das war es: In diesem Augenblick, allein und verlassen in ihrer Dachkammer, wünschte sie sich, ihn zu hassen.

Noch bevor sie es sich anders überlegen konnte, fand sie die richtige Stelle und begann zu lesen.

19. KAPITEL

Sowjetunion, Weißrussland, Frühling 1944

Eine gespenstische Stille senkte sich über den Wald. Jene Stille in Gegenwart des Todes, nachdem die Schüsse längst verklungen und die Stimmen der deutschen Soldaten in der Ferne verschwunden waren. Viele Stunden mussten inzwischen vergangen sein, doch Lasky konnte sich nicht rühren. Wie ein Stein hockte er im Schatten der Bäume und starrte auf die Toten vor dem Eingang der Hütte. Dunja und ihre Großmutter – und still verborgen unter den Kleidern der jungen Frau, vermeintlich geschützt in der Wärme ihres Körpers, ein winziges Baby, ihr gemeinsames Kind, das niemals leben würde. Nur ganz kurz dachte er daran, dass er weinen, dass er wehklagen und schreien sollte. Sein Körper hingegen blieb ein Stein, in seinem Kopf bildete sich eine Schicht aus Eis.

Als sich seine Gliedmaßen endlich wieder bewegen ließen, war es schon Nacht. Erst jetzt stand er auf und trat aus dem Schatten der Bäume, der sich nicht mehr von der Dunkelheit des nächtlichen Waldes unterschied. Schon lange war es zu finster, um die Umrisse der Leichen aus der Ferne zu erkennen.

Während er auf die Toten zuging, wusste er nicht, was er vorhatte. Sein Körper ließ sich wieder bewegen, aber alle Gefühle waren erstarrt, seine Gedanken eingefroren. Die Dunkelheit auf ihren Gesichtern beschützte ihn, während er über sie hinwegstieg, um ins Innere der Hütte zu gelangen.

Seine Wehrmachtsuniform lag noch in der Holztruhe zwischen den Nähsachen. Er holte sie heraus und zog sie an. Ohne Dunja konnte er kein Partisan mehr sein. Die Partisanen würden ihn töten, wenn sie hiervon erfuhren. Bis dahin musste er fort sein.

Mit dem Licht einer Öllampe las er die Spuren der Soldaten,

folgte ihnen durch die Dunkelheit, über Stunden, die ganze Nacht hindurch. Als ihre Stimmen zwischen den Baumstämmen heranflatterten, löschte er das Licht. Die Morgendämmerung blinzelte durch das Laubdach des Waldes. Er kannte die Stellung, aus der die Geräusche kamen. Er selbst war dort gewesen. Vor langer Zeit. In einem anderen Leben.

Jetzt war es der einzige Weg, der ihm blieb. Kalt und reglos flüsterte das Eis in seinem Kopf: »*Geh zu ihnen und überlebe! Geh nicht einfach so. Du musst verletzt sein.*«

Außer der Lampe gab es nichts, womit er sich verletzen konnte. Lasky löste das Ölfass aus der Halterung, vergrub den Rest der Lampe im Laub und trank das Petroleum. Nur zwei Schlucke, dann warf ihn der Husten nach vorn. Die Flüssigkeit ätzte, beißender Dampf stieg in seine Nase, füllte seine Lungen. In wilden Stößen bellte der Husten. Auf allen vieren krabbelte er aus dem Wald. Fünf Meter, sechs. Der Husten ließ nach, Magen und Hals brannten weiter, Schwindel rauschte durch seinen Kopf. Er kämpfte sich hoch, stolperte voran.

»Halt!« Eine Wache rief ihm zu. »Bleiben Sie stehen! Wer sind Sie?« Mit erhobenem Gewehr kam der Soldat auf ihn zu.

Vor Laskys Augen drehte sich alles, seine Beine verschwanden unter ihm und ließen ihn fallen. Sein Bewusstsein blieb nur noch kurz, schweres Atmen drang an seine Ohren. Dann wurde es still.

Als er erwachte, lag er in einem Bett. Mit den Fingern tastete er sein Umfeld ab, stieß auf etwas Kühles, nur ein leises Klirren an seinen Fingernägeln, ehe er die Nierenschale identifizierte, die zwischen seinen Händen auf der Bettdecke stand.

Dann hörte er die Schritte. Männer mit schweren Stiefeln, die sich näherten, kurz bevor die Tür aufgerissen wurde. Ein Sanitäter kam herein, dicht gefolgt von zwei Soldaten, die auf Lasky zuhielten, ein Offizier und ein Unteroffizier.

»Ist er das?« Der Offizier zeigte auf Lasky.

»Jawohl!« Die Stimme des Unteroffiziers durchschnitt die Luft. »Das ist er. Er kam verletzt aus dem Wald. Ist vor unseren Füßen zusammengebrochen und in Ohnmacht gefallen.«

»Welche Verletzung?«, wandte sich der Offizier an den Sanitäter.

»Petroleumvergiftung«, erklärte dieser.

»Petroleum? Ist er vernehmungsfähig?«

»Wohl kaum.« Der Sanitäter verschränkte die Arme, jederzeit bereit, dem Offizier entgegenzutreten.

»Er ist wach!« Mit diesen Worten deutete der Unteroffizier auf Lasky.

War er das? Wach? Lebendig? Er war sich nicht sicher. Das eisige Gefühl war überall, hatte das Brennen im Magen abgelöst und lähmte seinen Körper.

»Dann vernehmen wir ihn!« Entschlossen platzierte sich der Offizier neben seinem Bett. »Ihr Name ist Moritz Lasky? Gefreiter der Wehrmacht?«

Lasky nickte. Nur ganz vorsichtig, um die schützende Eisschicht nicht zu zerbrechen, die seine Gedanken umhüllten.

»Sie galten bis gestern als vermisst!«, erklärte der Offizier. »Das Sicherungsbataillon, in dem Sie zuletzt gemeldet waren, war hier stationiert, aber die Wachtruppe, der Sie als Sprengstoffexperte zugeteilt waren, wurde vor sechs Monaten aufgerieben. Ist das richtig?«

Der Angriff der Partisanen … der Kugelhagel im Wald … Er erinnerte sich nur schwach. Bis zu einer Waldhütte hatte er sich geschleppt, bis zu dem Mädchen, das ihn gerettet hatte.

Über sie durfte er nicht reden. »Ja«, nuschelte er. Seine Zunge war noch schwer, verklebt und verbrannt vom Lampenöl.

»Wo waren Sie so lange?«

Bei den Partisanen. Zuerst dachte er die Worte nur. Dann sprach er es aus, ganz leise: »Partisanen.« Er wollte noch mehr sagen. Aber was? Seine Gedanken entglitten ihm, seine Zunge war unförmig und ungelenk. Die Augenlider wollten ihm zufallen. Antworten … Er musste antworten. Die richtige Antwort: »Gefangen.«

»Sie wurden gefangen gehalten? Über so lange Zeit? Warum sind Sie dann nicht tot? Die Partisanen mühen sich nicht mit Gefangenen ab!«

Ein peitschendes Geräusch klirrte durch seine Gedanken, berstendes Eis, mächtige Schollen, die auseinanderbrachen. Was sollte er sagen? Er brauchte eine Antwort. Die *richtige* Antwort. »Folter …«, flüsterte er. »Petroleum …«

Die Soldaten sahen einander an. Skeptisch kniff der Offizier die Augen zusammen, wandte sich an den Sanitäter. »Folter mit Petroleum? Ergibt das einen Sinn?«

Nach einem prüfenden Blick in Laskys Krankenpapiere sagte der Sanitäter: »Kann sein. Er hatte Petroleum im Magen und Verätzungen im Mund. Die ätzende Wirkung ist quälend, aber reversibel. Es tötet nur bei Aspiration. Vielleicht auch nach längerer Anwendung.«

Der Offizier nickte langsam, als würde er nachdenken. »Sechs Monate«, sinnierte er. »Sechs Monate Folter?« Wieder wurde seine Stimme scharf. »Niemand überlebt das!«

Lasky wurde heiß. Schweiß brach durch seine Haut. Alles an ihm war Elend. Fieber. Er hatte Fieber. Doch plötzlich gerieten die Eisschollen in Bewegung, begannen, an den Rändern zu schmelzen. »Dolmetscher.« Das Wort pikste in seinem Hals. »Sie haben … auf den Dolmetscher … gewartet. Erst dann …«

Der Unteroffizier nickte verständnisvoll. Nur der Offizier trat von einem Bein aufs andere. Ein unzufriedenes Zucken glitt um seine Mundwinkel. »Folter!«, bellte er dann. »Was wollten sie wissen? Was haben Sie verraten?«

Laskys Atem wurde schwer. Als wäre die Lunge blockiert. *Was hast du ihnen verraten?*, flüsterte der schmelzende Eisblock. *Niemand glaubt dir, dass du nichts verraten hast. Jeder redet unter Folter.* Irgendwoher kam die Antwort, rollte sich schwerfällig durch seine Kehle: »Sprengstoff … Welche Bomben wir kennen. Wo wir … Sprengstoff lagern. Wann Transporte … kommen.« Er musste Luft holen, konnte nicht mehr und musste dennoch weiterreden. »Ich wusste nicht viel, … nicht … nach der Zeit, … als der Dolmetscher … kam.« Mit dem letzten Wort schnappte er nach Luft. Sein Herz tobte.

»Das reicht jetzt!« Der Sanitäter klang alarmiert. »Erst muss er sich erholen!«

Der Offizier schnalzte mit der Zunge, trat einen Schritt zurück und wandte sich an den Unteroffizier. »Na gut. Dann kommen wir später wieder!«

Sobald sie fort waren, sackte Lasky zurück in die Kissen. Endlich konnte er schlafen. Lange schlafen.

Nach dem nächsten Aufwachen fühlte er sich besser. Auch ohne die Einschätzung des Arztes konnte er spüren, dass ein Teil der Vergiftung aus seinem Körper entwichen war. Der Schwindel war verschwunden. Er konnte wieder atmen, ohne zu keuchen. Nur die Nahrung rebellierte noch in seinem Magen, als er wieder etwas zu essen bekam.

Am dritten wachen Tag kam der Offizier zurück. Dieses Mal mit seinem Adjutanten. »Sie zeigen uns jetzt mal was!« Er breitete eine Karte vor Lasky auf dem Bett aus und deutete auf eine eingezeichnete Stellung. »Hier sind wir«, erklärte er. »Sie kamen hier aus dem Wald.« Der Offizier markierte die Stelle mit dem Finger. »Vorher sind Sie zu Fuß von den Partisanen weggelaufen. Können Sie sich auf der Karte orientieren? Sie müssen uns jetzt sagen, wo Sie gefangen waren. Wie die Partisanen hausen. Alles, was Sie wissen!«

Lasky schwankte in seinem Bett. Der Eisblock zerbarst, zersplitterte in tausend Teile, die wie Stecknadeln in seine Eingeweide stachen. Nur eine Warnung schrie in die Weite: *Nicht die Partisanen verraten! Nicht ihr Dorf preisgeben!*

Er kannte ihr Dorf nicht. Hatte es nie gesehen. Er kannte

nur die Richtung, aus der sie bei ihren Einsätzen gekommen waren.

Dumpfe Leere packte seine Gedanken. Wie hinter einem Schleier erkannte er den Ort auf der Karte, an dem Dunjas Hütte gewesen war, die Stellen, an denen sie die Gleise gesprengt hatten. »Dort.« Er zeigte mit dem Finger auf die Gleise. »Von hier habe ich nachts Detonationen gehört.« Fast automatisch rutschten seine Finger zur Seite, in eine Richtung, in der er nie gewesen war, weit von Dunjas Hütte entfernt und in der entgegengesetzten Richtung, aus der niemals ein Partisan gekommen war. »In dieser Gegend war ich gefangen. In einer einzelnen Hütte. Ob da auch ein Dorf oder eine Stellung war, weiß ich nicht. Bei meiner Flucht habe ich nichts weiter gesehen.«

Der Offizier nickte. Dieses Mal wirkte er zufrieden. »Das ergibt Sinn.« Er wandte sich an seinen Adjutanten. »Organisieren Sie alles. Operation *Frühlingsfest* wird auf diese Gegend ausgeweitet. Dieser Banditensumpf wird jetzt endgültig trockengelegt!«

Drei Tage später wurde Lasky aus dem Lazarettzimmer entlassen und einer neuen Gruppe zugewiesen. Es fiel ihm noch immer schwer zu essen. Manchmal kam die Nahrung einfach wieder raus.

Als sie am übernächsten Morgen in der Dämmerung aus den Baracken getrieben wurden, fühlten sich seine Beine schwach an. Immerzu musste er gähnen, um nicht in Atemnot zu geraten.

»Operation Frühlingsfest beginnt heute!« Der Offizier hielt seine Ansprache, verteilte Anweisungen, und Lasky wusste vom ersten Satz an, dass ihn eine weitere Treibjagd erwartete. Doch dieses Mal waren sie mehr Leute als je zuvor. Die Einsatzgruppe bestand nicht nur aus dem Schützenbataillon, dem er zugewiesen worden war, auch eine SS-Pferdestaffel salutierte auf dem Appellplatz. Mit finsterer Miene stand dessen Hauptsturmbannführer an der Seite ihres Kommandeurs.

Kurz darauf zogen sie los. In Marschformation an einen Startpunkt im Wald, dorthin, wo das ungesicherte Gebiet begann. Dann Ausschwärmen zur Treibjagd. Die Pferdestaffel an die äußeren Flanken, Lasky inmitten einer langen Reihe zwischen fremden Männern.

In diesem Abschnitt lebt niemand! Die Eissplitter in seinen Gedanken schmolzen, ließen zum ersten Mal ein Gefühl hindurch: vage Hoffnung. *Nur Wald und Moor.* Beschwörungsformeln für sein Gewissen. *Die Partisanen kamen immer aus der anderen Richtung. Immer!* Seine Füße versanken im Matsch. Trotzdem musste er weitergehen! Die Kette drängte voran. In lautlosem Schweigen, lediglich ihre Schritte schmatzten im Schlamm.

Über Stunden schlichen sie durch den Wald. *Siehst du! Hier ist niemand.* Nur dieser eine Gedanke. Immer wieder. *Niemand hier. Du hast sie nicht verraten. Du hast sie geschützt. Hast die Meute auf die falsche Fährte geführt.*

Fast schon wurde er ruhig. Vielleicht sogar zufrieden. Nur ganz leise flüsterten die anderen Gedanken: Hatten die Deutschen nicht zuerst einen Spähtrupp geschickt? Um zu erkunden, dass er die Wahrheit sagte? Sie würden doch die Schlagrichtung eines so großen Einsatzes nicht allein auf seine Behauptungen stützen? Dann tauchte das Dorf auf, schimmerte von Weitem zwischen den Bäumen hindurch. Als sie näher kamen, erkannte er Viehweiden und Hütten, auf einem Hügel zusammengedrängt. Die Schornsteine rauchten, vereinzelt liefen Menschen über den matschigen Dorfweg. Vor einem Haus saßen zwei Männer und spielten Karten. Ganz sicher Partisanen. Die Gewehre lehnten neben ihnen.

Der Befehl zum Angriff erfolgte leise. Zwei Schüsse durchbrachen die Stille, die beiden Männer fielen von ihren Hockern. Der nächste Befehl war nicht lauter. Auf ein Handzeichen hin stürmten die Soldaten hervor, duckten sich in ein Kornfeld und sprinteten das letzte Stück bis zu den Hütten. Lasky rannte mit ihnen, erreichte die vorderste Hütte, als die ersten Partisanen mit angelegtem Gewehr aus den Häusern sprangen. Maschinengewehrsalven ratterten, ließen die Russen zu Boden stürzen, vor den Türen ihrer Häuser. Dann kam keiner mehr. Still und regungslos lagen die Hütten im Morgenlicht. Die Partisanen verschanzten sich hinter den Fenstern. Lasky musste es nicht sehen, um es zu wissen.

Einzig mit Handzeichen gaben die Gruppenführer Befehle. Die Häuser umstellen. Leise. Lautlos. Nicht in Sichtweite der Fenster. Lasky duckte sich in den Schatten hinter einem Blockhaus. Hier würde er bleiben. Nicht mehr auf Befehle reagieren. Nur die Geräusche drangen zu ihm: vereinzelte Rufe. Warnungen und Anweisungen.

Stille.

Dumpfe Befehle auf Russisch, durch die Wände der Häuser hindurch. Schnelle Schritte, eine Gewehrsalve, zu Boden fallende Körper.

Stille.

Bis die Deutschen in die Hütten stürmten. Plötzlich war das Geschrei überall, brüllende Männer, kreischende Frauen, dazwischen Kinder. Gewehre ratterten, schnitten die Schreie ab und zogen neues Geschrei nach sich. Noch höher in seiner Tonart, hysterischer. Panisch! Menschen, die wussten, dass sie sterben würden.

Lasky selbst wollte sterben. Der Eisblock in seinem Kopf war restlos geschmolzen. Alles, was zurückblieb, war weiß. Blankes Entsetzen. Seine Lunge verlangte nach Luft. Konnte keine mehr aufnehmen. Dann wurde er vorwärtsgestoßen, aus der Deckung der Hütte heraus, hinauf auf den Dorfplatz. Er keuchte, hielt sich die Brust, wollte zusammenbrechen und blieb dennoch stehen. Die Lage war unter Kontrolle. In der Mitte des Dorfplatzes drängten sich die Partisanen Rücken an

Rücken aneinander, Männer und Frauen, dazwischen Kinder, starrten auf die Soldaten, die sie umringten, in die Gewehrmündungen, die sich auf sie richteten.

»Männer und Frauen trennen!«, brüllte der Hauptsturmbannführer. Seine SS-Kameraden durchbrachen den Ring aus Wehrmachtsoldaten, traten in die Mitte zwischen die Partisanen und stießen Frauen und Kinder mit den Gewehrkolben aus dem Kreis. Sie stolperten und torkelten, ein Mädchen fiel auf die Knie, wurde von Soldaten hochgezerrt. Im Handumdrehen hatte sich ein zweiter Kreis aus Soldaten gebildet, in seiner Mitte nur Frauen und Kinder.

»Anfangs haben wir Frauen und Kinder noch laufen lassen.« Glombitzas Stimme geisterte durch Laskys Gedanken. *»In dem Glauben, dass nur Männer Partisanen sind. Aber das war falsch. Frauen und Kinder sind die besten Partisanen, weil man es ihnen nicht zutraut. Deshalb werden sie bevorzugt rekrutiert. Da aber niemand eine Uniform trägt, kannst du Partisanen und Bauern nicht unterscheiden. Deshalb töten wir alle.«*

Lasky starrte auf das Mädchen, das gestolpert war. Sie sah aus wie Dunja. Als wäre sie … Als wäre Dunja nicht tot … Als wäre dieses Mädchen … ihre Schwester! Es war ihre Schwester!

»Frauen und Kinder da rein!« Der Hauptsturmbannführer zeigte auf die größte Hütte.

»Du kannst noch froh sein«, sprach Glombitza weiter. *»Jetzt jagen wir echte Partisanen. Aber am Anfang, da gab es noch keine Partisanen. Da hieß es nur, dass es Partisanen wären, obwohl es eigentlich Juden waren. Ganze Dörfer von Juden. Da hat niemand die Kinder aussortiert. Einfach nur alle zusammengetrieben und erschossen.«*

Die Soldaten stießen die Frauen voran, schubsten die Kinder hinterher, trieben sie in die größte Hütte, die wohl eine Kirche sein sollte. Eine provisorische Kirche, weit genug von

Moskau entfernt. Stalin würde nie davon erfahren. Als eine der Letzten verschwand das Mädchen im Inneren der Kirche. Dunjas Schwester.

»Prjedatjel'!« Eine russische Stimme brüllte über den Dorfplatz. Lasky fuhr zusammen, wirbelte zu dem Rufer herum und erkannte ihn. Andrej! Dunjas Bruder stand dort hinten im Kreis der Männer, wütend stierte er herüber. An seiner Seite lehnte Grigori, daneben Wladimir. Mit beiden hatte Lasky an den Bahngleisen gelegen, hatte mit ihnen die Sprengsätze montiert und sie unter den deutschen Zügen gezündet. Mit ihnen hatte er Wodka getrunken und gelacht und seine ersten Gespräche auf Russisch geführt. Jetzt nannten sie ihn einen Verräter, und genau das war er. Er hatte sie verraten! Alle! Das ganze Dorf! Dunjas Familie.

»Alle Männer an die Wand!« Das Kommando peitschte über den Platz.

Die Soldaten gehorchten, öffneten den Kreis und verteilten die Männer auf die Wände der Hütten. Also dieses Mal keine Gräber. Unnötige Arbeit, wenn es schnell gehen musste. Wölfe, Krähen und Fliegen würden die Reste beseitigen.

»Eto ty!« Andrej fing wieder an zu schreien, zeigte auf Lasky und brüllte in seine Richtung. »Ty nas prjedal! Ty jejo ubil!«

Du warst das! Du hast uns verraten! Du hast sie getötet!

»Ty jejo ubil!« Dunjas Bruder sprang den Soldaten entgegen, als wollte er sich zwischen ihnen hindurchstürzen. »Ty ubil moju sjestru!« *Du hast meine Schwester getötet!* Immer wieder rief er diesen einen Satz. Bis ein einzelner Schuss durch das Dorf knallte, bis sein Körper zusammensackte und nach vorn fiel.

Für eine Schrecksekunde glaubte Lasky, dass jeder ihn ansah. Dass alle verstanden hatten, welche Rolle er spielte. Er machte den ersten Schritt freiwillig, wollte zu den Partisanen gehen, sich mit ihnen an die Wand stellen. Ein dreckiges Lachen ließ ihn herumfahren. Erst jetzt bemerkte er, dass ihn niemand beachtete. Die Soldaten, die eben noch die Frauen zusammengetrieben hatten, standen vor dem Eingang der Kirche, feixten und rauchten, als befänden sie sich auf einem Sonntagsausflug. Ohne zu wissen, was er vorhatte, stapfte er auf die Hütte zu. Doch alles an seinem Körper war schwach, war weich geworden und geschmolzen, zusammen mit dem Eis. Nur schlurfend kam er voran, erreichte die Tür und torkelte in die Kirche. »Da hat es wohl einer nötig.« Die Soldaten hinter ihm lachten.

Lasky konnte nichts sehen in der Dunkelheit, fast nichts, nur die Kerze, die auf dem Altar brannte. Dann hörte er die Menschen: leises Jammern und Flehen, das Weinen der Kinder. Raues Entsetzen kroch durch seinen Körper, ließ ihn ein weiteres Mal schwanken.

Draußen ratterten die Maschinengewehre, eine scharfe Salve, klatschende Körper. Die Frauen und Kinder in der Kirche sprangen hoch, weinend und kreischend drängten sie zur Tür und schubsten Lasky von rechts nach links.

»Dreckshuren! Seid still!« Ein paar Soldaten kamen herein, stießen die Frauen zu Boden und traten auf sie ein. Die Frauen rollten sich zusammen, wichen vor den Stiefeln der Männer zurück. Manche kauerten sich über ihre Kinder, andere rangen mit den Soldaten.

Laskys Blick streifte die Gesichter der Frauen, weiter stolperte er in die Hütte hinein, suchte das eine Mädchen zwischen all den anderen und fand es ganz hinten, neben dem Altar. Dunjas Schwester stand aufrecht, als könnte sie jederzeit durch den Hinterausgang davonlaufen. Nur, dass es keinen Hinterausgang gab.

Als er auf sie zuging, schüttelte das Mädchen den Kopf. »Njet«, jammerte sie und wich rückwärts gegen eine Wand.

»Schht!« Direkt vor ihr blieb er stehen. »Keine Angst«, flüsterte er auf Russisch. »Ich tue dir nichts.«

Mit großen Augen schaute das Mädchen ihn an. Große Augen in einem mageren, ausgehungerten Gesicht.

»Dunja«, wisperte Lasky. »Deine Schwester. Es tut mir so leid. Ich habe sie geliebt. Ich wollte sie heiraten.«

Erkenntnis huschte über das Gesicht des Mädchens, mischte sich in ihre Angst. In der nächsten Sekunde fiel sie ihm um den Hals. Heiseres Schluchzen drang an seine Ohren, ihr Körper bebte, ihre Finger krallten sich an ihn. Erst jetzt spürte er, wie klein sie noch war, jünger als Dunja, nicht älter als zwölf oder dreizehn.

Laskys Muskeln wurden weich, seine Beine sackten zusammen. Gemeinsam fielen sie zu Boden, landeten halb aufeinander. Er konnte nicht mehr. Etwas Großes wuchs in seiner Brust, presste sich von innen gegen seine Rippen, bis er glaubte auseinanderzureißen. Sein Körper kämpfte, bäumte sich auf, musste sich an dem Mädchen festhalten, um nicht zugrunde zu gehen. Dann brach das Schluchzen hervor, kurz und heftig wie eine Explosion. In dieser einen Sekunde kulminierte sich das ganze Grauen, platzte seine Seele auf wie eine blutig gescheuerte Blase. Für einen winzigen Moment fühlte er nur noch das: zerrissene Haut, schwärende Nässe und darunter das rohe Fleisch, das in der Zugluft brannte. Die zerfetzten Reste einer Seele, bereit zum Sterben. Genau das wollte er: hier in dieser Hütte und mit diesem Mädchen in seinen Armen sterben, hingerichtet durch die eigenen Leute. Genau das war es, was er verdient hatte.

Dann brandete das Lachen an seine Ohren. Schmutziges mehrstimmiges Männerlachen, nicht weit von ihm entfernt. »He Vollmer.« Einer der Lachenden rief nach draußen. »Noch nicht zumachen. Hier ist noch einer von uns drin!«

»He du!« Jemand stieß mit dem Stiefel gegen Laskys Oberschenkel. »Steh auf! Wenn du Spaß haben willst, musste dir ne andere Gelegenheit suchen. Schnell und effektiv sollen wir das heute erledigen!«

Lasky konnte sich nicht rühren unter dem Schmerz, konnte das Mädchen nicht aufgeben, das geschützt unter seinen Armen lag. Ihre Hände hielten ihn fest, ihre Augen beschworen ihn. Er wollte sie mitnehmen und aus der Hölle führen, wollte wenigstens sie retten, stellvertretend für alle. Wenn es nur möglich wäre zu entkommen.

Eine Hand packte ihn an der Schulter, versuchte, ihn hochzuzerren. »Komm schon! Schluss hier!«

Lasky reagierte nicht, blieb einfach liegen und schob den Arm noch dichter über das Mädchen.

»He!« Der Soldat stieß mit einem Gewehrkolben nach ihm. »Lebst du noch?«

Wieder lachten sie.

»Das is der, den se gefoltert haben.« Die nächste Stimme kam ihm bekannt vor, gehörte zu einem Soldaten, der mit ihm auf der Stube lag. »Muss nen Knall haben, der Kleine. Warum is der überhaupt schon hier? Gehört der nich noch ins Lazarett?«

Plötzlich wollte Lasky kämpfen. Warum ausgerechnet jetzt und nicht vorher, wusste er nicht. Vielleicht, weil ohnehin alles verloren war. Weil ihnen jeden Moment klar wurde, dass er für die Partisanen gearbeitet hatte. Doch vor allem musste er dieses Mädchen retten, musste aufspringen und sie mit sich reißen, nach draußen stürmen in den rettenden Wald. Wahrscheinlich würden die Gewehrsalven sie niederstrecken. Aber vielleicht auch nicht. Vielleicht war der Überraschungsmoment auf seiner Seite. Ganz unauffällig tastete er nach ihrer Hand, schob seinen Mund noch dichter an ihr Ohr, flüsterte kaum hörbar auf Russisch: »Vpjerjód!« *Vorwärts!*

Ein gefährliches Lachen fuhr dazwischen. »Lust auf Petroleum?« Etwas Heißes spritzte in seinen Nacken, sengte in seine Haut und ließ ihn schreiend aufspringen. Mit einem Ruck glitt die Hand des Mädchens aus seiner.

Jemand packte ihn, zerrte ihn rückwärts, fort von Dunjas Schwester, die sich hochrappelte und sich im Sitzen an die

Wand drückte. Ihre Augen waren weit geöffnet, flehend. Er wollte noch etwas rufen, wollte sie ein letztes Mal trösten, mit den russischen Worten, die Dunja ihn gelehrt hatte. Bevor er etwas sagen konnte, zerrten die Männer ihn weiter, seine Füße stießen gegen Körper und Gliedmaßen. Er musste sich umdrehen und nach unten sehen, um nicht zu fallen.

»Moritz.« War es ein Hirngespinst? Oder flüsterte sie seinen Namen? Mit Dunjas Stimme. Ein letztes Mal. Fast schon hatte er die Tür erreicht, Benzindämpfe stiegen in seine Nase, von draußen plätscherte Flüssigkeit an die Holzwände der Hütte.

Die Sonne blendete ihn, als er ins Freie geschoben wurde. Männerstimmen lachten. Ein schwerer Riegel rastete ins Schloss. Ganz leise nur zischte das Streichholz.

Das Feuer fauchte auf, schlug hinter seinem Rücken empor und trieb eine Hitzewelle vor sich her. Die Soldaten und SS-Männer sprangen vor, lachten wie im Spiel, während Frauen und Kinder in Todesangst kreischten.

Warum war er nicht mehr dort? Bei ihnen? Bei dem Mädchen, das er nicht retten konnte? Ein letztes Mal brandete der Schmerz in seinem Inneren auf, entzündete seinen Verstand und verschlang ihn mit rasenden Flammen. Seine Knie gaben nach, ließen ihn stürzen, bis der Staub in seinen Mund schlug. Die Schreie der Frauen zersprangen in einer Kaskade von Funken, regneten glühend auf ihn nieder und brannten sich in seine Haut.

Seine Seele starb, in genau diesem Moment, wurde kalt und starr wie harter Granit in einem Kokon aus Eisen. Dennoch musste sie sich erheben von den Toten, musste aus der Asche emporkriechen und die Hülle seines Körpers begleiten. Nur diese eine Seele, stellvertretend für alle Schuldigen, um das Werk der Verdammten auf ihren Schultern zu tragen.

Für immer.

* * *

Gut Morkamp, Kreis Plön, Ostseeküste
Schleswig-Holstein, Juni 1946

Seine Geschichte verschwamm vor ihren Augen, löste sich auf und fraß sich nur umso tiefer in ihr Herz. Es gab keine treffenderen Worte, um den Schmerz zu beschreiben, und trotzdem war es unbegreiflich. Was er getan hatte. Was er nicht getan hatte. Was Menschen anderen Menschen zufügten. Sie alle waren dabei gewesen. Jeder Mann in diesem verfluchten Land. Wem konnte sie noch trauen? Wem konnte sie die Worte glauben, mit denen sie ihre Heldentaten und ihr Leid beschrieben? Und was verbarg sich in den schwarzen Löchern unter ihrem Schweigen?

Moritz hatte seine ganze Schuld gestanden, hatte Hannah bis in die schlimmste Hölle des Krieges geführt. Was er getan und was er zugelassen hatte, war an Grausigkeit nicht zu übertreffen. Und dennoch: Über das Leid der Opfer gelacht und sie mitsamt ihren Hütten in Brand gesteckt hatten andere. Junge Männer, die besessen waren von der Ideologie einer Herrenrasse und die darüber ihre Menschlichkeit verloren hatten. Männer, die so waren wie Paul. Wie ihr Bruder. Ob auch er in ähnlicher Weise gemordet hatte?

Mit zitternden Händen schob Hannah das Heft zurück in das Versteck hinter ihrem Bett. Sie hätte es nicht lesen sollen. Nicht jetzt. Nicht später. Niemals. Hätte Moritz dieses eine Geheimnis nicht für sich behalten können? Warum hatte sie nicht wenigstens länger nachgedacht, ehe sie es las? Nun hingegen war es zu spät. Hatte sie damit erreicht, was sie wollte? Konnte sie Moritz hassen und ihn leichter vergessen? Sie wusste es nicht. Wusste gar nichts mehr. Einzig der Schmerz war noch stärker geworden, erfüllte sie voll und ganz. Wie ein Wurm krümmte sie sich auf der Matratze zusammen, presste die Arme um ihre Beine und heulte die Verzweiflung in ihr Kissen. Immer wieder sah sie das Partisanendorf vor sich.

Andrej, der Moritz einen Verräter schimpfte, die Kinder und Frauen in der Hütte. Als sie das Fauchen des Feuers hörte, züngelten die Flammen auch in ihrer Brust, lichterloh brannte ihre Seele. Hannah wollte nur noch hier liegen bleiben, bis ihre Seele zu Asche verglüht war.

Den ganzen Tag lang stand sie nicht auf. Der Gedanke, dass sie Brot backen musste, war so weit entfernt wie ein vergangenes Leben. Irgendwann klopfte jemand an ihre Tür, und schon an der vorsichtigen Art und Weise hörte sie, dass es Gitte war. »Hannah! Bist du da? Was ist los?«, rief ihre Freundin. Doch Hannah schloss die Augen und stellte sich tot, reagierte auch nicht, als Gitte sanft an der Tür rüttelte.

Etwas später klopfte es noch einmal. Dieses Mal klang das Pochen durchdringender. Nur die Stimme, die kurz darauf hereinrief, wirkte freundlich und sanft wie immer. »Hannah? Sind Sie da?« Der Gutsherr. Ganz kurz tauchte sie auf aus dem Schmerz, starrte in das grelle Licht, das durch ihr Fenster hereinfiel.

»Was ist mit Ihnen?«, fragte er. »Wenn ich Ihnen helfen kann, dann …« Mehr sagte er nicht. Hannah hingegen lauschte weiter. Ihr Herz pochte hart und schnell. Es war nicht nur unhöflich, ihrem Arbeitgeber nicht zu antworten, es war auch ungehörig, ohne Entschuldigung von ihrem Arbeitsplatz fernzubleiben. An diesem Tag jedoch war ihr alles egal. Schnell schloss sie die Augen und wartete, bis er fort war.

Irgendwann schlief sie ein. Zum unzähligsten Mal lag Hamburg in Trümmern, die Häuser um sie herum brannten, Menschen schrien, und irgendwo dazwischen sah sie Moritz, wie er über die aufgerissene Straße stolperte, über Leichen und Schuttberge hinwegstieg und immer wieder aus ihrem Sichtfeld verschwand. Stundenlang rannte sie ihm nach und versuchte, ihn einzuholen. Aber immer, wenn sie ihn fast erreicht hatte, war er plötzlich verschwunden.

Als sie aufwachte, war ihre Haut verschwitzt, die Kleidung

klebte an ihrem Körper. Draußen war es dunkel, und Hannah konnte unmöglich schätzen, wie spät es war. Kurz saß sie da und fragte sich, was geschehen war, warum sich alles so verwirrend anfühlte. Dann schlug die Erinnerung auf sie ein wie ein Vorschlaghammer. Flaue Übelkeit stieg in ihr auf. Oder war es Hunger? Den ganzen Tag lang hatte sie nichts gegessen. Doch ganz gleich jedoch, wie sehr ihr Magen grummelte, sie konnte und wollte nichts essen. Einzig der Durst brannte in ihrer Kehle. Mühselig rappelte sie sich auf, torkelte zu dem Eimer und füllte die Hände mit Wasser. Gierig trank sie davon, immer neues Wasser, bis ihr Bauch bis obenhin vollgepumpt war. Die nächste Wasserladung schlug sie in ihr Gesicht, tauchte dann den ganzen Kopf in den Eimer und hielt erst in letzter Sekunde die Luft an. Das Wasser umhüllte sie, kühlte ihr heißes Gesicht, floss kitzelnd in ihre Ohren und sickerte durch die Haare auf ihre Kopfhaut. Ob es möglich wäre, so zu sterben? Indem sie unter Wasser einatmete? Hannah versuchte es, öffnete den Mund und dachte daran, das Wasser einzusaugen. Es ging nicht. Etwas in ihrer Kehle sperrte sich dagegen. So lange, bis sie atmen musste, bis alles in ihr nach Sauerstoff schrie. Sie ließ das Wasser tiefer in ihren Mund, nur ganz langsam. In der nächsten Sekunde fuhr sie auf. Hustend und keuchend fiel sie über den Eimer, würgte das Wasser hervor, bis endlich wieder Luft in ihre Lunge strömte.

Inmitten der Pfütze lag sie da und blickte in die Dunkelheit. In ihrem Inneren hingegen herrschte Unruhe. Sie konnte nicht länger hier bleiben. Alle Tränen waren verbraucht, der Schlaf hatte die Müdigkeit vertrieben. Mittlerweile musste längst Sperrstunde sein. Natürlich. Immerhin war es Sommer, und die Dunkelheit kam spät. Dennoch wollte sie aufstehen, sich bewegen, etwas tun. Hannah rappelte sich hoch, rubbelte mit einem Laken über ihre Haare, streifte die nasse Kleidung ab und ersetzte sie durch das blaue Sommerkleid, das die

Männer ihr zu Weihnachten geschenkt hatten. Bislang hatte sie es nur an manchen Sonntagen getragen, und warum sie es ausgerechnet jetzt herausholte, wusste sie nicht. Vielleicht als Erinnerung.

Ohne Licht zu machen, tastete sie sich in den Flur, lief den langen Gang entlang und schließlich die Treppe hinunter, die in den Tordurchgang zwischen Wirtschafts- und Ehrenhof führte. Tatsächlich lag der Wirtschaftshof in nächtlicher Stille da. Nur die Lampen in den beiden Tordurchgängen leuchteten – und eine dritte Funzel am Eingang des Pferdestalls.

Wohin sollte sie gehen? Ins Backhäuschen vielleicht? Dort könnte sie das Brot backen, das eigentlich schon seit heute Nachmittag fertig sein sollte. Sonst hätte sie morgen nichts zum Verkaufen. Und die Flüchtlinge hätten nichts zu essen.

Sie musste ihr Versäumnis nachholen, die Menschen verließen sich auf sie. Hastig setzte sie sich in Bewegung, lief durch den Durchgang in den Ehrenhof und am Herrenhaus vorbei, bis auf den Pfad, der sie zum Backhäuschen führte. Als sie kurz darauf die Tür aufschloss und eintrat, kam ihr der Duft von frisch gebackenem Brot entgegen. Wie konnte das sein? Der letzte Backtag lag eine halbe Woche zurück. Hannah knipste das Licht an, ging durch den Verkaufsraum in die Backstube und traute ihren Augen nicht. Mindestens dreißig Brote lagen auf der Arbeitsfläche und waren mit sauberen Handtüchern abgedeckt. »Wie?« Wer hatte des getan? Wer hatte all die Brote für sie gebacken?

Eine Sekunde lang dachte sie an Moritz. War er doch noch zurückgekehrt? Schlief er hier, anstatt in die Kammer zu kommen?

Nein. Sie mochte es sich wünschen, doch diese Idee ergab keinen Sinn. Die Benutzung des Ofens und die Rezepte für die Brote hatte sie Moritz nie erklärt. Wer diese Brote gebacken hatte, schien zu wissen, wie es ging. Und es musste jemand gewesen sein, der einen Schlüssel zum Backhäuschen besaß. Oder war ihre Stelle neu besetzt worden? So schnell? Weil sie heute nicht gekommen war? Oder weil sie so viel Brot gestohlen hatte?

Fast war sie erleichtert. Sie könnte ebenfalls fortgehen, wenn sie keine Arbeit mehr hatte. Nahezu lautlos löschte sie das Licht, schloss die Tür hinter sich ab und lief zurück. Wenn sie nur wüsste, wohin mit sich. Sie konnte nicht wieder in ihre Kammer, nicht wieder in die Dunkelheit, nicht wieder allein sein und heulen. Ratlos blieb sie auf dem Wirtschaftshof stehen. Das Licht vor dem Pferdestall brannte noch immer, irgendein Impuls zog sie darauf zu. Im Gegensatz zum Hühnerstall war dieses Tor nicht mit einem Schloss verhangen.

Auch drinnen brannte eine einzelne Glühbirne. Jemand musste vergessen haben, das Licht auszuschalten. Langsam ging sie zu der Box, in der die Stute mit ihrem Fohlen stand. Seit der Gutsherr ihr das Kleine gezeigt hatte, war sie nicht mehr hier gewesen. Leise lehnte sie sich gegen die Boxwand. Mit geschlossenen Augen lag das Fohlen vor der Stute im Stroh, wie ein schlafendes Baby in der Wiege, bewacht von seiner Mutter, die Hannah müde entgegenblinzelte.

Doch unterhalb der Boxwand war noch etwas, noch jemand, ein Mensch, der hektisch aufsprang. »Hannah!« Erschrocken starrte sie der Gutsherr an. »Haben Sie mich erschreckt! Wo kommen Sie so plötzlich her?«

»Entschuldigung. Verzeihen Sie!« Hannah wandte sich ab, lief eilig zurück zum Ausgang.

»Halt! Warten Sie!« Der Gutsherr öffnete den Verschlag, kam ihr nach und packte sie am Handgelenk. Sein Griff war fest und weich zugleich, ließ sie herumfahren, bis sie dicht vor ihm stand. Die Augen in seinem schmalen, hübschen Gesicht waren voller Sorge. Noch immer hielt er ihren Arm, als wollte er nicht zulassen, dass sie fortlief.

»Haben Sie das getan?«, flüsterte sie. »Mich ersetzt und jemand anderen das Brot backen lassen? Vielleicht Dagmar? Ist sie meine Nachfolgerin?«

Seine Besorgnis verwandelte sich in Schrecken. »Sie ersetzt? Wie kommen Sie darauf?«

»Weil fertiges Brot in der Backstube liegt. Obwohl ich heute nicht da war.«

Nun lächelte er, offen und warm. »Nichts liegt mir ferner, als Sie zu ersetzen. Aber Sie waren krank, und jemand musste Sie vertreten. Also habe ich das Brot gebacken, zusammen mit Ihrer Freundin Gitte – und mit Lines Unterstützung, wenn ich ehrlich bin.«

Überrascht sah Hannah ihn an. Der Gutsherr persönlich hatte das Brot gebacken?

Moritz war der Ansicht, dass sie ihn heiraten sollte. Plötzlich wollte sie sich losreißen, wollte sich mitten in den Wirtschaftshof stellen und schreien. Allein seine Hand hielt sie fest. Nicht weil sein Griff so stark gewesen wäre. Vielmehr war es die Sanftheit darin.

»Kommen Sie mit«, flüsterte er. Sachte zog er sie mit sich, führte sie zurück zu der Pferdebox, in dessen vorderer Ecke ein Strohballen lag. Vorsichtig drückte er sie darauf, setzte sich neben sie und lehnte sich gegen die Boxwand. »Was ist geschehen? Sie sind nicht krank, aber etwas ist passiert. Erzählen Sie.«

Die Stelle, an der er ihren Arm gehalten hatte, fühlte sich kühl an, verlassen. Sie selbst war verlassen, und mit einem Mal war die Kälte überall, durchdrang ihren Körper und brachte sie zum Zittern.

Der Gutsherr sprang wieder auf, lief auf die Stallgasse und kehrte mit einer Pferdedecke zurück, die er auf ihre Schultern legte. »Ihre Haare sind ganz feucht. Es geht Ihnen nicht gut.« Seine Stimme wurde dringlich. »Nun erzählen Sie schon.«

Wollte sie das? Es ihm erzählen? »Es ist eine lange Geschichte.«

Er setzte sich wieder neben sie, lehnte sich ein weiteres Mal zurück. »Es ist Nacht. Ich leide ohnehin an Schlafstörungen. Wir haben alle Zeit der Welt für lange Geschichten.«

In der Wärme der Wolldecke ließ das Zittern ein wenig nach. »Es geht um Moritz«, flüsterte sie. »Meinen Freund. Er ist heute Morgen gegangen und hat mir einen Abschiedsbrief hinterlassen.«

Alarmiert richtete sich der Gutsherr auf. »Der junge Mann, der gestern bei Ihnen war? Er sah nicht aus, als wollte er Sie verlassen. Mehr als wollte er Sie bis aufs Blut verteidigen.«

Gestern. Das war tatsächlich erst gestern gewesen. »Er sah nicht danach aus, ich weiß. Und trotzdem ...« Hannah schluckte. »Er glaubt, es wäre besser für mich, wenn er geht.«

Einen Moment lang schwiegen sie. Nur der Blick des Gutsherrn ruhte auf ihr. Hannah schloss die Augen. Vielleicht hatte er recht. Sie brauchte jemanden, der ihr zuhörte, und noch während sie darüber nachdachte, begann sie tatsächlich zu erzählen. Alles erzählte sie ihm, von ihrer Zeit mit den Soldaten und dem schweigenden Fuchs, den Notizbüchern und der Nacht im Hühnerstall. Auch Moritz' Geschichte gab sie wieder, und während sie das Grauen seiner Erlebnisse zusammenfasste, erschien es ihr noch schrecklicher als in seinem Heft. Vielleicht, weil ihre Worte nicht so weich und melodisch waren wie seine, sondern nur eine Aufzählung von harten Fakten.

Erst jetzt wurde ihr die Dimension seiner Taten bewusst. Sein Buch fasste an manchen Stellen zusammen, was über ein Jahr lang sein tägliches Brot gewesen war. Er mochte Angst gehabt haben in diesem Partisanenwald, und es hatte sicher viele Situationen gegeben, die ihn in Lebensgefahr gebracht hatten. Doch an den meisten Tagen war er einfach nur ein Henker gewesen. Ein Vollstrecker, der effektiv und willenlos tötete. Wie viele Menschen mochten durch sein Gewehr gestorben sein? Viele Dutzende? Vielleicht sogar Hunderte? Und dann noch einmal Hunderte auf der deutschen Seite, die er mit seinen Bomben in den Tod gesprengt hatte. Als sie den letzten Teil der Geschichte erzählte, verklumpte sich das Grauen in ihrem Hals. Nur in Fetzen brachte sie die Worte hervor, von der Auslöschung eines ganzen Dorfes, von Frauen und Kindern, die lebendig verbrannt worden waren.

Das Ende kam zu plötzlich. Die Bilder in ihrem Kopf drehten sich weiter, Übelkeit waberte durch ihren Magen. »Ich weiß es nicht«, keuchte sie. »Ob ich ihm verzeihen kann. Was ich fühle ... wenn ich daran denke.« Ihre Finger krallten sich in die Pferdedecke. »Hätte er etwas tun ...?« Ihre Stimme brach ab. Sie kämpfte mit den Tränen, die jeden Moment hervorbrachen. »Bei solchen Einsätzen ... Gab es keinen anderen Ausweg?«

Das Gesicht des Gutsherrn wirkte gehetzt und fahl. »Vielleicht ...« Er räusperte sich, bewegte die Lippen. Wie ein Reibeisen klang seine Stimme: »Er hätte um Versetzung bitten können. Mit etwas Glück hätte ein Vorgesetzter Mitleid gehabt. An die Front versetzen ... Das ließ sich immer begründen.« Er schloss die Augen. »Ich habe gehört, dass sie Feldausbildungsbataillone zum Partisanenkampf einsetzen. Halbe Kinder ... in so einem Einsatz. Er war wie alt?«

»Achtzehn.« Das Wort brannte in Hannahs Brust. Noch fast ein Junge. Sollte er ernsthaft solche Schuld tragen? Was war mit den Offizieren? Die schlimmsten Entscheidungen stammten von ihnen. Vielleicht hatten sie den Auftrag bekommen, alle Partisanendörfer auszulöschen, aber Menschen bei lebendigem Leib zu verbrennen – lag solche Grausamkeit nicht im Ermessen der Kommandeure? Wo waren diese Männer jetzt? Waren sie auch in die Freiheit entlassen worden? Weil sich nicht beweisen ließ, was sie getan hatten? Einer von ihnen saß neben ihr. Ein Offizier, der Befehle gegeben hatte. Von den Details seiner Kriegsaufgaben hatte der Gutsherr nie gesprochen.

»Was ist mit Ihnen? Welche Befehle haben Sie gegeben? Was mussten Ihre Männer tun?«

Holger von Morkamp fuhr auf. »Nicht so etwas.« Er rieb sich das Gesicht, schien die Worte für seine Antwort erst suchen zu müssen. »Der Partisanenkrieg fand im rückwärtigen Heeresgebiet statt, in den versteckten Wald- und Sumpfgebieten, entlang der Versorgungswege. Ich habe von Kavalleristen gehört, die sich daran beteiligen mussten, aber ihre Erzählungen waren sehr sparsam an Einzelheiten. Ich selbst war direkt an den Kampflinien, sechs Jahre lang. Erst in Frankreich, dann in Russland. Und das, was ich getan habe …« Er sog die Luft ein, wieder schloss er die Augen. »Ich hatte sie vor mir, die Jungen, die noch keine zwanzig Jahre alt waren. Jede Woche kamen neue. Ersatz für das *Material,* das uns *verloren* ging. Manche hatten Angst, aber viele freuten sich auf das Abenteuer. Und nicht wenige waren bis obenhin vollgepumpt mit glitzernder Ideologie. Schlecht ausgebildet waren sie alle. Wie die Realität eines Krieges aussieht, begriffen sie erst, als die ersten Kugeln um ihre Köpfe flogen. Ich habe getan, was ich konnte, um sie in die Lage einzuweisen, um ihnen die wichtigsten Fertigkeiten beibringen zu lassen, bevor sie aus Unwissenheit sterben. Trotzdem musste ich jeden Tag mit ansehen, wie der Krieg sie zerstörte und aus kindlichen Jungen verbitterte und grausame Kreaturen formte.«

Als der Gutsherr die Augen wieder öffnete, lag ein Schimmern darin. Hieß das, er weinte? Oder war es nur die Müdigkeit einer durchwachten Nacht? »Der Krieg wurde immer grausamer, und die Kinder auf dem Schlachtfeld immer jünger. Wenn es nach mir gegangen wäre, hätte ich sie sofort wieder nach Hause geschickt. Stattdessen musste ich sie in den Kampf befehlen, auch wenn es aussichtslos war.« Sein Kehlkopf bewegte sich. »*Das* ist meine Schuld, Hannah. Unzählige Männer sind gestorben, weil sie meinen Befehlen gehorcht haben. Und andere sind für ihr Leben gezeichnet, körperlich und seelisch.« Er schüttelte den Kopf. »Durch meine Einheit sind viele russische Soldaten gefallen, Frauen und Kinder waren jedoch nicht darunter. Das ist wohl das Einzige, wofür ich in diesem Elend dankbar sein kann.«

Hannah glaubte ihm. Doch dann fiel ihr etwas anderes ein, etwas, das Moritz nur im Nebensatz erwähnt hatte. Einzig sein Freund Glombitza hatte es ausgesprochen. »Die Partisanen … Ist es wahr, dass Juden manchmal so bezeichnet wurden? Und dass es manchmal Judendörfer waren, die sie ausgelöscht haben?«

Der Gutsherr starrte sie an. »Hannah …« Plötzlich klang er unsicher, seine Hand rutschte in ihre Richtung, hielt mitten in der Bewegung inne.

»Was?«

Mit einem Ruck stieß er sich von dem Strohballen ab, schreckte die schlafende Stute auf und blieb vor ihrem Fohlen stehen. »Ich habe davon gehört, dass sie ganze Judendörfer ausgerottet haben. Grausame Massaker, Massenerschießungen, bei denen sich die Opfer zuerst ihre Gräber schaufeln …« Seine Stimme brach ab, setzte wieder an. »Lange war ich mir nicht sicher, ob es wahr ist oder nur ein Gerücht. Es klang unglaublich, als hätte jeder, der es weitererzählt, noch ein grausiges Detail hinzuerfunden, aber in den letzten Kriegsjahren gab es keinen Zweifel mehr. Diese Dinge sind wirklich passiert.«

Hannahs Gedanken rasten, gingen alles noch mal durch, was Moritz geschrieben hatte. Bis ihr einfiel, was er in seinem Brief erwähnt hatte: dass er einen Teil seiner Geschichte geschönt hatte, damit sie ihn nicht sofort verurteilte. Hatte er sie wegen Klara angelogen? Damit Hannah nicht erfuhr, dass er an der Judenvernichtung beteiligt gewesen waren? Wie an einer Schnur gezogen, sprang sie auf. »Ist es das, was er getan hat? Ich weiß, es macht keinen Unterschied, ob er nun Juden oder Russen ermordet hat, Partisanen, die ihr Land verteidigen wollten, oder einfache Bauern, die versucht haben zu überleben – Menschen sind gequält und getötet worden. Frauen und Kinder. Unschuldige. Was er getan hat, woran er beteiligt war, ist unfassbar.« Sie schnappte nach Luft, musste einige Male tief durchatmen. »Trotzdem würde ich gern wissen, ob er mich belogen hat. Ob er zu allem Überfluss auch noch das getan hat. Können Sie mir das sagen? War Dunjas Dorf ein Judendorf?«

Die Augen des Gutsherrn wurden weit. »Hannah …« Er kam auf sie zu, als wollte er sie festhalten.

Sie wich zurück.

»Ich weiß es nicht. Es gab beides. Die Bekämpfung von echten Partisanen und die Vernichtung von Juden. Woher soll ich wissen, was es in seinem Fall war?«

Der Boden unter ihren Füßen riss auf, ließ sie zur Seite taumeln. Ohne darüber nachzudenken, stolperte sie aus der Pferdebox, rannte über die Stallgasse und hinaus, durch die beiden Höfe und von dort aus bis zu dem Pfad, der zum Backhäuschen führte.

»Hannah!« Immer dichter kamen die Schritte des Gutsherrn, verfolgten sie auch dann noch, als sie den Weg zum See einschlug.

Hannah stolperte, bemerkte erst jetzt, dass sie nichts mehr sehen konnte unter den Tränen. Was, wenn Moritz sie getäuscht hatte? Wenn sie einen Mann geliebt hatte, der neben all seinen schrecklichen Taten auch noch Judendörfer ausgelöscht hatte? Was, wenn das der Grund war, warum er ihr nicht mehr in die Augen sehen konnte?

»Hannah!« Holger von Morkamp berührte ihren Arm, fing sie ein und hielt sie fest.

Der Ruck ließ sie straucheln. Mit den Knien rutschte sie in den Sand, fing sich mit der freien Hand auf dem Boden.

Er ließ sich neben ihr fallen, zog sie in seine Arme. »Bitte hör mir zu!«, raunte er. »Alles, was du beschrieben hast: wie die Deutschen den Wald durchkämmen, wie sie die Bahnlinien gesichert haben, und dann seine Zeit bei den Partisanen … Dunjas Bruder und Moritz haben Bomben gebaut und Züge in die Luft gesprengt. Sie müssen echte Partisanen gewesen sein. Außerdem gab es die Widerstandskämpfer am Ende des Krieges überall. Sie waren eine echte Bedrohung in unserem Rücken. Nie wussten wir, wann sie uns einkesseln oder ob sie uns die Versorgungswege abschneiden.« Der Gutsherr hielt inne, zog sie noch näher an sich. »Aber die Judenerschießungen … Nach allem, was ich gehört habe, waren die Massaker 1942, gleich nach der Eroberung. Und fast immer wurden sie von der SS oder Polizeibataillonen und SD-Einheiten durchgeführt. Die meisten Juden, Leute wie deine Freundin, die sie von hier in den Osten gebracht haben … Sie sind in KZs gestorben. In großen Lagern, die von der SS nur für die Menschenausbeutung und -vernichtung errichtet wurden.«

Hannah duckte sich in seine Arme. Was waren das für Menschen, die Klara umgebracht hatten? Soldaten wie Moritz, die es nicht wagten, Befehle zu missachten? Oder waren es Männer gewesen wie ihr Bruder, die sich von der Ideologie der Nazis hatten überzeugen lassen?

»In dem Dorf war eine Kirche.« Die Stimme des Gutsherrn fing sich in ihren Haaren. »Demnach kann es kein jüdisches Dorf gewesen sein. Und warum hätte er so eine Lügengeschichte überhaupt erfinden sollen? Wenn er die Wahrheit vor dir verstecken wollte, hätte er einfach gar nichts gesagt … und nichts aufgeschrieben. Er muss dir wirklich sehr vertrauen, und ihm muss sehr viel daran gelegen haben, dich die Wahrheit wissen zu lassen.«

Gezwungen langsam atmete Hannah ein, bemühte sich, ruhiger zu werden und wieder klarer zu denken. Moritz hatte sie nicht belogen, wenigstens das. Dennoch …

»Was soll ich jetzt tun?«, flüsterte sie. »Ich weiß nicht, was ich über all das denken soll. Ob ich ihm seine Schuld vergeben kann.«

Ein ganze Weile lang hielt der Gutsherr sie einfach nur im Arm. Vorsichtig strich er über ihre Haare, als wartete er darauf, dass sie es ihm verbot. Doch seine Wärme war angenehm in der kühlen Nachtluft, hielt sie geborgen und sicher. »Musst du das denn?«, murmelte er schließlich. »Über seine Schuld zu entscheiden ist nicht deine Aufgabe. Er hat dir seine Geschichte erzählt, aber du bist nicht seine Richterin. Du musst ihn weder verurteilen noch freisprechen.« Seine Hand bewegte sich von ihren Haaren abwärts, blieb auf ihrem Rücken liegen und prägte sich durch den Stoff ihres Kleides. Nur sein Atem strich noch durch ihre Locken. Ganz sanft berührte er ihre Kopfhaut. War das ein Kuss? Es fühlte sich so an, ließ einen Schauer über ihre Arme laufen. Der Duft des frischen Brotes hing noch in seiner Kleidung, vermischt mit Leder und Stroh und dem heimeligen Geruch des Pferdestalls. Friedlich, das war es. Dieses Aroma aus Brot und Pferden war der Duft des Friedens.

Sein Atem wurde ganz ruhig, verhalten, als befürchte er den Moment, in dem sie sich von ihm löste.

Erst jetzt ging ein Ruck durch ihre Gedanken. Was tat sie hier? Wie konnte sie diese Nähe zulassen? So unmittelbar, nachdem Moritz sie verlassen hatte. Hannah machte sich von Holger los und sprang auf. Der Gutsherr kam fast ebenso schnell wieder auf die Füße. In der Dunkelheit konnte sie sein Gesicht nicht erkennen.

»Ich …«, stammelte sie. »Es tut mir leid. Ich weiß nicht … Ich muss weg.« Damit wandte sie sich ab, ging ein paar Schritte und fing dann an zu laufen, zurück zum Ehrenhof, erneut an den Blumenrabatten vorbei und schließlich in die Einfahrt des Kavaliershauses. Noch immer wollte sie nicht allein auf ihrem Zimmer sein. Doch was sollte sie sonst tun? Von nun an war sie allein. Ganz allein. Es sei denn, sie stürzte sich in die Arme des Gutsherrn.

20. KAPITEL

Brief an Moritz, niemals versendet, 1946

Wenn ich wüsste, wohin ich die Briefe schicken sollte – ich würde Dir schreiben, jeden Tag. Ich würde Dich anflehen, dass Du zurückkommen sollst. Ich würde Dir erklären, wie sich das Loch anfühlt, das Du in meinem Herzen hinterlassen hast, und ich würde Dich anlügen und behaupten, ich wäre schwanger, damit Du nicht anders kannst, als zu mir zurückzukehren. Die Wahrheit ist: Ich bin nicht schwanger, nicht einmal das. Und ich weiß nicht, ob ich es jemals wieder sein werde, weil ich dazu einen Mann brauche, mit dem ich zusammen sein will. Glaubst Du wirklich, ich könnte mich sofort dem nächsten zuwenden? Als hätte es Dich nicht gegeben? Als würde es mich nicht bekümmern, was aus Dir geworden ist?

Zu einem Teil hattest Du recht: Der Gutsherr mag mich, vielleicht liebt er mich sogar, und wenn ich ehrlich bin, dann mag ich ihn auch. Einen Moment lang hat es sich tatsächlich so angefühlt, als könnte ich Dich einfach so durch ihn ersetzen. Doch das war nur ein flüchtiger Impuls, das Bedürfnis nach Trost. Schon im nächsten Moment wusste ich, wie falsch es wäre. Gänzlich falsch und verdorben. Ich wäre sehr egoistisch, wenn ich Dich einfach so abhaken würde, nach allem, was ich über Dich weiß.

Ja, ich habe versucht, Dich zu hassen, ich habe Deine Geschichte zu Ende gelesen, und nun weiß ich nicht, ob ich Dir Deine Schuld verzeihen kann. Aber höre ich deshalb auf, Dich zu lieben? Kann ich Dich deshalb hassen?

Nein! Ich spüre nur diesen gewaltigen Schmerz, der in Dir wohnt, und die Ungewissheit frisst mich auf. Meine Sorgen um Dich beginnen, sobald ich am Morgen erwache, und sie lassen nicht nach, bis ich spät in der Nacht wieder Ruhe finde. Auch wenn ich nicht weiß, wo Du gerade bist und wie es Dir geht, kann ich mir denken, wie unglücklich Du sein musst, wie zerrissen und perspektivlos.

Wenn ich jetzt einen anderen liebte, müsste ich Dich dafür im Stich lassen. Ich müsste ein Schuldurteil über Dich sprechen, um vor mir selbst zu rechtfertigen, dass ich Dir Deine Zukunft genommen habe. Natürlich kann ich das nicht. Nicht so. Und selbst Holger sagt, es sei nicht meine Aufgabe, über Dich und Deine Schuld zu urteilen. Es ist niemals die Aufgabe der Liebe, ein Urteil zu sprechen. Manchmal hasse ich Dich dafür, weil Du es trotzdem von mir verlangst. Aber an den meisten Tagen liebe ich den Jungen, der Du mal warst und den ich nie gekannt habe, weil er in diesem Krieg verloren ging. Ich liebe diesen Jungen, der sich in Dunja verliebt und der mir im Grunde niemals gehört hat, weil er zusammen mit ihr gestorben ist.

Vielleicht ist es das, was ich versuchen sollte: Dich wie ein Kind zu lieben. Wie ein Kind, das ich verloren habe.

* * *

Kreis Plön, Ostseeküste Schleswig-Holstein, Juni 1946 bis Juni 1947

In den ersten Tagen nach Moritz' Verschwinden sah Hannah fast minütlich aus dem Fenster, um nach ihm Ausschau zu halten, in den Wochen darauf zuckte sie jedes Mal zusammen, wenn sich eine Tür öffnete, und in den Monaten, die folgten, wollte die Hoffnung auf seine Rückkehr nicht aufhören, durch ihren Körper zu summen. Doch ihr Fuchs blieb verschwunden. Sie brauchte keinen Brief von ihm, um zu wissen, dass er ohne sie verloren war. Und wie sollte sie eine neue Zukunft beginnen, wenn sie seine damit zerstörte? Dabei könnte sie eine Zukunft haben. Jederzeit. Denn dass es dem Gutsherrn ernst mit ihr war, ließ sich nicht länger bezweifeln. Von jener Nacht an, als er sie im Arm gehalten hatte, gesellte er sich wortlos an ihre Seite. Wenn er abends kam, um die Einkünfte abzuholen, blieb er länger und half ihr beim Aufräumen der Backstube. Ohne Scheu nahm er sich ein Küchentuch und packte die Arbeit an, als hätte er nie etwas anderes getan. Hin und wieder unterhielten sie sich, während sie Seite an Seite die Backschüsseln abwuschen. Meistens jedoch schwiegen sie. Holger besaß ein gutes Gespür dafür, womit er ihr zu nah rückte und wann es an der Zeit war, eine wichtige Frage zu stellen.

In den ersten Monaten fragte er nicht noch einmal nach Moritz. Ganz so, als respektierte er ihre Traurigkeit, die wie ein schwarzer Schleier an ihr herabhing. Hannah selbst wollte ebenso wenig darüber reden. Stattdessen schrieb sie Briefe an ihren Fuchs, die er niemals lesen würde, schrieb sie in ein neues Schulheft, durch das sie das vollgeschriebene Notizbuch ersetzte.

In der Zwischenzeit zog Gitte mit Dörchen zu ihr in die Kammer, damit sie nicht mehr so allein war. Zu dritt versuchten sie, ein neues Leben zu beginnen. Zwei Frauen, die für ein kleines Mädchen sorgten, die sich Brennholz und Brot verdienten, Hannah mit ihrer Arbeit in der Backstube und Gitte mit der Herstellung von Strohschuhen, für die sie in einer alten Flakstellung eine kleine Werkstatt einrichtete. Für Dörchen begann das erste Schuljahr in der Dorfschule. Morgens brachte Gitte sie auf dem Weg zu ihrer Werkstatt dorthin, und am Nachmittag kam die Kleine zu Hannah in die Backstube und erledigte am Tisch ihre Hausaufgaben. So lange, bis ihre Mutter am Abend zurückkam und sie gemeinsam in ihrer Kammer für ein Abendessen sorgten.

Beinahe hätte es eine schöne Zeit sein können, wenn nicht immer die Gedanken an Moritz in ihrem Hinterkopf gelauert hätten. Im nächsten Winter wurde es am schlimmsten, denn die Kälte war so unerträglich wie in kaum einem Winter an der See zuvor. Auf minus dreißig Grad fiel das Thermometer, und die kleine Brennhexe schaffte es nur knapp, den Frost von den Wänden fernzuhalten. Dass Hannah und Gitte eine feste Arbeit besaßen, war ihr größtes Glück. So hatten sie wenigstens genug Brennholz, das Holger ihr großzügig als Lohn zuteilte.

Andere Flüchtlinge traf es weitaus schwerer. Frostblumen wuchsen an Fenstern und Wänden, und die Vorräte erfroren unter den Betten. Der Hunger in jenem Winter war gewaltig, noch um vieles größer als im Winter und im Frühling zuvor. Vermutlich hätte es auch auf ihrem Hof Tote gegeben, wenn Holger von Morkamp nicht so entschlossen vorgesorgt hätte. In jenem Winter verschenkte Hannah mehr Brote, als sie verkaufte, und an den kältesten Tagen gesellte Holger sich an ihre Seite. Zusätzlich schenkten sie heißen Tee aus, und Holger bewirtete die Flüchtlinge in ihrem Backhäuschen, als wären sie Gäste in einem Gasthaus. Wie auch im letzten Jahr ließ er jeden Morgen einen Pferdewagen zum Torfmoor fahren, auf dem alle Flüchtlinge mitgenommen wurden, die sich Heiztorf stechen wollten.

In diesem Winter gelang es ihm, den winzigen Teil ihres Herzens zu erobern, der nicht von Moritz besetzt war. Sie mochte seine ruhige Art zu reden, seine selbstverständliche Nähe und die Sicherheit, mit der er zu ihr stand, wenn seine Mutter versuchte, sie auseinanderzutreiben. Wenn Gitte sie danach fragte, nannte Hannah es Freundschaft. Doch wenn sie ehrlich war, ging es schon lange darüber hinaus. Von Anfang an war etwas zwischen ihnen gewesen, etwas, das sie nur deshalb nie zugelassen hatte, weil ihr Fuchs vor ihm dagewesen war. Wenn nur das Gefühl nicht wäre, Moritz zu verraten, indem sie Holger liebte. Ausgerechnet in diesem Winter, in dem seine persönliche Hölle noch viel schlimmer sein musste als sonst. Hannah, die nie besonders gläubig gewesen war, fing an, für ihn zu beten. Um eine warme Unterkunft, um Nahrung und um andere Menschen, die ihn bei sich aufnahmen.

Vielleicht würde es auch für Moritz Lasky ein neues Leben geben. Ohne sie. Oder er stünde eines Tages vor ihrer Tür – mit seinen Geschwistern. Was würde sie tun, wenn es dazu käme? Würde sie sich dann für ihn entscheiden?

Als der harte Winter vorbei war und der Frühling begann, wurde auch der Schmerz in ihrer Brust allmählich ruhiger. Das schwarze Loch verwandelte sich in sanfte Wehmut und vereinte sich mit den Schatten, die schon der Verlust ihrer Familie in ihr hinterlassen hatte. Manchmal fragte sie sich, wie viel ein Mensch ertragen konnte und warum sie trotz allem noch lebte. Ihre Seele war wieder emporgeklettert aus den Aschetrümmern ihrer Hamburger Stadt. Seit Moritz' Weggang ging erneut ein Funkenregen auf sie nieder, unter dem sie sich duckte und immer wieder fiel. Aber sterben würde sie auch daran nicht. Stattdessen mehrten sich die Tage, an denen sie die Zerstörung beinahe vergaß.

Je mehr Zeit verstrich, desto häufiger erzählte sie Holger von Hamburg und ihrer Familie, von Robert und Kathrinchen, Klara und ihrem Bruder Paul. Und schließlich sprachen sie auch von Moritz und der Liebe, die sie vielleicht noch für ihn empfand, auch wenn es ihr falsch erschien, ausgerechnet mit Holger darüber zu reden. Umso mehr überraschte sie, wie befreiend sich diese Gespräche anfühlten. Ganz egal, was Hannah ihm erzählte, stets fühlte sie sich verstanden und ernst genommen.

Manchmal waren sie längst mit ihrer Arbeit fertig und blieben dennoch. Dann lehnten sie am Tresen und sprachen weiter, mitunter so lange, bis die Sonne unterging. Eigentlich hätten sie auch woanders hingehen können. An den See oder zum Strand, auf einen Spaziergang in der Dämmerung. Aber weder sie noch Holger schlugen eine konkrete Unternehmung vor, vielleicht, weil es nicht wie ein Rendezvous aussehen sollte.

Jeden Morgen traf er um die gleiche Zeit ein. Nicht ganz so früh wie Hannah, aber zwischen zehn und elf Uhr betrat er die Backstube und arbeitete mit ihr.

Bis er eines Tages nicht kam. Einzig Mütterchen Schwalb streckte um Punkt zehn den Kopf zur Tür herein und fragte, wann sie das Kräuterbeet anlegen wollten. Dass sie ihre Kräuterapotheke gemeinsam gründen würden, hatten sie im Laufe des Winters beschlossen, und Holger hatte ihnen ein schönes Beet in der Nähe des Backhäuschens zur Verfügung gestellt. Schon den ganzen Frühling lang suchte Mütterchen Schwalb in der Umgebung nach Kräuterpflanzen, die sie ausgraben und in ihr Beet setzen wollten, denn langsam wurde es Zeit dafür. Hannah einigte sich mit ihr auf den Sonntag, um die ersten Kräuter zu holen. Als Ingeborg Schwalb gegangen war, blieb sie allein mit dem heißen Ofen und dem Teig zurück … und mit einem Gefühl der Enttäuschung. Wo blieb Holger? Hatte sie gestern etwas Unüberlegtes gesagt? Etwas, aus dem er deuten könnte, dass sie seine Gesellschaft nicht mehr wünschte? Vielleicht hatte sie den Namen »Moritz« ein paarmal zu häufig erwähnt. Der Gedanke, dass er nicht mehr kommen könnte, bohrte sich wie ein Eisenstab in ihre Eingeweide. Vielleicht hatte sie ihr Desinteresse übertrieben. Vielleicht hatte er eine andere Frau kennengelernt. Eine, die es zu schätzen wusste, dass ein Gutsherr um sie warb. Der Eisenstab in ihrem Inneren begann zu glühen. Wie konnte sie nur glauben, dass ein Mann so lange auf eine Frau wartete? Und wie konnte sie denken, dass Holger von Morkamp allein mit ihrer Freundschaft glücklich wurde? Irgendwann musste der Tag kommen, an dem er sich einer anderen Frau zuwandte.

Der Geruch von angebranntem Brot schreckte Hannah auf. »Verdammt!« Sie riss die Backluke auf, verzichtete auf die Handschuhe und schob mit einem Ruck die flache Holzschaufel unter die ersten Brote. So schnell sie konnte, angelte sie die Laibe aus dem Ofen. Die Krusten waren dunkel, aber vermutlich noch gerade so genießbar – sofern sie es schaffte, auch die letzten Brote noch rechtzeitig herauszuholen. »Verdammt, verdammt …« Immer tiefer schob sie die Schaufel in den Ofen. Die Hitze quoll ihr entgegen, trieb den Schweiß auf ihr Gesicht und brachte die Haut an Händen und Armen zum Prickeln. Eines der Brote verhakte sich. Hannah musste kräftig nachstoßen, um es einzufangen. Plötzlich rutschte ihr Arm ab, knallte gegen den Ofenboden. Schmerz jagte durch ihre Haut, Tränen traten in ihre Augen. Blitzschnell zog sie den Arm heraus, doch ihre Haut brannte weiter. Jammernd presste Hannah die Hand auf ihre Brandwunde.

»Hannah!« Auf einmal war Holger da, trat von hinten neben sie. »Was machst du da? Ohne Handschuhe!«

In ruhiger Eile griff er nach der Backschaufel, rettete die letzten Brote und wandte sich an Hannah. Sanft fasste er nach ihrer Hand. »Zeig her.« Er drehte ihren Arm so, dass er die Verletzung an der Unterseite sehen konnte. Ein rotes Mal hatte sich in ihre Haut gezeichnet. Wenigstens warf es keine Blasen. »Wir kühlen das!« Holger führte sie zu der Wasserschüssel, die in der Nähe auf der Arbeitsplatte stand, tauchte ein Küchenhandtuch hinein und legte es lose auf die Wunde.

Fließendes Wasser wäre besser gewesen, am besten frisch und kühl aus dem Brunnen. Doch Hannah wollte nicht woanders hingehen, wollte nicht von den anderen Flüchtlingen gesehen werden, weder in ihrem Missgeschick noch mit dem Gutsherrn an ihrer Seite.

Immer wieder tränkte Holger den Lappen, wrang ihn aus und legte ihn auf die Wunde, bis Hannah nur noch seine Hand wahrnahm, die warm und zärtlich ihre Finger umschloss.

»Wie ist das passiert?«, fragte er irgendwann.

»Ich weiß nicht. Warum bist du nicht gekommen?«

Holger hielt inne.

Hastig schloss sie die Augen. Überdeutlich spürte sie die Wärme, die von ihm abstrahlte, hörte, dass sein Atem für einen Moment aussetzte. Plötzlich ließ er sie los. »Meinst du, wir haben jetzt genug gekühlt?« Er räusperte sich. »Ich würde dir gern etwas zeigen.«

Hannah öffnete die Augen.

»Komm mit!« Er fasste sie an der Hand und zog sie in die Verkaufsstube. Auf dem Tisch standen zwei Blechkanister und ein Säckchen. Holger hob die Gegenstände der Reihe nach hoch: »Das hier ist Zuckerrübensirup. In dem anderen Kanister ist frische Buttermilch. Und in dem Säckchen«, er berührte es mit der Hand, »sind Haselnüsse.«

Hannah starrte die Zutaten an. »Woher …?«

»Pscht.« Holger legte den Finger an seine Lippen. »Stell dir vor: Wir backen heute Buttermilchkuchen!« Seine Augen leuchteten.

Etwas in Hannahs Bauch fing an zu flattern und kitzelte ein Lachen aus ihr heraus. »Buttermilchkuchen? Ausgerechnet jetzt? Zur schlimmsten Hungerzeit?«

»Natürlich«, erklärte er. »Gerade jetzt. Was meinst du? Jedes Kind wird morgen ein Stück Kuchen bekommen.«

Buttermilchkuchen für die Kinder … Seit Jahren hatten sie nichts Vergleichbares mehr bekommen. Und der letzte Winter war so hart gewesen, dass die Kinder von Brot träumten und sich an Kuchen vermutlich kaum noch erinnerten. Hannah sah zwischen den Zutaten und Holger hin und her. In der nächsten Sekunde fiel sie ihm um den Hals. »Danke!«, flüsterte sie.

* * *

Drei Stunden später waren alle Brote gebacken, und der Buttermilchkuchen verbreitete einen süßen Duft im Backhäuschen. Gebannt standen sie vor dem Ofen und warteten.

»Wir müssen ihn rausholen, sobald es nach Karamell riecht«, murmelte der Gutsherr und sah aus wie ein kleiner Junge, der vor dem verschlossenen Weihnachtszimmer stand, »aber bevor eine verbrannte Note dazukommt.« Damit grinste er sie an.

Verlegen stieß Hannah mit der Schulter an seine. »Du machst dich lustig. Nur, weil das Brot vorhin fast verbrannt wäre.«

Holger hob die Augenbrauen. »Ich? Mich über dich lustig machen? Nichts liegt mir ferner.«

Hannah musste lachen, spürte gleichzeitig, dass sie rot wurde. »Und? Woher hast du die Zutaten?«

Er wiegte den Kopf, als wollte er ihrer Frage ausweichen. »Der Zuckerrübensirup und die Haselnüsse ... da hatten wohl zwei Leute noch Schulden bei mir. Und die Buttermilch ...« Listig lächelte er. »Die Kühe sind sehr fleißig, seitdem sie neue Kälbchen haben. Line konnte etwas von ihrer Milch abzweigen.«

»Du hast also auch gute Schwarzmarktkontakte«, stichelte sie. »Und jede Menge Talent zum Organisieren.«

Holger sah sich in gespielter Dramatik um.

»Dann wärst du bestimmt ein guter Flüchtling. Einer, der es schafft zu überleben.«

Mit einem Mal wurde Holger ernst. Erst jetzt wurde ihr klar, dass ihr Scherz wie eine Anspielung klang. »Ich weiß.« Er sprach leise. »Wir hatten nur Glück, dass wir verschont wurden. Wäre ich ein Gutsherr in Ostpreußen gewesen, hätte ich jetzt nichts mehr und wäre ebenfalls ein Flüchtling. Vermutlich sogar einer, der nach seiner Wehrmachtentlassung nicht weiß, wo er seine Familie suchen soll.«

Hannahs Blick fing sich in seinem. »Ist das der Grund, warum du dich so für die Flüchtlinge einsetzt? Warum du mir hilfst, das Brot zu verschenken? Weil der Unterschied zwischen dir und uns nur durch ein Milliquäntchen Glück entstanden ist?«‹ In diesem Moment bemerkte sie den Geruch: Karamell, dunkles Karamell. Und geröstete Haselnüsse. »Der Kuchen!« Sie riss die Ofenluke auf. »Wir müssen den Kuchen rausholen.«

Holger kam ihr zuvor, schnappte sich die Handschuhe und zog das Blech aus dem Ofen. Das Gebäck dampfte, als er es auf die steinerne Arbeitsplatte stellte. Die Nussschicht an der Oberfläche hatte einen dunklen Ton angenommen, war aber noch nicht verbrannt.

»Huh!«, stieß Holger erleichtert hervor. »Das war knapp. Jetzt hätten wir ihn beinahe auch noch verbrennen lassen.« Ein kleinlautes Grinsen lauerte auf seinen Lippen.

Rasch ging Hannah zu dem Kuchen, beugte sich darüber und schnupperte. »Und? Bekommen wir auch ein Stück? Oder nur die Kinder?«

Der Gutsherr trat neben sie. »Wir müssen ihn doch probieren.« Er klang verschwörerisch. »Sobald er abgekühlt ist.«

Nur eine Viertelstunde später legte er ein Kuchenstück auf einen Teller und führte Hannah zum Seeufer, ließ sich auf den Wurzeln einer Weide nieder und wartete, bis sie sich neben ihn setzte. Die Abendsonne leuchtete über dem Gutsgelände, und die Schwalben flogen tief, um die Mücken zu fangen, die über dem See tanzten. Das Wasser kräuselte sich, und der Wind rauschte leise in den Weiden und Erlen um sie herum.

Schweigend teilten sie sich den Kuchen, dessen Geschmack in Hannahs Mund explodierte. Karamell und geröstete Haselnüsse, Butteraroma und die klebrige Süße des Zuckerrübensirups. Obwohl sie jede einzelne Komponente schmeckte, konnte sie sich kaum vorstellen, dass dieser Kuchen Wirklichkeit war. Dicht neben Holger lehnte sie am Baumstamm, schloss die Augen und kaute so langsam, dass die Krümel in ihrem Mund zerfielen. Je häufiger sie von dem Kuchen abbiss, desto langsamer aß sie, und schließlich legte sie den Rest zurück auf den Teller, um ihn für später aufzubewahren. Holger biss noch einmal davon ab und stellte den Teller etwas erhöht auf ein Wurzelstück, damit er nicht sofort von Ameisen gefunden wurde.

Nur kurz dachte Hannah daran, dass dies der Moment sein sollte, in dem sie aufstanden und zurück ins Backhäuschen gingen. Aber keiner von ihnen machte den Anfang. Stattdessen saßen sie nebeneinander und schauten auf den See, der im Sonnenuntergang leuchtete. »Warum tust du das eigentlich?«, flüsterte Hannah.

»Warum tue ich was?« Holger klang verwirrt.

»Hier bei mir sein. Immer. Einfach so. Brot und Kuchen mit mir backen, obwohl ...«

Holger lachte leise. Fast konnte sie hören, wie er nachdachte und nicht wusste, was er antworten sollte. Als er doch etwas sagte, klang er wehmütig. »Du bist klug, Hannah. Ich bin mir sicher, du weißt es längst. Soll ich trotzdem darauf antworten?«

Hannah schauderte. Plötzlich wurde ihr bewusst, wie dicht sie nebeneinandersaßen. Sie müsste sich nur ein bisschen zur Seite neigen, um sich an seine Schulter zu lehnen.

»Weißt du ...«, murmelte er. »Ich könnte dir jetzt ein Geständnis machen. Vielleicht würden mir sogar schöne Worte dafür einfallen. Aber würde es etwas ändern? Würdest du ihn deshalb schneller vergessen? Oder nicht mehr auf ihn warten?« Er drehte sein Gesicht in ihre Richtung, ließ sein Wispern direkt in ihr Ohr streichen. »Oder würde ich dich nur unter Druck setzen? Und eine Entscheidung von dir fordern, für die du noch gar nicht bereit bist?«

Seine Worte wärmten, fluteten immer tiefer durch ihren Körper. Eigentlich wusste sie schon lange nicht mehr, was sie wollte. Ihr wurde nur schmerzlich bewusst, was sie nicht wollte. »Ich bin grausam zu dir. Jeden Tag strengst du dich an für mich. Immer bist du da, und ich gebe dir so wenig zurück.«

»Doch«, sagte er leise. »Du gibst mir etwas zurück. Und selbst wenn es nicht so wäre … Ich tue das, weil ich gern bei dir bin.«

Hannah drehte sich zu ihm. Seine Wangen waren noch immer schmal von den Entbehrungen des Krieges, dennoch wirkte er nicht mehr kränklich und ausgezehrt. Im Gegenteil, seine Haut war braun gebrannt von der ersten Frühlingssonne. Einzig die Narbe an seinem Kinn schimmerte in einem blassen Weiß, eine gut verheilte Kriegserinnerung. Hannah müsste nur die Hand heben, um darüberzustreichen, müsste sich nur wenige Millimeter bewegen, um ihn zu küssen. Hastig wandte sie sich nach vorn. »Ich habe Angst.«

Sofort rückte Holger zur Seite, schaute ebenfalls auf den See und brach eine Weidenrute ab, die neben ihm aus der Wurzel wuchs. »Wovor hast du Angst?«

Ein kalter Luftzug strich durch die Lücke, die zwischen ihnen entstanden war. »Davor, dass du bald genug von mir hast. Keine Geduld mehr, um auf mich zu warten. Oder dass du eine andere Frau kennenlernst, die dir besser gefällt.«

Mit einem Knacken brach er die Weidenrute in zwei Teile. »Oh, keine Sorge.« Seine Stimme klang betont lässig. »Ich habe noch viel Geduld. Und andere Frauen …« Er legte die Hand wie eine Schirmmütze über die Augen und sah suchend über den See. »Ich weiß nicht. Gibt es noch andere Frauen?«

Spielerisch boxte ihm Hannah gegen den Arm. Plötzlich konnte sie die Lücke nicht mehr ertragen, rückte näher an ihn heran und lehnte den Kopf an seine Schulter.

Er ließ den Weidenstock sinken und legte den Arm auf sein Bein. Hannahs Blick fing sich daran, betrachtete die blonden Härchen auf seiner Haut. Am liebsten wollte sie darüberstreichen. Was war nur los mit ihr? War es möglich, zwei Männer gleichzeitig zu lieben? Oder hatte sie längst angefangen, Moritz loszulassen? »Und was, wenn er wiederkommt? Was tue ich dann? Ich will dir nicht wehtun. Und ihm auch nicht.«

Erst nach einer Weile antwortete Holger: »Das wäre gut. Wenn er wiederkäme, hättest du eine Basis, auf der du dich entscheiden kannst.«

Allein der Gedanke kam ihr vor wie ein Albtraum. Sich zwischen Moritz und ihm entscheiden zu müssen. »Aber wie? Wie sollte ich mich entscheiden können? Ohne einen von euch zu verraten?«

Holger lehnte seine Wange an ihren Kopf. »Du bist eine treue Seele, Hannah«, flüsterte er. »Ich weiß das sehr zu schätzen. Dennoch möchte ich, dass deine Entscheidung echt ist. Du sollst mich nicht nur deshalb nehmen, weil deine erste Wahl nicht verfügbar ist.«

Ihr Blick fiel wieder auf seinen Arm. Plötzlich hielt sie es nicht mehr aus. Sie streichelte darüber, fühlte die Wärme seiner Haut und die Muskeln darunter, schob ihre Finger in seine offene Hand. Ein winziger Seufzer kam aus seinem Mund und presste sich in ihre Haare, ganz so, als wäre er glücklich und unglücklich zugleich.

Hannah schloss die Augen. Sein Atem strich durch ihre Locken, seine Lippen bewegten sich und küssten sie auf den Scheitel. War er wirklich nur der Ersatz? Oder würde sie sich auch dann für ihn entscheiden, wenn Moritz zurückkehrte? Die grausige Geschichte des Fuchses lag noch immer wie ein Schatten auf ihrem Gemüt. Auch wenn er zurückkäme, stände seine Schuld für immer zwischen ihnen. Selbst wenn sie versuchte, ihm seine Taten zu vergeben – wäre sie stark genug, die alles beherrschende Dunkelheit zu ertragen, die ihn umgab? Brauchte sie nicht vielmehr jemanden, der Helligkeit und Zuversicht in ihr Leben brachte?

Holgers Finger bewegten sich auf ihrem Handrücken. »Vielleicht …« Er zögerte, sprach dann mit belegter Stimme. »Nächsten Samstag ist ein Tanzfest … im Ballsaal, hinten im Dorf. Darf ich dich dahin einladen?«

Ihre Gedanken wirbelten durcheinander, ehe sie begriff,

was er gesagt hatte: ein Tanzfest … zusammen mit ihm. »Ja.«
Sie nickte an seiner Schulter, drückte seine Hand und wollte
sie nicht wieder loslassen. »Ich gehe gern mit dir dorthin.«

* * *

Lütjenau, Kreis Plön, Ostseeküste
Schleswig-Holstein, Juli 1947

Das Tanzfest war die erste Feier im Dorf, seitdem der Krieg
zu Ende war. Fast alle kamen in die Gaststätte *Zum goldenen
Aal,* um dabei zu sein, alteingesessene Dorfbewohner genauso
wie Flüchtlinge. Die Männer hatten ihre umgefärbten Uniformen gewaschen und gebügelt, und viele Frauen hatten versucht, sich aus Stoffresten ein hübsches Kleid zu schneidern.
Auch wenn selbst die schönsten Kleider ihre Lumpenher-
kunft nicht ganz verbergen konnten und obwohl die meisten
Schuhe aus Stroh waren, tanzten die Paare mit einem Übermut durcheinander, als wären sie auf einem Prinzessinnenball.
Zwischen alldem kam Hannah sich vor, als würde ein beson-
derer Glanz an ihr haften. Nicht nur, dass sie in Gesellschaft
des Gutsherrn ohnehin von allen begafft wurde, ihr Kleid war
zudem das einzige, das nicht aus alten Stoffresten bestand.
Nicht einmal ihre Schuhe waren aus Stroh. Eigentlich hatte sie
ihr blaues Sommerkleid tragen wollen, das die Männer ihr damals geschenkt hatten. Dann jedoch hatte Holger ihr die
hochhackigen Tanzschuhe gebracht und dazu ein zartgelbes
Kleid, das früher seiner Schwester gehört hatte. In dieser Ausstattung und mit ihm als Tanzpartner war sie die Prinzessin
auf diesem Ball. Anfangs schämte sie sich dafür und wäre froh
gewesen, einfach nur zwischen den anderen Gästen verschwinden zu können. Bis Holgers Gegenwart sie zunehmend
davon ablenkte. Er tanzte mit ihr in großen Runden durch

den Raum und schien sich nicht darum zu scheren, dass alle auf sie achteten.

»Lass sie doch«, flüsterte er. »Ich bin stolz auf dich und glücklich, mit dir hier zu sein. Von mir aus kann das jeder wissen. Sie haben sich ohnehin schon den Mund über uns zerrissen.«

Noch vor ein paar Tagen wäre es Hannah zu viel gewesen, zu viel Verbindlichkeit, ein zu deutliches Zeichen. Für die Dorfbewohner musste ihr Auftritt so eindeutig aussehen, als würden sie ihre Verlobung bekannt geben. Heute hingegen, in seinen Armen und mitten im Tanz, mit der Musik des Akkordeons in ihren Ohren und dem Gelächter der Menschen im Hintergrund, war sie nicht mehr länger die einsame Hannah, nicht mehr die eigenbrötlerische Flüchtlingsfrau, die zu niemandem gehörte und die sich mit zwielichtigen Männern herumtrieb. Sie war Hannah, die Bäckerin, und in den Augen der Leute von nun an die Verlobte des Gutsherrn.

Als sie gegen Mitternacht den Saal verließen, waren sie nicht die Ersten, die gingen, aber auch lange nicht die Letzten. Hannah hätte gern noch weiter getanzt, doch ihre Füße taten weh in den engen Schuhen, und irgendetwas zog sie nach draußen. Nicht nur, dass sie morgen früh mit Mütterchen Schwalb verabredet war, um die Kräuterpflanzen umzusetzen – vor allem hatte sie genug davon, beobachtet zu werden. Viel lieber wollte sie mit Holger allein sein. Die Nacht war lau, dem Mond fehlte nur eine winzige Ecke, und Hannah packte der Übermut. Auf dem Hinweg waren sie mit der Kutsche gekommen, und die Pferde standen nun hinter dem Ballsaal angebunden und warteten auf sie. Aber Hannah kam eine andere Idee. »Kann nicht der Knecht die Pferde nachher zurückfahren? Und wir gehen zu Fuß?«

Holger blieb stehen, sah zwischen ihr und den Pferden hin und her. »Wenn du meinst?« Er legte ihr eine Hand auf den Arm. »Dann warte kurz hier, ich sage Niklas Bescheid.«

Während er wieder in den Ballsaal verschwand, lehnte Hannah sich gegen die Ziegelsteinwand des Gasthauses und schaute in den Himmel. Unzählige Sterne leuchteten mit dem Mond um die Wette. Seichter Wind wehte um ihr Kleid, strich an ihren Beinen entlang und brachte sie zum Frösteln. Was hatte sie nur vor? Allein mit ihm auf einem Spaziergang durch die Nacht? Sie wusste es selbst nicht, wusste nur, dass sie noch eine Weile an seiner Seite bleiben wollte.

»Sollen wir am Strand entlanggehen?«

Hannah zuckte zusammen, drehte sich der Stimme entgegen. Mit leisen Schritten kam Holger auf sie zu.

»Am Strand entlang ...«, murmelte sie. Es war eindeutig der schönere Weg, wenn auch der längere. »Warum nicht? Aber bevor wir irgendwohin gehen ...« Sie stützte sich an der Hauswand ab und zog ihre Stöckelschuhe aus. Die Schmerzen in ihren Zehen und Fußballen ließen sofort nach. »Schon besser.«

Holger bot ihr seinen Arm an, und Hannah hakte sich bei ihm ein. Das Pflaster der Dorfstraße fühlte sich noch warm an unter ihren Fußsohlen. Auf dem Weg zum Hafen wurden die Steine kühler. Schweigend liefen sie an der Kaimauer entlang und betrachteten die Fischkutter, die dahinter im Wasser schaukelten. Schließlich ließen sie die Ausläufer des Dorfes hinter sich und betraten den Strand, der sich an den Hafen anschloss. Von links rauschte die Brandung an ihr Ohr, und der Mond zauberte helle Glitzerlichter auf die Wellen.

Im Sand wurde es holprig, an seinem Arm zu gehen, und die Nähe wurde ihr in der nächtlichen Romantik des Strandes plötzlich zu viel. Möglichst unauffällig trat sie zur Seite und ließ ihre Füße durch die kühlen Zuckerkörner streifen, aus denen die Wärme des Tages schon längst entwichen war. Ihr gelbes Kleid flatterte im Wind, der hier am Strand deutlich schärfer wehte, und Hannah bemerkte die verstohlenen Blicke, die Holger ihr zuwarf. »Vielen Dank für das Kleid. Und für die Schuhe. Nur für den Fall, dass ich mich noch nicht genug bedankt habe.« Sie sprach schnell, musste irgendetwas sagen, um über den Moment hinwegzuspielen. »Auch wenn ich ein schlechtes Gewissen habe. Will deine Schwester es nicht zurückhaben?«

Leise lachte Holger. »Nein. Darüber mache ich mir keine Sorgen. Wenn sie ihre alten Kleider noch brauchen würde, hätte sie sie längst abgeholt.«

Hannah wusste nur wenig über Holgers Familie. Er schien nicht gern über das Thema zu reden. Wenn sie gefragt hatte, war er ihr oft ausgewichen, und zumeist war er derjenige, der geschickte Fragen stellte und Hannah zum Erzählen brachte.

Wenn sie ehrlich war, gab es jedoch noch einen weiteren Grund. Sie fürchtete sich vor seiner Mutter, vor diesem Drachen, der mit Verachtung auf sie herabsah und sie ganz sicher nicht als Schwiegertochter guthieß. Wann immer sie mit Holger über seine Familie redete, befürchtete sie, dass er ihr genau das sagen würde.

Vermutlich war es an der Zeit, über ihren Schatten zu springen. »Wo ist deine Schwester jetzt? Habe ich sie schon einmal auf dem Hof gesehen? Ohne zu wissen, dass es deine Schwester war?«

Holger schüttelte den Kopf. »Nein, hast du nicht. Sie war schon lange nicht mehr hier. Kurz vor dem Krieg hat sie einen Gutsherrn in der Nähe von Flensburg geheiratet. Dort wohnt sie jetzt und hat zwei Kinder von ihm.« Er lächelte und zeigte auf ihr Kleid. »Das würde ihr nach den beiden Geburten wohl gar nicht mehr passen.«

»Aha«, sagte sie gedehnt.

»Also«, er korrigierte sich schnell, »damit will ich nicht sagen, dass Heide dick geworden ist. Sie ist nur einfach kein dünnes Mädchen mehr.«

Hannah schaute an sich herab, an ihrem Körper, der noch immer ein bisschen zu mager war. Tatsächlich hatte sie sich das Kleid enger genäht, damit es nicht zu lose an ihr herunterhing. Als sie ihn wieder ansah, bemerkte sie, dass er sie ebenfalls musterte.

Hitze stieg in ihre Wangen. Hastig lenkte sie auf ein anderes Thema. »Hast du eigentlich noch mehr Geschwister? Ich habe dich das noch nie gefragt.«

»Ich hatte«, murmelte er. »Eigentlich bin ich der Jüngste von uns. Viktor war der Älteste.«

War …

»Er ist 1942 vor Stalingrad gefallen, als Offizier über ein Bataillon, von dem niemand übrig geblieben ist.« Seine Stimme schwankte. »Eigentlich wäre er der Gutsherr geworden. Ich bin nur der Ersatz.« Den ganzen Abend lang war ihr das leichte Humpeln in seinen Schritten nicht aufgefallen. Nun schien es wieder zuzunehmen. »Hast du ihn sehr gemocht?«

Holger zögerte, schaute in die Ferne auf das Meer. »Ja und nein. Er war das leuchtende Beispiel eines großen Bruders. Intelligent, ordentlich, zuverlässig. Mein Vater ist gestorben, als ich zwölf war, an einem Lungenleiden, das er aus dem Ersten Weltkrieg mitgebracht hat. Viktor war damals achtzehn und hatte die Gutsgeschäfte schon vor dem Krieg fest in der Hand. Meine Mutter hatte nie Anlass zur Klage.« Eine Spur von Frustration klang aus seinem Tonfall. »Im Vergleich dazu habe ich dauernd etwas falsch gemacht, und dann hieß es: Schau dir Viktor an. So musst du es machen. Im Vergleich zu ihm war ich immer der Kleine, der nichts kann, dem man nichts zutraut. Zu verträumt, um Ordnung zu halten, zu rebellisch, um zu tun, was man von ihm erwartet, aber gleichzeitig zu nachgiebig, um Menschen zu führen. Also ab zum Militär mit ihm, damit er Disziplin lernt. So kurz vor einem Krieg ohnehin die beste Wahl.« Ein verbittertes Lachen rutschte über seine Lippen. »Im Nachhinein kann ich wohl froh sein, dass ich nicht so kurzfristig eingezogen wurde wie mein Bruder. So habe ich wenigstens gelernt, wie ich Menschen durch einen Kugelhagel zu führen habe.«

Während er erzählte, war Hannah immer näher an ihn gedriftet, ganz so, als hätte der Wind sie dorthin getrieben. Sie streckte ihre Finger zur Seite und fing seine Hand. Warm und rau erwiderte er die Berührung. Neben ihnen rauschte die Brandung, und Hannah spürte den Wunsch, stehen zu bleiben und sich an ihn zu lehnen. Seine Nähe erschien ihr zunehmend richtiger. Er verstand sie, er liebte sie. Auf ihn konnte sie sich verlassen. »Deine Mutter … Wie hat sie den Tod von Viktor verkraftet?«

Holger erwiderte nichts. Inzwischen hatten sie die Stelle erreicht, an der sie den Strand verlassen mussten, um zum Gutshof zurückzukommen. Während sie nebeneinander die Dünen hinaufstiegen, verstärkte sich Holgers Humpeln. Erst als sie über den Feldweg neben dem Knick liefen, schien ihn die Verletzung nicht mehr zu beeinträchtigen.

Hannah hatte ihre Frage schon fast vergessen, als er doch noch darauf antwortete: »Sie hat Viktors Tod gar nicht verkraftet. Ich war vielleicht der kleine, niedliche Sohn, aber er war der Sohn, auf den sie stolz sein konnte, der sie zufrieden gemacht hat. Seitdem er weg ist …« Er schüttelte den Kopf. »Seitdem ist der Mensch in ihr fast gänzlich verschwunden.« Holger blieb stehen, drehte sich in Hannahs Richtung. Sein Atem klang angestrengt. Vorhin der Tanz, jetzt der Spaziergang. Seine Hand legte sich auf die Stelle an seiner Seite, an der die Narbe schmerzte. Auch sein Gesicht wirkte bleich im Mondlicht. »Nicht alle Menschen können einen Verlust überwinden und dabei sie selbst bleiben«, murmelte er. »Manche Leute müssen ihre Seele einfrieren, um den Schmerz zu verkraften.«

Seine Mutter hatte also ihre Seele eingefroren. Hieß das, sie war auch zu ihm so kalt?

Fast verloren stand Holger da, zwischen dem weiten Feld und der dunklen Hecke. Mit einem Mal verstand Hannah, was ihn bewegte, was ihm fehlte und wonach er suchte. Er mochte vielleicht eine Heimat haben, eine Familie und Besitz. Dennoch hatte er einen Teil davon verloren. Den wichtigsten Teil. Einen Menschen, der ihn bedingungslos liebte und achtete. Hannah trat auf ihn zu, blieb erst dann stehen, als ihre Zehenspitzen beinahe gegen seine Schuhe stießen.

»Deshalb bewundere ich dich«, flüsterte er, »weil du immer noch ein warmherziger Mensch bist. Trotz allem, was du mitgemacht hast.«

Hannah wollte ihm noch näher sein, wollte ihn endlich richtig berühren. Sie hob die Hand, strich mit dem Finger über sein Kinn, bis sie die Narbe fühlte. In der Dunkelheit war sie nicht zu sehen, und dennoch war sie da, würde für immer bleiben. Ohne nachzudenken, stellte sie sich auf die Zehenspitzen, schob die Hand in seinen Nacken und küsste ihn. Für einen kurzen Moment versteifte er sich. Dann erwiderte er den Kuss, so zart, als wäre ihre Nähe ein Schmetterling, dessen Flügelstaub zerstört wurde, wenn man ihn festhielt. Erst nach einer Weile wagten sich seine Hände auf ihren Rücken. Ganz leicht lehnte sich Hannah an ihn, fühlte seine Brust an ihrer und hörte nicht auf, ihn zu küssen.

Wie viel Zeit verstrich, konnte sie nicht sagen. Schließlich war Holger derjenige, der seine Stirn an ihre legte. Sein Atem ging schnell, seine Finger strichen über ihre Schulterblätter. »Ich werde dich nicht fragen«, flüsterte er, »ob das hier etwas bedeutet oder ob du nur ein bisschen Mitleid mit mir hattest.«

Hannah hielt sich an ihm fest, versuchte das Chaos in ihren Gefühlen zu verstehen. Nur in einem war sie sicher: dass dieser Kuss noch nicht genug war, dass er etwas bedeutete, auch über den einen Moment hinaus.

21. KAPITEL

Landstraße, unterwegs, Suche

Er konnte nicht aufhören zu wandern, konnte nicht aufhören zu suchen, selbst wenn es noch so aussichtslos war. Von Flüchtlingslager zu Flüchtlingslager war er gelaufen, hatte Vermisstenzettel im Lager Friedland hinterlassen, dem größten Durchgangslager, in dem die meisten Flüchtlinge ankamen, und wanderte dann weiter, um alle Waisenheime aufzusuchen, von denen er erfuhr. Besatzungszone für Besatzungszone durchstreifte er, schlich sich nachts ohne Passierschein über die grünen Grenzen, stahl Kartoffeln auf den Feldern und wilderte Hasen und Rebhühner, damit er hin und wieder einen Braten über sein Feuer hängen konnte. Jetzt, im Sommer, ließ es sich so leben. Dennoch wusste er, dass er nicht ewig so weitermachen konnte. Entweder sie würden ihn beim Diebstahl erwischen, oder er würde in einer Winternacht erfrieren.

Den letzten Winter hatte er in verschiedenen Flüchtlingslagern zugebracht. An den milderen Tagen war er gewandert, an den kälteren hatte er unter dem provisorischen Dach einer Nissenhütte geschlafen. Fast in jeder Nacht dachte er an Hannah, und mit jedem quälenden Gedanken wollte er zu ihr zurückkehren. Vielleicht wartete sie auf ihn, vielleicht hoffte und bangte sie. Womöglich würde sie sich trotz allem für ihn entscheiden, wenn er noch einmal zu ihr zurückkehrte. Doch wenigstens einmal in seinem Leben musste er der Verantwortung für andere Menschen gerecht werden. Was er Hannah bieten konnte, war nur Chaos und Verzweiflung. Mit ihm gab es keine Zukunft, höchstens die quälende Hoffnung darauf, so lange, bis alle Hoffnung in Enttäuschung und Verbitterung umschlug. Hannah hatte schon genug mitgemacht. Sie sollte nicht auch noch das ertragen.

Nur eines musste er herausfinden, bevor er sie endgültig verließ: Er musste sichergehen, dass es ihr wirklich gut ging. Und wenn es so war, musste er konsequent sein, musste sich so von ihr verabschieden, dass er nicht mehr zurückkonnte. Noch auf dem Weg Richtung Norden setzte er sein Vorhaben um, schrieb den Brief, während er ohne Ticket im Zug saß, jederzeit bereit, dem herannahenden Schaffner auszuweichen oder sich als beschäftigter Fahrgast zu tarnen, der schon lange hier saß und sein Ticket längst gezeigt hatte. Er kam bis Heide. Weit genug, um den Brief zu Ende zu schreiben. Das letzte Stück bis zur Ostsee fuhr er im Bus. Mit einem echten Fahrschein von dem wenigen Geld, das er sich zwischendurch erarbeitet hatte.

Als er in Lütjenau ankam, hielt er sich in der Nähe des Krämerladens auf. Erst als die Schlange der Kunden abgerissen war, trat er aus den Schatten der Häuser und ging in den Laden.

» 's gibt nichts mehr!«, rief die alte Krämerin Wendel aus dem hinteren Teil ihres Ladens. Sichtbar widerstrebend steckte sie den Kopf durch den Türspalt, ließ allerdings nicht erkennen, ob sie wusste, wer er war.

»Ich möchte nichts kaufen«, erklärte er. »Ich wollte Sie nur etwas fragen.«

Die Krämerin kam nun doch hinter den Tresen und schaute ihn mit einer Mischung aus Neugierde und Misstrauen an.

»Kennen Sie Hannah Riedel? Die junge Frau, die für den Gutsherrn das Brot backt?«

Sie blinzelte. Dann erschien ein rosiges Leuchten auf ihren Wangen. »O ja. Natürlich kenne ich die Hannah. Jeder im Dorf kennt sie.« Mit einer verschwörerischen Geste lehnte sie sich über den Tresen. »Sie ist doch die Verlobte vom Gutsherrn. Auf dem Sommertanz waren sie zusammen. Den ganzen Abend haben sie sich im Arm gelegen. So ein schönes Paar.«

Moritz spürte, wie etwas in ihm zerfiel. War er enttäuscht? Oder erleichtert? Hatte er bis eben gehofft, doch noch zu ihr zurückzukehren? Oder war er froh, weil sie tatsächlich eine Zukunft besaß? Zumindest wusste er nun alles, was er wissen musste.»Könnten Sie ihr etwas von mir geben?« Er setzte den Rucksack ab und holte den Briefumschlag hervor.

»Einen Brief?« Erstaunt sah die Krämerin ihn an.»Für Briefe gibt es doch die Post? Oder wollen Sie ihn selbst zu ihr bringen?«

»Nein. Leider muss ich mit dem Bus um siebzehn Uhr elf wieder weg. Ich wollte nur …«, er stockte, suchte nach Worten:»… nur sichergehen, dass sie noch hier wohnt. Damit der Brief sie auch erreicht.«

Mit einem Rest von Misstrauen streckte die alte Wendel die Hand über den Tresen.»Dann geben Sie mal her, das gute Stück. Ich werd's meinem Enkel in die Hand drücken, damit er es zum Gutshof bringt.« Sie nahm den Umschlag und wog ihn in den Händen. Wieder blitzte Neugier in ihren Augen.»Soll er was dazu sagen? Von wem der Brief kommt?«

Hannah würde erkennen, von wem der Brief stammte. Doch die Krämerin fragte nicht für Hannah. Sie wollte es selbst wissen.»Lassen Sie ihr ausrichten, der Brief wäre von ihrem Bruder.« Das letzte Wort krächzte er nur noch. Mit letzter Kraft drehte er sich um und verließ den Laden. Überlaut schrillte das Klingeln der Ladenglocke in seinen Ohren.

In zehn Minuten würde der Bus abfahren. Zehn Minuten, in denen er sich umentscheiden konnte, zehn Minuten, um doch noch schwach zu werden, um zu Hannah zu laufen, die nur verlobt war und noch nicht verheiratet. Seine Füße schleppten ihn über die Straße bis zur Bushaltestelle. Drei Kinder kamen aus einem Haus und rannten den Bürgersteig entlang. Zwei Jungen und ein Mädchen, alle drei mit blonden Haaren. Dass es Geschwister waren, ließ sich nicht übersehen. Er hätte Kinder mit ihr haben können. Eine Zukunft. Hoffnung.

Er müsste nur nachgeben, müsste nur die Straße entlangrennen, das Dorf hinter sich lassen und über den Sandweg bis zum Gutshof laufen. Vielleicht käme er noch rechtzeitig, um sie im Backhäuschen abzuholen. Oder war sie schon in ihrer Kammer? Ob sie bereits im Gutshaus wohnte? Im nächsten Moment bog der Bus um die Ecke, drei oder vier Minuten zu früh. Direkt vor Moritz hielt er an, der Schaffner öffnete die Tür, winkte ihm zu, als er nicht reagierte. »Junger Herr? Wollen Sie nun mitfahren oder nicht?« Mitfahren? Hannah für immer verlassen? Oder hier bleiben und zu ihr zurückkehren?

Moritz löste sich aus der Starre, stieg die Stufen in den Bus hinauf und hörte, wie sich die Tür hinter ihm schloss.

* * *

Gut Morkamp, Kreis Plön, Ostseeküste
Schleswig-Holstein, August 1947

Süßlich und warm stieg der Duft der Milchsuppe von ihrem Kochtopf auf und zog durch die Kammer. Während Hannah darin rührte, lief ihr das Wasser im Mund zusammen, und ihr Magen begann zu knurren. Gemessen an jenem Duft, könnte es ein schöner Abend werden, in ihrem Inneren breitete sich jedoch Einsamkeit aus. Es war Freitagabend, und eigentlich sollten Gitte und Dörchen hier sein, um mit ihr zu essen. Doch Gitte war frisch verliebt, in einen jungen Mann aus dem Dorf, der erst vor einem halben Jahr aus der Gefangenschaft zurückgekehrt war. Mit ihm und Dörchen war sie unterwegs, damit die Kleine ihren zukünftigen Stiefvater kennenlernte.

Immer wieder überlegte Hannah, ob sie nicht zu Holger gehen sollte, um den Abend mit ihm zu verbringen. Sie könnte ihn zu einem Spaziergang einladen und die Einsamkeit zusammen mit ihm besiegen. Oder sie fiel ihm um den Hals und küsste ihn noch einmal. Schon seit dem Tanzabend konnte sie kaum noch an etwas anderes denken. Dennoch hatte sie zu große Nähe seither vermieden. Auch Holger blieb sorgsam auf Distanz, ganz so, als würde er auf ihre Initiative warten. Seit drei Wochen schlichen sie umeinander und wussten nicht, wie sie miteinander umgehen sollten. Lange konnte es nicht mehr so weitergehen, und wenn sie ihn noch einmal küsste, sollte sie damit eine klare Entscheidung treffen.

Ein Klopfen an der Kammertür ließ Hannah zusammenfahren. Buttermilch schwappte zischend auf die Platte, als sie den Milchtopf vor Schreck zur Seite riss, verklumpte sich zu schwarzen Bröckchen und verbreitete den Gestank von Verbranntem.

Das zweite Klopfen vermischte sich mit Hannahs Fluchen. »Wer ist da?«

Was, wenn es Holger war? Vielleicht wusste er, dass sie sturmfrei hatte. Wenn es so war, würde sie ihn hereinlassen, ganz gleich, wohin der Abend sie führte. Allein in ihrer Kammer. Fast wünschte sie sich, dass er es war. Doch von draußen kam keine Antwort.

Hannah strich sich durch die Haare, trat an die Tür und öffnete.

Im Flur stand ein Junge, kaum älter als zehn oder elf Jahre. Sie hatte ihn bereits gesehen, aber konnte ihn nicht zuordnen. Er gehörte nicht zu den Kindern, die regelmäßig in ihre Backstube kamen, um sich Brot abzuholen.

»Meine Oma schickt mich mit diesem Brief.« Der Junge plapperte drauflos, fingerte an den Verschlüssen einer Umhängetasche. »Er wurde von einem jungen Herrn in unserem Laden abgegeben und ist für Sie. Der Herr sagte, er sei Ihr Bruder.«

Hitze stieg in Hannahs Kopf. Ihr Bruder? Paul war ganz sicher im Krieg gefallen.

Endlich hatte der Junge seine Tasche geöffnet und zerrte den Brief hervor. »Bitte sehr.« Er reichte ihn Hannah, deutete einen Diener an und hüpfte davon.

Ihr Blick fiel auf das Kuvert. Sie erkannte die Schrift sofort. »Halt!«, rief sie dem Jungen hinterher, kurz bevor er die Treppe erreichte. Plötzlich wusste sie, woher sie ihn kannte. »Der Mann in eurem Laden ... Wann war das? Ist er noch da?«

Der Junge blieb stehen. »Das war vorhin, kurz vor Ladenschluss. Aber er ist wohl schnell wieder weg. Wollte den nächsten Bus nehmen.«

»Und?« Hannahs Stimme wurde hysterisch. »Hat er das getan? Ist er gefahren?«

Der Junge zuckte die Achseln. »Das weiß ich nicht, Fräulein. Ich war ja nicht dabei. Großmutter sagte mir nur, ich solle Ihnen den Brief bringen.«

Mehr musste Hannah nicht hören. Hastig zog sie die Milch vom Herd, schlüpfte in ihre Strohschuhe und rannte, noch immer den Brief in der Hand, nach draußen. So schnell sie konnte, lief sie durch das Torhaus und weiter die Straße entlang. Sie rannte und eilte abwechselnd, hielt sich die Leiste, wo die Seitenstiche schmerzten, und sprintete das letzte Stück ins Dorf. Die Bushaltestelle lag verwaist inmitten des Ortes. Nur vor zwei Häusern arbeiteten Leute in ihren Gemüsebeeten, ansonsten war die Straße leer. Hannah überquerte sie, blieb vor der Tür des Krämerladens stehen und rüttelte daran. Natürlich hatte die Krämerin längst Feierabend gemacht.

Hannah hatte sich gerade abgewandt, als die Tür mit einem Schlüsselklacken geöffnet wurde. »Ja, bitte?« Neugierig schaute die Krämerin heraus, schien Hannah erst auf den zweiten Blick zu erkennen und lächelte ihr zu. »Na so was.

Die Hannah aus dem Backhäuschen. Hat mein Enkel Ihnen den Brief …?«

»War er hier?«, fiel Hannah ihr ins Wort. »Haben Sie ihn gesehen? Wohin ist er gegangen?«

Die Krämerin wirkte irritiert. »Ihr Bruder? Aber ja doch. Leider musste er schnell wieder fort. Ist nur kurz über die Straße und dann in den Bus gestiegen.« Sie zeigte auf die Haltestelle.

Moritz war hier gewesen! Ein eisiges Schaudern fiel über Hannah her. »Sind Sie sicher, dass er weg ist? Ist er wirklich mitgefahren?«

Eine Mischung aus Empörung und Neugierde spielte im Gesicht der Krämerin. »Aber sicher. Wenn ich Ihnen doch sage, dass er in den Bus gestiegen ist.«

»Wann war das?«

Das Seufzen der Krämerin wurde ungeduldig. »Vor gut einer Stunde. Er wollte den Bus kurz nach fünf nehmen.«

Eine Stunde … »Danke!« Länger hielt Hannah es nicht aus, drehte sich um und rannte die Straße entlang, immer in die Richtung, in die der Bus fuhr. Was, wenn er wieder ausgestiegen war? An der nächsten Haltestelle im nächsten Dorf? Vielleicht war er längst auf dem Rückweg zu ihr? Sie musste ihn finden, musste es versuchen.

Hannah trieb sich immer weiter, auch dann noch, als sie kurz davor war, zusammenzubrechen. Doch nirgendwo begegnete ihr jemand. Kein Moritz, kein Fuchs, nicht einmal ein anderer Mensch, den sie von Weitem vielleicht verwechselte. Nur den Brief trug sie noch immer zerknüllt in der Hand. Inzwischen war die Sonne längst untergegangen. Im Dunkeln würde sie Moritz wohl kaum noch finden, und den Brief konnte sie so nicht lesen. Als sie umkehrte, schien jegliche Kraft aus ihren Beinen zu weichen. Mühsam schleppte sie sich Richtung Lütjenau zurück.

Wie lange sie lief, bis sie das Gut erreichte, konnte sie unmöglich sagen. Doch schon im Torhaus unter der Lampe blieb sie stehen, lehnte sich gegen die Ziegelsteinwand und zog den Zettel aus dem Kuvert.

Liebste Hannah,

wenn Du dies hier liest, werde ich wieder fortgegangen sein. Vielleicht wunderst Du Dich, warum ich diesen Brief persönlich gebracht habe und dennoch nicht geblieben bin. Ich musste das tun, um mich zu vergewissern. Um sicherzugehen, dass Du noch auf dem Gut wohnst, und um ein paar Neuigkeiten über Dich zu hören. Ich musste wissen, ob Du wohlauf bist.

Falls ich erfahren sollte, dass es Dir schlecht geht, würde ich wohl umgehend zu Dir zurückkehren, aber falls Du ein neues Leben angefangen hast, möchte ich Dir nicht länger im Weg stehen. Wenn Du diesen Brief also in der Hand hältst, dann weißt Du, dass ich in der Gewissheit gefahren bin, Dich in guten Händen zurückzulassen.

Ich liebe Dich noch immer, dennoch habe ich eine Entscheidung getroffen. Es ist im Grunde noch immer die gleiche, die mich vor einem Jahr fortgetrieben hat, allerdings bin ich jetzt weniger verzweifelt. Meine Gedanken sind klar, und aus der Distanz heraus weiß ich, dass ich richtig gehandelt habe: Wenn ich geblieben wäre, hätte ich Dich nur immer tiefer in meinen Abgrund gezogen. Einzig die frische Liebe hält so etwas aus. Über die Zeit hinweg wärst du daran verkümmert. Auf keinen Fall möchte ich Dir das antun. Du hast mehr Glück verdient. Als Ersatz für alles, was Du verloren hast.

Manchmal frage ich mich, ob Du tatsächlich das Ende meiner Geschichte gelesen hast. Verachtest Du mich jetzt? Für meine Schuld? Für meine Schwäche? Die Antworten darauf werde ich nie erfahren, aber ich stelle es mir vor: dass Du mich vergessen kannst und mit dem Gutsherrn glücklich wirst.

Womöglich fragst Du Dich, warum ich Dir noch einmal

schreibe, obwohl sich doch nichts geändert hat. Ich tue es nur,
um Dir ein Lebenszeichen zu senden und um Dir meine Pläne
zu verraten: Die Suche nach meinen Geschwistern war bis
jetzt erfolglos. Ich war in allen großen Flüchtlingslagern in
sämtlichen Zonen. Selbst in den Waisenhäusern der sowjeti-
schen Besatzungszone habe ich nach ihnen gefragt, weil die
letzten Personen aus Ostpreußen in die SBZ ausgewiesen wur-
den. Lukas und Elfie sind jedoch wie vom Erdboden ver-
schluckt. Falls sie überhaupt noch leben, müssen sie dort sein,
im alten Ostpreußen, in Polen, Russland oder Litauen. Des-
halb werde ich sie genau dort suchen. Ja, Du hast richtig gele-
sen. Ich werde weiter Richtung Osten ziehen, über die Gren-
zen in das alte Pommern und das neue Polen. Bis nach Ost-
preußen, wenn man mich lässt. Ich weiß, es klingt verrückt. Es
ist gefährlich, und vermutlich werde ich nicht zurückkehren.
Aber ich kann meine Geschwister nicht aufgeben.

Leb wohl, Hannah. Meine Erinnerungen bleiben immer bei
Dir. Doch mehr als das sollte nicht zwischen uns sein.

In Liebe,
Dein Fuchs

P.S.: Wenn das Rote Kreuz meine Geschwister noch findet,
werden sie den Brief an Deine Adresse schicken. Falls es jemals
dazu kommen sollte, nimm Dich bitte der beiden an. Das wäre
mein letzter Wunsch an Dich. Du wärst eine viel bessere Mut-
ter, als ich je ein Vater sein könnte.

Fassungslos ließ Hannah den Brief sinken. Um sie herum in
der Tordurchfahrt war es still. Nur eine dicke Fliege zog sum-
mend ihre Kreise und stieß mit einem leisen Klacken gegen
die Lampe.

Krieg dieser Brief tatsächlich ein Lebenszeichen? Oder war
es der Abschiedsbrief von jemandem, der sein Leben aufgege-

ben hatte? Was er vorhatte, konnte nicht gut gehen, und er selbst schien es darauf anzulegen, bei seinem Abenteuer umzukommen. Vor allem seine letzten Sätze ließen nur wenig Zweifel daran.

Wieder spürte Hannah den Drang, ihm nachzulaufen, ihn aufzuhalten. Wenn sie nur wüsste, wo sie ihn suchen sollte. Oder was sie sonst tun könnte. Wie von selbst setzte sie sich in Bewegung, schlich durch den dunklen Wirtschaftshof in den Durchgang des Kavaliershauses hinein. Sie vermied jedoch die Seitentür, die sie zu ihrem Zimmer hinaufgeführt hätte. Sich dort auf die Matratze zu legen wäre Stillstand. Hilflosigkeit. Tränen und Wut. Stattdessen fing sie an zu laufen, verließ den Durchgang und rannte über den Ehrenhof. Der Kies wirbelte auf unter ihren Schuhen. Hinter den Fenstern des Herrenhauses brannte Licht. Hannah stürmte auf die Tür zu, ohne anzuhalten. Erst auf der Freitreppe vor dem Haupteingang blieb sie stehen. Noch nie hatte sie Holger im Herrenhaus besucht. Noch nie hatte er sie in die Nähe seiner Mutter mitgenommen. Wenn sie jetzt anklopfte, würde sie dem Drachen begegnen. Zum ersten Mal war ihr das egal. Der Klopfer an der Eingangstür lag schwer in ihrer Hand. Hannah hob ihn an und ließ den messingfarbenen Löwenkopf auf das Holz fallen. Der Hall im Inneren des Hauses ließ sie zusammenzucken. Dennoch rührte sich nichts, eine ganze Weile nicht, ehe sie etwas hörte: klackende Schritte, die auf den Fliesen heraneilten. Mit einem heftigen Ruck wurde die Tür aufgezogen. Die Gutsherrin musterte sie unwirsch. Ihr dunkler Haarknoten war so streng nach hinten gebunden wie immer. »Wissen Sie, wie spät es ist?«, herrschte sie sie an.

»Ich ...« Hannahs Mut zersprang, sie stotterte wie ein Kind, das Angst vor der Lehrerin hatte. »Ich ... würde gern ... zu Ihrem Sohn.«

Hildegard von Morkamp neigte den Kopf zur Seite. Jeden

Moment würde sie Hannah abweisen. Doch dann zog sie die Tür weiter auf und deutete ins Haus. »Wenn das so ist, kommen Sie herein.«

Hannah trat so vorsichtig über die Schwelle, als könnte eine Meute von wilden Hunden auf sie zustürzen. Die Gutsherrin führte sie durch die Diele an einer tickenden Standuhr vorbei in einen langen Flur, der in den Seitenflügel führte. Derselbe Weg, den Hannah bei ihrem Bewerbungsgespräch gegangen war.

Während sie nebeneinanderliefen, wagte Hannah es kaum, zu der Gutsherrin hinüberzusehen. Die Seitenblicke des Drachens spürte sie umso deutlicher. »Wenn ich Sie so ansehe«, verkündete Frau von Morkamp, »dann hat er durchaus Geschmack. Falls man ihm glauben darf, sollen Sie auch gar nicht so dumm sein. Apothekerin. Stimmt das?«

Hannah verschluckte sich an ihrer Spucke, musste husten und wusste nicht, was sie erwidern sollte. Zu ihrer Erleichterung erreichten sie gleich darauf das Arbeitszimmer. Die Gutsherrin klopfte an und stieß die Tür mit solchem Schwung auf, dass Hannah der Wind ins Gesicht wehte. »Besuch für dich!« Ihr Tonfall klang spitz.

Holger schaute hinter seinem Schreibtisch auf. »Hannah!« Er sprang hoch, kam ihr entgegen. Für eine Sekunde wirkte er erfreut, ehe sich Sorgenfalten auf seine Stirn zeichneten. »Was ist mit dir? Du bist ganz bleich.«

Ein leises Klacken verriet, dass die Tür hinter ihr ins Schloss fiel. Die letzten Schritte sprintete Holger zu ihr. »Was ist passiert?« Sein Arm legte sich um ihre Schultern, schob sie zu einem grün gepolsterten Sofa.

Übelkeit keimte in ihrem Magen.

»Hannah, nun sag schon.« Er setzte sich neben sie. »Was ist geschehen?«

Sie öffnete den Mund, musste um jedes Wort kämpfen. »Moritz. Er war hier … im Dorf.«

Holgers Gesichtsfarbe veränderte sich, schien heller zu werden.

»Aber er ist nicht geblieben«, fuhr sie fort. »Ich habe ihn gar nicht gesehen. Er hat mir nur einen Brief überbringen lassen.«

Etwas Schwaches lag plötzlich in Holgers Haltung, Furcht lauerte in seinen Augen. Vielleicht war es dieser Blick, mit dem Hannah klar wurde, dass er sie ebenfalls brauchte. Für eine Sekunde war sie fast erleichtert, weil Moritz nicht zurückgekommen war. Weil sie sich nicht entscheiden musste.

»Er schreibt, dass er nicht wiederkommt und dass ich …« Sie hielt Holger das Papier entgegen.

»Soll ich ihn lesen?«

Hannah nickte.

Mit einem leisen Räuspern nahm er den Brief und überflog die Zeilen. Sie konnte nur schätzen, wann er die Stelle erreichte, an der Moritz über ihn schrieb. Als er den Brief schließlich zur Seite legte, lag dunkler Ernst in seinem Gesicht.

»Was ist das?«, flüsterte Hannah und deutete auf das Schreiben. »Ein Abschiedsbrief? Will er sich umbringen? Oder sich umbringen lassen, auf seinem Weg Richtung Osten?«

Kaum merklich schüttelte Holger den Kopf. »Ich würde sagen, er richtet sich selbst. Niemand sonst hat ihn für seine Schuld bestraft, also muss er es tun.« Er presste die Finger auf seine Nasenwurzel und schloss die Augen, fast als hätte er Kopfschmerzen. »Das hat etwas mit Ehre zu tun. Den ganzen Krieg hindurch musste er Befehlen gehorchen und Dinge tun, die er nicht tun wollte. Nur mit seinem blanken Überlebenswillen konnte er reagieren. Wenn er jetzt trotzdem die volle Verantwortung für seine Taten auf sich nimmt, ist das die letzte Ehre, die er sich erweisen kann, weil er sich selbst damit den Respekt und die Achtung entgegenbringt, die andere ihm nie zugestanden haben.«

Ehre und Respekt, Schuld und Verantwortung. Die Worte

schwirrten in Hannahs Kopf durcheinander. Plötzlich wusste sie nicht mehr, was sie sich wünschte und wovor sie sich fürchtete und weshalb alles in ihrem Inneren brannte. Liebe und Verlust waren zwei umeinandergeschlungene Zweige in ihrem Feuer. Jemand musste die Flammen löschen und die Qual beenden, nur dieser Gedanke stach hervor, und zugleich wurde ihr klar, dass dieser Jemand vor ihr saß. Seine Hände griffen nach ihren Armen, legten sich kühl auf ihre Haut. Er musste sie nicht an sich ziehen, denn sie fiel ihm entgegen. Ihr Kopf fand Halt an seiner Schulter, seine Hände löschten den Brand auf ihrem Rücken, ihr Mund ertastete die Haut in seiner Halsbeuge und schmeckte seine kühle Wärme. Sie suchte seine Lippen und küsste ihn. Das Feuer in ihrem Inneren verwandelte sich, ganz so, als ließe es sich endlich zähmen, als würde es aufhören, sie zu zerstören, wenn sie nur weiterhin in seinen Armen blieb. Nicht mehr straucheln und fallen und wieder hochklettern. Nur noch er und das Gefühl der Sicherheit, das er ihr gab.

Sie beide ließen den Kuss treiben, ohne eine Grenze zu ziehen, ihre Hände tasteten über Stoff und sehnten sich nach bloßer Haut. Bis er aufstand und sie mit sich zog. Kühle Luft streifte zwischen ihnen entlang und blies neuen Sauerstoff in ihr Feuer. Das Haus war ruhig, während er sie durch den Seitenflügel führte. Obwohl die Tür, auf die er zusteuerte, und das Zimmer dahinter ihr fremd waren, roch alles darin nach ihm, vertraut und geborgen.

»Ich habe das noch nie getan«, flüsterte er, während er den Reißverschluss ihres Kleides löste. »Acht Jahre Militär und sechs davon im Krieg. Ich wollte es nicht mit Huren tun und nicht mit den Frauen unserer Gegner, und wenn ich auf Urlaub zu Hause war, wollte ich nicht einem Mädchen Hoffnungen machen, das mich doch wieder verliert.«

Hannah schloss die Augen und liebte ihn für seine Ehrlichkeit. Sechs Jahre Krieg hatten auch ihm die Jugend gestohlen.

Jetzt war es an der Zeit, ihm das Leben zurückzugeben. Dieses Mal zog sie ihn mit sich, zu dem großen Bett an der Seite des Zimmers. Matratze und Federn waren weich unter ihrem Rücken, nur ganz kurz lag sein Gewicht auf ihr, ehe er sich neben sie rollte, ohne sie loszulassen. Seine Hände waren sanft und langsam, neugierig und forschend und dennoch nicht unbeholfen. Seine Berührung zeichnete die Konturen ihres Körpers so deutlich nach, dass sie jede einzelne Faser fühlen konnte. Überraschte Liebe klang aus seiner Stimme, als sie sich vereinten, und aufgeregt flatternde Liebe pulsierte durch ihr Herz, während sie ihn in sich spürte. Wenn Moritz Lasky niemals bei ihr gelegen hatte, ohne den Krieg in sich zu tragen, so zeigte Holger ihr, dass Ruhe und Frieden auch über schlimme Zeiten hinweg im Inneren eines Menschen überleben konnten. Alles, was sich mit Moritz tonnenschwer und schicksalhaft angefühlt hatte, war bei ihm nur ein kleiner, dunkler Hauch, mit dem seine Stimme in Richtung Verzweiflung kippte, ehe sie zu ihrem Glück zurückfand. Hannah liebte ihn für diese Stimme, die sich in wortloser Schönheit unter ihren Haaren fing, sie liebte ihn für die Bewegung seines Körpers unter ihren Händen, und sie liebte ihn für den Moment, in dem sie sich beide verloren und er seine Unschuld endgültig an sie verschenkte.

Erst als es vorbei war und er sie unter der Wärme der Bettdecke in seine Arme zog, legte sich der Druck wieder auf ihre Brust. Was sie soeben getan hatten, was Hannah sich schon lange gewünscht und nun entschieden hatte, kam dem Urteil gleich, das Moritz von ihr verlangte. Plötzlich und heftig drängten die Tränen herauf und sickerten in Holgers Federkissen.

»Schht.« Er strich über ihre Arme, schob die Hand über ihren Bauch und zog sie noch enger an sich. »Morgen«, flüsterte er. »Morgen setzen wir uns in mein Auto und suchen nach ihm. Ich liebe dich, Hannah, und ich wünsche mir, dass du bei mir bleibst, aber ich möchte nicht den Preis eines Lebens für mein Glück bezahlen. Es wird nicht leicht, ihn zu finden, trotzdem müssen wir es versuchen.«

* * *

Schon früh am nächsten Morgen taten sie, was er ihr versprochen hatte. Noch während alle anderen schliefen, selbst Line, die laut Holger sonst als Erste in der Küche war, holte er Lebensmittel für ein Frühstück aus der Speisekammer und lud es zusammen mit nur wenig Gepäck in sein Auto. Kurz darauf lenkte er den Wagen die Straßen entlang, und Hannah schaute aus dem Fenster, um alle Menschen zu begutachten, die ihnen unterwegs begegneten. In den Dörfern und an jeder Bushaltestelle hielten sie an und fragten nach einem rothaarigen jungen Mann. Aber nur eine Fahrkartenverkäuferin im Bahnhof von Plön meinte, ihn eventuell gesehen zu haben. Welches Ticket er bei ihr gekauft hatte, konnte sie jedoch nicht mehr sagen, und während Holger den Wagen weiter Richtung Osten lenkte, verlor sich die Spur. Zu viele Züge und zu viele Busse fuhren in zu viele Städte. Einzig über die Grenze nach Polen fuhr nichts mehr. Einige Brücken über die Oder waren gesprengt worden, und die wenigen, die noch existierten, wurden abgeriegelt und streng überwacht. Kein Deutscher sollte je wieder einen Fuß auf polnischen Boden setzen können.

Zwei Wochen lang fuhren sie die Oder auf und ab, fragten in den Orten nach Moritz Lasky und fanden dennoch keine weitere Spur. Der Beschluss, die Suche aufzugeben, kam schließlich von Hannah, während in ihren Ohren Holgers Worte von Ehre und Verantwortung widerhallten. Was immer Moritz vorhatte, dieses Mal war es seine Entscheidung, und vielleicht war es richtig, sie ihm allein zu überlassen.

* * *

Deutsch-polnische Grenze, Anfang Dezember 1947

Wie eine matt glitzernde Schlange kroch die Oder durch die beginnende Nacht. Das letzte Türkis des Himmels spiegelte sich in ihrer Oberfläche, und die Strömung darunter war kaum zu erahnen. Nur ein leises Gurgeln plätscherte ans Ufer und fing sich im Schilf.

Seit Beginn der Dämmerung war er durch die Auen am Westrand des Flusses gewandert, hatte sich zwischen Birken getarnt und war bis zu den Knien im Morast versunken. Seine Haare, Kleidung und sein Rucksack waren nass von den Nebenarmen, durch die er geschwommen war, und seine Muskeln schlotterten vor Kälte. Die schwierigste Herausforderung lag allerdings noch vor ihm. Auf der anderen Seite der Oder befand sich das alte Pommern, das nach dem Krieg zusammen mit den westlichen Teilen Ostpreußens den Polen zugesprochen worden war – als Entschädigung für das Leid des Krieges und als Ausgleich für die Gebiete, die sie im Osten an die Sowjetunion abgeben mussten. Die neue Grenze zwischen Deutschland und Polen verlief in der Mitte der Oder, und allein in der Art, wie die Polen ihre Grenzen bewachten, ließen sie keinen Zweifel daran aufkommen, dass sie ihre neuen Besitzrechte ernst nahmen.

Tagelang war Moritz an der Oder entlanggewandert in der Hoffnung, eine Schwachstelle zu finden, eine Furt im Fluss oder zumindest eine Passage, an der die Strömung schwächer war. Aber nichts dergleichen hatte er ausmachen können. Dafür hatte er mehr als genug Fluchtgeschichten gehört: Die restlichen Deutschen, die noch in Pommern ausharrten, wurden brutal von dort vertrieben. Überall entlang der Oder hatten die Flüchtlinge davon erzählt, wie sie aus ihren Häusern gejagt wurden, ohne ihre Sachen packen oder auf Familienmitglieder warten zu dürfen. Wer ausgewiesen wurde, musste in die bereitgestellten Güterwaggons steigen, und selbst zweieinhalb Jahre nach dem Krieg kamen noch Vertriebene nach Deutschland. Auch aus Ostpreußen wurden Leute ausgewiesen, die nach dem Einmarsch der Russen an jeder weiteren Flucht gehindert worden waren. Wie besessen hatte Moritz darauf gehofft, dass seine Geschwister darunter sein könnten. Eigentlich hatte er schon viel eher Richtung Osten wandern wollen, schon direkt nachdem er sich endgültig von Hannah verabschiedet hatte. Dann jedoch hatte er von dem Kindertransport gehört, der aus Ostpreußen kommen sollte. Wochenlang hatte er darauf hingefiebert, nachdem er das Quarantänelager in Eggesin ausfindig gemacht hatte, wo die Kinder eintreffen sollten. Anfang November waren mehrere Tausend Waisenkinder dort angekommen. Es hatte Wochen gedauert, die Personalien zu ordnen, die teilweise gar nicht mehr feststellbar waren, weil die Kinder zu klein oder zu verstört waren, um sich an ihre Namen zu erinnern. Moritz hatte darum gebettelt, sich unter ihnen umsehen zu dürfen, und hatte endlich die Erlaubnis erhalten, sobald die Quarantänemaßnahmen abgeschlossen waren. Allerdings fand er seine Geschwister nicht. Die weiteren Transporte, die im Laufe des Novembers angekommen waren, hatten nur noch vereinzelte Kinder mitgebracht, aber Elfie und Lukas waren nicht unter ihnen.

Jetzt waren die Transporte gestoppt. Ob es noch weitere geben würde und wie viele Menschen und Kinder überhaupt noch in Ostpreußen eingeschlossen waren, wusste niemand so genau. Viele hatten sich auf die Flucht Richtung Litauen gemacht. Dort gab es noch Nahrung, und hin und wieder fanden sich Bauern, die deutsche Waisen bei sich aufnahmen.

Alle Kinder, die bis jetzt nicht nach Eggesin gekommen waren, irrten vermutlich noch durch Ostpreußen und Litauen. Sofern sie überhaupt noch lebten. Die weitaus meisten Kinder waren verhungert oder an Krankheiten und Misshandlungen gestorben. Doch daran wollte Moritz nicht denken. Elfie und

Lukas mussten noch leben – und er musste alles daransetzen, sie zu finden. Sämtliche Waisenheime in Deutschland hatte er durchkämmt. Noch länger konnte er nicht verharren und darauf warten, dass das Rote Kreuz sie finden würde. Er musste sie selbst im Osten suchen, auch wenn es noch so schwierig sein würde.

Moritz ließ den Blick am Ufer des Flusses entlangwandern. Soweit er sehen konnte, gab es keine Grenzbefestigungen. Allein der reißende Fluss sollte ausreichen, um Menschen am illegalen Übergang zu hindern. Dennoch war er fest entschlossen, den Kampf mit der Strömung aufzunehmen. So schnell wie möglich musste er hindurchschwimmen, ehe die Kälte ihn überwältigte.

Er wanderte noch ein kleines Stück am Fluss entlang, bis er eine Stelle zwischen zwei Buhnen fand, die nicht mit Schilf bewachsen war. Stattdessen hatte sich eine kleine Sandbucht gebildet, die fast wie eine Badestelle aussah. Moritz zog Stiefel und Hose aus, stopfte sie in seinen Rucksack, bis dieser zum Bersten gefüllt war. Für seine Uniformjacke blieb kein Platz mehr. Anbehalten konnte er sie ebenso wenig. Schon in den harmlosen Seitenarmen hatte sie ihn nach unten gezogen. Also ließ er sie an der Bucht zurück und wagte den ersten Schritt ins Wasser.

Eisig kalt spülte es um seine Füße und ließ ihn nach Luft schnappen. Trotzdem ging er weiter, drei, vier quälende Schritte, ehe er nach vorn sprang und eintauchte. Nur in der ersten Sekunde schien ihn die Kälte zu lähmen, dann schoss das Blut durch seine Adern, und plötzlich wurde ihm heiß. Mit kräftigen Zügen schwamm er vorwärts, musste die Wärme ausnutzen, solange sie währte. Noch war er im Stromschatten der Buhnen, das Wasser bewegte sich in einem leichten Bogen nach links, aber er kam dagegen an. Den Buhnen selbst durfte er nicht zu nah kommen. Am Kopf der Befestigungswälle brach sich das Wasser in einem so starken

Strudel, dass selbst der beste Schwimmer nach unten gezogen würde. Also schwamm er nach rechts, seitlich zur Strömung, um nicht linksseitig auf die Buhne zugetrieben zu werden.

Schließlich verließ er den Stromschatten, der dunkle Sog des Flusses packte ihn und riss ihn zur Seite. Er musste mit den Armen rudern, um nicht unterzugehen. Das Wasser fing sich unter seinem Rucksack, zog seinen Rücken zur Seite und ließ ihn in einer Drehung herumwirbeln. Er kämpfte mit dem Gepäck, keuchte und strampelte, um sich aus den Trägern zu winden, das Wasser schlug über ihm zusammen. Im nächsten Moment war der Rucksack fort, und er konnte wieder schwimmen. Doch wohin? Alles war dunkel. Dunkles Wasser unter dunklem Himmel. Vielleicht ein paar Sterne. Weit entfernt. Ihr Licht würde ihm nicht helfen.

Er musste sich an der Strömung orientieren, plötzlich fiel es ihm ein! Er musste so schwimmen, dass die Strömung ihn von rechts bedrängte. Immer weiter, Stück für Stück. Vorwärts. Kämpfen. Die Hitze in seiner Haut ließ nach, wurde wieder abgelöst von Kälte, die erst seine Füße und Hände taub werden ließ, anschließend die Arme und Beine hinaufkroch. Er bewegte sich, aber er fühlte es nicht mehr. Oder täuschte er sich? Trieb er regungslos im Fluss? Wo war das gegenüberliegende Ufer? Wo waren die Buhnen? Unerwartet erfasste ihn ein Strudel, sein Körper trieb in einem Bogen zur Seite, rasend schnell. Er musste weg von den Buhnen!

Dann zog ihn der Strudel nach unten.

22. KAPITEL

**Deutsches Rotes Kreuz,
Suchdienst Hamburg, 4. Mai 1949**

*An Herrn
Lasky, Moritz
(24) Lütjenau
Gut Morkamp 3*

*Zu ihrer Suchanfrage vom 13. März 1946
Gesuchte Personen:
Lukas Lasky, geb. am 13.04.1935 in Rosehnen, Gemeinde
Cranz, Landkreis Fischhausen, Regierungsbezirk Königsberg,
Ostpreußen
Elfriede Lasky, geb. am 26.08.1937 in Rosehnen, ebenda*

Sehr geehrter Herr Lasky,

*in obiger Sache freuen wir uns, Ihnen mitteilen zu dürfen,
dass wir den Aufenthaltsort Ihrer Geschwister Lukas und Elfriede Lasky nunmehr ausfindig machen konnten. Ihre Geschwister wurden mit einem Kindertransport im Oktober
1948 aus einem Waisenheim in Königsberg in die Sowjetische
Besatzungszone (SBZ) ausgewiesen. Nach einem Aufenthalt
im Quarantänelager Eggesin wurden sie ins Kinder- und Ju-
genddorf in Pinnow gebracht. Zum 1. April 1949 ist das Wai-
senhaus nach Kyritz umgezogen, wo sich die Kinder bis zum
jetzigen Zeitpunkt in Betreuung befinden. Elfriede und Lukas sind mittlerweile in einem gesundheitlich guten Zustand
und besuchen seit diesem Jahr wieder die Schule des Kinderheimes.*
Uns ist sehr an einer Familienzusammenführung gelegen.

*Gern sind wir Ihnen bei der Beantragung einer Besuchser-
laubnis behilflich. Sollten Sie darüber hinaus für Ihre Geschwister eine Ausreisegenehmigung aus der SBZ benötigen,
wenden Sie sich bitte an uns.* Auch darin werden wir Sie unter-
stützen.

*Mit hochachtungsvollen Grüßen,
gez. Marianne Krämer*

* * *

Kinder- und Jugenddorf Kyritz, Brandenburg, Sowjetische Besatzungszone (SBZ), Juni 1949

Das geschwungene Walmdach des Waisenhauses beugte sich
schützend über die helle Fassade. Hohe Sprossenfenster spiegelten das Sonnenlicht, und selbst über das Dach waren kleinere Fenster verteilt, die schon von außen so wirkten, als würden sich gemütliche Zimmer dahinter befinden. Die kleine
Wiese davor bildete ein Halbrund, umrahmt von Blumenrabatten und schmalen Bäumchen, die gerade erst gepflanzt
worden waren.

»Die Hauptgebäude sind schon etwas älter, aber ein Teil des
Geländes ist ganz neu angelegt worden«, erklärte die Leiterin
der Volkssolidarität in Brandenburg, die sich mit ihnen am
Tor getroffen hatte, um das Heim zu besuchen. »Die Kinder
durften sich selbst an der Planung beteiligen, denn uns ging es
darum, ihnen ein neues Zuhause zu schaffen, dem man seine
Größe nicht sofort ansieht. Das Kinderdorf ist insgesamt auf
zweihundertvierzig Kinder ausgelegt. Bis jetzt sind schon ein-
hundertsechzig Waisen hier eingetroffen, aber es wird sicher
nicht lange dauern, bis wir die Kapazität voll ausschöpfen
müssen.«

Hannah betrachtete noch einmal das Haupthaus, auf das sie zugingen. Es war in etwa so groß wie das Herrenhaus auf Gut Morkamp, sah aber nicht so aus, als könnten darin zweihundertvierzig Kinder unterkommen. Allein der Platz vor dem Gebäude wirkte wie ein heimeliger Vorgarten, und nur an den Seiten des Hauses, hinter denen sich der Garten verlor, ließ sich ahnen, dass sich dahinter ein ganzer Park erstreckte.

»Es wirkt sehr einladend«, bemerkte Holger. »Übrigens vielen Dank, Frau Sucker, dass Sie sich die Mühe machen, uns persönlich hierher zu begleiten.«

»Ach, nicht dafür.« Gerda Sucker winkte ab. »Ich gehe hier ohnehin ein und aus. Außerdem wollte ich noch ein kleines Geschenk bei den Kindern vorbeibringen.« Sie deutete auf den Ball, der unter ihrem Arm klemmte.

»Tante Gerda, Tante Gerda!« Drei kleine Jungen, die an der Seite des Hauses gespielt hatten, sprangen auf und rannten auf sie zu. »Was hast du da? Zeig mal! Ist das für uns?«

Frau Sucker lächelte ihnen zu und hob den Ball an. »Meint ihr den hier? Den bringe ich zu eurem Heimleiter. Aber ich bin mir sicher, ihr dürft bald damit spielen.«

Die Jungen machten große Augen, stießen sich gegenseitig an, blieben aber artig stehen, während die Erwachsenen an ihnen vorbeigingen.

Als Frau Sucker die Eingangstür öffnete, drehte Hannah sich noch einmal um. Übertrieben unauffällig schlenderten die Jungen in ihre Richtung.

»Über zweitausend Waisenkinder aus den ehemaligen Ostgebieten unterzubringen ist eine große Aufgabe«, erklärte Frau Sucker, während sie eine kleine Eingangshalle betraten. »Allerdings ist Kyritz ein ganz besonderes Heim. Wir möchten, dass die Kinder nach ihrer grausamen Vergangenheit in ein normales Leben zurückfinden. Deshalb leben sie mit ihren Erziehern in sogenannten *Familien*. Das *Elternpaar* besteht aus einer Erzieherin und ihrem Mann. Die Männer arbeiten fast alle in den Werkstätten oder der Landwirtschaft.« Vor einem kleinen Holzmodell blieb sie stehen. »Das hier ist ein Modell von unserem Gelände. Die Kinder haben es selbst gebaut, als wir noch in Pinnow waren. Hier vorn sind wir jetzt.« Sie zeigte auf ein Haus, das Hannah unschwer wiedererkannte. Dahinter zogen sich zwei längere Seitenflügel über ein parkähnliches Grundstück. Aber auch das war noch nicht alles. Frau Sucker deutete auf eine Reihe von Gebäuden, an denen Stalltüren aufgemalt waren. »Hier sind unsere Tiere untergebracht: Kühe, Schweine, Pferde, Hühner. Und rundherum liegen unsere Familienhäuser.« Der Reihe nach wies sie auf ein paar kleinere Häuschen, die sich am Rand des Geländes befanden. »Zehn bis zwölf Kinder in unterschiedlichem Alter sind mit den Erziehereltern zu einer Familie zusammengefasst. Dabei achten wir darauf, dass Geschwister zusammenbleiben. Lukas und Elfriede mussten sich also nicht mehr trennen, seitdem sie hier sind.« Ein trübseliger Unterton schlich sich in ihre Stimme. »Trennungen haben die Kinder weiß Gott schon genug hinter sich.«

Gänsehaut kribbelte in Hannahs Nacken. Gleich darauf spürte sie die Hand, die sich in ihre schob. Holger stand direkt an ihrer Seite. »Stammen alle Kinder in diesem Heim aus Ostpreußen?«

Die Leiterin der Volkssolidarität seufzte leise. »Ja. Die meisten waren vorher in Königsberg im Waisenheim. Dorthin haben die Russen sie gebracht, wenn ihnen Kinder auffielen, die umherirrten. Bevor sie aufgegriffen wurden, waren viele lange Zeit auf sich allein gestellt.« Frau Sucker wandte sich von dem Modell ab und führte sie in einen Flur, der von der Eingangshalle abzweigte. »Der Hunger, den die Kinder mitgemacht haben, ist unvorstellbar.« Dunkler Ernst lag in ihrer Miene. »In den geplünderten und verbrannten Orten gab es nichts mehr, von dem sie leben konnten. Nur Erwachsene, die für die Besatzer arbeiteten, wurden mit Nahrung versorgt.

Mütter haben zusätzlich etwas für ihre Kinder bekommen. Aber Kinder ohne Mütter ...« Sie schüttelte traurig den Kopf. »Sie mussten plündern und stehlen. Große Geschwister haben die Kleineren versorgt, meistens unter Einsatz ihres Lebens. Allerdings gab es in Ostpreußen fast nichts mehr zum Stehlen. Die meisten Kinder, die jetzt hier sind, haben nur deshalb überlebt, weil sie von außen auf die Züge geklettert sind, die nach Litauen fuhren. Dort haben sie auf Märkten und bei den Bauern gebettelt, um sich Nahrung zu beschaffen. Manche haben auch dort gearbeitet oder sind gleich ganz in Litauen geblieben.« Sie bogen um eine Ecke in einen anderen Flur. Hannah war sich sicher, dass sie sich ohne ihre Begleitung verlaufen hätten. Doch die Leiterin der Volkssolidarität führte sie mit entschlossenen Schritten durch die Flure.

»Wir wissen nicht, wie viele Kinder unter diesen Umständen gestorben sind«, erklärte Gerda Sucker weiter, »aber es müssen Tausende gewesen sein. Viele hatten anfangs noch Mütter und weitere Geschwister, die im Laufe der Zeit verhungert sind.« Sie seufzte schwer. »Zumeist mussten sie ihre Angehörigen selbst beerdigen, weil niemand geholfen hat.«

Vor einer Tür blieben sie stehen. Frau Sucker klopfte allerdings nicht an, sondern wandte sich noch einmal an Hannah. »Die Kinder brauchen jetzt alle Fürsorge und Liebe, zu der wir imstande sind.«

Der Appell war kaum zu überhören. Doch Hannah konnte dazu nur lächeln. »Ich würde mich um einen ganzen Haufen verlorener Kinder kümmern«, murmelte sie. Nur leider war sie keine Erzieherin und konnte damit nicht einfach in einem Waisenheim arbeiten. Außerdem ging es erst einmal um Lukas und Elfie. Der Brief des Roten Kreuzes war an Gut Morkamp geschickt worden, woraus Hannah nur schließen konnte, dass Moritz nie wieder sesshaft geworden war. Was aus ihm geworden war, stand in den Sternen. »Meinen Sie, es gibt eine Chance? Dass Lukas und Elfie zu mir nach Schleswig-Holstein kommen dürfen, obwohl wir nicht verwandt sind?«

Frau Sucker gab ein unbehagliches Räuspern von sich. »Lassen Sie uns erst mal mit Herrn Kunz reden.« Damit klopfte sie an die Tür.

Ein junger, dunkelhaariger Mann öffnete ihnen. »Guten Tag. Kunz, mein Name.« Er begrüßte sie mit einem Handschlag.

Gerade wollte Hannah sich vorstellen, als Herr Kunz über sie hinwegsah und die Augenbrauen hob. »Was wollt ihr denn hier?« Seine Stimme klang streng. Erst auf den zweiten Blick war das nachsichtige Schmunzeln zu erkennen, das um seine Mundwinkel spielte.

Hannah entdeckte die drei Jungen, die ihnen von draußen gefolgt waren. Die Kleinen drucksten herum. »Wir ... wollten ...« Der Größte zeigte auf den Ball, den die Leiterin der Volkssolidarität noch immer unter dem Arm trug.

»Oh, ein Ball!« Herr Kunz lachte, nahm den Ball von Frau Sucker entgegen und prellte ihn auf den Boden. »Also, wenn das so ist ...« Er hielt den Ball fest und richtete sich an die Jungen. »Ihr dürft ihn bis zum Abendessen haben.«

Die Jungen brachen in Jubel aus, sprangen auf der Stelle und wollten sich auf den Ball stürzen.

»Aber nur ...« Herr Kunz wartete, bis sie wieder ruhig in einer Reihe standen. »Aber nur, wenn ihr vor eurem Spiel zu Familie Weiler lauft und Frau Weiler hierherholt. Sagt ihr, es geht um die Gäste, die für heute angekündigt waren.«

Die Kinder nickten eifrig. »Ja natürlich, Herr Kunz. Wir laufen ganz schnell, Herr Kunz.«

Der Heimleiter lachte noch einmal und warf den Jungen den Ball zu. Wie ein Rudel Hundewelpen balgten sie darum und stürmten den Flur entlang davon.

Leo Kunz wandte sich wieder an Hannah und ihre Begleiter, führte sie in sein Büro und wies auf die beiden Stühle vor seinem Schreibtisch. Einen dritten zog er heran. »Nehmen Sie doch Platz.«

Er selbst setzte sich auf die gegenüberliegende Seite des Schreibtisches und wandte sich an Hannah. »Dann sind Sie bestimmt Frau Riedel, oder?« Nachdem sie genickt hatte, sah er weiter zu Hannahs Begleiter. »Und Sie?«

Holger wechselte einen Blick mit ihr. Auf der Fahrt hatten sie ausführlich darüber gesprochen, dass es schwierig sein würde, ihn und seine Rolle vorzustellen. Seit einem Jahr waren sie offiziell verlobt, doch bis jetzt hatten sie sich noch nie darüber unterhalten, wann ihre Hochzeit tatsächlich stattfinden sollte. Und nun, in diesem Kinderheim, würde es darum gehen, ob die Kinder zu Hannah kommen durften. Aber was, wenn sie dafür mit Moritz liiert sein musste?

Holgers Lächeln spielte gekonnt über alle Zweifel hinweg. »Mein Name ist Holger von Morkamp. Ich bin der Vermieter von Frau Riedel und außerdem ein guter Freund. Ich habe sie im Auto hierhergefahren.«

Herr Kunz krauste die Stirn, und Hannah konnte förmlich sehen, wie er versuchte, sich ein Bild von ihnen zu machen. Vermutlich war es ein verschwommenes Bild.

Als er ein Schriftstück zu sich heranzog, erkannte sie den Brief, den sie ihm geschickt hatte.

»Sie haben mir geschrieben, dass der große Bruder von Lukas und Elfie spurlos verschwunden ist und sie im Sommer 1947 zum letzten Mal etwas von ihm gehört haben, also vor zwei Jahren«, begann der Heimleiter. »Und jetzt möchten Sie die Kinder gern zu sich nehmen. Nur eines ist mir aus Ihrem Schreiben nicht ganz klar geworden.« Er sah zwischen ihr und Holger hin und her. »In Ihrem Brief klang es, als wären Sie die Verlobte von Moritz Lasky. Aber nun …« Er sprach nicht weiter, nur sein Blick blieb an Holger hängen.

Hannah nickte hastig. »Ja, ich würde die Kinder gern zu mir nehmen. Und das mit Moritz ist schwer zu erklären. Wir haben uns nie verlobt, aber kurz nach dem Krieg waren wir ein Paar. Wir haben sogar über eine gemeinsame Zukunft geredet, über Kinder, Familie …« Auf einmal musste sie gegen den Kloß ankämpfen, der sich in ihrer Kehle bildete. Dass Holger neben ihr saß und zuhörte, machte es nicht besser. »Vor drei Jahren ist Moritz weggegangen. Ein Jahr danach hat er mir geschrieben, er wolle in den Osten gehen, um nach den Kindern zu suchen. Er wollte sich über Polen nach Ostpreußen durchschlagen, aber ich bin mir bis heute nicht sicher, ob dieser Brief nicht eigentlich ein Abschiedsbrief war. Zumindest das Ende klang wie ein Testament. Darin hat er mich gebeten, mich um die Kinder zu kümmern.«

Herr Kunz hob die Augenbrauen, wechselte einen Blick mit der Leiterin der Volkssolidarität. »Haben Sie sein Schreiben hier? Dürfte ich den Teil mit dem Testament vielleicht lesen?«

Hannah nickte, holte den Brief aus ihrer Handtasche und reichte ihn über den Schreibtisch. »Ganz zum Schluss. Das Postskriptum.«

Ausführlich studierte Herr Kunz die letzte Seite. »Eine Suchanfrage beim Roten Kreuz haben Sie bestimmt schon gestellt, oder?«

»Ja, aber das Rote Kreuz weiß nichts über seinen Verbleib. Seine letzte Meldeadresse ist die von unserem gemeinsamen Zimmer.«

Für einen Moment herrschte Schweigen. Nur das Ticken einer Wanduhr erfüllte den Raum.

»Grundsätzlich sind wir sehr froh über Menschen, die bereit sind, Waisenkinder bei sich aufzunehmen«, fuhr Herr Kunz schließlich fort. »In Ihrem Fall stehen wir allerdings vor zwei Problemen. Genau genommen sind es drei.«

Augenblicklich wurde Hannah unruhig, ihre Hände zwirbelten an ihrem Rocksaum.

»Das erste Problem ist Ihr Wohnort. Wenn Schleswig-Holstein ebenfalls in der SBZ läge, gäbe es eine gute Chance, dass

Sie die Pflegschaft für die Kinder übernehmen könnten. Solange die Kinder jedoch Waisen sind, tragen die Behörden der SBZ die Verantwortung und können sie nicht einfach zur Pflege in eine andere Zone vermitteln.« Er fuhr sich nachdenklich mit der Hand über das Kinn, betrachtete gleichzeitig ihren Brief, als befände sich darin die Lösung. »Etwas anderes wäre es, wenn Sie mit den Kindern verwandt wären. Für Familienzusammenführungen lassen sich problemlos Ausreisegenehmigungen aus der SBZ bekommen. Verwandt wären Sie allerdings nur, wenn Moritz Lasky wieder auftauchen und Sie beide heiraten würden.«

Hannah stieß ein leises Seufzen aus. Etwas Derartiges hatte sie befürchtet.

»Wenn Sie die Kinder zu sich holen wollen, bliebe als letzte Option also nur die Adoption.« Herr Kunz räusperte sich unbehaglich. »Allerdings kommt eine Adoption bei Ihrem derzeitigen Familienstand nicht in Betracht. Adoptivkinder dürfen nur an verheiratete, kinderlose Paare vermittelt werden.« Erneut sah er zwischen Hannah und Holger hin und her. »Auch die wirtschaftliche Fürsorge für das Kind muss sichergestellt sein. Das bedeutet, dass der Adoptivvater ausreichend Geld verdienen muss, um die zukünftige Familie zu ernähren.«

Hannah senkte den Blick. Beinahe konnte sie spüren, wie Holger sie von der Seite ansah. Seit zwei Jahren waren sie ein Paar. Sie verbrachten ihre Freizeit miteinander, gingen spazieren, und manchmal nahm Holger sie mit auf einen Ausritt, auch wenn sie bislang eine erbärmliche Reiterin war. Sie küssten und umarmten sich, und wenn es sich anbot, verbrachten sie eine gemeinsame Nacht. Nicht für einen Moment waren Hannah seither Zweifel gekommen, dass Holger der Richtige war, und dennoch stand Moritz auf merkwürdige Weise zwischen ihnen. Es war noch immer diese Unklarheit, die sie lähmte, das Gefühl, dass ihre Liebe auf Kosten eines anderen Lebens ging.

Erst diese Kinder änderten alles.

»Die dritte Sache ist der Bruder.« Gerda Sucker lehnte sich auf ihrem Stuhl nach vorn. »Solange der Bruder noch lebt, können die Kinder nicht einfach zur Adoption freigegeben werden. Da er jedoch verschollen ist, muss in absehbarer Zeit eine Entscheidung getroffen werden. Die Kinder müssen versorgt werden, und weder ihnen noch interessierten Adoptiveltern ist es zuzumuten, jahrelang auf die Rückkehr einer verschollenen Person zu warten. Für solche Fälle gibt es inzwischen eine Regelung. Wir müssten die Suche nach ihm noch einmal öffentlich bekannt machen, zum Beispiel durch eine Suchmeldung, die im Rundfunk ausgestrahlt wird. Wenn er sich innerhalb einer bestimmten Frist nicht meldet, würde man von seinem Tod ausgehen und könnte die Kinder zur Adoption freigeben.«

»Vorausgesetzt natürlich«, fiel Herr Kunz wieder in das Gespräch ein, »wir hätten geeignete Adoptiveltern.«

Ein dumpfes Gefühl presste sich um Hannahs Magen.

»Aber vielleicht wollen Sie die Kinder einfach mal kennenlernen?« Frau Suckers Stimme nahm einen fröhlichen Tonfall an. »Wir reden hier und reden, und dabei haben Sie die Kinder noch gar nicht gesehen. Sie müssen doch erst einmal schauen, ob die beiden auch wirklich Ihr Herz erobern. Wenn Sie mich fragen, ist das die wichtigste Bedingung für eine Adoption.«

»Richtig.« Herr Kunz lächelte erleichtert. »Alles andere kann sich ja noch fügen. Und selbst wenn nicht, solange die Kinder Ihres Freundes bei uns sind, können Sie sie jederzeit besuchen.«

Ein zartes Klopfen mischte sich in das letzte Wort.

»Herein!«, rief der Heimleiter von seinem Schreibtisch aus zur Tür.

Eine braunhaarige junge Frau trat ins Zimmer. »Sie haben mich rufen lassen? Wegen der Besucher?«

Herr Kunz stand auf. »Sie kommen genau richtig. Frau Riedel«, er wandte sich an Hannah, »darf ich vorstellen: Frau Weiler, die Familienerzieherin von Lukas und Elfriede. Frau Weiler, das hier ist Hannah Riedel, der Besuch, von dem ich Ihnen erzählt habe. Und das hier«, er deutete auf Holger, »ist ihr guter Freund Herr von Morkamp.«

»Sehr erfreut.« Frau Weiler reichte ihnen die Hand. »Ein paar von unseren Rabauken haben Sie ja schon gesehen. Die Kleineren haben immer etwas eher Unterrichtsschluss, aber auch die großen Kinder müssten jeden Moment aus der Schule kommen. Vor allem die Älteren haben unheimlich viel nachzuholen. Wir wollen keine Zeit verschwenden, damit sie gute Chancen haben, einen Beruf zu lernen und sich eine Zukunft aufzubauen.«

Der Heimleiter gab ein leises Lachen von sich. »Wenn ich Sie noch einmal kurz unterbrechen darf, Frau Weiler. Ich würde mich an dieser Stelle schon verabschieden.« Er reichte Hannah die Hand. »Sehen Sie sich in Ruhe um, lernen Sie die Kinder kennen. Fürs Erste wird Frau Weiler Ihnen viel über die beiden erzählen können. Und abgesehen davon«, sein Blick wurde eindringlich, richtete sich erst an Hannah und dann an Holger, »überlegen Sie sich, was wir besprochen haben.«

Hannah merkte, dass sie rot wurde.

Auch die Leiterin der Volkssolidarität verabschiedete sich von ihnen, und Frau Weiler führte sie zurück durch die Flure. »Sie haben sicher schon gehört, dass alle Kinder in diesem Heim aus Ostpreußen stammen, oder?«

»Ja«, erwiderte Hannah.

»Ausnahmslos alle Kinder haben ein sehr schweres Schicksal hinter sich. Sie in ein normales Leben zurückzuführen ist nicht ganz leicht.« Frau Weiler sprach genauso schnell, wie sie vorwärtslief. Hannah musste beinahe rennen, um ihr zu folgen. »Der Hunger hat ihnen schwer zugesetzt. Als sie noch in Ostpreußen waren, ging es nur ums Überleben. Sie mussten stehlen, kämpfen, Leichen plündern, Kadaver von Tieren zerteilen, um davon zu essen.« Die Erzieherin machte eine Pause, gerade lang genug für die Gänsehaut, die sich auf Hannahs Rücken ausbreitete.»Viele Kinder haben sonderbare Eigenschaften angenommen. In den ersten Monaten hier im Heim gab es regelmäßig Kämpfe ums Essen, selbst dann, wenn mehr als genug für alle da war.«

Sie erreichten eine Tür. Es war nicht der Haupteingang, durch den sie gekommen waren, sondern eine Art Hinterausgang. Die Erzieherin hielt ihnen die Tür auf und ließ sie auf das Außengelände treten. Hannah erkannte die beiden langen Seitenflügel, die ihr schon auf dem Modell aufgefallen waren. Dazwischen lag eine Wiese, und rechts und links an den Häusern führten zwei Alleen entlang, die mit jungen Bäumen bepflanzt waren.

Frau Weiler schlug den rechten Weg ein, führte sie im Schatten der Bäume entlang.»Inzwischen haben sich die Feindschaften gelegt. Die Kinder haben erkannt, dass sie in einem Boot sitzen und nichts mehr zu befürchten haben, aber die meisten bunkern bis heute alle Nahrungsmittel, die sie in die Finger bekommen. Das kann schon mal so weit gehen, dass sie ein lebendiges Schwein in ihrem Zimmer verstecken. Weil man es ja schlachten könnte, wenn die Not wieder größer wird.« Ein wohlwollendes Lächeln zeigte sich auf dem Gesicht der Erzieherin.»Das alles sollte man wissen, wenn man mit den Kindern zusammentrifft – insbesondere, wenn man sie in Obhut nehmen möchte. Sie müssen mehrere Schuljahre an versäumtem Wissen nachholen, sie müssen wieder an Ordnung, Disziplin und mitmenschliche Regeln herangeführt werden, aber wenn diese Aufgabe gelingen soll, wird man mit Strafen oder gar Prügel nicht weit kommen. Ihre Seelen müssen erst heilen. Und das können sie nur, wenn wir ihnen Liebe, Verständnis und Geduld entgegenbringen.«

Ein sanftes Kribbeln stieg in Hannahs Nase. Plötzlich fiel es ihr schwer, vorwärtszugehen.

Die Erzieherin blieb stehen, drehte sich zu ihnen und hob kritisch eine Augenbraue. »In diesem Heim möchten wir den Kindern eine neue Heimat und Sicherheit bieten. Und wenn wir einzelne Kinder in andere Hände geben«, ihre Augen verengten sich, »dann erwarten wir von den Adoptiveltern eine ähnliche Haltung.«

Das Kribbeln in Hannahs Nase begann zu brennen. In der nächsten Sekunde waren die Tränen da, ließen ihre Sicht verschwimmen.

»Oh! Verzeihung!« Jegliche Strenge wich aus Frau Weilers Tonfall. »Das wollte ich nicht. Ich wollte nur sichergehen … Wissen Sie, die Kinder haben so viel hinter sich. Ich möchte einfach sicher sein, dass meine Schützlinge in gute Hände kommen.«

Hannah wollte etwas sagen. Dass sie alles verstand und froh war über die gute Fürsorge.

Aber die Erzieherin redete bereits weiter: »Lukas und Elfriede sind zwei ganz wunderbare Kinder. Das werden Sie gleich sehen. Elfie ist sehr bezaubernd mit den Kleineren. Sie kümmert sich um alle wie eine große Schwester, dabei erscheint sie so stark und manchmal sogar lustig. Man kann sich kaum vorstellen, was sie mitgemacht hat.« Die Erzieherin zog ein Taschentuch aus ihrer Schürzentasche, reichte es Hannah und führte sie weiter.

Nachdem sie die Tränen beiseitegewischt hatte, konnte Hannah die Stallgebäude erkennen. Zwei Pferde waren davor angebunden, daneben standen zwei Jungen, die sie putzten. Etwas weiter entfernt befand sich ein kleinerer, von einem Hühnergehege umgebener Stall, vor dem ein paar Kinder Körner ausstreuten.

»Lukas ist ein sehr großer Junge, fast schon erwachsen. Ganz allein ist er mit dem Zug nach Litauen gefahren, um für

Elfie und sich um Nahrung zu betteln. Immer wieder. Auf diese Weise haben die beiden überlebt. Jetzt fällt es ihm manchmal noch schwer, die alten Muster abzulegen. Er klaut nach wie vor. Einmal ist er für ein paar Tage ausgerissen und kam mit neuen Stiefeln zurück, die er jemandem entwendet hat.« Die Erzieherin seufzte. »Aber inzwischen erkennt er seinen Fehler, gibt das Gestohlene wieder zurück und entschuldigt sich dafür. Manchmal ist er sehr wütend und weiß nicht, wohin mit dieser Wut. Zum Glück hilft ihm dabei die Arbeit in der Landwirtschaft. Er hat großes Talent im Umgang mit Tieren. Mein Mann sorgt für die Kühe und Schweine des Kinderheimes.« Sie nickte zu den Ställen hinüber. »Und Lukas unterstützt ihn, wann immer er mit seinen Hausaufgaben fertig ist.«

Hannah musste sich räuspern, um sprechen zu können. »Wissen Sie, wie die beiden in Ostpreußen verloren gegangen sind? Dass die Mutter und die große Schwester an Typhus gestorben sind, war das Einzige, was ihr Bruder in Erfahrung bringen konnte. Lange Zeit dachte er, die beiden wären zusammen mit Nachbarn geflohen.«

»Ja, dass die Mutter an Typhus gestorben ist, haben die beiden erwähnt. Über das, was danach geschehen ist, reden sie nur sehr wenig. Wenn ich es richtig herausgehört habe, war Elfie nach dem Tod der Mutter so verstört, dass sie sich geweigert hat, mit den Nachbarn zusammen zu fliehen. Lukas ist bei ihr geblieben, und die Nachbarn hatten vermutlich zu große Angst, die Flucht nicht rechtzeitig zu schaffen, und haben die Kinder lieber zurückgelassen, als sie gegen ihren Willen auf einer ohnehin schon schwierigen Flucht mitzuzerren.«

Sie umrundeten die Ställe an der rechten Seite, erreichten schließlich die ersten kleineren Häuser, die Frau Sucker als Familienhäuser bezeichnet hatte. Die Erzieherin zeigte auf das dritte Gebäude. »Da drüben ist unser Haus.« Sie schaute auf ihre Armbanduhr. »Die Großen dürften jetzt gerade Schulschluss haben. Die Schule liegt ganz hinten auf dem Gelände. Daneben gibt es nur noch den großen Sportplatz.«

Sie hatten das dritte Haus noch nicht ganz erreicht, als eine Horde von Kindern um die Ecke bog. Ein paar kleinere rannten kreischend und tobend vor den größeren her. Auch die Fußballjungen waren darunter, ganz so, als hätten sie die anderen von der Schule abgeholt. Oder sie waren mit ihrem Ball auf dem Sportplatz gewesen. Etwas dahinter kam eine Gruppe von älteren Mädchen, die sich lachend und kichernd etwas erzählten, und ganz zum Schluss folgten die großen Jungen. Drei von ihnen gingen nebeneinander, ein vierter lief nachdenklich hinter ihnen her.

Hannah erkannte ihn sofort. Seine Haare besaßen die gleiche dunkelrote Färbung wie die von Moritz, und die Art, in der er zu Boden schaute und sich dann nach hinten umdrehte, als würde er auf jemanden warten, versetzte Hannah einen Stich in die Magengrube. In der gleichen Art hatte Moritz sich nach ihr umgesehen, wenn sie zusammen den Strand entlanggegangen waren und sie beim Muschelsuchen hinter ihm zurückblieb. Doch die Person, auf die Lukas wartete, war nicht seine Freundin. Es war seine kleine Schwester, die mit einem anderen Mädchen um die Hausecke bummelte. Die beiden hatten sich gegenseitig Wollfäden um die Finger gebunden und zu einem vielschichtigen Netz verwoben. Jetzt sah es so aus, als würden sie nach bestimmten Spielregeln spielen, um sich wieder aus dem Netz herauszuwinden. Dabei kicherten sie und stießen sich an, gerieten aus dem Gleichgewicht und stolperten von einer Seite zur anderen.

Auch Elfie war eindeutig an ihrer Haarfarbe zu erkennen. Im Gegensatz zu denen von Moritz und Lukas waren ihre Haare nicht glatt und dunkelrot, sondern heller, und ihre Strähnen ringelten sich zu einer wilden Lockenmähne – ganz so, wie sich Hannah ein Kind vorgestellt hatte, das von ihr und Moritz stammte. Wieder schossen Tränen in ihre Augen. Dieses Mal war Holger derjenige, der an ihre Seite trat. Er zog sie an seine Schulter, lehnte die Wange an ihren Kopf und flüsterte ihr zu: »Wir finden einen Weg.«

»Kinder?«, rief die Erzieherin. »Alle, die zu Familie Weiler gehören, kommen mal bitte zu mir!«

Ein Teil der Kinder verabschiedete sich. Elfie und ihre Freundin entknoteten in Windeseile ihr Wollspiel und winkten sich zu. Einen Moment später versammelte sich eine ganze Kindergruppe um sie herum, Mädchen und Jungen in unterschiedlichem Alter. Manche von ihnen sahen einander ähnlich.

Lukas gehörte zu den älteren Kindern, Elfie zu den mittelgroßen. Lukas war vor ein paar Monaten vierzehn geworden und wirkte von seiner Art her fast noch ein wenig älter. Lediglich seine Gestalt war dünn und schlaksig, und er war noch mindestens einen Kopf kleiner als Hannah. Bei Elfie war es ähnlich. Sie würde bald zwölf Jahre alt werden, aber anhand der Größe hätte Hannah sie eher auf zehn geschätzt.

»Wie ihr seht, haben wir heute Besuch«, begann Frau Weiler. »Das sind Hannah Riedel und Herr von Morkamp. Lukas und Elfie, wir haben ja schon darüber gesprochen, dass Frau Riedel heute kommt, um euch zu besuchen.«

Lukas betrachtete sie mit prüfender Miene. Nur auf Elfies Gesicht bildete sich ein sonniges Strahlen. »O ja. Das haben Sie erwähnt.« Sie sah neugierig zu Hannah auf. »Aber Sie weinen ja, Fräulein. Ist was passiert?«

Hannah musste lachen. Hastig schüttelte sie den Kopf und wischte sich über das Gesicht. »Nein. Das ist nur …, weil ich mich so freue, euch zu sehen.«

»Wirklich?« Elfie zog misstrauisch die Augenbrauen zusammen. »Sie kennen uns doch gar nicht.« Vorsichtig wich sie einen Schritt zurück. »Oder sind Sie gekommen, um uns mitzunehmen?«

»Aber Elfie!«, rief Frau Weiler dazwischen. »Niemand wird hierherkommen und einfach ein Kind mitnehmen. Die beiden sind nur hier, um euch kennenzulernen.«

Das Misstrauen in Elfies Gesicht verschwand, genauso plötzlich wie es gekommen war. »Gut.«

»Den Frido haben sie mitgenommen«, mischte sich ein kleiner Junge ein. »Meinen kleinen Bruder. Als wir zwischen den Höfen hin und her gelaufen sind, um etwas zu essen zu bekommen. Da kam ein Bauer mit einer Kutsche vorbei. Er hat etwas gesagt, aber das hat keiner verstanden. Und dann hat er Frido auf seinen Wagen gehoben und ist mit ihm weggefahren. Das war ...« Der Kleine kaute auf seiner Unterlippe. »Weit weg. In einem fremden Land.«

»Das war in Litauen, Berti.« Das etwas größere Mädchen, das ihn verbesserte, war ganz offensichtlich seine ältere Schwester. »Und der Bauer hat ihn mitgenommen, damit er bei ihm wohnen kann. Wir waren froh darüber, weil er jetzt versorgt ist. Bei uns wäre er verhungert.«

»Was haltet ihr davon«, Frau Weiler übernahm wieder den Gesprächsfaden, »wenn wir den Pferdewagen anspannen und mit unseren Gästen einen Ausflug an den See machen?«

»Jaaaa!« Die Kinder brachen in Jubel aus.

»Dann packt schnell eure Sachen. Wer spannt die Pferde an?«

Zwei Jungen rissen ihre Hände hoch, und kurz darauf zerstreuten sich die Kinder in verschiedene Richtungen. Die meisten verschwanden in das Familienhäuschen, um ihre Sachen zu packen, darunter auch Lukas und Elfie.

Kaum eine halbe Stunde später schaukelten sie in einem offenen Pferdewagen durch das Dorf und zwischen den Feldern entlang. Das letzte Stück führte durch einen Wald, bis sie die Badestelle eines Sees erreichten. Die Kinder sprangen vom Wagen, und während die ersten sofort zum Wasser rannten, blieb Lukas zurück und ging neben Hannah zu einem Schattenplatz, an dem die Erzieherin Decken ausbreitete und einen Picknickkorb auspackte. Holger folgte ihnen, hielt sich aber ein bisschen abseits.

»Stimmt es, dass Sie unseren Bruder gekannt haben?«, fragte Lukas, und Hannah fiel auf, dass er bereits die Stimme eines Erwachsenen besaß.

»Ja.« Sie nickte. »Moritz und ich haben uns auf einem Gutshof in Schleswig-Holstein getroffen. Dort haben wir im gleichen Zimmer gewohnt. Wir waren … sehr gute Freunde. Er hat viel von euch erzählt.«

»Hat er?« Lukas sah überrascht aus.

Nebenbei bemerkte Hannah, dass Holger sie allein ließ und hinter den Kindern zum Ufer schlenderte. Auch Elfie war mit den anderen zum See gelaufen und stand bereits bis zu den Knien im Wasser. Als sie Holger am Ufer entdeckte, strahlte sie ihm entgegen und winkte ihn zu sich.

»Ja, hat er«, bekräftigte Hannah. »Er hat erzählt, wie er kurz vor Ende des Krieges von der Front weggelaufen ist, um euch in eurem Dorf zu suchen. Unterwegs hat er dann eure Nachbarn getroffen, die behauptet haben, ihr wärt längst geflohen. Nur deshalb ist er umgekehrt. Wenn er gewusst hätte, dass ihr noch da seid, wäre er bis in euer Dorf gelaufen, ganz egal, wie gefährlich es war und wie nah die Russen schon gekommen sind.«

Lukas kniete sich auf die Picknickdecke und wartete, bis Hannah sich neben ihn setzte. »Wir dachten, Moritz wäre tot«, murmelte er. »Mutter hat uns gesagt, dass es vermutlich so ist, weil er uns so lange nicht mehr geschrieben hat. Und als sie nachgefragt hat, was mit ihm ist, hieß es, er sei vermisst.« Er zuckte mit den Schultern, als wäre diese Erinnerung eine Belanglosigkeit. »Dass er noch lebt, haben sie uns erst hier gesagt. Er hat wohl nach uns gesucht, aber hier ist er nie aufgetaucht.« Sein Blick heftete sich an den Picknickkorb. Wie ein vorsichtiger Dieb sah er sich um, machte die Erzieherin und Holger am Seeufer ausfindig, überprüfte die nähere Umgebung und schien sich im letzten Moment darauf zu besinnen, dass Hannah neben ihm saß.

»Gab es noch kein Mittagessen?« Sie zwinkerte ihm zu.

»Wie bitte?« Lukas reagierte erschrocken. »Mittagessen? Doch. Ja doch. Es gab schon Mittagessen. In der langen Schulpause gehen wir zu den Familien und essen.« Ein roter Schimmer huschte über sein Gesicht. Er sandte einen letzten Blick zu dem Picknickkorb und setzte sich in den Schneidersitz. »Stimmt es denn, dass Sie uns adoptieren wollen?« Plötzlich klang er geschäftsmäßig.

»Wenn es nach mir ginge, würde ich euch sofort adoptieren, sofern ihr das wollt. Aber so einfach ist das nicht. Zuerst müssen wir euren Bruder wiederfinden. Und nur, wenn er nicht mehr ...« Sie brach ab, konnte den letzten Teil nicht aussprechen. »Vermisst ihr ihn?«, fragte sie stattdessen.

Lukas wirkte ein wenig verwirrt. »Wen? Moritz?« Unschlüssig zuckte er mit den Mundwinkeln, ganz so, als wüsste er nicht, ob er seine Gedanken aussprechen sollte. »Es ist so lange her, und davor war er im Krieg. Ich weiß nicht mehr viel von ihm.« Er hob den Kopf und schaute nach vorn, dorthin, wo die Kinder im Wasser spielten. Die meisten trugen inzwischen ihre Badeanzüge, Holger stand mit hochgekrempelten Hosenbeinen in der flachen Uferzone. »Und Elfie ...« Mit diesen Worten deutete Lukas auf seine Schwester, die zwischen den anderen planschte. »Sie erinnert sich fast gar nicht mehr an ihn. Sie war erst sechs, als er in den Krieg ging, und sieben, als die Russen nach Ostpreußen kamen. Sie weiß zwar, dass sie mal einen zweiten Bruder hatte, aber ...« Er machte eine wegwerfende Handbewegung.

Unvermittelt kroch Wehmut in Hannahs Körper. So war es also mit Menschen, die man verloren hatte. Erst hoffte man auf ihre Rückkehr, dann siegte die Enttäuschung, bis man sie aufgab und anfing, sie zu vergessen. Und wenn sie dann doch noch zurückkehrten, passten sie nicht mehr in das Leben, das man inzwischen führte.

So tragisch es auch sein mochte – um eine verletzte Seele wieder heilen zu lassen, war es vermutlich der einzige Weg. Hannah durfte nicht darüber nachdenken. Nicht jetzt. Viel wichtiger war es, dem Jungen eine ehrliche Frage zu stellen. »Angenommen, es würden sich neue Eltern für euch finden. Würdet ihr das wollen? In eine fremde Familie adoptiert werden?«

»Mir ist das egal«, behauptete Lukas. »Solange die Leute nett sind, solange wir Essen bekommen und sie uns nicht …« Jetzt war er derjenige, der nicht weitersprach. »Aber Elfie …« Mit einem Mal schwankte seine Stimme. »Sie hätte gern wieder richtige Eltern. Eine Mutter, die ~~sie lieb~~ hat und immer für sie da ist, und einen Vater, der sie beschützt.« Wieder deutete er auf den See, auf Holger, der bis zu den Knien ins Wasser gewatet war. Elfie pirschte sich an ihn heran, spritzte vorsichtig in seine Richtung und quietschte, als er sich bückte und zurückspritzte. Nur wenige Sekunden später lieferten sie sich eine Wasserschlacht, Elfie im Badeanzug und Holger in Anzughose und Hemd. Im Nullkommanichts war er von oben bis unten durchnässt und stand mit schallendem Lachen inmitten der Springflut. Die anderen Kinder hüpften näher, quietschten und kicherten und spritzten ihn ebenfalls nass.

Ein leises Glucksen sprang aus Lukas' Kehle. »Ihr Freund scheint sehr nett zu sein.«

Etwas Heißes kribbelte durch Hannahs Bauch. »Ja, er ist sehr nett. Mehr als nur sehr nett. Er ist …« Sie konnte das Gefühl nicht in Worte fassen, konnte nur spüren, dass es sich heute noch stärker zusammenbraute als sonst.

»Aber Kinder!«, rief ihnen Frau Weiler entsetzt zu, während sie über die Wiese lief. Offenbar war sie noch einmal bei der Kutsche gewesen. »Was macht ihr denn da mit dem armen Herrn von Morkamp?«

Abrupt hörten die Kinder auf, sprangen vor Holger zurück und sahen ihn betreten an.

Doch Holger winkte ab. »Ach was!«, rief er der Erzieherin zu. »Ich habe angefangen. Und ich habe noch Wechselkleidung im Auto. Also kein Grund zur Sorge. Es ist so heiß, da spricht nichts gegen eine Abkühlung.« Mit einem provozierenden Grinsen schaute er zu den Kindern, senkte die Hand zum Wasser, bis sie quietschend vor Vorfreude zurücksprangen. Gleich darauf tobte die Wasserschlacht erneut los.

Plötzlich musste Hannah lachen. Das Gefühl in ihrem Bauch überschlug sich und ließ sie aufspringen. Sie wollte ebenfalls dort sein, zwischen den lachenden Kindern und dem spritzenden Wasser. Sofort riss sie sich Schuhe und Strümpfe von den Füßen, rannte zum Ufer und lief hinter Holger ins Wasser, schlich sich im Tosen der Fontänen heran und sprang ihn von hinten an.

Holger wirbelte herum. Überraschung leuchtete in seinen Augen, noch vermischt mit kindischer Freude. »Hannah.« Seine Stimme wurde sanft.

Im nächsten Moment war die Wasserschlacht um sie herum vergessen. Nur eine Wand aus Quietschen und Regentropfen hüllte sie ein, spiegelte das Sonnenlicht in einem glitzernden Regenbogen. Tropfend nass hingen die braunen Haare in Holgers Stirn, Wasser perlte über seine Haut, lediglich die kleine Narbe an seinem Kinn erinnerte wie ein Denkmal an den Schmerz des Krieges. Ausgerechnet jetzt fiel etwas von ihr ab, jene schwere Verantwortung Moritz gegenüber, die sie immer blockiert hatte. Den Kindern schuldete sie größere Verantwortung, nicht zuletzt deshalb, weil er sie ihr aufgetragen hatte. Doch nur zusammen mit Holger konnte sie ihnen das geben, was sie brauchten. Hannahs Füße sanken in den Schlamm des Seeufers, als sie sich auf die Zehenspitzen stellte. Holger hielt sie fest, ließ nicht zu, dass sie versank, und erwiderte ihren Kuss. In diesem Augenblick war es egal, dass die Erzieherin ihnen zusah, ebenso wie die Kinder, die aufhörten, mit dem Wasser zu spritzen, und sich tuschelnd und kichernd zurückzogen.

Als der Kuss vorbei war, schloss Hannah die Augen, lehnte sich an ihn und vergrub das Gesicht an seiner Schulter. »Angenommen wir heiraten«, flüsterte sie, »was meinst du, wie viele Kriegswaisen können wir adoptieren? So in wirtschaftlicher Hinsicht?«

Er stieß überrascht die Luft aus, zog Hannah noch enger an sich. »Rein wirtschaftlich gesehen? Viele. Ein ganzes Herrenhaus voll. Wenn wir gute Eltern sein wollen … vielleicht fünf oder sechs. Oder sieben. Geschwister müssen unbedingt zusammenbleiben. Und dann noch drei eigene. Irgendwann.«

»Das ist sehr ehrgeizig, Herr von Morkamp. Sie werden dich den ganzen Tag lang im heimischen See unter Beschuss nehmen.«

Lachend küsste Holger sie auf die Stirn und schob die Hand in ihre durchweichten Locken. »Darauf bestehe ich. Aber nur, wenn du dabei bist.«

Noch eine Weile standen sie so da, Arm in Arm und bis zu den Knien im Wasser. Als sie sich voneinander lösten, hatten sich die Kinder zerstreut. Die meisten schwammen, andere hatten sich auf der Picknickdecke rund um Frau Weiler versammelt. Lukas konnte Hannah nirgendwo entdecken, vermutlich war er weiter hinten im See bei den großen Jungen. Nur Elfie lag in ihrer Nähe auf dem Rücken im flachen Wasser, ihre roten Haare trieben um sie herum, und lediglich ihr Gesicht mit den Sommersprossen schaute heraus. Ihre Augen waren geschlossen, damit sie nicht gegen die Sonne blinzeln musste. Sie sah klein und verletzlich aus, ein dünnes Mädchen mit blasser Haut. Dennoch schwebte ein zufriedenes Lächeln auf ihrem Gesicht. Plötzlich richtete sie sich auf, ging im flachen Wasser in die Hocke und schaute zu ihnen herüber. Ihr

Lächeln veränderte sich, leuchtete ihnen entgegen und wirkte gleichzeitig schüchtern.

Hannah spürte, wie sich das Schmunzeln auf ihr Gesicht übertrug. Ein glückliches Gefühl sammelte sich in ihrer Brust.

Das Mädchen stand auf, als hätte es die Einladung verstanden, kam durch das flache Wasser auf sie zu und sah zu ihnen hoch. »Ich glaube, es gibt Marmeladenbrote.« Sie deutete zur Picknickdecke. »Kommt ihr mit?«

Hannah nickte. Sie wollte etwas sagen, aber Holger kam ihr zuvor: »Hm, Marmeladenbrote. Das ist fast so gut wie Kuchen.«

Elfie kicherte. Mit einem kleinen Hüpfer drehte sie sich im Wasser um, landete genau in der Mitte vor Hannah und Holger. Als wäre es das Selbstverständlichste der Welt, angelte sie nach ihren Händen. Ihre Finger schoben sich über Hannahs Handgelenk, schmiegten sich warm und nass zwischen ihre. Dann setzten sie sich in Bewegung, wateten zu dritt ans Ufer und liefen auf die anderen zu.

Erst jetzt sah Hannah, dass Lukas schon vom Schwimmen zurück war, dass er sich am Rand der Decke niedergelassen hatte und noch genug Platz für sie freihielt. Zu viert setzten sie sich nebeneinander, ihre Beine halb ineinander verknotet, weil sie sonst nicht alle Platz fanden. Ganz vorsichtig lehnte Elfie sich gegen Hannahs Schulter, und Lukas grinste ihr zu.

So musste es sich anfühlen, eine Familie zu haben. So würde es sein, wenn sich endlich alles fügte.

23. KAPITEL

Deutsches Rotes Kreuz,
Suchdienst, Hamburg, 23. August 1949

An Frau
Riedel, Hannah
(24) Lütjenau
Gut Morkamp 3

Zu Ihrer Suchanfrage vom 17. Februar 1948
und Ihrem Suchaufruf vom 5. Juli 1949
Gesuchte Person:
Moritz Lasky, geb. am 19.07.1925 in Rosehnen, Landkreis
Fischhausen, Regierungsbezirk Königsberg, Ostpreußen

Sehr geehrte Frau Riedel,

gemäß Ihrer Suchanfrage vom Februar 1948 und Ihrem Auf-
ruf zur öffentlichen Personensuche vom 5. Juli 1949 schreiben
wir Ihnen heute, um Sie über das Schicksal des Vermissten
Moritz Lasky aufzuklären. Wir bedauern außerordentlich,
Ihnen mitteilen zu müssen, dass der von Ihnen Gesuchte im
Dezember 1947 verstorben ist. Er wurde am Morgen des 18.
Dezember 1947 leblos treibend am Ufer der Oder auf Höhe
von Schwedt aufgefunden. Ein genauer Todestag konnte nicht
bestimmt werden.

Da der Gesuchte zum Zeitpunkt des Leichenfundes keine
Papiere bei sich trug, konnte eine Identifizierung lange nicht
stattfinden. Erst im Frühling dieses Jahres wurde der Polizei-
dienststelle in Schwedt von den polnischen Behörden ein
Rucksack zugestellt, in dem sich der Interzonenpass des Ge-
suchten sicherstellen ließ. Jener Rucksack soll nach Angabe der

521

polnischen Grenzpolizisten im Dezember 1947 auf polnischer Seite angeschwemmt worden sein. *Aufgrund der räumlichen und zeitlichen Nähe der beiden Fundorte sowie der Beschreibung von äußerlichen Merkmalen, ist mit großer Wahrscheinlichkeit davon auszugehen, dass es sich bei dem Toten um den vermissten Moritz Lasky handelt.*

Nach den Ermittlungen der Behörden starb Moritz Lasky bei dem illegalen Versuch, die Oder an der Grenze zwischen Deutschland und Polen schwimmend zu durchqueren.

Der Leichnam Ihres Freundes wurde in Schwedt an der Oder in einem anonymen Grab bestattet. Sollten Sie eine Überführung in eine andere Grabstelle wünschen, sind wir Ihnen gern dabei behilflich, die erforderlichen Schritte einzuleiten.

Wir bedauern es sehr, Ihnen keine bessere Nachricht überbringen zu können, und übermitteln Ihnen hiermit unser herzliches Beileid.

Hochachtungsvolle Grüße
gez. Judith Höverer

EPILOG

Kreis Plön, Ostseeküste Schleswig-Holstein, 5. Mai 1950

Hannah faltete den Brief des Roten Kreuzes zusammen, strich noch einmal darüber und legte ihn ganz nach unten in das stoffbezogene Schmuckkästchen. Er war das Ende ihrer Geschichte, das Ende ihrer Vergangenheit, und sie wollte dieses Kästchen so einräumen, dass die Geschichte von vorn begann, wenn man es öffnete.

Den letzten Brief, den Moritz ihr geschrieben hatte, nahm sie als Nächstes, legte ihn auf die Todesnachricht und griff zu dem Schulheft, in dem er seine Geschichte aufgeschrieben hatte. Für einen Moment war sie versucht, es aufzuschlagen und noch einmal darin zu lesen. Doch heute war nicht der richtige Tag, um in seine Kriegserinnerungen zurückzukehren. Vielleicht war noch nicht einmal der richtige Tag, um diese Kiste überhaupt zu öffnen und in dem Inhalt zu stöbern. Aber vorhin, als Hannah vom Friseur gekommen war, als sie zum ersten Mal etwas Zeit für sich hatte, war ihr Blick auf das Kästchen gefallen, das seit einigen Wochen auf ihrem Nachttisch stand. Und plötzlich hatte sie gewusst, dass sie noch einmal alles ansehen musste. Ein letztes Mal in der Vergangenheit weilen, bevor sie den Schritt in die Zukunft ging. Nur, um Abschied zu nehmen. Und vielleicht auch deshalb, weil sie die Toten um Verzeihung bitten wollte.

Hannah legte ihre eigenen Tagebücher auf die von Moritz, nahm dann die Fotos und breitete sie nebeneinander auf ihrem Sekretär aus. Lange Zeit hatte sie kein Bild von ihm besessen. Sie hatte nicht einmal darüber nachgedacht, wie schön es wäre, sein Gesicht wenigstens auf diese Weise in Erinnerung zu behalten. Bis Egon ihr schließlich ein Bild geschickt hatte, eines, das nicht nur Moritz zeigte, sondern auch Freddie und ihn, alle drei gemeinsam, direkt nach ihrer Entlassung aus der Wehrmacht. Moritz war nur klein darauf abgebildet, und dennoch war sein trauriger Blick nicht zu übersehen. Hannah strich mit dem Finger über sein Gesicht. Tränen wollten sich in ihre Augen schleichen, und sie hielt sie nur deshalb zurück, weil sie ihn betrachten wollte. Ihn und die anderen.

Das nächste Bild zeigte sie selbst, zusammen mit ihrer Freundin Klara. Sie waren erst zwölf oder dreizehn Jahre alt gewesen, als Hannahs Vater sie vor ihrer Apotheke fotografiert hatte. Sie beide trugen die Haare offen, wilde Locken-mähnen, wie es sich für Piratinnen gehörte, die eine blond und die andere ganz dunkel. Zwei schöne, fröhliche Mädchen, die noch nichts von den Qualen ahnten, die ihnen bevorstanden.

Zum ersten Mal seit Langem konnte Hannah es wieder ertragen, die Bilder anzusehen. Dieses und alle weiteren, die sie jahrelang in ihrer Brieftasche mit sich herumgetragen hatte. Nur deshalb hatten die Fotos das Hamburger Feuer überstanden, nur deshalb waren sie bei ihr geblieben, anstatt mit ihrer Familie unterzugehen. Ihr Herzschlag verdichtete sich zu einem harten Pochen, als sie das nächste Foto heranzog. Es zeigte ein Familienporträt, das sie beim Fotografen gemacht hatten, ihre Eltern waren darauf abgebildet, jünger und fröhlicher, als sie es zuletzt gewesen waren, aber genau so, wie Hannah sie in Erinnerung hatte – und davor stand sie selbst, eine lachende Achtjährige mit Zahnlücken, die sich an die Schulter ihres älteren Bruders lehnte. Paul war auf dem Bild einen knappen Kopf größer als sie und sah so aus, als hätte er sich nur ungern fotografieren lassen. Das änderte sich auf dem nächsten Foto, auf dem Porträt, das bei seinem Eintritt in die Wehrmacht gemacht worden war. Mit stolzer, zuversichtlicher Haltung schaute er in die Kamera. Ganz so wie ein Sieger dreinschaute, nur dass er schon wenige Monate später gefallen war. Hannah betrachtete jedes Detail an seiner Uniform, den leicht schiefen Zug in seinem Lächeln und die hellen Augen, die ihre Freundinnen immer so schön gefunden hatten. Doch der Grund, warum sie sich nicht von dem Anblick lösen konnte, war nicht ihr Bruder selbst, sondern jenes Foto, das daneben lag. Ein zweites Wehrmachtporträt von einem anderen Mann. Von dem fröhlichen Robert, den sie geheiratet hatte. Unendlich lange schien es her zu sein. Die Erinnerung an ihn war längst hinter allem anderen verblasst. Hinter der Liebe zu Holger und der Liebe zu Moritz, hinter der Trauer um ihre Familie und der Trauer um den einen, winzig kleinen Menschen, dessen Tod noch immer am meisten schmerzte.

Kathrinchens Bild lag neben dem ihres Vaters. Es war das neueste Foto, das es je von ihr gegeben hatte. Ihr Opa hatte es an ihrem zweiten Geburtstag aufgenommen. Zur Feier des Tages waren ihre Locken zu einem Zöpfchen hochgesteckt, und ihr kleines Gesicht strahlte wie ein Glühwürmchen. Nur Hannah wusste noch, dass in diesem Moment die Geburtstagsgeschenke vor ihr gelegen hatten.

»Meine Kleine.« Sie flüsterte dem Foto zu, strich mit dem Zeigefinger über Kathrinchens Haare und wunderte sich darüber, wie groß und klobig ihr Fingernagel wirkte. Eigentlich war sie viel zu tollpatschig, um etwas so Zerbrechliches zu berühren. Trotzdem konnte sie nicht damit aufhören. »Meine Kleine«, flüsterte sie noch einmal. »Du verstehst es doch, oder? Dass ich wieder nach vorn schauen muss?« Fast kam es ihr vor, als könnte sie noch einmal Kathrinchens Kichern hören.

Hannah lehnte sich zurück, schaute ein weiteres Mal über die ganze Fotoreihe und blinzelte die Tränen aus ihren Augen. »Ihr versteht mich doch, oder? Ich kann nicht auf ewig in der Vergangenheit verharren. Ich muss wieder nach vorn sehen, aber das bedeutet nicht, dass ich euch vergesse oder dass es einen Weg gäbe, euch zu ersetzen. Ganz gleich, was jetzt kommt, ihr werdet immer bei mir bleiben. Das verspreche ich euch.«

Fast erwartete Hannah, dass die Menschen auf den Bildern ihr zunicken würden. Die Fotos hingegen lagen regungslos da, fröhliche und ahnungslose Gesichter, die ihren baldigen Tod nicht kommen sahen.

Noch einmal nahm sie das Foto der drei entlassenen Wehrmachtsoldaten in die Hand, betrachtete Moritz' traurigen Blick und kam nicht umhin, ihm das zu sagen, was sie ihm gern persönlich gesagt hätte: »Wenn du nicht weggegangen wärst, hätte ich mich für dich entschieden. Wir beide hätten uns jetzt ein Haus bauen können, auf einem der Grundstücke, die Holger an Flüchtlingsfamilien verkauft hat. Nicht weit vom Meer entfernt und ganz in der Nähe des Sees.« Das Bild vor ihren Augen verschwamm. Beinahe wütend wischte sie über ihr Gesicht. »Aber ich verstehe schon. Du konntest nicht bleiben. Du konntest das Glück nicht annehmen.« Sie atmete tief ein und stieß die Luft wieder aus. »Ich wünsche dir, dass du deinen Frieden gefunden hast, und ich verspreche dir, dass ich für Lukas und Elfie sorgen werde. Wenn ich heute heirate, dann tue ich das nicht nur, weil ich Holger liebe, auch nicht deshalb, weil ich bei ihm gut versorgt bin. Ich tue das, um die Verantwortung zu übernehmen, die du nicht mehr tragen kannst. Damit die beiden endlich wieder Eltern haben, die für sie sorgen.«

Schweigend stand Moritz zwischen den beiden anderen und sah so aus, als wäre er noch immer im Krieg gefangen. Wie in einer ewigen Spirale, die ihn nicht losließ. Selbst jetzt nicht.

Hannah beugte sich zu ihm, küsste sein Bild und schob es zwischen sein Buch und ihre Notizbücher in die Kiste, an genau jenen Platz, an dem er in ihrer Geschichte aufgetaucht war.

»Also dann …« Das Foto von ihren Eltern nahm sie als Nächstes, legte es vorsichtig zu den Notizbüchern. Die anderen Bilder sortierte sie in einer Reihe daneben, das Foto von

Paul, das Porträt von Robert … Kathrinchens Bild war das letzte, das sie in die Hand nahm. Hannah hob es an die Lippen, gab dem kleinen Mädchen einen Papierkuss und lächelte ihr zu. »Du wirst immer mein Kind bleiben«, flüsterte sie. »Ganz egal, wie viele jüngere und ältere Geschwister du noch bekommst.« Ein letztes Mal streichelte sie über die blonden Löckchen, ehe auch Kathrinchen ihren Platz in der Erinnerungskiste fand.

Ein dumpfes Gefühl zog durch Hannahs Brust, während sie den Deckel der Kiste zuklappte. Den winzigen Silberschlüssel musste sie nur sanft drehen, um das Schloss zu verriegeln. Dann nahm sie die Kette, die auf dem Sekretär lag, fädelte den Schlüssel daran auf und hängte ihn wie ein Medaillon um ihren Hals. Mit unsicheren Beinen stand sie auf, stellte die Kiste zurück auf ihren Nachttisch und sah sich um. Ihr neues Zimmer im Herrenhaus war mindestens fünfmal so groß wie die winzige Dachkammer im Kavaliershaus. Die hohen Wände waren in einem kräftigen Gelb gestrichen und mit weißen Stuckleisten verziert. Durch drei Fenster strömte Sonnenlicht herein und fing sich an den weißen Laken und Vorhängen ihres Himmelbettes.

Seit fünf Monaten lebte sie nun schon hier, seitdem sie angefangen hatten, ihre Hochzeit zu planen. Doch erst in der nächsten Nacht würde auch Holger hier einziehen, in ihr Eheschlafzimmer.

Plötzlich klopfte es an der Tür. Erschrocken fuhr Hannah herum, gerade in dem Moment, als Gitte ihren Kopf hereinsteckte. »Hannah!«, rief sie. »Bist du so weit? Haben wir alles?« Ihre Freundin kam herein. »Alle Gäste sind schon da. Freddie und seine Verlobte sind eben angekommen, und Egon und seine Frau haben eines der schöneren Zimmer im Kavaliershaus bekommen. Mütterchen Schwalb zuppelt ununterbrochen am Blumenschmuck, und selbst deine Schwiegermutter hat heute das Lächeln gelernt. Ich hätte nicht gedacht, dass sie so glücklich aussehen kann.« Gitte sprudelte die Neuigkeiten hervor, ganz so, als hätte die Welt eine Extraumdrehung geschlagen, während Hannah beim Friseur gewesen war und noch einmal den Inhalt ihrer Kiste betrachtet hatte. »Vorhin war ich noch bei Lukas und Elfie«, plauderte Gitte weiter. »Sie sind ganz begeistert von ihren neuen Zimmern im Seitenflügel. Aber wusstest du, dass die ganze Kinderheimfamilie Weiler zur Hochzeit mitkommt? Alle zehn Kinder mitsamt dem Erzieherpaar. Da ist was los, wenn die zusammen über den Flur laufen.«

Hannah musste lachen. »Selbstverständlich wusste ich das. Sie bleiben bis zur Adoption, bis Ende nächster Woche.«

Prustend stieß Gitte die Luft aus. »Du meinst die ganze Waisenhaustruppe? Ich bin gespannt. Aber jetzt lass uns erst mal schauen …« Sie packte Hannah an den Armen, schob sie vor den Spiegel und zupfte an ihrem Kleid herum.

Hannah musterte ihre blonden, zu einer aufwendigen Frisur hochgesteckten Locken, dann ihr weißes, spitzenbesetztes Kleid, das bis zum Boden fiel. Nur Gitte schien nicht ganz glücklich zu sein. Immer wieder bückte sie sich und zog an den Falten, die beim Sitzen verknittert worden waren. Erst als sie wieder ordentlich nebeneinanderlagen, war sie zufrieden. »Du bist die schönste Braut in der ganzen britischen Besatzungszone.« Gittes Spiegelbild leuchtete ihr entgegen. »Vielleicht sogar in ganz Deutschland.«

Hannah versuchte, ihr Lächeln zu erwidern. Doch mit einem Mal war die Wehmut zu stark, um sich zu freuen.

»Um Himmels willen!« Sofort bemerkte Gitte die Veränderung. »Was ist denn mit dir los? Du weinst ja, deine Schminke verwischt uns gleich. Was ist passiert?«

Das war nicht der richtige Moment, um über die Kiste zu reden. Gitte selbst war dabei gewesen, als Hannah das Schmuckkästchen auf dem Markt von einer Schneiderin gekauft hatte. Ihre Freundin wusste auch, was Hannah darin aufbewahren wollte. Aber wenn sie erfuhr, dass sie ausgerechnet an ihrem Hochzeitstag hineingesehen hatte …

»Komm her!« Wieder packte Gitte sie bei den Schultern. »Dann zeige ich dir jetzt was. Zum Trost.« Damit schob sie Hannah zum Fenster. »Rate mal, wer heute von allen Leuten am aufgeregtesten ist?«

Hannahs Blick fiel auf den Ehrenhof. Eine schwarze Kutsche mit vier weißen Pferden war vor der Treppe des Hauses vorgefahren, und daneben stand jemand. Ein junger Mann in Frack und Zylinder. Nervös lief er neben der Kutsche auf und ab.

Sie war zu weit entfernt, um Holgers Gesicht zu erkennen. Dennoch war dies der Moment, in dem sich etwas in ihr öffnete. Jetzt sofort wollte sie bei ihm sein, wollte ihm um den Hals fallen und ihn küssen und nie wieder etwas ohne ihn tun, und vielleicht wäre sie tatsächlich aus dem Zimmer nach unten gelaufen, wenn es nicht angeblich Unglück bringen würde, die Braut vor der Trauung in ihrem Hochzeitskleid zu sehen.

Plötzlich schaute er zu ihrem Fenster auf. Ein glückliches Lächeln glitt über sein Gesicht und übertrug sich auf ihres.

»So, das reicht.« Gitte zog sie vom Fenster zurück. »Wir wollen ja kein Unglück provozieren.« Ihr Blick fiel auf den Silberschlüssel an Hannahs Hals. »Du hast das also ernst gemeint? Du willst wirklich deinen Erinnerungsschlüssel zur Hochzeit tragen?«

Erinnerungsschlüssel. So hatten sie das kleine Silberding genannt, als sie das Kästchen gekauft hatten.

Hannah nickte, fasste nach dem Schmuckstück und schloss die Finger darum. »Natürlich trage ich ihn. Wenn ich heirate, sollen sie dabei sein. Weil sie alle zu mir gehören. Für immer.«

NACHWORT

Auf die Idee, dieses Buch zu schreiben, kam ich im Sommer 2015. Ganze Ströme von Flüchtlingen fanden den schwierigen Weg nach Deutschland, Angela Merkel verkündete:»Wir schaffen das«, und unsere Gesellschaft drohte sich in die Vertreter der Willkommenskultur und Pegida-Anhänger zu spalten. Die AfD hatte ihre Geburtsstunde, und plötzlich schien die»besorgte Bürgerschaft« keine Hemmungen mehr zu haben, ihre rechtsgesinnten Gedankenergüsse ungefiltert in die Kommentarzeilen diverser Online-Medien zu schütten.

Ich selbst hatte gerade die Arbeit an»Winterhonig« beendet. Drei Jahre Recherche und Schreiben rund um die Themen Nationalsozialismus, Zweiter Weltkrieg und Verfolgung von Minderheiten lagen hinter mir, und die aktuelle politische Entwicklung leuchtete mir in deutlichem Alarmrot entgegen.

Geschichte wiederholt sich – das war eine der Grundregeln, die unser Geschichtslehrer uns damals beigebracht hat und die mir immer wieder durch den Kopf spukt, wenn ich schreibe oder recherchiere oder einfach nur die Nachrichten lese. Und so machten meine Gedanken im Jahr 2015 den Sprung ins Jahr 1945: Flüchtlinge in Deutschland? Das gab es schon einmal. Bereits während meiner Recherche zu»Winterhonig« bin ich auf dieses Thema aufmerksam geworden, und nun wollte ich es ganz genau wissen.

14 Millionen Deutsche aus den ehemaligen Ostgebieten flohen am Ende des Zweiten Weltkrieges vor der heranrückenden Roten Armee, etwa 2 Millionen sind auf der Flucht umgekommen oder verschollen, die übrigen 12 Millionen wurden heimatlos. Also eine gewaltige Anzahl von hungernden, frierenden und verarmten Menschen, die in ein zerstörtes und ohnehin schon hungerndes Deutschland kamen. 12 Millionen Flüchtlinge damals in einem Land unterzubringen, in dem ein

Großteil des Wohnraums zerstört worden war, bedeutete, dass jedes freie Zimmer und jeder freie Dachboden zwangsweise mit fremden Flüchtlingsfamilien geteilt werden musste. Es bedeutete, dass die ohnehin nur knapp vorhandene Nahrung für die Lebensmittelrationen so weit gekürzt werden musste, dass es für den Einzelnen, egal ob Flüchtling oder Einheimischen, nur gerade so zum Überleben reichte. So bestand beispielsweise eine Wochenration für einen Erwachsenen im Mai 1945 aus 150 g Fleisch, 100 g Fett, 1 Brot, 75 g Nährmittel (also Mehl, Getreide oder Hülsenfrüchte) sowie 1/4 l Magermilch.

Schon nach meinen ersten Recherchen war mir klar, dass ich damit mein neues Romanthema gefunden hatte, und ziemlich bald wusste ich, dass meine Geschichte in Schleswig-Holstein spielen sollte, denn ausgerechnet diese dünn besiedelte Provinz wurde am härtesten von der Flüchtlingswelle getroffen.

Bereits seit 1943 sind etwa 200 000 Menschen aus den zerbombten norddeutschen Städten in das ländliche Schleswig-Holstein evakuiert worden. Mit dem Ende des Krieges folgten ca. 2 Millionen Flüchtlinge, die mit Schiffen aus Ostpreußen in Sicherheit gebracht wurden und anschließend in Schleswig-Holstein blieben.

Hinzu kamen nach Kriegsende etwa 1 Million ehemaliger Wehrmachtsoldaten, die vor ihrer Entnazifizierung in Sperrgebieten interniert wurden. Allein im Sperrgebiet F, auch als »Kral« bezeichnet, in dem meine Protagonisten leben, waren anfangs 750 000 Soldaten interniert. Da es zu diesem Zeitpunkt bereits vollkommen unmöglich war, so viele Menschen in festen Behausungen unterzubringen, mussten die Soldaten unter freiem Himmel kampieren. Die meisten von ihnen durchliefen jedoch bereits im Sommer 1945 die Entnazifizierung und durften danach wieder in ihre Heimat zurückkehren – sofern sie noch eine hatten. Nur kompliziertere Fälle,

Offiziere sowie SS-Angehörige blieben über den Winter interniert, konnte aber zum Herbst hin unter festem Dach untergebracht werden. Im März 1946 wurde der »Kral« aufgelöst, die letzten verbliebenen Internierten, höhere Offiziere und Mitglieder der Waffen-SS kamen daraufhin in ein Kriegsgefangenenlager in Belgien.

Die Stimmung der Einheimischen gegenüber den Flüchtlingen war überwiegend feindlich. Der Zwang, alles mit den »Fremden« teilen zu müssen, führte auch in der ansässigen Bevölkerung zu der Angst, bald nicht mehr genug zum Überleben zu haben. Hausbesitzer mussten freie Zimmer abgeben und ihre Wohnungen mit den Flüchtlingen teilen. Insbesondere die Bauern und Gutsbesitzer bekamen so viele Flüchtlinge zugewiesen, wie sie irgendwie auf ihren Dachböden, in Scheunen und Stallungen beherbergen konnten. So war die Unterbringung von mehr als 200 Personen auf einem großen Hof keine Seltenheit.

Obwohl die Flüchtlinge ebenfalls Deutsche waren, gab es sprachliche und kulturelle Unterschiede, die als bedrohlich empfunden wurden. In einem Roman, den alle Leser verstehen sollen, war es leider etwas schwierig umzusetzen, doch tatsächlich wurde zu dieser Zeit in den ländlichen Regionen noch überwiegend Plattdeutsch gesprochen, welches sich regional sehr stark unterschied. So wurde das Ostpreußische Platt von den Einheimischen wie eine Fremdsprache wahrgenommen. Die Angst vor Überfremdung und »Übernahme« durch die Flüchtlinge war groß, und die damaligen Hassparolen klingen den heutigen Anti-Flüchtlings-Parolen ausgesprochen ähnlich:

»Wenn Süd-Schleswig nicht von der Massen-Einwanderung der Flüchtlinge befreit wird, so bedeutet dies, dass unsere ruhige nordische Bevölkerung entfremdet wird und außerdem von Elementen regiert wird, die aus dem Unruheherd Europas kommen.«

Dies ist nicht etwa das Zitat eines AfD-Plakats, sondern stammt von der »Neudänischen Bewegung«, der sich in den Nachkriegsjahren viele Schleswig-Holsteiner anschlossen. Zentrales Ziel dieser Bewegung war es, die Flüchtlinge endlich wieder loszuwerden. Durch einen möglichen Anschluss an Dänemark erhoffte sich die »Neudänische Bewegung«, die Flüchtlinge aus Schleswig-Holstein ausweisen zu dürfen. Denn Letzteres gestaltete sich als äußerst schwierig. Eine offizielle Umverteilung der Flüchtlinge auf andere deutsche Provinzen wurde von diesen abgelehnt und fand erst 1949 nach Gründung der Bundesrepublik Deutschland statt.

Ebenfalls 1949 wurde zum ersten Mal wieder eine Volkszählung vorgenommen. Obwohl sich die Lage bis dahin schon deutlich entspannt hatte, war die Bevölkerung Schleswig-Holsteins im Vergleich zu 1939 von 1,6 Millionen Einwohnern auf 2,7 Millionen gewachsen. Hierbei muss man allerdings bedenken, dass viele der ursprünglichen Einwohner im Krieg gestorben sind.

In der überlebenden Bevölkerung kamen damit drei Zuwanderer auf einen Alteingesessenen.

Wenn man aus heutiger Sicht auf die Nachkriegszeit zurückblickt, wird einem schnell klar, dass ein Großteil der damaligen Bevölkerung durch die Kriegsereignisse mehr oder weniger schwer traumatisiert war. Während heute bei jedem Unglück eine Einsatzgruppe von Psychologen bereitsteht, die sich um die Opfer kümmert, waren die Menschen damals auf sich allein gestellt. Jeder war mit seinem eigenen Leid und Überleben beschäftigt, und Verständnis oder gar Mitleid von anderen war nicht zu erwarten. Insbesondere das Trauma der Schuld, unter dem vermutlich ein großer Teil ehemaliger Soldaten litt, war schwer tabuisiert. Viele Männer schützten sich vor sich selbst und vor anderen dadurch, dass sie die Taten im Krieg als gegebene Pflicht rechtfertigten.

In einem Krieg gegnerische Soldaten zu töten ist das eine,

aber wie geht man damit um, wenn man gezwungen war, offensichtlich Unschuldige zu ermorden? Seitdem ich mich mit dem Nationalsozialismus auseinandersetze, hat mich diese Frage nicht mehr losgelassen. Die menschenverachtende Ideologie der Nazis anzunehmen war aus psychologischer Sicht der einfachste Weg, um das grausame Töten Unschuldiger mit Moral und Selbstbild in Einklang zu bringen. Aber was ist mit denen, die diesen Weg nicht gegangen sind, sondern ihre Schuld empfinden? Auf diese Frage wollte ich am Beispiel von Moritz Lasky Antworten suchen.

Die »posttraumatische Belastungsstörung«, unter der wohl unzählige ehemalige Soldaten auch weit über das Kriegsende hinaus litten, wurde erst 1980 als psychiatrische Diagnose anerkannt. Die typischen Symptome der PTBS bestehen einerseits aus emotionaler Stumpfheit und Teilnahmslosigkeit, mit der sich die Betroffenen zu schützen versuchen, und andererseits aus diversen Varianten des Wiedererlebens, bei denen die Erinnerung an das traumatische Ereignis über die Patienten hereinbricht. Dies geschieht nachts in Form von Albträumen und Schlafstörungen, aber auch tagsüber kann in sogenannten »Flashbacks« die Erinnerung plötzlich stärker werden als die tatsächliche Wahrnehmung, sodass der Betroffene für sein Empfinden in die Kriegsszenerie zurückkehrt. Dies wird oft durch »Trigger« ausgelöst, also Wahrnehmungsreize, die mit dem traumatischen Ereignis verknüpft sind.

Nach dem Ende des Zweiten Weltkrieges gingen jedoch sowohl die Medizin als auch das soziale Umfeld davon aus, dass die psychische Belastung der ehemaligen Soldaten innerhalb weniger Wochen zu überwinden sei. Nur körperliche Leiden wurden als Kriegsschäden anerkannt. Wer hingegen länger unter einer seelischen Belastung litt, dem wurde im Fall einer psychiatrischen Behandlung ein »anlagebedingtes« Leiden unterstellt, das mit dem Krieg nichts zu tun habe. Die allermeisten Betroffenen dürften aufgrund ihres Traumas daher nie in

Behandlung gewesen sein. Im zerstörten Nachkriegsdeutschland wurde von den zurückgekehrten Männern viel erwartet. Sie sollten das Land wiederaufbauen und in ihre Rolle als Familienversorger zurückkehren. Für emotionale »Befindlichkeiten« blieb dabei kein Raum. Wer seine seelische Verletztheit offen zeigte, musste mit dem Unverständnis oder gar Spott seiner Umwelt rechnen. Die Unterdrückung der eigenen Verletzlichkeit führte bei vielen jedoch zu unkontrollierten Wut- und Gewaltanfällen. Eine solche »männliche« Verhaltensweise wurde in der Regel nicht auf die Kriegsereignisse zurückgeführt und war somit die einzige emotionale Kompensation, die gesellschaftlich zugelassen wurde. Und die wiederum dafür sorgte, dass sich das Trauma durch die gewalttätige Erziehung der Väter auf die folgende Generation übertrug.

Interessante Literatur hierzu sind die Bücher von Sabine Bode, die sich mit der traumatischen Übertragung auf die Kriegs- und Nachkriegsgenerationen auseinandersetzen.

Aufgrund der gesellschaftlichen Nichtanerkennung der psychischen Kriegsfolgen lässt sich nachträglich auch nur sehr schwer erforschen, wie viele Suizide von ehemaligen Soldaten auf die Kriegszeit zurückzuführen waren. Verlässliche Forschungsergebnisse darüber sind schwer zu erzielen, und es muss von einer hohen Dunkelziffer ausgegangen werden.

Auch über die Suizide, die während des Krieges innerhalb der Wehrmacht begangen wurden, lassen sich keine verlässlichen Zahlen ermitteln. Da ein offensichtlicher Selbstmord zu Versorgungsnachteilen für die Hinterbliebenen führte, legten die meisten Suizidenten ihren Selbstmord mutmaßlich so an, dass sie durch das Feindfeuer getötet wurden. Insgesamt führte die Wehrmachtjustiz rund 626 000 Verfahren gegen ihre Soldaten durch, wobei »Fahnenflucht« oder »Wehrkraftzersetzung« die häufigsten Vergehen waren. Letzteres war der offizielle Begriff für die beabsichtigte Selbstverstümmelung, durch die sich viele dem Krieg entziehen wollten. 100 000 Verfahren wurden gegen aufgegriffene Deserteure geführt, in 30000 Fällen wurde daraufhin das Todesurteil gesprochen. Weitaus mehr Soldaten wurden in Bewährungsbataillone strafversetzt, wo sie an besonders gefährlichen oder grausamen Einsätzen teilnehmen mussten. Insgesamt wird geschätzt, dass etwa 400000 deutsche Soldaten desertiert und teilweise zum Gegner übergelaufen sind. So gab es auch einige deutsche Soldaten, die wie Moritz Lasky zeitweilig mit den Partisanen gekämpft haben.

Der Einsatz von Wehrmachtbataillonen und Feldausbildungsdivisionen im sogenannten »Bandenkrieg«, also dem Kampf gegen Partisanen, ist belegt. Dennoch ist es nicht ganz leicht, herauszufinden, ob sich die Vorgehensweise der Wehrmachtstruppen von denen der SS unterschied. Während es von der SS detaillierte Schilderungen solcher Einsätze gibt, halten sich offizielle Wehrmachtstagebücher in den Einzelheiten eher bedeckt. Wenngleich die genaue Durchführung oft einen Ermessensspielraum ließ, in dem die Kommandeure entschieden, ob ein Einsatz besonders grausam oder einfach nur »effektiv« abgewickelt wurde, waren die Einsatzziele zumeist Teil des Befehls und klar festgelegt. Das Ziel der Anti-Partisanen-Einsätze in Weißrussland lag zwischen 1942 und 1944 ganz deutlich in der Vernichtung ganzer Dörfer. Teilweise wurden Männer zur Zwangsarbeit aussortiert, während Frauen und Kinder anschließend getötet wurden. Aus »Gründen der Effektivität« war es dabei eine gängige Methode, alle Opfer in eine größere Hütte einzusperren und sie bei lebendigem Leib zu verbrennen.

Dass auch Wehrmachtstruppen auf diese Weise agiert haben, ist sehr wahrscheinlich. Ein Unterschied zwischen Wehrmacht und SS lag lediglich in der Motivation für derartige Einsätze. Die SS mordete aus ideologischen Gründen, um den »slawischen Untermenschen zu vernichten« und damit »Raum im Osten« zu erobern, auf dem sich die Deutschen später ansiedeln könnten. Die Wehrmacht hingegen sah sich zum Handeln gezwungen, um sich den »Rücken frei zu halten«, nachdem die Partisanen 1943/44 durch vielfache Sabotage zu einer unkontrollierbaren Bedrohung geworden waren. Da es schwer war, Partisanen von Nichtpartisanen zu unterscheiden, nahm auch die Wehrmacht bewusst in Kauf, zahlreiche Unschuldige zu töten.

Alles in allem hatte der Partisanenkrieg in Weißrussland unfassbare Ausmaße. 629 Orte wurden komplett durch die Deutschen vernichtet, also alle Einwohner ermordet und Häuser niedergebrannt. 4667 Dörfer wurden teilweise vernichtet, also nur ein Teil der Einwohner getötet, zumeist Frauen und Kinder, während die Männer als Arbeitskräfte verschleppt wurden. Insgesamt wurde in Weißrussland mindestens ein Viertel der Bevölkerung vernichtet, in Zahlen geht man von 500 000 Opfern aus. Der überwiegende Teil davon waren Zivilisten. 390 000 Menschen wurden zur Zwangsarbeit verschleppt.

Auf deutscher Seite starben im Partisanenkrieg etwa 50 000 Soldaten.

Kann man eine solche Schuld verzeihen? Sich selbst, oder denen, die man liebt? Und wie schuldig ist jemand, der eigentlich nur Befehle ausgeführt hat? Auf diese Fragen stieß ich während des Schreibens, und es war sehr schwierig, sie zu beantworten. Vermutlich deshalb, weil es eine pauschale Antwort darauf nicht gibt. Verzeihen oder Nicht-Verzeihen ist eine persönliche und sehr emotionale Entscheidung, die jeder selbst treffen muss.

In meinem ursprünglichen Romankonzept war ein Happy End für Hannah und Moritz vorgesehen. In meiner Rolle als Autorin kam ich jedoch irgendwann an den Punkt, an dem mir klar wurde, dass ich ein sehr zweifelhaftes Zeichen setzen würde, wenn ich Moritz Lasky trotz dieser gewaltigen Schuld eine glückliche Zukunft zukommen lasse. Zudem wäre es schwierig bis unmöglich geworden, eine solche Entwicklung psychologisch zu motivieren. Meine Figur wäre schlicht nicht in der Lage gewesen, das neue Glück zu empfinden und anzunehmen. Hannah hingegen hat sich das Glück nach meinem Empfinden redlich verdient, und so kam schließlich Holger ins Spiel, den ich zunächst nur als Nebenfigur angelegt hatte, der sich dann aber ganz klammheimlich in mein Herz und in das von Hannah geschlichen hat.

Moritz' Schuldbekenntnis, das er ausspricht, als er zum ersten Mal wirklich mit Hannah redet, ist zum Teil dem Schuldbekenntnis von Dietrich Bonhoeffer entnommen, das er im Angesicht der Judenverfolgung bereits 1940 verfasst hat. Bonhoeffer war lutheranischer Theologe und engagierte sich im Widerstand gegen den Nationalsozialismus. Streng genommen, kann Moritz 1945 noch nichts von diesem Schuldbekenntnis gewusst haben, denn es wurde ab Ende des Krieges zunächst nur innerhalb der evangelischen Kirche bekannt. Ab wann es tatsächlich öffentlich wurde, konnte ich leider nicht sicher herausfinden. Da es zu der Zeit aber schon existierte, habe ich mir die Freiheit genommen, Moritz davon wissen zu lassen. Womöglich hat er es im Radio gehört.

Wenn Sie sich gefragt haben, ob es die im Roman erwähnten Orte wirklich gab, hier ein paar Infos: Den Ortsnamen Lütjenau habe ich aus Namensbestandteilen anderer Orte in der Region zusammengesetzt. Auch ein Gut Morkamp gibt es meines Wissens nach nicht (und wenn doch, ohne meine Kenntnis). Meine Beschreibungen des Gutes habe ich grob an vorhandenen Gütern entlang der Ostseeküste angelehnt, ohne ein bestimmtes Gut zum Vorbild zu nehmen.

Die Orte Rosehnen und Cranz, die in Moritz' Geschichte eine Rolle spielen, gab es hingegen im damaligen Samland. Beide Orte gehören heute zur Oblast Kaliningrad in Russland und tragen russische Namen. Das ehemalige Rosehnen wurde in Priboi umbenannt. Der vor dem Zweiten Weltkrieg sehr beliebte Badeort Cranz heißt heute Selenogradsk.

In meinen Beschreibungen der Partisanenbekämpfung habe ich bewusst keinen konkreten Ort in Weißrussland benannt, da ich die Schilderungen gerne stellvertretend für die zahlreich begangenen Verbrechen stehen lassen möchte. Das Gleiche gilt für eine genaue Bezeichnung der Einheiten, in denen Moritz Lasky gedient hat. Das gemeinsam von SS und Wehrmacht groß angelegte »Unternehmen Frühlingsfest«, in dessen Rahmen Lasky an der Auslöschung eines Dorfes beteiligt ist, fand allerdings vom 16. April bis zum 10. Mai 1944 in der Gegend um Polozk tatsächlich statt. Allein im Rahmen dieser Aktion wurden 7000 Menschen ermordet, 7000 weitere gefangen genommen und 11 000 Menschen als Zwangsarbeiter verschleppt.

Ein weiterer Ort, der real existiert hat, ist das Kinderheim Kyritz. Meine Beschreibungen in der entsprechenden Szene habe ich, so weit wie es mir möglich war, an die realen Örtlichkeiten angelehnt. Auch die meisten der dort auftretenden erwachsenen Personen sind namentlich mit dem damaligen Personal identisch. Meine Beschreibung der Charaktere unterliegt jedoch meiner sehr freien Interpretation, die kaum bis gar keine Rückschlüsse auf die echten Persönlichkeiten zulässt. Allein über Gerda Sucker habe ich einige Beschreibungen in der Literatur gefunden, die aussagen, dass sie sich sehr liebevoll um das Heim und die Kinder gekümmert hat und von den Kindern zumeist »Tante Gerda« genannt wurde.

Alle weiteren Figuren in diesem Buch sind komplett fiktiv und beruhen auch nicht auf lebenden oder verstorbenen Vorbildern.

Last but not least, und bevor dieses Nachwort zu einem zweiten Buch ausufert, möchte ich einen Gedanken vom Anfang noch einmal aufgreifen:

Was ist aus den 12 Millionen Flüchtlingen von damals denn nun eigentlich geworden?

Sie wurden integriert, und das sogar sehr gut, denn viele von ihnen haben sich sehr für den Wiederaufbau engagiert und sind im Laufe ihres Lebens zu Wohlstand gekommen. Fast jeder wird in seinem Familienstammbaum jemanden finden, der aus den ehemaligen Ostgebieten stammt. Und wenn nicht in der eigenen Familie, dann bei guten Freunden.

Was sind dagegen schon die 890 000 Flüchtlinge, die 2015 in ein vollständig intaktes und wirtschaftlich leistungsfähiges Deutschland gekommen sind? Muss irgendjemand von uns einen Teil seiner Wohnung oder einen Teil seiner Nahrung abgeben, um sie zu versorgen? Wohl kaum.

Die Menschen, die zu uns kamen und noch immer kommen, haben Furchtbares erlebt. Sie haben ihre Heimat verloren, haben eine lange schwierige Flucht hinter sich und mussten oftmals den Tod geliebter Menschen verkraften. Solche Wunden heilen zu lassen braucht nicht nur die Sicherheit eines friedlichen Landes, sondern auch Zeit und Einfühlungsvermögen. Sie brauchen nun die Möglichkeit auf Bildung und eine Begleitung in unsere Kultur. Aber wir dürfen auch nicht zu viel auf einmal verlangen. Die psychischen Folgen eines Krieges wiegen schwer, und wir sollten nicht noch einmal den Fehler machen, sie zu missachten. Viele Menschen werden erst einmal Hilfe benötigen – aber wie schon einmal werden auch diese Familien vermutlich bald zu jenen gehören, die sich ehrgeizig und stolz eine neue Zukunft aufbauen. Mit und in Deutschland.

Also gebt ihnen eine Chance! Ich behaupte mal: »Wir schaffen das.«

Daniela Ohms, 15. Dezember 2017

P.S.: Weitere Recherchehintergründe und Literaturhinweise finden sich wie immer auf meiner Webseite unter www.daniela-ohms.de

DANKSAGUNG

Ein Buch zu schreiben bedeutet immer, dass man auch einen Teil von sich selbst hineingibt – und damit meine ich jetzt nicht, dass es eigene Erlebnisse sein müssen, über die man schreibt. Vielmehr meine ich die eigenen Ressourcen aus Wissen, Konzentration und emotionaler Vorstellungskraft, aus denen man schöpft.

Selten hat mich ein Buch so an den Rand meiner Ressourcen gebracht wie dieses. Der zeitliche Rahmen, in dem ich es fertigstellen musste, war gemessen am Rechercheaufwand unglaublich knapp, und das Hineinversetzen in diese Zeit und das Leid der Figuren hat auch in emotionaler Hinsicht so einiges von mir gefordert.

Allen, die mir dabei zur Seite standen, möchte ich sehr herzlich danken. Vor allem meinem Mann und meinen Kindern, die es geduldig ertragen, wenn ich vor meinem Computer hocke und geistig mitunter mehr »dort« bin als hier. Danke, dass ihr da seid, um mich letztendlich doch immer wieder ins »Hier und Jetzt« zurückzuholen. An meine Kinder ein großes Dankeschön, weil ihr so fröhlich und aufmerksam durch diese Welt lauft. Wenn man mitunter seinen Kopf in den Krieg reisen lässt, dann weiß man, dass Kinder wie ihr der Frieden und das Glück und alle Zukunft der Erde sind. Bleibt so, wie ihr seid: mutig, selbstbewusst und neugierig, kleine Piratinnen im Herzen, ganz egal, was diese Welt noch mit uns vorhat.

Dafür verspreche ich euch auch, dass jetzt erst mal Weihnachten ist und der Laptop für ein paar Tage zugeklappt bleibt.

Als Nächstes, und auf ganz ähnliche Weise herzlich, danke ich denen, die meine Arbeit Tag für Tag in unserem virtuellen Schreibbüro begleiten, die mir zuhören, wenn ich über das Schreiben jubele oder heule, weil ich schon wieder kaum geschlafen habe, die mein inneres wie äußeres Chaos verstehen und mich nur ganz sanft für meine Macken necken. Meine »Ink Rebels«, Inkys: Franzi, Jenny, Julia und Kira (in alphabetischer Reihenfolge, denn eine andere gibt es nicht). Und auch du, Tatjana, Frontfrau im Kampf gegen die Unorganisiertheit. Dieses Buch ist das erste, das komplett in eurer Gegenwart entstanden ist, und ich kann mir schon gar nicht mehr vorstellen, wie es ohne euch war. Hab ich euch schon gesagt, dass ihr meine besten Freundinnen geworden seid? Also, falls das noch nicht deutlich genug rübergekommen sein sollte, tue ich das hiermit! Auch ihr seid Piratinnen im Herzen. Wenn ihr mir versprecht, dass wir für immer zusammen durch den Sturm segeln, bin ich glücklich.

Und nachdem ich schon einmal dabei bin, Kreise zu schließen. Da gibt es noch eine Jenny, der ich danke. Meine Cousine, Piratin meiner Kindheit. Danke für das Brot, das du mir geliehen hast. Ich weiß, das habe ich schon mal geschrieben, ganz am Anfang (erinnert sich jemand?), aber ich sage es lieber noch einmal. Dein Brot ist nun ein Teil dieser Geschichte geworden und unser Räuberspiel von damals auch. Weißt du noch?

Außerdem danke ich meinen Lektorinnen: Martina Wielenberg, dafür, dass sie dieses Buch gewollt und mit auf den Weg gebracht hat, selbst wenn sie danach zu einem anderen Verlag »weitergereist« ist. Aber man trifft sich ja bekanntlich immer dreimal im Leben, nicht wahr? So gesehen haben wir noch einmal gut.

Dann Sabine Ley, die mich und dieses Buch von Martina übernommen hat. Vielen Dank für deinen inhaltlichen Input. Natürlich hattest du recht damit, dass es dem armen Moritz zwischendurch ein bisschen zu viel wurde und dass Holger etwas eher eine stärkere Rolle übernehmen muss.

Und noch einmal großen Dank an Franziska Fischer (schon wieder, denn es ist dieselbe Franzi von oben). Königin der enttarnten Wortwiederholungen und Siegerin im Kampf gegen zu viele Körperbeschreibungen. Ich musste so lachen über deine Kommentare. Hannah hatte wirklich ein kleines Kreislaufproblem. Ich hoffe, wir haben es halbwegs in den Griff bekommen.

Last but not least und ebenfalls zum wiederholten Male: ein herzliches Dankeschön an Zhenja Oks, dem ich (wie schon in »Winterhonig«) die russischen Übersetzungen in diesem Buch zu verdanken habe.

Ihr alle habt zu diesem Roman beigetragen, seid damit ein Teil von ihm geworden, in gewisser Weise. Ich für meinen Teil gehe jetzt essen und dann schlafen. Danach sehen wir uns wieder.

Herzliche Grüße

Daniela Ohms, 15. Dezember 2017